Der Kaschmirschal

ROSIE
THOMAS

Der Kaschmir-schal

ROMAN

Aus dem Englischen
von Maria Mill

Weltbild

Die englische Originalausgabe erschien 2011 unter dem Titel
The Kashmir Shawl bei HarperCollins Publishers Ltd., London.

Besuchen Sie uns im Internet:
www.weltbild.de

Übersetzung: Maria Mill
Projektleitung: usb bücherbüro, Friedberg/Bay
Umschlaggestaltung: Atelier Seidel – Verlagsgrafik, Teising
Umschlagmotiv: plainpicture, Hamburg (© whatapicture)
Satz: Dirk Risch, Berlin
Druck und Bindung: GGP Media GmbH, Pößneck
Printed in the EU
ISBN 978-3-86365-159-6

2015 2014 2013 2012
Die letzte Jahreszahl gibt die aktuelle Ausgabe an.

Für meinen Vater

Bergschafe sind leckrer,
aber die aus dem Tal sind fetter.
Daher hielten wir's für besser
und entschieden uns für letztre.

Danksagung

Bob und Carolyn Wilkins waren die ersten, die mich auf die Auswirkungen des Tiermedikaments Diclofenac auf die Geierpopulationen Asiens sowie die sich daraus ergebende Vermehrung der Wildhunde und die stärkere Verbreitung der Tollwut aufmerksam gemacht haben. Dres. Wilkins waren auch ganz wundervolle Gefährten auf einer längeren Trekkingtour in den Zanskar-Bergen des indischen Himalaja, ebenso wie Jane Maxim, Stephen Barnard und Graham Francis. Unser Führer war der unschätzbare Seb Mankelow, der uns sowohl an seiner profunden Kenntnis der Region wie auch an seiner Liebe zu ihr teilhaben ließ und mich in vielfacher Weise bei den frühen Recherchen für dieses Buch unterstützte. Unser örtlicher Führer war Sonam »Jimmy« Stobges, dessen Schwung und gute Laune lange Tage in schwierigem Terrain wie einen Klacks erscheinen ließen. Ich danke ihm und seiner Frau, die uns in ihrem Haus in Padum willkommen hießen, und auch dem Lagerpersonal und den Ponyführern. Dr. Tsering Tashi vom Gemeinde-Gesundheitszentrum in Padum schenkte mir einen Nachmittag seiner Zeit, um mit mir über die Gefahren und die Auswirkungen von Tollwut zu sprechen. Ein weiterer Tashi war mein genialer Fahrer auf der langen und gefährlichen Strecke über die Berge Ladakhs, die über Kargil ins kaschmirische Srinagar führte.

In Srinagar erfuhr ich großartige Unterstützung durch Inhaber und Angestellte von Gurkha Houseboats auf dem Nagin-See. Dankbar bin ich den Spinnern, Färbern, Webern und Stickern aus Srinagar und dem Kaschmirtal, die mich in ihre Werkstätten einluden, mir ihre Arbeitsmethoden zeigten und geduldig die Verfahren erklärten, die zur Herstellung feiner Schals nötig sind. Dank gebührt Justine Hardy für ihre freigiebigen Ratschläge, ebenso wie Sara Wheeler.

Mein Schwager Arwyn Thomas kam als Sohn walisischer Missionare in Indien zur Welt und verhalf mir zu nützlichen Informationen über ihre Arbeit.

Außerdem möchte ich Lynne Drew danken, allen bei Harper-Collins, Hazel Orme, Annabel Robinson sowie dem gesamten Team von FMcM Associates, der London Library und meinem unübertrefflichen Agenten Jonathan Lloyd.

Und wie immer danke ich meiner Familie, Charlie, Flora und Theo, die mich stets unterstützen.

1

Die Entdeckung machte Mair an ihrem letzten Tag daheim im alten Haus.

Alle drei waren sie oben in der Schlafstube ihres Vaters. Ehe man das Haus zum letzten Mal absperrte und dem Makler die Schlüssel übergab, hatte man sich zum melancholischen Geschäft des Aussortierens und Ausräumens der Möbel und Besitztümer der Eltern eingefunden. Es war Ende Mai, gerade erst waren die Lämmer auf den Markt gebracht worden. Draußen auf den Hügeln blökten die Schafe wild und laut – bestürzte, unablässige Schreie, die mit dem Duft des Frühlingsgrases hereingetragen wurden.

Mair hatte eine Kanne Tee aufgebrüht und ein Tablett vorbereitet, das sie zu ihrer Schwester Eirlys hinauftragen wollte. Ihr Bruder Dylan folgte ihr und duckte sich, wie seit seinem dreizehnten Jahr, um sich am niedrigen Balken des Treppenabsatzes nicht den Kopf anzustoßen.

Eirlys' Energie war verblüffend, wie immer. Auf dem Schlafzimmerfußboden stapelten sich – in rechtwinkliger Ausrichtung – Decken und Kissen, Türme von beschrifteten Kartons und knisternde schwarze Säcke. Sie selbst stand, das Klemmbrett auf dem Bettpfosten abgestützt, am Fußende des Betts und runzelte die Stirn, während sie sich irgendwelche Anmerkungen auf eine ihrer Listen kritzelte. Hätte man sich noch einen weißen Kittel und ein Gefolge von Untergebenen dazugedacht, hätte sie sich auch ohne weiteres auf einer ihrer Stationsrunden befinden können.

»Wunderbar«, murmelte sie, als sie den Tee sah. »Aber nicht dort abstellen«, fügte sie hinzu.

Dylan nahm sich eine Tasse und zwängte sich auf das Fensterbrett. Er stand ihr im Licht, und Eirlys zog die Braue hoch. »Trink deinen Tee«, meinte er milde. »Und gönn dir auch 'nen Keks.«

Mair setzte sich aufs Bett. Die uralte rosa Heizdecke lag noch immer darauf, und sie dachte zurück an die letzten Wochen ihres Vaters, seine letzte Krankheit, als sie ins Tal zurückgekehrt war, um ihn, so gut sie eben konnte, zu pflegen und ihm Gesellschaft zu leisten. Sie hatten lange, zuweilen auch unzusammenhängende Gespräche geführt – über die Vergangenheit und Menschen, die ihr Vater gekannt hatte.

»Habe ich dir eigentlich je von Billy Jones, dem Auktionator, erzählt?«

»Ich glaube nicht.«

»Er hat gestottert.«

»Wie kam er denn damit zurecht?«

Ihr Vater betrachtete sie über seine Brille hinweg. »Wir hatten's damals nicht so eilig, weißt du.«

In dem niedrigen Raum war ihr der alte Mann sehr nahe vorgekommen, doch gleichzeitig völlig abwesend.

Eirlys erklärte ihnen, welche Pakete bei Wohlfahrtseinrichtungen abzugeben seien und was genau man dem Räumungsunternehmen überlassen konnte. Zweifel gab es hinsichtlich der Leinenwäsche, die so lang sie denken konnten im selben Schrank aufbewahrt worden war und – wahrscheinlich gemäß eines lang zurückliegenden Erlasses ihrer Mutter – mysteriöserweise als »beste« aufgespart wurde. Doch als die Schwestern das oberste Laken auseinanderfalteten, sahen sie, dass es in der Mitte so dünn und zerschlissen war, dass das Licht hindurchschien. Eirlys schürzte die Lippen und entsorgte es resolut zusammen mit seinem Gegenstück in einem ihrer nach Größen gestaffelten Müllsäcke.

Die Sonne fiel schräg durchs Fenster und tauchte Dylans Pullover in eine goldene Fussel-Aura.

Mair hielt es nicht mehr aus, rumzusitzen und sich mit den beiden anderen von der Welle der Erinnerungen überfluten zu lassen. Sie sprang auf und trat an die geschwungene Kommode, die dem Bett vis-à-vis stand. Ihre Mutter hatte sie von ihrer eigenen Mutter geerbt – meinte sie gehört zu haben. Nach Gwen Ellis' Tod hatte man ihre Kleider darin aufbewahrt, bis der Witwer und die ältere Tochter sich genügend gefangen hatten und sie dann weggaben.

Die oberen beiden Halbschubladen waren leer. Sogar das Auslegepapier hatte Eirlys entfernt. Die mittlere hatte noch bis vor Kurzem die Westen, Hosen und gefalteten Hemden ihres Vaters beherbergt. Als er schwächer wurde, hatte Mair ihm morgens beim Ankleiden geholfen. Sie hatte ihm seine Unterwäsche vor den Elektrostrahler gehalten, ehe sie sie ihm reichte – in der vergeblichen Hoffnung, davon werde ihm vielleicht etwas wärmer. Ein Haufen dieser Sachen lag nun auf dem Boden.

»Wir werden all seine Sachen in den Recycling-Sack packen müssen.« Eirlys nickte. »Für etwas anders sind sie nicht mehr zu gebrauchen.«

Mair zog die untere Schublade auf. Sie entdeckte einige vergilbte Kopfkissenbezüge und die Tischdecke mit dem durchbrochenen Mittelteil, die unweigerlich einmal im Jahr hervorgeholt und über die weihnachtliche Speisetafel gebreitet wurde. Der weiße Stoff wies stellenweise Rostflecken auf. Als sie noch ein Stück weiter nach unten tastete, stießen ihre Finger auf Seidenpapier. Sie nahm das Tischtuch heraus, um zu sehen, was sich darunter befand.

Das Seidenpapier war sehr alt und brüchig.

Als sie es zurückschlug, war ihr erster Eindruck der wundervoller Farben. Silbrige Blau- und Grüntöne, wie aus dem Wasser eines Sees und Frühlingshimmeln destilliert, sprangen ihr ins Auge, aus deren Tiefen die Strahlenkränze lavendel- und zinnoberfarbener Blüten leuchteten. Sie schaute genauer hin und sah die Kompliziertheit des Webmusters; prächtige geschwungene Tränenformen mit gekurvten Spitzen, farnartige Wedel, verzweigte Stiele und winzige fünfblättrige Blüten. Das jämmerliche Geblöke der Schafe war der einzig hörbare Laut im Raum, während Mair die Lagen des weichen Wollgewebes aufschüttelte. Es war so leicht, dass es in der Luft zu schweben schien.

Der Schal war wirklich wunderbar, und sie hatte ihn noch nie zu Gesicht bekommen.

Ein Kuvert war aus den Schalfalten geglitten. Ein altes braunes, ganz gewöhnliches Kuvert, in der Mitte gefaltet, und der Kleber auf der Lasche war längst ausgetrocknet. Vorsichtig versuchte Mair es zu öffnen. Darin befand sich eine Haarsträhne. Eine sehr feine und seidige dunkelbraune Locke, in der einige kupferne Fäden schimmerten. Sie nahm sie zwischen Daumen und Zeigefinger.

»Das ist Grandma Watkins' Schal«, erklärte Eirlys in ihrer bestimmten Art.

»Wie schön er ist«, flüsterte Mair.

Eirlys war die einzige der drei, die die Mutter ihrer Mutter noch gekannt hatte, doch auch Eirlys besaß keine echte Erinnerung an die Großmutter, da diese bereits starb, als Eirlys noch in den Windeln lag. Nur eines wussten sie über sie: Dass sie mit ihrem sehr viel älteren Ehemann, einem Missionar, in Indien gewesen war. Die Großeltern waren schließlich nach Wales zurückgekehrt und bekamen – als Nerys bereits in ihren Vierzigern war – ihr einziges Kind. Und diese Tochter, Gwen, hatte mit nur neunzehn Jahren einen Nachbarn aus dem Tal geheiratet, den hübschen Huw Ellis. Den eigenen drei Kindern hatte sie stets erzählt, sie habe nicht gewollt, dass sie wie sie selbst bei so alten Eltern aufwüchsen.

»Wessen Locke das wohl mal war?«, fragte Mair.

»Keine Ahnung«, meinte Eirlys.

Mair grübelte. Grandma Watkins hätte ja wohl kaum das eigene Haar aufgehoben, oder? War es dann womöglich das ihres Mannes oder vielleicht eher das ihres Kindes?

Nein. Das war nicht das Haar eines älteren Missionars, und es war auch nicht das von Gwen, dessen war sie sich ziemlich sicher – Gwens Haar war ganz anders gewesen, viel heller.

Doch wessen Haar war es dann?

Die Frage faszinierte sie, auch wenn sie unbeantwortbar schien.

Sie presste den Schal an die Wange. Der Stoff war so fein, dass sie ihn mit zwei Fäusten umschließen konnte. Zum ersten Mal sog sie seinen feinen Gewürzduft ein.

»Wir haben noch jede Menge zu tun«, meinte Eirlys und leerte ihre Tasse.

Nachdenklich schob Mair die Haarsträhne in den Umschlag zurück.

Später, als das meiste in Kartons und Kisten verstaut war, kamen die drei in der Küche zusammen. Die Hintertür stand offen, und mit der Brise trieben auch die Mücken herein. Das Geblöke der Schafe wurde lauter und klagender, während sich unmerklich die Dämmerung herabsenkte. Dylan hatte eine Flasche Wein geöffnet, und Mair improvisierte ein picknickartiges Abendessen aus kaltem gekochten Schinken und Ofenkartoffeln aus der Mikrowelle. Die hatte Dylan seinem Vater vor zwei Jahren besorgt, und Huw hatte sich damit regelmäßig seine Einpersonen-Fertiggerichte aus dem Supermarkt aufgewärmt, die, wie er immer erklärt hatte, sehr schmackhaft seien. Eirlys hatte nichts davon gehalten und darauf hingewiesen, dass Fertigmahlzeiten Unmengen von Fett und Salz enthielten.

Piingg machte das Gerät, und Mair nahm die Kartoffeln heraus. Sie sah ihren Vater vor sich, wie er zwinkerte und leise *hä-hä-hä-hä* machte.

Ohne jede Vorwarnung standen ihr plötzlich die Tränen in den Augen.

Alle wussten sie, dass dies ihr letzter gemeinsamer Abend in der alten Küche war. Mair wollte ihn keinesfalls noch trauriger machen, indem sie sich jetzt ihren Tränen hingab. Stattdessen lächelte sie sie an, erst Dylan, der – Hände in den Jeanstaschen – dahockte, dann Eirlys, die die Haare hinter die Ohren zurückgestrichen hatte und deren Augen hinter den Brillengläsern verräterisch schimmerten.

»Sollen wir nicht im anderen Zimmer essen?«, fragte Mair.

Der Tisch im Wohnzimmer eignete sich von der Größe her eher für drei Personen als der in die Küchenecke gezwängte Klapptisch, an dem die Erinnerung an ihren dort allein mit seiner Tasse Tee und der Zeitung sitzenden Vater allzu gegenwärtig war.

Das Hineintragen des Essens und die Suche nach den letzten noch nicht verpackten Bestecken half ihnen über den Moment hinweg. Dylan fand einige Kerzenstummel und Eirlys stellte sie auf eine Untertasse. Ihr Schein ließ den nackten Raum wieder einladend wirken und die Staubquadrate an den Stellen, wo einmal Gemälde gehangen hatten, verschwinden.

»Wir sollten uns über die guten Sachen unterhalten«, meinte Eirlys, als sie am Tisch Platz nahmen.

Einen Moment lang dachte Mair, sie meine die glücklichen Zeiten, die sie als Familie erlebt hatten, und diese so völlig uncharakteristische Sentimentalität verblüffte sie. Dann aber wurde ihr klar, dass ihre Schwester von den zwei, drei Möbelstücken und dem alten Silber sprach, den einzigen Dingen im Haus, die von wirklichem Wert waren. Seit der Verlesung des Testaments wussten sie, dass der Erlös aus dem Verkauf des Hauses zu gleichen Teilen zwischen ihnen aufgeteilt werden sollte. Über die kleineren Dinge hatten sie im Grunde bisher kein Wort verloren.

Da war etwa die Standuhr mit dem mit Sonne und Mond bemalten Ziffernblatt, deren sonores Ticken die langen Nachmittage ihrer Kindheit vermessen hatte. Huw hatte sie während der letzten Wochen einmal erwähnt und sie dabei als »Dylans Uhr«

bezeichnet. Mair hatte absichtlich darüber hinweg gehört, weil sie nicht akzeptieren wollte, was dies bedeutete.

»Du nimmst die Uhr, Dylan«, meinte Eirlys. »Mair?«

Die anderen zwei waren verheiratet und hatten Häuser mit Dielen, Alkoven, Regalen. Mair war ledig und lebte glücklich und zufrieden in einer gemieteten Eineinhalbzimmerwohnung. Die geschwungene Kommode oder silberne Teekanne ihrer Mutter brauchte, ja wollte sie nicht einmal. Bei Eirlys würden die eine bessere Heimstatt finden. Sie legte Messer und Gabel nieder und räusperte sich.

»Ich hätte gern Großmutters Schal«, sagte sie. »Wenn das für euch in Ordnung geht?«

»Natürlich«, nickte Eirlys. »Ist es dir recht, Dylan?«

Er blickte zu Mair. Er hatte zu dieser Zeit ziemlich tiefe Falten um die Augenwinkel. Er und Eirlys waren beide kurzsichtig, und Dylan kniff gern die Augen zusammen, wenn er sich konzentrieren wollte.

Die Liebe zu ihrem Bruder, die ihr in diesem Moment bewusst wurde, umhüllte Mair wie eine Decke. Ihr ganzes Leben lang war er ihr Verbündeter gewesen, während sie und Eirlys sich als Kinder andauernd gezofft hatten, hauptsächlich wohl, weil sie in allem so gegensätzlich waren. Natürlich hatten sie das in letzter Zeit nicht mehr getan. Der Verlust ihres geliebten Vaters hatte sie rücksichtsvoll, ja geradezu behutsam werden lassen.

»Hast du eine Ahnung, woher er stammen könnte?«, fragte Dylan.

»Nein«, erwiderte sie. »Aber ich könnte versuchen, es rauszufinden.«

Die Idee war ihr erst in diesem Moment gekommen. Sie war überrascht über die Neugier, die der geheimnisvolle Schal in ihr weckte.

In jener Nacht gingen Mair und Eirlys zum letzten Mal in dem Zimmer zu Bett, das sie in der Kindheit geteilt hatten. Mair spürte, dass ihre Schwester wach lag, obwohl die sich nicht zwischen den feuchten Laken drehte und wand, wie Mair es tat. Schließlich flüsterte sie: »Eirlys, kannst du auch nicht schlafen?«

»Nein.«

»Woran denkst du?«

»Wahrscheinlich an das gleiche wie du. Sobald mal beide Eltern tot sind, ist man selbst dran, nicht? Steht in der Verantwortung, weil niemand mehr vor einem ist. Weißt du, was ich meine?«

Mair wurde von einer Welle des Mitgefühls übermannt. Immer hatte ihre Schwester Verantwortung übernommen. Sie war eine preisgekrönte Medizinstudentin gewesen, erst vor Kurzem in ihrer Birminghamer Klinik auf die Stelle einer Konsiliarärztin berufen worden und hatte dennoch Zeit gefunden, zu heiraten und zwei Jungen zur Welt zu bringen. Ihr ganzes Leben lang hatte sie studiert und sich um andere Menschen gekümmert, und ihre Vorstellung von dieser letzten Lebensphase war eine von noch mehr Lasten, die sie würde schultern müssen.

Seit ich gehen und sprechen kann, dachte Mair, meide ich tunlichst den Weg, den meine Geschwister vor mir beschritten haben. Statt ihnen an eine gute Universität zu folgen, hatte sie Wales und ihr Elternhaus mit siebzehn verlassen und ein altes Versprechen erfüllt – das irgendwo zwischen Familienscherz und aufsässiger Drohung anzusiedeln war und darin bestand, dass sie abhauen und zum Zirkus gehen würde. Und in *Floyd's Family Circus* hatte sie dann Harriet Hayes alias *Hattie der Clown* kennengelernt. Gemeinsam entwickelten sie eine einfache Trapeznummer. Und obwohl die Zirkusabende inzwischen lange hinter ihnen lagen, waren sie auch im Anschluss daran enge Freundinnen geblieben. In den Jahren dazwischen war Mair mit wechselndem Erfolg, aber meistens doch einigermaßen zufrieden, als Geschäftsführerin eines Kleiderladens, Sängerin in einer Band, Rezeptionistin, PR-Frau, Kindergartenhelferin, Buchverkäuferin und mehreren anderen Berufen tätig gewesen.

Nein, nicht mal Hattie würde mich verantwortungsbewusst nennen, gestand sie sich ein. Und Hattie war ein gewaltiges Stück leichsinniger als Eirlys.

Mairs Herz begann ihr gegen die Rippen zu hämmern, und ein weißes Licht brannte hinter ihren Augäpfeln. Plötzlich fühlte sie sich leicht wie eine Feder, und sie spürte, dass sie sich ... ja, *frei* fühlte. Sie wollte dieses Glück festhalten, und gleichzeitig wollte sie es mit ihrer Schwester teilen. Sie streckte die Finger aus und berührte die Fransen des Schals, der auf Stuhl neben dem Bett lag. »Ja, ich weiß ganz gut, was du meinst«, sagte sie. »Eirlys, ich hab nachgedacht. Vielleicht geh ich auf Reisen. Jetzt, wo Vater tot ist und, wie du sagst, nur noch wir da sind. Ich überlege mir, ob ich nach Indien fahre – und vielleicht mal sehe, was ich über Grandma und ihren Schal rauskriegen kann. Womöglich komme ich ja noch einem Familiengeheimnis auf die Spur. Komm doch mit? Dann könnten wir mal wieder zusammen sein. So was hatten wir schon lange nicht mehr.«

Eirlys zögerte keine Sekunde, ehe sie erwiderte: »Das ist völlig unmöglich. Da ist die Klinik. Nach den letzten Kürzungen ist es für die ganze Belegschaft sehr schwierig geworden. Und wer würde sich um Graeme und die Jungs kümmern? Aber du solltest das machen, wenn du es wirklich willst. Ich hab gesehen, wie du den Schal betrachtet hast.«

Mair wusste, dass es keinen Sinn hatte, ihre Schwester vom Gegenteil überzeugen zu wollen. Sie war entschlossen genug für zwei. »Ich glaube wirklich, dass es interessant sein könnte«, sagte Mair.

Sie versuchte erst gar nicht, das Gefühl der Entwurzelung zur Sprache zu bringen, das sie seit dem Tod ihres Vaters quälte. Vielleicht würde die Aufdeckung eines Familiengeheimnisses ihr ja helfen, sich wieder fester verankert zu fühlen.

»Vielleicht findest du auch gar nichts heraus. Indien ist ein riesiges Land. Aber du hast dir eine Pause und einen Tapetenwechsel verdient. Trauer kann ja alle möglichen Formen annehmen, nicht wahr. Und du hast den größten Teil von Dads Pflege übernommen. Dylan und ich sind dir wirklich dankbar, dass du diesen Job aufgegeben hast und alles.«

Im Dunkeln blinzelte Mair heftig, und dennoch rannen ihr heiße Tränen aus den Augenwinkeln. Nach dem Begräbnis hatte Eirlys bemerkt, das Nesthäkchen der Familie sei so damit beschäftigt, seine Unkonventionalität zu kultivieren, dass ihm keine Zeit blieb, sich auf irgendetwas anderes zu konzentrieren. Das hatte Mair getroffen, doch nun dachte sie, dass der Schmerz in der Tat viele Formen annahm. Eirlys' Schmerz ließ sie noch säuerlicher reagieren als gewöhnlich. Diese Erkenntnis ließ ihr die Freundlichkeit ihrer Schwester nun um so anrührender und kostbarer erscheinen. »Es war mir eine Ehre. Ich bin froh, dass ich es tun konnte.«

»Lass dir Zeit, flieg nach Indien. Und wenn du einen Grund dafür brauchst und der Schal ihn dir gibt, warum nicht?«, meinte Eirlys. »Können wir jetzt schlafen?«

Draußen hatte sich das Blöken der Schafe schließlich doch noch gelegt. Mair wusste warum. Sobald die Dunkelheit hereinbrach, begriffen die Mutterschafe, dass sie ihre verlorenen Lämmer nie mehr zurückrufen konnten. Gelegentlich erhob sich zwar noch ein verzweifelter Schrei zu den Sternen empor, doch allmählich beruhigte sich die Herde und verstummte.

Als Mair erwachte, lag sie in dem engen Bett und versuchte sich zu erinnern, wo sie sich befand. Sie hatte von einem bellenden Hund geträumt und von Tieren, die daraufhin erwachten, nacheinander von einer Unruhe ergriffen wurden, ehe die Leittiere sich davonmachten und über den harten Boden jagten. Und dann tauchte die Sonne plötzlich einen Berghang in Farbe, und die dahineilenden Tiere zerflossen vor dem Hintergrund des Rasens in graugrüne Paisleymuster. Ein Schäferhund hetzte sie auf ein von Mäuerchen umschlossenes Gehege zu, wo ein Farmer ihnen das Gatter aufhielt.

In jener für Träume so typischen Weise hatte sich ein vertrauter und geliebter Ort mit einem anderen vermischt, der ihr noch unbekannt war. Im Zimmer war es kalt, sie schauderte und zog sich die Decke über die Schultern. Und noch während sie es tat, drang der erste Ruf des Muezzins durch die Läden.

Ihr Nacken kribbelte, nicht nur vor Kälte, sondern auch vor Erwartung.

Nun erinnerte sie sich wieder.

Und dann riss sie die Augen weiter auf, da sie in der grauen Dämmerung jäh eine Angst erfasste. Das Hotelzimmer war eng, und überall waren ihre Habseligkeiten verteilt. Weil sie am vergangenen Abend während eines Stromausfalls auf der Suche nach einem Schlafanzug und Bettsocken ihre Taschen durchwühlt hatte. Aber der Schal war da und in Sicherheit, hing ordentlich zusammengefaltet über der Lehne des einzigen vorhandenen Stuhls. Zwar war das Licht noch nicht hell genug, um seine Farben in ihrer ganzen Pracht erkennen zu lassen, doch vor ihrem inneren Auge standen sie lebhaft genug.

Mair schob die Decke zurück und setzte sich auf. Es war noch zu früh, aber sie wusste, dass sie nicht wieder einschlafen würde.

Sie hatte beschlossen, sich einen Tag zum Akklimatisieren zu gönnen. So dass sie nach einsamem Frühstück im frostigen und verlassenen Esszimmer des Hotels ihre etwas nervösen Vorbereitungen traf. In die Schultertasche kam die Kartenskizze der Stadt, die der lächelnde ladakhische Rezeptionist ihr überlassen hatte, eine Flasche Mineralwasser, antibakterielles Gel sowie ein gründlich gewaschener Apfel. Unsicher, was nun vor ihr lag, verspürte sie ein gewisses atemloses Flattern unterm Zwerchfell, das fast gar nichts mit der Höhenwirkung zu tun hatte.

Mair war noch nie in Indien gewesen, hatte nicht einmal die Strände Goas oder die Sehenswürdigkeiten Jaipurs besucht, ganz zu schweigen von einer abgelegenen Kleinstadt im Himalaja. Auch war sie – trotz erklärter Unabhängigkeit – nicht ans Alleinreisen gewöhnt. Urlaub hatte sie, sofern sie sich welchen leisten konnte, in der Vergangenheit meist auf den griechischen Inseln oder in Spanien gemacht, ob mit einem neuen Freund, einem, der sich auf dem Absprung befand, oder einer lockereren Freundesclique, der fast immer auch Hattie angehörte. Wie meistens hatte Eirlys mit ihrem Hinweis recht behalten, dass Mair nur selten von ihrer bewusst kultivierten Planlosigkeit abwich.

Mair lächelte wieder, als sie ihr Hotelzimmer absperrte. Nun war sie frei – oder etwa nicht? Tage und Wochen unverplanter Zeit dehnten sich vor ihr aus. Dank des Verkaufs des alten Hauses in Wales hatte sie Geld und freie Zeit, um sich dem merkwürdigen Projekt zu widmen, das ihr – auf ihr selbst nicht recht begreifliche Weise – schon seit Monaten keine Ruhe mehr ließ. Sie hatte nicht viel über ihr Vorhaben gesprochen, nicht einmal mit Hattie, da es zu schwierig gewesen wäre, dieser ihre Obsession verständlich zu machen.

Nichtsdestotrotz hatten sie ihre höchst nebelhaften Pläne letztlich hierher nach Leh gebracht, mit einem Ticket ohne festen Rückflugtermin, der sie hätte einschränken oder aber auch beruhigen können.

Sie ging den aus dem Hotel führenden Betonweg entlang, vorbei an Beeten voller Zinnien, Kosmeen und farbenprächtigen Ringelblumen, und hinaus auf die Straße. Während sie dem Stadtzentrum zustrebte, registrierte sie fasziniert ihre Umgebung. Es war Ende September, und sie sah, dass die kurze Touristensaison Lehs praktisch abgelaufen war. Viele der Handwerkerläden und Reisebüros an der Straße hatten bereits dichtgemacht, ihre Eisenrolläden für den Winter heruntergelassen, und die auf Rucksacktouristen und Trekker ausgerichteten Internet-Cafés waren fast menschenleer. Auf den hohen Gipfeln rings um die Stadt glitzerte frisch gefallener Schnee, und an den Pappeln in den Hotelgärten raschelte das trockene goldene Laub.

In etwa einem Monat würden die wirklichen Schneefälle einsetzen, und die hohen Passstraßen, die die ladakhische Hauptstadt mit dem Kaschmirtal im Westen und Himachal Pradesh im Süden verbanden, würden bis zum Tauwetter im Frühjahr unpassierbar bleiben. Sechs Monate lang war Leh nur noch auf dem Luftweg zu erreichen, wie auch Mair am Vortag hingelangt war, als sie von Delhi aus zu dem kleinen Flughafen am Indusfluss flog. Während sie so dahinging, versuchte sie sich vorzustellen, wie es wohl im tiefsten Winter hier sein musste, wenn die engen Gassen des Städtchens zugeschneit waren und sich auf den Hausdächern die Heugarben für die Tiere stapelten. Doch sie wurde abgelenkt. Das unmittelbar bevorstehende Verschwinden der Touristen brachte es mit sich, dass die Händler der Stadt sich dringend noch ein paar Rupien verdienen wollten. Und in der Hauptstraße schnitten ihr drei davon mit routinierter Zangentaktik den Weg ab.

»Hallo, Madam, woher kommen Sie? Schauen Sie doch in meine Laden, bitte.«

»Ich habe wunderbare Pashmina-Schals, und heute ich mache Ihnen sehr gute Preis.«

Als sie versuchsweise den Kopf schüttelte, schürzte der dritte Mann die Lippen. »Aber Anschauen kostet nicht, Madam. Nur Anschauen. Warum so eilig?«

Sie hatte es nicht eilig, da hatte er schon recht. Lachend folgte sie dem ihr nächsten Kaufmann die Stufen hinauf in seinen vollgestopften Laden und ließ ihn seine Ware zeigen. Aus Tibet hatte er Silbertabletts, Korallen- und Türkisschmuck im Angebot, aus China bemalte Thermosflaschen und plüschige Nylondecken in grellen Farben. Es gab kratzige Mützen und Westen, die rings um Leh aus Ziegenwolle gestrickt wurden, gewebte Taschen mit Troddeln und Regale voller T-Shirts in allen Größen und Farben – die auf der Vorderseite meist ein maschinengesticktes Yak und den Slogan »Yak Yak Yak Ladakh« trugen. Langsam gewöhnten sich ihre Augen an das trübe Licht im Ladeninnern. An den Wänden stapelten sich ganze Wälle aus Samowaren, Kupfergeschirr und gestickten Teppichen.

»Das ist ja alles sehr schön. Vielen Dank fürs Zeigen. Aber ich kaufe heute nicht ein.«

Der Mann war Kaschmiri und folglich zum Verkäufer geboren. »Sie wollen Pashmina.« Es war keine Frage. An der Rückwand des Ladens standen deckenhohe Regale vollgestopft mit gefaltetem Stoff.

»Zeigen Sie her.«

Sofort begann er Schals aus den Regalen zu ziehen. Ein Schwall von Farbe staute sich auf dem winzigen Tisch, Gelb-, Blau- und Fuchsientöne. »Sehen Sie? Fühlen Sie mal, wie schön! Beste Qualität! Reine Pashmina!«

Mair wusste inzwischen schon sehr viel mehr über schöne Schals als vier Monate zuvor, als das exquisite Stück – das nun im Hotelsafe lag – in ihren Besitz gelangt war. Sie erkannte die Qualität der Arbeit und ihren wahrscheinlichen Wert. »Rein?«, sagte sie. »Ach ja?«

»Ja, reine Seiden-Pashmina-Mischung. Zwölfhundert Rupien. Sehen Sie mal, diese in Pink und diese herrliche in Türkis. Bald ist Weihnachten, Sie brauchen vielleicht Geschenke für Freundinnen. Drei für dreitausend.

»Haben Sie auch *Kani*-Webschals im Angebot? Oder bestickte Stücke?«

Der Mann blickte auf. »Oh, ja. Sie wissen, was gut ist, Madam. Ich zeige Ihnen.«

Er sperrte einen Schrank auf und präsentierte einen weiteren Stapel. Wie ein Magier schüttelte er mehr farbige Stoffbahnen aus und schwang und breitete sie vor ihr aus. Mair griff nach der nächsten und ließ den Stoff durch die Finger gleiten. Rasch beugte sie sich darüber, um das florale Muster in Rot- und Violetttönen zu begutachten, und schlang sich das Tuch um die Schultern.

»Sehr schön«, meinte der Kashmiri anerkennend. »Diese Farben genau richtig für Sie.«

Er war mit dem vorigen nicht zu vergleichen. Der Stoff fühlte sich steif an, war um die Blumenränder herum klumpig, und er hing komisch herunter, hatte nichts vom fließenden Fall ihres eigenen Schals. Als sie ihn wieder abnahm, hörte sie fast das Knistern der Fasern. Zwar wusste sie nicht sicher, wie das Muster gewebt worden war, doch nach einem flüchtigen Blick auf die Rückseite zu schließen, stammte er wohl aus billiger Massenproduktion. »Danke«, murmelte sie.

»Neuntausend. Gute Preis.« Er wusste, dass sie nicht kaufen würde. »Und diese hier, sehen Sie, bestickt. Alles Handarbeit.«

Königsblau diesmal, mit einer Bordüre aus weißen Blumen an beiden Enden. Die Blumen waren gewiss von Hand aufgenäht, doch sie waren schlampig gestickt und an der Rückseite hingen die Fäden herunter. Unter der Stickerei konnte man die Umrisse des Blockmusters sehen. Stärker hätte es mit dem anderen kaum kontrastieren können, auf dem sich die doppelte Bordüre der Stickblumen über das in gleichen Farbtönen gehaltene Webmuster erstreckte, und zwar in so winzigen Stichen, dass sie fürs bloße Auge nicht erkennbar waren, und alles so vollkommen ausgeführt, dass rechte Seite und Rückseite nicht zu unterscheiden waren. Der Effekt solch sorgfältiger und sich selbst unsichtbar machender Arbeit bestand darin, dass eine breite Bahn des Webmusters quasi ausgestanzt wurde, wodurch das Paisleymuster und das verschlungene Laubwerk eine prachtvolle dreidimensionale Wirkung erhielten.

»Wirklich sehr schön«, wiederholte Mair.

Der Mann wirkte beleidigt. Sie wollte jetzt nur noch raus aus dem Laden und zurück in die Sonne. Sie wählte ein Paar Korallenohrringe vom Verkaufsständer neben der Tür, bezahlte sie schnell und ergriff die Flucht.

»Kommen Sie bald wieder«, rief der Händler ihr nach.

Die beiden anderen Verkäufer hefteten sich erneut an ihre Fersen, allerdings eher halbherzig. Sie konnte sie abschütteln und eilte vorbei an einer Reihe von Frauen, die Körbe voller Blumenkohl und Äpfel feilboten, die sonnige, staubige Straße entlang. Schuhputzer mit ihren Bürsten und Schuhwichsdosen hockten auf Sackleinenstücken und versuchten ihre Aufmerksamkeit zu erregen, obwohl ihre abgewetzten *Converse Chucks* unübersehbar waren. Motorroller und Rikschas holperten über die Schlaglöcher in der Straße. Der Verkehrslärm war ohrenbetäubend. Mair spähte in die schattigen, von der Straße abgehenden Gassen und bog auf gut Glück in eine hinein. Eine räudige Hündin kam in großen Sätzen und mit geschwollenen, baumelnden Zitzen auf sie zu.

Im Schatten war es kühler, und sie ging weiter, vorbei an Friseurläden und Metzgerständen, wo bluttriefende Ziegenköpfe auf Holzblöcken lagen. Ein an einen Balken genageltes schwarzes, surrendes Objekt entpuppte sich als die herausgetrennte Zunge des Tieres, die man vermutlich dort befestigt hatte, um die Fliegen vom übrigen Fleisch fortzulocken. Mair warf einen Blick darauf, schluckte und tastete nach der Wasserflasche in ihrer Tasche. Entschlossen nahm sie einen Schluck daraus und ging weiter. Zeltplanen spannten sich nun über ihrem Kopf, die Gasse wurde immer düsterer und enger. Überreife Gemüsereste und sonstiger kaum identifizierbarer Abfall quatschten unter ihren Füßen. Frauen in Saris glitten vorüber, andere in Burkas eilten in die entgegengesetzte Richtung. Standinhaber riefen, und Kinder hüpften über die Abflussrinnen. Es war ein geschäftiger, heiterer Ort, und alles so Unvertraute daran strich ihr Außenseitertum nur um so stärker hervor.

Die Gasse öffnete sich auf einen Platz, und sie blinzelte, als ihr die Sonne jäh ins Gesicht schien. Auf einer Seite äste ein kleiner brauner Ochse mit offensichtlichem Appetit an einem Haufen schwelenden Unrats. Auf der anderen hatte man unter einem bemalten Baldachin eine karmesinrot-goldene Gebetsmühle aufgestellt. Während sie noch schaute, trat ein uralter Mönch in safrangelbem und weinrotem Gewand aus der Menge und setzte die Mühle im Uhrzeigersinn in Bewegung. Er folgte ihr bei ihren Umdrehungen und murmelte und zählte die Perlen an seinem Rosenkranz. Mair fotografierte ihn und überlegte dann, ob dies womöglich zu aufdringlich gewesen war.

Sie entschwand in eine Gasse, die wiederum in eine andere Richtung führte, ins Zentrum des Basars. Hier verschwanden die Verkaufsstände fast unter weißen Turnschuhen und braunen Plastiksandalen. Und über den Köpfen baumelten wie unförmige Früchte Hunderte von Rucksäcken und Reisetaschen. Mädchenkleider aus Glitzerstoff und Flitter hingen in funkelnden Etagen übereinander.

Und hier, eingerahmt vom blauen Rauch, der aus einem der Imbissstände stieg, erblickte sie die Beckers zum ersten Mal. Die drei hätten mit Sicherheit überall Eindruck gemacht, doch auf dem chaotischen Basar boten sie ein derart überirdisches Tableau, dass es fast schon religiöse Qualität besaß.

Sie waren die ersten Europäer, die ihr auffielen, seit sie die Hauptstraße verlassen hatte. Die Frau war groß, schlank und von geradezu ätherischer Blässe. Über ihren Schultern bauschte sich eine Masse rotgoldenen Haars. Sie trug eine weite weiße Bluse über einem Stufenrock aus blauem Leinen und schlammverkrusteten Stiefeln. Sie sprach, deutete, lachte – alles gleichzeitig. Der bei ihr stehende Mann blickte in die entgegengesetzte Richtung. Er war sogar noch größer als seine Frau, sonnengebräunt und mit rabenschwarzem Haar und Augenbrauen sowie Dreitagebart. Zwischen ihnen stand ein engelhaftes Geschöpf, ein kleines Mädchen von etwa zwei Jahren. Es besaß denselben dichten Lockenschopf wie die Mutter, allerdings in Weißblond. Der Kopf der Kleinen rotierte, während sie von einem Elternteil zum anderen blickte. Dann streckte sie die winzigen Ärmchen in die Luft und plärrte: »Tragen.«

Die Frau lachte und gestikulierte noch immer. Sie bückte sich und hob die Kleine hoch. Sie setzte sie sich auf die Hüfte und ging zum Imbissverkäufer hinüber. Das Kind zog eine Strähne aus dem erstaunlichen Haarwust der Mutter und spähte wie durch einen Schleier hindurch und hinunter auf die an ihr vorbeiziehenden Köpfe.

Der Mann drehte sich um, um zu sehen, worauf seine Frau deutete. Mit einem Schöpflöffel angelte der Verkäufer im Siedebottich und brachte glänzend karamellbraune Schnörkel zum Vorschein. Er kippte sie in ein Papiertütchen und überreichte es ihr für ein paar Rupien. Die Frau griff hinein und zog einen fritierten Schnörkel heraus. Beiläufig blies sie darauf und reichte ihn dann dem Kind. Und mit Genuss biss die Kleine in … was immer es auch sein mochte.

Die Frau legte den Kopf in den Nacken und ließ sich ein Stück davon in den Mund fallen. Sie kaute eifrig, lachte und wischte sich das Fett vom Kinn. Gesundheit und Zufriedenheit strahlten von ihr aus – so schien es. Ihre freie Hand glitt leicht hinüber auf die Hüfte ihres Mannes und verweilte dort. Es war eine Geste des Besitzes und der Zuneigung, ebenso intim wie zwanglos. Sie steuerte ihn weg vom Verkäufer und Mairs prüfendem Auge, obwohl keiner der drei auch nur einen Blick in Mairs Richtung geworfen hatte. Sie spazierten tiefer ins Labyrinth der Stände hinein. Mair sah ihnen nach, dem rotgoldenen und dem schwarzen Kopf – und dem hellen des Kindes, der zwischen ihnen auf und ab hüpfte, bis sie um eine Ecke bogen und verschwunden waren.

Trotz des Drangs, hinter der Familie herzulaufen, rührte sie sich nicht von der Stelle. Der Verkäufer schaufelte eine weitere Ladung seiner mysteriösen Ware in den Kessel; das Öl zischte und spritzte.

Im Trubel des Markts empfand Mair ihre Einsamkeit heftiger als sonst.

Sie hatte zwar eine Menge Freunde – und auch die übliche Reihe von Beziehungen gehabt, doch es war keiner dabei gewesen, mit dem sie sich vorstellen konnte, den Rest ihres Lebens zu verbringen – jedenfalls nicht wie ihre Schwester Eirlys es mit Graeme gewagt hatte oder Dylan mit seiner Jackie.

Sie zwang sich, die Gerüche des Basars tief einzuatmen und registrierte die vorbeizuckelnden Kühe, die auf einem Abfallhaufen scharrenden Hennen, den buddhistischen Mönch, der von seinem Gang um die Gebetsmühle zurückkehrte, sowie den stetigen Anstrom von Menschen, die ihren Geschäften nachgingen. Farben und Gerüche und frische Eindrücke überschwemmten sie, und ihre Lebensgeister bekamen neuen Auftrieb. Sie drehte sich um, kehrte auf demselben Weg wieder zurück, wobei sie mit voller Absicht die entgegengesetzte Richtung einschlug wie die wunderbaren Fremden.

Die Fahrt nach Changthang, östlich von Leh, fast bis dorthin, wo einst die Grenze Tibets – inzwischen die Grenze Chinas – verlief, nahm den größten Teil des Tages in Anspruch. Weitere Teilnehmer der Besichtigungstour in dem kleinen Toyota-Bus waren zwei korpulente holländische Paare mittleren Alters sowie drei israelische Jungen, die sich nicht nur wie Rüpel aufführten, sondern auch auffallend unfreundlich waren. Auf der Rückbank herumlümmelnd, mochten sie sich über ihre diversen MP3-Zubehörteile kaum einkriegen und waren ständig am Wiehern.

Auf ihrem Sitz zusammengekauert und die Füße wegen des Geruckels gegen den Vordersitz gestemmt, hatte Mair während der langen Fahrt jede Menge Zeit zum Sinnieren und Erinnern.

Vor ihrer Abreise nach Indien hatte sie, soweit es ihr möglich war, die Geschichte ihrer Großeltern recherchiert. Dabei hatte sie in der Online-Ausgabe eines Buchs mit dem Titel *Hope and the Glory of God* (Untertitel *With the Welsh Missionaries in India)* vor drei Monaten den Artikel zu *Parchedig Evan William Watkins (1899–1960)* entdeckt.

Evan Watkins hatte am University College von Nordwales und dem College der presbyterianischen Kirche von Wales seine Ausbildung erhalten.

Nach der Priesterweihe fühlte er sich zur Arbeit in Indien berufen und war 1929 nach Shillong gereist, das damals zum Bundesstaat Assam gehörte. Später hatte er dann als Bezirksmissionar von Shangpung gewirkt.

Seit der Lektüre seiner geistlichen Biografie hatte sie immer wieder versucht, sich Evan Watkins in seinem schwarzen Rock und seinem Priesterkragen vorzustellen, während er den Bewohnern ferner indischer Bergdörfer mutig den Nonkonformismus predigte. Hatte er etwa von seiner improvisierten Kanzel herunter gewettert, während an dampfigen Tagen der Monsunregen aufs Blechdach trommelte?

Seit ihrer Ankunft im indischen Himalaja hatte sie sich noch mehr bemüht, sich ihn in dieser Situation auszumalen, doch der Kulturschock war zu brutal, als dass sich irgendein Bild bei ihr eingestellt hätte.

Gemäß des Eintrags in diesem Buch war Parchedig Watkins 1938 nach Wales zurückgekehrt, wo er die 1909 geborene Nerys Evelyn Roberts kennenlernte und heiratete. 1939 schiffte sich das Paar in Liverpool an Bord der *SS Prospect* nach Bombay ein.

Das konnte sie sich nun schon eher vorstellen. Mair sah den Sonnenuntergang über dem Suezkanal und hörte ein Orchester, das für die Tänzer im Salon der zweiten Klasse spielte. Wahrscheinlich hatte der Pastor nicht viel Zeit für den Foxtrott, aber sie fragte sich, ob die junge Mrs Watkins das wohl ebenso gesehen – oder aber ihre Limonade geschlürft und mit etwas Wehmut die lachenden Paare beobachtet hatte.

Der Reverend Evan und Mrs Watkins wurden in der Folge zum Dienst in der neuen Mission von Leh, hoch oben in Ladakh berufen, wo der Pastor für die missionarische Betreuung der gesamten Region zuständig war. Viele Straßen in seinem Gebiet waren sieben Monate des Jahres unpassierbar, merkte der Biograph an, und elektrischer Strom war fast unbekannt.

Mair blickte zum Busfenster hinaus auf die karge Landschaft und die in den leeren blauen Himmel ragenden, violettgrauen Wolken. Die ungeteerte Straße lief im Zickzack – in hellen Haarnadelkurven, die man aus dem Fels gekratzt hatte – auf einen fernen Pass zu. Die ganze Straße entlang hupten und schlitterten riesige Lastwagen mit bemalten Führerhäusern, die an Kirmeskarusells erinnerten. Doch noch immer wollten die kleinen Gestalten des walisischen Predigers und seiner Frau in ihrer Vorstellung keine Gestalt annehmen, weder hier noch sonstwo im Himalaja.

Der Rest des Artikels war knapp gefasst. Nach dem Krieg hatte seine angegriffene Gesundheit den Geistlichen gezwungen, nach Wales zurückzukehren. Auch in der Folge interessierte Evan Watkins sich stark für die Belange der Mission, doch gesundheitlich erholte er sich nie mehr von den Unbilden des indischen Klimas, starb im Jahr 1960 und hinterließ seine Witwe und eine 1950 geborene Tochter.

Diese Tochter war Mairs Mutter gewesen, Gwen Ellis, geborene Watkins.

Gwen selbst war, als ihr jüngstes Kind gerade ins Teenageralter kam, ganz plötzlich an einer Hirnblutung verstorben. Und mit am meisten bedauerte Mair inzwischen, dass sie – als ziemlich mit sich selbst beschäftigte und desinteressierte Dreizehnjährige – ihre Mutter niemals gebeten hatte, ihr etwas über Evan und Nerys' exotische Jahre als Missionare in Indien zu erzählen.

Der Bus hielt an einem Straßenstand, an dem es Tee und kleine Imbisse zu kaufen gab. Die israelischen Jugendlichen sprangen sofort auf und drängten sich an Mair und den holländischen Paaren vorbei ins Freie. Ehe sie ausstieg, um sich die verkrampften Beine zu vertreten, nahm Mair den Rucksack vom Nebensitz und schlang sich den Traggurt über die Schulter. Mit dem Ellbogen hielt sie ihn an ihre Seite gepresst.

»Woher kommen Sie?«, fragte eine der Holländerinnen, während sie den stark gesüßten Tee aus der Thermosflasche des Verkäufers schlürften. Eine Kolonne indischer Armeelaster, die zu den Grenzverteidigungstruppen gehörten, schob sich langsam an ihnen vorbei. Junge Soldaten schielten, Gewehr im Anschlag, über die Heckklappen auf sie herunter.

Statt einfach »England« zu sagen und das sympathische Marktstädtchen an der Südküste zu nennen, wo sie leicht erreichbar für Hattie und mehrere andere Freundinnen lebte, und wo sich auch ihre letzte Arbeitsstelle befunden hatte, überraschte Mair sich selbst damit, dass sie »Nordwales« erwiderte. Ihr einstiges Elternhaus wurde inzwischen von einem Geschäftsmann aus Manchester und seiner jungen Familie bewohnt, sodass es diesbezüglich keine Bindungen mehr gab, außer ihrem Bruder, ihrer Schwester und ihren Erinnerungen. Aber trotzdem oder vielleicht gerade deswegen waren ihr die Jahre ihrer dort verbrachten Kindheit sehr präsent. Sie vermisste ihr Elternhaus, nun da es verkauft worden war und sie nie mehr zurückkehren konnte. Und sie klammerte sich an die Vorstellung von ihren Großeltern und deren Leben an diesem merwürdigen Ort.

»Und Sie?«, erwiderte Mair rasch.

»Utrecht. Machen Sie hier Urlaub?«

»Ja-aa. Bin hier nur auf der Durchreise.«

Der Rucksack lehnte an ihrer Hüfte. Und darin lag zusammengefaltet in seinem Beutel der Schal.

Die Frau seufzte. »Wir finden das gar nicht so einfach auf diesen Straßen. Meinem Mann ist unwohl.«

Hinter dem Bus ertönte das unverkennbare Geräusch eines Menschen, der sich erbrach. Die israelischen Jugendlichen wiederum fanden das zum Brüllen komisch.

Der Bus kämpfte sich mit Mühe über einen weiteren hohen Pass, und eine gigantische Aussicht breitete sich vor ihnen aus. Ziel ihres Ausflugs war eine Hochebene nördlich der Berge. Geografisch gehörte diese zum tibetanischen Plateau, obwohl sie noch in Indien lag.

Changthang befand sich dort, wo die Nomadenvölker des östlichen Ladakh traditionell ihre Herden zusammentrieben und weideten. Das Klima da oben war so kalt und streng, dass die Tiere, um sich vor ihm zu schützen, das dichteste und leichteste Vlies entwickelten. Auf der Suche nach der spärlichen Weide zogen die Nomaden das ganze Jahr über mit den Herden von Ort zu Ort. Das Futter der Ziegen und das Wasser, das die Tiere tranken, waren unverseucht, und ihre Wolle die reinste, die man sich nur vorstellen konnte.

Aus ihrer Lektüre wusste Mair, dass die feinste *pashm,* das Rohmaterial der Kashmir-Schals, aus dieser Gegend stammte, sodass ihr kostbarer, geheimnisvoller Schal nahezu sicher als Wolle einer Pashminaziege einst hier seine Reise begonnen hatte.

Als sie endlich im Touristencamp in ihrem Zelt allein war, nahm sie den Beutel aus dem Rucksack und betrachtete sich den Schal noch einmal eingehend im Licht ihrer Taschenlampe. Der zart würzige Duft, der sich in seinen weichen Falten verbarg, war, wie sie inzwischen wusste, der Duft Indiens selbst. Das zentrale Motiv im Webmuster des Schals war der gefächerte Schwanz eines Pfaus. Eine breite Doppelbordüre umschloss das mittlere Bild, dessen Winkel von üppigen Paisleyformen ausgefüllt wurden, und breite Bänder reichen Blattwerks säumten beide Enden. Die teilweise bestickten Bänder erinnerten fast an Brokat. Trotz all seiner Schönheit jedoch war der Schal abgenutzt und zerschlissen. Verblichene Linien verrieten, wo er jahrzehntelang in denselben Falten gelegen hatte; an manchen Stellen hatte sich die komplizierte Stickerei aufgelöst, an anderen war sie völlig weggescheuert. Es gab Tintenflecken in einer Ecke und eine unregelmäßige gelbe Verfärbung in einer anderen. Mair zog ihn sich über die Knie, zeichnete abwesend die Stickarabesken nach, strich die geknoteten Fransen glatt und versuchte die Geschichte des Schals zu lesen, als sei er eine Landkarte.

Am frühen Morgen – es war noch kaum hell –, trommelte der Reiseführer Mair, die Holländer und die Israelis zusammen und scheuchte sie einen Pfad hinauf, der lediglich eine nicht ganz so felsige Rinne zwischen den die Ebene übersäenden Blöcken bildete. Sie erreichten das Ufer eines riesigen Sees, wo das Wasser mit einer dünnen Eisschicht bedeckt und der Boden mit Schnee überpudert war. Am Rande des Sees stand eine Handvoll einstöckiger Häuser, kaum mehr als Hütten, aufgereiht zwischen kahlen Pappeln. Yaks, deren langes Haar fast den Schnee berührte, bewegten sich schwerfällig zwischen den Felsen. In Vorbereitung auf den Winter trieben die Nomadenfamilien der Changpa ihre Herden von den entlegeneren Weiden herab. In Seenähe befanden sich niedrige Steinringe, und die ersten Ankömmlinge hatten schon Ziegenhaarplanen darüber geworfen, um Unterkünfte für sich und ihre Tiere zu schaffen. Rauch erhob sich in dünnen Säulen aus den Lüftungslöchern an deren höchstem Punkt. Eine Frau kämpfte sich mit gebeugtem Rücken mit einem vollen Eimer vom Seeufer herauf.

Die Ziegen stanken – anders war es nicht zu nennen. Das Nomadencamp duftete nach Kerosin, Tierdung und Holzrauch, doch der beherrschende, geradezu halszuschnürende Geruch war der nach unverfälschter Ziege.

Man veranstaltete eine Vorführung für die Touristen. Drei Männer in groben Kitteln und Yakfellstiefeln trieben eine Handvoll ihrer Tiere in eine der steinernen Einfriedungen. Mair zog sich die Zipfel ihrer Fleece-Mütze über die Ohren und zitterte im scharfen Wind. Sie spürte geradezu, wie die Eisschicht über dem See dicker wurde. Die Ziegen waren zottige Geschöpfe, weiß und braun und schwarz, mit gebogenen Hörnern und bestürzend langen Pupillen. Sie ließen sich die Vorderbeine fesseln und zur Seite kippen, wo sie dann steifbeinig und stinkend lagen. Aus den Falten ihrer Gewänder zogen die Männer nun hölzerne Gerätschaften, die Haarbürsten ähnelten und mit scharfen, nach innen weisenden steifen Metallzinken versehen waren. Mit synchronisierter Kraftanstrengung machte sich jeder an einer Ziege zu schaffen und schabte und zerrte an der Hals- und Brustwolle der Tiere. Verfilzte Haarbüschel waren der Ertrag dieser Behandlung, die sich zusammen mit dem daran klebenden Dreck, Dung und Fett in Klumpen ablösten. Die Ziegen meckerten prostestierend und die Männer reagierten mit einem kehligen Heulgesang.

»Sie singen für die Ziegen, fordern sie auf, ihnen als Gegenleistung für das schmackhafte Gras, das sie gefressen, und das gute Wasser, das sie getrunken haben, gute *pashm* zu geben«, erklärte der Führer.

Eine Frau klaubte die Wolle auf, sobald die Männer sie aus ihren Kämmen gezupft hatten, wobei sie darauf achtete, auch das letzte Büschelchen aufzulesen, und stopfte sie in einen froststarren Plastiksack.

»Jede Familie besitzt achtzig bis zweihundert Ziegen. Im Mai und September werden die Tiere gekämmt. Das Kämmen einer jeden Ziege erbringt ungefähr zweihundert Gramm Rohwolle«, leierte der Führer in seinem abgehackten Englisch. Wenigstens musste sie sich all das, anders als ihre Reisegefährten, nicht noch übersetzen.

»Wie viel Geld kriegen sie dafür?« fragte der Holländer, den die Reisekrankheit verschont hatte.

»Sechzehnhundert Rupien für ein Kilo«, erwiderte ihm der Führer. »Mal mehr, mal weniger, hängt von Qualität ab. Nach Reinigung und Weiterverarbeitung ergibt ein Kilo Rohwolle nur dreihundert Gramm reine Fasern zum Spinnen.«

Mair starrte auf den Sack. Um auf ein Kilo zu kommen, musste man eine Ziege schon ziemlich oft kämmen, und um diesen Sack zu füllen, brauchte es wohl eine ganze Herde. Und wie diese schmutzigen, fettigen Bündel sich je in die federleichte Eleganz ihres Schals verwandeln konnten, war nur schwer vorstellbar.

»Und was passiert als nächstes?«, fragte einer der jungen Israelis, obwohl er nicht allzu interessiert klang.

»Wollhändler kommen mit Lastwagen aus Leh herauf. Sie kaufen die *pashm* und bringen sie zur Weiterverarbeitung in die Stadt.«

Ein anderer von den Jungen hatte eine verrostete Konservendose aus dem übers Changpa-Lager verstreuten Müll gefischt. Er stellte sie auf einen Felsen und zielte mit Kieselsteinen danach.

»Ist das alles?«, wollte sein Freund wissen. Eine Steinsalve prasselte auf die Dose ein, bis sie vom Felsen hüpfte.

Der Reiseführer wirkte beleidigt. »So ist die Tradition der Menschen hier. So ist es seit Jahrhunderten.«

»Aber ist das alles, was es hier zu *sehen* gibt?«

»Heute nachmittag besuchen wir ein Kloster. Dort gibt es schöne Fresken.«

»Na toll.«

Nach vollbrachter Vorführung ließen die Männer ihre Ziegen wieder frei und jagten sie aus dem Pferch. Der Anführer wartete auf ein Trinkgeld, die anderen hasteten auf die nächste überdachte Einfriedung zu.

Mair hoffte, dass sie den Rest des Tages Ziegenhirtenballaden singend und *chang* trinkend an einem Holzfeuer verbringen konnten. Sie öffnete ihren Rucksack, vergewissserte sich noch einmal, dass der Schal schön eingepackt war, und nahm eine Fünfhundertrupiennote aus ihrer Geldbörse. Im Nu schloss sich die geschwärzte Faust des Mannes um den Geldschein, jedoch nicht so schnell, dass der Führer nicht mitbekommen hätte, wie viel es war. Er würde sie nun – da sie viel zu großzügig gewesen war – für eine unbesonnene Europäerin, ein leichtes Opfer halten, doch das war ihr egal.

»Julley«, murmelte sie. Es war das ladakhische Allzweckwort für »hallo«, »Aufwiedersehen«, »danke«.

»Julley«, erwiderte der Mann. Er war schon unterwegs zu den Holländern.

Mair hatte vorgehabt, ihren Schal auszupacken und ihn, mit weidenden Ziegen im Hintergrund, über die sonnenverbrannten Felsen zu breiten, um ein künstlerisches Foto von seinem Ursprungsort zu schießen, das sie Eirlys und Dylan zeigen konnte – doch sie hätte ihn mit kleinen Steinen beschweren müssen, damit er nicht davongeweht wurde, und Kügelchen von Flugeis peitschten ihre Wangen. Der ganze Schauplatz war einfach zu grimmig für mehr als eine mentale Anerkenntnis dessen, dass dies der Ort war, an dem diese feine leichte Wolle womöglich vor siebzig Jahren ihren Anfang genommen hatte. Nichts hatte sich seither verändert. Und sie war froh, dass sie hergekommen war. Sie gab sich mit einem Foto vom See und den Bäumen zufrieden, vor denen strahlend eine weißwollige langhaarige Ziege stand.

Den Geruch einzufangen war unmöglich, was allerdings nicht bedauerlich war.

Was ihre Großeltern betraf, schien es nun, wo sie selbst da gewesen war, völlig unplausibel, dass jemals ein Abgesandter der walisischen presbyterianischen Mission von Leh so weit vorgedrungen sein konnte. Sicherlich hatte Evan Watkins in den Dörfern entlang des Indus und des Zanskar genug zu predigen gehabt und nicht auch noch die Changpa-Leute missionieren müssen. Im Winter hätte er den Ort sowieso nicht erreicht, weil die Schneefälle ihn von der Außenwelt abschnitten.

Ihre Mitreisenden trotteten über das Plateau zurück auf den weißen Fleck des Toyota zu. Mair warf einen letzten Blick auf die Ziegen und die sie umgebende Kulisse und eilte ihnen nach.

»Zurück zum Bus, Jungs«, rief der Anführer der Israelis. Die beiden anderen stapften eifrig hinterdrein.

2

Nach Leh zurückgekehrt verbrachte Mair einen Tag damit, den Wärter ausfindig zu machen, der den Schlüssel für den europäischen Friedhof aufbewahrte.

»Heute nachmittag er ist vielleicht da«, prophezeite ein alter Mann, der mit seiner Wasserpfeife auf einer Treppenstufe hockte.

Doch auch am Nachmittag gab es weder einen alten Mann noch einen Wärter noch einen Schlüsselbund. Frustriert stand Mair auf der falschen Seite des Zauns, während Blätter wie goldene Flocken von den Bäumen fielen und über die Grabsteine wehten. In Ladakh, begriff sie, besaß das Leben seinen eigenen Rhythmus. Sie wanderte in die Stadt zurück, um dort ein Café aufzusuchen, *chai* zu trinken und sich einen Plan zurechtzulegen.

Auf der Hauptstraße vor der Moschee sah sie über den weißen Mützen und grauen Rücken zum Gebet eilender Männer rotgoldenes Haar auflohen. Die Frau und das Kind waren völlig mit sich beschäftigt, das Kind mit einem Wutanfall, das sein Gesichtchen zu einem blutroten Etwas verzerrte, und die Mutter mit milden Vorhaltungen. Der finstere Gatte war nirgends zu erblicken.

»Non, non!«, plärrte das Kind und stampfte mit den Füßen in den Dreck.

»Das reicht jetzt«, befahl die Frau, in amerikanisch klingendem Englisch. »Hör sofort auf damit.« Ihre Miene verriet teils Belustigung, teils Resignation. Sie hatte Einkaufstüten in den Händen und setzte eine der beiden ab, um eine Hand für das Kind frei zu haben. Doch die Kleine hatte bereits registriert, dass Mair sie beobachtete. Sie zwinkerte mit Augen, in denen keine Spur von Tränen, nur Entrüstung zu entdecken war. Die Schreie veränderten sich, aus persönlicher Wut wurde nun große Oper.

Mair blickte sich um. Hinter und vor ihr war genug Platz. Sie hob den Finger und blickte das Kind unverwandt an. Der Wutanfall endete ziemlich abrupt, da nun die Neugier die Oberhand gewann. Sobald Mair die volle Aufmerksamkeit der Kleinen hatte, holte sie tief Luft, konzentrierte sich und vollführte aus dem Stand einen Rückwärtssalto.

Es war schon eine ganze Weile her, seit sie es das letzte Mal versucht hatte, und bei der Landung schwankte sie ein wenig, doch abgesehen davon war er ziemlich zufriedenstellend. Der Kleinen klappte die Kinnlade herunter, ihre Augen wurden ganz rund vor Verblüffung. Mair klatschte in die Hände, und machte zwei Handstandüberschläge vorwärts. Hattie und sie hatten diese Übungen als Teil ihrer Nummer synchron absolviert, und auch jetzt hätte sie sie wahrscheinlich noch im Schlaf zustande gebracht. Mit dem zweiten Überschlag kam sie ziemlich nahe an Mutter und Kind heran. Das kleine Mädchen fasste nach Mairs Bein und blickte zu ihr auf. Ein Lächeln erhellte ihr Gesichtchen.

»Nochmal! *Encore une fois!*«

Die Mutter lachte. »Das ist ja allerhand. Und viel besser, als sie mit Süßigkeiten zu bestechen.«

Mair wurde ein wenig verlegen, da sie merkte, dass sie die Aufmerksamkeit der Mutter wohl ebenso hatte erregen wollen wie die des Kindes. Außerdem hatten sie ein beträchtliches Publikum angezogen, da es in der Stadt zum Saisonende nicht viele andere Ablenkungen gab. Hoffentlich würden sich die Zuschauer rasch verlaufen.

»Wenigstens scheint es funktioniert zu haben. Kann ich Ihnen vielleicht helfen?« Mair wischte sich den Schmutz von den Händen und griff nach den Einkäufen, sodass die Mutter ihre Tochter mit der gleichen lässigen Bewegung wie unlängst auf dem Basar hochheben und auf ihre Hüfte platzieren konnte.

»Hüpf-Dame«, sagte die Kleine verwundert und streckte ihr Händchen aus, um Mairs Gesicht zu berühren.

»Und ob«, pflichtete ihre Mutter ihr bei. »Ganz schön erstaunlich, was?« In ihrer Aussprache vibrierte eine Idee von Südstaatenakzent.

»Eigentlich war das doch eher heikel. Ich weiß nicht, was plötzlich über mich gekommen ist. Ich wollte, dass ihre Tochter mit dem Weinen aufhört.«

»Ich auch«, seufzte die andere. »Sie hatte es sich einfach in den Kopf gesetzt, den heutigen Nachmittag mit ihrem Papa zu verbringen und musste stattdessen mit mir vorlieb nehmen. Er wollte sich die Führer und Ponys nochmals anschauen – wir gehen morgen auf eine Trekking-Tour. Deswegen auch all die Einkäufe – was nimmt man da nicht alles mit! Ich bin übrigens Karen Becker. Und das hier ist Lotus.«

Lotus hob ihr Händchen zu einem königinnenhaft huldvollen Winken.

»Mair Ellis. Hallo, Lotus«, lächelte Mair.

Das Kind war mit seiner hohen Stirn und dem Mund, der dem eines Cherubs auf einem Renaissancegemälde glich, außerordentlich hübsch.

»Ich wollte gerade Tee trinken«, fügte sie noch hinzu.

Karen machte eine Kopfbewegung nach der anderen Straßenseite. »Super. Wir wollten gerade in den Salon, Lo, nicht wahr? Wir müssen uns die Füße pediküren lassen, ehe wir auch nur einen Schritt weit wandern. Kommen Sie doch einfach mit, dann können wir plaudern. Die geben Ihnen dort bestimmt einen Tee.«

Mair war froh, der gaffenden Menge zu entkommen. Die beiden Frauen traten über den Rinnstein und schlängelten sich zwischen Ochsen und Autorikschas hindurch bis zur gläsernen Fassade eines Ladens, dessen Fenster von dichten Spitzenvorhängen verhüllt waren. »Ladies Only Beauty« verkündete das Schild im Schaufenster.

Im Innern fanden sie einen geborstenen Fußboden vor, der nicht besonders sauber war, staubige leere Regale und eine Reihe von Friseurstühlen. Es roch nach altmodischer Dauerwellflüssigkeit, ein Aroma, das sich mit dem Duft von Räucherstäbchen und gekochter Wäsche vermischte. Eine kleine Schar von Frauen in leuchtenden Saris hatte Lotus im Nu umlagert, Karen aus den Armen genommen und in den rückwärtigen Teil des Ladens entführt. Unter bewunderndem Getriller begannen sie ihr das weißblonde Haar zu kämmen. Und Lotus akzeptierte die Aufmerksamkeit als etwas, das ihr gebührte – nicht mehr und nicht weniger.

Ein lächelndes Mädchen mit rotwangigem, vollkommen rundem tibetanischen Gesicht nahm ihnen die Einkäufe ab. Und einen Augenblick später hatte man sie auf zwei nebeneinander stehende Stühle komplimentiert, und sie erblickten sich im fleckigen Spiegel.

»Kommen Sie. Sie könnten doch auch.« Karen lächelte.

Mair gestattete ihrer tibetanischen Bedienerin, ihr die Schnürsenkel ihrer *Converse* zu lösen und dann ihre Füße in einen rosa Fuß-Whirlpool aus Plastik zu stecken. Der Motor brummte unter ihren Sohlen, und das Wasser wallte auf. Die ganze Szenerie hatte etwas so Verrücktes, aus der Welt gefallenes, dass sie einfach lachen musste.

Im Spiegel begegnete sie Karens blauem Blick. »Erzählen Sie. Sie sind doch sicher eine *Capoeira*-Tänzerin oder so was ähnliches? Wir haben einige dieser Straßenkünstler in Rio gesehen. Waren Sie da schon mal? *Un*-glaublich. Wie gerne ich das können würde. Aber ich könnte das nie und nimmer.«

Mair lachte wieder. »Was? Nein, ich bin keine Tänzerin. Ich habe vor vielen Jahren mal in einem Zirkus gearbeitet.«

»In einem *Zirkus?* Stammen Sie aus einer Artistenfamilie? Sagen Sie bloß, und Ihr Vater war der Löwenbändiger, was? Und

Ihre Mutter die Frau im Paillettenkostüm, die auf dem Elefantenrücken Pirouetten drehte? Sie sind im Wohnwagen zur Welt gekommen, und sobald Sie laufen konnten, sind Sie in Ihrem kleinen Kostüm in der Parade mitmarschiert. Erzählen Sie bloß Lotus nichts davon – sonst fängt sie noch an zu spinnen.«

Karin verfügte offenbar selbst über jede Menge Fantasie. Mair war fasziniert von ihrem atemberaubenden Aussehen und ihrer Lebhaftigkeit, aber sie wurde nicht recht schlau aus ihr. »Leider war das ganz und gar nicht so glamourös. Mein Vater hat mit Landmaschinen gehandelt, und meine Mutter war Grundschullehrerin in Nordwales.«

»Und wie kamen Sie dann dazu?«

Mair hätte diesen Fragen leicht ausweichen können, doch schließlich hatte sie sich selbst des Exhibitionismus schuldig gemacht und dachte, das wenigste, was sie nun tun konnte, sei eine aufrichtige Antwort. »Ich war immer ein rebellisches Kind und hatte über so viele Jahre damit gedroht, einmal wegzulaufen und zum Zirkus zu gehen, dass es, als sich die Gelegenheit ergab, quasi ein Gesichtsverlust gewesen wäre, wenn ich es nicht getan hätte. Unsere Vorstellung war ziemlich bescheiden. Wir hatten keine Löwen. Ja, eigentlich gar keine Tiere, weil das grausam gewesen wäre. Meine Freundin und ich hatten eine Trapeznummer, und in der Kindervorstellung gaben wir auch die Clowns. Wir haben das etwa vier Jahre lang gemacht; dann wurde es Zeit, erwachsen zu werden.«

»Verstehe.« Karen kniff die Augen zusammen. »Soll ich das jetzt wirklich glauben? Oder ist das einer der Lebensläufe, wie man sie bei flüchtigen Begegnungen einem Fremden erzählt? Falls es so ist, krieg ich's heraus, ich warne Sie. Wir werden Freundinnen werden. In solchen Dingen täusche ich mich nie.«

Eine junge Frau erschien mit Zinntablett und Teegläsern. Mair griff nach einem und trank. Der Tee war milchig und zuckersüß, jedoch hochwillkommen. Ihre Pediküristin hob einen ihrer Füße aus dem Bad und trocknete ihn in ihrem Schoß. Dann begann sie, sie handvollweise mit einer körnigen Lotion einzuschmieren.

Karen schwatzte weiter: »Denn wie könnte ich mir die Gelegenheit, mich mit einer Frau anzufreunden, die Salti schlägt, noch ehe sie den Mund aufgemacht hat, entgehen lassen?«

Am anderen Ende des Raums saß Lotus und hatte ein Dutzend Schleifen im Haar. Eben wurden ihre winzigen Fingernägel mit Glitzerlack betupft.

Mair fand es allmählich an der Zeit, in diesem Gespräch selbst mal inititativ zu werden. »Was machen Sie eigentlich hier in Leh?«, fragte sie.

Karen riss die Augen auf. Ihr Gesicht im Spiegel wurde zu einem bleichen aufmerksamen Oval. »Wir kommen aus Tibet. Ich bin nämlich Buddhistin, müssen Sie wissen. Für mich war es eine Pilgerreise.« Sie begann über besuchte Klöster und verrichtete Andachten zu sprechen. Nach der alljährlich stattfindenden Enthüllung eines spektakulären *Thangka*-Gemäldes war sie vom obersten Lama gesegnet worden, was eine der spirituellsten Erfahrungen ihres Lebens gewesen sei. War Mair denn praktizierende Gläubige? Wirklich nicht? Hatte sie nie eine diesbezügliche Berufung verspürt? Wusste sie, dass sich eine der Sommerresidenzen Seiner Heiligkeit tatsächlich hier in Leh befand? Hatte sie jemals den großen goldenen Maitreya in Thikse *Gompa* gesehen?

»Ja«, konnte Mair letzteres bestätigen. Das flinke Massieren ihres Fußes und Fußgelenks ließ tote Hautschuppen und getrocknete Fußcreme auf den Fußboden niederprasseln.

Karens Bein wurde der gleichen Behandlung unterzogen. Sie unterbrach ihren Monolog und wandte ihre Aufmerksamkeit dem jungen Mädchen zu, das mit einer kleinen Auswahl an Nagellackfarben auf dem Teetablett zurückgekehrt war. »Rosa oder rot, was meinen Sie?«

»Rot«, erwiderte Mair automatisch.

»Hmm. Jaa, aber ich werde lieber Pink nehmen. Will schließlich nicht die Ponys verschrecken, oder? Lotus, welche Farbe haben deine Zehen?« rief sie.

»Rosa, glänzend«, zwitscherte Lotus.

»Wie hübsch. Daddy wird begeistert sein.«

»Und jetzt gehen Sie zum Trekken.«

Karen winkte matt ab. »Das ist das Faible meines Mannes. Ein vertretbarer Kompromiss, schätze ich. Meine Klöster gegen seine Berge. Obwohl wir uns in New York begegnet sind, leben wir momentan in Genf, weil Bruno Schweizer ist. Obwohl er zur Zeit ziemlich regelmäßig von daheim aus zum Skifahren und Bergsteigen gehen kann, waren wir uns einig, dass dieser Urlaub nicht nur eine buddhistische Unternehmung sein sollte. Auch Lotus würde sich da beschweren, obwohl sie in der Regel ziemlich lässig ist. Nicht dass sie heute nachmittag, als sie sie kennengelernt haben, diesen Eindruck gemacht hat, ich geb es zu, aber sie rastet nur selten aus.«

»Sie nehmen Sie mit auf die Tour?«

Karen guckte überrascht und zuckte dann die Achseln. »Klar. Warum denn nicht? Bruno trägt sie die meiste Zeit in einem Tragegestell. Lotus kommt auf all unseren Reisen mit. Auf diese Weise bekommt man ein ausgeglichenes, offenes Kind.«

Das Kind entwand sich seinen Bewundererinnen und kam herüber, um das Resultat seiner Maniküre zu präsentieren, auf Mairs Knie die Händchen zu spreizen und strahlend zu ihr aufzublicken. Die Schleifen in ihren Ringellöckchen flatterten. Karens Theorie klang nicht unlogisch, dachte Mair. Sie erinnerte sich an ihren ersten flüchtigen Blick auf die kleine Familie im Basar, und deren Vertrautheit, die sie damals beeindruckt hatte. Lotus war mit Sicherheit die selbstbewussteste Zweijährige, die ihr jemals begegnet war.

»Du siehst bezaubernd aus«, sagte Mair. »Bildschön.«

»Oui – comme Maman«, stimmte Lotus ihr zu und bewunderte sich in den Spiegeln.

Die Tür des Salons ging auf und die Spitzenvorhänge begannen zu flattern. Ein dunkler Kopf und Schultern tauchten im Türrahmen auf. »Karen?«

Karen, die gerade ihre Zehennägel begutachtet hatte, blickte auf. »Hi. Schon alles erledigt?«

»Papi.« Lotus schoss durch den Raum und sprang in die Arme ihres Vaters. Er riss sie in die Höhe. »Hüpf-Dame«, schrie sie und deutete auf Mair. »Hüpft in die Luft.«

»Das ist Maya, Bruno«, rief Karen. »Meine neue Freundin.«

»Hallo«, sagte der Mann und nickte ihr zu. Zwar musste sich irgendwo in ihm ein Lächeln verbergen, dachte Mair, doch es war nicht nah genug an der Oberfläche, um hervorzubrechen. Sie fing an, ihren Namen zu erklären, den Karen offenbar nicht richtig verstanden hatte.

Mair war walisisch für Mary. In ihrer Jugend hatte sie ihre Freunde dazu bringen wollen, die englische, gehobenere Version ihres Namens zu gebrauchen, konnte es jedoch nie durchsetzen. *»Mair, Mair, hat 'nen Freier«,* riefen die Dorfkinder ihr nach. Sie erwähnte allerdings nichts von alledem. Irgendetwas an Bruno Beckers kühlem, fragenden Blick ließ sie verstummen.

»Mair«, sagte sie ruhig. »Hallo.«

Das gegenseitige Vorstellen wurde jedoch unterbrochen, da die Angestellten des Schönheitssalons Bruno zur Tür hinausscheuchten. *Ladies Only Beauty* bedeutete ganz eindeutig das, was es verkündete.

Er nahm Lotus mit. Und bedeutete seiner Frau, dass man sich, sobald sie fertig sei, im Hotel wiedersehe. »Hat mich gefreut«, meinte er über die Schulter gewandt zu Mair und war verschwunden. Die Vorstellung einer neuen Freundin von Karen war ohne Frage nichts Ungewöhnliches.

Karen spreizte die Zehen und lächelte. »*Peace.* Das heißt, Sie und ich können noch ein Stück Kuchen essen, sobald wir hier fertig sind. Und uns richtig unterhalten.«

Mair fühlte sich wie ein Kieselstein, der von einem Tsunami mitgerissen wird, doch Karen Becker war zu hartnäckig – und zu interessant –, als dass sie ihr wirklich ernsthaft Widerstand hätte leisten wollen. Sowieso, was hätte sie jetzt schon Besseres machen können?

Sobald der Nagellack getrocknet und Karen mit ihm zufrieden war, schlenderten sie eine nahe gelegene Gasse hinunter zur deutschen Bäckerei. Bei Apfelkuchen und Kaffee vertraute Karen ihr an, dass sie bereits seit Jahren diesen Teil der Welt hatte bereisen wollen, ja im Grund schon seitdem sie sich in ihren frühen Zwanzigern für den Buddhismus zu interessieren begann. Bisher hatte er all ihre Erwartungen erfüllt. Diese Orte waren heilig – sie rührten einen unmittelbar an. Eine solche tiefe Spiritualität begegnete einem in Europa ja nur ganz selten, nicht wahr? Und in den *US of A* überhaupt nie. *Sie* jedenfalls habe nie etwas davon mitbekommen, beendete Karen ihren Vortrag. Begriff Mair – sprach sie es richtig aus? – verstand sie, was Karen meinte?

Mair dachte an die gekalkten *gompas* auf den Bergspitzen, die sie während der letzten paar Tage besucht hatte. Die dunklen inneren Räume mit den düsteren Wandgemälden und Buddhastatuen waren vom Duft von Räucherstäbchen und Holzasche erfüllt, die Altäre von Opfergaben überhäuft, oft rührend weltlichen Dingen wie Kekspackungen oder Plastikblumensträußchen. Der gemurmelte Singsang der Mönche erhob sich durch die alten Decken, und Fensteröffnungen gaben erstaunliche Ausblicke frei über verflochtene Flussläufe und Obstgärten weit unten im Tal. Es gab hier schon etwas »Göttliches«, dachte sie, doch mehr als alles andere irritierte sie dessen Flüchtigkeit.

In einem der Klöster hatte der Reiseführer sie in die Küche gewinkt, wo ein alter Mönch ganz in Ruhe das Abendessen für die Gemeinschaft zubereitete. Mit einem hölzernen Löffel schöpfte er Wasser aus einem Eimer in einen geschwärzten Topf, der über einem Holzfeuerofen stand. Kalte Reisbällchen wurden in Tücher gepackt, um verteilt zu werden. Neben ihm an einem groben Tisch kniete ein junger Mönch von etwa zehn Jahren und hackte Gemüse aus dem Klostergarten. Der alte Mann nickte, um anzudeuten, dass er mit der Arbeit zufrieden sei, wobei fortwährend handvollweise Karotten und Zwiebeln in den Topf geworfen wurden. Die beiden arbeiteten schweigend, und Mair kam in den Sinn, dass sich diese Szene – von ihrer Anwesenheit einmal abgesehen – vor zwei- oder dreihundert Jahren ganz genauso abgespielt hätte. Der stille Einsatz der Mönche bei den nicht endenden Arbeiten des Kochens und der Sorge für andere hatte sie stärker berührt als irgendeines der religiösen Rituale.

Sie versuchte Karen diese winzige Offenbarung zu schildern.

»Aber ich verstehe Sie ja vollkommen«, unterbrach Karen sie. Sie streckte die Hand aus und legte sie über Mairs Finger. »Es gibt viele Pfade zur Erleuchtung, doch im Grunde ist es immer der gleiche Weg. Sie wissen, wovon ich spreche. Das habe ich mir gleich gedacht. Habe es gespürt, sobald ich Sie sah.«

»Obwohl ich Salti geschlagen habe?«

»Deswegen und wegen allem anderen auch. Weshalb unterdrücken, was man an Gefühlen ausdrücken will? Sie sind ganz Sie selbst. Ich befürworte das.«

Bruno sei nicht im gleichen Sinne spirituell wie sie selbst, fuhr Karen fort, doch er verstehe sie, weil er diese Beziehung zu den Bergen habe. Die seien seine Tempel; er pilgere eben in die Berge. »Nehmen Sie etwa Lotus. Ich halte es für richtig, ihr die Erfahrung zu vermitteln, dass die Welt im Wesentlichen gut ist. Ich möchte, dass sie so weit als möglich ohne Angst, ohne unnötige Beschränkungen, ohne kleinliche Regeln aufwächst, sodass sie sich gemäß ihrer individuellen Bestimmung innerhalb des großen Stroms entwickeln kann.«

Mair fragte sich, ob Lotus dieses allzu große Wohlwollen hin und wieder mit ein, zwei Wutanfällen kontern musste – was ihr nur allzu verständlich erschien.

Sie hatten ihren Kaffee ausgetrunken, den Kuchen aufgegessen. Karen tupfte die letzten Krümel mit der Fingerspitze auf und leckte sie ab. »Ich muss los«, meinte sie. »Was haben Sie denn so vor? Wir werden vier, fünf Tage lang weg sein.«

»Ich hab hier noch ein paar Nachforschungen zu machen. Keine Ahnung, wie lange das dauern wird.«

Karen betrachtete sie eingehend und presste den Finger an die Lippen. Mair bemerkte, wie zwei, drei andere Touristen in der Bäckerei nicht umhin konnten, ihre Begleiterin anzustarren.

»Sie sind eine sehr geheimnisvolle Person, wissen Sie das«, sagte Karen.

»O nein«, widersprach Mair.

»Aber Sie haben mir mit keinem Wort verraten, weshalb Sie in Ladakh sind. Und Sie sind nicht nur zum Sightseeing hier, das weiß ich.«

Mair hatte nicht vor, Karen den Schal zu beschreiben oder die Haarsträhne oder die Leerstellen in ihrer Familiengeschichte, die ihre Fantasie so ungeheuer beschäftigten. Verlegen sagte sie: »Mein Vater ist vor Kurzem gestorben.«

Sofort war Karens Gesicht voller Mitgefühl. »Das tut mir leid«, meinte sie herzlich. »Wie traurig für Sie. Aber nicht ohne Grund hat es Sie in ein buddhistisches Land gezogen. Haben Sie schon mal von *punabbhava* gehört? Es bedeutet »Wiederdasein«. Es ist unser Glaube an die Wiedergeburt. Zwar hebt er das Leiden oder den Verlust nicht auf und soll es auch gar nicht, aber die Betrachtung des Wiederdaseins ist uns ein Trost. Wenigstens zuweilen.«

Ihre neue Freundin meinte es gut, das spürte Mair, und wenn ihre Art zu reden auch etwas fremd klang, war sie sicher ganz aufrichtig gemeint. »Danke.« Sie lächelte.

Karen drückte ihr die Hände und erhob sich. Sie bezahlte für den Tee und wies das von Mair angebotene Geld mit knapper Handbewegung zurück.

»Wo wohnen Sie denn?«

Mair sagte es ihr.

»Dann sehen wir Sie, wenn wir wieder da sind.«

Am nächsten Tag besuchte Mair das Leh Pashmina Processing Plant, ein Werk zur Aufbereitung von Pashmina-Wolle. Das Wetter schlug um, als wolle es die Abwesenheit der Beckers unterstreichen. Der goldene Herbstsonnenschein, den Mair allmählich schon für selbstverständlich genommen hatte, wurde nun von tiefhängenden, dünnen grauen Wolken verdüstert, während ein hartnäckiger Wind die letzten Blätter von den Pappeln blies.

Ein kleiner Mann mit Baseballmütze trat aus einem der schmuddligen Gebäude der Fabrik, um sie in Empfang zu nehmen. »Gestatten, Tinley. Ich bin der Assistent des Herstellungsleiters. Hier lang, wenn Sie das Wunder erleben wollen, Ma'am«, witzelte er, während er sie über den Hof zu einem Betonschuppen führte. Mair folgte ihm, ohne recht zu wissen, was er mit seinen Worten meinte.

Im Innern hockten vier Frauen in einem Kreis. Über ihre Köpfe und über die untere Hälfte ihres Gesichts hatten sie Umschlagtücher gezogen. In ihrer Mitte erhob sich ein riesiger Wollhaufen, dicke verfilzte Klumpen unverarbeiteten Ziegenhaars, das mit Dung, Fett und Zweigen durchsetzt war und genauso aussah, wie Mair es oben auf der Hochebene in Säcke gestopft gesehen hatte. Dies war zweifellos die unbehandelte *Pashm*-Faser, wie sie per Lastwagen aus dem fernen Changthang hier eintraf. Die Frauen kämmten die Klumpen mit der Hand, entfernten den gröbsten Dreck und sortierten das Haar nach Farben, von hellstem Grauweiß bis zu dunklem Braun, in kleinere Häufchen. Wegen des widerlichen Ziegengestanks war die Luft in dem kahlen Raum buchstäblich zum Schneiden.

Tinley machte eine winzige bedauernde Handbewegung. »Das hier ist ein Farbtrennprozess. Der nur mit Hilfe des menschlichen Auges durchgeführt werden kann.« Dann hellte sein Blick sich auf. »Aber der Rest des Verfahrens ist modern, wie Sie gleich sehen werden. Hoch mechanisiert. Kommen Sie hier entlang, bitte.«

Eine auf Rollen fahrende Metalltür glitt zurück und Mair betrat die nächste Abteilung der Fabrik. Zwar hatte sie das Summen der Anlage schon vorher gehört, doch angesichts der schieren Größe dessen, was sich jenseits der Türe befand, musste sie blinzeln. Die Maschine war wohl an die fünfzig Meter lang, ein Monstrum aus rotierenden Riemen und wirbelnden Schwungrädern, riesigen Gummiwalzen und dampfenden Behältern. Am Ende des Fließbands gab es eine Trockenkammer, aus der die Wolle sauberer und weicher, doch immer noch mit dicken groben Haaren und Schmutzpartikeln darin hervorkam.

»Und jetzt?«, fragte sie, während sie eine Strähne davon zwischen den Fingern drehte.

Vor ihnen öffnete sich eine zweite Metalltür. Eine Welle feuchter Luft, die intensiv nach nasser Wolle roch, rollte über sie hinweg.

»Warum ist es denn so heiß? Und so dampfig?«, stieß sie gepresst hervor.

»Es handelt sich um eine befeuchtete Kammer«, sagte Tinley stolz. »Sie bewirkt, dass sich die Wolle leichter bearbeiten lässt. Und hier – sehen Sie? – werden die Fasern aufgelockert.«

Sie spähten in die Maschinerie. Aus jedem Verarbeitungsstadium schien die verbliebene Wolle weißer und weicher hervorzugehen, bis schließlich das pure Vlies – die unterste Isolierschicht der Ziege gegen die Kälte des Himalaja – ausgesondert war.

Am Ende des Fließbands, nach einer weiteren Trockenkammer, kehrte das Band zu seinem Ausgangspunkt zurück. Und ein Mann hockte dabei und sah geradezu ehrfürchtig zu, wie das gereinigte und maschinengetrocknete Endprodukt sich aus dem Rachen der Maschine bauschte.

Mair konnte nicht anders. Sie trat nach vorn und tauchte ihre Arme bis zu den Ellbogen in die pure *pashm.* Es war, als umarme man eine Wolke; sie war gewichtslos und rein und besaß auch genau deren Farbe. Sie erinnerte sich, dass ein Kilo der fettigen, stinkenden Wolle, die sie am Beginn des Fertigungsbands gesehen hatte, lediglich dreihundert Gramm dieses luftigen Vlieses ergab. »Es ist tatsächlich ein Wunder«, stimmte sie ihm zu.

Tinleys Augen leuchteten. »Kommen Sie mit.« Er rückte seine Baseballmütze zurecht und führte sie aus der Farbrikhalle.

Die Seitengassen waren zu eng zum Nebeneinandergehen und überspannt von Wäscheleinen, den Ästen knorriger alter Bäume und vorkragender Balkone. Tinley ging so schnell, dass Mair sich konzentrieren musste, um Schritt zu halten. Vor einem halb zerfallenen Tor in einer weißgekalkten Mauer blieb er plötzlich stehen und bedeutete ihr mit einem Nicken einzutreten. Hühner scharrten im Abfall, der Ruf des Muezzins erscholl über den Dächern.

»Julley«, rief Tinley einem Mann zu, der sich auf einen Besen lehnte.

Vier Steinstufen hinauf und durch eine enge Tür, und sie betraten ein Zimmer voller Frauen, die an hölzernen Webstühlen saßen. Ein ständiges Quietschen von Fußpedalen und das Hin- und Herschießen der Weberschiffchen war zu hören, während sie arbeiteten. Sie webten einfarbige Pashmina-Bahnen in zarten Grau- und Brauntönen. Diese Arbeiterinnen, erzählte ihr Tinley, stellten Tücher her, die durch die staatlich unterstützten Handwerks-Outlets in Leh vertrieben wurden. »Sehr traditionelle Methoden werden bewahrt, und es ist schöne Arbeit für die Frauen hier. Sie können so viel arbeiten, wie sie möchten, ein bisschen Geld verdienen, und sich auch um ihre Familie kümmern.«

»Sehr gut«, erwiderte Mair anerkennend. War jedoch verblüfft, wie sehr sich diese Stücke von ihrem eigenen Schal unterschieden.

Sie wanderten durch die Weberwerkstatt, und die Frauen blickten zu ihr auf und lächelten ihr zu. Von der Vorderseite des Gebäudes bot sich zu Mairs Überraschung eine Aussicht, die sie wiedererkannte – die Hauptstraße mit den Minaretten der zentralen Moschee, die sich vor dem anderen Hügel erhob, der vom alten Palast gekrönt wurde. Durch das Labyrinth der Hintergassen waren sie in einen Schal-Verkaufsraum gelangt, an dessen Wände sich die inzwischen schon vertrauten Regale erhoben. Ein Verkäufer blitzte sie grinsend mit seinem goldenen Schneidezahn an, während er aus Plastiktüten seine Ware zu zerren begann.

Manchmal erschien ihr Leh wie eine einzige große Einkaufsgelegenheit für Wollprodukte.

Denn dass sie etwas kaufte, stand außer Frage, nachdem Tinley sie geduldig durch das gesamte Herstellungsverfahren geführt hatte. Gehorsam wählte Mair drei Schals aus: einen perlgrauen für Eirlys, einen toffeebraunen für sich selbst und einen cremefarbenen für Hattie, der gut zum dunklen Teint ihrer Freundin passen würde. Insgesamt zahlte sie dafür zwölftausend Rupien und rief sich in Erinnerung, dass das für all die Arbeit, die in die Produktion der Pashmina-Faser eingegangen war, nun wirklich nicht so viel Geld war.

Der Verkäufer nahm ihre Einkäufe mit, um sie einzupacken, und einer plötzlichen Regung folgend öffnete Mair ihren Rucksack und zog den gefalteten Beutel aus dessen Tiefe. Tinley verfolgte neugierig, wie sie den Schal ihrer Großmutter entfaltete und behutsam auf der schlichten Holztheke ausbreitete. Im gedämpften Licht des Ladens bildeten die Farben von Wasser und Blüte eine leuchtende Lache. Und die Ware auf den Regalen erschien im Vergleich auf einmal trist und gewöhnlich. Tinley sog, während er sich darüber beugte, um sich den Schal genauer zu betrachten, scharf die Luft ein, und der Verkäufer wirbelte herum, um einen Blick darauf zu werfen.

»Können Sie mir zu diesem Stück etwas sagen?«, fragte Mair.

Tinley holte eine kleine Lupe hinter der Theke hervor und untersuchte das Gewebe eingehend, fuhr mit den Fingern über die Stickerei, ehe er das Tuch wendete, um die Rückseite zu betrachten. Er folgte den Konturen der Paisleymuster und spähte über einer der Ecken des Schals noch angestrengter durch die Linse.

»Es ist kaschmirische Arbeit«, sagte er. »*Kani*-Gewebe. Hier in Ladakh machen wir das nicht.«

Der Verkäufer sagte etwas zu ihm.

»Sie möchten ihn verkaufen?«, meinte Tinley beiläufig.

»Nein. Auf keinen Fall. Er hat meiner Großmutter gehört. Ich … ich versuche nur, etwas über die Geschichte des Schals herauszufinden und auf diese Weise vielleicht auch etwas über meine Großmutter. Ich habe sie nicht gekannt, wissen Sie.«

Tinley legte seine Lupe beiseite und richtete sich auf. »Dann müssen sie über die Berge nach Kaschmir reisen«, meinte er.

»Ich glaube aber, meine Großeltern waren hier in Leh. Während der 1940er Jahre. Mein Großvater war Missionar.«

»Katholik? Oder einer von den Herrnhutern?«

»Nein. Er war Waliser, Presbyterianer.«

Tinley schüttelte den Kopf und zuckte die Achseln. Damit konnte er offensichtlich nichts anfangen. »Die Europäer sind gekommen, aber geblieben sind nicht viele. Sie haben Krankenhäuser eröffnet und Schulen für die Kinder gegründet, und dafür schulden wir ihnen Dank.« Unausgesprochen aber mitgemeint war, dass für anderes, das die Missionare versucht hatten, wahrscheinlich ihre religiösen Bekehrungsversuche, weniger Dankbarkeit angebracht war.

»Ich wollte einen Blick auf den hiesigen europäischen Friedhof werfen«, sagte Mair, »aber das Tor ist immer verschlossen und ich kann nicht in Erfahrung bringen, wer den Schlüssel hat.«

Tinley grinste, entblößte ein gesundes Gebiss und verschob sein Basecap. Schnell redete er auf den Ladeninhaber ein, und beide lachten.

»Das ist kein Problem. Tsering hier, mein Freund, sein Onkel ist der Wärter.«

Die beiden Männer tauschten weitere Informationen aus, und

Tinley erklärte Mair, falls sie am nächsten Tag, so gegen drei, in den Laden zurückkommen könne, werde der Onkel den Schlüssel mitbringen und sie auf den Friedhof begleiten.

Sie dankte beiden und versprach, rechtzeitig dazusein. Sie wollte den Schal gerade wieder zusammenfalten, als Tinley sie am Handgelenk berührte. »Haben Sie gesehen?, fragte er und deutete auf eine Ecke des Schals. Er drückte ihr das Vergrößerungsglas in die Hand, und sie beugte sich darüber, um zu sehen, was ihr vorher entgangen war. Es handelte sich um ein winziges besticktes Symbol, ähnlich einem stilisierten Schmetterling oder vielleicht den Initialen BB, bei denen der erste Buchstabe spiegelverkehrt war, sowie einem weiteren unentzifferbaren Zeichen daneben. »Was ist das?«

»Das ist die Signatur des Webers, und die Ziffern »42«, womöglich das Datum der Fertigstellung. Ein schönes Stück ist das, und der Handwerker hat sicher viele Monate, wenn nicht Jahre gebraucht, um es zu weben und zu besticken. Vielleicht wurde es für eine Braut hergestellt, als Hochzeitsstola und Aussteuer.«

Für Großmutter Nerys Watkins, als Geschenk ihres Mannes, des presbyterianischen Missionars aus Wales? Dafür, fand Mair, war der Schal viel zu prachtvoll. Nichts, was sie von den Lebensumständen ihrer Großeltern oder ihrem verhaltenen Glauben gehört hatte, passte zur Seltenheit und dem Wert des Schals. Das Rätsel schien sich nur noch zu vertiefen.

Sie verstaute die neuen Schals zusammen mit dem kostbaren alten in ihrem Rucksack, dankte dem Ladeninhaber und wiederholte, dass sie am folgenden Tag um drei zurück sein werde.

Tinley lächelte breit. »Sie müssen Ihren neuen Pashmina tragen. Es wird kalt. Der Winter kommt in diesem Jahr vergleichsweise früh.«

Als sie am nächsten Tag durch die alte Stadt wanderte, sah sie, wie sich der ganze Ort angesichts des bitteren, von den Eisfeldern der Berge herunterpfeifenden Windes verschanzte. Sie roch den Schnee in der Luft, wie Tinley es vorausgesagt hatte, und sie war froh um die Wärme des gedeckten braunen Schals, den sie sich um den Hals geschlungen hatte. Die meisten Hausfenster wurden nun von alten Holzläden geschützt, und auf fast jedem Dach türmten sich Holzstapel und Bündel von Tierfutter. Im Basar waren weniger Leute unterwegs, und sie begegnete nur ein oder zwei Europäern. Noch ein, zwei Wochen, und auch das letzte Café oder Gästehaus würde schließen, die sommerlichen Wanderarbeiter zur Wintersaison zu den Stränden und Hotels von Goa hinunterziehen und Leh in seiner winterlichen Abgeschiedenheit versinken, während sich auf den Passstraßen der Schnee türmte.

Sie dachte an die Beckers und fragte sich, wie sie wohl in ihrem Zelt dem kalten Wetter trotzen mochten.

Im Verkaufsraum war natürlich keine Spur des Onkels mit dem schwer zu fassenden Schlüssel zu entdecken. Ladenbesitzer Tsering machte angesichts ihrer Ungeduld eine ratlose Handbewegung. Er wollte ihr eine neue Lieferung von Schals zeigen, die eben von der Appretur kamen. Sie tranken *masala chai,* knabberten Mandeln und getrocknete Aprikosen, während Mair die Ware bewunderte. Sie lernte dabei, dass dieser ritualisierte Austausch zwischen Verkäufer und Käufer stattfinden musste, auch wenn beiden klar war, dass an diesem Tag kein Geld und kein Schal den Besitzer wechseln würde.

Nach einer angenehmen halben Stunde öffnete sich mit einem Klicken die in die Weberwerkstatt führende Tür. Ein winziges, uraltes Männlein mit Pelzmütze und Filzstiefeln, die mit Lederstreifen geschnürt waren, stand schwankend auf der Schwelle. »Mein Onkel Sonam«, strahlte Tsering und legte ihm schwer den Arm auf die Schulter. »Bruder meiner Großmutter.«

Mair schüttelte der ehrwürdigen Gestalt die Hand und verstand nun weit besser, warum der Alte so wenig Zeit mit der Verwaltung des Friedhofs verbrachte. Er wirkte einfach zu alt, um etwas anderes zu tun, als dösend in einem Sessel herumzusitzen.

»Guten Tag, Sonam-*le*«, sagte sie und redete ihn – wie sie es gelernt hatte – mit dem höflichen Ehrentitel an. Der Alte warf ihr einen wachen taxierenden Blick zu. Leise sprach er mit Tsering und zeigte mit dem Daumen in Richtung Ladentür.

Eilig schlüpfte Tsering in seine Adidasjacke. »Gehen wir«, meinte er.

»Sie wollen den Laden allein lassen?«

»Mein Onkel spricht nicht Englisch. Außerdem«, meinte er achselzuckend, spreizte die Finger und zog das Gesicht in Falten, »Ich sehe keine Kunden.«

Er verschloss die Tür hinter sich, und zu dritt brachen sie auf, wobei Sonam, während sie den Basar durchquerten, das lange, gegürtete Gewand um die Knöchel schlabberte und seine Pelzmütze auf- und abhüpfte. Er bewegte sich mit erstaunlicher Behendigkeit. Binnen Minuten hatten sie das vertraute verschlossene Tor des europäischen Friedhofs erreicht. Sonam schob die Hand unter seine Kleiderschichten, tastete eine Weile herum und brachte einen riesigen Schlüssel zum Vorschein. Endlich schwang das Tor auf, und Mair trat hindurch unter die kahlen Bäume, zwischen Kreuze und Grabsteine. Der Boden war mit Laub bedeckt, dessen einst buttergelbes Gold bereits braun und leblos wirkte. Schneidende Kälte traf ihre Wangen.

»Was genau suchen Sie?«, fragte Tsering.

Mair versuchte, die deutsche Inschrift des ihr nächsten Grabsteins zu entziffern. »Ich weiß es nicht«, gestand sie ihm.

Zu ihrer Erleichterung zogen sich die beiden Männer unter einen kleinen grünen Anbau an einer geschützten Stelle der Friedhofsmauer zurück. Sie wanderte an den planlos entstandenen Reihen entlang. Es gab mehrere winzige Gräber, davon eines mit einem Stein, auf dem lediglich »Josephine, 7 Monate alt« zu lesen war. Sie versuchte sich vorzustellen, wie europäische Frauen sich bemüht hatten, fern der Heimat an diesem so abgeschiedenen Ort für ihre Kinder zu sorgen, und wie oft ihre Gebete wohl unerhört blieben.

Sie stieß auf eine kleine Gruppe von Grabsteinen, die walisische Namen trugen, Namen wie Williams, Thomas und Jones aus ihrem eigenen Heimattal, und die der presbyterianischen Mission angehört haben mussten. Sie holte ihr Tagebuch hervor und schrieb sich die Namen und Daten auf, um sie in *Hope and the Glory of God* nachzuschlagen, sobald sie das nächste Mal einen Internet-Zugang hatte. Auch eine ihr völlig vertraute walisische Zeile erkannte sie wieder, weil sie sie erst vor Kurzem auf dem Friedhof daheim gelesen hatte, eingemeißelt in einen Stein, der nur knapp einen Meter von dem ihrer Eltern entfernt stand. *Hedd perffaith hedd.* Friede, vollkommener Friede.

Ein Gefühl von Heimweh übermannte sie, unerwartet, aber fest wie eine geballte Faust. Einen Moment lang empfand sie eine konfuse Sehnsucht nach dem heimatlichen Tal. Sie sah ihren Vater am Küchentisch sitzen, den Kopf über die Zeitung gebeugt, und die unvermeidliche Tasse Tee neben dem Ellbogen.

Sie beruhigte sich wieder, indem sie auf die weißen Zinnen des Himalaja und die über ihnen aufragenden Wolken blickte. Es war durchaus möglich, dass Evan und Nerys Watkins an derselben Stelle gestanden und dieselbe Aussicht genossen hatten. Auch Nerys musste manchmal schmerzliches Heimweh empfunden haben, und damals war die Rückreise sehr viel länger, war es viel schwieriger für sie, mit den zurückgelassenen Menschen zu kommunizieren. Zum ersten Mal, seitdem sie in Indien war, fühlte Mair eine innere Verbindung zu ihrer Großmutter.

Langsam spazierte sie weiter, bis sie die Einfriedung schließlich vollständig umrundet hatte. Es war zwar enttäuschend, doch außer den drei, vier walisischen Grabsteininschriften gab es nichts. Eben wollte sie zur Hütte hinübergehen, wo Tsering und sein Onkel vor Wind geschützt beisammen standen und *bidis* rauchten, als ihr eine in die Mauer eingelassene Tafel auffiel.

Sie las:

In Memoriam
Matthew Alexander Forbes, St John's College, Cambridge
Vermisst auf dem Nanga Parbat, August 1938, 22 Jahre alt

Mair war sich zwar nicht sicher, was der Nanga Parbat war oder wo er sich befand, doch sie vermutete, dass es sich um einen Berg handelte. Zweiundzwanzig war noch sehr jung.

»Wie geht es, Ma'am?«, rief Tsering ihr zu. »Haben Sie was gefunden?«

Sie schüttelte den Kopf. »Den Namen nach zu urteilen, sind hier einige Waliser beerdigt, aber es gibt keinen erkennbaren Bezug zu meiner Familie.«

Sonam wandte den Kopf und betrachtete sie. Trotz seines so hohen Alters war er nicht weniger alert als sein Großneffe. Er murmelte etwas, Tsering zuckte die Achseln und übersetzte es ihr. »Er fragt, warum Sie nicht gleich sagen, dass Sie sich für die Waliser interessieren?«

Mair kniff die Augen zusammen.

Sonam erhob sich und wies mit der Hand zur Mauer. Sie nickte zustimmend, und er führte sie aus dem Friedhof hinaus und, während Mair und Tsering sich mühten, Schritt zu halten, eine sich hinter dem Friedhof windende Gasse entlang. Dieses Viertel der Altstadt hatte sie bisher nicht erkundet, und mit trauriger Neugier betrachtete sie die bröckelnden Steinmauern und klaffenden Schlaglöcher. Die Mehrzahl der alten Gebäude verfiel. Eine Frau, die ein Bündel Reisig auf dem Kopf trug, grüßte den an ihr vorübereilenden Sonam.

Die Gasse endete vor einer leeren Wand, die von zwei verlassenen Gebäuden flankiert wurde. Beim einen handelte es sich um ein schlichtes Steinhaus mit hohen Fenstern, die von uralten Staubschichten bedeckt waren, und Mair kam sofort der Gedanke, dass es in seiner völligen Anspruchslosigkeit einem walisischen Kirchlein ähnelte. Das Gebäude auf der anderen Seite war eigentlich nur eine Wand mit einer einstürzenden Tür darin, doch auf Sonams Nicken hin stieß Tsering die Tür auf. Sie öffnete sich auf einen kleinen gepflasterten Hof, der von einstöckigen Gebäuden umstanden war. Unkraut und junge Bäumchen trieben zwischen alten Pflastersteinen hervor, und alle Glasscheiben aus den vielfältig unterteilten Sprossenfenstern waren verschwunden. Zwei hungrige Köter standen in einem düsteren Durchgang und starrten sie aus gelben Augen an.

Tsering und Sonam berieten sich.

»Das ist alte Mission mit Schule und Krankenhaus, mein Onkel kann sich gut erinnern. Da drüben, da war walisische Kirche. Danach war es Hindu-Tempel, aber jetzt haben sie neuen gebaut. Heute ist hier nichts mehr.« Er zuckte ohne einen Funken von Optimismus die Achseln. Diese Geste hatte Mair in ihren Gesprächen schon allzu oft gesehen.

Sonam nickte nun heftiger und winkte, um ihr zu bedeuten, dass sie diesen trostlosen Ort ruhig nach Herzenslust erkunden möge. Sie schlug einen Bogen um die Hunde und spähte in die winzigen Räume. Die beiden ersten waren bis auf ein paar aus dem Boden ragende Unkräuter, vereinzelte Abfallhäufchen und zerrissene Säcken leer, doch im dritten lagen verfaulte Möbelreste. Ein Stück davon war gerade noch als Schulbank zu erkennen, mit einem kleinen Regal an der rückwärtigen Lehne für die Bücher. In ihren ersten Grundschulklassen hatte es noch ganz ähnliche Bänke gegeben. Mair bückte sich ein wenig und versuchte sie aufzurichten, doch das Brett löste sich, als sie es berührte. Zu ihren Füßen lagen die Reste eines Buchs, ein trauriges Relikt mit aufgequollenem Einband, den das Brett zur Hälfte vor der Feuchtigkeit und Kälte geschützt hatte. Sie hob es auf und betrachtete die ruinierten Seiten, zwei oder drei Worte konnte sie in der breiigen grauen Masse gerade noch so entziffern.

Es war ein walisisches Gesangbuch.

Mair hob den Kopf. Sie hatte schon halb gedacht, dass die Männer sie mit dem Besuch einer Anlage, die zu jeder der diversen Missionen Ladakhs gehören konnte oder womöglich auch ohne jeden missionarischen Bezug war, einfach erfreuen wollten. Doch jetzt war sie sich sicher.

Vor siebzig Jahren musste Evan Watkins in dem Kirchlein auf der anderen Gassenseite gepredigt haben, und seine Frau hatte sich wohl bemüht, die Kinder zu unterrichten, vielleicht sogar hier in diesem Raum. Sie neigte ein wenig den Kopf, wie um zu lauschen, als ob sie den Klang ihrer Stimmen erhaschen könne, doch sie hörte nur das Gebell der Hunde und das Kreischen und Hupen des fernen Verkehrs.

»Das wollte ich finden«, sagte sie leise zu ihren Begleitern. Dann bückte sie sich und legte das Gesangbuch wieder auf seinen Platz.

Sie kehrten zurück an die frische Luft. Sonam ergriff Mairs Arm. Bewegt begann er auf sie einzureden, die Worte strömten ihm geradezu über die Lippen, während er an ihrem Ellbogen rüttelte und sie fragend anstarrte. Er besaß keine Zähne mehr, und sein Gesicht war kreuz und quer von tiefen Linien durchzogen, doch plötzlich wirkte er sehr viel jünger, als er wohl sein musste.

»Sagen Sie mir, was er erzählt?«, bat sie Tsering.

»Er erinnert sich noch an die Lehrerin, damals, als er ein kleine Junge war. Sie war nett. Sie hat Kindern Äpfel geschenkt, und sie haben Lieder gesungen.«

Nerys Watkins, die ihrem Mann nach Indien gefolgt war und den Brautschal mit nach Hause brachte, in dessen Falten sich eine Locke verbarg.

»Das war vielleicht meine Großmutter. Erinnert er sich noch an ihren Namen? Was für Lieder haben sie denn gesungen?«

Das Kopfschütteln des alten Mannes war Antwort genug, doch gleich darauf folgte ein weiterer Wortschwall. Seine Hände umfassten eine große Portion Luft und grinsend tat er, als schwanke er unter deren Gewicht. Die Erinnerung an diese längst verflossene Zeit bereitete ihm Freude – merkte sie –, genauso wie sie ihren Vater beglückt hatte. Tsering tätschelte seinem Onkel die Schulter und mahnte ihn, sich ein wenig zu bremsen.

»Mein Onkel sagt, es gab hier ein Radio, das erste, das er gehört hat. Er mochte die Musik, die aus ihm rauskam. Das Radio war so groß und schwer. Es hatte eine Batterie, und vier Männer und ein Karren war nötig, um die Batterie den ganzen Weg runter zum Fluss zu bringen und am Generator aufzuladen. Dann kamen die Leute ganz nah und lauschten mit feierliche Gesichter. Die Kinder wollten lachen, war aber nicht erlaubt. Das war damals, als in Europa Krieg war, und dann kam er nach Asien.«

Evan und Nerys, die in einem dieser niedrigen Stuben traurig Radionachrichten hörten, während die Öllampe ihre Schatten an die Wand warf. Jetzt, endlich, konnte sie sie deutlich sehen: Evan in seinem schwarzen Predigerrock, und Nerys mit einer Schürze, die ihren schlichten Rock und den handgestrickten Pullover verbarg.

»Ja.« Sie nickte. »Ja, das war damals, als Krieg war.«

Sonst gab es in dem verlassenen Gebäudekomplex nichts mehr zu sehen. Tsering war neugierig und begab sich mit ihr auf einen zweiten Rundgang, blickte in jeden Eingang, doch sie machten keine weiteren Entdeckungen. Nach der jähen Überwältigung durch seine Erinnerungen wirkte Sonam erschöpft, schienen all seine Energien aufgebraucht. Mair legte ihm behutsam die Hand auf die Schulter. »Danke. Ich bin froh, dass ich hierhergekommen bin.«

Sie kehrten durch dieselbe Gasse zurück, wobei sich Sonam nun auf seinen Neffen stützte und viel langsamer ging. Allmählich wurde es dunkel, Licht schien aus den Fenstern der Häuser in Friedhofsnähe, bis es plötzlich ausging, wieder aufflackerte und der Strom unterbrochen war. Die einzige Straßenlaterne in der Ferne erlosch. Mair und ihre Begleiter blieben unter dem marineblauen

Himmel stehen, während Tsering in einer seiner Innentaschen nach einer Taschenlampe suchte. Der alte Mann streckte haltsuchend die Hand aus, und Mair ergriff seinen Arm. Untergehakt tasteten sie sich vorsichtig voran, während der dünne Lichtstrahl die tiefen Schlaglöcher und eingestürzten Mauern auf ihrem Weg beleuchtete.

An der Kreuzung, an der sie zu ihrem Hotels abbiegen musste, verabschiedete sie sich von den Männern. Das Geld, das sie Sonam gab, war im Nu in einem Schlitz seines Gewands verschwunden. Er packte sie am Handgelenk und hielt den Kopf so, dass er sie im Zwielicht anschauen konnte. Tsering übersetzte zum letzten Mal.

»Damals, in alte Zeit, war das Leben hier sehr hart. Es gab nicht viel, für niemand. Aber es war trotzdem gut.«

Der alte Mann wollte ihr mitteilen, dass Evan Watkins und seine Frau hier in Leh nicht nur Jammer und Elend erlebt hatten. Es hatte auch Glück gegeben.

Mair verstand ihn.

Sie schüttelte beiden die Hand.

Tsering grinste, und seine Zähne blitzten weiß aus der Dunkelheit. »Sie suchen nach Geschichte Ihres Schals. Und jetzt Sie reisen nach Kashmir.«

»Das werde ich tun, ja.«

»Gute Reise«, sagte er.

Sie wünschten ihr eine gute Nacht. Während sie ihnen noch nachsah, wie sie langsam die ausgestorbene Straße hinuntergingen, kehrte der Strom zurück. Ihre beweglichen Schatten glitten über die alten Steinmauern.

3

Indien, 1941

Er hatte ihre Kerze mit hinter den Wandschirm genommen. Eigentlich war es nur ein Holzrahmen mit einem Scharnier, über den man braunes Papier gespannt hatte, und die Kerze, die auf dem verborgenen Waschtisch stand, warf seinen vergrößerten und verzerrten Schatten aufs Papier. Nerys drehte sich um, um nicht ihren sich waschenden Mann zu betrachten. Stattdessen fasste sie das schlichte, an der Wand neben dem Bett hängende Holzkreuz ins Auge.

Der gelbe Schein der Kerzenflamme flackerte, als er sie vom Waschtisch nahm und auf den Nachttisch stellte, sodass sie wusste, es ging in Ordnung, wenn sie sich nun wieder umdrehte. Die mit Yakwolle gestopfte Matratze gab, während sie sich bewegte, ihr vertrautes Geräusch von sich. Ein Hauch von Karbolseife und eine Spur männlichen Schweißes schwebte in der Luft, als Evan nach der Bibel griff, die stets neben seinem Kopfkissen bereitlag. Er kniete sich neben das Bett. Nerys wollte schon die Decke zurückschlagen, um gemeinsam mit ihm zu beten, doch er befahl ihr, im Bett zu bleiben.

»Der Herr sieht alles. Er wird nicht zürnen, wenn du dir noch ein paar Tage Ruhe gönnst, Nerys.«

»Ich bin völlig gesund«, murmelte sie, blieb jedoch ruhig liegen, weil sie so müde war. Sie hörte zu, während er auf Walisisch aus dem Buch Hjob las, einer seiner liebsten geistigen Tröstungen. »Amen«, sagte sie, als sie glaubte, er habe geendigt. Es folgte eine Zeitspanne, während der er schweigend betete und sie sich gleichfalls um Andacht bemühte. Unter anderem bat sie Gott, ob er sie nicht irgendwie zu einer besseren Ehefrau machen könne.

Schließlich seufzte Evan und erhob sich. Er zog den dicken Morgenmantel aus, hängte ihn an den Haken, schlug dann die Decke zurück, sodass eine schneidende Klinge der kalten Luft ins Bett drang, und blieb einen Moment lang in seinem gestreiften Flanellpyjama stehen, als erfordere es definitiv einen Willensentschluss, sich neben sie zu legen.

»Bist du bereit?«, fragte er.

»Ja«, erwiderte sie.

Er blies die Kerze aus und stieg ins Bett. Die Matratze gab nach, und sie spannte Hüft- und Beinmuskeln an, um nicht in die Bettmitte zu rollen. Nicht, dass sie sich nicht nach dem Trost seiner Arme und der Wärme seiner Haut gesehnt hätte: Sie fühlte sich so traurig und leer, dass sie sich nach körperlichem Trost (ohne jene mit Worten so oft einhergehende Tücke) geradezu verzehrte, aber es war ein langer Tag gewesen, und nicht einmal das wollte sie ihm abverlangen.

»Gute Nacht, meine Liebe«, sagte er nach einer Weile.

»Gute Nacht, Evan«, erwiderte sie leise.

Nicht lange, und er würde einschlafen. Sie aber lag mit über der Brust verschränkten Fingern da und ließ den Tag Revue passieren.

Die jüngeren Kinder waren ihre größte Freude. Sie liebte es, sie im Klassenzimmer zu sehen, wie sie in ihren Schulschürzen über den zerlumpten Kleidern in ordentlichen Reihen saßen, die glänzenden Augen auf sie geheftet, während sie Worte und Zahlen auf eine auf einer Staffelei stehende Tafel schrieb. Eins, zwei, drei. Stiefel, Hut, Apfel, Hand. Geduldig ertrugen sie diesen Teil des Tages, ebenso wie sie es hinnahmen, wenn sie ihnen Geschichten aus der Bibel vorlas, wirklichen Gefallen aber fanden sie eher am Singen, Tanzen und Klatsch-Spielen. Sie erweiterten Kinderreime wie »*Oranges and Lemons*« und Kinderlieder wie »Es fuhr ein Bauer ins Holz« um eigene Texte, und Nerys wiederum versuchte, den Gesang der Kinder nachzuahmen, weil sie sich darüber schier nicht mehr einkriegen konnten. Oder aber die Kinder hämmerten ihre eigenen improvisierten Weisen, die keinerlei Sprache benötigten, auf Nerys Harmonium oder auch den eigenen Trommeln, Flöten und Tamburinen.

Die älteren Kinder waren kein so dankbares Publikum. Nerys wusste, dass sie nur wegen der Gratismahlzeit, Suppe und Reis mit einem dicken Linseneintopf, zur Missionsschule kamen. Sie zappelten herum und schwatzten, während sie redete, und sobald um drei Uhr nachmittags die Schule zu Ende war, jagten sie einander über den Hof, glücklich, dem Unterricht entronnen zu sein, obwohl sie den Rest des Tages bei der Feldarbeit oder über einen Webstuhl gebeugt verbringen würden. Nerys konnte nur hoffen, dass das Essen, das sie bekamen, und die minimale medizinische Versorgung, die sie ihnen für ihren quälenden Husten, ihre verklebten Augen und eiternden Geschwüre zu bieten hatte, eine Entschädigung für die gemeinsamen Stunden gegenseitigen Nichtverstehens boten. Im Alter von acht oder neun kamen die meisten von ihnen dann gar nicht mehr. Dazu waren sie ihren Eltern als zusätzliche Arbeitskraft inzwischen zu wertvoll.

Nerys lauschte, während Evans Atemzüge allmählich langsamer und tiefer wurden.

So sehr sie sich um eine positive Einstellung bemühte, es war schwierig, nicht den Eindruck zu gewinnen, dass sie beide, unwissende Außenseiter, die mit primitiven Lebensumständen, einer unbekannten Sprache und einer jahrhundertelangen Geschichte kämpften, hier ihre Zeit vergeudeten.

Natürlich hätte Evan ihr darin nicht zugestimmt, sich niemals als unwissend bezeichnet. Doch Nerys konnte die absolute Überzeugung ihres Mannes, dass Gottes Wort die einzige Wahrheit war und die Bekehrung der Heiden das Einzige, was wirklich zählte, nicht teilen. Sie fürchtete gar, ihren Glauben noch ganz zu verlieren – obwohl allein dieses stumme Eingeständnis im Schutze der Dunkelheit sie vor Furcht zusammenzucken ließ. Wie konnte man Frau eines Missionars sein und nicht an den Herrn glauben?

Ironischerweise hatte Indien sie an diesen Abgrund des Zweifels geführt.

Zum ersten Mal begegnet war sie dem Reverend Evan Watkins daheim in Wales, als dieser sich auf einem Heimaturlaub und sie sich noch in der Lehrerausbildung befand, und alles war ihr völlig unkompliziert erschienen. Ihr Gott, jener, den sie und Evan teilten, war völlig alltäglich. Er war das Tischgebet vor den Mahlzeiten, die Gebete vor dem Schlafengehen für die Familie und die Kranken, für König, Königin und die armen Heidenkinder. Er war der sonntägliche Gottesdienst, die dicke schwarze Bibel, nonkonformistische Kirchenlieder und eine Lebensweise, mit der sie vertraut war und die sie als unbezweifelbar und selbstverständlich betrachtete. Auch als Evan ihr seinen Antrag gemacht hatte (und sie hatte darauf gehofft – ja sogar darum *gebetet*), und während ihres kurzen Verlöbnisses, der Hochzeit, der Flitterwochen in Anglesey (auf die sie jetzt nicht näher eingehen wollte) und all der Vorbereitungen für Indien, die danach gekommen waren, hatte sie diese Grundvoraussetzung nie in Frage gestellt. Evan hatte den Ruf zur Missionsarbeit vernommen, und sie war stolz darauf, ihn zu begleiten. Sie würde ihm helfen und ihn auf jede nur denkbare Weise unterstützen, und gemeinsam würden sie Erfolg haben.

In Shillong, dem Zentrum der presbyterianischen Missionsarbeit in Indien, wo sie ihre ersten Ehemonate verlebt hatten, war das nicht besonders schwierig gewesen. Innerhalb der Anlage befand sich eine große, von der Mission unterhaltene Schule, die hervorragenden Unterricht bot, und die dort ansässigen einheimischen Familien schienen bereit, auch die damit einhergehende christliche Botschaft anzunehmen. Neben der großen Kapelle mit den regelmäßigen Gottesdiensten für die Missionarsfamilien wie auch eine beachtliche Anzahl von Konvertiten, gab es eine Krankenstation für Erste Hilfe und kleinere Beschwerden, Kurse, in denen einheimische Frauen alles über Haushaltsführung, Hygiene und Gemüseanbau lernen konnten und bei denen Nerys gerne ausgeholfen hatte, sowie all die Hilfe und Unterstützung, die eine kleine, aber entschlossene religiöse Gemeinschaft zu bieten hatte. Ein wenig außerhalb davon gab es sogar ein Missionskrankenhaus mit einem niedergelassenen, ausgebildeten Arzt und drei Krankenschwestern, in das Frauen kommen konnten, um in einer sichereren und hygienischeren Umgebung als sonst weit und breit ihre Kinder zur Welt zu bringen. Auch Aussätzige wurden dort behandelt, ebenso wie TB-Patienten und solche, die an Blutvergiftungen oder Tollwut oder all den anderen furchtbaren Gebrechen Indiens litten. Nerys sah, dass sie durch ihre Arbeit etwas Gutes taten, sie und ihr Mann, obwohl es nur auf bescheidene und indirekte Weise geschah.

Indien an sich hatte sie schockiert. Im Vorhinein hatte sie sich nur eine ganz ungefähre Vorstellung davon machen können, sodass seine tatsächliche Größe, die brutale Hitze der Ebenen, die so heftig war, dass sie ihr die Haut abschälte und den Himmel ausblich, das Menschengewimmel, die massiven Monsunregenfluten, die grellen Farben und der Gestank von alledem, die Fliegen, die verkrüppelten Körper und die nackte Armut ihr fast die Fassung geraubt hatte. Als sie versuchte, Evan von ihrer Bestürzung zu erzählen, wirkte er verdrossen.

»Gott helfe uns, meine Liebe, aber zum Arbeiten sind wir hier. Und wir haben dabei keine Zeit, an uns oder unser Unbehagen zu denken.«

Sie hatte ihm schon entgegnen wollen, dass sie weder die Arbeit fürchte noch selbstsüchtig sei, sie wolle nur über das reden, was sie beide die ganze Zeit erlebten. Doch sie hatte es sich verkniffen. Evan wollte über nichts reden außer über die tägliche

Routine. Er war derart fest und unverrückbar auf seine Arbeit konzentriert, dass sie zu vermuten begann, er habe Angst vor jedem darüber hinausreichenden Gedanken.

Abgesehen davon hielt ihre Verwirrung nicht an. Mit der Zeit nahm sie die Vitalität dieses brodelnden Landes wahr, eine Art von beharrlichem Appetit, der inmitten all der Hoffnungslosigkeit brüllende Babys zur Welt brachte oder auch in den Augen des Bettlers zum Ausdruck kam, der einem die gewölbte Hand entgegenstreckte, um die Halb-Pice-Münze in Empfang zu nehmen, in den Rücken der Frauen, die gebückt auf den Äckern standen, oder dem Mann mit dem Spirituskocher, der den ganzen Tag neben dem strudelnden Verkehr hockte und köstlichen *chai* braute, den er den Passanten verkaufte. Stets unterbrach Nerys ihren täglichen Spaziergang, um bei ihm eine Tasse zu trinken, saß auf seinem kleinen dreibeinigen Schemel, während er im Staub kauerte. Dummerweise konnte sie einfach nicht einsehen, wie die christliche Botschaft (die sie diesen Menschen ja bringen sollten) auch nur einen von ihnen, sei's zum Besseren oder Schlechtern, hätte beeinflussen können. Ihre Lebensumstände waren fast immer hoffnungslos, und es gab hier ja schon diverse Religionen. Welchen Unterschied sollte da *noch* eine, die sich lediglich *noch* einmal von den bereits vorhandenen unterschied, denn machen?

Es war eine trockene, unliebsame Saat, die da in ihr aufging, doch sie wuchs schnell heran.

Evan arbeitete die ganze Zeit, predigte, schrieb, las und reiste in abgelegene Dörfer. Trotz ihres Unterrichts an der Schule und ihrer nervösen Bemühungen, mit den Bediensteten zurechtzukommen, deren grinsendes Warten auf ihre Befehle sie verlegen machte, blieben Nerys noch viele freie Stunden. Sie begann, im Krankenhaus auszuhelfen, wo sie unter den Krankenschwestern sehr viel lebhaftere Gesellschaft fand als unter den anderen Missionarsfrauen.

Am liebsten tat sie im Kreiß- und Geburtssaal Dienst. Die Erinnerung an das erste Baby, dessen Geburt sie miterlebt hatte, war so lebendig, als habe sie erst am selben Morgen stattgefunden. Die Mutter, jünger als sie selbst, hatte bereits zwei Kinder zur Welt gebracht und zwei lange Stunden gebrüllt, während Nerys ihr mit dem Schwamm das Gesicht abtupfte und Mühe hatte, sie zu beruhigen. Doch sobald der Kleine auf der Welt war, streckte sie ihm mit einem Lächeln, das den ganzen Raum ausfüllte, die Arme entgegen. Nerys musste sich abwenden und sich selbst mit einem Handtuch die Augen abwischen.

Ihre Hände glitten etwas weiter nach unten, eine unwillkürliche Bewegung – die sie zu vermeiden suchte (was ihr jedoch misslang) – über die gewellten Zwillingsbögen ihrer unteren Rippen, sodass sie in der schlaffen Vertiefung darunter ruhte. Seitdem vor noch nicht einmal einem Monat ihre erste eigene Schwangerschaft mit einer Fehlgeburt geendet hatte, versuchte sie sich einzureden, dass schon bald ein neues Baby unterwegs sein werde. Sie fühlte sich krank und matt, schon dieses Kind zu zeugen hatte lange genug gedauert, aber dennoch, sie würden es schaffen, nicht wahr?

Es sei denn, Gott wollte sie auf diese Weise für ihren Unglauben strafen.

Grimmig lächelte Nerys in die Dunkelheit. Wenn sie aber überhaupt nicht glaubte, wie sollte dann die zurückliegende Fehlgeburt oder eine misslingende Empfängnis in der Zukunft eine göttliche Strafe für irgendetwas sein?

Als man Evan die Chance bot, nach Leh zu gehen, nachdem der dortige walisische Missionar an Ruhr gestorben war, hatte er Nerys erklärt, sie müssten das nicht. Sie sollten es als Angebot sehen, als Gelegenheit, einem höheren Zweck zu dienen, nicht als Befehl. Die Versetzung werde sie hart ankommen, warnte er. Leh lag in beträchtlicher Höhe; war lediglich über zwei Straßen erreichbar, und die waren wenigstens die Hälfte des Jahres durch Schneefälle blockiert. Wahrscheinlich würden sie dort nur unter einer kleinen Handvoll anderer Europäer leben, es gab kein richtiges Krankenhaus, und die einheimische Bevölkerung war wohl noch weniger empfänglich für das Wort Gottes als die Menschen hier unten in Shillong.

Nerys hatte ihn angesehen.

Evan wollte allein deswegen nach Leh, weil dieser Posten schwierig und unbequem war. Leh bot ihm nicht nur die Chance, Gott und seinen Vorgesetzten seinen missionarischen Eifer zu beweisen, sondern gleichzeitig auch zusätzliche Gelegenheiten zur Selbstverleugnung. Allmählich dämmerte ihr, dass der arme Evan insgeheim nicht viel von sich hielt. Und weil er am Wert seiner Missionsbemühungen zweifelte, war all die gewissenhafte Arbeit und das Beharren auf der schwierigsten Route wahrscheinlich seine Art, mit einem Mangel an Selbstvertrauen und Selbstliebe umzugehen. Er wollte ja nicht einmal richtig essen, so sehr sie sich auch bemühte, sich nahrhafte Mahlzeiten für ihn auszudenken. Er war hager, und seine Wangen wirkten eingefallen. Häufig war er auch krank, hatte Fieber oder Magenbeschwerden.

Ich werde dich mehr und besser lieben, gelobte sie schweigend, *um wettzumachen, was du nicht für dich selbst tun kannst.*

Sie hatte sein Gesicht in ihre Hände genommen und ihn auf die Stirn geküsst. »Natürlich müssen wir gehen. Ich wäre sehr enttäuscht, wenn wir es nicht täten. Schon allein die Reise klingt mir nach einem Abenteuer.« Auch sie hatte die Legenden über die Straße von Manali nach Leh schon gehört.

In dieser Nacht hatte Evan im Bett ihre Hand ergriffen und fragend »Meine Liebe?« geflüstert.

Das war das Signal. Während ihr das Nachthemd über die Schenkel rutschte, war sie näher herangerückt und hatte »Ja« gemurmelt. Sie achtete darauf, dass ihr Mund den seinen fast berührte, damit er die Wärme ihres Atems spürte.

Das, dachte sie, würde er wahrscheinlich noch nicht für Sünde halten. Schließlich waren sie ja kirchlich getraut, von Parchedig Geraint Rhys, seinem Freund und Lehrer, und vor ihrer beider Familien. Nur fürchtete er wohl, soviel Glück nicht verdient zu haben. Jedenfalls versuchte er nie, den Akt zu verlängern, oder das beiderseitige Vergnügen zu intensivieren. Er gab seinem niederen Trieb nach – so sah er das zweifellos – und distanzierte sich danach so schnell wie möglich.

Nerys hingegen war es egal, ob sie Vergnügen verdient hatte oder nicht, wusste aber seit dem ersten tastenden Eindringen ihres Mannes, dass sie Sex mochte. Anfänglich hatte sie sich eine Ehe vorzustellen versucht, in der beide ihn gleichermaßen mochten und genauso danach verlangten, wie sie es tat. Da käme man wohl nicht mehr aus dem Bett, dachte sie. Nach zwei Ehejahren aber hatte sie gelernt, ihre Fantasien zu zügeln.

Evan nahm die Versetzung nach Leh an, und die Watkins begaben sich auf die lange Reise nach Ladakh. Die Zugfahrten nach Kalkutta und weiter nach Delhi konnte Nerys genießen, obschon die Sommerhitze im Flachland nach der relativen Frische Shillongs erdrückend war. An jedem Bahnhof kletterten Lebensmittelverkäufer mit Imbisskörben, die Reis und Currys enthielten, in ihren Wagen, *Chai*-Männer ließen ihre Glöckchen ertönen, und Frauen hielten flehend Stofftaschen voller reifer Früchte hinauf vor die staubbedeckten Fenster. Und genau wie die anderen Passagiere feilschte Nerys um die Waren, arrangierte sie dann in einer weißen Serviette zu kleinen Mahlzeiten, um Evan zum Essen zu animieren, wann immer er einmal aus seinem Buch aufsah. Und Stunde um Stunde starrte sie auf das am Zug vorbeirollende Indien hinaus.

Reisfelder, Büffelkarren und Lehmdörfer wurden abgelöst von brütenden Klein- und Großstädten voller versengter Elendsquartiere und noch hoffnungsloseren Camps, wo Familien unter zerlumpten Zeltplanen auf nackter Erde direkt neben den Gleisen hausten und der Rauch zahlloser Feuer die ohnehin stickige Luft noch schwerer machte. Dann dampfte der Zug erneut aufs Land hinaus, durchquerte eine riesige braune Ebene, als ob es die beißende Stadt nie gegeben hätte.

In Delhi, während sie in einem Missionshaus übernachteten, erfuhr Nerys durch die BBC-Auslandsnachrichten schließlich von der Evakuierung Dünkirchens. Auch Briefe ihrer Eltern erwarteten sie hier, die Berichte über Luftangriffe, Lebensmittelknappheit und kleine Jungs enthielten, die sie von der Schule her kannte und die nun auf Gefallenenlisten auftauchten. Es war schwer, von den furchtbaren Veränderungen, die ihre vertraute und geliebte Welt nun durchlebte, hier an diesem ihr so fremden Ort zu erfahren. Ängste um die Zurückgelassenen erfüllten ihre Gedanken, und Indien und ihre Aufgabe hier schienen ihr jetzt noch viel unverständlicher. Sie wollte nur noch nach Hause; und die Heftigkeit ihrer Sehnsucht war körperlich und geradezu beängstigend. Eines Nachmittags kam Evan von einem Missionstreffen zurück und traf sie schwer atmend vor einem offenen Fenster an, obwohl die Luft im Freien stickig war vor Ruß und Hitze. Ein Wollsocken, an dem sie strickte, lag neben ihr auf dem Boden. Auf den Passstraßen nach Leh, hatte sie gehört, werde es kalt werden, und obwohl eine solche Vorstellung völlig aus ihrer Welt entschwunden zu sein schien, machte sie sich auf irgendwie allgemeine Weise Sorgen.

»Ich glaube, wir sind abfahrbereit«, meinte Evan stirnrunzelnd und wollte ihre Not entweder nicht sehen oder sich nicht dazu äußern. »Ich werde die Fahrkarten nach Chandigarh bestellen.«

Mit Rat und Hilfe der Mission von Delhi hatten sie einen Berg von Vorräten angehäuft, die von dicken Filzstiefeln und Decken bis zu Blechdosen voller Butter aus der Delhi Dairy Company reichten. Und alles war in Reisekörben verstaut und mit Lederriemen verschnürt.

Nerys bückte sich, um ihr Strickzeug aufzuheben. »Tun wir das Richtige, Evan? Machst du dir je Gedanken darüber, dass ... wir unsere Kräfte daheim vielleicht sinnvoller einsetzen könnten?«

Er setzte die Papiere und Bücher ab, die er im Arm gehalten hatte. »Meinst du wegen des Kriegs?«

»Ja.« Daheim würde ihr Mann wohl als Truppenkaplan dienen und sie selbst würde anstelle der männlichen Lehrer, die nun an der Front waren, in der Schule unterrichten.

»Man hat mich hierher berufen, Nerys. Und ich weiß, dass ich Gottes Willen tue.«

Du hast leicht reden, hätte sie fast erwidert, aber was ist mit mir? Von alledem weiß ich nichts. Was will Gott denn von *mir?*

Sie hatte ihn im Grunde nie danach gefragt.

Sie hatte sich immer auf die Zunge gebissen, da sie wusste, dass das Gespräch nur dann eine harmlose Richtung einschlug, wenn sie sich mit der Rolle als Evans Frau und nichts anderem als der Erfüllung dieser Pflicht zufrieden gab. Sowieso war dies alles, jeder Schritt, der sie hierhergebracht hatte, ihr eigener freier Wille und Entschluss gewesen. Hätte sie sich gegen die Heirat entschieden, wäre sie jetzt daheim in Wales und morgen eine altjüngferliche Lehrerin, unterwegs zu einem Klassenzimmer voller Kinder, deren Leben ihr verständlich war, statt eine verheiratete Frau auf dem Weg nach Ladakh.

Durch das Fenster drang der Lärm der plärrenden Verkäufer, von Straßenkindern, die in der Gosse spielten, das Weinen eines Säuglings, die blechernen Laute von Radiomusik. Nerys stand reglos da, ihre Finger auf den Stricknadeln fühlten sich an wie schmelzendes Wachs.

»Ist dir unwohl?« Evan legte ihr die Hand auf die Schulter. »Möchtest du, dass ich Mrs Griffiths hole?«

Mrs Griffiths war ihre Gastgeberin, die Frau eines in Delhi tätigen Missionars, die Nerys kaum kennengelernt hatte. »Nein, Evan. Mir ist nicht schlecht. Ich bin ganz deiner Meinung. Wir sind abfahrbereit und sollten uns folglich Fahrkarten besorgen.«

***

In Chandigarh verließen sie den Zug und reisten, das Gepäck unter einer Plane auf der Fahrzeugpritsche festgebunden, mit dem Lastwagen hinauf in ein Städtchen namens Manali. Hier befand sich ein weiterer Außenposten der Mission, und Evan musste die letzten Einzelheiten ihrer Versetzung nach Leh klären, sodass sie drei Tage blieben. Manali lag in den Ausläufern hoher Berge, und die angenehm kühle Luft war frisch und wohlduftend. Die gefalteten Grate, die sich über dem Tal erhoben, waren von dunklen Kiefern bedeckt. Der Anblick erinnerte Nerys an die Schweiz, obwohl sie nie dort gewesen war. Sie machte Spaziergänge entlang eines kristallklaren Bachs und beobachtete Adler, die über hohe Felswände glitten. Ihre Lebensgeister schwangen sich auf wie die Vögel.

An ihrem letzen Abend aßen Evan und sie in einem kleinen auf den Garten hinausgehenden holzvertäfelten Zimmer bei Kerzenlicht zu Abend. Als er Messer und Gabel sinken ließ, sprang sie auf und trat neben ihn, legte ihm die Arme um die Schultern und schmiegte die Wange in sein Haar. »Ich bin so froh, dass wir gehen. Tut mir leid, dass ich Zweifel hatte«, flüsterte sie.

»Ich habe darum gebetet, dass du dich anders besinnst«, erwiderte er.

Nerys wusste, diese Nacht würde bis zur Ankunft in Leh ihre letzte in einem richtigen Bett sein. Schon während der Flitterwochen hatte sie gelernt, dass sie bei ihrem Mann nie einen Annäherungsversuch machen durfte, doch als er draußen war, tupfte sie sich ein wenig Parfüm in den Nacken und schlüpfte in ihr bräutliches Nachtgewand.

»Meine Liebe?«, flüsterte Evan, sobald er die Lampe ausgeblasen hatte.

Am nächsten Tag versammelte sich bei Sonnenaufgang ein fünfzehn Tiere umfassender Pony-Zug. Zwei Stunden dauerte es, bis Nerys und Evans gesamtes Gepäck wieder ausgepackt und in Einzelladungen erneut auf die Ponymänner und ihre Tiere verteilt war. Ein drahtiger kleiner Kerl namens Sethi war für die Karawane verantwortlich. Von hier bis nach Leh waren es dreihundert Meilen – auf einer uralten, den Himalaja überquerenden Handelsroute. Sie würden reiten und jede Nacht entlang des Wegs ihr Lager aufschlagen.

»Kommen Sie, Memsahib.« Sethi half Nerys in den Sattel ihres Ponys, drückte ihr die geflochtenen Zügel mit den Glöckchen und bunten Wollpompons in die Hände und klatschte dem Tier aufs Hinterteil. Sofort setzte es sich in Bewegung, und die Prozession wand sich aus Manali hinaus. Dreißig Meilen steilen Aufstiegs lagen vor ihnen, bis sie den ersten hohen Pass ihrer Route erreichen würden.

Später dachte Nerys oft mit einer Art schwindligem Unglauben an die Strapazen der langen Reise zurück. Die Tage – die Rüttelei auf dem Rücken des Ponys beziehungsweise das Absteigen mit wehen Beinen und taubem Hintern, um hinter ihm herzutrotten – verschwammen miteinander. Der Pfad war häufig nicht mehr als eine Spalte, die zwischen Felsgeröll hindurchführte, oder aber ein glitschiger Sims, neben dem es Hunderte von Metern in die Tiefe ging und sich weit unter ihnen im Tal ein silberner Flusslauf wand. Die Ponys fanden – ermutigt durch das Schnalzen und die Pfiffe der Ponymänner – ihren Weg. Die Lasten schwankten rhythmisch nach den Seiten und hingen manchmal ziemlich weit über dem Abgrund. Nachts schlugen Sethi und seine Männer das Zelt auf, und Nerys und Evan krochen hinein und wickelten sich in ihre Decken. Kalte Winde zerrten am Segeltuch, pfiffen zwischen Zeltwand und Bodenplane hindurch. Der Koch entzündete ein Feuer und schon bald wurde ein zinnernes Feldgeschirr voller Lammeintopf und dann ein weiteres mit dampfendem Reis durch die Zeltklappe gereicht. Nie zuvor in ihrem Leben war Nerys so hungrig gewesen. Gierig aß sie und verschlang alles, was man ihr anbot. Evan lag mit geschlossenen

Augen in seinem Decken-Kokon. Er litt an der Höhenkrankheit, erwachte allmorgendlich mit Kopfweh und hüstelte den ganzen Tag über. Nerys verabreichte ihm Aspirin und Hustensaft und drängte ihn, etwas zu essen.

»Nur einen Löffel Reis, Liebster. Du musst etwas essen, sonst hast du, bis wir ankommen, keine Kraft mehr für deine Arbeit.«

Er stützte sich auf den Ellbogen und verzehrte ein wenig von seinem Abendessen.

In den Nächten schliefen sie zur Erleichterung der Atmung auf Sättel gestützt und dennoch unruhig, erwachten vom Geräusch des Windes oder der Männer, die redend und leise lachend um ihr Feuer saßen. Am Morgen begann das Ganze von vorn.

Während aber die Tage verstrichen, spürte Nerys, dass sie mit jedem Tag stärker wurde, und mit der Kraft ging ein neues Glücksgefühl einher. Sie betrachtete die sich verändernde Landschaft, dachte, wie sehr deren karge Erhabenheit die Gipfel und Täler Snowdonias in den Schatten stellte, sie aber dennoch an ihre Heimat erinnerte. Sie merkte, dass sie sich in dieser menschenfeindlichen Landschaft wohler fühlte als irgendwo sonst im siedenden Tiefland Indiens. Sie scherzte mit den Ponymännern, verständigte sich, da sie kaum über gemeinsame Worte verfügten, mit Zeichensprache. Sethi wurde zu ihrem Verbündeten, ritt direkt vor ihr auf seinem zottigen weißen Pony oder führte geduldig ihr Reittier, wenn ihr schmerzender Körper zu heftig protestierte und sie absteigen und zwei, drei Meilen zu Fuß gehen musste.

»Memsahib sehr stark«, meinte er bedeutsam. Während er Evan, der matt über den Zügeln seines Ponys hing, nicht einmal eines Blickes würdigte.

Nie würde Nerys den Nachmittag des langen keuchenden Aufstiegs zum Baralacha-Pass vergessen, das wusste sie schon damals. Als sie schließlich wankend dessen Gipfelpunkt in fünftausend Metern Höhe erreichte, war ihr, als sei ihr aller Sauerstoff aus Gehirn und Blut herausgesaugt worden, sodass sie sich schlaff wie ein Seil fühlte. Evan war aschfahl und rang nach Luft, konnte sich kaum noch im Sattel halten. Zwei Männer gingen zu beiden Seiten seines Ponys, um ihn festzuhalten.

Dann blickte Nerys zurück. Hinter ihr erstreckte sich nach Süden hin ganz Indien. Sie drehte sich halb herum. Vor ihr im Norden lag das unbekannte Asien. Sie richtete sich auf und nahm einen tiefen Zug der gläsernen Luft.

Sethi beobachtete sie. »Willkommen, Memsahib.« Er lächelte.

Die Tage des Reitens, Kampierens, Schlafens und neuerlichen Reitens zogen sich hin, und dann plötzlich war alles vorbei. Ihre kleine Karawane wand sich einen niedrigen Hügel hinauf, und von dessen Kamm aus überblickten sie das Industal. Da gab es Obstgärten und Walnussbäume und bestellte Felder entlang der Flussufer. Die Stadt Leh erstreckte sich über einem sonnigen Hang vis-à-vis einer Kette hoher, weiß gepuderter Berge.

Es war Ende August, und mehr als ein Monat war verstrichen, seit sie Shillong verlassen hatten. Während sie nach Leh hineinritten und an Ponywagen voller getrockneter Gerstengarben, an Ziegenherden und von den Feldern zurückkehrender Frauen vorbeikamen, dachte Nerys an die Kälte, die hinter ihnen von den Bergen herabglitt und ihren Griff fester um die gerade überquerten Berge legte. Etwas weiter oben war bereits Schnee gefallen, der in der Mittagssonne zu Matsch zerschmolz und, sobald die Dunkelheit hereinbrach, zu tückischen Furchen gefror. Wenn sie ihre Ponys entladen hatten, würden die Männer wieder nach Manali aufbrechen und leicht und rasch gegen das Wetter anreisen, doch die langsame Reise, die Evan und Nerys gemacht hatten, konnte nicht mehr durchgeführt werden. Nicht bevor der Winter gekommen und wieder vergangen war.

Nun sind wir da, dachte Nerys, als sie in einem Außenbezirk der Stadt die linke Seite einer langen *Mani*-Mauer passierten. Tausende von behauenen Steinen waren hier aufgeschichtet, und auf jedem davon war das Mantra *Om mani padme hum* eingemeißelt.

Ehrerbietig neigte sie zur Wand hin den Kopf. Nun sind wir da, und nun bleiben wir auch.

Das war jetzt fast schon ein Jahr her.

Nerys drehte sich um, sodass sie in der gleichen Haltung wie Evan lag, wenn auch nicht ganz an ihn geschmiegt; sie wollte ihn nicht stören. Sie sog seinen Seifen-Schweiß-Geruch ein. Nun, da er im Tiefschlag lag, wollte sie ihre »Revue« dieses Tages beenden, indem sie sich den Abend vornahm.

Sie hatte früh zu Abend gegessen. Diskit, die Frau, die für sie kochte und die Mahlzeiten servierte, hatte sich in die Küche zurückgezogen. Sie war Witwe und hatte kleine Kinder zu versorgen, sodass sie froh war, der Mission anzugehören, egal, zu welcher Religion sie sich dafür bekennen musste. Sie hörten sie die Ofentür öffnen, um im Herd in der Asche zu stochern, hörten sie weitere getrocknete Yak-Dungfladen aufschichten, auf denen sie den Stew für das Schulessen des nächsten Tages kochen würde. Der Duft garenden Hammelfleisch zog zu ihnen herein. Evan blätterte eine Seite seines Buches um. Ohne einen Blick auf ihn zu werfen, wusste Nerys, dass sein Gesicht sich kurzfristig überschattete. Die häuslichen Küchengeräusche lösten eine Kette unliebsamer Assoziationen bei ihm aus.

Die frühen Herrnhuter Missionare waren 1853 in Leh eingetroffen, vor den Katholiken und auch lange vor den jungen walsisischen Presbyterianern. Sie hatten erfolgreich hier Fuß gefasst. Sie hatten den robusten kleinen Ofen mitgebracht, der inzwischen in jeder ladakhischen Küche zum Inventar gehörte, die erste Druckerpresse aufgestellt, das Postamt eingerichtet und die Bibel ins Tibetanische übersetzt.

Evan empfand die prekäre Situation seiner eigenen, sehr viel jüngeren Mission ganz klar, ebenso wie die klägliche Größe seiner eigenen Gemeinde, wenn man sie mit den Gläubigenzahlen verglich, die zum Gebet in die Kirche der Herrnhuter Brüdergemeinde strömten. Und er verurteilte sich wegen seiner mangelnden Leistungen auf praktischem wie spirituellem Gebiet.

»So darfst du das nicht sehen«, hatte Nerys einmal zu ihm gesagt. »Sie sind deine Brüder in Christo, und wir arbeiten am gleichen Werk.«

Ihre Missionarskollegen waren gegenwärtig ein Engländer, der sein gesamtes Priesterleben in der Arbeit für die Herrnhuter Brüderkirche in Indien verbracht hatte und bald pensioniert werden würde, sowie ein belgisches Paar in mittlerem Alter. Während der endlosen Wintermonate waren sie fast die einzigen anderen europäischen Bewohner Lehs gewesen, und Nerys hatte sie allmählich alle drei lieb gewonnen. Auch hatte Madame Gompert sie, zusammen mit Diskit, während der gesamten blutigen und schmerzhaften Geschichte ihrer Fehlgeburt gepflegt und getröstet.

An diesem Abend hatte sie kein Wort gesagt, und schließlich hatte Evan Messer und Gabel sinken lassen und sein Buch zugeklappt. »Ich muss etwas mit dir besprechen, Nerys.«

»Was denn?«

»Es wird bald wieder Winter.«

Das war ihr nun wahrlich nicht entgangen. Dieses Jahr allerdings, wo sie auf die Kälte und Stille, die Eintönigkeit des immer gleichen Essens, das gefrorene Wasser in den Waschkrügen und die Isolation ihrer kleinen Welt vorbereitet war, glaubte sie, besser damit umgehen zu können. »Ja.«

»Ich kann nicht die ganze Zeit über in der Mission herumhocken. Im Sommer, wenn ich die Dörfer und die Nomadencamps besuche, sind die Menschen fast alle draußen bei ihren Herden. Aber wenn ich im Winter zu ihnen ginge, wären sie in ihren Siedlungen. Sie haben dann weniger zu tun, und ich könnte mir ihrer Aufmerksamkeit sicher sein.«

Nerys überlegte. Es gab Fußpfade zu den Dörfern im Tal und gefährliche Routen über die Berge zu abgelegenen *gompas,* um die sich einige Hütten gruppierten, aber wie es sein würde, durch

Schnee und Wind zu reisen, wenn die Temperaturen nachts auf dreißig Grad unter Null sanken, konnte sie sich nur annähernd vorstellen.

»Ich komme mit«, sagte sie.

Evan schwieg.

Sieh mich an, dachte sie. Schließlich trafen sich ihre Blicke.

Er behandelte sie nicht unfreundlich, noch wies er ihr die geringste Schuld zu, doch der Verlust des Babys hatte ihnen den Rest gegeben. Denn so sehr Evan das Kind gewollt hatte, er war auch angewiesen auf ihre Kraft und Verlässlichkeit für das gemeinsame Unternehmen, das ihn erfüllte. Ihre körperliche Schwäche seit der Fehlgeburt und das unausgesprochene niederdrückende Gewicht ihrer Traurigkeit ließ befürchten, dass er sich nicht länger auf sie stützen konnte. Und in irgendeinem Winkel seines Bewusstseins verübelte er ihr diesen Rückzug, und diesen Groll empfand er wohl als weiteres persönliches Versagen, für das er büßen musste.

Sie waren in eine Sackgasse geraten, dachte Nerys müde. Sie konnten nicht miteinander reden; es war auch sein Kind gewesen und natürlich trauerte Evan um es, doch er richtete zu viele Mauern zwischen ihnen auf, und sie hatte nicht mehr den Willen, immer wieder dagegen anzurennen. Allmählich empfand sie auch etwas wie Zorn über seine Schwäche, die er so trotzig hinter seiner Sturheit verbarg.

»Dem könnte ich niemals zustimmen«, meinte er in seinem frostigsten Ton. »Du musst dich *besser* pflegen, als ich es könnte, wenn wir zwei da draußen unterwegs wären.«

Nerys wandte den Blick ab. Sie schloss den Mund und wusste, dass er in ihrem weißen Gesicht eine strenge Linie bildete. »Dir ist es also lieber, ich bleibe hier allein?«

Evan wirkte überrascht. »Du bist doch nicht allein. Du hast die Schulkinder, die Gemeinde, die Gomperts, Henry Buller und die anderen Nachbarn. Und die Bediensteten werden sich auch um dich kümmern.«

Langsam faltete Nerys ihre Serviette zusammen und steckte sie zurück in den Holzring. Sie erhob sich, wobei sie sich kurz auf die Stuhllehne stützte. »Danke«, erwiderte sie.

Sie trat über den Gang an die Küchentür. Diskit spülte in einer Zinkwanne Teller und Bestecke ab; sie hatte ihr pomadisiertes Haar unter einem Tuch hochgebunden, weil Nerys ihr eingeschärft hatte, bei der Arbeit müsse es immer bedeckt sein. Der rote Stoff passte zu ihren Wangen. Zwei Männer saßen auf einer Wandbank, ihre Yaklederstiefel standen neben der zum Hof führenden Tür. Diskit warf eine Handvoll Gabeln auf ein Metalltablett und Nerys zuckte innerlich zusammen bei dem Geschepper. »Was soll das, Diskit?«

»Leh viel los, Mem. Mein Cousin Bruder«, sagte sie und nickte in Richtung eines der beiden Männer, »aus Alchi gekommen.«

»Julley«, murmelten die Männer.

Von Evans Vorgänger hatte das Mädchen einige Brocken Englisch aufgeschnappt, und Nerys hatte sich einen gewissen Grundwortschatz an ladakhischen Vokabeln angeeignet. Inzwischen konnten sie sich schon ganz gut verständigen und mussten nur noch selten auf Zeichensprache zurückgreifen.

In Leh herrschte lebhafter Verkehr. Es war die Saison der Händler, und Karawanen aus Lhasa, Yarkand und Kashgar im Osten sowie dem Punjab im Westen waren in die Stadt gekommen. Kaufleute aus Tibet und Turkestan brachten Teppiche, Gold und Silber, um sie bei ihren indischen Kollegen gegen Baumwolle und Tee einzutauschen. Die Einheimischen boten Wolle und Wollprodukte zum Verkauf und zwar in jeglicher Qualität, von derber Yakfaser bis hin zur feinsten *pashm,* und im Basar wimmelte es den ganzen Tag von unterschiedlichsten Gesichtern und Volkstrachten, dem Lärm der verschiedenen Sprachen. Der britische Verbindungskommissar befand sich ebenfalls in seiner Residenz. Er war verantwortlich für Handel und Verkehr, und jeder Kaufmann musste bei ihm einen Pass beantragen, der es ihm gestattete, wieder nach dorthin zurückzukehren, woher er gekommen war – und zwar ehe die winterlichen Schneefälle die uralten Routen blockierten.

Am nächsten Tag hielt der Kommissar seine alljährliche Teegesellschaft und -bewirtung in der Residenz ab, zu der Evan und Nerys zusammen mit allen anderen geladen waren, die in Leh über einen gewissen Rang verfügten. Im Vorjahr hatten sie das Ereignis nur knapp verpasst, und Nerys hatte sich auf diese seltene Unterbrechung ihrer eintönigen und pflichtbewussten Routine schon sehr gefreut. Sie besaß zwar nur wenige ansehnliche Kleidungsstücke zur Auswahl, doch der *Dhobi*-Mann hatte ihre beste Bluse gewaschen, und sie hatte sie eigenhändig geplättet, um Falten, die er unweigerlich in den Kragen bügelte, sowie die großzügigen Aschespritzer aus seinem Eisen zu vermeiden. Eben hatte sie sich eine Weste fertiggestrickt. Sie war aus weicher cremefarbener Wolle, in der Region gesponnen und von der besten hiesigen Qualität, und an diesem Abend wollte sie ihr noch mit einem Dutzend Perlmuttknöpfen zusätzliche Eleganz verleihen.

»Mem, ich muss Sie was sagen«, und Diskits Wangen wurden gleich noch röter, »mein Cousin unterweg. Mit Sahib und Memsahib, Engländer. Morgen Leh. Nächste Woche Srinagar.«

Die beiden Männer nickten eifrig. Der Cousin gab irgendwelche wortreichen Erklärungen ab, denen Nerys entnahm, dass soeben eine Jagdgesellschaft im Begriff stand, aus dem Nubra-Tal zurückzukehren. Sie bestehe aus Trägern und Köchen, einem *shikari* oder Jäger, Lagerboys, einem großen Sack voller Hirschköpfe und -geweihe, Ponys, Gewehren, Zelten und Unmengen von Gepäck sowie all dem Drum und Dran einer richtiggehenden Expedition. Die Jagdgäste bestünden aus einem englischen Gentleman und einer Dame.

Das war ja nun wirklich mal eine Neuigkeit.

Durchreisende Englänger standen in Leh im Zentrum aller Aufmerksamkeit, wer immer sie auch sein mochten, doch von einer

Europäerin zu hören, die sich auf diese Reise in den fernen Osten wagte, das war höchst ungewöhnlich. Nerys fragte sich, was das wohl für eine Person sein mochte. Neugier, die Aussicht auf Gesellschaft und die Hoffnung auf frischen Gesprächsstoff und ungewohnte Unterhaltung belebte sie bis zu einem Punkt, an dem sie sich fast wieder wie früher fühlte. Evan, der über sein Buch gebeugt am Esstisch saß, hatte sie völlig vergessen.

»Mem, ich muss Sie sagen«, fuhr Diskit eindringlich fort. Es gab noch weitere Neuigkeiten mitzuteilen.

Nerys erfuhr, dass die Reisenden auf der Hinreise im *Dak*-Bungalow zwischen Leh und Thikse übernachtet hatten, weshalb sie ihnen bisher noch nicht begegnet war. Es handelte sich dabei um ein kleines Haus, das man britischen Regierungs- und anderen Beamten, die sich in der Gegend aufhielten und vorübergehend eine Unterkunft benötigten, zur Verfügung stellte. Sie wusste, dass es sich dabei um ein Haus ohne jeden Komfort handelte, mit verschimmelten Wänden und Schwaden toter Fliegen auf den Fensterbänken, und sie war ganz und gar nicht überrascht, dass die Besucher sich diesmal nach einer anderweitigen Unterkunft umsahen. Wegen der am nächsten Tag stattfindenden Gesellschaft aber war die Residenz leider bereits völlig überbelegt.

Sofort meinte sie: »Sie müssen hier übernachten.«

Bisher hatten die Watkins nur sehr wenige Besucher in der Mission empfangen, weil die meisten der Europäer, die direkt über Leh reisten, entweder die Residenz besuchten oder aber bei den Gomperts wohnten. Henry Bullers Haus wurde im Allgemeinen eher gemieden. In Gedanken ging sie bereits durch, was alles noch zu erledigen war. Laken lüften, das Feuer unter dem Boiler einheizen, sodass genügend heißes Wasser vorhanden war. Krüge und Waschbecken. Handtücher, ein Blumenstrauß für den Tisch im Schlafzimmer. Und wie konnte man den kargen Menüs während der nächsten paar Tage noch zusätzlichen Pfiff verleihen?

»Als Erstes, Diskit, putzt du morgen das Schlafzimmer. Wischst den Fußboden auf, staubst alles ab, auch im Schrank, überall.«

Diskit nickte ernst angesichts der Bedeutsamkeit dieser Aufgabe. »Mein Cousin, er soll Sahib Bescheid sagen?«

»Ja, ja«, meinte Nerys an einen der auf der Bank sitzenden Männer gewandt. »Geh zurück ins Lager, sag ihnen, dass sie hier willkommen sind. Kannst du dir das merken? *Willkommen.*«

Als sie schließlich wieder zurückgegangen war, um Evan von den letzten Entwicklungen zu berichten, hatte der noch immer mit den Resten seines Abendessens neben seinem Ellbogen am Tisch gesessen. »Wo ist Diskit? Wofür bezahlen wir sie eigentlich? Soll ich vielleicht den Abwasch erledigen, oder findet sie irgendwann noch mal Zeit dafür?«

»Evan, wir kriegen morgen Besuch.«

Stirnrunzelnd hatte er zugehört. Nerys' Reaktion war zunächst Neugierde gewesen, und dann Vorfreude, seine war abwehrend. Die Ankunft von Fremden in seinem Haus bedeutete eine Störung, und es drohte noch Schlimmeres: Bloßstellung oder eine andere ungenannte Schmach. So wie er jetzt schaute, hätte Nerys am liebsten seinen Kopf an ihre Brüste gedrückt, über sein ergrauendes Haar gestreichelt und ihm gesagt, dass er sich nicht so sorgen und ängstigen sollte, doch für derlei Gesten gab es keinen Verhaltenskodex mehr zwischen ihnen. Erneut lastete die schon früher empfundene Erschöpfung auf ihr.

»Diskit wird gleich da sein. Ihr Cousin hat Nachrichten von draußen mitgebracht, und ich habe ihr eine ganze Liste von Sachen aufgetragen, die sie bis morgen früh erledigen muss. Ich gehe jetzt zu Bett, Evan. Ich hab morgen einen anstrengenden Tag vor mir.«

»Ich bleib höchstens noch eine halbe Stunde«, hatte er ihr nachgerufen.

Und jetzt ließ der Schlaf auf sich warten. Nerys kämpfte mit ihrem wachsenden Groll, weil Evan so leicht eingeschlummert war, während sie hellwach dalag, einsam und zunehmend irritiert von ihrer letzten Unstimmigkeit.

Ob ihr Mann sich überhaupt bewusst war, wie wenig Übereinstimmung es noch zwischen ihnen gab?, überlegte sie. Durchaus möglich, dass sie gar nicht hoch genug auf seiner Prioritätenliste stand, um in letzter Zeit überhaupt einen Eindruck bei ihm hinterlassen zu haben!

Hör auf, rief Nerys sich selbst zur Ordnung. Wenn du so denkst, wirst du nur noch mehr kaputt machen.

Schlaf. Versuch einfach, zu schlafen.

Vor lauter Mühe, den nichts wahrnehmenden Körper ihres Mannes nicht zu berühren, tat ihr alles weh. Sie war zu müde, um jetzt noch entspannen zu können. Die Stunden schleppten sich dahin, bis endlich die Hähne zu krähen begannen.

Kurz nach der üblichen Zeit fürs Mittagessen trafen die Reisenden ein. Nerys hatte die jüngsten der Schulkinder unterrichtet, und den älteren gesagt, sie dürften nach Hause gehen, sobald sie ihren Reis und ihre Linsen gegessen hätten. Einige Nachzügler spielten noch immer und jagten sich im Missionshof herum, als hoch beladene Pferde sich dem Tor zur Straße näherten. Nerys und Evan hörten das gewohnte konfuse Geschrei und das Gebell der Hunde, das ihnen verriet, dass etwas Ungewohntes, etwas außer der Reihe geschah. Die Schulkinder drängten sich vor dem steinernen Torbogen und Nerys eilte über das Kopfsteinpflaster, um die Gäste zu begrüßen.

Sie erblickte einen gepflegten Mann in elegant geschnittenem Reitanzug und breitkrempigem Hut sowie eine Frau, die den Zügel ihres Ponys hielt und zärtlich dessen Nase rieb. Die Frau trug Wickelgamaschen und Reithosen, um ihren Tropenhelm schlang sich ein langer Schleier. Eine ganze Reihe von Trägern und Ponyführern schleppte schlamm- und staubverkrustete Taschen heran. Die Frau hatte ein breites offenes Lächeln und streckte beide Arme aus, um Nerys' Hände zu ergreifen. »Ich danke Ihnen ganz herzlich, Mrs Watkins, dass sie uns auf diese Weise zu Hilfe eilen«, sprach sie mit warmer, rauchiger Stimme. »Ich kann Ihnen gar nicht sagen, was das für Archie und mich bedeutet. Noch eine Nacht im Zelt hätte mir wirklich den Rest gegeben.«

Sie war etwa gleich groß wie Nerys. Ihre Augen waren braun wie Torf und wurden von schwarzen Brauen überwölbt. Und als sie den Tropenhelm abnahm, stellte Nerys verblüfft fest, dass ihre Haare kurz gestutzt waren wie die eines Mannes, sie jedoch trotz ihrer Reitkleidung ansonsten nichts Männliches an sich hatte. Sie besaß eine knackige Figur mit schmaler Taille und langen Beinen, die sogar in Kniehosen und unter dem groben Tweedumhang elegant wirkten.

»Willkommen in der Mission«, erwiderte Nerys lächelnd. »Ist zwar nicht das Savoy, aber besser als der *Dak*-Bungalow.«

Der Mann hatte seinen Dienern knappe Anweisungen gegeben und kam nun, um sich vorzustellen. »Mrs Watkins? Wie geht es Ihnen? Ich bin Archie McMinn. Wir stehen in Ihrer Schuld.« Er hatte sandfarbenes Haar, war sonnengebräunt und besaß gutmütige blaue Augen und einen drahtigen Bart. Sein Akzent verriet einen leichten schottischen Einschlag.

»Myrtle. Ich bin Myrtle.« Seine Frau lachte.

»Nerys.« Als sie einander die Hand schüttelten, ergriff Nerys ein seltsames Gefühl, als ob sie diese Frau bereits kenne. Sie betrachtete Myrtle McMinn und dachte mit völliger Klarheit: Ich wusste, dass es dich irgendwo geben musste. Und jetzt bist du endlich da.

Sie sagte aber nur: »Kommen Sie herein. Sicher brauchen Sie heißes Wasser, saubere Bettlaken und müssen mal wieder von Porzellantellern essen. Ich erinnere mich noch genau, wie es war, wochenlang am Stück zu campen.

Evan trat in den Hof heraus und stand wie eine dunkle Säule in der Sonne. Er schüttelte den Neuankömmlingen die Hände und sagte ihnen, die presbyterianische Mission solle ihr Heim sein, so lange sie eines bräuchten. Rasch warf Nerys ihm ein dankbares Lächeln zu. Missionskinder schoben sich zwischen die vier und starrten auf die McMinns. Myrtle zog ihre Handschuhe aus, wühlte in den Taschen ihres Umhangs, brachte Süßigkeiten zum Vorschein und verteilte sie auf ein Dickicht von Händen.

»*Julley*, euch allen.« Sie drehte ihre Tüte um, schüttelte sie aus, um ihnen zu zeigen, dass sie leer war. Doch die Kinder trabten hinter ihr drein und folgten ihr bis zur Tür des Hauses. Nerys meinte nun bestimmt, es sei Zeit, nach Hause zu gehen, und scheuchte sie davon. Sie führte die McMinns in ihr Zimmer.

»Wie schön Sie alles hergerichtet haben«, rief Myrtle. »Sieh mal, Archie. Welch ein Luxus!«

Diskit werde ihnen heißes Wasser bringen, erklärte Nerys, und falls sie sonst noch was bräuchten, sollten sie sie darum bitten. Als einziges, meinte Archie McMinn, bräuchten sie wohl noch die leinernen Reisetaschen, die ihr Träger hereinbringen werde, sobald der schlimmste Staub und Schlamm abgebürstet sei. Alles andere, einschließlich der Köpfe und Geweihe, werde von den Ponys zum Lager in der Nähe des Poloplatzes am südlichen Stadtrand gebracht.

»Seine Jagdtasche ist nämlich im Grunde alles, worauf es ankommt, wissen Sie«, meinte Myrtle neckend. »Zwei Köpfe von riesigen Bergschafen mit gezwirbelten Hörnern, zwei großartige Geweihe, die noch am Hirschkopf saßen, und auch sonst jede Art von Wild, die auf Archies Lizenz verzeichnet war. Sonst wären wir nämlich immer noch da draußen, verstehen Sie?«

»Das war ein Jagdausflug, meine Liebste«, konterte Archie gelassen. »Was hattest du dir denn erwartet?«

Die McMinns machten einen entspannten Eindruck. Sie gingen ungezwungen miteinander um, dachte Nerys, und wirkten glücklich, nach der anstrengenden Exkursion ins Gebirge wieder in der Zivilisation und unter Menschen zu sein. Allerdings glaubte sie auch, dass sie allein zu zweit genauso glücklich gewesen wären. Diskit brachte die ersten einer ganzen Serie von Heißwasserkrügen herein, und Nerys verließ ihre Gäste, damit sie sich umziehen konnten.

Ihre Ankunft hatte die angespannte Atmosphäre im Missionshaus gelockert. Diskit sang, während sie den Gang überquerte, und Evan fragte nicht, wie lange es noch dauern sollte, bis er sein Mittagessen bekam. Nerys rückte die Löffel und Gabeln auf der Tischdecke zurecht und ging dann in die Küche, um die *thukpa* zu kosten, den einheimischen Gemüsetopf, der Diskits verlässlichstes Gericht war.

Bald erschienen die Gäste wieder. Archie hatte sich den Bart abrasiert und eine etwas bleichere Kinn-Wangen-Sichel freigelegt. Myrtle trug noch immer eine Hose, diesmal aber ein weites Modell aus Flanell und dazu eine helle Bluse und hatte eine einreihige Perlenkette umgelegt. »Ich hätte ja durchaus ein Kleid angezogen«, entschuldigte sie sich gegenüber Nerys, »aber ich habe keines dabei. Stört es sie?«

Nerys strich die Vorderseite ihres alten Tweedrocks glatt. »Natürlich nicht. Sie sehen … sehr hübsch damit aus.«

»Nein, ich sehe aus wie mein Bruder.«

Doch auch als Myrtle sich mit wegwerfendem Schulterzucken mit den Fingern durch den kurzen Bubikopf fuhr, hätte niemand sie mit einem Jungen verwechselt.

Evan rückte Myrtle einen Stuhl zurecht. Beide McMinns neigten die Köpfe, während er ein längeres Tischgebet sprach und die *thukpa* in der Schüssel dampfte. Sonne strömte durch das kleinteilige Sprossenfenster, auf das Nerys' blickte, und sie war froh, einen Moment lang die Augen schließen zu können, sodass sie deren Wärme auf ihren Lidern spürte. Nach der schlaflosen Nacht war sie so müde, dass sie sich fast ein wenig unwirklich fühlte – so als fehle ihr eine physische Dimension. Als sie die Augen wieder aufschlug, blickte Myrtle sie an. Doch Nerys störte sich nicht an deren prüfender Musterung. Das Gefühl des Wiedererkennens schien auch zu bedeuten, dass man nichts verbergen musste.

Es war eine fröhliche Mahlzeit. Evan mochte Archie McMinn, das war offensichtlich, und Myrtles Erzählungen von ihren Abenteuern brachten ihn fast zum Lachen. Bei Archies unermüdlicher Jagd nach Wild war kein noch so entlegener *nullah* unerforscht geblieben. Die McMinns waren durch Flüsse gewatet und über Bergpässe gekrochen, jenseits davon Geröllhänge hinabgerutscht, um dann auf öden Plateaus zu campen, wo Hagelstürme und Starkwinde auf ihr Zelt einpeitschten. Meilenweit gab es kein Feuerholz, kein Essen zu kaufen oder einzutauschen und auch sonst keine menschliche Seele. Ungeachtet des Wetters brach Archie jeden Morgen mit seinen Gewehren, Jagdhelfern und voller Erwartung auf.

»Myrtles Freundinnen sind alle in Srinagar, spielen Tennis, schlürfen Cocktails im Club, sie aber bestand darauf, mit mir hierherzukommen, erklärte Archie. »Was kann ein Mann da schon machen? Für meine Frau würde ich alles opfern – außer natürlich den Sport –, aber auf einer Jagdexkursion kann ich ihr nun mal keinen Komfort bieten.«

Myrtle wirkte ungemein befriedigt. »Glaubst du, ich hätte es mir entgehen lassen, fast zu ertrinken oder zu erfrieren? Wie viele Cocktails müsste ich mir wohl hinter die Binde kippen, um solche Aufregung zu erleben? Es stört mich nicht, Liebling, dass ich nur den zweiten Platz belege, nach deiner Liebe zur Hirschjagd. Und ich weiß, Sie werden verstehen, warum ich mitkommen musste«, meinte sie an Nerys gewandt. »Weil ja auch Sie Ihren Mann bis hier herauf begleitet haben.«

»Ich hätte nicht zurückbleiben wollen«, pflichtete Nerys ihr bei. »Das wäre doch keine Ehe, nicht wahr?« Zwar hätte sie nicht definieren können, was eine Ehe ausmachte, die McMinns jedoch schienen deren Geheimnis zu kennen.

Evan trug eine altmodische Taschenuhr, und Nerys vermutete,

dass es ihn danach verlangte, einen Blick darauf zu werfen. Sicher hatte er an einer Predigt zu arbeiten oder wichtige Briefe zu schreiben. Sie war daher überrascht, dass er, als Archie meinte, er wolle zum Rauchen hinausgehen, umgänglich erwiderte, er komme mit. Sie schlenderten hinaus in den Sonnenschein, setzten sich in die Sessel, und Evan zündete sich die Pfeife an, was er sich nur selten gestattete.

Myrtle schob ihren Teller beiseite und lehnte sich zurück. »Nun.« Sie lächelte.

Nerys dachte an alles, was im Haus noch zu erledigen war, ehe sie zum Empfang des Kommissars aufbrechen konnte. Diskit oder der Hausboy brauchten klare Anweisungen hinsichtlich einer bereitzustellenden kalten Abendmahlzeit für ihre Gäste, falls diese später noch Hunger hatten. Wärmflaschen mussten gefüllt werden. Und dann fiel ihr die neue Strickweste ein, die immer noch nicht ganz fertig war. »Oh«, stieß sie hervor.

Myrtle beugte sich nach vorn und berührte ihre Hand. »Gibt's was?«

Nerys hätte es ihr gerne gesagt. Was nützte es, eine potenzielle Freundin in jemandem zu erblicken, wenn man ihr gegenüber nicht ehrlich sein konnte? »Ich habe etwas vergessen«, sagte sie nur, »das ist alles. Eine Näharbeit, die ich vor der Party noch erledigen wollte. Jetzt werde ich eben was anderes anziehen müssen. Spielt keine Rolle.«

Myrtle betrachtete sie. Mit klugem Blick. »Es ist noch genug Zeit. Sehen wir es uns doch mal an, oder?«

Nerys versuchte nicht, ihr zu widersprechen. Myrtle saß auf dem Bett, während sie ihr die cremefarbene Strickjacke zeigte. Und sie waren sich einig: Es wäre schade gewesen, die Knöpfe in allzu großer Eile anzunähen.

»Ich habe eine Idee«, meinte Myrtle. Sie ging in ihr Zimmer und kehrte mit einer Brosche zurück. Sie streckte sie Nerys hin, und die erblickte einen Ring aus Perlen und Brillanten, auf dessen Rückseite eine solide Nadel befestigt war. »Sie könnten das hier vorn tragen, so, das hält die Kanten zusammen, und es stört wohl nicht, wenn die Knöpfe an den Ärmeln heute noch fehlen. Sehen Sie, Sie können die Manschetten so umschlagen. Das ist sehr schön gestrickt. Sie sind wohl sehr geschickt mit den Händen?

Auf der Frisierkommode stand ein kleiner trüber Spiegel, in dem Nerys und Myrtle sich betrachteten. Während die Brillanten der Brosche in den schräg durch die Fensterläden einfallenden Sonnenstrahlen aufblitzten, begegneten sich ihre Blicke.

»Darf ich sie mir wirklich ausborgen?«

»Selbstverständlich. Wahrscheinlich finden Sie es verrückt, auf eine solche Expedition Schmuck mitzunehmen. Sie hat mal meiner Mutter gehört, und ich habe sie einfach gern bei mir. Und die Halskette auch.« Myrtle berührte die Perlen an ihrem Hals.

»Danke.«

»Gut. Das wäre dann erledigt. Warum legen Sie sich nicht noch ein wenig hin? Die Männer unterhalten sich, und ich sollte versuchen, Tagebuch zu schreiben.«

Das Wiedererkennen war also wechselseitig. Myrtle war ihre Erschöpfung nicht entgangen. »Die Bediensteten …« begann Nerys.

»… werden das schon hinkriegen, würde ich meinen.« Myrtle schlug die Bettdecke zurück. »Hier.«

Nerys ließ sich auf die Matratze sinken, und ihre neue Freundin half ihr aus den Schuhen. Die Zudecke wurde ihr leicht über die Schulter gezogen, die Läden geschlossen, um die Sonne auszusperren. Sie schloss die Augen und überließ sich dem Schlaf.

Im Garten der Residenz drängte sich die dichte Menge all derer, die in Leh Rang oder Namen besaßen, sowie ein Großteil der reisenden Kaufleute, die schon bald wieder in ihre Heimatorte aufbrechen würden. Das Ereignis war so etwas wie das letzte Aufschimmern des Sommers, und sobald der schickliche Nachmittagstee mit süßem Gebäck vorüber war, schwollen Unterhaltung und Musik zu einer gewaltigen Geräuschwoge an. Einheimische wie Auswärtige waren entschlossen, diese Nacht auszukosten. Der Kommissar, ein kleiner, fröhlicher rotgesichtiger Mann, hatte auf einem hölzernen Podium stehend seine Begrüßungsrede gehalten und machte nun mit einem Whisky Soda in der Hand unter seinen Gästen die Runde. Während der Abend herannahte, wurde das Licht allmählich mottengrau, gingen die ersten Sterne auf, und die weißen Berggipfel leuchteten in überirdischem Aprikot im letzten Sonnenglanz. In der Mitte der Gartenanlagen hatte man mit Seilen einen Bereich abgesperrt, und ein gewaltiger Scheiterhaufen ging prasselnd in Flammen auf, nachdem die Männer ihn mit Kerosin getränkt hatten und brennende Fackeln darauf warfen. Überall auf dem Gelände lohten, auf hohen Stangen befestigt, weitere Fackeln auf und übergossen die Gesichter der Vorübergehenden mit grell züngelnden Farben, während schwarze Rauchschwaden in die Luft emporwirbelten.

Nerys hatte tief geschlafen und sich durch Traumschichten und Jahrhunderte – so schien es ihr – wieder nach oben arbeiten müssen, obwohl Evan sie nach nicht mal einer Stunde wach gerüttelt hatte. Ihr platzte schier der Kopf, und ehe sie den Versuch machte, sich anzuziehen, würgte sie zwei Aspirin die ausgedörrte Kehle hinunter. Das Anziehen und das Verschließen ihrer Weste mit Myrtles Brosche nahm fast all ihre verfügbare Kraft in Anspruch. Als sie einen kurzen Blick in den Spiegel warf, war sie von erschreckender Blässe.

Gemeinsam mit den McMinns legten sie den kurzen Weg zur Residenz zurück. Myrtle betrachtete sie prüfend. »Sind Sie auch sicher, dass Sie mitkommen wollen?«, flüsterte sie.

Nerys nickte. Myrtle akzeptierte ihre Beteuerung.

Während sie im Schatten der Bäume gesessen, Leuten, die sie kannte, zugelächelt und die Parade der Fremden in verschiedenen

Volkstrachten verfolgt hatte, war es ihr besser gegangen. Doch jetzt musste sie von der Hitze des Feuers, den Ringen aus Kerosinrauch abrücken, die ihren Magen mit Wellen von Übelkeit übermannten. Vor dem Flammenhintergrund hatten Jarkendi-Männer einen Kosakentanz aufgeführt, waren zum Schlag der Trommeln radschlagend umhergesprungen, nun aber wurde ihre Darbietung von einer Prozession von Mönchen in traditionellen Maskenkostümen abgelöst. Zwei Männer in grotesken Masken schwankten vor dem lodernden Feuer, ihnen folgten Geierköpfe, hochaufragende Hirsche, flatternde Pfauen und ein Papierdrachen mit dreißig menschlichen Beinen, dessen Körper von innen beleuchtet war, sodass er glühte wie ein tanzender Lavastrom. Die näherrückenden Maskengesichter, die aus nichts als riesigen Augen und Zähnen und baumelnden Zungen bestanden, schienen wirklicher als die Wirklichkeit. Die dunkle Masse der Bäume und des flimmernden Himmels verschwamm und wich zurück. Die Musik pochte in ihrem Kopf. Gleich würde sie in Ohnmacht fallen. Von Panik gepackt blickte Nerys sich um, doch sie sah niemanden, den sie wiedererkannt hätte. Der Boden neigte sich und ein Abgrund tat sich auf, der Kopf eines Riesenvogels pickte nach ihr, und sie fiel vornüber ins Nichts.

4

Als Nerys zu sich kam, sah sie sich von ladakhischen Gesichtern umringt, die alle auf sie herabblickten. Ihr Kopf ruhte in jemandes Schoß.

»Sag ihnen, sie sollen Platz machen und ihr ein bisschen Luft lassen, Herrgott noch mal.«

Es war überaus beruhigend, Myrtles Stimme zu hören und dann zu sehen, dass Archie McMinn die Gaffer zurückhielt. Ein Fläschchen mit Riechsalz wurde unter Nerys' Nase gehalten, und sie hustete heftig. Sie versuchte sich aufzusetzen, und Evans Gesicht erschien vor ihr. Er kniete neben ihr, und aus jedem Gesichtszug und seiner ganzen Haltung sprach Bestürzung. »Es tut mir leid«, flüsterte sie.

»Aber weshalb denn?«, wollte Myrtle wissen. In Myrtles Schoß nämlich lag Nerys, und Myrtles Hand ruhte auf ihrer Stirn.

»Archie, sorg mal dafür, dass all diese Leute verschwinden, ja?«, befahl sie ihm.

Irgendwo nicht weit von ihnen explodierten Feuerwerkskörper, und ein Sprühregen karmesinroter Funken stürzte vom Himmel. Der Kommissar traf ein, und sein Gesicht blühte noch röter vor Verlegenheit und Besorgnis.

»Wir werden eine Bahre und Träger besorgen, Mr Watkins, um Ihre Frau ins Haus zu bringen.«

Nerys rappelte sich hoch und setzte sich auf. »Es geht schon wieder. Bitte lassen Sie mich aufstehen.«

Mehrere Armpaare kamen ihr zu Hilfe, wobei einige sie hoch

drückten, andere sie eher zurückhielten. Nerys wand sich in ihrem Griff, sodass sie Myrtle ansehen konnte. Sie blickte ihr direkt in die Augen. »Helfen Sie mir«, flehte sie.

Myrtle begriff, was zu tun war. Sie hielt Nerys, als diese aufstand, und ließ zu, dass sie sich auf ihren Arm stützte. »Ich glaube, Sie können gehen, nicht wahr? Das ist gut. Kommen Sie mit ins Haus.«

»Nerys …«, begann Evan.

Doch sie hatte nicht die Energie, ihn zu beruhigen, nicht in diesem Augenblick, nicht die Kraft, das akute Unbehagen zu lindern, das ihre Ohnmacht vor all den Menschen ihm womöglich verursacht hatte. »Mrs McMinn wird sich um mich kümmern.« Sie versuchte zu lächeln. »Ich bin doch nur ohnmächtig geworden. Nichts weiter.«

»Myrtle kümmert sich schon um sie, alter Junge«, meinte Archie in einem Ton, der besagte, dass sie sich in Weibersachen lieber nicht einmischen sollten.

Nerys stützte sich noch immer auf Myrtles Arm, und langsam setzten sie sich in Bewegung, während der Kommissar ihnen wie ein Eisbrecher, der die Schollen der Menge zerteilte, vorausgesegelte. Als sie die Veranda erreicht hatten, erklärte er ihnen, dass leider alle Gästezimmer des Hauses besetzt seien: Ob Mrs Watkins wohl etwas dagegen habe, wenn er sie beide in seine eigenen Räume begleite? Er fügte hinzu, dass man einen Läufer nach dem Arzt ausgeschickt habe, der bedauerlicherweise an diesem Abend nicht in der Residenz zugegen sei.

Myrtle legte ihm die Hand auf den Arm. »Gehen Sie doch nun zu Ihren Gästen zurück und überlassen Sie es Ihren Bediensteten, sich um uns zu kümmern?«

Er wirkte sehr erleichtert über diesen Vorschlag. Einen Moment später führte eine Dienerin die beiden Frauen in ein maskulin wirkendes Schlafzimmer, dessen Fensterläden man wegen des Festlärms geschlossen hatte. Nerys erblickte Polo-Drucke an den Wänden, ein Messingbett und auf Hochglanz polierte hohe Stiefel, aus denen die Stiefelspanner ragten. Zum Glück gab es ein an die Wand gerücktes Sofa mit einer gefalteten Karodecke darauf. Sie glaubte nicht, dass sie sich auf dem Bett des Kommissars hätte entspannen können.

Myrtle schüttelte die Decke auf. »Legen Sie sich hin. Meinen Sie, Sie können ein Glas Wasser trinken? Oder süßen Tee?«

Nerys fuhr sich mit der Zunge über die trockenen Lippen. »Sie waren so freundlich zu mir. Heute nachmittag schon und auch jetzt.«

Myrtle setzte sich neben sie, nahm ihre Hände in ihre und rieb sie, bis sie ein wenig wärmer wurden. »Sie brauchen Pflege. Ist Leh denn der richtige Ort für eine Frau in Ihrem Zustand – auch wenn sie die Frau eines Missionars ist?«

Nerys konnte sich nicht mehr beherrschen. Sie bemühte sich, zog die Schultern hoch, biss die Zähne zusammen, aber es war zu spät. Der erste Schluchzer saß würgend in ihrer Kehle, brach dann aber doch heraus. Tränen stürzten ihr aus den Augen und strömten ihr übers Gesicht. Zwischen den Schluchzern keuchte sie, »Ich, ich … ich bin nicht schwanger. Ich war es, aber ich hab das Kind verloren.« Die Worte waren fast nicht zu verstehen, und sie gab ihre Sprechversuche auf. Das Weinen war eine Erleichterung. Zum ersten Mal seit ihrer Fehlgeburt weinte sie richtig.

Die andere Frau nahm sie in den Arm, umarmte sie so herzlich, wie Nerys es seit langen Wochen nicht mehr erlebt hatte. Und sie flüsterte ihr ins Ohr: »O Gott, wie ungeschickt von mir, wie dumm und ungeschickt. Bitte verzeihen Sie mir. Ich dachte … War es schlimm? Es muss ja schlimm gewesen sein, und Sie haben sich noch nicht richtig davon erholt, nicht wahr? Sie Arme. Nur immerzu, weinen Sie, soviel Sie wollen.«

Sie hielt ihr die Hand, strich ihr übers Haar, murmelte tröstende Halbsätze, und Nerys kannte kein Halten mehr, heulte Rotz und Wasser.

Endlich ließ das Schluchzen nach und verstummte. Nerys hob den Kopf, sodass man ihr tränenüberströmtes rotes Gesicht sah. Obwohl Kragen und Passe von Myrtles Bluse durchnässt waren, wühlte sie lediglich in den Taschen ihrer Flanellhose und brachte ein großes leinernes Taschentuch zum Vorschein. Sie trocknete Nerys die Wangen, ehe sie es ihr in die Hand drückte. »Das ist eins von Archies Taschentüchern. Die kleinen Spitzendinger nützen einem hier draußen nicht viel, nicht? Außerdem in unserem Camp gewaschen und mit *eau de* Kerosin parfümiert. Machen Sie schon, schneuzen Sie sich.«

Nerys schneuzte sich gründlich, und schnupperte dann. Sie fühlte sich entschieden besser. »Ich war heute schon sehr schwach, nicht wahr? Den Eindruck wollte ich wirklich nicht erwecken. Und eigentlich bin ich auch gar nicht so.«

»Schwach, meinen Sie? Wo Sie den ganzen Winter abgeschnitten von der Welt hier oben leben, als einzige Britin im Umkreis von zweihundert Meilen, die im Alleingang eine Missionsschule betreibt. Jawoll. Ich würde sagen, Sie sind ungefähr genauso schwach, wie Wasser es ist.« Myrtle lächelte, während sie mit dem Daumen die letzten Tränen von Nerys' Wange wischte. »Nehmen Sie dagegen mich. Schwelge das halbe Jahr über am See in Srinagar im Luxus, wage mich dann mit bloß fünf Dienern, elf Ponys und meinem ergebenen Ehemann auf einen kleinen Jagdausflug. Verglichen mit Ihnen fühle ich mich schwach, meine Liebe. Schwach und verwöhnt. Automatisch griff sie nach ihrer Perlenhalskette und schlang sie sich um die Finger.

Nerys wurde plötzlich richtig übel. Sie sah, dass sie nicht nur mit Staub und Grashalmen bedeckt war, die Leiste ihrer cremefarbene Weste klaffte auch auseinander. Sie griff nach der Stelle, wo sich die Brosche befunden hatte.

»Sie ist weg!«, schrie sie.

Myrtle wühlte in ihrer anderen Hosentasche. Und hielt ihr in der ausgestreckten Hand den Perlenring entgegen. »Sie hatte sich gelöst. Sie hatten Glück, dass sie sich Ihnen beim Umkippen nicht ins Herz gebohrt hat.«

Sie sahen einander an, und begannen zu lachen. Myrtle kratzte sich mit einer komischen Geste am Kopf, sodass ihr die Haare hahnenkammartig zu Berge standen, und Nerys lehnte sich ans Sofapolster zurück. Als der Diener des Kommissars anklopfte, lachten sie noch immer. »Madam, Doktor da.«

Eilig betrat Dr. Tsering den Raum und blickte verwirrt. Er war der einzige Arzt in ganz Leh und verbrachte, wie der Kommissar, nur wenige Wochen des Jahres in der Stadt. Nerys wusste, dass er von all den Patienten, die vor den ersten Schneefällen nach Arzneien für all ihre Beschwerden verlangten – als ob Lepra oder Tuberkulose sich durch ein braunes Pillenfläschen heilen ließen – völlig überlastet war, und es tat ihr leid, dass man ihn den ganzen Weg zur Residenz hatte kommen lassen, damit er sich ihres unerheblichen Problems annahm. Sie riss sich zusammen. »Es geht mir inzwischen schon viel besser«, sagte sie.

»Lachen ist die beste Medizin, Ma'am«, versetzte er. Er öffnete seine Tasche und entrollte das Stethoskop. »Und jetzt, bitte zurücklegen.«

Vier Tage später stattete Dr. Tsering Nerys einen weiteren Besuch ab, diesmal in der Mission, und erklärte ihr, dass sie nun reisefähig sei.

Verblüfft widersprach sie ihm. »Aber ich will doch gar nicht verreisen.«

Myrtles Gesellschaft hatte ihre Lebensgeister wieder geweckt. Sie hatte die gemeinsamen Stunden, von Archie McMinn als Nähstunden tituliert, genossen, wenn auch das einzige, bei dem Nadel und Faden zum Einsatz kamen, die einfachen Kostüme für eine kleine Kinderaufführung waren. Meist hatten sie mit den kleinsten Kindern Spiele gespielt, waren auf den Basar gegangen oder hatten Einzelheiten ihrer unterschiedlichen Lebensgeschichten ausgetauscht. Nerys hatte von Wales erzählt und war irritiert von der Sehnsucht, mit der sie die grauen Felswände und nebelverhangenen Täler beschrieb, einer Sehnsucht, von deren Vorhandensein sie nicht einmal etwas geahnt hatte.

Myrtle wiederum erzählte, dass sie Tochter eines Kolonialbeamten sei, und folglich ihre Kindheit zwischen Verwandten in England und jährlichen Besuchen in Indien habe aufteilen müssen. »Von meinem Eltern habe ich nicht viel gesehen«, meinte sie lapidar.

Archie war Eisenbahningenieur, und in wenigen Tagen würde sein langer Jahresurlaub zu Ende gehen. Myrtle und er kehrten dann nach Srinagar zurück, und schon in diesem Moment wusste Nerys, wie sehr ihr die neue Freundin fehlen würde.

Archie war während all dieser Tage damit zugange gewesen, Jagdhelfer und Ponytreiber auszuzahlen, Vorkehrungen für die eingepackten Trophäen und Geweihe zu treffen, weitere Männer für die Rückreise nach Kaschmir anzuheuern und dem Kommissar und den anderen Honoratioren Lehs Besuche abzustatten. Eines Morgens jedoch, nachdem er mit ernster Miene von der Residenz zurückkehrte, schlenderte er von der Veranda der Mission in das Zimmer, in dem der alte Radioempfänger von Evans Vorgänger stand. »Es wäre nützlich, wenn wir die BBC-Nachrichten reinkriegen könnten«, murmelte er.

»Zu meinem Bedauern hat dieses Gerät noch nie funktioniert«, erklärte Evan steif. »Nicht, so lange *wir* hier sind.«

Archie nickte und schraubte die Rückwand ab, um das Innenleben des Geräts zu untersuchen. Binnen einer Stunde hatte er ermittelt, dass dem Empfänger nichts fehlte außer dass die große Batterie leer war. Die Residenz besaß ein Radiogerät, ebenso wie die Gomperts, sodass die wichtigsten Nachrichten aus der Außenwelt ziemlich rasch zu ihnen durchdrangen, hinsichtlich alles anderen jedoch mussten die Watkins warten, bis Zeitungen und Briefe auf dem Landweg zu ihnen gelangten. Evan stimmte zu, dass es höchst nützlich wäre, wenn sich der Empfänger wieder in Betrieb nehmen ließe. Noch am selben Tag beförderten vier Kulis und ein Ochsenkarren die gewichtige Bleibatterie zum Indus hinunter, wo sie an den mit Wasserkraft betriebenen Generator angeschlossen wurde. Am nächsten Tag begab sie sich, begleitet von einem Zug tanzender Kinder, auf den Rückweg.

Während die Kinder immer noch das Gerät bestaunten, machte sich Archie mit Zange und Schraubenzieher ans Werk. Nach wenigen Minuten schwappte ein heftiges Rauschen aus dem Gitter der Vorderseite. Die erschrockenen Zuhörer kreischten und stolperten übereinander, um möglichst schnell fortzukommen. Er drehte an den Knöpfen, und das Rauschen wich einem Stimmengemurmel und schließlich der munteren Melodie eines englischen Volkslieds. Die Augen der Kinder weiteten sich vor Erstaunen.

Archie rieb sich die Hände. »Na bitte.«

Als Diskit an diesem Abend die Teller abgetragen hatte, rückten sie ihre Stühle an das abgestaubte und polierte Gerät heran und lauschten den Nachrichten.

Deutsche Truppen hatten Leningrad erreicht, bald würde die Stadt eingekesselt sein. Der europäische Krieg kam allmählich näher. Und nicht einmal in Leh fühlte man sich vor der Bedrohung noch sicher.

Evan schob ein Lesezeichen zwischen die Seiten seiner Bibel, ehe er sie schloss. »Nerys«, begann er, »ich glaube, es wäre eine gute Idee, wenn du mit Mr und Mrs McMinn nach Srinagar reisen würdest. Mr McMinn hat freundlicherweise seine Begleitung angeboten.«

Nerys ließ das Strickzeug sinken. Sie sah Myrtle an, und las Überraschung in deren Blick. Diese Idee hatten die Männer untereinander ausgeheckt, ohne mit ihren Frauen Rücksprache zu halten. Dr. Tsering war offenbar ebenfalls eingeweiht. Um ihren Zorn zurückzuhalten, zählte sie fünf Maschen ab und fragte dann gefasster: »Und weshalb sollte ich das tun?«

»Ein kurzer Urlaub täte dir womöglich gut und könnte dazu beitragen, dass du vor dem Winter wieder zu Kräften kommst.«

»Und was ist mit dir?«

Er schwieg und meinte: »Wir haben schon darüber gesprochen, Liebes. Ich verlasse Leh, um einige Dörfer und die abgelegeneren Siedlungen zu besuchen. Ich muss den Leuten den Herrn nahe bringen und nicht hier rumsitzen und darauf warten, dass sie zu ihm kommen.«

Aus dem Augenwinkel sah Nerys, wie Archie McMinn die langen Beine ausstreckte. Sie konzentrierte sich wieder auf ihre Strickarbeit. »Ich denke«, sagte sie, »wir sollten unsere Gäste nicht mit dieser Debatte langweilen. Wir können uns später darüber unterhalten.«

Behutsam wandte Myrtle ein: »Ich würde mich sehr über ihre Gesellschaft freuen, Nerys. Falls das irgendwie hilfreich für Sie ist.«

Später jedoch, nachdem Evan wieder mal die Kälte in ihr Bett eingelassen hatte, dann fragte, ob Nerys bereit sei, und schließlich die Kerze ausblies, meinte er lediglich, »Gute Nacht, meine Liebe.«

Sie drehte den Kopf auf ihrem Kissen herum und starrte auf seine dunkle Gestalt. »Ist das alles?«

Auch wenn er sich nicht mehr als einen Zentimeter von ihr zurückzog, spürte sie es. Die kleine Bewegung verriet ihr alles. Evan betrachtete sie nicht länger als seine Gefährtin und Gehilfin, sondern lediglich als weitere Quelle des Unbehagens. Ohne sie war er entspannter und freier, um seiner Missionsarbeit außerhalb Lehs nachzugehen. Sie mit den McMinns nach Srinagar zu schicken, musste ihm als ideale Lösung erscheinen. Sie konnte seinen Gedankengang genau nachvollziehen, und alles, was sie wirklich dagegen einwenden konnte, war, dass er glaubte, zum Verschmerzen des Verlusts ihres Kindes brauche es lediglich einen Urlaub am See ohne ihn.

»Alles?«

»Ich will nicht nach Srinagar. Danke, dass du dir solche Gedanken machst, aber ich will nirgendwo hin, wenn es bedeutet, dass ich dich hier zurücklasse.«

»Trennung gehört zu den Nachteilen, die meine Arbeit nun mal mit sich bringt, Nerys.«

Er war wie eine Wand, dachte sie. Eine leere Wand, die den Blick versperrte und dabei permanent in Abrede stellte, dass es irgendetwas zu sehen gab.

Sie schlug eine andere Richtung ein. »Und was wird aus meinen Schulkindern?«

»Ich nehme an, auch sie freuen sich mal über Ferien.« Er seufzte und klang dabei schon fast ein wenig verzweifelt. »Ich weiß nicht, warum du die Idee so ablehnst. Ich dachte, du würdest dich freuen. Du magst Mrs McMinn doch, oder?«

»Ja, sehr sogar.«

»Dann geh und wohne bei ihr, genieß die Ruhe, erhol dich. Ich werde die Strecke zwischen hier und Kargil nur langsamer zurücklegen und erkunden, was sich hier in Zukunft tun ließe, falls wir je mehr Leute zur Verfügung haben sollten. Dann komme ich runter nach Srinagar, um dich zu treffen, und wir reisen gemeinsam nach Leh zurück.«

»Und das alles, bevor der erste Schnee fällt?«

»Es ist erst Anfang September, aber sollte das Wetter gegen uns sein, so wird der Herr unser Handeln bestimmen.«

»Möchtest du wirklich, dass ich gehe?«

Die Matratze quietschte, als er minutiös sein Gewicht verlagerte. »Ich glaube, es wäre eine gute Idee.«

»Na gut«, meinte Nerys mit so kühler Stimme, dass sie sie kaum als die ihre wiedererkannte.

Drei Tage später stand ihre Tasche neben dem Gepäck der McMinns auf dem Missionshof und wartete darauf, auf die erste Ponystaffel geladen zu werden. Nerys verteilte Äpfel und getrocknete Aprikosen an die herandrängenden Kinder Lehs, auch solche, die nicht ihre Schüler waren und die durchs Tor hindurch all die Geschäftigkeit begafften. Auch Diskits drei schmuddlige Sprößlinge waren darunter, und Diskit selbst stand tränenüberströmt auf der Treppe. Ihr Kopftuch hatte sie vergessen. Nerys stellte den Obstkorb ab und trat zu ihr. »Weine nicht. In zwei Monaten bin ich wieder zurück. Sahib bringt mich wieder nach Hause.«

Diskit schluchzte noch lauter. Nerys legte ihr den Arm um die Schultern und atmete den kräftigen Geruch ihres Haars. »Vergiss dein Kopftuch nicht. Bei der Arbeit. Und kümmere dich an meiner Stelle um Sahib.«

Diskit wischte sich die Nase am Ärmel ab und schniefte. »Ja, Mem.«

»Die Ponys wären soweit«, verkündete Archie von jenseits des Tors, während Hufe über die getrocknete Erde klapperten. Myrtle hatte ihren Tropenhelm auf und den Musselinschleier um ihr Gesicht gewunden, und Nerys trug einen breitkrempigen Strohhut.

Evan stand daneben und guckte betreten, nun da der Moment der Trennung schließlich gekommen war. Nerys trat zu ihm und hob den Kopf, um ihn zu küssen. Unbeholfen verrückte er ihr, als ihre trockenen Lippen aufeinandertrafen, den Hut. Und gleich trat er wieder zurück und tätschelte ihr die Schulter. »Es wird nicht lange dauern. Gott segne dich, mein Liebes.«

Sie murmelte ein Lebewohl im Bewusstsein, dass Diskit, die Hausboys und die Schulkinder ihnen zusahen, obwohl die McMinns sich taktvoll draußen auf der Gasse zu schaffen machten. Die mutigeren Kinder stürzten sich auf sie, umklammerten ihre Knie, und sie beugte sich hinunter, um – anstelle ihres Mannes – jedes von ihnen zu umarmen und zu küssen.

Archie und Myrtle waren bereits aufgesessen, und Nerys Pony wartete schon auf sie. Archies Diener halfen ihr, in den gepolsterten Sattel zu steigen, nahmen dann die Zügel und wandten den Kopf des Ponys für sie zur Straße herum. Sie drehte sich um und winkte zum Abschied. Der Zug bewegte sich die Gasse hinab, vorbei an der Kapelle, bog auf die zum Basar führende Straße ein und ließ Evan zurück, dessen schwarze Silhouette einsam vor der Steinmauer des Missionsgebäudes stand.

Es war ein wolkenloser Tag. Während der ersten Meilen, die sie am Industal entlang ritten, spürte Nerys, wie ihr die Hitze durch den Strohhut drang und wünschte, sie hätte Baumwollhandschuhe mitgebracht, um ihre Hände vor der sengenden Sonne zu schützen. Nach einiger Zeit sah sie auf einem hohen schmalen Landstück hinter turmhohen Mauern die Gebetsfahnen und Messingtürme Spitoks aufragen. Dies war die erste der großen *gompas* auf ihrer Route und die weiteste Strecke, die sie seit mehr als einem Jahr über Leh hinausgelangt war.

Myrtle war vorausgeritten, zügelte allerdings jetzt ihr Pony und wartete, bis Nerys sie einholte. Archie und der Zug der Packpferde befanden sich, in eine wirbelnde Staubwolke gehüllt, bereits in weiter Ferne.

»Mögen Sie Gesellschaft?«, fragte Myrtle. Nur ihre dunklen Augen waren zwischen den Falten ihres Schals zu sehen. »Oder haben Sie lieber Ihre Ruhe?«

Nerys blickte auf die vor ihnen liegenden Berge. Die überraschende Stärke, die sie auf dem langen Ritt von Manali hinauf nach Leh gespürt hatte, schien wieder greifbar nah. »Lieber Gesellschaft«, sagte sie.

Myrtle fasste aus dem Sattel herüber und tätschelte ihr das Knie. »Gut.«

Sie wandten sich nach Westen und ritten weiter.

Bald stellte Nerys fest, dass das Unterwegssein mit den McMinns eine völlig andere Erfahrung war als ihre Herreise mit Evan. Nachts schliefen sie in den Rasthäusern entlang der Route und beschlagnahmten die jeweilige Örtlichkeit, egal wer vor ihnen eingetroffen war. Als britischer Sahib und echte Tochter des Raj genossen Archie und Martle automatisch jene Vorrangstellung, die sie als ihr natürliches Recht betrachteten. Sie hegten keinerlei Bedenken, ladakhische oder kaschmirische Reisende aus einer Unterkunft zu verdrängen – eines Abends nicht mal den muslimischen Mann mit hennarotem Bart, der von mehreren verschleierten Frauen und einem halben Dutzend Kleinkindern und Babys begleitet wurde. Evan und Nerys waren immer verwirrt gewesen und unwillig, anderen Menschen, wie arm auch immer, zur Last zu fallen. Wann immer sie zu einem Gästehaus kamen, war es ihnen häufig als einfachere Lösung erschienen, in ihrem zugigen Zelt am Straßenrand zu campieren.

Die Rasthäuser waren häufig nicht mehr als Zwei-Raum-Verschläge, bestehend aus einem Wohn-Schlafzimmer und einer daran angeschlossenen Küche, und in der Regel waren sie verdreckt und außer den allergrundlegendsten Annehmlichkeiten fehlte es an allem, doch Sahib McMinn und seine Gesellschaft wurden von den Eigentümern stets mit ausgesuchter Höflichkeit und dem Wunsch zu gefallen begrüßt. Es war nicht schwer zu erraten weshalb, denn obschon Archie stets eine vollständige Rechnung über den geforderten Preis verlangte und keinen einzigen *anna* zuviel bezahlte, begriff er immer, welches der angemessene Preis war und überreichte das Geld sofort und vergnügt.

Die Diener trafen stets als Erste beim Rasthaus ein, und bis die McMinns dann herangeritten kamen, hatte man ihre *Yakdan*-Taschen bereits von den Ponys losgebunden und für sie ins Zimmer gebracht. Pritschen wurden aufgestellt, weil Myrtle die bereitgestellten *charpoys* nicht benutzen wollte, da sie – behauptete sie – vor Wanzen nur so wimmelten. Archie tat immer, als irritiere ihn die Pingeligkeit seiner Frau, doch in seinen Augen blitzte zärtliche Belustigung. Sie hatten jede Menge warmer Decken und sogar Leinenlaken dabei, die jeden Tag aus- und schließlich wieder eingepackt wurden. Zur Ergänzung der eigenen Vorräte, die von den Packpferden transportiert wurden, kauften die Diener der McMinns vor Ort Lebensmittel, und ihr Koch bereitete Mahlzeiten zu, die auf Tellern und mit Besteck serviert wurden, welche man täglich mit einer Kaliumpermanganatlösung abspülte. Manchmal gab es sogar Gelegenheit, ein Bad zu nehmen. Ein zusammenklappbares Leinwandgestell wurde aufgeschlagen und teilweise gefüllt, und Nerys konnte darin sitzen und sich aus einem Emailkrug wohlig warmes Wasser über Haut und Haare schöpfen.

Am Ende jedes Tages Reise, wenn sie unter spinnwebumrankten Gästehausbalken auf ihren Klappstühlen saßen, fanden die drei stets eine Menge zu reden und zu lachen. Myrtle tratschte und ließ sich über die Leute aus, denen sie unterwegs begegnet waren oder auch über die diversen Schwächen ihrer Ponytreiber.

»Glaubst du, dass sie einen festen Turnus haben?«, spekulierte sie über den Moslem und seine Frauen.

»Nein, er wird wohl die Hübscheste den anderen vorziehen«, erwiderte Archie. »Würde ich jedenfalls tun.«

»Woher weiß er denn, welche die Hübscheste ist?«, sinnierte Myrtle.

»Schließlich gehen sie nicht verschleiert ins *Bett,* Schatz.«

Myrtle kugelte sich vor Lachen. Sie rauchte dünne schwarze Zigaretten mit opulenten Goldfiltern. Als sie sich zum ersten Mal eine entzündete, starrte Nerys sie verblüfft an, und Myrtle blies eine lange Rauchwolke in die Luft. »Bei unserer ersten Begegnung habe ich mich von meiner Schokoladenseite gezeigt, wissen Sie. Schließlich befanden wir uns in einem Missionshaus. Wahrscheinlich werden Sie gar nichts mehr von mir halten, wenn Sie mich erst mal wirklich kennenlernen?«

»Das glaub ich nicht«, lachte Nerys.

Als letztes brachte ihnen der Diener abends noch Tassen mit heißem Kakao aufs Zimmer. Archie kippte einen Schuss Brandy in seine und Myrtles Tassen und musterte Nerys mit fragend hochgezogener Braue.

»Doch, bitte«, sagte sie. Es war ein Brauch, mit dem sie sich rasch anfreundete.

Zwar gab es immer nur das eine Zimmer in den Rasthäusern, doch bald hatte sie sich daran gewöhnt, es mit Myrtle und Archie zu teilen. Im Bett trug Myrtle einen perlgrauen Seidenpyjama mit Pariser Etikett. »Das ist viel besser auf Reisen, wissen Sie. Die Kulis lassen, wenn sie die Betten zusammenpacken, Läuse hineinfallen, aber von der Seide rutschen sie ab.«

Sie hatte recht. Läuse hatten einen wesentlichen Bestandteil der Watkins'schen Reise nach Leh gebildet und sich damals in den Nähten von Nerys' Flanellnachthemden gemütlich eingenistet.

Trotz Archies rhythmischem Schnarchen und Myrtles Atemzügen aber – merkte Nerys – schlief sie auf der Straße nach Srinagar besser als noch bis vor Kurzem in der Mission. Jeden Morgen, sobald es hell wurde, brachte ihnen der Diener Tee ans Bett. Hatten sie ihn getrunken, trat Archie im Morgenmantel ins Freie, um sich bei Tageslicht zu rasieren, während die Frauen sich ankleideten, und dann wurde es Zeit für heißen Porridge, Rührei und das köstliche frische Brot ihres Kochs.

Den ganzen Tag über wanderten oder ritten sie, durch winzige Dörfer mit schmalen Äckern voller reifem Getreide, die sich an der Holperpiste entlangwanden, an deren Rändern zerzauste Hühner pickten und vereinzelt Schafe vor den Ponys die Flucht ergriffen. Böschungen mit zerfledderten Rosenbüschen zogen sich rechts und links des Weges entlang und strotzten zu dieser Zeit von orangefarbenen Hagebutten, die wie auf Ausbrennersamt genähte Edelsteine wirkten. Als die Straße dann aus den dünn gesäten Weilern in die Höhe führte, wurde das unermessliche Land felsig und karg. Wieder ragten die Berge mit ihren sepiabraunen und purpurnen Schatten über ihnen auf, wobei das eindrucksvollste Joch zuweilen von den gewaltigen weißen Wänden einer *gompa* gekrönt wurde.

In Lamayuru, einige Meilen vor dem Fotu-Pass, dem höchsten Punkt, den sie auf ihrer Route überqueren würden, verbrachten sie die Nacht im Schatten des größten Klosters. Das Kloster war eine düstere, übereinander geschachtelte Masse weißer Mauern und rot gestrichener Holztafeln, besaß kleine Fenster und wurde von den gedrungenen Kuppeln Dutzender von Stupas überragt, deren schwarz und golden verdrehte Spitzen wie Zuckerwatte glitzerten. Hunderte unregelmäßige Stufen quälten sich ihre Ponys hinauf, bis sie die an die Ränder des Klosters sich schmiegende Ansammlung von Gebäuden erreicht hatten. Gebetsfahnen tanzten über ihnen am blauen Himmel, und Nerys erinnerte sich an die *gompa* von Spitok, die sie auf der von Leh aus ansteigenden Straße passiert hatten. Mit leichten Gewissensbissen registrierte sie, dass sie, bei all den kleinen Abenteuern der Reise und all dem Gelächter darüber mit Myrtle und Archie, kaum je an Evan gedacht hatte. Aus dieser Entfernung erschien er ihr im Gegensatz zu den eben genossenen lichterfüllten Tagen als düstre missbilligende Gestalt.

Zwangsläufig übernachtete man auch in Lamayuru wieder im Rasthaus, doch war dieses wegen des beständigen Anstroms von Besuchern des Klosters weit größer als die üblichen Herbergen. Nerys wurde in ein eigenes Zimmer geführt, das nicht mehr als eine winzige steinerne Nische mit einem einzigen schmalen Fenster war. Es ging auf einen gewaltigen Bergsturz hinaus, und unter dem Sims glitten schwarze Steindohlen vorbei.

An diesem Abend verlief ihre Mahlzeit ungewohnt schweigsam, so als ließen die Nähe des Klosters und die Kolonnen rotgewandeter Mönche sogar Myrtle verstummen.

Im Anschluss ging Nerys hinaus, statt in ihre Zelle zurückzukehren, und stieg einer plötzlichen Regung folgend einige weitere Stufen weiter bis zu den Mauern des eigentlichen Klosters hinauf. Sie legte den Kopf in den Nacken, um das gewaltig über ihr aufragende Gebäude zu betrachten, das schwarz vor dem Sternenzelt stand. Trübe gelbe Lichtpunkte glühten wie verschleierte Augen aus einigen der Fenster, während sie zitternd im Wind stand. Sie meinte lauter und dann wieder leiser werdende Stimmen zu hören, die ein Gebet intonierten. Beim Abendessen hatte Archie gemeint, das Dorf Lamayuru sei wegen der vom Lama geforderten Tribute und Lebensmittel zur Ernährung der Mönche ein trostloser Ort zum Leben, da den Dorfbewohnern kaum etwas für sich selbst bleibe. In dieser Nacht und während sie sich schutzsuchend tiefer in die Nische einer Steinmauer drückte, erschien es ihr in der Tat ziemlich öde. Irgendwo aus der Reihe der wackligen Häuser hinter ihr erhob sich das Geheul eines Hundes. Sie versuchte sich vorzustellen, was Evan an einem Ort wie diesem bezwecken konnte, wenn er Leuten die Verheißungen und Drohungen *noch einer* Religion anbot, denen es mit Sicherheit besser ginge, würden sie erstmal für ihre Familie sorgen und ihren Reis und ihr Hammelfleisch für sich behalten.

Lediglich verzweifelte Zärtlichkeit empfand sie noch für ihren Mann, und sie fragte sich, ob diese nachlassende Zuneigung angesichts ihrer Überzeugung, dass sein Tun keinen Sinn hatte, ausreichen würde, die vor ihr liegenden Jahre durchzustehen. Vielleicht würde ich es ja schaffen, dachte sie, und auch alles andere, was er von mir verlangt, wenn wir eigene Kinder hätten.

Sie war völlig durchgefroren. Das Kloster türmte sich so hoch und düster vor ihr auf, als wolle es gleich auf sie herabstürzen und sie unter sich begraben. Sie zog sich den Mantel fester um die Schultern und stieg wieder die Stufen hinab. Archies Diener stand wartend an der Tür des schmuddligen Rasthauses.

»Kommen Sie, Ma'am«, rief er, und sie fühlte sich schuldig, weil er ihretwegen im Zug stand, statt sich mit einem Pfeifchen auf seiner Decke zu räkeln.

»Tut mir leid, Hari.«

Er hob die Öllampe und stieg ihr voraus die Holztreppe hinauf, vorbei an mit Vorhängen versehenen Durchgängen, bis zu ihrem Zimmerchen. Er zündete die Kerze an, die man ihr auf ein kleines Wandbrett gestellt hatte, und trat einen Schritt zurück. »Ich bringe Ihnen Kakao, Ma'am. Gleich wieder da.«

»Ich möchte heute keinen Kakao, Hari, danke. Ich gehe gleich ins Bett.« Sie wollte nur noch die Augen schließen – und dass das Tageslicht möglichst rasch wieder zurückkehrte. Lamayuru war ein beklemmender Ort.

Nachdem sie ihre Kerze ausgeblasen hatte, lag sie lauschend in der Dunkelheit. Sie hörte schabende Geräusche, wahrscheinlich von Ratten in den Zwischendecken. Wind pfiff durch die Ritzen zwischen der Wand und dem winzigen Fensterrahmen. Und dann hörte sie etwas anderes. Im Grunde war es nur eine Frauenstimme, die einen leisen Schrei ausstieß, etwas zwischen Stöhnen und Seufzen, dem wiederum eine Reihe langsam anschwellender Keuchtöne folgte. Und dann, quasi als Nachtrag, ein jäh explodierendes gemeinsames Gelächter, gefolgt von einem geflüsterten *Schhhhh.*

Nerys wand sich unter ihrer Decke und zog sich das harte Kissen über die Ohren. Sie hatte keine Lust, Myrtle und Archie beim Liebesspiel zuzuhören; an diesem Abend schien es zu viele Dinge zu geben, von denen sie weder etwas hören noch wissen, und über die sie auch nicht nachdenken wollte. Ihr eigenes Leben schien ihr klein, einsam und ziellos.

Am nächsten Tag führte ihre Route weiter bergauf, über den hohen Pass und durch die Stadt Kargil. Lamayuru lag weit hinter ihnen, und die Reisenden erfreuten sich bester Stimmung. Weitere lange, aber letztlich befriedigende Tage vergingen, bis schließlich nur noch die gezackten Wände des Hochhimalaja zwischen ihnen und dem Kaschmirtal aufragten. Solange die Berge noch in der Ferne lagen, schien es unmöglich, dass ihre Karawane über den Zoji-Pass den Weg zum Gipfel finden würde, doch als sie dann näher kamen, entdeckten sie den gewundenen Faden eines Pfades, der in Zickzacklinie nach oben führte. Irgendwo sah man einen strahlenden Pfeil, weil ein Zierspiegel oder ein poliertes Metallstück an einem herunterkommenden Pony die Strahlen der aufgehenden Sonne reflektierte. Myrtle beschwichtigte Nerys, als diese ihr Reittier zügelte, um den Grad der Steigung abzuschätzen.

»Es sieht schwieriger aus, als es tatsächlich ist. Vergiss nicht, schon über den Fotu La hast du mehr als dreitausenddreihundert Höhenmeter überwunden, und auch auf dem Weg nach Leh im vergangenen Jahr.«

»Ich mache mir keine Sorgen. Ich weiß, dass wir es schaffen. Ich frage mich nur, welche Aussicht wir von da oben haben werden.«

Myrtles Augen blitzten zwischen den Falten ihres Schleiers hervor. Eine schönere, als du dir vorstellen kannst. Es ist, als werfe man einen Blick ins Paradies.«

Diese Vorstellung hielt Nerys während des langen, sengenden Aufstiegs aufrecht. Staub verstopfte ihr Nase und Kehle, und bald war ihre Wasserflasche leer. Die Sonne stieg noch höher, brannte ihr auf Kopf und Schultern herab. Ihr Pony wurde immer langsamer, während sie auf ihm ritt, und sie spürte, wie es zusammenzuckte, wenn der Treiber ihm aufs Hinterteil schlug. Als sie aus dem Sattel glitt, spürte sie die Steine durch die Sohlen ihrer Stiefel, und die Sonne brannte entsetzlich. Das Gebimmel des Zaumzeugs bildete einen Rhythmus, den nur die gelegentlichen Pfiffe der Murmeltiere aus ihren Erdhöhlen zwischen den Felsen unterbrachen. Schwarze Lämmergeier kreisten durch den leeren Luftraum und drehten sich langsam auf ihren bundierten Schwingen.

Der Pass selbst wurde von davor liegenden Felsnasen verdeckt, und Nerys dachte grimmig, dass sie noch ewig so weitersteigen würden. Archie war ihnen weit voraus, doch Myrtle passte sich Nerys' Tempo an. Hin und wieder wechselten sie ein paar aufmunternde Worte, doch der größte Teil ihrer Energie benötigten sie, um einfach einen Fuß vor den anderen zu setzen.

Während sie immer höher stiegen, begann Nerys die Anzahl der noch zu bewältigenden Kehren zu zählen.

Wann immer sie zurückblickte, war die weite braune Wüste Ladakhs ein Stück weiter zurückgewichen, und sie wusste, dass sie im Begriff standen, die Grenze zu einem anderen Land zu überschreiten.

»Fast«, schnaufte Myrtle. »Warum muss Archie nur ständig so vorausrennen?«

Sie erreichten einen breiten Landstrich, wo sich Stupas vor dem Himmel abzeichneten. Archie und sein Voraustrupp warteten nun auf sie. Hangab erhaschte Nerys einen flüchtigen Blick auf die abgenagten Knochen und die Haut eines toten Ponys, das wohl aus seinem Karawanenzug gestürzt sein musste. Es war ein ruhiger Tag, ringsum aber schwoll die Luft, und sie band sich erneut die Bänder ihres Strohhuts.

Dankbar um den fast ebenen Boden überquerten sie den Sattel des Passes, bis sie sich auf gleicher Höhe mit den Stupas befanden. Die groben Steinhügel waren mit Hunderten von Fahnen beflaggt, schon verblichenen oder noch grellbunten, zwischen denen girlandenartig zerfetzte weiße Wimpel flatterten.

Myrtle und Archie standen Hand in Hand nebeneinander und blickten schweigend nach Westen. Nerys holte sie ein und blieb stehen. Zu ihren Füßen breitete sich wie der zauberhafteste aller Teppiche das Tal von Kaschmir aus.

Bis zu ihnen herauf erstreckte sich das gefaltete Land, die niedrigeren Bergkämme von Reihen finsterer Fichten verhüllt, die höheren von Weißbirken schimmernd. In beschatteten Wasserrinnen lagen lange Schneenarben, und Wasser fiel in silbernen Fäden über purpurne Felswände. Ein warmer Dunst vernebelte den gewaltigen Hohlraum des Tales, doch sie sah ferne Weiden, reife Äcker und die Windungen eines Flusses. Nach der nackten graubraunen Landschaft, die sie gerade durchquert hatte, wirkte die ineinander übergehenden unzähligen Blau-, Silber- und Lavendelnuancen, die sich mit blassem Grün und Gold vermischten, zu üppig, um real zu sein. Lange starrte sie darauf, während der Duft fetter Erde und süßen Wassers zu ihr heraufwehte.

Myrtle hatte nicht übertrieben.

Es war der schönste Ort, den Nerys jemals gesehen hatte.

5

Um von Leh über die Berge nach Srinagar zu gelangen, hatte Mair drei Möglichkeiten: den öffentlichen Bus zu nehmen, eine Gruppe zu finden, die ebenfalls dorthin wollte und noch eine Mitreisende suchte, oder selbst Wagen und Fahrer für den Zweitagestrip anzuheuern. Die Busse verkehrten täglich, legten allerdings nachts in Kargil einen kurzen Zwischenstopp ein und fuhren gegen ein Uhr morgens erneut los. Um fünf Uhr früh sperrten Soldaten an den Checkpoints zu beiden Seiten des Zoji La die Straße, um die Haarnadelkurven für Armeekonvois frei zu machen, sodass der offizielle Zivilverkehr vor diesem Zeitpunkt den Pass erreicht und überquert haben musste. In einigen der Internetcafés hatte sie Anschläge gesehen, auf denen freie Plätze für die Mitreise in Transportern oder Personenwagen angeboten wurden, doch als sie dann zu einem Fernsprechamt ging und eine der Nummern wählte, merkte sie, dass sie mit einem der israelischen Jungen sprach, der auf der Changthang-Exkursion dabei gewesen war. Überstürzt entschuldigte sie sich und legte auf. Die Option eines eigenen Wagens und Fahrers schien ihr bei Weitem die beste – bis sie ins letzte noch geöffnete Reisebüro trat und sich nach dem Preis erkundigte. Sie würde sich wohl doch mit den legendären Unbequemlichkeiten und Adrenalinschocks der Busreise anfreunden müssen. Bereit, Leh am folgenden Morgen zu verlassen, packte sie ihre Tasche und brach zu einem letzten Abendessen ins Restaurant auf, das der *Lonely Planet* als bestes empfahl.

»Hallo, hallo«, ertönte, als sie hangab in Richtung Basar abbog, eine Stimme aus dem eisigen Zwielicht. »Wir hatten gehofft, dass Sie noch da sind.«

Es war Karen Becker – den Reißverschluss der Daunenjacke wegen der Kälte hochgezogen, das Haar unter einer Fleece-Mütze verstaut.

»Wie war denn Ihr Treck?«, fragte Mair, während sie in Gleichschritt fielen.

Karen gluckste ein wenig bestürzt. »Zunächst gnadenlos, dann etwas besser. Wir sind ziemlich weit aufgestiegen, der Schnee reichte mir bis zu den Knien. Im Zelt ist uns über Nacht alles eingefroren. Aber Bruno hat natürlich jede Sekunde genossen.«

»Und Lotus?«

»War sehr tapfer. Aber das ist Lo eigentlich immer, und sie mag den Schnee. »Hören Sie, warum sehen wir uns nicht morgen? Ich würde Sie ja am liebsten schon heute abend einladen, aber Bruno muss irgendwas mit seiner Arbeit klären, endlose Telefonate führen, und das ist, wie Sie ja wissen, hier nicht ganz leicht.«

Mair wusste es. Alle ausländischen Handy-Verbindungen waren automatisch blockiert, und die einzige Möglichkeit – außer aus einem Telefonladen anzurufen – bestand darin, dass man sich ein Jammu-&-Kaschmir-Mobiltelefon zulegte. Dies hatte sie nicht getan, und allmählich litt sie unter der fehlenden Verbindung mit der Heimat. Abgesehen davon war auch das Stromnetz hier viel zu anfällig, als dass E-Mails eine verlässliche Option dargestellt hätten.

»Ich fahre morgen mit dem Bus nach Srinagar.«

»Neeiiinnn«, schrie Karen. »Tun Sie's nicht. Das dürfen Sie nicht. Ich hab gehört, das ist eine Höllenfahrt.«

»Naja, dann kann ich mich ja auf ein Abenteuer freuen.«

Karen hakte Mair unter. »Ich hätte eine viel bessere Idee. Bleiben Sie doch einen Tag länger und kommen Sie mit uns nach Kaschmir. Wir haben einen Wagen gebucht. Und es gibt genug

Platz, wenn es Sie nicht stört, mit Lo und mir auf der Rückbank zu sitzen.«

Mair zögerte. »Und Bruno?«

Karen zuckte lässig mit den Schultern. »Ihn stört das nicht. Er lernt genauso gern neue Leute kennen wie ich.«

Mairs erster Eindruck von Bruno Becker war zwar ein anderer gewesen, doch sie sprach es nicht aus. »Naja … das ist schon verlockend. Und was den Bus angeht, wenn ich ehrlich bin, weiß ich auch nicht so recht.«

»Hey, dann ist es abgemacht. Wir holen Sie übermorgen an Ihrem Hotel ab. Und zwar früh, ich warne Sie. Diesbezüglich ist Bruno ein absoluter Fanatiker.

Offenbar war damit alles geklärt.

Karen tänzelte am Rande der Schotterpiste, wartete ab, bis ein Jeep sich vorbeischob. »Wie war übrigens Ihre Woche?«

Mair sagte: »Interessant. Ich habe einiges an historischen Fakten in Erfahrung gebracht …«

Doch Karen überquerte bereits die von Auspuffgasen vernebelte Straße. Sie winkte zurück. »Toll. Wir sehen uns morgen.« Ein Autorikschafahrer hatte sie bemerkt und kam mit einem Schlenker zum Stehen. Ohne erst den Preis auszuhandeln sprang Karen auf. Mair wanderte weiter in die andere Richtung, hin zu den funkelnden Lichtern des Basars.

Da sie nun quasi einen Tag frei hatte, ging sie noch einmal ins Internetcafé. In einer E-Mail an Hattie schilderte sie dieser die Entdeckung der Kapelle und des zerfallenen Missionshauses, allerdings in ganz heiterem, unbeschwerten Ton. Nicht einmal gegenüber Hattie war sie bereit zuzugeben, welche Faszination die Geschichte des Schals inzwischen auf sie ausübte. Sie klickte auf Abschicken – so lange noch Strom vorhanden war.

Dann warf sie einen Blick in ihren Posteingang. Die Botschaften scrollten herein und trudelten langsamer ein als ein Hinkender auf Krücken. Sie entdeckte eine von Dylan und öffnete sie erfreut. Ihr Bruder war kein regelmäßiger Schreiber, aber seine gelegentlichen Nachrichten bereiteten ihr mehr Vergnügen als die aller anderen.

Diesmal war es nur ein enttäuschend kurzer Absatz, indem er ihr allerdings versprach, dass sie sich bestimmt für den Anhang interessieren werde.

Dylan hatte die kleine Fotosammlung ihres Vaters mitgenommen, die all die Jahre in ein paar alten Schuhkartons in Huws chaotischem Arbeitszimmer gelagert hatte. Zu seinen Schwestern hatte er etwas vage gemeint, er wolle sie durchsehen, wenn er mal eine freie Stunde habe, und die schönsten Fotos in einem iPhoto-Album für sie beide einscannen. Es gehörte zu den Dingen, in denen er hervorragend war. Eirlys hatte gemeint, sie sei ihm für sein Angebot dankbar, weil sie selbst nie die Zeit dafür finden würde. Dylan hatte Mair währenddessen heimlich zugelächelt, und seine zunehmende Ähnlichkeit mit ihrem Vater hatte sie verblüfft. Wie man doch, ohne es zu ahnen, in die Haut seiner Eltern schlüpfte, dachte sie. Wahrscheinlich ähnelte auch sie ihrer Mutter inzwischen mehr, als ihr je bewusst sein würde.

Lächelnd schickte Mair sich an, Dylans JPEG-Anhang zu öffnen. Zunächst wollte das System nicht mitspielen, doch sie versuchte es immer wieder, bis sie schließlich Erfolg hatte.

Sie starrte auf den Bildschirm. Das Foto war eine alte Schwarz-Weiß-Aufnahme, verblichen und zerknittert. Es zeigte drei Frauen vor einem aus Wasser bestehenden Hintergrund, der teilweise mit Seerosenblättern bedeckt war. Die obere linke Ecke der Ansicht war durch eine Diagonale aus geschnitztem Gebälk abgeschnitten, sodass man den Eindruck hatte, die drei seien auf einem Balkon über einem See aufgenommen worden. Die Frau in der Mitte posierte mit hochgerecktem Kinn und warf ihren freimütig amüsierten Blick direkt in die Kamera. Sie hatte einen breiten Mund und volle Lippen, die schwarz wirkten, aber wohl lediglich dunkelrot geschminkt waren. Ihr gewelltes dunkles Haar war an den Seiten zurückgekämmt, und die ganze eindrucksvolle Erscheinung wurde durch das breite Revers und die übertriebenen Schultern ihrer schicken Jacke noch zusätzlich betont. Im V ihres Dekolletees erblickte man einen tiefen Schatten.

Die Frau zur Linken wirkte sehr viel mädchenhafter. Sie zeigte sich im Dreiviertelprofil, lächelnd, ihren Gefährtinnen zugewandt, und sie hatte lockiges helles Haar und einen Schwanenhals.

Die dritte Frau war mitten in einem begeisterten Heiterkeitsausbruch festgehalten. Sie hatte den Kopf zurückgeworfen und wirkte so lebendig und voller Fröhlichkeit, dass es mehrere Sekunden dauerte, bis Mair sie erkannte. Es war ihre Großmutter.

Während Mair mit wachsender Faszination auf die vergnügten Gesichter starrte, fragte sie sich, was Grandpa Evan wohl hinter der Linse hervor gesagt haben konnte, um seine Frau derart glücklich erstrahlen zu lassen.

Oder war Evan Watkins vielleicht gar nicht der Fotograf gewesen?

Und wo befand sich wohl diese gesprenkelte Wasserfläche? Nach Leh sah das mit Sicherheit nicht aus.

Und dann kam ihr ein Gedanke. In Srinagar gab es Seen. Mair las noch einmal Dylans Mail. Er hatte geschrieben:

> *Das hier lag lose in einem Album von Großvaters Indien-Fotos, die meisten davon ziemlich öde. Kirchenleute, die auf irgendwelchen Treppen stehen, feierlich gucken, usw. Sodass mir dieses hier sofort aufgefallen ist. Wer können Großmutters fröhliche Freundinnen wohl sein?*

Je länger sie auf das Foto starrte, um so rätselhafter und faszinierender erschien es ihr. Die drei jungen Frauen wirkten derart in Anspruch genommen von ihrer Freundschaft – ebenso wie von der unmittelbaren Komödie des Augenblicks. Ihre Gesichter leuchteten so lebhaft, es war kaum zu glauben, dass das Bild vor fast siebzig Jahren geknipst worden war.

Mair wollte unbedingt mehr über sie herausfinden. Und die Möglichkeit, dass das Bild vielleicht in Srinagar aufgenommen worden war, verstärkte nur ihren Wunsch, endlich hinzukommen.

Die chinesische Inhaberin des Internetladens betrachtete sie stirnrunzelnd. Über jedem Arbeitsplatz konnte man den Hinweis lesen: »Kein Hochladen Kein Herunterladen«.

Mair deutete vom Bild auf ihrem Bildschirm hinüber zum uralten Drucker, der auf einem Tisch neben dem Eingang stand, und machte eine flehentliche Geste, sie doch miteinander zu verbinden. Doch erst als sie ihre Geldbörse aus der Tasche nahm und Scheine zu zücken begann, erfolgte eine Reaktion. Danach wurden eine geraume Zeit lang Tasten gedrückt, Kabel kontrolliert und gemurmelt, und schließlich kam ein 4 × 5 Zoll messender Ausdruck aus dem Schlitz. Er war zwar verschwommener als das Original, und die kleine Größe minderte seine fröhliche Wirkung, aber es ging.

Mair brachte ihn zurück ins Hotel und verstaute ihn sicher in dem Kuvert, der auch die dunkelbraune Haarlocke enthielt.

Am darauffolgenden Morgen um sechs Uhr dreißig fuhren die Beckers mit ihrem Fahrer im hier üblichen weißen Toyota-Jeep vor Mairs Hotel vor. Karen winkte von der Rückbank des Wagens. »Sind Sie bereit?«, rief sie ihr zu. »Das wird ein Riesenspaß werden.«

Lotus war in einem Kindersitz festgeschnallt. Der einheimische Fahrer, der sich offensichtlich schon in die Kleine verliebt hatte, wandte sich mit blitzenden Goldzähnen nach hinten und tätschelte ihr die Wange. Bruno Becker erhob sich vom Beifahrersitz. Er bedachte Mair mit einer Andeutung von Lächeln, was ihn ein wenig zugänglicher erscheinen ließ.

»Das ist wirklich sehr nett von Ihnen beiden«, sagte sie.

»Ich freue mich, dass Sie mit uns kommen. Ist das alles?« Er deutete auf ihre Reisetasche. Mair nickte. Ihren Rucksack, in dem Schal, Haarlocke und Foto sicher verstaut waren, trug sie über der Schulter.

»Sie reisen mit leichtem Gepäck. Da könnte Karen sich eine Scheibe von Ihnen abschneiden. Er schwang die Reisetasche in den Kofferraum des Toyota, in dem sich bereits beträchtliche Gepäckmengen stapelten.

»Hey, das meiste davon gehört Lotus.« Karen lachte. »Kommen Sie. Steigen Sie ein.«

Mair setzte sich neben Lotus. Im stählernen Dämmerlicht wirkte das Haar des Kindes wie ein Wust heller Spiralen.

»Fahren wir«, meinte der Chauffeur. Sie fuhren die Hauptstraße hinunter, vorbei an der Gebetsmühle und der langen *Mani*-Wand. Mair drehte sich um und warf einen letzten Blick auf die Stadt. Breite Bänder niedrig hängender Wolken verbargen das Rund der Berge, und die Bäume waren eisengraue Krakel vor braunem Fels. Es war sehr kalt, und die Straßen waren wie ausgestorben.

Karen reckte das Kinn Richtung Vordersitze. »Sie machen sich Sorgen ums Wetter«, verkündete sie über Lotus' Kopf hinweg.

»Es ist Schnee gemeldet«, meinte Bruno kurz, ohne den Kopf zu wenden. »Auf dem Weg zum Pass dürfen wir nicht trödeln.«

Mair lehnte sich in ihren Sitz zurück. Zunächst verschlang der Wagen geradezu die Meilen der Talstraße entlang des Indusufers. Karen schwatzte, und Mair reichte Lotus Sachen aus dem unerschöpflichen Vorrat an Spielzeug und Büchern, der ihren Sitz umgab.

Schwere Wagen und Armeelaster bewegten sich in beide Richtungen an ihnen vorbei, und als die Straße anzusteigen begann, passierten sie die Camps der Arbeitertrupps, die die Straßen instand und befahrbar hielten. Frauen wie Männer schleppten Steine auf dem Rücken oder schaufelten Erde in Schlaglöcher.

»Was für ein brutales Leben. Sehen Sie mal, diese Frau hat ein Baby auf dem Rücken«, flüsterte Karen. Zwei weitere winzige Kinder hockten auf einem Felsen und beobachteten den stetigen zähen Fluss des Verkehrs.

Wie um die allgemeine Trostlosigkeit noch zu steigern, begann es zu regnen, und pausenlos sprangen die prallen Tropfen von der Windschutzscheibe. Die Scheibenwischer summten, der Wagen schlitterte über immer tiefere Spurrillen. Sie erreichten eine Polizeisperre, und der Fahrer trug ihre Pässe zum Kontrollieren zu einer Hütte, während gelangweilte Soldaten in Tarnanzügen ihre Gewehre schwenkten, um beladene Laster einzuweisen. Jenseits des Checkpoints stand ein Schild mit der Aufschrift, »Organisation für die Grenzstraßen. Der Feind ist überall.« Die Straße verlief nahe der Kontrolllinie zwischen Indien und Pakistan, und die schwere indische Armeepräsenz war durchaus keine Augenwischerei.

Sie fuhren stetig weiter nach Westen, während die Straße allmählich anstieg. Sie führte an gewaltigen Abstürzen vorbei, und die Räder des Toyota schienen zuweilen, wenn sie um eine weitere unübersichtliche Kurve ruckelten, über dem Abgrund zu schweben. Mair wandte den Blick von der klaffenden Tiefe, nur um keuchend zu sehen, wie ein Laster um die Ecke gebraust und direkt auf sie zugerast kam. Ihr Chauffeur schien allerdings nicht mal mit der Wimper zu zucken, während er mit keinem Zentimeter zuviel zwischen dem starren Fels oder der dünnen Luft und dem sich nähernden Metall hindurchsteuerte. Der Straßenbelag wurde so schlecht, dass die Passagiere sich an ihre Sitzgurte klammern mussten, um nicht mit den Köpfen an die Wagendecke zu knallen. Und inmitten von alledem und vom erbarmungslosen Geruckel offenbar eingelullt, sank Lotus in tiefen Schlummer.

»Verwenden die hier keinen Asphalt?«, stöhnte Karen.

Bruno blickte über die Schulter nach hinten. »Der würde hier keine sechs Wochen halten. Diese Mischung aus Stein und gewalztem Kalkmehl ist das einzige, das dem Wetter und den Lastern trotzt, und dennoch sind ständige Instandhaltungsarbeiten nötig, um die Straße auch nur einigermaßen befahrbar zu halten.« Dies war die längste Bemerkung, die er seit Leh gemacht hatte.

»Ah-ha. *Autsch.*« Alle hüpften sie auf ihren Sitzen hoch. Steine spritzten unter den Wagenrädern weg und schwirrten ins Leere. Weit unter ihnen erblickte Mair den zinnfarbenen Faden eines Flusses. Sie schickte ein Dankgebet gen Himmel, dass sie nicht zusammen mit vierzig Leuten und einem erschöpften Fahrer am Lenkrad in einem der überfüllten öffentlichen Busse saß.

»Die Straße zwischen Leh und Srinagar hat man erst in den sechziger Jahren für den Fahrverkehr eröffnet«, sagte Bruno. »Vorher war es ein Gebirgspfad, und das einzige Transportmittel waren Ponys.«

»Wie lange kann das denn gedauert haben?«

»Es sind zweihundertfünfzig Meilen. Eine Woche wäre da sicher ein ganz gutes Tempo gewesen.«

Nach einer Weile ergänzte Mair: »Im achtzehnten Jahrhundert war die Strecke nicht einmal auf Pferden passierbar. Träger trugen alles auf dem Rücken, den ganzen Weg von Tibet bis Kaschmir. In unserer Richtung waren die beförderten Waren vor allem Wolle für den Pashmina-Handel.«

Bruno drehte sich nach ihr um. Zum ersten Mal trafen sich ihre Blicke. »Sie interessieren sich für die Geschichte der alten Handelsrouten?«

»Ja.«

»Ich auch«, warf Karen dazwischen.

Ihr Mann drehte sich zu ihr um und lächelte. Mair fiel auf, dass er ein bemerkenswert attraktiver Mann war, und das Unbehagen, das sie in Gegenwart der beiden Beckers empfunden hatte, ließ plötzlich nach. Obwohl sie sie zunächst um ihre Intimität beneidet hatte, vermutete sie inzwischen, dass eher die Gegensätzlichkeit der Charaktere ebenso wie die gemeinsame Liebe zu ihrem

Kind die beiden verband. Doch nun glaubte sie, sich getäuscht zu haben. Denn in Brunos Lächeln lag ebenso viel Zärtlichkeit wie Belustigung.

»Das weiß ich«, meinte er herzlich.

Mair spähte nach vorn, während sie um eine weitere Kurve bogen, und erblickte durch eine Wolkenlücke in der Ferne eine Schneewand.

Nach einer Stunde erwachte Lotus und begann zu quengeln. Sie zerrte an ihrem Sitzgurt und wollte von dem Getränk, das Karen ihr anbot, nichts wissen. »Wir müssen zehn Minuten Pause machen. Wie weit ist es denn jetzt noch nach Lamayuru?«

Die Männer schüttelten die Köpfe.

»Noch weit«, meinte der Fahrer.

Sie hielten an einem Teestand am Straßenrand. Regen hatte die Straße in einen erbärmlichen Schlammstreifen verwandelt, und jedes vorbeifahrende Fahrzeug spritzte eine schmutzige Gischt auf. Der nach Westen fließende Verkehrsstrom blieb konstant. Mair dämmerte, dass jeder Fahrer unter dem Druck stand, vor Einbruch der Dunkelheit oder ehe der Schnee richtig einsetzte – je nachdem was als Erstes geschah – den Fotu La überquert haben zu müssen. Während der letzten paar Minuten hatte sich der Regen in Schneeregen verwandelt, der in tristen Platschern auf die Windschutzscheibe klatschte.

Die kleine Gruppe drängte sich unter dem Zeltunterstand zusammen. Lotus' Laune heiterte sich auf, sobald sie Leute sah. Bruno setzte sie ab, und sie schickte sich an, neue Freundschaften zu schließen, während Karen die Töpfe des Standinhabers inspizierte. Karen entschied sich für einen dicken Eintopf und einen Schöpflöffel Reis und fütterte das meiste davon Lotus. Die vorsichtigere Mair gönnte sich einen Schokoriegel und eine Handvoll Nüsse. Ihr Fahrer stand im Eingang, unterhielt sich leise mit anderen Fahrern und blickte prüfend zum Himmel auf.

Sobald sie fertig waren, scheuchte Bruno sie in den Wagen zurück. Karen seufzte. »Wie schade, dass wir die Anfahrt auf Lamayuru nicht sehen können. Auf den Bildern erhebt es sich mit seinen Zinnen und Türmchen wie ein Fantasieschloss am Horizont.«

»Wir können wirklich nicht bei deinem Kloster halten, Karen«, sagte Bruno.

»Was?«

»Wir müssen so schnell wie möglich den Pass überqueren.«

»Also bitte. Auf eine Stunde mehr oder weniger kommt's doch nicht an.«

Der Fahrer beugte sich, die Schultern fast bis zu den Ohren hochgezogen, nach vorn. Alle entgegenkommenden Fahrzeuge hatten nun ihre Scheinwerfer eingeschaltet, und eine lange Linie der kleinen gelben Kegel erstreckte sich vor ihnen, die sich in einer unwahrscheinlichen Perspektive den Berg hinauf in die Dunkelheit schlängelten.

»Doch, Liebling.«

Karen war sauer. »Hör mal, was soll denn das? Ich weiß, dass es dich nicht besonders interessiert, aber das ist die älteste *gompa* in ganz Ladakh. Die noch vor dem 10. Jahrhundert datiert. Es gibt hier Fresken, *thangkas,* wie nirgendwo sonst. Wir müssen sie anschauen.«

»Nicht dieses Mal.«

Stille trat ein, und Mair spürte den stummen geistigen Kampf. Die Schweibenwischer schoben eine Schneematschkrause fort, die sofort von einer neuen ersetzt wurde. Lotus sang leise ihrer Puppe ins Ohr.

»Es ist nur ein bisschen Schneeregen, Bruno. Warum bist du plötzlich so vorsichtig?«

Der Fahrer fiel ihr ins Wort: »Wir fahren direkt zum Fotu La. Und hinunter nach Kargil.«

Und das schien den Ausschlag zu geben. Karens Kinnpartie versteinerte, aber sie sagte nichts mehr.

Sie kamen nun schlechter voran, doch der Fahrer ließ nicht locker. Inzwischen fiel Schnee, der sich auf den Steinhaufen am Rande der Straße türmte. Weniger Fahrzeuge kamen ihnen entgegen. Mair konzentrierte sich darauf, Lotus zu beschäftigen, und versuchte die Abgründe zu ignorieren, die sich kaum einen halben Meter neben ihr auftun mussten. Es war weit beunruhigender, stellte sie fest, das Schlimmste nicht sehen zu können und es sich lediglich vorzustellen.

Ein weiteres skurriles Grenzstraßenschild tauchte vor ihr auf: »Sind Sie verheiratet? Fuß vom Gas – oder Sie waren es!«

Sie schienen sehr lange bergauf gefahren zu sein. Eimmal rutschte der Wagen, fand Halt, und schlitterte dann wieder. Karens Ärger wegen des verpassten Klosters hatte sich gelegt. Bruno und der Fahrer unterhielten sich leise. Sie fuhren langsamer, im niedrigsten Gang, folgten den Reifenspuren des Fahrzeugs vor ihnen, die rasch zu undeutlichen grauen Furchen auf grauer Fläche verblassten.

»Schnee sehr schlimm«, meinte der Fahrer abrupt.

Und eine Sekunde später geriet der Toyota auf einem starken Gefälle ins Schleudern. Einen panischen Moment lang trafen sich Karens und Mairs Blick über Lotus' Kopf. Desorientiert versuchte Mair sich zu erinnern, auf welcher Seite von ihnen wohl gerade der Abgrund gähnte.

Bruno war schon aus dem Auto gesprungen. Er stieß einen Felsbrocken unter eines der Hinterräder, während der Fahrer ihm zu Hilfe eilte. Karen und Mair blieben sitzen und warteten angespannt.

»Steigt aus«, piepste Lotus.

»Jetzt nicht, Schätzchen. Sieh mal, wie schlimm es schneit.«

Die Männer schaufelten Erde unter die Reifen, doch der Toyota ruckte nur zentimeterweise nach vorn, bis er plötzlich wieder nach hinten zu rutschen begann.

»Bringt nichts«, brüllte Bruno durch den Schnee.

»Bringt nichts«, pflichtete der Fahrer ihm bei.

Die Türen knallten zu.

»Wir schaffen es nicht. Wir müssen wieder runter.«

»Wieder *zurück?*«, schrie Karen. »Nach alledem?«

»Nach Lamayuru sind es etwa fünf Meilen. Wir übernachten dort.«

»Wirklich?«

»Ja, wirklich. Entweder das oder wir verbringen die Nacht hier oben im Wagen. Also kriegst du deine Fresken schließlich doch noch zu sehen.«

Karen bündelte eine doppelte Handvoll ihres rotgoldenen Haars und steckte es hoch. Sie warf Mair ein Lächeln zu und sah womöglich auch ein, wie kompromisslos sie gewesen war. »Tut mir leid. Aber so ist es nun mal auf Reisen, nicht wahr?«

»O ja«, pflichtete Mair ihr bei.

Der Fahrer vollführte ein kompliziertes Wendemanöver, bei dem er auf dem begrenzten Raum zwischen Felswand und verschwindender Straße herumschlitterte. Dann begannen sie bergab zu kriechen.

Mair sah nichts außer fallendem Schnee. Und unter dem Zwerchfell spürte sie – wie eine ungute Vorahnung – einen Druck.

Die Dunkelheit schien undurchdringlich. Mair tastete sich an einer klammen Steinwand entlang, während sie sich zu erinnern versuchte, woher sie gekommen war, und sich wünschte, sie hätte die Taschenlampe nicht im Wagen gelassen. Sie erreichte eine Ecke, stolperte über eine niedrige Stufe und wäre fast gestürzt, wobei ihr auffiel, dass die Luft hier sogar noch eisiger war. Der Gang zum Hof musste sich ganz in der Nähe befinden.

Als ihre ausgestreckten Finger schließlich gegen die Tür stießen, tastete sie nach dem ringförmigen Eisengriff und drehte ihn um. Knarrend fiel die Tür nach innen und ließ eine Bö von Wind und Schnee ins Haus fahren.

Sie stolperte ins Freie. Die Frau, die sie zu ihrem Zimmer geführt hatte, hatte ihr auch die Gästehausküche gezeigt, doch nachdem der dicke Schnee inzwischen all die niedrigen, den Hof umgebenden Türen zugeweht hatte, hatte sie die Orientierung verloren. Sie blickte nicht nach oben, sie wusste, wie bedrohlich die Klostermauern über ihr aufragten, so bedrohlich – dass sie den Anschein erweckten, jederzeit einstürzen und das Haus auf seinem unsicheren Felsvorsprung zerschmettern zu können. Sowieso hätte man sie jetzt kaum erkennen können. Windstöße trieben die Schneeflocken waagrecht vor sich her, rissen sie gar in die Höhe, während sie durch die Verwehungen stapfte. Sie duckte sich unter ein Schneebrett, das einen verandaähnlichen Vorbau bedeckte, und sah ein Licht.

Eine zweite Tür öffnete sich, und sie fiel hinein und schüttelte den Schnee ab wie ein gerade dem Wasser entstiegener Hund. Sie drückte die Schulter gegen die Tür und schaffte es, sie wieder zu verriegeln.

»Hallo, My«, rief Lotus ihr zu.

Der Raum war von einer Kerosinlampe schwach beleuchtet. Entlang dreier Wände hatte man Matratzen auf den Boden gelegt, in der Mitte stand ein kleiner Herd mit einem Ofenrohr, aus dem Rauch in die eisige, fettgeschwängerte Luft entwich. Die Frau, die Mair bereits gesehen hatte, stand gebückt davor und warf getrocknete Dungfladen in sein kaltes Inneres. Mehrere Männer, wahrscheinlich ebenfalls im Sturm gestrandete Lkw-Fahrer hockten vornübergekauert auf zwei der Matratzen. Sie hatten geraucht, sich leise unterhalten, unterbrachen sich nun jedoch und starrten sie an. Auf der dritten Matratze saßen Bruno und Lotus. Die Kleine war in einen wattierten Schlafanzug eingepackt und zusätzlich in eine Decke gehüllt, sodass lediglich ihr rosiges Gesichtchen zu sehen war. Der ganze Lotus-Kokon wiederum schmiegte sich mollig in den Mantel des Vaters, das Köpfchen ruhte unter seinem Kinn.

Mair war eindeutig neidisch.

Unter diesen Umständen allerdings, sagte sie sich hastig, wäre jede Wärme willkommen gewesen.

»Hüpf mal«, bettelte Lotus. *»S'il vous plaît?«*

»Im Haus klappt das nicht richtig, Lotus. Draußen geht's besser.«

»Geh raus«, meinte das Kind und deutete, als sei dies so naheliegend, dass es kaum lohnte, darauf hinzuweisen.

»Morgen hüpf ich für dich«, versprach Mair.

»Es schneit, Lo, vergessen?«, meinte Bruno. »Wir bleiben alle schön hier drinnen, wo es ein bisschen wärmer ist.«

Er rückte ein Stück zur Seite und lud Mair ein, Platz zu nehmen. Sie schlängelte sich zwischen einem Turm aus geschwärzten Töpfen und einem Weidenkorb hindurch, in dem eine deprimierte Henne hockte, und setzte sich neben ihn. Die Männer nahmen ihr Gespräch wieder auf, die Frau warf die Ofentür zu.

»Karen hat Migräne«, meinte Bruno. Sie hat nur einen Blick ins Bad geworfen und ist sofort zu Bett gegangen.«

Das Bad war nur einige Meter entfernt, direkt links von der Tür. Es bestand aus einer Metalltonne mit Wasserhahn und einem Abfluss am Boden sowie einer rosa Plastikseifenschale mit einem grauen Seifenstück darin. Die Toilette – hatte Mair bereits festgestellt – befand sich in einem Anbau ganz am Rande des Hofs. Es handelte sich um ein Plumpsklo, zwischen dessen Fußbrettern ein mehrere hundert Fuß tiefer Abgrund gähnte. Zur Zeit blies erfrischender Schnee durch das Loch herauf.

Das zum Kloster gehörende Gästehaus war wegen einer großen Gruppe deutscher Touristen, deren Bus es nicht über den Pass geschafft hatte, brechend voll. Die Unterkünfte weiter unten im Dorf Lamayuru waren ebenfalls mit bereits früher eingetroffenen Wetterflüchtlingen gefüllt, und der Fahrer der Beckers hatte gut daran getan, ihnen dieses Quartier aufzutreiben. Als sie angekommen und durch den knöcheltiefen eisigen Matsch der Pfade gestapft waren, hatte es weniger nach einer Unterkunft als nach einem annähernd rechteckigen Abfallhaufen aus Planken und Felsbrocken ausgesehen. Doch es gab zwei vom Hof abgehende schlitzschmale Räume in diesem Kaninchenbau, die wie Eremitenzellen in den Fels gehauen waren. Jedes weitere Sturmopfer würde sich auf die Matratzen in der Küche betten müssen.

Mair fragte: »Kann ich irgendetwas für die Kleine tun?«

Er schüttelte den Kopf. »Aber trotzdem danke.«

Mair fügte hinzu: »Auch wenn es nicht gerade luxuriös ist, es ist definitiv wärmer, als es im Toyota gewesen wäre.«

Brunos Arme schlossen sich unwillkürlich ein wenig fester um Lotus. »Ja. Das wäre ziemlich schwierig geworden.«

Bei derart heftigem Schneefall hätte sich an einem stehenden Fahrzeug eine Schneewehe gebildet. Und über Nacht wäre der Wagen womöglich darunter begraben worden; dann aber auf einer derart abgelegenen Straße wie der soeben befahrenen zu Fuß zu flüchten wäre gefährlich, ja vielleicht sogar unmöglich gewesen.

Mair schauderte. Obwohl sie sich optimistisch gab, mochte sie diesen Ort nicht, nicht weil es ihm an häuslichem Komfort fehlte, sondern wegen der Trostlosigkeit und undefinierbaren Schwermut, die ihn umgab. Dennoch war er ihnen für diese Nacht ein sicherer Hafen. Sie blickte auf Lotus' rosige Wangen. Die Kleine hatte sich den Daumen in den Mund gesteckt. »Wir fühlen uns doch hier pudelwohl, was, Lo?« Sie lächelte.

Ein Rechteck aus Sackleinwand, das die Innentür verdeckte, wurde beiseite geschoben, und eine weitere Frau erschien. Sie trug einen Topf, von dessen Inhalt eine schwache Dampfschwade aufstieg.

Bruno nahm den Topf entgegen und dankte ihr. Er richtete sich im Sitzen auf und meinte sanft: »Sieh mal, Lotus, hier ist dein Abendessen.«

Er begann ihr abwechselnd Löffel der aufgewärmten Baked Beans und Fladenbrotstücke in den Mund zu schieben. Sie wand sich halb aus ihrem Deckenkokon und aß mit gutem Appetit, wobei sie sich das Kinn mit der orangefarbenen Soße bekleckerte.

Über ihren Kopf hinweg sagte Bruno: »Wir haben immer ein paar Bohnenkonserven dabei. Die isst Lotus, ob tagsüber oder nachts, egal was sonst alles schief läuft.« Er senkte die Stimme. »Womöglich werden wir sie später noch darum beneiden.«

Ein geschwärzter Kessel war auf den Herd gestellt worden. Die beiden Frauen kauerten auf dem gestampfen Fußboden und begannen Zwiebeln zu schneiden, sie im Topf hin- und herzuschieben und mit den Lastwagenfahrern Bemerkungen auszutauschen.

»Es ist ja nur eine Nacht«, lachte Mair.

Doch Bruno wollte nicht in ihr Lachen einstimmen. »Hoffentlich haben Sie recht.«

Wie unfreundlich er mit seinem dunklen Gesicht und den zu einer dicken Linie zusammengezogenen schwarzen Augenbrauen aussehen konnte. Er und Karen wirkten so völlig verschieden, dass man nur zu dem Schluss gelangen konnte, ihre Partnerschaft beruhe auf der Anziehung von Gegensätzen.

Lotus aß alle Bohnen auf und griff nach dem Topf, um sicherzugehen, dass nicht noch ein Löffelchen davon am Topfboden klebte. Ihre Hände waren voller Ruß, Bruno säuberte sie geduldig mit seinem Taschentuch und erklärte ihr, dass sie ja wohl nicht zu ihrer Mummy ins Bett wolle, um dann überall auf ihr schwarze Abdrücke zu hinterlassen, oder? Er nahm einen Apfel aus seiner Hosentasche, schälte und viertelte ihn und gab ihn Lotus zu essen. Als sie langsam auf ihrem vierten Schnitz herumkaute, klappten ihr die Lider herunter.

»Zeit zum Schlafengehen«, flüsterte Bruno. Er wickelte die Kleine wieder in die Decke, sodass lediglich Augen und Nase zu sehen waren, ehe er sie in die Höhe hob. Dann warf er einen Blick auf die Essensvorbereitungen. »Kann ich später mit Ihnen zu Abend essen?«, erkundigte er sich förmlich bei Mair, zog jedoch gleichzeitig belustigt die schwarzen Augenbrauen hoch.

»Aber klar. Ich hab gerne Gesellschaft«, erwiderte Mair.

Während er fort war, saß sie an die Wand gelehnt und beobachtete die Köchinnen bei der Arbeit. Langsam erhitzte sich der Herd, und der Duft garenden Gemüses hing in der Luft. Kondenswasser lief an den winzigen Fensterscheiben herunter, in der Küche aber schien es nicht wärmer geworden zu sein. Sie dachte daran, wie leicht sie auch mit den israelischen Jungs hier hätte landen können statt mit den Beckers und schickte ein rasches Dankgebet an die Götter Lamayurus für ihre glückliche Rettung.

Fünfzehn Minuten vergingen, bis Bruno zurückkehrte. Nachdem er den Schnee abgeklopft hatte, nahm er unter den Augen der Fahrer wieder seinen Platz neben ihr auf der Matratze ein. Er wartete, bis sie das Interesse verloren, und holte dann einen Flachmann aus seiner gut gefüllten Hosentasche. Er kramte erneut, zog zwei aufklappbare Metallbecher hervor und machte eine flatternde Bewegung mit dem Finger. »Cognac?«, murmelte er und goss ein.

Sie stießen an. Bruno nahm einen kräftigen Schluck aus dem seinen. Mair folgte seinem Beispiel, und sofort durchwärmte der Alkohol ihre eiskalten Knochen.

»Aaah. Wie geht es denn Karen?«

»Sie liegt im Bett und liest einen ihrer buddhistischen Texte. Ich habe Lotus zu ihr gelegt – die ist sofort eingeschlafen.« Nach einem Moment fügte er hinzu: »Sie verfügt über gewaltige Reserven an Energie und Entschlossenheit, meine Frau, und folglich leidet sie in Situationen wie der heute abend, wenn nicht mal sie etwas an den Umständen ändern kann. Tatsächlich scheint Karens Buddhismus insgesamt mit einer gewaltigen Entschlossenheit einherzugehen. Man könnte es vielleicht sogar als Kontrollbedürfnis bezeichnen. Ich bin mir nicht ganz sicher, wie sich das – rein technisch gesehen – mit der Lehre in Einklang bringen lässt.«

Ihre Blicke begegneten sich. Bruno besaß eine überaus trockene Art, gleichzeitig aber einen ausgeprägten Humor. Er war einerseits Schweizer, andererseits sehr unschweizerisch. Und das machte ihn sowohl interessant, als auch sehr anziehend, dachte Mair. »Sind Sie religiös?«, fragte sie ihn.

Er schüttelte entschieden den Kopf. »Nein. Sie?«

»Ganz und gar nicht. Aber mein Großvater war Missionar. Er und meine Großmutter waren in den 1940ern mit der walisischen presbyterianischen Mission von Leh hier in der Gegend.«

»Sind Sie deswegen hier?«

»Mein Vater ist vor Kurzem gestorben. Seine Eltern waren Teil unseres Lebens, weil sie in unserer Nähe wohnten, aber unsere Großeltern mütterlicherseits haben wir nie kennengelernt. Meine Mutter starb, als ich noch ein Teenager war, sodass dieser Teil der Familiengeschichte verloren gegangen ist. Ich will versuchen, ein wenig davon aufzudecken.«

Über ihre Mutter sprach Mair nur selten, nicht einmal mit Hattie. Instinktiv schützte sie die Wunde, die deren Tod bei ihr hinterlassen hatte. Und es verblüffte sie nun selbst, dass sie Bruno Becker diese intime Einzelheit anvertraute, wobei ihr gleichzeitig auffiel, dass sie Karen seit ihrer ersten Begegnung und ihrer Erklärung zu ihren akrobatischen Überschlägen nichts Persönliches mehr von sich mitgeteilt hatte.

Zwar hatten sie damit begonnen, entsann sie sich, doch irgendwie war immer wieder etwas dazwischengekommen.

Aber Karen war eben eine strahlende Flamme, und jeder fühlte sich von ihr angezogen. Es war wohl lediglich den seltsamen Umständen geschuldet, dem Schneesturm und ihrer zeitweisen Gefangenschaft im Schatten des Klosters, die Mair so unbedacht mit Karens Ehemann sprechen ließen.

Sie nahm einen weiteren hastigen Schluck vom Cognac. Ihre Hand war zittrig, und der Metallring des Bechers stieß leise gegen ihre Zähne.

»Erzählen Sie weiter«, murmelte Bruno.

Sie erzählte ihm von dem Schal und ihren Entdeckungen in

Changthang und Leh. Er lauschte aufmerksam, den schwarzen Kopf gegen die Steinwand gelehnt, den Blick unverwandt auf ihr Gesicht geheftet. Die Köchin maß ein paar knappe Handvoll Reis ab und gab sie in einen weiteren Wassertopf, während Hammelduft die Küche durchzog.

Bruno gefiel die Geschichte von Tserings Großonkel und die Kindheitserinnerung des alten Mannes, wie er verwundert dem Radioempfänger der Mission gelauscht hatte. »Und nun folgen Sie dem Faden des Schalgewebes weiter nach Srinagar«, meinte er zuletzt.

»Ja. Wer weiß, was ich dort noch finden werde?« Ich *werde* rausbekommen, was es mit dem Foto auf sich hat, dachte sie.

Er schraubte den Verschluss des Flachmanns ab und goss ihnen noch einmal ein. Sie schlürfte ihren Cognac, streckte die Beine aus und lockerte die Schultern. Nachdem sie den ganzen langen Tag lang über Schlaglöcher geholpert waren, schmerzten ihr die Muskeln.

Bruno schwenkte seinen Becher und betrachtete nachdenklich die Spiegelungen auf dessen polierter Oberfläche. »Ich habe das Glück, dass beide meine Eltern noch am Leben sind. Sie haben sich schon vor langer Zeit scheiden lassen, und meine Mutter hat wieder geheiratet. Inzwischen lebt sie in unserer Nähe in Genf – sie liebt Lotus über alles. Mein Vater ist zwar körperlich nach wie vor rüstig, kann sich aber an fast nichts mehr erinnern. Meine Schwester und ich waren uns einig, dass er in einer Spezialklinik glücklicher und besser aufgehoben ist, was übrigens nicht annähernd so schlimm ist, wie es klingt.

Als ich ihn kurz vor unserer Reise besucht habe, saßen wir auf seinem Balkon, blickten auf die Berge und ich redete – ich muss bei diesen Besuchen ziemlich viel quatschen. Er hört gern, was im Rest der Welt und im Leben der anderen vor sich geht, wenn ich auch nicht recht weiß, an wieviel davon er sich erinnert. Ich habe ihm von all den Orten erzählt, die wir besuchen würden, und er schien mir zuzuhören, denn er nickte, wie er es immer tut.

Und dann erinnerte er mich daran, dass eine indische Freundin unserer Familie ja ursprünglich aus Kaschmir stammt. Das Gedächtnis ist schon ein seltsames Ding. Er erinnerte sich minutiös an die Lebensumstände der Freundin und ihrer Mutter, die beide nach dem Krieg in die Schweiz kamen, obwohl er sich manchmal nicht mal recht darauf besinnen kann, wer *ich* bin. Und er nahm mir das Versprechen ab, die Tochter in Delhi zu besuchen.«

Mair nickte, da sie sich erinnerte, wie ihr Vater während seiner letzten Wochen immer weiter in die Vergangenheit zurückgereist war.

»Die Mutter gehörte offenbar der gleichen Generation wie Ihre Großeltern an. Sie war Christin, römisch-katholisch. Vielleicht haben sie sich ja sogar gekannt.«

»Wäre das denkbar? Von Leh nach Srinagar ist es ein ziemlich weiter Weg.«

Bruno seufzte. »Und das schon bei gutem Wetter. Heute abend allerdings könnte Srinagar genauso gut in Südamerika liegen.«

»Ich weiß eigentlich gar nicht, ob meine Großeltern je so weit im Westen waren. Aber es ist sicher nicht ausgeschlossen.« Wieder dachte sie an das Foto.

»Es könnte nicht schaden, unsere Freundin zu fragen. Sollten wir gleichzeitig in Delhi sein, könnten Sie mich vielleicht bei meinem Besuch begleiten.«

Wieder begegneten sich ihre Blicke.

»Das würde ich gerne«, sagte Mair.

Entspannt von Cognac und Konversation lehnten sie sich zurück.

Die lässige Kocherei ging weiter, ein kleines Mädchen machte entlang der Matratzen die Runde und verteilte Blechteller und Löffel. Einmal stand Bruno auf, ging hinaus, um nach dem Wetter zu sehen, und kehrte mit ernster Miene zurück. »Es wird schwierig werden, von hier wegzukommen«, meinte er.

Tiefer Schnee musste inzwischen die Bergstraßen in beide Richtungen blockieren. Mair konnte sich das Ausmaß an Arbeit ausmalen, die eine Räumung bedeuten musste.

Einer der Fahrer blickte zu Bruno herüber. Er zuckte die Achseln, fuchtelte ausdrucksvoll mit der Hand. »Sehr schlimm. Sehr früh«, rief er.

Bruno nickte. »Sehr schlecht«, pflichtete er ihm bei. Er veränderte erneut seine Sitzhaltung und sagte zu Mair: »Schon in der Schweiz hätten wir Mühe, mit einem so gewaltigen Schneeeinbruch zurechtzukommen, und dann erst hier.«

Mair erinnerte sich, was Karen ihr erzählt hatte, und fragte: »Kommen Sie ursprünglich aus Genf?«

Sofort hellte sein eckiges Gesicht sich auf, und er beugte sich fast vertrauensvoll zu ihr vor. Unwissentlich hatte Mair an etwas gerührt.

»Ich bin heutzutage gezwungen, im Flachland zu leben, weil da meine Arbeit ist. Ich bin Ingenieur. Aber meine Heimat und meine Wurzeln liegen im Gebirge. Ursprünglich komme ich aus dem Berner Oberland, aus der Nähe von Grindelwald. Kennen Sie das?«

»Nein.« Der klaustrophobische Raum, das Wissen, dass sie alle hier zeitweise Gefangene waren, erfüllte Mair mit der Sehnsucht, sich von einer Geschichte davontragen zu lassen. Ein »Heidi«-Bild sonnenbeschienener Almwiesen und dunkler Fichten trat vor ihr inneres Auge. »Erzählen Sie mir davon.«

»Meine Leute waren Bauern«, begann er. »Im Sommer trieben sie die Kühe auf die Almen. Im Winter lag Schnee.«

Sie lauschte zufrieden. Schließlich war ihr doch noch warm geworden, und Brunos Beschreibung seiner Heimat war etwas Vertrautes, weniger in den exakten Einzelheiten, als vielmehr in der Art und Weise, wie er die Rhythmen des bäuerlichen Lebens und all der kleinen Dinge in ländlichen Tälern heraufbeschwor. Und genauso deutlich hörte sie auch, was er ihr, in ebenso vielen Worten, über seine tief verwurzelte Liebe zu diesem Ort und über seine Sehnsucht nach ihm verschwieg. Sie musste dabei an die eigene Heimat denken. Sie hatte kein Heimweh empfunden in Leh, eher eine ungeheuer lebhafte Erinnerung an einen Ort, der verloren war.

Bruno erzählte gerade davon, wie die Schweizer Bergbauern während der ersten Hälfte des neunzehnten Jahrhunderts noch all die verborgenen Pfade über die hohen Bergpässe kannten, die abgelegene Täler miteinander verbanden. Es waren arme Leute, und als langsam die ersten Touristen in den Alpen eintrafen, hatten die Beckers und ihre Nachbarn festgestellt, dass sie als Touristenführer gutes Geld verdienen konnten. Bis zu diesem Zeitpunkt, meinte er, habe keiner jemals die Gipfel und Gletscher allein zu seinem Vergnügen erforscht. Man ging in die Nachbartäler, um Arbeit zu finden, seinen Käse zu verkaufen oder vielleicht auch eine Wallfahrt zu einem Bergheiligtum zu machen, aber nie um der bloßen Selbstbefriedigung oder gar um einer obskuren wissenschaftlichen Beobachtung willen. Doch dann waren die vermögenden Alpinisten und Amateurforscher gekommen und hatten sich auf den Pfaden der Einheimischen hinaufgewagt, und nachdem sie die Gipfel erobert hatten, eilten sie nach Hause zurück, um ihre Triumphe zu schildern und ihre Entdeckungen zu katalogisieren.

Die Neuigkeit verbreitete sich, und immer mehr von ihnen strömten in die Alpen. Bald trafen die reichen *messieurs* zu Hunderten aus allen Teilen Europas ein, und die Beckers gehörten zu den ersten, die sich als professionelle Bergführer verdingten.

»Mein Urgroßvater beispielsweise war der Bergführer von Edward Whymper«, sagte Bruno.

Von Whymper hatte Mair noch nie gehört und sagte dies auch gleich. Bruno hob die Augenbraue. »Whymper war Brite. Und zusammen mit seinen Führern aus Zermatt Erstbesteiger des Matterhorns. Beim Abstieg kam es zu einer Tragödie, vier der Männer starben, doch Whymper überlebte. Er kam regelmäßig zum Klettern ins Oberland, und nahm Christian Becker häufig als Bergführer mit. In der darauffolgenden Generation – also während der Zwanziger- und Dreißigerjahre machten mein Großvater Viktor und ein anderer Klient einen der ersten Versuche an der Eigernordwand, wo sie in einem furchtbaren Sturm nur knapp mit dem Leben davonkamen. Viktor rettete seinem Klienten damals das Leben.«

»Worauf Sie sicher stolz sind.«

Er nickte rasch. »Das sind wir.«

»Ich kenne keine Bergsteiger.« Doch plötzlich drängte sich eine andere Erinnerung auf. »In Leh auf dem europäischen Friedhof habe ich eine Gedenktafel gesehen. Nanga Parbat.« Der Name des Berges fiel ihr zwar noch ein, aber nicht der des Toten.

Bruno lieferte ihn ihr prompt. »Matthew Forbes. Er war ein Mathematiker von der Universität Cambridge, ein brillanter junger Mann.«

»Sie haben die Tafel auch gesehen?«

»Ja, ich habe sie mir angesehen. Diese Nanga-Parbat-Expedition wurde nämlich von einem Schweizer namens Rainer Stamm geleitet, demjenigen, dem mein Großvater am Eiger das Leben gerettet hatte. Die beiden waren seit damals eng befreundet.«

So hatten Bruno und sie also beide ihre Gründe, den Friedhof zu besuchen. Diese historische Assoziation schien die Verbindung zwischen ihnen beträchtlich zu stärken. Und deswegen und wegen des Schnees und der auf dieser Höhe gesteigerten Wirkung des Cognacs konnte sie sich beinahe vorstellen, vielleicht langsam und sacht den Kopf zur Seite kippen zu lassen, bis er auf Bruno Beckers Schulter zu ruhen kam.

Und als sie ihn ansah, registrierte sie mit leichtem und freudigem Erschrecken ebenso wie mit entschlossener und äußerster Missbilligung, dass er sich dasselbe vorstellte.

Sie richtete sich wieder auf und presste den Rücken gegen den kalten Stein. Auch Bruno nahm eine andere Sitzhaltung ein.

Darüber hinaus lenkte sie nun die Präsentation eines Bottichs voller Hammelfleisch sowie des einladend gezückten Schöpflöffels ab. Mair tastete nach ihrem Zinnteller und nahm einen Löffel in Empfang, Bruno folgte ihrem Beispiel. Sie probierten gleichzeitig davon, und Bruno presste die Lippen zusammen.

»Sie hatten recht«, kicherte Mair.

Der zum Eintopf servierte Reis und ein Topf mit dunkelbraunem *dhal* erwiesen sich als etwas essbarer.

»Wir können den ruhig auch austrinken«, meinte Bruno und schraubte erneut den Deckel seines Flachmanns ab. »Über meine Familie hab ich Ihnen jetzt mehr als genug erzählt. Nun sind Sie an der Reihe.«

Inzwischen erschien ihr das völlig natürlich. Sie begann mit dem Nächsten, das ihr in den Sinn kam. »Als mein Vater gestorben war, beschlossen meine Geschwister und ich, das alte Haus, in dem wir aufgewachsen waren, zu verkaufen. Das war schwierig, aber in gewisser Weise wäre es noch schwieriger gewesen, es zu halten: die meiste Zeit leer, nur ein Ferienhaus, in dem sich Staub, Spinnweben und Melancholie ansammeln. Aber noch immer spüre ich den Faden, der mich mit ihm verbindet. Und heute abend ist er besonders straff angespannt.«

»Das verstehe ich gut«, sagte Bruno leise. »Sprechen Sie weiter.«

Mair begann ihm von ihrem letzten Morgen in ihrem Elternhaus zu erzählen. Bisher hatte sie noch keinem davon zu erzählen versucht: hätte man sie gefragt, hätte sie wohl erwidert, es gäbe nichts zu erzählen, wirklich nicht.

Eirlys und Dylan waren schon früh weg gefahren. Eirlys verabschiedete sich als Erste, den Wagen bis unters Dach beladen, das Klemmbrett und ihre Super-Gesamtliste neben sich auf dem Beifahrersitz. Dylan hielt ihr das Hoftor auf, er und Mair winkten ihr nach, während sie davonfuhr, das Heim ihrer Kindheit verließ, als hake sie einen weiteren Punkt auf ihrer Liste täglicher Besorgungen ab.

Als Dylan dann so weit war, hatten er und Mair im Hof gestanden. Ihr fiel ein Drosselnest auf, das in den Zweigen eines weißen Fliederbaums hing. Dylan ergriff ihre Hand. »Sei nicht zu traurig«, sagte er.

»Das ist eine gute Traurigkeit«, erwiderte sie. »Es war doch ein glücklicher Ort, nicht wahr?«

»Unsere Kindheit?«

Während sie dort standen, schienen sich der Hof und der Vorgarten mit früheren Ausgaben von ihnen zu bevölkern.

Mair beantwortete ihre Frage selbst: »Ja, sie war glücklich. Aber damals hab ich das nicht begriffen.«

Ihre Bemerkung brachte sie beide zum Lachen. Als Mädchen war Mair für den Zauber des Landlebens blind gewesen.

Dylan küsste sie auf die Stirn, dann fuhr auch er davon.

Sie war froh, diese letzte Stunde für sich allein zu haben. Sie wanderte durch die leeren Zimmer und schloss die Türen hinter sich. In der Küche rettete sie eine gefangene Hummel und brachte sie im Korb ihrer gewölbten Hände nach draußen in Sicherheit. Dann folgte sie ihr ins Freie und lehnte sich an die Gartenmauer. Sie betrachtete die graue Gestalt des Hauses, die Flecken der gelben Flechten auf dem Schieferdach, die Art, wie die Fenster in die dicken Wände hineingestanzt waren und der ganze Bau auf der Krümmung des Hangs zu hocken und schon so lange an dieser Stelle verankert schien, dass er so unverrückbar wirkte wie eine Felsnase.

Nur noch eines war jetzt zu tun.

Sie kletterte über die Mauer und benutzte dazu jene Trittstellen, an die sie sich gewöhnt hatte, sobald sie alt genug war, Dylan zum Spielen auf die Wiese zu folgen. Sie wanderte schräg über das feuchte Gras, fort vom Hügelkamm und der nun lämmerlosen, grasenden Herde und betrat ein kleines Wäldchen. Hier wuchsen die Hasenglöckchen, und in jener Maiwoche waren sie am schönsten und der gesamte Boden unter dem Blätterdach in zarte Farbe getaucht. Mair pflückte einen kleinen Strauß, die Stengel knackten unter ihren Fingern und die austretende Milch hüllte sie in ihren aufsteigenden Duft. Sie wickelte die kühlen Stiele in ein Papiertaschentuch, das sie bei sich hatte.

Der Hasenglöckchenstrauß war das letzte, was sie in ihr Auto legte, auf den Beifahrersitz, auf dem Eirlys ihr Klemmbrett deponiert hatte. Sie blieb kurz sitzen, blickte aufs Haus und den Hügel dahinter. Dann fuhr sie davon, folgte ihrer Schwester und ihrem Bruder die Straße hinab.

Als sie das Dorf erreichte, hielt sie am Friedhofstor an. Auf der anderen Straßenseite trat im selben Moment Tal Williams aus dem Zeitungskiosk. Mehr als hundert Jahre lang hatte seine Familie die Hügel hinter dem alten Haus bewirtschaftet. Verlegen winkte er ihr mit seiner gefalteten Zeitung zu, und sein windgegerbtes Gesicht wurde noch röter. Zwanzig Jahre zuvor war Tal der Junge gewesen, von dem Mair ihren ersten Kuss bekommen hatte.

Sie winkte zurück, doch er kam nicht zu ihr herüber. Auf Huws Beerdigung war er gewaschen und geschrubbt in schwarzen Anzug und steifem weißen Hemd erschienen und konnte wohl erraten, was sie heute hierherführte.

Sie trat durchs Tor, wanderte den Pfad entlang und an einer Eibe vorbei. Neben dem Wasserhahn in der Wand fand sie ein Marmeladenglas und steckte die Hasenglöckchen hinein. Vorsichtig, um kein Wasser zu verschütten, trug sie sie hinüber und stellte sie auf den Grabhügel ihrer Eltern.

Dann setzte sie sich auf eine sonnenbeschienene Bank und las die Inschriften der Nachbargrabsteine, obwohl sie sie alle auswendig kannte.

***

Bruno war ein guter Zuhörer. Als sie innehielt, nickte er. Inzwischen hatten sie so viel gegessen, wie sie hinunterbekommen konnten, und ihre Tischgenossen wickelten sich in zerschlissene Decken und rollten sich zum Einschlafen auf die Seite.

»Sie hätten auch zu Hause bleiben können, diesen Ort nie verlassen müssen«, sagte er. »Denken Sie das jetzt? Vielleicht Ihren Farmer heiraten, mit ihm glücklich werden, und wenn sie nicht gestorben sind, dann ...«

Mair fand das belustigend. »Nein, das hätte nicht funktioniert. Er gehört nicht mir, und ich wollte es auch nie. Er heiratet dieses Jahr seine langjährige Freundin. Aber trotzdem gibt's doch in uns allen eine Sehnsucht nach dem, was hätte sein können, finden Sie nicht? Es muss doch Zeiten geben, wo Sie denken, dass Sie auch in den Bergen bleiben und jedes Frühjahr die Kühe auf die Weide hätten treiben können.« Und Heidi heiraten statt sich von Karens strahlender Flamme anlocken zu lassen.

Auch Brunos Augen blitzen belustigt. Wie hatte sie ihn nur je für abweisend halten können, dachte Mair. »Ich glaube tatsächlich – Sie haben recht. Und – wie Sie – wollte ich nicht wirklich dort bleiben. Es hätte nicht zu mir gepasst. Wir mögen beide das Leben, das wir führen, oder etwa nicht?«

Mair bejahte, denn es stimmte.

»Abgesehen davon stehen heute auf den Wiesen meiner Familie anstelle von Kühen mehrere Sessellifte und eine Hochgeschwindigkeitsgondel. Im Winter wird dort Ski gefahren, im Sommer gewandert«, fügte er lässig hinzu.

Mair entnahm dem, dass die Beckers sich folglich um Geld nicht allzu viele Sorgen machen mussten. »Trägt Karen auch eine solche heimliche Heimat im Herzen?«

»Ach«, sagte Bruno, »Karen ist ein Freigeist.«

Die Männer an der gegenüberliegenden Wand waren zu einem lautlosen Wust verhüllter Köpfe und angezogener Knie zusammengesunken. Es wurde Zeit, der Kälte die Stirn zu bieten und dann möglichst rasch zu schlafen. Bruno drehte den Flachmann um, um zu kontrollieren, ob er wirklich leer war, und Mair rappelte sich hoch.

Der Boden neigte sich unerwartet, und sie musste die Hand ausstrecken, um Halt zu finden. Bruno fing sie auf. Mit der freien Hand knipste er seine Stirnlampe an.

»O je.« Mair lachte. »Guter Cognac.«

»Und gute Gesellschaft«, fügte er hinzu.

Die Kraft des Sturm peitschte ihnen ungebremst ins Gesicht. Der Schnee im Hof war bis über Kniehöhe zusammengeweht worden, und Bruno wies sie an, in seine Fußstapfen zu treten, während sie sich zur gegenüberliegenden Hofecke durchkämpften. Der schwache gelbe Lichtkegel der Lampe schien ganz von wirbelnden Flocken erfüllt. Die zu den Schlafzellen führende Tür war aufgeflogen, und eine Schneebank türmte sich im eisigen Steinkorridor. Bruno entdeckte im Winkel hinter der Tür eine Schippe und schaufelte heftig, um einen Pfad freizuräumen – während Mair ihm leuchtete. Gemeinsam gelang es ihnen, die Tür wieder zuzudrücken, und sie verriegelten sie sorgfältig mit einem zwischen zwei Eisenklammern geschobenen Holzbalken. Ihre Schatten wankten über die Steinwände.

»Haben Sie eine Taschenlampe?«, fragte er.

»Im Wagen«, gestand sie.

»Dann nehmen Sie vorerst meine. Morgen holen wir dann ihre.«

»Aber …« Sie verstummte. Es war offensichtlich, dass sie am nächsten Tag nirgendwohin gehen würden. Und sie merkte auch, dass es sie gar nicht allzu sehr störte. Vorsicht, warnte sie sich. Fang gar nicht erst an, dir was einzubilden!

Es lag nur am Alkohol, der Höhe, der Kälte, nichts anderem. Wahrscheinlich würde sie sich am nächsten Tag nicht mal mehr erinnern an diese unangebrachten Sehnsüchte. Schließlich war sie kein verträumtes Schulmädchen mehr.

»Schlafen Sie sich aus. Ich hoffe, Sie haben es nicht zu kalt.«

»Gute Nacht«, sagte Mair bestimmt.

Der Strahl der Lampe schimmerte auf der feuchten Steinwand hinter der Matratze. Sie legte nur die oberste Kleidungsschicht ab, behielt sonst alles an und schlüpfte zusätzlich noch in eine Fleece-Mütze, Fäustlinge und ein zweites Paar Socken. Sie kroch unter die Decken, schaltete die Lampe aus und schloss zitternd die Augen. Sofort stand ihr ein Bild Karens und Brunos vor Augen, die mit Lotus zwischen sich im Bett lagen, die leuchtenden Haarsträhnen wirr und verheddert. Sie drückte sich die Fäustlinge ans Gesicht und löschte alles aus bis auf die in ihre Netzhaut eingeprägten Lichträder der Taschenlampe. Sie lauschte dem Heulen des Windes und schließlich fiel sie in einen unruhigen Schlummer.

Sie erwachte in bleigrauem Dämmerlicht. Durch das winzige Fenster konnte sie nicht mehr als einen Flecken nichtssagendes Grau erkennen. Ihre Knochen waren steif, Füße und Finger taub gefroren. Beim Versuch, sich zu bewegen, merkte sie auch, dass sie richtiggehend ausgedörrt war vor Durst und ein bohrender Schmerz ihr durch den Kopf fuhr. Unendlich vorsichtig streckte sie den Arm aus und tastete nach ihrer Wasserflasche. Der Inhalt war eingefroren.

Das Anziehen nahm nicht viel Zeit in Anspruch. Der Hof war von Pfaden durchfurcht, die die nächtlichen Schneewehen gezogen hatten. Inzwischen hatte der Wind nachgelassen, und ein alles einhüllender Nebel war an seine Stelle getreten, aus dem ein paar träge Schneeflocken wirbelten. Mit noch immer vorsichtigen Bewegungen stapfte Mair durch die gedämpfte Eiseskälte. Die Küche schien überfüllt von auf Matratzen kauernden Gestalten, die sich jedoch als die Beckers und die Fahrer der letzten Nacht entpuppten, die sich inzwischen wieder aufgerichtet hatten. Bruno unterhielt sich mit ihrem eigenen Fahrer, der mit seinem purpurroten Handy gestikulierte, das vor lauter Abziehbildern nur so glitzerte. Alle guckten finster – außer Karen und Lotus, die ihr mit dem identischen Lächeln entgegenstrahlten.

»Hi, tut mir wirklich leid wegen gestern Abend. Ich war einfach fix und fertig. Ich nehme an, Bruno hat sich um dich gekümmert«, rief Karen ihr entgegen. Sie war ein wenig blass, aber ansonsten ganz die Alte.

Mair nickte. Sie konnte an nichts anderes mehr denken als an Wasser, das sie auftreiben musste. Auf einer Kiste neben dem Bad stand ein Plastikkrug, und obwohl sie wusste, dass das Wasser darin nur gefiltert und nicht abgekocht war, warf sie all ihre sorgsam gehüteten Hygieneprinzipien über Bord und stürzte unverzüglich zwei volle Becher davon hinunter.

Lotus schlug die Seiten eines Bilderbuchs um und erzählte sich selbst leise die Geschichte dazu. Helle Löckchen quollen unter ihrer Mütze hervor, und wann immer die zwei gleichgültigen Köchinnen in ihre Richtung sahen, mussten sie unwillkürlich lächeln.

Mair saß bereits über eine Schüssel mit warmen Reisbrei gebeugt, als Bruno seine Besprechung mit dem Fahrer beendete. Er bezog sie ein, als er in knappen Sätzen die neuesten Nachrichten wiedergab.

»Gulam hat eben mit einem seiner Freunde unten in Kargil gesprochen. Die Straßen sind blockiert, aber die Armee und die Grenzstraßentrupps arbeiten an der Räumung der Route in beiden Fahrtrichtungen.«

»Und was heißt das nun konkret?«, seufzte Karen.

»Es heißt, dass wir abwarten müssen. Zumindest sind wir hier sicher und haben ein Dach überm Kopf. Einige Lkws und Personenwagen sind gestrandet, sagt Gulam. Und sie versuchen anscheinend, diese Leute zu finden.«

»Iss ein wenig von dem Reis, Schatz.« Karen reichte Bruno eine Blechschüssel.

»Hätte ich mir bloß so ein Jammu-&-Kashmir-Handy gekauft«,

ärgerte er sich. »Oder ein Satellitentelefon.« Er drehte sein BlackBerry um und starrte stirnrunzelnd auf den glänzenden, toten Bildschirm. Mair verstand seine Besorgnis. Aufs Neue wurde ihr die absolute Isolation dieses Ortes bewusst. Sie waren abhängig von Gulams Handy, so lange dessen Batterie reichte, es sei denn, es gab in Lamayuru ein Netz, an dem man es aufladen konnte. Und ohne diese zerbrechliche Verbindung waren sie völlig von der Außenwelt abgeschnitten.

»Wie lange, glaubt Gulam denn, dass es dauert, die Straßen zu räumen?« Karen ließ nicht locker.

»Falls wir keinen untypischen Hitzeeinbruch erleben, könnte es mehrere Tage dauern.«

»Wirklich? So lange?« Karen wandte sich zu Mair um, wobei sie die Haare hochnahm und zu einem Knoten verdrehte. »Hoffentlich haben Sie ein gutes Buch dabei«, sagte sie. »Oder kommen Sie doch mit mir ins Kloster hinauf. Die Wandgemälde sind großartig.«

Eine Stille trat ein. Lotus fand ihre Puppe unter den über die Matratze verstreuten feuchten Kleidern. Sie begann, auf Französisch auf sie einzugurren und ihr leises Stimmchen erhob sich in die kalte Luft.

Bruno sagte, er werde mit Gulam gehen und den Rest ihres Gepäcks aus dem Toyota holen. Das bedeute, dass sie den Wagen aus dem Schnee ausgraben müssen, meinte er warnend, sodass es einige Zeit dauern könne. Sofort sprang Karen auf, und auch Lotus rappelte sich hoch.

»Wir kommen mit. Wir können doch eine Schneewanderung machen.«

»Einen Schneemann bauen«, gluckste Lotus. »*Oui,* Papi?«

Bruno meinte darauf nur kurz angebunden, dies sei nicht der Park in Genf.

»Hey, sei nicht so mürrisch«, schalt ihn Karen.

Sie würde sich nicht abwimmeln lassen. Sie brauche frische Luft und Bewegung, beharrte sie – ja, im Grunde bräuchten sie dass alle, falls sie den Rest des Tages hier eingesperrt sein würden. Ruckartig drehte sie sich zu Mair herum. »Sie kommen doch auch mit, oder?«

Mair vermutete, dass es ihrem Kater nur gut tat, wenn sie sich etwas frische kalte Luft um die Nase wehen ließ.

Am Ende willigte Bruno ein, dass alle mitkommen sollten. Bewaffnet mit Schaufeln, die sie sich beim Gästehaus ausgeborgt hatten, traten sie schließlich hinaus in den gähnenden Nebel. Gulam ging ihnen voraus, und mit jedem Schritt versank er tiefer im trüben Brei.

Die Kälte war feucht und penetrant. Sich nah an der Wand haltend, wichen sie in einer Reihe von Fußspuren aus, die vom Sims herunterführten. Lotus griff nach der Hand ihrer Mutter. Einmal rutschte sie aus, die Füße glitten unter ihr weg, doch Karen riss sie wieder in die Höhe.

»Schon wieder«, piepste Lotus, und nahm den nächsten Schritt in Angriff. Ihr rosiges Gesicht strahlte, die Kälte schien ihr beneidenswert wenig auszumachen.

Es war ein langer Abstieg. Ein Mönch kam ihnen entgegen, den Oberkörper in einen Anorak gehüllt, der Saum seines Gewands durchweicht und im Schnee schleifend. Der rasierte Kopf steckte unter einer Pudelmütze. Eine alte Frau folgte ihm gebeugt unter einem Bündel Feuerholz, das fast ebenso groß war wie sie selbst.

Das Leben in Lamayuru würde weitergehen, wie es das immer getan hatte, und zwar unter sehr viel schlimmeren Umständen.

Sie erreichten den Fuß der Treppe und einen steilen Abschnitt der Straße, die sich um den Hügel wand. Mair erkannte nichts davon wieder, doch sogar in dieser verwirrenden Nebelsuppe fand Gulam seinen Weg. Vorsichtig gingen sie weiter bergab bis zu einer Stelle, wo die Straße breiter und ebener wurde. Eine Reihe baufälliger Hütten und ein kaputter Karren ragten – jede Kontur von Schnee und Nebel gemildert – mit der unheimlichen Schönheit eines Winterstillebens vor ihnen auf. Tierspuren markierten hier und da die Weiße. Sie bogen um eine weitere Kurve und vor ihnen erschienen die hügeligen Erhebungen mehrerer zurückgelassener Fahrzeuge. Der Schnee um sie herum war zertrampelt, und schmutziggraue Haufen davon türmten sich an den Straßenrändern, wo man bereits einige der Wagen teilweise ausgegraben hatte. Neben der hinteren Tür eines Fahrzeugs gab es besonders viele Tierspuren sowie einen zerrissenen Müllsack. Plastikfetzen und zernagte Gemüseschalen ragten aus dem umgegrabenen Schnee.

Der Toyota war der letzte in einer langen Wagenreihe und bis jetzt eine makellos sich wölbende Kuppel. Bruno und Gulam brachten ihre Schaufeln in Anschlag.

Mair hielt inne, um Atem zu schöpfen. Etwas ließ sie, gerade als eine vereinzelte Bö ein Loch in den Nebel riss, nach oben blicken. Weit über ihr, so hoch oben, dass sie den Kopf in den Nacken legen musste, um es zu sehen, schien eine ganze Traube gedrungener weißer Kuppeln – überzogen von fantastischen schwarzen und goldenen Spiralen – am Himmel zu schweben. Zerfetzte Fahnen tanzten zwischen den Gipfeln, ehe sie in Dunstschwaden verschwanden. Es war wie ein Blick in eine andere Welt, und noch während sie darauf starrte, entzog der Nebel sie ihr wieder.

Das Klirren der Schaufeln drang an ihr Ohr, und sie hörte, wie irgendwo weiter unten Stimmen Befehle schrien. Ein Generator sprang an, hustete und verfiel in einen stetigen Brummton. Sie stampfte mit den Füßen auf und schlenkerte mit den Armen, um ihren Kreislauf anzuregen, doch ein Gefühl von Distanz wollte nicht weichen. Sie spürte, dass sie daneben stand und zusah, wie der Tag dahinrollte und ihr alles entglitt.

Die nächsten paar Augenblicke sollten sich ihr für immer ins Gedächtnis brennen.

Karen packte eine doppelte Handvoll feuchten Schnees. Mit

einigen Schlägen ihrer in Fäustlingen steckenden Hände presste sie ihn zu einem Ball zusammen und rollte ihn dann auf dem Boden, um einen Schneemann zu bauen. Lotus stapfte im aufgewühlten Schnee um ihre Mutter herum, und hinter ihnen drehte und streckte sich Bruno mit einer vollen Schaufel. Mairs visuelle Erinnerung an ihn war ein schwarzer Umriss vor weißem Hintergrund. Lotus kam gerade auf sie zugesaust, ein blitzendes Lächeln entblößte ihre kleinen Zähne, die Knöpfchennase lief, und die Hände hatte sie in die Luft gestreckt.

»Hüpf mal, My«, rief sie. »Hüpf doch mal!«

Mair blickte über ihre linke Schulter zurück. Sie hatte genug Platz, und der Schnee war auf einer etwa kreisförmigen Fläche niedergetreten. Sie spannte die Muskeln an und atmete tief durch.

Im Augenwinkel sah sie gerade noch den sich nähernden Schatten. Er glitt unter einem der Wagen hervor und streckte sich zwischen dem Abfall aus. Doch sie war bereits in der Luft, und die Wagen, der Schnee, der leere Himmel und der Schatten selbst drehten sich um sie herum, während sie ihren Backflip vollführte. Sie landete und hörte Lotus' Entzückensschrei.

Und gerade, als sie ihr Gleichgewicht wiederfand, schoss der Schatten an ihr vorbei.

Er sprang vom Boden auf und direkt auf Lotus zu.

Der Schrei des Kindes verwandelte sich von Entzücken in Entsetzen und verstummte abrupt, als es zu Boden stürzte.

Der gefleckte Hund stand über dem kleinen Körper, den Rachen weit aufgerissen, bereit zuzubeißen, und zitterte und zuckte am ganzen Leib.

Karen schrie auf, stürzte nach vorn, doch Bruno hatte das am Boden liegende Kind als Erster erreicht. Er trat dem Hund mit derartiger Kraft gegen den Kopf, dass es ihn rückwärts durch die Luft schleuderte, während ein Speichelfaden aus seinem Kiefer hing. Noch ehe er landete, zog Gulam ihm seine Schaufel über den Schädel. Die Kreatur knurrte und wollte aufs Neue angreifen, doch ein weiterer Schaufelhaken ließ den Köter durch den Müll schlittern, ehe er im Nebel veschwand.

Bruno riss Lotus in die Höhe und hielt sie in seinen Armen.

Ihr Gesicht hatte sich bläulich und weiß verfärbt, der Mund stand ihr offen, obwohl sie keinen Ton herausbrachte, die Augen waren groß und rund und entsetzt. In der Mitte einer Wange prangte der Hundebiss. Aus den Rändern der aufgerissenen Haut begann das Blut zu quellen, Nadelstiche schockierenden Karmesins in dieser farblosen Welt. Die Mütze war ihr heruntergefallen, und das Haar hing in blassen Strähnen über die Schulter ihres Vaters. Türen öffneten sich, und Leute erschienen. Wo vorher Leere gewesen war, waren nun Gesichter und deutende Finger und lautes Geschrei.

Bruno war bereits losgerannt. Seine Beine pumpten, während er, vorbei an den Gaffenden, durch den Schnee lief, die Stufen hinaufstürzte, die sie vor Kurzem heruntergekommen waren. Karen setzte hinter ihm her. Mair klaubte Lotus heruntergefallene Mütze auf und umklammerte mit der Faust den weichen Wollball. Auch sie rannte, hörte Gulam neben sich keuchen und – jetzt schon sehr weit vor sich – wie sich Lotus' zitterndes Stimmchen zum ersten leisen schockierten und schmerzerfüllten Wimmern erhob.

Bruno hatte die Stufen erreicht und war im Nu vom Nebel verschluckt. Noch nie hatte Mair jemanden so rasch laufen sehen. Mit hämmerndem Herzen und unregelmäßigen Atemstößen keuchte sie hinter ihm her. Obwohl ihr das Blut in den Ohren rauschte, hörte sie Lotus' leise Schreie. Endlich hatte sie das obere Ende der Treppe erreicht, und das in Schnee gehüllte Gästehaus trat etwa zehn Meter vor ihr aus dem Dunst. Auf wackligen Beinen raste sie, gefolgt von Karen und Gulam, über den Hof.

In der Küche standen Menschen im Kreis, die Gesichter auf den Boden gerichtet. Bruno hatte Lotus auf die nächste Matratze gelegt. Er kniete neben ihr und versuchte sie zu beruhigen, während sie sich wand und schrie. Er goss etwas Wasser auf den Biss, um die Wunde auszuspülen.

Über die Schulter gewandt, befahl er: »Holt mehr Wasser. Seifenwasser.«

Karen griff verzweifelt nach dem Arm einer der Köchinnen. Mair erhaschte einen Blick in Gulams Gesicht, während der eine Reihe von Befehlen herunterratterte. Er wirkte entsetzt.

»Mama«, stöhnte Lotus, als Karen sich neben ihren Mann kniete. Sie streckte die Hand aus und strich Lotus das feuchte Haar zurück, während sie leise mumelte, »Alles in Ordnung, Baby. Das wird wieder, das wird schon, Mama ist ja da.«

Eine Wasserschüssel wurde durch den Kreis der Zuschauer gereicht, und eine Hand hielt das Seifenstück aus dem Bad nach vorn.

»Ein sauberes Tuch«, befahl Bruno. Karen blickte wild in der Küche herum. In *diesem* Haus gab es keinen Fetzen, der sauber war, und ihre Taschen befanden sich noch immer im Toyota. Rasch zog Mair ihre Jacke und ihren Fleece-Pullover aus. Eine ihrer unteren Kleidungsschichten war ein dünnes Baumwollhemd, das sie am Vortag in Leh frisch angezogen hatte. Erst *gestern?* Sie zog es aus und riss es mit einer Kraft, die sie selbst überraschte, in Fetzen. Bruno tunkte den ersten davon ins Wasser, wusch ihn aus und fuhr fort, den Biss auszuwaschen, während Karen das Kind hielt. Mair bereitete einen weiteren Stoffstreifen mit Seife und Wasser vor.

Bruno hob den Kopf, um seine Frau anzusehen. »Sie hat noch nie 'ne Spritze bekommen«, sagte er.

Karens Körper versteifte sich. »Was meinst du damit?«

Mit angstverzerrten Lippen flüsterte er: »Du weißt genau, was ich meine.«

Mair wusste es, doch sie hatte nicht daran denken wollen. Als sie wieder wagte, Karen anzusehen, war diese gealtert, ihre Schönheit wirkte plötzlich verhärmt. Unbeholfen wackelte sie mit dem

Kopf und versuchte, sich der schrecklichen Erkenntnis zu verschließen.

»Nein«, beharrte sie. »Nein, das kann nicht sein.«

»Können Sie übernehmen?«, fragte Bruno Mair. Er gab ihr den Lappen und deutete auf die Schüssel mit Wasser. »Waschen sie die Wunde weiter aus.«

Schweigend nahm sie seinen Platz ein. Lotus' Schock schien allmählich nachzulassen. Ihr Heulen klang nun, da Zorn und Schmerz an seine Stelle drängten, normaler; sie ballte die Fäuste und trommelte mit den Füßen auf die Matratze.

Bruno packte Gulam an der Schulter. Weiß traten seine Knöchel hervor. »Ich brauch dein Handy«, sagte er.

Danach verloren sich Mairs Erinnerungen in trübem Dunkel.

Sie erinnerte sich, dass Bruno stundenlang in das geborgte Telefon sprach, schrie oder auch kläglich bettelte. Tiefe Furchen gruben sich in sein Gesicht, und unter seinen Augen lagen dunkelblaue Schatten.

Als der Akku erschöpft war, ließ sie Bruno und Karen mit dem Kind zurück und kraxelte in Gulams Schlepptau durch die nebligen Gassen, um den Generator zu finden, den sie zuvor hatte brummen hören. Er lief nicht mehr, weil es an Treibstoff fehlte, doch mit ihrem wachsenden Gefolge an neugierigen Dorfbewohnern wies man sie hinauf zum Kloster. Dort empfing sie ein Mönch, lauschte ihrem Wunsch, nickte mit ungerührter Miene. Ihr war übel vor lauter Verzweiflung, und Minuten schienen sich zu Stunden zu zerdehnen. Ein weiteres Handy wurde gefunden. Wie Säure brannte der Frust in Mair. Nur allzu gut konnte sie verstehen, was Bruno und Karen durchmachten.

Die Telefonverbindungen waren wacklig. Bruno erreichte jemanden, einen Arzt oder einen Konsularbeamten oder einen Offizier einer Sanitätszentrale der indischen Armee, dann aber brach die Verbindung ab, und er musste wieder von vorn anfangen.

Die Informationen waren mager, und sie änderten sich bei jedem Anruf. In Kargil gab es Tollwutimpfstoff. Oder wenn nicht dort, dann in Srinagar. Oder es gab im ganzen Bundesstaat keinen, außer in Delhi, und den müsse man einfliegen lassen. Ein Wetterwechsel stand bevor. Ein Armeehubschrauber könne die Beckers vielleicht am nächsten Tag abholen. Der Nebel werde noch mindestens eine Woche anhalten: kein Flugzeug könne starten. Mit Sicherheit würden die Straßen bald wieder freigegeben; oder: sie würden bis zum Frühjahr gesperrt bleiben.

Nach jeder dieser Kehrtwendungen presste sich Bruno die Hände auf die Augen, als könne er damit auslöschen, was zu sehen er fürchtete, um dann grimmig seine Bemühungen wieder fortzusetzen. Sobald seine und Karens Familien informiert waren, versuchten sie von Europa aus alles ihnen Mögliche zu tun, aber sie konnten ihnen nicht einmal mitteilen, was sie aus so weiter Ferne alles zu organisieren imstande waren.

Mit Lotus auf dem Schoß beobachtete Karen die Verhandlungen mit düsterem Blick. Ihr magerer Körper war bis zum Äußersten angespannt.

Alle warteten sie in der Küche, deren Dreck ihnen inzwischen auf so widerwärtige Weise vertraut war.

Am Ende jenes furchtbaren ersten Tages erhob sich im Hof ein Geschrei. Gulam rief Bruno ins Freie, damit er es sah. Der Hund war gefunden worden, die Dörfler hatten ihn umzingelt und zu Tode gesteinigt. Seine Leiche wurde in einem Sack verschnürt und in einem Schuppen deponiert. Sollten sie je aus Lamayuru entkommen, würde man ein Muster seines Hirngewebes entnehmen, um es einer tierärztlichen Analyse zu unterziehen. Mit leiser Stimme gab Gulam Mair zu verstehen, dass er keinen Zweifel daran habe, was man finden werde. Er habe dies schon öfter erlebt. Im letzten Jahr sei eine Nonne an Tollwut gestorben. Als sie erkrankte, habe sie darum gebeten, ins Krankenhaus gebracht zu werden, doch es gab keines in erreichbarer Nähe.

»Viele wilde Hunde jetzt.« Er schüttelte den Kopf, zuckte traurig mit den Achseln. »Wir versuchen zu töten, aber …«

Mair erinnerte sich, irgendwo gelesen zu haben, dass moderne tierärztliche Medikamente, die man dem Nutzvieh verordnete, zur Vergiftung jener Geier führte, die stets die Gerippe toter Tiere sauber gepickt hatten. Und mit der Beinahe-Ausrottung bestimmter Geierarten und der Überfülle an Aas war es zu einer explosionsartigen Vermehrung wilder Hunde gekommen. Mit den Hunden aber kam die Krankheit. So war das nun mal.

Das Akzeptieren dieser Umstände und der Glaube, dass das daraus sich Ergebende unvermeidlich war, das war wohl buddhistisch. Ihre eigene Reaktion war genau gegenteilig. Was immer man tun konnte, musste getan werden, und auch alles darüber Hinausgehende sollte man zumindest versuchen. Doch sie bemühte sich nach Kräften, all ihre eigenen Ängste, ja sogar jedes Gefühl insoweit zu unterdrücken, als es Karen Becker nicht unmittelbar von Nutzen war.

Unter grotesken Verrenkungen kroch die Zeit oder galoppierte sie vom ersten in den zweiten Tag.

Und dann in den dritten.

»Wann?«, rief Bruno flehend ins Telefon. »Wie lange noch?«

Lotus trug einen strahlend weißes Quadrat aus antiseptischem Verbandspflaster im Gesicht, schien ansonsten aber wieder weitgehend die alte. Die erzwungene Gefangenschaft langweilte sie, und alle drei taten sie ihr Bestes, sie abzulenken und zu unterhalten. Mair sah die Zärtlichkeit, mit der beide Eltern jeweils für sich ihr Kind überschütteten, doch untereinander waren Bruno und Karen freundlich und distanziert. Jeder Austausch über das weitere Vorgehen oder mögliche Geschehen, ob während der nächsten Stunde oder am folgenden Tag, war einfach zu stark mit Bedeutung befrachtet, als dass sie sich ihre Angst hätten eingestehen können. Die lässige, fließende Nähe, um die sie sie vor langer Zeit in Leh auf dem Basar beneidet hatte, war zu einer trennenden

Scheibe aus durchsichtigem Glas erstarrt. Die beiden bewegten sich nebeneinander her, aber nicht miteinander. Und wie ihre Nächte aussahen, konnte Mair sich nicht einmal vorstellen.

Am dritten Tag ihrer Gefangenschaft wollte Karen Lotus zum Kloster hinaufbringen, um sie vom Lama segnen zu lassen.

»Nein«, sagte Bruno. Sein müdes Gesicht wurde hart.

»Ich will aber.«

Bruno wandte den Kopf. »Mair, würdest du kurz mit Lotus rausgehen?«

Mair griff nach der Hand des Kindes, und sie traten hinaus auf den Hof. Nebelfäden schwebten über den unebenen Dächern. Vom Himmel war nichts zu sehen; die Welt war eine graue Bohnensuppe.

Lotus quengelte, zerrte an Mairs Hand und verweigerte jeden weiteren Schritt. Karen kam zu ihnen heraus. Ihr weißes Gesicht war grau geworden.

»Komm, Lo, zurück zu Papi. Könnten Sie auf mich warten, Mair?«

Als sie wieder herauskam, bat sie Mair, mit ihr zum Kloster zu gehen.

»Mein Mann«, sagte sie, in genau diesem Wortlaut, »erlaubt nicht, dass unser Kind gesegnet wird. Er nennt das, woran ich glaube, Hokuspokus.«

Mair erinnerte sich später an Karens Gebet.

Hinter der inneren Tür des Gebetsraums war Karen auf die Knie gesunken. Im rauchigen Kerzenlicht hockten die Mönche reihenweise mit gekreuzten Beinen vor ihren gebundenen Texten. Der leise Sprechgesang unter uralten trüben Wandgemälden dickbäuchiger Gottheiten und wilder Tiere war ohne Anfang und Ende, ohne Höhen und Tiefen. An den Balken der Halle im Herzen des Klosters hingen Dutzende von Maskengesichtern, doch alle waren sie – ob ihres allzu schrecklichen Anblicks – mit geschwärztem Musselin verhüllt.

Karen starrte vor sich hin und weinte. Tränen liefen ihr übers Gesicht, sie murmelte ein Gebet.

Auch Mair weinte, ohnmächtig.

Am fünften Tag riss der Nebel auf. Ein dünner Schleier verdunkelte den Himmel noch eine weitere Stunde lang, dann zeigte sich eine zaghafte Bläue.

Bruno krächzte heiser ins Handy, und schließlich hob er den Kopf. »Ein Hubschrauber kommt. Wir müssen sie ein Stück weiter hinunter an den Fluss bringen, wo er landen kann.«

Rasch wurde Lotus eingepackt, und ihr Vater nahm sie auf den Arm. Eine Prozession wand sich die Stufen des Dorfes Lamayuru hinab zur vereinbarten Stelle. Mair drückte Karen einen Zettel mit ihrer E-Mail-Adresse in die Hand. »Bitte. Geben Sie mir Bescheid.«

»Das werde ich.«

Bruno starrte zum Himmel hinauf. Der indische Armeehubschrauber landete kurz, die Beckers rannten unter den Rotoren durch, die Türen schlossen sich hinter ihnen, und schon wurden sie davongetragen.

Vier weitere Tage harrte Mair in Lamayuru aus, bis die Straße nach Kargil wieder für den Verkehr freigegeben wurde. Dann starteten sie und Gulam ihre lange Tagesfahrt über den Pass, durch Kargil und weiter nach Srinagar.

6

Die beiden Frauen suchten sich einen Weg zwischen Tischen und Sonnenschirmen hindurch und vorbei an geschäftigen Kellnern, die ihre Cocktailtabletts balancierend zur Seite schwenkten. Die Pontonbrücke schaukelte leicht auf dem Wasser des Sees, und Nerys streckte die Hand aus, um Halt zu finden.

»Da wären wir«, verkündete Myrtle über die Schulter gewandt. »Die Lake Bar des Srinagar Clubs.« Sie ließ sich auf einen Stuhl an einem Zweiertisch gleiten und bedeutete Nerys mit einem Nicken, ebenfalls Platz zu nehmen. Als sie saßen, holte Myrtle ihr Zigarettenetui hervor und zündete sich eine ihrer Goldfilter-Zigaretten an. Sie lehnte sich in die Polster zurück, blies Rauch durch die zusammengebissenen Zähne und blickte in die Menge. »Für einige Leute das Zentrum des Universums.«

»Für Sie nicht?«, fragte Nerys leichthin. Sie fühlte sich eingeschüchtert. Die Tische waren von eleganten Frauen und Männern in gut geschnittener Reitkleidung oder den Uniformen der verschiedenen Kavallerieregimenter besetzt. Jeder schien jeden zu kennen und alle wirkten überaus entspannt, lachten viel, als sei das alles ein ungeheuer amüsanter Witz. Beim Hereinkommen war Myrtle von mindestens einem Dutzend Leuten begrüßt worden.

Ein weißlivierter Kellner verbeugte sich vor ihnen und wünschte Ihnen einen schönen Nachmittag.

»Möchten Sie einen Cocktail?«, fragte Myrtle.

Nerys schüttelte den Kopf. »Nur einen Tee.« Myrtle zog die Brauen hoch, und Nerys zögerte. »Naja, vielleicht …«

»Zwei Gin Fizz«, orderte Myrtle rasch. »Nein, für mich ist er nicht das Zentrum des Universums.«

»Darling, wo waren Sie denn bloß?«, schrie eine Stimme. Eine Frau kam aus der Menge gestürzt und drückte ihre gepuderte Wange an die Myrtles. »Sie haben sich eine himmlische Saison entgehen lassen. So viel Spaß, wirklich. Aber nun sieh mal einer an! Wie dünn Sie geworden sind – ganz *jungli,* als kämen Sie direkt aus dem Dschungel. Was zum Teufel haben Sie denn da oben gemacht in den Bergen? Haben Sie Archie denn mitgebracht? Damit ich ihm mal stecken kann, was ich von ihm halte, Sie derart Wochen und Wochen in die Wildnis zu verschleppen. Aber haben Sie das von Angela Gibson gehört?« Sie senkte die Stimme und flüsterte Myrtle etwas ins Ohr.

Myrtle löste sich behutsam. »Frances, darf ich vorstellen. Nerys, das ist Mrs Conway-Freeborne. Frances. Das ist meine Freundin, Mrs Watkins.«

Mrs Conway-Freebornes Blick glitt über Nerys' schlichten Leinenrock und die selbstbestickte Bluse. Und Nerys fühlte sich unter dem kritischen Blick dieser Frau von Welt gleich noch uneleganter – falls dies überhaupt möglich war. »Wie geht es?«, fragte die Frau ohne echtes Interesse. Leise wandte sie sich wieder an Myrtle, doch ihre eifrige Miene strafte das diskrete Gemurmel Lügen. Nerys erhaschte nur Fetzen der Konversation. »Wieder durchgebrannt«, und »Diesmal nimmt er sie nicht zurück, merken Sie sich meine Worte.« Sie versuchte, nicht weiter hinzuhören, und konzentrierte sich auf die Aussicht. Es war erst ihr dritter Tag im Kaschmirtal. Und sie war immer noch nicht ganz überzeugt, dass das, was sie hier sah, Wirklichkeit war.

Hinter ihr waren die Fenster, Flaggen und Markisen des Clubs, in dem die in Kaschmir lebenden Europäer zum Essen, Plaudern und Spielen zusammenkamen. Ein wenig entfernt davon befand sich der Bund, die Hauptstraße der Neustadt von Srinagar. Sie war gesäumt von Geschäften mit seltsamen Namen wie »Poor

John« oder »Suffering Moses«, die Silber und Perlen, Pappmaschee und Teppiche, Schals und Seidenwandbehänge verkauften. In der Ferne sah man eine der sieben Brücken der Stadt, die den Jhelum-Fluss überspannten. Eine Pferde-*Tonga* holperte langsam über die Brücke und zwang ein einsames, in die Gegenrichtung fahrendes Automobil zum Anhalten. Der Fluss war die Hauptverkehrsader der Altstadt. Er schlängelte sich zwischen hölzernen Fassaden und uralten Stein-*Ghats* dahin, wimmelte von Frachtkähnen und Flusstaxis und war von Märkten gesäumt. Nerys rutschte ein wenig auf ihrem Stuhl hin und her. Es gab so viel zu erkunden und zu entdecken, und dennoch hockte sie hier vor einem weiteren Glas Gin Fizz und hörte nichts anderes als schrilles Gelächter und Klatsch und Tratsch über Leute, die sie nicht kannte.

Einige Takte Swing drifteten durch die Verandatüren des Clubs ins Freie, als jemand das Grammophon lauter stellte. Das Missverhältnis, dieser Gegensatz – zwischen der Tanzmusik und dieser Traumlandschaft – verblüffte sie. Direkt vor ihr, jenseits der Pontontaue lag der See. An den Rändern, wo Libellen die schwarze Spiegelfläche umtänzelten, wurde das Wasser von hohen Pappeln überschattet, und draußen jenseits der vertäuten Boote war es eine riesige gespenkelte Fläche aus Silber und Amethyst. Eine plötzliche Brise fächelte die Seefläche, und die Reflexionen der hohen Berge zitterten und zerbrachen in Stücke, die schneeigen Kämme zerstoben in weiß und zinkfarben sich kräuselnde Wellen. Die Spätnachmittagssonne war heiß, doch sobald sie den See berührte – wusste Nerys – würde ein köstlich frischer und nach Holzkohlenrauch duftender Abend hereinbrechen.

Ein Kaschmir-Eisvogelpaar hockte nur einen Meter entfernt auf einer Seilschlinge. Das Gefieder der beiden zeigte eine kompliziert marmoriertes Muster aus Schwarz und Weiß. Die Vögel erwiderten ihren Blick ohne zu blinzeln und drehten gleichzeitig ihre schwarzbeschopften Köpfe.

»Es tut mir so leid.«

Myrtles Entschuldigung riss Nerys aus ihren Gedanken. »Warum? Weshalb?«

Mrs Conway-Freeborne war gegangen. Myrtle kippte ihren halben Gin Fizz hinunter und begann an den steifen Deckeln eines Srinagar-Club-Streichholzheftchens herumzufalten. »Das Club-Gewäsch, nehm ich an. Immer dasselbe. Immer bösartig, nie wohlwollend.«

Nerys war aufgefallen, wie sich Myrtles Stimmung seit ihrer Ankunft verändert hatte. Unterwegs war sie humorvoll, herzlich und voller Neugier auf ihre Umgebung gewesen. Hier legte sie eine kühlere Art an den Tag, und ihre ungeduldige Aufmerksamkeit sprang zu rasch von einem Thema zum nächsten. Doch für Nerys gab es so viel anderes Neues zu verdauen – nach dem verschlafenen Leh schien Srinagar eine derart überwältigende Konzentration von Landschaft und Sehenswürdigkeiten –, dass sie sich über diese Veränderung bis jetzt noch keine großen Gedanken gemacht hatte.

Sie forschte in Myrtles Gesicht. Senkrechte Linien standen auf der Stirn ihrer Freundin, und die Winkel ihres breiten Mundes wiesen nach unten. »Sie scheinen hier ja jeden zu kennen«, begann sie vorsichtig.

Myrtle zuckte mit der Schulter. »Es ist ein ziemlich kleiner Kreis. Immer dieselben alten Gesichter, die weitertratschen, was sie für den neuesten Klatsch halten. Deswegen bin ich ja so froh, Sie hier zu haben. Sie bringen hier, wie manche sagen, einen frischen Wind herein.«

Die MacMinns hatten Nerys aufs Fürstlichste willkommen geheißen. Ihr Heim war ein Hausboot, das im Schatten von Bäumen vis-à-vis ihres gegenwärtigen Sitzplatzes auf der anderen Seeseite lag, doch es war kein Hausboot, wie Nerys sich je eins hätte ausmalen können. Die hiesigen Gesetze untersagten es Europäern, in Kaschmir Grundbesitz oder Häuser zu erwerben, doch die Briten und andere hatten diese Vorschrift geschickt umgangen, indem sie Boote zum Wohnen kauften oder bauen ließen. Reihen prachtvoller schwimmender Paläste säumten die Ufer des Sees, und wann immer sich die Besitzer einen Szenenwechsel einbildeten, mussten sie nur die Männer mit den Schleppkähnen bestellen und sich ihr Heim an einer anderen Stelle festpflocken lassen.

All diese Boote trugen phantasievolle Namen: etwa *Cleopatra's Delight, Maharajah's Palace, Royal Pleasure.* Das der McMinns hieß *Garden of Eden.* Es handelte sich um eine breite, beeindruckende Holzkonstruktion auf flachem Schutenboden, die in einem zart hellgoldenen Karamellton gestrichen war. Es gab gedrehte Säulen und komplizierte Holzgitter, Schnitzereien und Zinnen, eine breite Veranda an der Vorderseite des Boots mit beeindruckender Aussicht über das Wasser sowie strahlendweiße Markisen über die gesamte Sonnenseite zum Verschatten der Fenster. Im Innern waren sämtliche Oberflächen mit geschnitztem oder eingelegtem Zedernholz getäfelt. Nerys hatte zwar noch nie eine Zigarrenkiste gesehen, stellte sich aber vor, dass dieses polierte und wunderbar duftende Interieur doch ziemlich nahe an eine Riesenausgabe einer solchen herankommen musste. Ihr Zimmer beherbergte ein ansehnliches Himmelbett und einen Miniaturlüster, und war mit bestickten Vorhängen und Teppichen ausgestattet. Ihr Bad war kunstvoll wie alle anderen Räume getäfelt, und trübe Spiegelpaare reflektierten ihre bleiche Nacktheit bis ins Unendliche. Wann immer sie sich ein Bad oder einen Tee wünschte – und wohl auch, was immer ihr sonst noch einfiel –, hatte Myrtle sie angewiesen, die kleine Messingglocke zu läuten, die auf ihrem Fensterbrett stand. Und einen Augenblick später klopfte Majid, der oberste Hausboy der McMinns, leise an ihrer Tür. Ein zweites, viel kleineres Boot, auf dem gekocht wurde und auf dem die Diener wohnten, war mit dem ihren durch einen Steg verbunden. Den ganzen Tag über erhob sich Rauch aus seinem schiefen von einem konischen Zinkhelm überwölbten Schornstein.

»Ja, Ma'am? Heißes Wasser für Sie? *Masala chai?* Kleine *chota,* vielleicht?«

Nerys klingelte nur selten. Sie wollte Majid nicht unnötig zur Last fallen, obgleich sie wusste, dass Myrtle, sollte sie auch nur eine diesbezügliche Andeutung machen, sie ausschelten würde.

Die *Garden of Eden* schien genau das, was ihr Name versprach, und es amüsierte sie, sich Evans Reaktion auf den dekadenten Luxus all dessen auszumalen. Doch schon jetzt fürchtete Nerys, die Gastfreundschaft der McMinns zu lange in Anspruch genommen zu haben. Vage dachte sie daran, sich ein Mietzimmer zu suchen, um Evans Ankuft zu erwarten, vielleicht in einem der hohen Holzhäuser, die in der Altstadt so eindrucksvoll über den Jhelum hinausragten.

»Sie *bleiben* doch, nicht wahr?«, beharrte Myrtle, als ob sie ihre Gedanken lesen könne. »Sie wirken zwar nicht mehr ganz so durchsichtig, aber Sie sind noch nicht gesund, nicht wahr.«

Nerys blieb morgens lange im Bett, wo Majid ihr auch das Frühstück aus Reisbrei, köstlichem kaschmirischen Honig und frischen Brötchen servierte. Wenn Myrtle ausging, um Besuche zu machen, einzukaufen oder Archie zu Anlässen zu begleiten, die sie als seine langweiligen Geschäftsempfänge bezeichnete, konnte Nerys sich stundenlang der Lektüre widmen, die sie sich nach Belieben aus Archies beeindruckenden Regalen auswählte, oder einfach nur in den tiefen Polstern auf der Veranda zubringen, wo sie zusah, wie das Licht über das Wasser glitt. Sie fühlte sich bereits kräftiger, als ob ihr Körper sich über festeren Knochen neu gebildet hätte.

»Es geht mir schon besser«, widersprach sie.

Myrtle schnalzte nach dem Kellner und deutete auf die leeren Gläser.

Nerys war aufgefallen, dass sie stets zunächst zwei, drei starke Cocktails trank, dann beim Dinner erst lebhaft und gesprächig war und sie und Archie herausforderte, dann streitlustig wurde und schließlich müde. In der streitlustigen Phase streckte Archie immer den Arm aus, um die gestikulierende Hand seiner Frau einzufangen, als ob sie ein Schmetterling sei, und ihr zuzumurmeln, »Jetzt reicht's aber, altes Mädchen. Zeit zum Schlafengehen.«

Myrtle entzog ihm dann die Hand. »Es ist doch noch früh. Leg 'ne Platte auf, Darling. Lass uns ein bisschen tanzen.«

Nerys aber meinte sehr entschieden: »Ich möchte keinen mehr, danke.«

Myrtle seufzte und blickte noch finsterer drein. »O je. Ich hatte ja völlig vergessen, wie öde Srinagar sein kann. Langweilen Sie sich eigentlich nie, Nerys?«

»Jedenfalls nicht auf dieselbe Weise wie Sie, nehme ich an.« Sie brauchen eine sinnvolle Beschäftigung, Myrtle McMinn, dachte sie. Nach allem, was sie bisher mitbekommen hatte, schienen Myrtles Tage aus nichts anderem zu bestehen als telefonieren, sich ankleiden, um auszugehen, dem Ausgehen selbst, anschließend dann der Erholung vom Ausgehen, sowohl von dessen Langeweile als auch den damit verbundenen alkoholischen Exzessen, indem man sich auskleidete und in einen Seidenkimono schlüpfte. Und was taten all diese Frau denn sonst schon, außer lachen, Cocktails schlürfen und sich die Nägel lackieren?

Myrtle zog eine Linie in die Luft, um dem Kellner zu bedeuten, dass die Getränke auf die Rechnung der McMinns zu setzen seien. Sie lächelte Nerys zu, drückte ihren Arm und ließ ihn wieder los. Ihre Stirn war nun wieder glatt. »Sie haben ja völlig recht. Archie kommt heute früh nach Hause, und wir sollten heimfahren und ihm Gesellschaft leisten. Es tut mir leid, dass ich so eine Hexe bin. Frances Dingens-Dingsbums ist mir ganz schön an die Nieren gegangen mit ihren bösen Geschichten. Die arme Angie Gibson würde keiner Fliege was zuleide tun, und falls Sie ihren grässlichen Gatten endlich für immer verlassen hat, wünsche ich ihr viel Glück. Sie hat Besseres verdient. Lassen Sie uns jetzt gehen. Verzeihen Sie mir?«

»Es gibt nichts zu verzeihen«, insistierte Nerys. Sie hakte sich bei ihr ein, und gemeinsam spazierten sie zwischen den sich leerenden Tischen hindurch. Es war die weiche blaue Stunde am See, an dem es nicht mehr Nachmittag aber auch noch nicht Abend war. Es war die Zeit, zu der die Europäer nach Hause gingen, um sich zum Essen umzukleiden, ehe sie sich abends im Club oder sonstwo wieder trafen.

Eine kleine Holzbrücke verband den Ponton mit der kurzgestutzten Rasenfläche vor dem Clubhaus. Während sie sie überquerten, klackten ihre Absätze über die Holzplanken und die erste Fledermaus des Abends schoss aus den Bäumen und schwirrte über sie hinweg. Die Lichter im Salon des Clubs waren nun eingeschaltet, und vor den Fenstern zeichneten sich die Silhouetten einer Gruppe von Leuten ab.

Nerys sah einen Mann mit einem lockigen lohfarbenen Schopf, der gleichwohl zurechtgestutzt war, aber anders als die ordentlichen militärischen Haarschnitte seiner Begleiter. Sein Gesicht war sonnenverbrannt, die Kleidung wirkte, als trage er sie mit gewisser Nachlässigkeit, und ohne sich große Gedanken darum zu machen, ob sie überhaupt sauber, geschweige denn gebügelt war. Er besaß Augen, einen breiten Brustkorb, und obwohl er lediglich von durchschnittlicher Größe war, wirkte er größer als seine Gefährten. Er sprach mit sonorer Stimme, sprach Englisch, jedoch mit vernehmlichem ausländischen Akzent, und Nerys hörte ihn fragen: »Warum nicht? Die Antwort sollte Ja lauten. In den Bergen ist Nein nie eine Antwort, mein Freund. Wir müssen noch einmal fragen …«

Als die beiden Frauen vorübergingen, hob er den Kopf und taxierte sie freimütig. Er fixierte Nerys und zwang sie einen Moment lang, seinen Blick zu erwidern. Völlig überrumpelt davon starrte sie nur noch geradeaus und folgte Myrtle durch die Verandatüren in den Salon. Hier waren sie außer Hörweite.

»Haben Sie die denn gekannt?«, fragte Nerys, als Myrtle einen Blick über die Schulter warf.

»Nein – weshalb? Warten Sie mal. Der so wild ausschaut, der heißt Stamm, glaube ich. Aber das kann doch kein Deutscher sein, oder? Schweizer oder so was, wahrscheinlich. Die anderen kenne ich nicht.«

Der Raum war fast leer. Eine junge Frau saß allein an der Wand vis-à-vis.

»Hmm, da ist ja jemand, mit dem ich tatsächlich reden will«, meinte Myrtle leise.

Die Frau hielt ihre Zeitschrift zwar genau so, dass das Licht der Lampe darauf fiel, doch Nerys konnte sehen, dass sie nicht las. Ihre Teetasse stand kalt und unberührt neben ihr.

»Caroline?«, sagte Myrtle.

Widerstrebend ließ die andere die Zeitschrift sinken. Sie war überaus blass mit fast durchscheinender Haut, sodass man an der Kehle die blauen Adern erkennen konnte. Ihr helles lockiges Haar wurde an den Schläfen von einem Paar Schildpattkämmen zurückgehalten, und die volle Unterlippe wirkte, als könne sie jeden Moment zu zittern beginnen. Nerys sah, dass sie sehr jung war, wohl kaum älter als zwanzig, und auf eine rundgesichtige, unschuldige Weise ausgesprochen hübsch.

»Caroline«, wiederholte Myrtle, »wie geht es Ihnen denn?«

Caroline fasste sich. Sie brachte ein Lächeln zustande. »Sie sind wieder zurück.«

Myrtle stellte sie einander vor.

»Caroline. Bitte!«, insistierte die junge Frau, als Nerys sie mit Mrs Bowen ansprechen wollte. Offensichtlich war sie das genaue Gegenteil von Mrs Conway-Freeborne.

»Nerys«, offerierte Nerys im Gegenzug.

»Ist Ralph hier?«, wollte Myrtle wissen.

»Nein. Er ist fort, mit seinem Regiment – haben Sie nicht davon gehört? Ich glaube, erst geht es auf Manöver und dann auf einen anderen Posten. Vielleicht gibt es vorher noch einen Kurzurlaub, oder aber sie werden sofort verlegt. Eigentlich weiß ich aber überhaupt nichts. Das erzählen nur Mrs Dunkeley und die anderen Ehefrauen.«

Caroline rang die Finger im Schoß, und ihre Ringe reflektierten das Licht. Nerys empfand Mitleid mit dieser jungen Frau, die wahrscheinlich frisch verheiratet und noch völlig verliebt in ihren jungen Offiziersgatten war, der nun fort und in den Krieg ziehen musste.

Myrtle beugte sich auf ihrem Stuhl nach vorn. Sie streckte die Hand aus, umfasste Carolines Kinn und drehte ihr Gesicht ins Licht. »Und Sie selbst?«

Der Teint des Mädchens war so blass und zart, dass die vom Hals aufsteigende und die Wangen färbende Röte deutlich auffiel. »Mir …« Sie presste die Lippen aufeinander und entzog sich Myrtles Griff. »Mir geht es sehr gut, danke.«

Sie sah Nerys warnend an, und Myrtle nickte. »Ich werde mal vorbeischauen, Sie besuchen«, beschied sie ihr auf eine Weise, die keinen Widerspruch duldete. Nerys fragte sich, ob das Mädchen das wohl auch wollte, weil es absolut nicht den Eindruck machte. Caroline biss sich auf die Lippen und hielt, damit man ihr nicht in die Augen schauen konnte, die langen Wimpern gesenkt.

Myrtle und Nerys verabschiedeten sich und gingen weiter durch den Club und zum Steg, wo die *Shikara*-Männer auf Kunden warteten.

»Hier, Memsahib«, rief einer aus einer Reihe wippender Köpfe. »Billige schnelle Fahrt. Wohin wollen Sie?«

Sie kletterten in sein Bootstaxi, während er es für sie im Gleichgewicht hielt. Wie alle anderen war es ein schmales, elegantes Schiff mit hohem Bug. Unter dem mit Vorhängen versehenen Baldachin befand sich ein Polstersitz für zwei Personen, auf dem sich Kissen und Teppiche stapelten. Nerys und Myrtle glitten auf ihre Plätze, während der Bootsmann vom Steg abstieß. Er war Moslem und trug ein langes graues Tunikahemd und eine leuchtendrote Mütze. Ein Schal zum Schutz gegen die wohl bald hereinbrechende Kälte hing ihm über die Schulter.

Myrtle nannte ihm ihr Ziel, und er tauchte sein blattförmiges Paddel ein. Wasser tropfte, als er es wieder hob, und sie glitten durch die Seerosenblätter und Ranken getrockneter Samenköpfe hinaus auf die Mitte des Sees. Gerade ging die Sonne unter, und Streifen tiefliegender Wolken im Westen waren in Gold und Karmesin getaucht. Nebel erhob sich vom Wasser, hing in hauchdünnen Schleiern darüber und verhüllte partiell die beiden geduckten Hügel Srinagars, von denen einer von einem Fort, der andere von einem alten Tempel überragt wurde. Der Himalaja war eine dunkle, zweidimensionale Masse, die sich vor dem tintenblauen und bereits sternübersäten Himmel abzeichnete. Gelbe Lichter erhellten die Altstadt, und weitere Lichterketten leuchteten von den Inseln des Sees und den Mogulgärten am anderen Ufer herüber. Das Boot schien in der Luft zu schweben, in seinem Spiegelbild verankert zu sein. Einziges Geräusch war das rhythmische Eintauchen des Paddels und der leise singende Schiffer. Nerys kam ein Gedanke, der ganz roh und ungeformt war, und dennoch drängte er sich ihr auf: *Das ist schön. Ich bin so glücklich.*

Dann klickte Myrtles Feuerzeug, und die Flamme erhellte sekundenlang eine Ellipse ihres Gesichts. »Arme Caroline Bowen«, sagte sie, während sie den Rauch ausstieß.

»Es muss schwer sein für eine so junge Frau, wenn ihr Mann in den Krieg zieht, und sie nicht weiß, ob er jemals wieder zurückkehren wird.«

Einen Augenblick lang herrschte Stille.

»Ich wünschte, es wäre so einfach«, erwiderte Myrtle schließlich.

»Wie?«

Sie hielt inne. Dann sagte sie: »Ich will Ihnen erzählen, was alle wissen.«

Sie beschrieb, wie Miss Caroline Cornwall, wie sie damals noch hieß, direkt aus der Sekretärinnenschule in London nach Kaschmir kam. Sie stammte aus guter Familie, die Eltern waren allerdings schon gestorben – die Mutter bereits, als Caroline noch ein kleines Mädchen war, der Vater erst kurz zuvor an einem Herzanfall. Sodass ihr nur noch die Stiefmutter blieb, zu der sie in freundschaftlichen, wenn auch keinem besonders engen Verhältnis stand, da Caroline bereits vor der Wiederverheiratung ihres Vaters auf einem Interat gewesen war.

»Eine traurige Geschichte, aber wohl nicht gerade untypisch«, erwiderte Nerys leise und dachte gleichzeitig, dass sie keinerlei Kenntnis hatte von Leuten, die ihre mutterlosen Töchter auf Internate schickten. Von ihrem scheuen, zärtlichen Vater konnte sie sich etwas Derartiges nicht vorstellen. »Woher kennen Sie sie denn?«

»Ich habe sie auf einem der Feste in der Residenz kennengelernt. Die Stiefmutter war irgendwie weitläufig mit Mrs Fanshawe verwandt.«

Mr Fanshawe war der britische Resident im Fürstenstaat Kaschmir. Und in der großartigen Kulisse des Fürstenhofs von Srinagar vollführten er und Mrs Fanshawe die Rituale und komplizierten Formalitäten des Austauschs zwischen den britischen Herrschern und der Regierung Indiens, dem Maharadscha und seinem Hof, und steuerten die komplizierten Hierarchien der Militär- und Zivilgesellschaften, die diese umgaben.

»Die Fanshawes sind tadellos in puncto Pflichterfüllung, und in Sachen Unabhängigkeit pragmatisch«, hatte Nerys Archie McMinn sagen hören. »Sie leisten hier exzellente Arbeit, auf die gute altmodische Art.« Sie hatte nichts davon begriffen; noch bildete sie sich ein, es jemals wirklich zu verstehen, da Indien ihr nun mal nicht im Blut lag, wie das für Myrtle und Archie galt.

Myrtle schilderte gerade, wie Caroline Cornwall hier eingetroffen war, um in den Haushalt des Residenten aufgenommen zu werden. »Man hat sie zu einer Art Hilfssekretärin für Mrs F. ernannt. Ich glaube, ihr Aufgabenbereich beschränkte sich darauf, sich täglich um die Blumen für die öffentlichen Räume zu kümmern, das Besucherbuch zu führen, Einladungen zu verschicken und so weiter. Was mich daran erinnert, ich muss Sie mal hinbringen, damit Sie sich dort eintragen. Denn wenn Sie dort kein Kärtchen hinterlassen, meine Liebe, werden Sie nicht zu den schönen Zusammenkünften droben im Haus – Cocktails, Tee, Tennis und so weiter – eingeladen.«

Myrtle lachte, und Nerys stimmte ein. »Ich habe gar keine Karte. Und Tennis spiele ich auch nicht.«

»O Gott. Das ist der gesellschaftliche Tod. Wie sollen Sie da jemals jemanden kennenlernen?«

»Ich hab doch auch Sie und Archie kennengelernt. Das reicht mir völlig. Erzählen Sie bitte weiter.«

»Nun. Kaum war Miss Cornwall sechs Monate hier, wurde auch schon ihre Verlobung mit einem Captain Ralph Bowen bekanntgegeben. Kennengelernt hatten sie sich natürlich auf der Party nach einem Polospiel, bei dem sie Captain Bowen bei drei Torschüssen bewundert hatte. Oder was in der Richtung – wer weiß das schon? Dem folgte alsbald die Hochzeit in der englischen Kirche, mit Ehrengarde des Regiments und Empfang in der Residenz.«

»Klingt doch alles sehr angemessen.«

»Könnte man meinen. Das war vor etwa einem Jahr.«

»Und nun zieht der Captain in den Krieg.«

Das waren ja nun keine Neuigkeiten. Die meisten Soldaten der indischen Armee waren fort, und während sich die Sommersaison ihrem Ende zuneigte, entwickelte sich Srinagar zur Heimstatt der verlassenen Ehefrauen einerseits sowie der wenigen verbliebenen Zivilistenfamilien, deren Männer, wie Archie, unabkömmlich gestellt waren, andererseits. Mehr als einmal hatte Myrtle bemerkt, dass der Ort mit der Stadt der Vorkriegszeit kaum mehr etwas zu tun hatte.

Sie befanden sich jetzt in der Mitte des Sees. Die Sonne war untergegangen, das Licht am Himmel verblasste zu Lavendelblau, dann Stahlgrau, während der Mond sich über den Bergen erhob. Nerys beobachtete die durch Wolkenschleier segelnde silberne Scheibe.

»Nerys?«

»Ja?«

»Würden Sie sagen, dass Sie glücklich verheiratet sind?«

Ihre prompte pflichtbewusste Reaktion darauf war ein Ja. Alles andere wäre Verrat gewesen. Und dann stellte sie, mit inzwischen schon allmählich vertrautem, leisen Erschrecken fest, dass sie auch an diesem Tag kaum an ihren Mann gedacht hatte. Wie konnte das sein, bei einer Frau, die für sich in Anspruch nahm, glücklich verheiratet zu sein?

Das eben erst erlebte, momentane Hochgefühl hing mit der Schönheit des Ortes zusammen, und dem Vergnügen, Myrtle zur Freundin zu haben, am stärksten aber erwuchs es aus einem Gefühl von Freiheit. Wohl zum ersten Mal in ihrem Leben und mit Sicherheit das erste Mal seit ihrem Hochzeitstag fühlte sie sich als unabhängige Person. Allerdings, rief sie sich in Erinnerung, wäre sie – ob nun glücklich oder nicht – überhaupt nicht hier, wäre sie nicht mit Evan verheiratet. Sie wäre zu Hause in Wales und höchstwahrscheinlich ein nicht mehr ganz junges Fräulein. Denn ansonsten hatten sich kaum Heiratsmöglichkeiten für sie ergeben. Oder – genauer gesagt – nicht eine einzige.

Nerys lächelte, als sie sich an ihre Heimat und den engen Horizont von Kapelle und Tal erinnerte. Zwar stimmte es, dass Evan sie als Ehemann in mancherlei Hinsicht enttäuscht hatte: die Ehe war nicht die leidenschaftliche Verbindung, die sie sich als naives Mädchen erträumt hatte. Doch zweifelte sie nicht daran, dass Evan ein guter, auf seine Weise auch gütiger Mensch war, und einer, an dem sie vieles bewundern konnte. Sie respektierte ihn. Ihre Partnerschaft war nicht wie die Myrtles und Archies, doch jede Ehe war wohl anders.

Allmählich begriff sie auch, warum die Leute sagten, die Liebe wachse mit der Entfernung. Sie freute sich darauf, Evan hier in Srinagar wiederzusehen, auch wenn er in seinem steifen schwarzen Predigerrock unter den eleganten Ehefrauen aus dem Club sicher auffiel. Plötzlich hatte sie seine Hände vor ihrem geistigen Auge, wie sie langfingrig auf den ihren ruhten. *Meine Liebe?*

Auf einmal errötete sie so heftig, wie zuvor Caroline Bowen, und sie war dankbar für die hereinbrechende Dunkelheit. »Ja«, meinte sie bedächtig und mit Überzeugung. »Das würde ich sagen.«

»Ja«, echote Myrtle. Und Nerys hatte keinen Zweifel daran, dass sie im Geiste ihr eigenes günstiges Los und Glück feierte und nicht das der Watkins.

Vor sich sahen sie nun die unter hohen Bäumen glimmenden Lichter der *Garden of Eden* und ihrer Nachbarn. Das erwartete Raucharoma sowie Majids köstliche Essensdüfte lagen in der Luft. Myrtle schnippte ihre Zigarettenkippe ins Wasser. »Caroline ist nicht glücklich, leider. Und ich glaube auch nicht, dass ihr Captain sie jemals glücklich machen kann.«

»Das tut mir wirklich leid für sie.« Nerys drängte nicht auf weitere Einzelheiten.

Der *Shikara*-Mann bewegte geschickt sein Paddel im Kreis und schwang auf diese Weise den Bootsbug auf die Stufen des Hausbootes zu.

Mit leiserer Stimme aber fügte Myrtle hinzu, »Sie ist noch sehr jung, hat zu viele romantische Flausen im Kopf. Sie hat nur wenige Menschen, denen sie vertrauen kann. Ihr Mann ist ständig abwesend, und so hat sie anderweitig nach Liebe und Beachtung gesucht, das arme Schätzchen. Was natürlich nichts Ungewöhnliches ist in Srinagar, aber leider hat Caroline eine Wahl getroffen, die nicht nur kompromittierend, sondern darüber hinaus auch ziemlich gefährlich ist. Sobald sie mir davon erzählte, hab ich sie gewarnt, die Sache sofort abzubrechen, doch nach dem, was ich heute Abend gesehen habe, vermute ich, dass sie meinen Rat in den Wind geschlagen hat.«

Der Bug der *shikara* streifte sacht die bis zum Wasser hinunterreichenden Stufen des Hausboots. Der Bootsmann umfasste den Anlegepfosten und machte fest. Im selben Augenblick öffnete sich die auf die Veranda der *Garden* herausgehende Flügeltür, und Archie erschien, Kopf und Schultern von gelbem Lampenlicht übergossen.

»Da bist du ja endlich«, rief er aus.

Myrtle legte schweigend den Finger auf die Lippen, um Nerys zu bedeuten, dass nicht einmal Archie in diese Geschichte eingeweiht war.

Nerys drückte ihr rasch die Hand. »Mrs Bowen hat Glück, Sie zur Freundin zu haben«, murmelte sie. »Und ich ebenso.«

Myrtle warf den Kopf in den Nacken, lachte auf und erschreckte den Schiffer. Die *shikara* schwankte, als sie sich erhoben, und Archie half ihnen – einer nach der anderen – die flachen Stufen hinauf, ehe er dem Mann ein paar Münzen in die emporgestreckte Hand warf.

»Danke, Sahib. Gute Nacht, Lady Sahibs.« Schon glitt das Boot wieder in die Finsternis, und seine Kielwellen leckten sachte an den Planken der *Garden*.

»Ihr habt euch ja offenbar gut amüsiert«, bemerkte Archie. »Wer war denn alles im Club?«

»Die üblichen tragischen Gestalten«, seufzte Myrtle. »Ich glaube nicht, dass Nerys beeindruckt war.«

»Das stimmt nicht«, protestierte Nerys empört. »Der Glanz hat mich ganz schön überwältigt. Wir trafen eine Frau, die meinte, Myrtle sei ganz *jungli* geworden, aber irgendwie bilde ich mir ein, dass sie damit eigentlich mich gemeint hat.«

Archie legte jeder von ihnen eine Hand auf die Schulter. »Ich kann mir zwar nicht vorstellen, was Sie damit sagen wollte. Aber ihr zwei seid die elegantesten und schönsten Frauen in Srinagar.«

Lachend betraten sie den Salon des Hausboots.

Der runde Tisch in der Mitte war fürs Abendessen mit Kristallgläsern, Silber und gestärktem weißen Leinen gedeckt. Die Intarsien der Wandtäfelung und die geschnitzen Leisten und Gesimse schimmerten im Kerzenlicht, und der alle Räume durchziehende Duft nach poliertem Holz vermischte sich mit dem Aroma von Dutzenden tief dunkelroter später Rosen, die in den Schalen auf den Konsolentischen arrangiert waren. Silbergerahmt standen Porträts von Myrtles und Archies Familien in England und Schottland dichtgedrängt auf den Regalen, unterbrochen von Bildern von Dampfmaschinen und Brücken. Archies Arbeit bei der Indischen Eisenbahn war gleichzeitig seine Leidenschaft, allerdings klagte er, dass er jetzt, wo sich sein Land im Krieg befinde, sehr viel lieber in einer Uniform stecken würde.

Er trat zum Tablett mit den Getränken, während Nerys dem Korridor folgte, der sich an einer Seite des Hausboots entlangzog. Die breiten Dielenbretter knarrten leise unter ihren Schritten.

In ihrem Zimmer hatte man bereits die Bettdecke zurückgeschlagen. Ihre wenigen Kleider hingen ordentlich im herrlich duftenden Schrank, jedes einzelne frisch gebügelt, während die Schuhe sauber geputzt und auf dem Regal darunter standen. Sie schlüpfte aus der leichten Jacke und hängte sie über einen Bügel. Wie leicht es doch wäre, dachte sie, sich an solchen Luxus zu gewöhnen. Deswegen war es gut, dass sich die Gelegenheit dazu gar nicht erst ergab. Bald, schon in den nächsten paar Tagen, musste sie beginnen, nach einer geeigneten Mietwohnung zu suchen, um für Evans Ankunft gerüstet zu sein. Sie konnte ja nicht ewig die Gastfreundschaft der McMinns in Anspruch nehmen. Ihr Budget war winzig, doch sie war sich sicher, dass sie etwas finden würde.

Nach einem leisen Klopfton an ihrer Tür erschien Majid. »Sie sind fertig, Ma'am? Ich lasse heißes Wasser bringen?«

Eine kleine Prozession von Majids Helfern trat mit großen Emailkrügen ins Zimmer und füllte ihre Wanne.

»Mein Schatz«, verkündete Archie an diesem Abend beim Essen, »in zwei Tagen muss ich nach Rawalpindi hinunter, und dann nach Delhi. Wohin danach, weiß ich noch nicht genau, wahrscheinlich nach Osten. Ich bin mir nicht sicher, wie lang es dauern wird – bedauerlicherweise. Es gibt Probleme mit den Gleisen, die wir lösen müssen, um die Truppenbewegungen zu bewältigen.«

Myrtle ließ Messer und Gabel sinken. »So schnell?«, fragte sie ruhig.

Beide Frauen wussten es besser und fragten daher nicht, welche Truppenbewegungen und wo diese stattfanden.

»Man hat mich heute Nachmittag angerufen. Unser Urlaub ist zu Ende. Wir hatten doch Glück, so lange frei zu haben, nicht wahr?«

»Ja, natürlich«, pflichtete Myrtle ihm bei. Sie trank Wasser, und Majid, der stumm im Dunkel am anderen Ende des Raums verharrt hatte, trat nach vorn, um ihr aus einem Kristallkrug nachzuschenken. »Ich denke, Nerys und ich werden uns hier noch einige Wochen lang amüsieren. Ich glaube nicht, dass ich schon jetzt nach Delhi zurückreise. Es würde ja heißen, dass ich das Haus für die Saison eröffnen müsste, was mir für mich allein sinnlos erscheint – findest du nicht?«

Sie sagte es zwar nicht – weil sie nicht jammern wollte, und sie es sich zum Grundsatz gemacht hatte, sich den Anforderungen der Arbeit ihres Mannes zu beugen –, aber Myrtle fürchtete die Rückkehr in ihr südliches Winterdomizil. Ohne Archie konnte es in den stillen Räumen dort sehr einsam werden. Und diesmal – da war sie sich sicher – würde er lange fortbleiben.

»Ja, das klingt mir nach einer guten Idee«, pflichtete Archie ihr bei.

Nerys hielt den Kopf gesenkt, um nicht zu stören, während die beiden einen Blick tauschten. Sobald sie mit dem Essen fertig war, entschuldigte sie sich, sie habe einige Briefe zu schreiben, und ließ die McMinns allein.

Der Schneider arbeitete in einem winzigen Laden zwischen der ersten und der zweiten Jhelumbrücke.

Archie war am Tag zuvor aus Srinagar hinausgefahren, und Nerys bemühte sich, Myrtle eine möglichst gute Gesellschafterin zu sein. Was ihr momentan nicht gerade leicht fiel, da sie eben erst einen Brief von Evan erhalten hatte, in dem er ihr mitteilte, dass er von Missionsangelegenheiten in der Nähe von Kargil aufgehalten und Srinagar nicht vor Ende Oktober erreichen werde. Ihre Stimmung sank auf den tiefsten Punkt seit ihrer Abreise aus Leh. Wollte er denn nicht kommen und sie wiedersehen? Warum war seine Arbeit nur immer so viel wichtiger als sie? Trotzdem, sie hatte ihre anfängliche Neigung, den Nachmittag Trübsal blasend auf der schattigen Veranda der *Garden of Eden* über einem Buch zu verbringen, überwunden und sich bereit erklärt, mit Myrtle einkaufen zu gehen.

Der Schneider sprang auf, sobald er sie erblickte. Er ließ sie auf den zwei Stühlen Platz nehmen, die fast den gesamten freien Raum seines Ladens einnahmen und begann, Stoffballen aus den Regalen zu ziehen.

»Seide, Madam. Allerfeinste.« Eine Kaskade von blassem nilgrünem Stoff ergoss sich über Nerys' Schoß. »Tussahseide, Leinen, reine Baumwolle.« Silbrig pink, lavendelfarben, taubengrau, schweeweiß. Nerys konnte es sich nicht verkneifen, mit den Fingern über das Gewebe zu streichen. Sie brauchte tatsächlich neue Kleider, auch wenn es keine so schönen sein konnten wie die von Myrtle oder Mrs Conway-Freeborne. Sie besaß sogar etwas eigenes Geld, jene paar hundert Pfund an Vermögen, die ihr ihre Großeltern hinterlassen und die sie nie angerührt hatte. Eines Tages, hatte sie geglaubt, konnte man damit vielleicht ein Haus für Evan und die Familie finanzieren oder dachte sie – in dumpfer und inzwischen ernstlich geschrumpfter Gottesfurcht – konnte man es für irgendein gutes Werk verwenden. Andererseits (und bei der Vorstellung fühlte sie sich herrlich übermütig und hemmungslos) konnte sie ja auch vielleicht ein wenig davon für sich selbst ausgeben.

»Tweed«, meinte Myrtle knapp und schob die leichten Sommerstoffe beiseite. »Sie werden einen *pheran* benötigen, Nerys.«

»Was ist denn das?«

»Ein langer kaschmirischer Mantel mit losen Ärmeln wie bei einem Cape. Warm, praktisch. Alle tragen ihn, sobald es kälter wird.«

Unter dem Gewicht der schwereren Stoffballen schwankend kehrte der Schneider zurück. Eine Bahn nach der anderen breitete er vor ihnen aus, und die drei begannen über die Unterschiede zu debattieren, verglichen die Dicke des einen mit der Webart des anderen, hielten ein zart heidekrautrosa Karo gegen das Grün mit dem schmalen pimentroten Streifen. Doch auch, nachdem Nerys sich schließlich auf einen feinen graublauen Tweed von der Farbe des Seenebels festgelegt hatte, gab es immer noch ein Dutzend Details in Bezug auf Schnitt und Stil zu entscheiden. Anschließend musste noch eine Reihe von Maßen genommen werden, die alle in ein schwarzes Heft notiert wurden, dessen Seiten dünn waren wie die Haut einer braunen Zwiebel. Auf schwerem Messingtablett wurde zuletzt ein Samowar hereingetragen und zusammen mit dem frischen Nachmittagsbrot – direkt aus dem Ofen des kaum zehn Meter entfernten Bäckerladens – der Tee serviert.

Die ganze Prozedur dauerte gute zwei Stunden, und Myrtle meinte, für eine so wichtige Anschaffung sei dies tatsächlich sehr schnell gewesen.

»Sieben Tage, dann fertig, Memsahib«, versprach der Schneider.

Schließlich traten sie hinaus in die Spätnachmittagssonne.

Myrtle vergrub die Fäuste in ihren Rocktaschen und blickte die enge Gasse hinauf und hinunter. Sie hatte ihr dunkles Haar etwas länger wachsen lassen und in weiche Locken gelegt, die ihr Gesicht umrahmten. Auch roten Lippenstift hatte sie aufgelegt. Wie schön und kühn sie wirkte, dachte Nerys.

»Jetzt ist es halb fünf. Ich muss zum Bandagen-Verein«, verkündete Myrtle. »Ist zwar nicht unbedingt ein Vergnügen, fürchte ich, aber hätten Sie vielleicht Lust, mitzukommen? Dort kriegen Sie womöglich auch eine Tasse Tee und ein Zuckerbrötchen, falls man die nicht wegen der Rationierung gestrichen hat.«

Tatsächlich hieß besagte Organisation für Ehefrauen von Militärs und Zivilisten – ob britisch oder indisch – *Wartime Hospital Supplies.* Die Freiwilligen saßen dabei an langen Tischen und sortierten und verpackten Verbände und Bandagen für den Versand an die Front. Nerys konnte sich gut vorstellen, wie die Vereinsdamen dahinwerkelten, während ihr Tratsch alldieweil die antiseptische Luft versengte. Es war keine allzu starke Versuchung, und die Gassen der Altstadt lockten. »Nächstes Mal. Ich glaube, ich mache mal einen kleinen Spaziergang.«

Myrtle blickte skeptisch. »Spaziergang? Hier? Warum nehmen Sie nicht lieber eine *shikara* zum Shalimar-Park?«

»Wenn es mir zuviel wird, nehme ich mir eine *tonga* nach Hause«, versetzte Nerys lächelnd.

Allein geblieben, wanderte sie dann an einer winzigen Bäckerei des Viertels vorbei, die sich nischenartig in die gedrängte Ladenreihe zwängte. Der Laden bestand aus einer in den Boden eingelassenen Grube, in der der Bäcker unterhalb des Straßenniveaus vor einem zylindrischen Lehmofen kauerte, den das Holzfeuer auf seinem Boden zum Glühen brachte. Er beugte sich nach vorne, um die rote Glut anzufachen, und sogar von Nerys' Standort aus konnte man die Hitze auf Wangen und Stirn spüren. Die senkrechten Wände des Ofens waren mit runden Scheiben des halbgaren Teigs bedeckt, dem köstlichen Nachmittagsbrot Kaschmirs. Drei verschleierte muslimische Frauen schoben sich an ihr vorbei, und der schwitzende Bäcker erhob sich halb aus seiner Kauerstellung, um ihnen heiße frische Brötchen aus dem obersten Teil des Ofens zu reichen. Obwohl sie bereits im Laden des Schneiders etwas gegessen hatte, war der Duft des sesambestreuten Brots einfach zu gut, um ihm zu widerstehen. Nerys kaufte ein Brötchen für sich und aß es, während sie die Gasse hinunter und auf den Kanalstreifen zuschlenderte, der an ihrem Ende zu sehen war. Unterwegs kam sie an einem Geschäft vorbei, vor dem sich Aluminiumtöpfe und -kessel stapelten, einem anderen, das auf Schnüre und Taue jeder nur erdenklichen Dicke spezialisiert war, zu Pyramiden aufgewickelt oder an Spulen baumelnd, sowie anderen, die nichts als Kessel voller Garöl, wenige Säcke Reis oder aufgestapelte Feuerholzbündel vorrätig hatten, welche auf einer primitiven Waage ausgewogen wurden. Ein Mann führte einen Esel hinter sich her, der unter einer Holzladung wankte, die höher war als er selbst.

Als Nerys den Kanal erreichte, sah sie nach links und rechts. Srinagar war von Wasserwegen durchzogen, und ein kompliziertes Labyrinth davon verband die Seen mit dem Fluss, der sehr viel stärker frequentiert wurde als die staubigen Straßen. Die Wasseroberfläche war an dieser Stelle von hellgrünem Schaum bedeckt, der da und dort von den vorüberfahrenden Booten aufgerissen wurde, sodass die ölige Schwärze darunter zutage trat. Eine dieser *shikaras* war mit Vorhängen versehen, um die Passagiere vor beiläufigen Blicken zu schützen, ein anderes Boot war mit Grüngemüse von den schwimmenden Gärten draußen im See beladen.

An den schlammigen Ufern zu beiden Seiten wimmelte es vor Menschen. Eine Frau spülte in einem Eimer Teller ab, andere schlugen auf geeigneten Steinen die Seifenlauge aus ihrer Wäsche. Glänzende nackte Kinder plärrten und planschten im Wasser, während ein Stück weiter ein Mädchen eine Schüssel mit Schmutzwasser ausschüttete. Eine elende Ziege stand, an einen Pfosten gebunden, mit spindeldürren Beinen im Schlamm, derweil Hühner in dem die Stufen überziehenden Dreck scharrten und pickten. Ein Floß mit hochgeklappten Seiten glitt, beladen mit einer Schafherde und einem kindlichen Schäfer, über den Kanal. Und der Fährmann bewegte sein Schiff, indem er es an einem gespannten Draht entlangzog. Sobald es das gegenüberliegende Ufer berührte, drängten die Schafe herunter und ergossen sich in eine Gasse, folgten einer uralten Route durch die verborgenen Tiefen der Stadt. Hohe Holzgebäude ragten über den engen Kanal hinaus, deren oberen Geschosse vorkragend gebaut und deren hohen Fenster geöffnet waren, um die Brise einzufangen.

Nerys zögerte, überlegte, welche Richtung sie einschlagen sollte. Zur ihrer Linken wurde ihr der Weg von den Stangen und zerfetzten Sonnensegeln eines geschäftigen Ufermarkts versperrt, wo durchlöcherte und geschwärzte Ölkessel als Grillroste dienten, auf denen die Standinhaber *pakoras* brieten oder Ziegenfleisch garten; zur Rechten befanden sich die Ziegelsäulen einer Brücke. Nerys ging ein paar Schritte zurück und bog aufs Geratewohl in die erste, parallel zum Kanal verlaufende Gasse. Wo in diesem Gewirr von Mauern und vollgestopften Nischen der Schneiderladen gewesen war, hatte sie bereits vergessen. Vorsichtig den heftig nach Markt stinkenden Abfallhaufen ausweichend, begann sie in eine Richtung zu gehen, in der sie ein Stück von Kanal gesehen zu haben meinte. Ein die ganze Breite des Wegs einnehmender Karren zwang sie, zur Seite zu treten und sich in eine andere Richtung zu wenden und in eine Gasse, die so eng war, dass nur eine Person darauf gehen konnte. Die Gasse bog mit einem scharfen Knick ab, schien dann wieder kehrtzumachen, und schließlich verdeckte ein Kreuzundquer von Wäscheschnüren den Himmel, an denen gefärbte Stoffbahnen zum Trocknen hingen. Eine Reihe bärtiger Männer mit roten Mützen kam in ihre Richtung marschiert, und sie drückte sich an die Wand, um sie vorbeizulassen. Nerys war nun klar, dass sie sich verirrt hatte. Ihr blieb nichts anderes übrig, als weitergehen, bis sie entweder zum Kanal kam, wo sie vielleicht eine *shikara* anhalten konnte, oder aber an eine Straße, die breit genug war, damit dort *tongas* verkehrten.

Die Menge lichtete sich, während sie sich vom Markt entfernte, und manchmal war sie zwischen Steinmauern und geschlossenen Holzläden fast allein. Die wenigen Passanten starrten mit leeren Mienen auf die einsame Europäerin, die von den flotten Hausbooten und der Sicherheit des Clubs abgeirrt war.

Myrtles Rat, zum Shalimar-Park zu gehen statt hierher, war in der Tat ausgezeichnet gewesen – dachte sie langsam.

Während sie sich noch fragte, ob sie nicht vielleicht doch auf demselben Weg zurückkehren konnte, blieb sie stehen, um einen Blick über die Schulter zu werfen. Ein jähes heftiges Zerren an ihrem Rocksaum ließ sie jedoch gleich wieder herumfahren, wobei sie fast das Gleichgewicht verloren hätte. Die Gasse wirkte verlassen, dann aber sah sie nach unten und entdeckte zu ihren Füßen ein Trio winziger Kinder. Die Gesichter der drei waren dunkel vor Dreck, die Augen strahlten. Die Älteste mochte vielleicht fünf sein und trug in einem Tuch einen Säugling auf dem Rücken. Der Bruder war der, der nach ihrem Rock gegrapscht hatte. Das Mädchen sprach ein paar Worte und deutete, währenddessen das Baby Nerys die ganze Zeit unverwandt anstarrte. Als Nerys auf die Worte der Kleinen nicht reagierte, wiederholte diese beharrlich denselben Satz und funkelte sie an, als sei sie völlig verblödet.

Die drei erinnerten sie lebhaft an die Kinder ihrer Schule in Leh. Sie fehlten ihr: ihr Klatschen und Singen, ihr schüchternes Gelächter, ja sogar ihr Widerstand gegen ihre Bemühungen, ihnen noch irgendetwas anderes außer Spielen beizubringen.

Ihre Grundkenntnisse des Ladakhischen nützten ihr hier gar nichts, und Kaschmirisch hatte sie bisher noch kein Wort gelernt. Sie versuchte es mit ihren paar Brocken Hindustani, aber die Kinder zuckten nur die Achseln und zerrten noch heftiger an ihr.

Nerys gab auf und ließ sich mitziehen. Eine weitere Gassenbiege hinunter und an einem räudigen, eine Türschwelle bewachenden Köter und einem Bettler, der seinen Stock nach ihr warf, vorbei, und sie standen vor einem düsteren Eingang. Ein Stück Sackleinwand war seitlich zurückgebunden, und Nerys bückte sich unter den Türbalken.

Blinzelnd sah sie sich um.

Es war ein schmuckloses, tristes Loch von einem Raum, in dem es nach saurer Milch und menschlichen Ausdünstungen roch. Einige Säcke, auf denen Haufen zerrissener Decken lagen, zeigten an, wo die Familie schlief. In einer weiteren Ecke gruppierten sich ein paar Töpfe, Pfannen, sowie ein Geschirr, das mit einem schmutzigen Lappen abgedeckt war. In der Mitte des Raums auf einem Quadrat, das wohl aus einem einstigen Teppich herausgeschnitten war, saß eine junge Frau.

Sie wirkte erschöpft. Über ihr Haar hatte sie als *dupatta* einen Stoffstreifen geworfen; die formlose und verdreckte Tunika konnte nur teilweise ihre extreme Magerkeit verbergen. Die nackten Füße waren schmutzig, rissig und, während sie sich über ein Spinnrad beugte, flach auf den Boden gespreizt. Als die Kinder mit Nerys eintraten, ließ sie erstaunt die Spule mit dem gesponnenen Garn in den Schoß fallen und starrte sie stumpf an. Die Tochter setzte nun offensichtlich zu einer Erklärung darüber an, wozu die Frau, die sie gefangen hatten, gut sein könnte. Die Spinnerin nickte müde und versuchte, der Geisel ihrer Kinder ein Lächeln zu schenken.

Mehr als alles andere an diesem traurigen Anblick rührte dieses Lächeln Nerys ans Herz.

Der kleine Junge begann nun zu quengeln und seine Mutter zu zwicken. Ihr Lächeln verschwand. Kurz strich sie ihm übers Haar, um dann eine Handvoll der federleichten gekämmten Wolle zu verzwirbeln und den Fußhebel des Spinnrads zu betätigen. Das hauchzarte Garn wurde beim Spinnen so fein, dass Nerys aus nicht einmal einem Meter Entfernung den Faden kaum mehr erkennen konnte.

Das kleine Mädchen wühlte, während ihm der Kopf des Säuglings über den Rücken hing, unter den Säcken und zerrte einen Korb hervor. Sie löste die Hanfschnüre, beugte sich hinunter und hob behutsam etwas heraus. Es war etwas Flaches, Weiches, und in ein Tuch gewickelt. Als sie das Tuch zurückschlug, erblickte Nerys eine wahre Farbexplosion.

Mit dem Schwung eines Schaustellers schüttelte das Kind den Schal auf, wirbelte ihn durch den Raum, drehte sich auf den Absätzen, sodass die federleichte Wolle in der Luft zu schweben schien. Der kleine Junge, an die Seite der Mutter gekauert, klatschte in die Hände und lächelte. Sogar das Baby gluckste. Vorsichtig, um nicht einmal eine Ecke ihres Schatzes den gestampften Boden berühren zu lassen, fing die Kleine das Tuch in ihren Armen auf und reichte es Nerys. Der weiche Hintergrund des Pashmina bestand aus einem zarten Rosaton, und beide Enden schmückten breite gemusterte Bordüren aus stilisierten Blumen, die kompliziert aus dunklem Rot, einem Dutzend Grünnuancen und zartestem Cremeweiß gewebt waren. Sie sah sich den Schal genau an und war fasziniert von seiner Feinheit. Die Rückseite, fiel ihr auf, ähnelte der vorderen so sehr, dass die beiden kaum zu unterscheiden waren. Wie brachte man nur eine so schöne und elegante Arbeit zustande? Mit Myrtle hatte sie eine ganze Stunde lang die Läden entlang des Bund durchstöbert, jedoch nichts dergleichen entdecken können.

»*Kani*«, sagte die erschöpfte junge Frau, als ob dies eine Erklärung sei. »*Kani*«, wiederholte sie.

Das kleine Mädchen hüpfte vor Nerys auf und ab und umklammerte mit beiden Fäusten die weiche Wolle. »Rupien? Rupien?«

Die Frau berührte mit den Fingern den Mund, und alle Linien in ihren Gesicht zogen sich zu einer flehentlichen Bitte um Geld zusammen.

Verzweifelt zog Nerys ihre Lederbörse heraus. Der Junge rappelte sich hoch und stieß ihr, während er versuchte, ein Blick auf ihr Vermögen zu erhaschen, gegen die Schienbeine. Sie wusste, was sich in ihrer Börse befand: nur ein paar Münzen und typisch indische, labbrig gewordene Scheine von geringem Nennwert. Gerade genug für die *Shikara*-Fahrt über den breiten See, heim zur *Garden of Eden.*

Nerys schüttelte die kleine Summe heraus, hielt sie auf der flachen Hand, sodass alle sie sehen konnten. Beschämt wurde ihr klar, dass es nicht einmal dafür gereicht hätte, um im Srinagar Club einen einzigen Cocktail zu bezahlen.

Das kleine Mädchen wandte sich ab. Schickte sich an, ihren Schatz wieder ins Tuch zu wickeln. Die Frau nickte, während sie noch die Hand aufhielt. Dann verbarg sie sie unter ihrer Tunika. Sie war verlegen, weil sich ein ehrenhafter Handel, ein möglicher Verkauf in ein nacktes Almosen verwandelt hatte, und sie wollte Nerys nicht mehr in die Augen schauen. Der Junge wusste genau, was los war, zwickte seine Mutter schon wieder in den dünnen Arm und bettelte um Essen.

Abrupt wandte Nerys sich ab, bestürzt und verwirrt von diesem Erlebnis. In ihrem eiligen Bestreben, davonzukommen, stand sie erneut auf der Gasse, wo es zunehmend dämmerte, bis ihr dann klar wurde, dass sie sich hoffnungslos verirrt hatte. Sie musste sich nochmals unter den Türbalken bücken und der Familie gegenübertreten. Sie vollführte eine kurze Pantomime der Verwirrung, deutete in eine, dann die andere Richtung, schüttelte den Kopf und hielt die Hände in die Höhe. Die Mutter seufzte, gab den Kindern eine kurze Anweisung und beugte sich wieder übers Spinnrad.

Hand in Hand mit ihrem Bruder führte die Kleine Nerys erneut am, inzwischen schlafenden, Bettler vorüber ebenso wie an dem trägen Hund. Gerade bog das Grüppchen um eine Ecke, als eine andere größere Schar von Kindern aus der Dunkelheit geschlurft kam. Ein älterer Junge plärrte herum und begann, an den Kleidern von Nerys' kleiner Führerin zu zerren. Die haute zurück und schrie aus Leibeskräften, als sich die Neuankömmlinge auf sie und ihren Bruder stürzten. Hände tasteten fliegend über die dreckigen Kleider der Kinder und suchten das Geld, das Nerys ihnen gegeben haben musste. Nerys trat zwischen beiden Gruppen, zerrte sie auseinander und schob ihre Freunde die Gasse hinauf, auf einen schwachen Lichtschein zu.

Doch nun hatte der Tumult im Gewirr der dunklen Gassen und Durchgänge weitere Aufmerksamkeit erregt, und eine Bande viel älterer Kinder kam aus deren Windungen zu ihnen herausgestürmt. Die ignorierten die kleinen Fische und drängten Nerys gegen die Wand zurück. Als sie ihr in die Taschen fassen wollten, versuchte sie, ihnen die Hände wegzuboxen. Der größte von ihnen, ein ungeschlachter Bursche mit dunklem Bartflaum, riss ihr Myrtles Perlen-Brillanten-Brosche herunter, die sie am Kragen ihrer Bluse trug.

»Gib das zurück«, schrie Nerys.

Sie war von feindseligen Gesichtern umringt, sah allerdings mit Erleichterung, dass ihr kleines Geschwistertrio sich im Schutze des allgemeinen Durcheinanders zurückzog und dünne machte. So konnte sie sich jetzt ganz auf die eigene Misere konzentrieren. Sie richtete sich auf und boxte dem Jugendlichen vor die Brust. Statt jedoch zurückzuweichen, trat er näher heran und schob sein Gesicht dicht vor das ihre. Sie roch seinen Atem und seinen Schweiß. Sie hatte jetzt Angst, machte sich darauf gefasst, flüchten zu müssen.

Doch wohin in diesem dunklen Labyrinth?

Nerys ballte die Fäuste und duckte sich unter seinem Arm hindurch. Sie täuschte ein Ausbrechen in eine Richtung an, in die der Junge folgte, und schlug dann einen Haken. Zu ihrem Entsetzen aber sah sie die unförmige Gestalt eines Mannes vor sich auftauchen, der den gewählten Fluchtweg versperrte.

Nun saß sie in der Falle.

Der Mann streckte die Hand aus, um sie am Arm zu packen, und sein Griff ähnelte einem Schraubstock. Zu ihrem Erstaunen meinte er ganz ruhig und in fremd klingendem Englisch: »Bitte bleiben Sie hinter mir.«

Ehe sie sich versah, hatte er sich zwischen sie und den Kindermob geschoben. Er sagte etwas Befehlendes auf Kaschmiri, und alle wichen einen Schritt zurück.

Nerys sah nun, dass die Silhouette des Mannes so verzerrt gewirkt hatte, weil er ein dickes Seilbündel auf der Schulter trug. Er ließ es zu Boden fallen und zog ein Stück davon so weit heraus, dass es der Spannweite seiner Arme entsprach. Dann holte er aus irgendeiner Innentasche ein scharfes Messer, und Stahl blitzte auf, als er die abgemessene Länge abschnitt. Langsam hob er die Klinge an seine Lippen und küsste sie.

Nerys' Angreifer gafften nun mit widerwilliger Faszination, und sie trat ein Stück zur Seite, um selbst bessere Sicht zu haben.

Das Messer zwischen den Zähnen, nahm der Mann nun die Enden des etwa zwei Meter langen Seils in beide Hände und spannte es sich straff über die Brust. Dann legte er es rasch zusammen und spannte es erneut. Er umklammerte die Mitte mit der linken Faust, und zog dann mit schwungvoller Geste das Messer zwischen den Lippen hervor. Die Klinge blitzte aufs Neue auf, als er das gefaltete Seil entzweischnitt. Die Kinder murmelten untereinander und rückten näher heran, und der Mann ließ den Größten, den Jugendlichen, die vier Seilenden inspizieren, die er in seiner Hand gebündelt hielt.

Nun verband er lächelnd die beiden durchtrennten Enden mit einem Knoten und zog diesen fest, um ihn auf Haltbarkeit zu prüfen. Er hielt ihn Nerys vors Gesicht. »Bitte seien Sie so nett und blasen Sie für mich drauf.«

Unwillig, aber fasziniert tat sie, was er von ihr verlangte.

Er zeigte das verknotete Seil herum. Dann legte er mit chirurgischer Präzision Daumen und Zeigefinger um den Knoten und ließ beide über das gesamte Seil gleiten.

Der Knoten rutschte ins Leere, und der Zauberer hielt, für alle zu sehen, das unzerschnittene Seil in die Höhe.

Die Kinderschar keuchte. Allesamt wichen sie nun zurück, distanzierten sich von diesem Hexer. Er schüttelte das intakte Seil vor ihnen, ließ es scharf durch die Luft knallen, und da drehten sie dann um und rannten, stürzten in ihrer Furcht und Eile übereinander. Eine Sekunde später war Nerys mit dem Zauberer allein, hörte nur noch huschende Füße und einen kläffenden Köter.

Der Mann verbeugte sich. Er war von durchschnittlicher Körpergröße, doch breitschultrig und muskulös, und besaß eine dichte Mähne lohfarbenen Haars. Nun wusste sie, wo sie ihn schon einmal gesehen hatte.

»Möchten Sie mir bitte folgen?«, fragte er höflich. Er ließ sein Seilstück in eine Tasche gleiten, verstaute sein Messer irgendwo am Körper und schulterte aufs Neue sein Taubündel. Zwei Wegkehren weiter und sie gelangten durch eine mit Unkraut überwucherte Gasse an eine weite Biegung des Jhelum. Überall waren Lichter, in den hohen Häusern und auf den dümpelnden Booten, und fröhlich scholl Musik übers Wasser.

Der Mann hielt inne und verbeugte sich erneut. »Ich heiße Rainer Stamm«, sagte er und streckte ihr die Hand entgegen.

Sie reichte ihm die ihre, und seine riesige Faust schloss sich darum.

»Ich bin Mrs Watkins.« Da dies ein wenig kühl klang, fügte sie hinzu: »Nerys Watkins.«

»Sehr erfreut, Mrs English Watkins!«

Er machte sich über sie lustig. Nerys zog ihre Hand zurück. »Ich bin Waliserin«, sagte sie.

»Entschuldigen Sie meinen Fehler.«

Schweizer oder so was, hatte Myrtle ihn bereits abqualifiziert. Brite war er jedenfalls nicht, dessen war Nerys sich sicher. Dazu war er viel zu selbstbewusst, zu spöttisch, mit seinem breiten Lächeln. Viel zu … *löwenhaft,* konnte man das sagen? »Danke, dass Sie mich gerettet haben.«

Ihr stattlicher Held blickte sie an. »Sie brauchen keinen Retter. Sie können ganz gut auf sich selbst aufpassen. Ich hab nur für ein wenig Ablenkung gesorgt.«

»Wie haben Sie das übrigens fertiggebracht?«, Nerys deutete auf ein Seilende, das ihm aus der Hosentasche hing.

»Ach, das ist ein ziemlich berühmter Seiltrick. Soll ich ihn Ihnen mal zeigen? Könnte sich vielleicht als nützlich erweisen, wenn Sie sich das nächste Mal im Basar verirren. Mein Haus ist übrigens da drüben. Und ich könnte Ihnen auch einen Drink zum Unterricht anbieten, nun da wir uns vorgestellt haben.«

Rainer Stamm deutete auf eines der schönen alten Häuser Srinagars ein paar Meter weiter unten am Ghat, das aus Ziegel und Holz gebaut und mit Schnitzereien verziert war. Die Giebelfenster ragten übers Wasser hinaus.

»Nein, danke.« Nerys lächelte höflich. »Ich muss los. Meine Freunde werden sich schon fragen, wo ich geblieben bin.«

»Selbstverständlich. Ich glaube, ich habe Sie im Club mit Mrs McMinn gsehen. Lassen Sie mich doch einen Bootsführer rufen.« Und einen Moment später glitt eine *shikara* zur Stufe, auf der sie standen.

»Die kleinen Teufel haben Sie doch nicht etwa bestohlen, oder?«, fragte er beiläufig.

Nerys fuhr sich mit der Hand an den Hals, wo der Kragen ihrer Bluse klaffte. »Der große hat mir meine Brosche geklaut.«

»Ich will, dass Sie sie behalten«, hatte Myrtle eindringlich gemeint. »Ihnen steht Sie besser als mir.« Myrtles Entschluss stand fest, und Nerys hatte gewusst, dass es keinen Sinn hatte, ihr zu widersprechen. Seither hatte sie die Brosche fast täglich getragen.

Rainer Stamm beugte sich nach vorn und legte sanft den Finger in die Kuhle unter ihrem Hals. »Das tut mir leid«, murmelte er.

Nerys erstarrte, doch schon hatte er seine Hand wieder zurückgezogen. Der Bootsführer pfiff leise durch die Zähne, und sie wandte sich zum Fluss.

Rainer reichte ihr seinen Arm, doch sie tat, als sähe sie es nicht. Unbeholfen kletterte sie in das Boot, das heftig schaukelte, sodass sie fast die Balance verlor und der achtern kauernde Bootsführer ihr eine Warnung zurief. Verärgert über die eigene Ungeschicklichkeit ließ sie sich auf die Kissen sinken. Den Fahrpreis würde sie sich, wenn Sie wieder beim Hausboot war, von Archie vorstrecken lassen müssen. Doch fast, als habe er ihre Gedanken gelesen, drückte Rainer dem Mann nun einen Geldschein in die Hand.

»Nochmals vielen Dank«, rief sie unter dem Segel hervor.

Rainer tippte sich an die Stirn. Zum Bootsführer meinte er nur knapp: »Dal Lake, zur *Garden of Eden.*«

Er wollte sie wissen lassen, dass er wusste, wo sie wohnte. Rainer Stamm auch nur einen Schritt voraus zu sein, würde schwierig werden, das spürte sie schon jetzt.

Der Mann tauchte sein Paddel ein, und das Boot sauste hinaus.

»Gute Nacht«, rief der Zauberkünstler übers Wasser.

7

Das Orchester begann zu spielen, und der Maharadscha persönlich führte Mrs Fanshawe zum ersten Walzer des Herbstballs des Residenten auf die Tanzfläche.

Nerys beobachtete dies aus dem Dickicht der vergoldeten Stühle auf einer Seite des Ballsaals. Die Silberlamé tragende Mrs Fanshawe, auf deren Kopf Federn nickten, wurde von ihrem Partner (in einem Gehrock aus jadegrünem Brokat), der an seinem Turban inmitten einer Ansammlung unbedeutenderer Edelsteine einen massiven Smaragd befestigt hatte, vollkommen überstrahlt. Nach einer respektvollen Zeitspanne füllte sich die Tanzfläche allmählich auch mit anderen Paaren, europäischen Ehefrauen und Töchtern, die ellbogenlange weiße Handschuhe zu ihren Ballkleidern trugen, wie es das Residenzprotokoll vorschrieb, begleitet von einigen wenigen uniformierten britischen und indischen Offizieren, würdevollen Zivilisten in Smoking, attraktiven Männer aus dem Gefolge des Maharadschas sowie Vertretern diverser oberer Ränge des Residenzpersonals. Es roch nach getrocknetem Lavendel, Kampfer und Gesichtspuder.

Die Gattinnen der indischen Gäste tanzten nicht in der Öffentlichkeit, waren jedoch beim vorausgehenden Essen zugegen gewesen, großartig in ihren Seidensaris, die sie wie eine Schar exotischer Vögel erscheinen ließen. Nerys fragte sich, ob sie sich wohl in einen der Salons der Residenz zurückgezogen hatten, um einander in ihren Goldschmuckkaskaden zu bewundern oder sich ganz privatim ungehemmter dem Klatsch hingeben zu können.

Über den Silbertellern und Kristallgläsern beim Essen hatte man allgemein über das ungewöhnlich kalte Wetter gesprochen, über die immer größer werdende Wahrscheinlichkeit eines Übergreifens der Kriegshandlungen auf Asien, die Unannehmlichkeit bevorstehender Rationierungen sowie den jüngsten Srinagarer Gesellschaftsskandal. Nerys war zwar erst seit drei Wochen in der Stadt, Angela Gibson jedoch bereits begegnet, der Ehefrau, die im Zentrum der jüngsten Gerüchte stand, und auch auf ihren Mann hatte man sie bei mehreren geselligen Zusammenkünften hingewiesen.

Es war schon merkwürdig zu erleben, wie rasch es einen in diesen Strudel hineinreißen konnte, sogar wenn man gesellschaftlich eher am Rande stand wie sie selbst.

Der Gedanke an das Geflüster und den Klatsch ließ sie unwillkürlich Haltung annehmen, und sie glättete den Rock ihres Ballkleides, des ersten, das sie jemals besessen hatte. Es war aus rosaroter Seide und von Myrtles Schneider nach einem Muster aus *The Colonial Lady's Fashion Companion* angefertigt worden, und sie trug es an diesem Abend mit einer Korsage und einem Paar langer weißer Handschuhe, die sie sich von Myrtle ausgeborgt hatte. Myrtle hatte ihr auch die Haare eingelegt, ihr französisches Parfüm hinter die Ohren getupft und sie sogar ein wenig geschminkt.

Als Myrtle schließlich fertig war, trat sie zurück, um ihr Werk zu bewundern. »Nerys Watkins, du hast einen Mund wie ein Filmstar«, erklärte sie. »Wenn ich ein Mann wäre, würde ich mich mit Vergnügen anstellen, um ihn küssen zu dürfen.«

»Was?« Nerys betrachtete ihr kaum wiederzuerkennendes Spiegelbild.

Myrtle ließ die perlenbesetzte Abendtasche aufschnappen und verstaute ihr goldenes Zigarettenetui und das Feuerzeug darin. »Ich sagte *wenn,* meine Liebe. Ich bin nicht so, nicht einmal in meinem grässlichen Internat war ich es, wo derartiges Verhalten nicht unbekannt war, das darfst du mir glauben. Doch wenn wir alle noch lange ohne Männer auskommen müssen, wer weiß?«

Bei der Erinnerung an dieses Gespräch, das ihr bis vor Kurzem noch höchst schockierend erschienen wäre, lächelte Nerys und sah sich nach ihrer Freundin um. Myrtle trug mattgoldenen Satin und wirkte mit ihrem kurz geschnittenen schwarzen Haar und den scharlachroten Lippen unter ihren gepuderten britischen Landsmänninnen exotisch. So war es nur natürlich, dass sie den lebhaften Mittelpunkt eines Kreises interessierter Männer bildete, doch Nerys hätte sogar das Erbe ihrer Großeltern – oder was nach der Bezahlung des Schneiders davon übrig blieb – darauf verwettet, dass Archie McMinn sich keinerlei Sorgen zu machen brauchte.

Der rotgesichtige Mr Fanshawe tanzte nun im Foxtrott an ihr vorüber; er führte eine füllige Dame in Witwenviolett. Nerys stand nicht mal annähernd hoch genug in der Hackordnung, um selbst mit einem Tänzchen geehrt zu werden, doch beim Empfang vor dem Essen hatte sie der Resident herzlich begrüßt. »Willkommen in Srinagar, Mrs Watkins. Kümmert Mrs McMinn sich denn um Sie? Und wird Ihr Gatte bald zu uns stoßen?«

Sie hatte erklärt, dass Evan noch immer stark mit der Missionsarbeit in Kargil bschäftigt sei, jedoch hoffe, noch rechtzeitig vor Wintereinbruch in Kaschmir zu sein. Während sie dies noch sagte, hörte sie, wie warnend der kalte Wind, scharfe Eisnadeln mit sich führend, an den Zweigen der Chinarbäume in den Mogulgärten rüttelte.

»Ich freue mich schon darauf, ihn kennenzulernen«, erwiderte der Resident in seiner geschliffenen Art, und die Schlange der Gäste schob sich weiter.

Nerys studierte die Perlmuttknöpfe am Handgelenk ihres Handschuhs. Was Evan wohl dächte, wenn er sie jetzt sehen könnte, elegant gekleidet und geschminkt, leicht beschwipst und ganz versessen auf die Bowle der Residenz?

Aber da er ja nun mal nicht da war, sagte sie sich, war es wohl egal, was er vielleicht dachte oder auch nicht.

Der direkt vor ihrem stehende Stuhl wurde jäh herumgedreht. »Guten Abend, Mrs Watkins«, sagte eine Stimme. »Auch wenn unsere Bekanntschaft auf eher unorthodoxe Weise begann, vielleicht sehen Sie ja darüber hinweg.«

Sie sah auf und erblickte einen lohfarbenen Schopf und ein breites Lächeln. »Guten Abend, Mr Stamm«, erwiderte sie.

Er trug keine Lackschuhe wie die anderen männlichen Gäste, sondern ein Paar praktischer schwarzer Schnürschuhe mit Blattschnitt und leichtem Schmutzrand. Seine restliche Abendgarderobe war – abgesehen davon, dass sie nicht ordentlich ausgebürstet war – unauffällig, und dennoch schien er bemerkenswerter als jeder andere Mann im Raum, einschließlich des Maharadschas.

Das Orchester spielte etwas lauter und in rascherem Tempo, und die Lüster leuchteten *noch* heller.

»Möchten Sie tanzen?«

Soweit sie das mit ihrer – äußerst begrenzten – Erfahrung beurteilen konnte, war es kein Tanz wie jeder andere. Mit seiner rechten Hand ergriff er die ihre im genau richtigen Winkel und genau der nötigen Festigkeit, und durch den weißen Glacéhandschuh spürte sie die Wärme seiner Finger. Seine linke Hand lag exakt auf ihrem Kreuz, und die liebkosende Berührung ließ sie jäh der drei separaten Schichten – in Gedanken zählte sie sie – aus glattem Stoff gewahr werden, die ihr nacktes Fleisch von dem seinen trennten.

Sie glitten über das Parkett. Und als sie ihrem Partner endlich in die Augen sah, entdeckte sie, dass diese vor Vergnügen und Belustigung strahlten. Leise summte er den Walzer mit und war ihr so nah, dass sie spürte, wie die Schwingungen sich von seinem Brustkorb auf sie übertrugen, den Rhythmus ihrer Schritte verbanden, und sie beide sich drehten wie eine einzige Person, vollkommen aufeinander eingespielt und mit immer noch ineinander verschränkten Blicken. Er war ein so hervorragender Tänzer, dass er ihr das Gefühl vermittelte, ebenso gut tanzen zu können.

Vielleicht, dachte Nerys, sollte sie mal lieber etwas sagen. »Ihr Seiltrick war wirklich genial.«

»Danke. Sie müssen sich mal ein paar von meinen anderen Kunststücken ansehen.«

»Sie sind also Zauberer, Magier?«

»Das Magische besitzt keinerlei Magie, das ist das traurige Geheimnis dabei. Alles nur Übung und geschickte Darbietung.«

»O je. Und ich hatte schon geglaubt, durch mein Blasen auf den Knoten hätte ich den Zauber bewirkt.«

»Vielleicht haben Sie das ja auch«, murmelte er.

Als der Walzer vorbei war, standen sie stumm und wortlos und hielten die Hände ineinander verschränkt, bis der nächste begann. Beim Tanzen aber plauderten sie nun schon, wie Freunde.

Es dauerte eine kleine Weile – oder vielleicht auch länger – bis Nerys registrierte, dass Myrtle sie vom Rand der Tanzfläche aus mit schief gelegtem Kopf beobachtete, während sich das Licht auf ihrer Diamant-Duette brach.

»Wir sind Ihrer Anstandsdame aufgefallen«, sagte Rainer Stamm.

Nerys wich vor ihm zurück und spielte die Beleidigte.

»Ich bin eine verheiratete Frau, Mr Stamm. Und benötige nichts dergleichen.«

Sein Lachen entsprang an derselben Stelle wie das Summen. »Könnten Sie mich nicht bitte Rainer nennen?«

»Doch … Rainer.«

»Nerys«, wiederholte er leise und sprach die Silben im Rhythmus der Musik. »Also, Nerys …«

Mit seinem gerollten R und dem zischenden Auslaut, fand sie, verwandelte er ihren prosaischen Namen in etwas geradezu Schönes. »Darf ich Sie etwas fragen?«, begann sie, und er neigte den Kopf noch ein wenig weiter zu ihr herüber. »Die Kinder, die bei mir waren, als Sie mich unlängst abends retteten, die kleinsten, haben Sie die gesehen?«

»Ich *habe* Sie nicht gerettet. Aber ja, ich habe sie gesehen.«

»Ich war bei ihnen zu Hause, weil sie versuchten, mir einen Schal zu verkaufen. Sie sind sehr arm.«

»Das sind viele Leute in Srinagar.«

»Ich weiß. Nur ist diese Familie zufällig an mich geraten, und ich habe sie enttäuscht.«

Während der zurückliegenden Tage hatte sie oft an die kleine Familie in ihrem einzigen nackten Raum gedacht, an die Beharrlichkeit des kleinen Mädchens mit dem spitzen Gesichtchen und das müde Lächeln der Mutter.

»Was möchten Sie denn für sie tun, Nerys?«

»Mein Mann ist Missionar«, begann sie.

Rainer wirbelte sie ein wenig schneller in die nächste Drehung hinein als nötig, und seine Hand lag schwer auf ihrem Rücken. »Ach ja? Und Sie wollen sie bekehren, geht es darum?«

»Nein. Natürlich unterstütze ich die Arbeit meines Mannes, aber mir liegt nicht ... mir liegt nicht ganz so viel daran, Seelen zu retten.«

»Glauben Sie nicht, dass sie nicht sowieso schon auf anderem Wege gerettet wurden?«

»Doch, wenn Sie meinen. Letztes Jahr haben wir in Leh gelebt.«

Er sah sie an, und sie merkte nun, dass seine Augen die Farbe von Malzbonbons hatten. »Ich kenne Leh.«

»Ich hab dort an der Schule unterrichtet. Ich mache mir keine Illusionen über den Wert meiner Arbeit dort, aber für die Kinder war es besser als nichts. Sie bekamen ein anständiges Essen, wir spielten und sangen.«

»Es gibt auch Schulen in Srinagar.«

Sie seufzte. »Ja. Natürlich.«

Ein weiterer Tanz ging zu Ende, und viele strömten in Richtung des Speisesaals. Nerys sah auf einmal das Mädchen, das

Myrtle und sie im Club getroffen hatten – Caroline Bowen, so hieß sie – und nun in der Mitte des Raumes stand. Zwei leuchtendrote Flecken blühten auf ihren Wangen. Ihr Begleiter war ein hochgewachsener, auffällig attraktiver und selbstherrlich wirkender junger Kaschmiri, der sich ein wenig übertrieben vor ihr verbeugte und dann rückwärts entfernte.

Nerys spürte die winzige Irritation in der Luft, als Rainers Finger über ihr Rückgrat fuhr, ohne es tatsächlich zu berühren. Sie musste sich bewusst auf seine Worte konzentrieren, während seine andere Hand sich behutsam von ihrer löste.

»Es klingt, als seien diese Leute Spinnerinnen von Pashminafasern. Das Traurige daran ist, dass das traditionelle Handwerk, zu dem sie mit ihrer Arbeit beitragen, die Herstellung von *Kani*-Schals nämlich, ein schönes und langsames Verfahren ist und nicht mehr stark nachgefragt. Die Fabriken in England und Schottland können die alten Muster weit billiger reproduzieren und für einen Bruchteil des Preises ganz ähnliche Schals herstellen. Die Ware wird dann wieder zurück in den Osten exportiert und die Einheimischen vom Markt verdrängt.«

Kani – das war doch das Wort, das das Kind ständig wiederholt hatte.

Nerys sah sich um, sah die Ehefrauen, die kessen, koketten Mädchen und all das bewusste Zurschautragen von Moden, die – aufgrund der weiten Entfernung von Europa und der Kriegsbedingungen wahrscheinlich nicht mehr ganz der letzte Schrei waren – das merkte sogar sie; aber dennoch, wie viel Geld hier versammelt war!

»Sind Sie reich, Nerys?«, fragte Rainer.

Sie schüttelte den Kopf. »Ganz und gar nicht.«

Seine Züge wurde weicher, und sie registrierte die hellen Fältchen um Lippen und Augen, in die die Sonne nicht ganz hatte vordringen können. »Vielleicht könnten Sie ja tatsächlich etwas für diese Familie tun. Ich bin jetzt aber zu abgelenkt, um darüber zu sprechen, da ich auf den Kavallerieoffizier warte, der jeden Moment hereinstürzen wird, um sie als Partnerin für sich zu beanspruchen.«

»Ich kenne keine Kavallerieoffiziere.«

»Ich höre es mit Erleichterung. Darf ich Sie zum Souper begleiten, Madame?«

Nerys ergriff den ihr entgegengestreckten Arm. Ihr war schwindlig von dieser Nähe, die sie geradezu überrumpelte, alle Hürden der Konvention überwand und auf etwas zu galoppierte, von dem sie nicht wusste, wo oder was es überhaupt war. Sie musste Rainer sagen, dass Evan bald in Srinagar eintraf, und ihm klarmachen, dass sie wahrscheinlich im Frühjahr nach Leh zurückkehren würden, um dort die Arbeit für die nonkonformistische Mission fortzusetzen. So gehörte es sich.

Plötzlich entstand in der Mitte des Saals Unruhe. Ein Mädchen hatte kurz die Stimme erhoben, und nun, da die Menge sich teilte, hörte man Geflüster.

Nerys erblickte zunächst den Mann mit dem Adlerprofil und dem herrischen Gebaren, lächelnd in seinem langen seidenen Abendgehrock. Dann sah sie Caroline Bowen mit gesenktem Kopf, um ihr blutübergossenes Gesicht zu verbergen. Sie entfernte sich so schnell von ihm, dass sich ihr Absatz in der Schleppe ihres Kleides verfing und sie fast gestolpert wäre. Nerys packte sie beim Vorübereilen am Arm und hielt sie fest, und beide schwankten verlegen, ehe die junge Frau wieder das Gleichgewicht fand. »Es tut mir so leid«, rief sie. Und sah aus, als ob sie entweder gleich in Tränen oder brüllendes Gelächter ausbrechen würde, als ob sie nicht wisse, welche Richtung ihre Gefühle im nächsten Moment wohl einschlagen mochten.

»Alles in Ordnung?«, fragte Nerys.

»Alles bestens«, beteuerte sie mit geradezu unbändiger Ausgelassenheit. »Bestens. Heiß, wissen Sie. Frische Luft.« Sie fächelte sich vor dem Gesicht herum und lief beiden davon.

»Lassen Sie mich doch mitkommen«, sagte Nerys. Aus einem Grüppchen von beobachtenden Gesichtern, von denen einige feixten, andere besorgt, andere einfach nur neugierig wirkten, trat Myrtle auf sie zu. Sie nahmen Caroline in ihre Mitte und fegten dann zu dritt aus dem Raum. Nerys fand gerade noch Zeit, kurz über die Schulter auf Rainer zu blicken, der ruhig nickte.

In der weitläufigen Eingangshalle der Residenz gab es nicht so viele neugierige Gaffer. Myrtle steuerte Carolines behandschuhten Ellbogen. »Sie kennen das Haus. Wo können wir hin, wo sind wir unter uns?«

Das Mädchen zögerte. Nun wirkte sie eher den Tränen nahe als hysterischem Gelächter. »Ich weiß nicht. Warten Sie kurz – da wäre der Salon.«

Sie ging ihnen voran. Ein Residenzdiener in scharlachroter Livree bewachte eine geschlossene Tür, verbeugte sich jedoch respektvoll und öffnete sie ihnen, sobald er Caroline erkannte.

Der Salon der Residenz stellte eine Kopie eines englischen Landhauswohnzimners dar. Es gab mit Chintz bezogene Sofas, hinter und neben denen sich auf Tischen Bücher und Zeitschriften stapelten. Vor dem geschlossenen Vorhang des Fenstererkers stand ein Flügel, und nur die Blumen, scharlachrote Cannas, gekräuselte Hahnenkämme und strahlende Gladiolen, anstelle von Wicken und Rittersporn, ließen erahnen, dass man sich nicht in der Heimat befand. Myrtle steuerte ihren Schützling zu einem der Sofas und ließ Caroline Platz nehmen. Sofort begann diese am ganzen Leib zu zittern. Sie legte die Hände aufs Gesicht und erstickte ein Schluchzen, während ihr die Tränen über die Wangen strömten und die Handschuhe durchweichten.

Myrtle packte sie an den Schulter und schüttelte sie heftig. »Hören Sie zu. Sie *können, dürfen* sich nicht derart unmöglich aufführen. Nie wieder. Begreifen Sie das? Wie schlimm es auch sein mag – und Sie sollten uns besser gleich auf der Stelle erzählen, wie schlimm es ist –, in der Öffentlichkeit müssen Sie den Schein wahren. Das ist Ihre Pflicht. Ihr Gatte ist Offizier der indischen Armee, Sie sind eine Freundin der Fanshawes. Würdevolles Benehmen ist das Mindeste, was Sie ihnen allen schulden.«

Die Schluchzer des Mädchens schwollen an. »Ich kann's nicht ertragen«, flüsterte sie erstickt. »Ich liebe ihn.«

Myrtle seufzte. Sie tätschelte Carolines glatte blasse Schulter und wartete, bis der Gefühlssturm seinen Gipfel erreicht hatte und dann allmählich wieder abzuklingen schien. Sie schüttelte ein gestärktes Taschentuch aus ihrer Abendtasche auf und reichte es ihr.

»Soll ich lieber gehen?«, fragte Nerys leise.

»Ja«, würgte Caroline.

Myrtle sagte: »Nein. Nerys ist eine Freundin, und Sie brauchen mehr als nur eine, mein Kind. Können Sie jetzt ein Glas Wasser trinken?«

»Ich hätte lieber einen Whisky.«

»Ich glaube, Sie hatten schon genug zu trinken.«

Auf einem Tablett standen ein Krug und zwei geschliffene Kristallgläser. Nerys goss etwas Wasser ein und drückte Caroline das Glas in die Hand. Das Mädchen schniefte traurig und trank es dann mit gesenktem Kopf.

»Also.« Myrtle zündete sich eine Zigarette an. Nerys hörte die Musik aus dem Ballsaal. Für das Zwischenspiel während des Soupers versuchte sich das Orchester an einem Stück von Debussy, das die Mängel der Musiker nicht so freundlich kaschierte wie die Tanzmusik.

»Ich liebe ihn««, wiederholte Caroline. Diesmal lag ein bisschen Trotz in ihrer Stimme.

»Gut, gut. Wenn Sie darauf bestehen. Solche Sachen passieren.«

Über den Kopf des Mädchens hinweg suchte Myrtle Nerys' Blick. Sie zog die Mundwinkel nach unten, um den Ernst der Lage zu verdeutlichen, untergrub diese Wirkung dann jedoch, indem sie zwinkerte. »Aber sie sind Britin, und verheiratet. Es gibt verschiedene Arten, mit solchen Affären umzugehen, doch in aller

Öffentlichkeit eine Szene zu machen ist definitiv keine davon. Was haben Sie sich denn dabei gedacht? Glauben Sie, Ravi Singh ist von ihrem Takt und ihren Manieren beeindruckt?«

»Ich wollte ihm keine Szene machen.«

»Trotzdem haben Sie's geschafft.« Myrtles Ton blieb frostig, aber sie nahm Carolines Hand zwischen ihre und drückte sie. »Erzählen Sie uns, was los ist, ja? Wir drei deichseln das schon – und zwar unter uns.«

»Ich habe einen Brief bekommen … von meinem Mann. Sein Regiment bekommt einen letzten zweitägigen Urlaub vor dem Einsatz, morgen ist er da. Ich habe gewartet, bis Ravi mich zum Tanzen aufforderte, und er tat es – völlig angemessen, indem er zunächst mit Rosalind Dunphy und Jean Whittaker tanzte, sodass keine dieser alten Hexen aus dem Club etwas hätte bemerken müssen. Und dann habe ich es ihm gesagt. Ich dachte, er würde … er würde …«

Zwei weitere Tränen tropften in den Schoß von Carolines Abendkleid.

»Sie dachten, er wäre zumindest eifersüchtig, war es das? Haben sich erhofft, er könnte womöglich sogar drauf bestehen, dass Sie Ihren Mann nicht sähen. Dass ihr galanter Ritter Sie über den Knopf seines Sattels heben und mit Ihnen davongaloppieren würde. Doch stattdessen hat er sich nur verbeugt und das Thema gewechselt. Was denn nun, hat er das Orchester, oder das schlechte Wetter oder die Kriegsnachrichten kommentiert? Sodass Sie dann vor allen Ihre Enttäuschung und Verzweiflung hinausgeplärrt haben?«

»So war es nicht. Sie verstehen nicht.« Caroline war so bleich geworden, dass Nerys fürchtete, sie müsse sich übergeben.

Myrtle legte den Arm um sie und zog den Kopf des Mädchens an ihre Schulter. »Ich versuche ja, es zu verstehen«, meinte sie leise. »Glauben Sie, dass das Ihre einzige Hoffnung auf Liebe ist, Ihre erste, letzte und einzige Hoffnung und Sie nicht loslassen können, obwohl Sie irgendwo tief da drinnen genau wissen, dass Ravi Singh gar nicht das ist, was Sie wollen? Aber er ist natürlich attraktiv und männlich und hat Ihnen alle möglichen süßen vertraulichen Dinge ins Ohr geflüstert, die Ihnen vorher noch niemand gesagt hat, nicht wahr?«

Stumm nickte Caroline.

»Natürlich hat er das. Sie sind sehr hübsch, und Sie schmeicheln ihm. Aber das ist auch alles. Ravi wird heiraten, wen immer seine Mutter für ihn aussucht. Er ist der Cousin des Maharadschas. Sein Platz ist hier in Kaschmir, auch wenn Srinagar Krisengebiet ist. Wovon immer Sie auch träumen mögen, wie viel Sie auch für Ihn aufzugeben bereit sind, eine geschiedene Engländerin passt da nirgendwo ins Bild, Liebes. Er wird eine Braut aus einer Dogra-Familie, wie seiner eigenen, wählen, und Sie beide werden einander vergessen.«

»Nein.« Caroline riss den Kopf in den Höhe. »Niemals.«

Myrtle drückte ihr erneut die Hand. »Ich glaube, es gibt hier zwei Probleme, und vielleicht bringen Sie sie durcheinander.«

»Glauben Sie? Tue ich das?« Nun war Caroline an der Reihe und wurde frostig. Von den großen blauen Augen und den blonden Locken bis hinab zu der schlichten Perlenschnur um ihren rosigen Hals erschien sie Nerys als absoluter Inbegriff der englischen Rose in Indien.

»Ja. Eines davon ist Ravi und Ihre Schwärmerei für ihn. Nein, warten Sie, hören Sie mir einfach zu. Das andere ist Ralph. Wenn Sie Ihren Mann nicht lieben können, wissen Sie, Liebes, falls Sie es nicht schaffen, dass es zwischen Ihnen funktioniert, sollten Sie Ihr junges Leben vielleicht nicht mit sinnlosen Versuchen verschwenden. Nach diesem Krieg wird nichts mehr sein wie es war, nicht mal die Ehe und unsere Gedanken an England. Wenn Sie ihn verlassen wollen, helfen wir Ihnen dabei. Oder etwa nicht, Nerys? Aber wir tun es, damit Sie unabhängig werden, und nicht, damit Sie sich von Ravi Singh Unterstützung erhoffen.«

»Ich kann Ralph nicht verlassen.« Caroline zog ihre Hand zurück. »Das geht nicht.«

»Verstehe.« Myrtle zog es vor, den Widerspruch zu ignorieren. »Nun. Ich bin froh, dass Sie das so klar sehen. Doch falls Sie auch weiterhin als gute Gattin gelten und in Srinagar oder wohin auch immer man Captain Bowen versetzt, hocherhobenen Hauptes dastehen wollen, dann müssen Sie diskret sein. Ich will Ihnen nicht raten, keine Affären mehr einzugehen – man muss sich schließlich nur umsehen, um zu wissen, dass das vergebliche Liebesmüh' wäre – aber bitte seien Sie vorsichtig bei Ihrer Wahl. Die unromantische Wahrheit an der romantischen Liebe ist ihre Vergänglichkeit. Stützen Sie sich nicht allein auf sie, weil die nämlich Ihr Gewicht nicht aushalten kann. Wie Sie ja jetzt schon feststellen müssen.«

Was für eine weise Frau du doch bist, Myrtle McMinn, dachte Nerys.

Myrtles strenges Gesicht war nun voller Mitgefühl, doch sie gestattete sich keine Sentimentalität. Sie war pragmatisch, und falls Evan sie als unmoralisch betrachtet hätte, so gehörte sie zu denen, die ihre eigene Moral besaßen.

Caroline nagte an ihrer Lippe herum. Dann zwang sie sich zu einem Lächeln, obwohl kein Schimmer davon ihre traurigen Augen erreichte. »Sie sind sehr freundlich. Alle beide. Ich weiß das zu schätzen, ehrlich. Aber ich glaube, ich gehe jetzt nach Hause. Würden Sie Mrs Fanshawe – wenn Sie sich von ihr verabschieden – vielleicht sagen, dass ich mich unwohl gefühlt und mich davongestohlen haben, weil ich nicht stören wollte?«

Draußen erstreckte sich eine lange Reihe von Gästekarossen in die Dunkelheit. Die Auffahrt der Residenz war von flammenden Fackeln gesäumt, von denen Rauchwolken aufstiegen, die der Wind verwirbelte. Myrtle und Nerys verfrachteten das inzwischen still gewordene Mädchen in eine *tonga* und kehrten ins Haus zurück, um sich offiziell zu verabschieden und Mrs Fanshawe Carolines Nachricht zu überbringen.

Die Frau des Residenten nahm ihren Dank liebenswürdig entgegen. »Wie überaus freundlich von Ihnen, sich Mrs Bowens anzunehmen. Sie ist ja eine so interessante junge Person, aber ich glaube, sie nimmt alles sehr schwer.«

Ein livrierter Diener half Nerys und Myrtle in ihre Abendmäntel. Gleich neben den Stufen schnurrte ein primelgelber Rolls-Royce; von Bediensteten und unbedeutenderen Mitgliedern seines Gefolges flankiert und dem grellen Licht brennender Fackeln beleuchtet, fegte der Maharadscha in seinen Wagen und fuhr davon.

Die beiden Frauen lehnten sich unter dem Verdeck ihrer *tonga* zurück, während die Pferde in der Parade der Automobile und sonstiger Fahrzeuge dahinklapperten. Sie fuhren unter einem Baumgewölbe dahin, durch das Portal hindurch und schließlich hinaus auf die breiten Straßen der Neustadt. Die modernen Villen wohlhabender kaschmirischer Pandits und Muslime lagen in lauschigen Gärten, der Schimmer gelber Laternen drang durch die herbstlichen Äste. Neben jedem der Tore kauerte ein Wachmann, und als sie an einem davon vorbeikamen, echote der träge und von den Falten einer Decke gedämpfte Schlag einer Terrakottatrommel das Trappeln der Pferdehufe.

Nach langem Schweigen sagte Myrtle: »Also wenn ich mit Ralph Bowen verheiratet wäre, würde ich auch alles schwer nehmen.«

»Aber was genau ist denn so schlimm an ihm?

»Er ist das, was Archie als Hinterlader bezeichnet.«

Nerys hatte keine Ahnung, was sie sich darunter vorstellen sollte. Vielleicht, dachte sie, konnte es ihr ja Rainer Stamm erklären.

Am folgenden Abend entkleidete sich Captain Ralph Bowens junge Ehefrau still im Bad ihres kleinen Bungalows im Quartier für die Ehepaare am Rand der Kasernenanlage. Von den beiden Nachbarn war er durch einen Zaun und zwei identische staubige

Rinnen getrennt, die etwas hochtrabend als Blumenbeete bezeichnet wurden. Die Bungalowwände waren dünn, und Caroline hatte stets das Gefühl, aufpassen zu müssen, damit die Nachbarn nicht mitbekamen, was sie zu jeder Tages- und Nachtzeit tat.

Sie bürstete sich das Haar, sodass es ihr hübsch über die Schultern fiel, und zupfte die seidenen Rüschen ihres Flitterwochen-Négligés zurecht. Es ließ einen Stück ihrer Kehle und des anschwellenden Brustansatzes frei. Inzwischen wusste sie, dass sie so hübsch aussah. Wenigstens dies hatte sie die Erfahrung gelehrt. Einen Moment lang wankte sie in ihrem Entschluss, dann aber verbot sie sich jeden Gedanken außer dem an Ralph, der hinter der Tür im Ehebett lag.

Caroline probierte ein Lächeln, der Spiegel warf ein mattes Grinsen zurück. Nicht annähernd gut genug. Sie zerrte am Négligé, sodass es weiter aufging, warf das Haar zurück und lächelte breiter. Dann trat sie zu ihrem Mann hinein.

Ralph Bowen las eine Zeitschrift; sie erhaschte einen Blick auf eine Jagdszene mit Jagdhunden vor einem ländlichen Hintergrund aus Wiesen und Gehölzen. Es war eine uralte Ausgabe – die schon seit Monaten im Haus herumlag. Ralph trug seinen steifen blauen Pyjama mit den paspelierten Manschetten. Langsam ging sie ums Bett herum und stellte sich so vor ihn hin, dass sie nicht zu übersehen war.

Das Schweigen hatte etwas Klebriges, und sie sehnte sich danach, es zu durchbrechen. »Schön, dass du nicht schläfst«, begann sie mit leiser, neckender Stimme.

Zu ihrer Erleichterung gingen ihr die Worte ziemlich leicht von den Lippen. Ralph blätterte eine Seite um. Nach ihrem trockenen kleinen Dinner hatte er zwei Whisky Soda getrunken, war jedoch keineswegs beschwipst. Das konnte zu ihren Gunsten ausschlagen, dachte Caroline, oder sich ebenso gegen sie wenden.

Sie hatte dies alles im Voraus geplant, aber wenn er sie nicht einmal eines Blickes würdigte, wurde es schwieriger, die Dinge in die

Tat umzusetzen. Dennoch löste sie langsam den Gürtel ihres Morgenrocks und legte zentimeterweise die nackten Schultern frei. Sie hielt die Stofffalten über den Brüsten zusammen und ließ sie dann allmählich nach unten gleiten. Kühl strich ihr die Luft über Rücken und Hüften. Schon bald würden die Nächte eisig werden und jedermann seinen Feuertopf mit sich herumtragen müssen.

Das Négligé lag nun zu ihren Füßen. Caroline atmete flach und erhob sich kerzengerade und nackt.

Du bist exquisit, hatte der andere gehaucht.

»Ralph, sieh mich an«, sagte sie.

Er ließ die Zeitschrift sinken, hob den Blick. Er hatte lange, farblose Wimpern, Gesicht und Hals waren gerötet, eine Röte, die ohne Übergang an die bleiche Körperhaut grenzte, wie der Ausschnitt seiner Pyjamajacke verriet. »Was soll das?«

Caroline drehte sich um die eigene Achse, möglichst aufreizend, hoffte sie, und ließ ihn das schwellende Hinterteil, den Schwung ihrer Hüften und die glatte Rundung ihres Bauchs sehen. »Du ziehst in den Krieg«, flüsterte sie, »und ich bin so stolz auf dich. Aber bevor du gehst, will ich dir gehören.«

Sie neigte sich ein wenig in seine Richtung, als sie nun am Rand der Matratze stand und auf ihn hinuntersah. Ralphs Blick wanderte über ihren Körper. Zumindest war er nun nicht mehr in seine Lektüre vertieft.

»Willst du nicht mit mir schlafen?« flehte Caroline.

Sie zog die haarige Decke mit dem Mottenkugelgeruch und ein aus ihrer Mitgift stammendes Laken zurück, das der *dhobi-wallah* nicht gründlich genug gewaschen hatte. Sie legte sich auf den schmalen Streifen zwischen Ralph und der Bettkante und schmiegte sich an ihn. Gleichzeitig fingerte sie erst an den Knöpfen, dann an der Kordel seiner Pyjamahose herum. Jeder Zentimeter an ihm war steif, außer dem, worauf es ankam. Das lag schlaff in ihrer hohlen Hand.

Sie schloss die Augen und konzentrierte sich. Sie presste die

Brüste gegen seine Rippen, ließ die Wärme ihres Fleischs auf das seine abstrahlen. Zunächst lag er nur reglos da, doch dann drehte sich Ralph, ganz verlegen und zögernd, zu ihr herum, sodass sie sich gegenüberlagen. Er küsste sie auf die Lippen, und sein Schnurrbart kratzte ihren Mund.

Durch die Reaktion ermutigte, streichelte Caroline weiter, doch nichts geschah. Da sie nichts anderes erwartet hatte, zog sie sich nicht zurück, sondern streckte sich wollüstig aus und schob sich an ihn heran. Sein feines, weizenblondes Haar fiel nach hinten, entblößte die runde, rührend kindliche Stirn. Seine Augen waren weit geöffnet, ihre Ränder von der Sonne und dem Whisky gerötet und zeigten den vertrauten, konzentriert stechenden Blick.

»Ich liebe dich«, flüsterte Caroline.

Nun, wo sie schon einmal dabei waren, fiel ihr das nicht mehr so schwer. Alles würde sich finden.

Kein Mann könnte dir widerstehen, hatte der andere in ihren Armen gestöhnt. *Das ist die pure Wollust.*

Sie konnte die Erinnerungen nicht mehr ausblenden. Sie bemühte sich auch nicht mehr darum und ließ mit einem Schaudern zu, wie die weichen Bilder sich in ihrem Kopf ansammelten und wie Schleier zwischen Ralph und sie legten.

Das erste Mal war es bei einer Ausfahrt aufs Land, einem Picknick geschehen. Ravi hatte ihr versichert, dass auch andere mitkämen, doch als er sie dann abholte, hatte er allein in einem seiner auf Hochglanz polierten Automobile gesessen, auf dem Notsitz eine Reihe abgedeckter Körbe und er selbst in gefährlich herausfordernder Stimmung, als er ihre Hand an seine Lippen hob.

»So werden wir zu guter Letzt denn doch nur zu zweit sein, meine schöne Caroline. Werden Sie denn sicher sein bei mir, was glauben sie?«

Sie war so glücklich gewesen, dass sie keinen Gedanken an ihre

Sicherheit verschwendet hatte. Außerdem, wer wollte schon sicher sein?

Sie waren aufs Land hinausgefahren auf der staubigen Straße in Richtung des Dorfes Pahalgam, durch langsam sich dahinschiebende Herden von Schafen und Ziegen. Es war ein silbriger Nachmittag im Hochsommer, und sobald die Stadt hinter ihnen lag, flogen sie im Schatten von Weiden und Pappeln dahin und an terrassierten Reisfeldern vorüber, wo Dorfbewohner gebückt unter konischen Hüten schufteten. Es war üppig und grün hier draußen, und als sie dann schließlich anhielten, war es ganz still, wenn man von den in der Hitze zirpenden Grillen absah. Ein kleiner Pavillon stand von Hecken gesäumt neben einem Apfelgarten, und Ravi hatte aufgesperrt und die Türen aufgerissen. Im Innern gab es Zedernholzböden, die – da weder genutzt noch gepflegt – grau geworden waren, gepolsterte Diwans sowie einen niedrigen geschnitzten Tisch mit einer alten Wasserpfeife.

»Was ist denn das hier?«, hatte sie gefragt und hatte den Finger durch den Staub gezogen.

Er zuckte die Achseln und packte die Körbe aus. »Gehört meiner Familie – bloß ein Sommerhäuschen, zu dem man kommt, um die Aussicht zu genießen. Heute wird es nicht mehr benutzt, wie Sie sehen.«

Die Aussicht bestand aus Bergen, düsteren Nadelwaldbeständen, die sich längs der Bergzüge erstreckten, um dann auf braune Hänge und Gipfel zu treffen, die sich in zweidimensionalen Zackenlinien vor dem strahlenden Himmel abzeichneten. Caroline wusste bereits, dass Ravi, wie alle Kaschmiris, die Berge liebte.

»Kommen Sie, setzen Sie sich hierher«, befahl er. Offene Fenster öffneten sich auf ein umzäuntes Stück sonnengesprenkelten Grases. Hellgelbe Schmetterlinge tänzelten in der Luft. Sobald Ravi sie zu küssen begann, waren sie die beiden einzigen Menschen auf der Welt. Und weil er sich bei allem verhielt, als habe er unendlich viel Zeit für das, was er gerade tat, als kümmere ihn nichts anderes als das, womit er gerade beschäftigt war, gab es keinerlei Eile, von Gerede und Gezerre ganz zu schweigen. Sie hatte dieses Verhalten an ihm schon beobachtet, wenn er etwa seinem Pferd mit der Hand über die Flanken fuhr, oder auch beim Genuss raffinierter Speisen, wenn er die Augen schloss, um sich besser auf die Gewürznuancen konzentrieren zu können, oder aber beim Kauf eines Schmuckstücks bei einem Händler als Geschenk für seine Schwester. Oder auch nur beim Kosten eines schlichten Glases Limonade an einem heißen Nachmittag. Nun war *sie* die Empfängerin dieser ausschweifenden Konzentration.

Fünfzehn Minuten ließ er sich Zeit, um die Manschette ihrer Bluse aufzuknöpfen, den leinernen Ärmel Falte um Falte hochzurollen und schließlich ihre Armbeuge zu entblößen. Es war nicht das erste Mal, dass er sie küsste: auf Bällen, in Gärten und hinter den Vorhängen einer *shikara* hatte es bereits lachende Umarmungen gegeben, doch dies war das erste Mal, dass sie dabei Priorität genoss. Und als Ravis Mund dann von ihren Lippen zum Puls an ihrer Kehle glitt, und dann unendlich langsam weiter hinunter zu ihren Brüsten, schmolz sie dahin. Er musste nicht bitten; sie hätte ihm alles gestattet.

Nein. Sie hätte darum *gebettelt.*

Mit skrupulöser Sorgfalt entkleidete er sie. Er stellte ihre Schuhe nebeneinander, so behutsam, als bestünden sie aus Zuckerwatte. Die warme Luft strich über ihre Haut, und das Sirren der Grillen gellte ihr in den Ohren. Er begutachtete ihre Glieder, die Einkurvung ihrer Taille, die einander entsprechenden inneren Wölbungen ihrer Oberschenkel und die Elastizität ihrer Zehen. Dann erhob er die feucht schimmernden dunklen Augen und sah sie an. »Du berauschst mich«, flüsterte er.

Nach einem ganzen langen Jahr wachsender Bestürzung und Einsamkeit endlich auch selbst von ihrer Schönheit berauscht, streckte sich Caroline in die Diwanpolster zurück. Verträumt registrierte sie den Kontrast ihrer Hautfarben, Sahne neben Karamell. Ravi entledigte sich seines gestärkten Hemds und entblößte seine muskulöse Brust. Leicht fuhr sie mit den Fingern darüber und berührte die Stelle über seinem Herzen. Seine Zähne waren sehr weiß, während er auf sie herunterlächelte, und dann kniete er zwischen ihren Schenkeln.

Als er in sie eindrang, stieß sie bei der ersten schnellen Bewegung, die er machte, unwillkürlich einen Schmerzensschrei aus. Er erstarrte, und sie sah, dass Ravi Singh zum ersten Mal in den sechs Monaten ihrer nunmehrigen Bekanntschaft verblüfft war. Er zog sich wieder zurück, und beide starrten sie hinab auf den kleinen Blutfleck.

»Ist es dein erstes Mal?«

Caroline nickte. Es war scheußlich, dies zugeben zu müssen für eine Frau, die bereits seit einem Jahr verheiratet war, doch es war ja nicht ihre Schuld. Und sie verspürte eine triumphierende Beschleunigung ihres Pulsschlags – auch weil sie Ravi und nicht ihrem zornigen, irritierend abweisenden und zunehmend abwesenden Ehemann ihre Jungfräulichkeit geschenkt hatte. Liebe durchwogte sie wie die Flutwellen einen Fluss bei Hochwasser. Ravi hatte sie gerettet, und nun gehörten sie zusammen. Die mit Blumen gesprenkelten Wiesen und grünen Terrassen des Tals waren zu ihrem privaten Königreich geworden, jetzt und für alle Zeit.

Sie lächelte zu ihm auf. »Ich bin glücklich«, flüsterte sie. »Jetzt wird es nicht mehr weh tun.«

Und das tat es dann auch nicht.

Sobald Ravi sich wieder gefangen hatte, war er sogar noch zärtlicher. Danach hielt sie ihn in ihren Armen und küsste seine Lider. Sein schwarzes Haar war schweißfeucht, die Linien seines Profils waren ihr auf einmal vertraut und bis ins Kleinste teuer, statt einfach nur schön.

Er zog sich an und half danach ihr beim Ankleiden, ja, band ihr sogar die Schuhe. Dann lehnten sie sich in die Polster zurück und breiteten ihr Picknick aus frischen kaschmirischen Früchten und dicker gelber Sahne aus. Hungrig aß Caroline mit der Hand und lachte und verkleckerte das Essen, das Ravi ihr reichte, weil er die Finger ihrer anderen Hand in der seinen verschränkt hielt.

»Nun. Willst du mir nicht verraten, wie es zu einem derartigen Stand der Dinge kommen konnte?«, flüsterte er, während er die Gerichte beiseite schob und mit den Knöpfen ihrer Bluse spielte.

Caroline errötete. »Mein Gatte zeigt einfach kein großes Interesse.«

Ravi hob eine schwarze Augenbraue. »Das ist ja kaum zu glauben. Er ist Soldat, Reiter, ein Mann von Welt. Das ist doch nicht normal.«

»Anfangs hat es mir eine Menge ausgemacht. Ich hatte mir eingebildet – na ja, all die Dinge, die Mädchen sich so einbilden und flüsternd bereden. Meine Mutter war tot, das habe ich dir schon erzählt, und meine Stiefmutter hat mich vor der Hochzeit nur bei ... praktischen Dingen unterstützt. Unsere Verlobungszeit war ziemlich kurz. Sobald wir aber verheiratet waren, tat Ralph einfach nichts von dem, was Ehemänner normalerweise tun. Unsere Flitterwochen dauerten nur eine Woche. Dann war er bei seinem Regiment, und danach andauernd krank. Als er sich erholt hatte, ging er wieder fort. Und inzwischen ist wohl schon ein Jahr vergangen«, fügte sie mit trauriger Stimme hinzu.

»Verstehe«, sagte Ravi. »Du bist sehr einsam gewesen.«

Caroline schmiegte sich noch enger an ihn. »Aber das spielt jetzt keine Rolle mehr. Ich habe dich, und das ist wunderbar. Ich bin so froh.« Dieser Moment – dachte sie –, diese Sekunde, mit den Grillen im Gras und dem weichen Fächeln der Brise, die Sonne, die ihren Finger über den alten Boden streckte, ihr Frausein, Ravis Liebe und das ihr wiedergeschenkte Leben – das war es, wohin jeder Tag ihrer bisherigen Existenz geführt hatte. Es war vollkommen. Nicht ein einziges Detail daran hätte sie ändern wollen.

»Meine Liebe«, sagte er, was sie dahingehend interpretierte, dass sie seine Liebe, seine Liebling war.

»Ich liebe dich«, flüsterte Caroline ohne einen Hauch von Berechnung.

Seine Gesichtszüge verhärteten sich kaum merklich. »Liebe? Ist es das, woran du glaubst?«

»Ja, natürlich.«

»Sogar nach alledem, was du seit deiner Heirat erlebt hast?«

Ein leichter Puls von Betroffenheit pochte in ihrem Kopf, doch sie ignorierte ihn. Caroline blickte ihrem Liebhaber direkt ins Auge. »Ja«, wiederholte sie.

Stumm hob Ravi ihre Hand an die Lippen und küsste jeden einzelnen Fingerknöchel.

In den seither vergangenen vier Monaten hatte es wohl ein Dutzend weitere Male gegeben. Und neben ihren gestohlenen heimlichen Schäferstündchen waren da auch die üblichen Tennispartien und Ausritte in die Parks sowie all die Vergnügungen der Srinagarer Saison gewesen. Während all dieser langen Wochen hatte Caroline viel darüber erfahren, was man mit einem Mann anstellen konnte, und sie hatte auch gelernt, dass man nicht mit *Ich liebe dich* herausplatzte. Stattdessen kokettierte und schmollte sie nun. Doch nie wieder beglückte Ravi Singh sie mit der vollen Wucht seiner Zuwendung wie beim ersten Mal. In letzter Zeit, nachdem sie abhängiger von ihm geworden war, hatte er in ihrer Gesellschaft sogar rastlos gewirkt, außer während der kurzen Augenblicke, in denen sie nackt zusammen waren. Als sie am letzten Abend auf dem Ball des Residenten miteinander getanzt und sie ihm erzählt hatte, dass Ralph nach Hause komme, hatte er sie unter seinen dunklen Wimpern hervor prüfend betrachtet.

»Nun wirst du also in die Praxis umsetzen, was du gelernt hast, wie?« Er lächelte.

Sobald sie begriff, was er da sagte, hatte der Schock über seine Worte sie erstarren lassen.

Ihr Liebhaber war nicht eifersüchtig; ihr Liebhaber war im

Grunde ein Voyeur. Ganz vergnügt konnte er sich vorstellen, wie sie mit Ralph all das tat, was sie bei ihm gelernt hatte. Und blitzartig erkannte sie die Wahrheit, die sie bisher ignoriert hatte: Ravi wartete nicht auf den richtigen Augenblick, um Anspruch auf sie zu erheben, nein. Er zerstreute sich lediglich mit einer verheirateten Engländerin. Genau, wie Myrtle McMinn sie gewarnt hatte.

Auf den Schock folgte ein schäumender Wutausbruch. Die Hände auf seine Brust gepresst, mit den Absätzen auf die Tanzfläche trommelnd, schnellte Caroline in die Höhe. Sofort trat Ravi einen Schritt zurück und verbeugte sich zuvorkommend.

»Das war alles? Mehr hast du dazu nicht zu sagen?« Ihre Stimme wurde laut, unfreiwillig schrill, und die neben ihnen tanzenden Paare verlangsamten ihre Schritte und starrten sie an. Ravi runzelte die Stirn, doch ihr Zorn und ihre wachsende Verzweiflung waren einfach zu heftig.

Sie holte Luft. »Ich hasse dich«, zischte sie, noch immer allzu hörbar. Nachdem sich ihr das Bild von Ravis zornigem Antlitz und der gaffenden Gesichtspaare hinter ihm eingebrannt hatte, war sie herumgewirbelt, über ihre Schleppe gestolpert und fast auf der Nase gelandet. Myrtles Freundin und dann auch Myrtle selbst waren ihr zu Hilfe geeilt.

Was Myrtle ihr in dem Privatsalon gesagt hatte, hatte die Wahrheit nur noch einmal unterstrichen. Aus dem einst so packenden Rätsel, Ravi Singh zu lieben und mit Ralph Bowen verheiratet zu sein, war während des letzten Monats einfach nur dies geworden: ein Papierfetzen von einem Knallbonbon mit aufgedrucktem billigen Motiv darauf, das verschrumpelte und zu Asche zerfiel, sobald es mit dem Feuer in Berührung kam.

Doch Caroline hatte nun eine noch größere Sorge, und die trieb sie mit der schändlichen Trophäe ihrer Erfahrung ins Schlafzimmer zu Ralph.

***

Zentimeter um Zentimeter senkte sie den Kopf, ihre Wange streifte die Brust ihres Mannes, dann seinen Bauch mit der dünnen kupferfarbenen Behaarung. Sie spürte, wie er sich versteifte, als werde er auf die Folterbank gespannt, und seine Knochen knackten unter ihrem Ohr. Sie kniff die Augen zusammen und hob den Kopf, sodass ihr blondes Haar über seine Leiste herabhing. Ralph atmete nicht mehr. Ihr eigener Atem stockte ihr irgendwo im Brustkorb. Sie nahm ihn in den Mund. Ganz kurz zuckte es, sein Ding.

Und dann schrie er: »Was in Gottes Namen tust du da?«

Er stieß sie nach hinten, stieß sie aus dem Bett, als stehe dieses in Flammen, hüpfte und hielt mit einer Hand die Pyjamahose, die ihm über die Hüften zu rutschen drohte.

Caroline starrte ihn an. Ralph war hochrot geworden, und seine Wangen bebten, vor lauter Zorn, Verlegenheit und Entrüstung sah er aus wie ein Puter.

»Das ist ein Hurentrick«, brüllte ihr Mann sie an.

»Bitte, schrei nicht so«, flüsterte sie, da sie sich vorstellen konnte, wie im Nachbarbungalow Major und Mrs Dunkeley kerzengerade in ihren Betten saßen. Sie hüllte sich in ihr Laken und setzte sich auf.

Ralph hatte seinen Pyjama wieder zusammengebunden. Das Bett wie eine Barrikade zwischen ihnen, stand er entsetzt da und strotzte schier vor Rechtschaffenheit. »Wo hast du solche Hurentricks gelernt? Anständige Frauen tun so was nicht.«

Eine weitere Fertigkeit, die Caroline sich im Laufe ihrer Affäre angeeignet hatte, war die Verstellung. Sie riss die Augen auf und spielte die ahnungslose Unschuld. »Woher weißt du denn, dass Prostituierte so was tun? In meinem Buch steht da nichts darüber.«

»Was für ein verdammtes Buch? Wovon zum Teufel redest du?«

»*Eheliche Liebe. Der Ratgeber für die junge Ehefrau*«, improvisierte Caroline. »Hab ich mir schicken lassen. Es ist aber ganz unauffällig verpackt angekommen, mach dir keine Sorgen; ich dachte, ich brauche ein paar Ratschläge, um meinen Mann zu animieren. Und das stimmt doch auch, oder etwa nicht?«

»Bist du wahnsinnig? Ich will, dass du mir diesen Schmutz sofort aushändigst.« Ralph ballte die Faust, doch sie war ihm erneut voraus.

»Ich habe das Buch gelesen und verbrannt. Ich konnte doch nicht riskieren, dass die Diener es finden.«

Mit hoch erhobener Nase starrte er auf sie herab, wie ein Jagdhund, der das Ausmaß ihrer Lüge zu erschnüffeln versuchte. Sie begegnete seinem stechenden Blick.

»Du bist widerwärtig«, meinte er schließlich, besiegt.

Caroline reckte das Kinn. »Warum hast du mich geheiratet, Ralph?«

»Weil Leute wie wir das eben tun. Wir heiraten.«

»Und leben dann so? In lustloser, sinnloser, endloser Abneigung gegenüber dem anderen?«

Abrupt wandte er sich ab. »Ja, vermutlich. Sei nicht so melodramatisch.« Er klaubte seine Zeitschrift zusammen, nahm seinen karierten Morgenmantel vom Stuhl neben dem Bett, holte Zigarettenetui und Feuerzeug aus der Kiste auf der Frisierkommode und ließ sie in seine Tasche gleiten.

Caroline blickte ihm nach, während er zur Tür marschierte. Sie versuchte es noch einmal, dämpfte ihre Stimme. »Es tut mir leid. Es ist deine letzte Nacht. Willst du nicht zurück ins Bett kommen?«

»Gute Nacht«, blaffte er, und die Tür schloss sich hinter ihm. Sie legte sich wieder zurück.

Ravi.

Du bist exquisit …

Mochte ja sein. Aber sie war nicht so begehrenswert oder standesgemäß, dass er sie ganz gewollt hätte. In all ihren zweiundzwanzig Jahren hatte Caroline sich noch nie so einsam und sorgenvoll gefühlt. Sie legte sich aufs Bett und starrte an die Decke hinauf. Morgen würde ihr Ehemann mit seinem Regiment fortgehen. Es war Krieg.

Vielleicht würde sie ja Witwe werden.

Myrtle und Nerys frühstückten auf der Veranda der *Garden of Eden.* Die Sternennächte waren nun vor Kälte wie ausgehöhlt, doch an diesem Morgen war die Sonne noch warm genug, sodass sie es genossen, im Freien zu sitzen. Ein dünner Nebelschleier hing über dem Wasser des Sees, und die Vertäupfähle wurden von brütenden Adlern patroulliert. In der Ferne glitten Boote lautlos durch etwas, das wie horizontale Lichtschichten wirkte. Myrtle las ihre Briefe, schlitzte mit einem elfenbeinernen Papiermesser die Umschläge auf, überflog den Inhalt und legte sie auf einen von drei ordentlichen Stößen.

Nerys hatte nur einen einzigen Brief bekommen, von Evan. Er hatte ihr über die Arbeit in Kargil geschrieben, die Schwierigkeiten bei seinen Reisen in die entlegenen nördlichen Täler, von den alltäglichen Entbehrungen, deren mönchischer Genuss – da war Nerys sich sicher – vom vorgestellten Kontrast mit ihrem eigenen schwelgerischen Dasein drunten im Tal noch erhöht wurde. Im letzten Satz kündigte er ihr sein Vorhaben an, noch weitere zwei Wochen in Kargil zu bleiben.

Sie faltete die beiden Bögen zusammen und steckte sie wieder in den Umschlag. Dann lehnte sie sich zurück und trank nachdenklich ihren Tee. Majid kam mit einem frischen Krug Wasser, räumte die leeren Teller ab und entfernte sich lautlos auf nackten Füßen. Schwarze und weiße Eisvögel tauchten nach den eigenen Spiegelbildern, während eine *shikara* auf das Hausboot zugepaddelt kam. Die vom Bug und Paddel ausgehenden Wellen wiegten die Seerosenblätter und ließen eine kristallene Perle in deren Mitte kurz im gedämpften Sonnenlicht aufschimmern.

»Hallo«, sagte Myrtle und blickte auf. Der Schiffer steuerte sein Boot zum Fuß der Treppe. Es war weder der Blumenverkäufer noch der Mann, der die frisch gefangenen und in Zeitungspapier geschlagenen Seefische brachte, noch einer der anderen ihnen vertrauten Händler, die zwischen den Hausbooten verkehrten. Er trat vom hinteren Teil seines Schiffs nach vorn, die Beine gespreizt wegen des Geschaukels, und hielt ein Paket in die Höhe. »Post, Ma'am. Sonderzustellung.«

Myrtle warf einen Blick darauf und meinte dann. »Das ist für dich.«

Die spitze schwarze Handschrift war Nerys unbekannt. Sie gab dem Bootsführer eine Münze und nahm Myrtles Papiermesser, um den Umschlag zu öffnen. Im Innern befand sich, in zerknülltem Papier sicher verwahrt, ihre gestohlene Brosche.

Myrtle war über den Diebstahl unterrichtet. Erfreut klatschte sie in die Hände. »Sehr geschickt von ihm. Was glaubst du, war diese ganze Episode vielleicht nur eines der Zauberkunststücke deines Mr Stamm? Inszeniert, um dich zu beeindrucken?«

»Er ist nicht mein Mr Stamm. Nein, es war genau so, wie ich es dir erzählt habe. Die Brosche wurde mir von Kindern in der Altstadt entrissen. Ich wüsste nicht, wie er das Ganze geplant haben könnte, ohne vorher erst mal den ganzen Haufen zu rekrutieren und zu trainieren. Und warum um Himmels willen hätte er sich diese Mühe machen sollen?«

Sie überflog das kurze Begleitschreiben. Rainer fragte, auf ihre Begegnung in der Residenz verweisend, ob Nerys vielleicht Zeit habe und ihn auf einen Cocktail in seinem Haus besuchen könne? Mrs McMinn sei ihm ebenfalls hochwillkommen. Sechs Uhr am selben Abend. Er nannte eine Adresse in der Altstadt.

Nerys reichte Myrtle die Karte zum Lesen.

»Hmm. Ganz schön selbstsicher, wie? Worüber habt ihr beiden euch denn unterhalten?«

Nerys erzählte ihr von den Kindern aus dem Zimmerchen hinter dem Basar und ihrem noch unklaren Wunsch, ihnen auf irgendeine Weise zu helfen.

»Du willst also gehen?« Lässig wedelte sie den Rauch ihrer ersten Zigarette des Tages fort.

»Ja, wenn du mitkommst.«

»Das klingt, Schätzchen, als müsste ich ein kleines bisschen den Anstandswauwau spielen. Ich habe euch beide neulich abend tanzen sehen. Ihr habt die Atmosphäre ganz schön zum Knistern gebracht.«

Ruhig steckte sich Nerys den kleinen Perlenring an seinen Platz am Halsauschnitt ihrer Strickweste. Es war die cremefarbene, die sie auf dem Fest des britischen Bevollmächtigten in Leh getragen und an die sie inzwischen sauber und ordentlich die Knöpfe genäht hatte. »Ich bin sehr froh, dass unsere Brosche wieder da ist. Der Verlust war wirklich schlimm für mich – weil du sie mir geschenkt hattest. Und ich würde mich gern persönlich bei Mr Stamm bedanken, nichts weiter.«

»Wenn du meinst. In Ordnung. Dann werden wir uns mal in Schale werfen und schön hingehen, um heut abend deinen Bewunderer zu besuchen. Was gibt's denn bei Evan Neues?«

Nerys erzählte es ihr.

»Noch zwei Wochen? Da soll er sich mal lieber ranhalten.« Myrtle blinzelte zur Gebirgskulisse hinüber.

»Ich glaube, er will gar nicht nach Srinagar.« Mit einer weit ausholenden Geste umschloss Nerys die fantastischen Holzarbeiten der *Garden of Eden,* die Sitzkissen mit handgestickten Blättern und Blumen, den See und die Flaggen des Srinagar Clubs in der Ferne.

Myrtle betrachtete sie freundlich. »Und wie geht es *dir* dabei?«

»Ich habe einen Missionar geheiratet. Ich wusste, was das bedeutet.«

»Ja. Willst du auch wissen, was ich denke?«

»Ja natürlich.«

Myrtle klaubte Rainer Stamms Schreiben vom Tischtuch und fächelte sich damit Luft zu. »Ich denke, du solltest dich ein bisschen amüsieren. Du hast dich Gott sei Dank erholt und bist wieder zu Kräften gekommen. Du solltest mal ein bisschen albern sein und ein paar Wochen lang deinen Spaß haben. Und ich glaube nicht, dass du's am Ende bereuen wirst. Vertrau mir, ich bin eine weise Frau.«

Nerys konnte sich zwar durchaus vorstellen, was ihre Freundin alles unter »Amüsieren« verstand. Und dennoch musste sie schmunzeln und dachte gleichzeitig, wie Srinagar und Mrs McMinn die Missionarsfrau doch verwandelt hatten. »Ja, das weiß ich. Aber es ist nicht das, was du Caroline Bowen geraten hast.«

»Pffff. Du bist eine erwachsene Frau. Und eine sehr vernünftige und ernsthafte obendrein, der ein leichtsinniger Moment womöglich ganz gut täte. Caroline dagegen ist kaum mehr als ein Schulmädchen.«

»Verstehe. Du rätst mir also, mir einen anderen anzulachen?«

Myrtle bekam große Augen. »Ich rate dir zu gar nichts, Mrs Watkins. Du bist doch selbst ein sehr heller Kopf.«

8

Die *Solomon and Sheba* lag in einer Reihe anderer Hausboote, eng vertäut an einer Landenge des Sees, gegenüber den grässlichen blauen Glashotels chinesischer Bauart, welche den Bund säumten. An diesem Abend litt der Stadtteil an einem der regelmäßigen Stromausfälle, sodass das Dröhnen Dutzender von Generatoren mit dem Verkehrslärm wetteiferte. Scheinwerfer strichen rhythmisch über die schwach beleuchteten Fassaden von Läden und Cafés.

Mairs *shikara* glitt durch ein dichtes Gewirr von steifen, wie Fäuste aus dem schwarzen Wasser ragenden Lotosblütenköpfen auf das Hausboot zu. Es war eine lange und kühle Fahrt gewesen vom Shalimar-Park seeaufwärts, und erleichtert und bereit zum Aussteigen schob sie die muffige Decke beiseite.

Der Bootsführer paddelte zu den Stufen am Ufer. Die *Solomon and Sheba* neigte sich schon merklich, ihr Gebälk war unlackiert und splittrig, und dennoch befand sie sich in besserem Zustand als viele der Nachbarhausboote. Einige davon – die noch bewohnt wurden – waren derart heruntergekommen, das sie kaum mehr als lose Dielenbündel und schiefe, mit zerfetzten Draperien behangene Pfähle waren.

Farooq, der ob seiner barocken Leibesfülle ein wenig sperrige Hausmeister des Boots, erschien in der Verandatür und half ihr an Bord.

»Endlich, Madam. Ich denke schon, Sie Srinagar verlassen. Essen fertig für Sie.«

Farooq servierte die Abendmahlzeit gerne etwas früher, um sich dann aufs Küchenboot zurückzuziehen. Und ihm zu widersprechen, es sei doch erst sechs, fehlte Mair die Kraft.

Während sie ihr Curry und Dhal verzehrte, versuchte sie zwar, sich auf ihr Buch zu konzentrieren, ertappte sich aber stattdessen immer wieder dabei, wie sie auf das schmuddlige Tischtuch starrte und an die Beckers dachte.

Wenigstens einmal pro Tag hatte sie ihre E-Mails kontrolliert, doch es gab keine Nachrichten von Lotus. Kein Wort von Karen.

Farooq kam, um den Tisch abzuräumen, und sie ging in ihr Zimmer. Zwar brachte der Generator nur eine schwache Deckenfunzel zum Brennen, den drei jungen indischen Paaren vom Nachbarboot aber gelang es dennoch irgendwie, ihre Bollywood-Filmmusik bis über den Verzerrungspunkt hinaus zu verstärken.

Bilder des Schnees von Lamayuru drängten in Mairs Kopf, und von dem kleinen Mädchen im Arm ihres Vaters, während der Armeehubschrauber vom Himmel herabgestiegen war.

Sie merkte, dass sie nicht noch einen Abend allein auf dem Hausboot herumhocken konnte.

Sie zog sich eine warme Jacke über, warf sich den toffeebraunen Schal aus Leh um, sodass er ihr Haar bedeckte, und schob sich das Foto ihrer Großmutter mit den zwei geheimnisvollen Freundinnen in die Innentasche. Von der Veranda aus winkte sie einem der vis-à-vis wartenden *Shikara*-Männer; und er kam und beförderte sie über den engen Wasserhals. In einem der Hotels aus blauem Glas gab es ein nur schwach frequentiertes Geschäftszentrum; dort konnte sie sich zumindest ein Glas Wein bestellen. An Bord der *Solomon and Sheba* gab es keinen Alkohol. Ein hedonistischer Schlupfwinkel war sie nicht.

Von Karen immer noch keine Nachricht.

Mair las rasch die Handvoll neuer E-Mails durch. Hattie hatte auf eine ihrer Mails geantwortet:

Du klingst traurig, meine Unerschütterliche. Wenn es dir nicht mehr gefällt, warum kommst du nicht nach Hause? Ich will dich sehen? Versuch, dich nicht zu sehr um die Kleine zu sorgen. Du kannst nichts tun, und keine Nachricht ist wahrscheinlich eine gute Nachricht.
Du fehlst mir, xxxxx

Versuch, dich nicht zu sehr zu sorgen, das war sehr viel leichter gesagt als getan. Doch Mair hatte nicht die Absicht, sich auf den Heimweg zu machen, nur wegen ihrer Ängste um Bruno und seine Familie und weil sie sich momentan etwas verloren fühlte. Schon morgen würde sie ihre Nachforschungen bezüglich des Schals wieder aufnehmen.

In heiterem Ton schrieb sie an Hattie und setzte sich dann in die Bar, die völlig menschenleer war, und wo lediglich ein alter Kellner in bordeauxroter Jacke auf dem Posten war.

Zu ihrem zweiten Glas Wein bestellte sie sich einen Teller Pommes. Sie wurden ihr zusammen mit einem Plastiktöpfchen voller Ketchup gebracht, und sie tunkte jede der bleichen, salzigen Fritten in das Töpfchen, biss hinein und studierte dabei den Fotoausdruck der drei Frauen, den sie vor sich an den Wasserkrug gelehnt hatte.

Die drei lachenden Gesichtern strahlten ihr entgegen.

Gerahmt wurden sie von einer Diagonale geschnitzten Holzes sowie von stehendem Wasser, das von Seerosenblättern überzogen war. Als Ausgangspunkt mochte das ziemlich wenig sein, doch jetzt, nachdem sie den See und die Hausboote mit eigenen Augen gesehen hatte, war sie sich sicher, dass See und Hausboot diesen Hintergrund bildeten.

Ihre Großmutter war tatsächlich in Srinagar gewesen.

Aufs Neue reizte die ungeklärte Geschichte ihre Einbildungskraft und verdrängte für den Moment ihre Sorge um die Beckers. Mair aß die letzte Fritte, die kalt und fettig war. Sie wischte sich die Finger ab und schob das Foto in die Tasche zurück. Der Umschlag mit der seidigen braunen Locke war ebenfalls da.

Morgen, dachte sie.

Noch immer gab es auf der Straße nur eine Art Notbeleuchtung, und der See dahinter war eine schwarze Ausdehnung mit den undeutlich sich abzeichnenden Rümpfen der Hausboote. Mair blickte in Richtung des Stegs und der wenigen Bootsführern, von denen einer neben einem gelbblauen Spiritusbrenner hockte, auf dem ein Flammenkrönchen loderte. Im Augenwinkel registrierte sie eine Gruppe bewaffneter und hinter ihrem geparkten Gipsy Pickup herumstehender Nationalgardisten, ebenso wie den nun schwächer gewordenen Verkehr und die Mengen von Passanten, meist Männer in langen grauen oder braunen Hemden mit wollenen Westen darüber.

Plötzlich blitzte es, und die Straße explodierte.

In der auf den Blitz folgenden Millisekunde, in der ihr vom weißen Lichtschein die Netzhaut brannte, registrierte Mair eine Stille, in der Trümmer durch die Luft flogen, den Schock der Detonation, der ihr bis in die Knochen drang, und dann eine Druckwelle, die sie rückwärts gegen eine Ladenwand warf. Dort klebte sie einen Moment lang, bis die Füße unter ihr nachgaben und sie in Sitzhaltung rutschte. Schotter prasselte ihr auf den schalverhülllten Kopf, und sie zog Knie und Arme an, um sich zu schützen.

Sie hatte keine Ahnung, wie lange sie dort gekauert und ihrem eigenen heiseren Atem gelauscht hatte, während der Trümmerregen allmählich verebbte und Schreie die Nacht zu zerreißen begannen

Doch als sie gerade den Kopf heben wollte, erfolgte eine weitere Explosion, ein widerwärtiges Wumms, bei dem auch der BSF Gipsy in Flammen aufging. Während Leute vorbeiliefen, in beide Richtungen flüchteten, *hörte* sie eher, wie das Feuer den Wagen verschlang, als dass sie es sah. Ganz aus der Nähe ertönte ein *rat-tat,* das Mair außerhalb des Kinos in ihrem bisherigen Leben noch nie gehört hatte, von dem sie jedoch wusste, dass es sich um Schüsse handeln musste. Kugeln zischten durch den Kies. Erneut vergrub sie den Kopf, hörte ihr eigenes Gewimmer jämmerlichen Entsetzens als winzigen Fortsatz zu all den Schmerzensschreien und verwirrten Rufen, die nun die Straße erfüllten.

Ein Mannschaftswagen schlitterte vor ihr die Straße entlang. Vor der lodernden Hülle des Gipsy konnte sie sehen, wie alle Passanten sich in den Schutz von Läden und Hotels geflüchtet hatten, außer zwei zusammengesunkenen Gestalten, die bäuchlings im Dreck lagen, sowie einer Gruppe von Leuten, die sich über sie beugten. Ein Paar blutbesudelter Beine trug das Khaki der BSF-Trooper. Ein älterer Mann, dessen Gesicht von einem blutigen Dreieck bedeckt war, wurde von zwei anderen gestützt und davongeführt.

Sie merkte nun, dass die kurze Schießerei vorbei war. Uniformierte Männer wirbelten zwischen ihr und den Verletzten hin und her.

Mair blickte in die andere Richtung und sah, dass die Hoteltür, aus der sie erst Sekunden früher herausgetreten war, aufgehalten wurde. Ein uniformierter Hotelpage winkte ruckartig zu ihr herüber.

Sie erhob sich auf Hände und Knie, stand auf und begann, auf ihn zuzulaufen. Noch immer rotierten Lichtkringel vom Explosionsblitz auf den Rückseiten ihrer Augen und machten es schwer, sich in gerader Linie zu bewegen. Der Page packte sie am Handgelenk und schob sie ins Foyer. Ruhig und warm war es hier; zwei, drei Leute standen neben einem Schalter, der Rezeptionist murmelte eindringlich in den Telefonhörer, und die Vase mit Gladiolen, die sie schon auf dem Herweg vom Computer-Terminal im Geschäftszentrum bemerkt hatte, stand immer noch da.

Es war kaum zu glauben, dass die Szene, deren Zeuge sie soeben geworden war, der Schauplatz des Geschehens nur wenige Meter entfernt lag.

»Wo wohnen Sie, Madam?«, fragte der Page.

Mair sagte es ihm.

»Sie können bald zurückfahren, bald. Vielleicht warten hier ein bisschen.«

Gehorsam begab sie sich zu einer Sitzgruppe und nahm Platz. Ihre Hände zitterten, das Echo der Schüsse knallte ihr noch immer in den Ohren. Nach einigen Minuten bestellte sie sich einen Tee und trank ihn, während Polizei- und Armeefahrzeuge an den Glastüren vorüberrollten. Ein paar wenige Fußgänger wagten sich bereits wieder auf die Straße, und – als ob die rasche Rückkehr zu den Geschäften eigens unterstrichen werden müsste – kehrte auch der Strom wieder zurück. Alles war erleuchtet, sogar eine gelbblaue Neonreklame für Cola, die sich blinkend im See spiegelte. Das Gebrumm der Generatoren verebbte, und nur noch das Summen des Verkehrs war zu hören.

Mair rief einen Kellner zu sich und bezahlte ihren Tee. Sie schüttelte Staub und Sand aus ihrem Schal und band ihn sich erneut um den Kopf. Dann trat sie wieder hinaus in die Nacht. Der erste Mensch, den sie am Anlegesteg erblickte, war Farooq. Er hatte nach ihr gesucht.

Der Gipsy war jetzt nur noch eine geschwärzte Hülle, aus dessen geschmolzenem Innern schwarzer Rauch quoll. Die Verletzten waren fortgebracht worden, hatten nur einen dunklen klebrigen Fleck auf der Erde hinterlassen.

Rund um den Tatort hatte man eine Absperrung aus weißen Bändern gezogen, und ein Trio von Polizisten, deren Bewaffnung unübersehbar war, bewachten das umgrenzte Gebiet. Abgesehen von einer Reihe zerbrochener Fenster, ein paar rauchgeschwärzten Ladenwänden und der auffälligen Ausdünnung des Abendverkehrs gab es kaum noch etwas, das auf das eben Geschehene hinwies.

Mair wechselte auf Farooqs Straßenseite. Erleichtert winkte er ihr zu. »Sie sind nicht verletzt, Madam, *inshallah?*«

»Nein, alles in Ordnung. Und der Soldat, und die anderen? War es eine Bombe?«

Er faltete die Hände und neigte den Kopf in Richtung einer wartenden *shikara*. Während man sie vom Steg wegpaddelte, stellte sie ihm die Frage erneut.

Farooq unterhielt sich kurz mit dem Schiffer. »Ich höre, es war vielleicht Granate, Madam. Ein paar Soldaten und Leute aus der Stadt verletzt. Sehr schlimm für Srinagar.«

»Ja«, stimmte sie ihm leise zu.

Am nächsten Morgen im eierschalenfarbenen Licht eines frischen Herbsttags auf der Veranda der *Solomon and Sheba* vertiefte sie sich in den Bericht in der englischsprachigen Zeitung. Bollywood-Melodien und Geplapper drifteten vom Nachbarboot herüber, und Farooqs weißbemützter Kopf bewegte sich im hinteren Teil des Küchenboots auf und ab. Am Vorabend, so las sie, seien fünf Zivilisten und zwei Grenzschutzsoldaten bei einem Granatenangriff auf ein Patrouillenfahrzeug in der Stadtmitte verletzt worden. Der oberste Polizeipräsident, hieß es weiter, habe erklärt, dass beim darauffolgenden Schusswechsel ein Militanter der *Hizbul Mujahideen* ebenfalls schwer verwundet worden sei.

Das Ganze wurde nur in allerknappsten Umrissen berichtet und nahm lediglich das obere Viertel der Titelseite ein, gleich neben den Bildern von einem Hotelbrand in einem anderen Stadtviertel. Auch sonst wurde in der Zeitung nichts darüber geschrieben. Gewaltausbrüche zwischen Aufständischen und indischen Sicherheitskräften, das wusste Mair, waren so häufig, dass sie nur vorübergehend Unruhe erzeugten – für außenstehende Beobachter zumindest. Die geringe öffentliche Aufmerksamkeit seitens der Behörden war allerdings mit Sicherheit beabsichtigt und Kalkül.

Eine *shikara* pflügte sich an der Reihe der Hausboote entlang, von denen die meisten inzwischen keine Gäste mehr beherbergten. Es war der Blumenhändler, der – nach dem gemalten Blechschild über dem Segeldach seines Boots – auch Mr Marvellous genannt wurde. Er befestigte ein Tau an den Stufen der *Solomon and Sheba* und stand auf, erhob sich aus einem bunten Meer von Schnittblumen, die Arme voller orange-, scharlach- und purpurroter Blüten. Sein Lächeln strahlte in voller Wattstärke. »Madam, für Sie heute große Glück. Bitte nehmen alle, nur dreihundert Rupien. Wenig Kunden heute.«

Mair versuchte erst gar nicht zu feilschen. Sie streckte die Hände nach dem doppelten Armvoll Blumen aus und vergrub ihr Gesicht in den kühlen, taufeuchten Blütenblättern.

Marvellous paddelte davon, ehe sie sich anders besinnen konnte, und Farooq mokierte sich über die so offensichtliche Überbezahlung.

»Wie schön sie sind«, sagte sie.

Es war etwas geschehen. Bis zum zurückliegenden Abend waren ihr Srinagar und seine Bevölkerung fern und abgeschottet erschienen und – trotz all der großartigen Schönheit von Bergen und Seen – unergründlich. Und dann hatte sie in der vergangenen Nacht auf der Straße die Gesichter gesehen, wie die Menschen sich hinterher wieder aufrappelten und weiterlebten, trotz der Gewalt, die um sie herum hochkochte, und sie hatte angefangen, den Ort in anderem Licht zu betrachten. Srinagar war geschlagen, verarmt, versank in seinen eigenen vielarmigen Wasserstraßen, doch es war stolz. Ein Keim von Zuneigung begann sich in ihr zu regen, und ihre Bewunderung düngte ihn.

Mit einem Lappen und einer Büchse mit Politur bewaffnet tänzelte Farooq an ihr vorbei. Mit weit ausholenden Bewegungen fuhr er über den Tisch. »Vielleicht, Madam, Sie gehen jetzt nach England zurück.« Er betrachtete sie, wollte einerseits seinen einzigen Gast nicht verlieren und wünschte gleichzeitig, ihre allen Regeln widersprechende Gegenwart loszusein.

»Nein«, meinte Mair leichthin. »Jetzt erst recht nicht.«

Später, als sie den vierten Laden in der Nähe des Bunds besuchte, nahm ihr der mittelalte Verkäufer den Schal ihrer Großmutter aus den Händen. Er trat ans Fenster seines Geschäfts, schraubte sich eine Linse ins Auge und begutachtete die Arbeit. Inzwischen war sie dieses Prozedere schon gewohnt. Mair wartete und besah sich inzwischen die ausgestellten teuren modernen Pashminas in geschmackvollen touristenfreundlichen Farben, von denen die hochpreisigsten schön kontrastierende Borten aus handgestickten Paisleymustern aufwiesen. Sie dachte an die Ziegenherden auf der von Schnee und Regen ausgewaschenen Ebene von Changthang und an die Aufbereitungsanlage in Leh. Der Laden am Bund von Srinagar verkörperte das Herz der letzten Reiseetappe der Faser, obwohl ihm traurigerweise etwas Wichtiges abging.

Es gab keine Kunden, um die schönen Waren zu kaufen.

In jedem der vier Geschäfte war sie die einzige potenzielle Kundin gewesen. Sie konnte nur hoffen, dass es irgendwo entlang der von hier ausstrahlenden Verbindungen, in den Boutiquen der Fünfsternehotels andernorts in Indien, den teuren Läden der Fifth Avenue oder Bond Street viele interessierte Frauen gab, die gerne Geld dafür ausgaben.

Im hinteren Teil des Ladens erzitterte ein Perlenvorhang, obwohl kein Luftzug zu spüren war. Mair wurde beobachtet, wahrscheinlich von weiblichen Angestellten oder Angehörigen des Inhabers.

Der Mann kehrte an die Ladentheke zurück. »Er ist sehr zerschlissen.« Er seufzte unweigerlich, ließ die Linse in eine Schublade fallen und schloss sie mit einem scharfen Klacken. Er arrangierte die Falten des Schals so, dass der gelbe Fleck sichtbar wurde, und zupfte an den winzigen zerfaserten Enden der Seidenfäden, mit denen die Blüten gestickt waren. Die durchsichtigen Farben der Blätter und Blumen hatten sich, nachdem Mair sie in ihrer natürlichen Umgebung gesehen hatte, als absolut naturgetreu erwiesen. Sie lächelte den Mann an. Auch wenn man ihr Erbstück neben die modernen Versionen legte und ihm nur den allerflüchtigsten Blick schenkte, war offensichtlich, dass es sich um eine exquisite Arbeit handelte. Und etwas anderes hatte sie nie angenommen.

»Was können Sie mir darüber erzählen?«

Der Mann zuckte die Achseln. Er deutete auf die winzige umgekehrte BB-Signatur und die sie begleitenden Symbole. »Siebzig Jahre, Datum. Zeit korrekt, aber das, diese Zeichen ist von sehr kleine Werkstatt von höchste Qualität. Lange vorbei. *Kani*-Arbeit, ja. Oberseite bestickt, für diese Effekt, hab ich bis heute nur einmal gesehen. Ihr Schal sehr schön, ja, aber Kopie von echte Hersteller. Wenn nicht Kopie, dann für Museum.« Er hielt inne, wartete, bis sie sein Urteil verdaut hatte. »Schade. Aber ich gebe faire Preis, wenn Sie verkaufen wollen.«

Mair lächelte erneut. Die Perlen im hinteren Teil des Ladens klimperten leise in der weihrauchgeschwängerten Luft. »Danke. Ich werde ihn behalten.«

»Vielleicht auch neue Schals ansehen. Geschenke für Freundinnen. Bald ist Weihnachten.«

Er war ein kaschmirischer Händler wie alle anderen und breitete bereits Arme voller Waren über seine Theke.

»Vielleicht beim nächsten Mal.«

Sie war etwa hundert Meter die Straße entlanggegangen und fragte sich gerade, wo sie einen Tee trinken und zu Mittag einen Joghurt essen könnte, als jemand sie am Ärmel zupfte. Sie wirbelte herum, schloss die Hand noch enger um die Tasche mit dem Schal, und erblickte eine alte Frau, deren Gesicht mit einem weißen Schleier bedeckt war.

»Was ist denn? Was wollen Sie?«, stieß Mair, völlig sinnlos, auf Englisch hervor. Die einzige Reaktion darauf war ein Stück Papier, das ihr die Frau in die Hand drückte, ehe sie sich wieder umwandte und eilig in der Menge verschwand. Mair faltete das Papier auseinander und starrte auf etwas, das nur eine Adresse sein konnte.

***

Der Ort war nicht leicht zu finden gewesen. Da er sich im Gassenlabyrinth der Altstadt verbarg, hatte sie ein Dutzend verschiedene Leute nach dem Weg fragen müssen, und dabei die ganze Zeit heftig gestikuliert und gedeutet. Sie war durch mit Abfällen verstopfte Höfe gewandert oder geführt worden. Höfe, wo Hennen zwischen baufälligen Hütten gackerten, vorbei an den nach vorn geöffneten Werkstätten von Färbern und Gerbern, vorbei an Fenstern, durch die man vor Teppichwebstühlen kauernde Frauen erspähen konnte, und den Barackenläden, in denen aus offenen Säcken Reis und getrocknete Bohnen verkauft wurden. An jeder Ecke sah man den dünnen Faden eines Wasserwegs, klebrig schwarz oder mit grünem Gewächs überzogen. Doch jetzt war sie am Ziel. Ein zahnloser alter Mann, der mitten auf der Gasse in einem kaputten Plastikstuhl saß, winkte sie in einen offenen Eingang.

Mair klopfte an den Türpfosten und spähte gleichzeitig in den dämmrigen Gang. »Hallo?«, rief sie. Um dann lauter zu wiederholen: »Hallo?«

Zwei Beine in Trainingshosen erschienen am obersten Treppenabsatz. Eine Stimme fragte: »Entschuldigung? Aber, was suchen Sie?«

Mair wartete erst gar nicht auf eine Einladung. Sie trat ein, setzte den Fuß auf die unterste Treppenstufe und erblickte einen jungen Mann in Nike-Kapuzentop. Zuhause auf der Hauptstraße wäre er trotz seines schwarzen Barts und der Schädelmütze wohl niemandem aufgefallen. »Ich weiß nicht. Man hat mir diese Adresse gegeben, und ich möchte das hier jemandem zeigen. Zwar versperrte ihr der junge Mann nicht direkt den Weg, aber er trat auch nicht zur Seite. »Ich habe eine gewisse Veranlassung zu glauben, dass hier vielleicht jemand meinen Schal wiedererkennen könnte«, sagte sie und erhob dabei ein wenig die Stimme.

Aus dem Zimmer am oberen Teppenabsatz wurde etwas gerufen, und der Jugendliche mit dem Kapuzenshirt antwortete, den

Kopf über die Schulter gewandt. Mair befand sich inzwischen neben ihm und glitt an ihm vorüber, wobei sie höflich lächelte. Sie blickte in einen Raum, der keinerlei Möbelstücke enthielt, jedoch voller Männer war, die mit gekreuzten Beinen entlang der vier Wände saßen. Es war kalt in diesem Raum, da die hohen Fenster zu beiden Seiten weit offen standen.

Alle starrten sie an. Weiche Wolle kräuselte sich auf dem Schoß der Männer. Alle hatten sie genäht. »Entschuldigen Sie«, murmelte sie.

»Kann ich Ihnen helfen?« Am anderen Ende des Raumes erhob sich ein Mann. Er wirkte etwas älter als die meisten anderen, vielleicht Mitte zwanzig. »Sind Sie hier, weil sie einen Schal kaufen möchten?«

»Ich fürchte nein.« Sie erklärte, man habe sie hierher geschickt und nannte den Namen des vierten Ladens vom Bund. Die alte Frau, die ihr die Adresse gegeben hatte, musste sie wohl beobachtet und hinter dem Perlenvorhang hervor belauscht haben. Die meisten von den Männern beugten erneut die Köpfe über ihre Näharbeit. Einer aber, fiel ihr auf, nähte nicht – und seine Handfläche war schwarz vor Farbe. Das einzige Geräusch, das man hörte, war ein rhythmisches Klatschen, während er einen Stempel in die Farbe stieß und sein schwarzes Bordürenmuster auf eine zartrosa Pashmina-Bahn druckte.

»Würden Sie bitte mitkommen?«, fragte der Vorarbeiter leise.

Mair folgte ihm in ein fensterloses Büro, das hinter der Werkstatt lag. An der Decke hing eine Neonröhre, die nach dem natürlichen Licht, das den vorigen Raum durchflutet hatte, sehr hart wirkte. Die einzigen Möbel darin waren ein billiger Laminat-Schreibtisch und zwei Stühle.

»Ich bin der *karkhanadar*«, sagte er nun mit ebenso leiser Stimme. Der Werkstattleiter. »Ich heiße Mehraan.«

»Guten Tag?« Inzwischen hütete Mair sich, einem muslimischen Mann die Hand entgegenzustrecken. Stattdessen breitete sie ihren Schal aus, bedeckte die Schreibtischplatte mit seiner Pracht.

Mehraan besaß keine Linse. Er griff nach einer Partie des Stoffs, strich behutsam darüber. Eine Minute verging ohne ein Wort, und dann noch eine. Schließlich sah er sie an. »Ich erkenne die Arbeit.« Sein Englisch war gut.

»Bitte erzählen Sie mir davon«, bat sie ihn.

Der feucht schimmernde Blick des Mannes wirkte intelligent, neugierig und frei von Vorurteil oder Feindseligkeit. Und Mair war mit einem Mal überzeugt, dass sie hier endlich jemanden gefunden hatte, mit dem sie reden konnte. »Ich will ihn nicht verkaufen«, sagte sie, »oder herausfinden, was er wert ist, ganz und gar nicht. Ich bin bis nach Srinagar gereist, um seine Geschichte aufzuspüren. Er hat einmal meiner Großmutter gehört, der Mutter meiner Mutter, und ich glaube, sie könnte vor etwa siebzig Jahren hier in der Stadt gewesen sein. Mehr weiß ich nicht.«

Mehraan nickte. Offensichtlich pflegte er seine Worte zu wägen, ehe er sie aussprach. »Er ist wunderschön. Der Schalmacher kommt aus demselben Dorf wie mein Großvater.«

Ein Lächeln breitete sich über Mairs Gesicht. Durch die offenen Fenster drang der erste Schrei des Muezzins herein, der über die ganze Altstadt hinweg aufgenommen wurde.

»Entschuldigen Sie«, sagte er. »Ich muss zum Gebet.«

»Warten Sie. Bitte, können Sie mir helfen. Der Schal hat meiner Großmutter viel bedeutet, das weiß ich. Ich bin seiner Geschichte von Changthang nach Leh und dann weiter bis nach Srinagar gefolgt. Bestimmt können Sie mir noch mehr dazu erzählen.«

Mehraan zögerte. »Wenn Sie möchten, können Sie hier warten. Es dauert nicht lange.«

Er drehte sich um und folgte dem Trupp der *Karkhana*-Arbeiter die Stufen hinab. Sie schlüpften barfuß in die Plastikflipflops und schmutzigen Sportschuhe, die neben der Türe aufgereiht waren. Mair saß da und lauschte dem gedämpften Lärm von Hupen und krähenden Hähnen auf dem Mist. Einmal stand sie auf und warf einen Blick in die Werkstatt. In farbigen Lachen lagen die Schals auf dem Mattenboden, und in winzigen Seidengarnstichen nahmen die winzigen Blätter und Blütenblätter allmählich Form an.

Binnen einer halben Stunde kamen die Männer wieder zurückmarschiert. Der Jüngste von ihnen war wohl noch keine fünfzehn. Er warf Mair einen raschen Blick zu, ehe er aufs Neue den Kopf senkte, und sie sah, dass seine Augen von der konzentrierten Arbeit gereizt und gerötet waren.

»Kommen Sie«, sagte Mehraan zu ihr. »Lassen Sie uns kurz einen Tee trinken.«

Er führte sie zu einem Eck-*Dhaba,* einem Arbeiterlokal mit Plastiktischen und -stühlen, erfüllt vom Dampf heißen Essens und nach dem Gebet brechend voll. Er grüßte etwa ein halbes Dutzend anderer junger Männer, während er in den hinteren Teil des Raumes durchging und sich an einen Tisch direkt an der Wand setzte. Über ihnen hing ein Bild der *Haddsch,* dessen hochglänzende Oberfläche sich in der Hitze wellte. Ein Kellner brachte Tassen und goss ihnen aus einer Metallkanne Tee ein.

»Woher kommen sie?«

»Aus England.«

Er musterte sie über den Rand seiner Tasse hinweg. »Und warum sind Sie in Srinagar?«

»Wie schon gesagt, ich folge den Spuren meiner Großmutter. Sie war mit einem Missionar verheiratet; zur Zeit des Zweiten Weltkriegs haben sie hier in Kaschmir gearbeitet. Allerdings habe ich sie nie kennengelernt. Sie starb schon vor meiner Geburt. Ist *Ihr* Großvater denn noch am Leben?«

»Nein, und auch mein Vater lebt nicht mehr. Ich habe nur noch meine Mutter und zwei jüngere Schwestern in meiner Familie, sonst niemand.«

»Das ist aber eine ganze schöne Verantwortung für Sie.«

Mehraan nickte bestätigend. »Sagen Sie, und *Sie* machen diese Reise nur, um ein paar Ziegen und eine Stickwerkstatt zu besuchen? Das ist schon ungewöhnlich.«

»Ist es das?«

»Die meisten Leute kümmern sich ums Heute und wünschen sich ein besseres Morgen.«

Schon auf den ersten Blick hatte Mair in Mehraan einen Menschen erkannt, mit dem man reden konnte. Und es hatte schließlich keinen Sinn, eine solche Verbindung herzustellen und sich dann *nicht* zu unterhalten. Folglich erzählte sie ihm vom Tod ihres Vaters und der Entdeckung des Schals an ihrem letzten Abend im alten Haus. Sie erklärte, dass ihre Geschwister beide verheiratet seien und junge Familien hätten, sie jedoch allein sei und daher die Reise habe unternehmen können. »Auch im Auftrag meiner Geschwister, sozusagen«, meinte sie zusammenfassend, als müsse sie rechtfertigen, was er womöglich nicht nur als maßloses sondern auch exzentrisches Unternehmen betrachtete.

»Verstehe«, meinte er. Er stellte die leere Tasse ordentlich auf den Tisch zurück.

Mair wusste, dass er ihre Erklärung nicht vollständig akzeptieren konnte. »Ich brauchte ein Ziel«, sagte sie. »Alle offenkundigen Wegweiser in meinem Leben deuteten in Richtungen und auf Straßen, die ich nicht einschlagen wollte, sodass ich mich quasi entschloss, lieber den Fußpfad zu nehmen. Und falls mir dabei während der letzten Monate irgendetwas klar geworden ist, dann dies: Wie sehr ich den Ort, an dem ich aufgewachsen bin, liebe und wie sehr ich meine Familie schätze. Dort war mir das nie bewusst.«

Nun lächelte Mehraan. Es war das erste Mal. »Das ist gut. Sind Sie allein hier in Kaschmir?«

»Ja.«

»Aber Sie sind keine Journalistin?«

»Natürlich nicht.«

»Und Sie sind bedauerlicherweise auch keine Großabnehmerin feiner Kaschmir-Pashminas, die sich für ihren Laden in London eindecken will?«

»Leider nein.«

»Das ist sehr schade für mich.«

Sie lachten beide. Er blickte auf die Wanduhr über dem *Haddsch*-Bild. »Ich muss jetzt zurück.«

Die Tasche mit dem Schal lag auf Mairs Schoß. »Wann erzählen Sie mir von Ihrem Großvater?«

»Morgen könnte ich Sie treffen. Vor dem Nachmittagsgebet bleiben mir ein paar Minuten Zeit zum Essen.«

»Hier?«

»Natürlich.« Er erhob sich zum Gehen.

Sie fragte: »Mögen diese jungen Männer, die ich bei Ihnen gesehen habe, ihre Arbeit?«

»Wenigstens ist es Arbeit. Aber natürlich würden Sie lieber als Lehrer oder Ärzte oder sogar in einer Bank arbeiten, was glauben denn Sie? Aber heute gibt es in Kaschmir nichts für sie. Gar nichts.«

Nachdenklich folgten Mairs Augen seinem sich entfernenden Rücken.

Am nächsten Tag saß sie, als er erschien, schon auf ihrem Stuhl.

»Haben Sie etwas gegessen?«, fragte er. Ein Zinnteller mit gehackter Zwiebel und Limettenscheiben, mit grünem Chili bestreut, wurde vor sie hingestellt.

»Noch nicht. Aber falls Sie für uns beide bestellen, würde ich Sie gern einladen.«

Er machte ihr den Eindruck, als könnte er etwas dagegen haben, bestellte jedoch rasch bei einem der Männer, die mit dampfenden Tellern zwischen den Tischen auf und ab liefen. »Also, was möchten Sie wissen?«

Viel wollte sie wissen, das war Mair über Nacht klar geworden.

Und zwar ebenso sehr über sein Leben wie über das seines Großvaters. In den Zeitungen hatte sie über Steinewerfer gelesen, Gruppen militanter junger Männer, die für ein freies Kaschmir waren. Sie sammelten Steine, rotteten sich in Horden zusammen, um sie auf die Sicherheitskräfte zu schleudern. Und wenn Polizei und Armee zurückschlugen, wurde mitunter ein Junge getötet. Protestkrawalle wegen eines Toten hatten zu Ausgangsperren geführt, verstärkter Polizei- und Militärpräsenz, einer Phase beklommener Ruhe, bis schließlich das Ganze wieder von vorn begann. Wie interpretierte ein Mann wie Mehraan die Gewalt?

Mair tastete sich vor: »Warum gibt es in Kaschmir nichts für Ihre Arbeiter?«

»Wenn es kein Geld, keine Arbeit, keine Investitionen, keinerlei Aussichten gibt. Dann ist das doch *nichts.*«

»Unterstützen Sie *azadi?*« Freiheit, Unabhängigkeit.

Diesmal klang Mehraans Lachen bitter. »Freiheit ist für den Armen nur ein Wort. Aber nein, ich persönlich glaube nicht daran, dass Kaschmir unabhängig sein kann. Das ist ein wirtschaftliches Problem.«

»Oder vielleicht zusammen mit Pakistan?«

»Nach der Teilung hätte das vielleicht eine Lösung sein können. Aber der Maharadscha, Nehru und euer Vizekönig von Indien haben anders entschieden. Jetzt allerdings, heute ...« Mehraan zuckte die Achseln und blies durch die leicht geöffneten Lippen. »Pakistan hat selbst genug Probleme. Aber weshalb wollen Sie über unsere Schwierigkeiten reden?«

»Weil ich hier bin. Vorgestern Abend war ich auf dem Bund unterwegs und habe den Granatenangriff miterlebt. Oder sollte ich vielleicht nur Bilder von den Seen knipsen und Teppiche kaufen?«

»Das erwartet man von einem Touristen, ja. Von einer Person wie Ihnen, Ma'am ...«

»Mair.«

»Ja. Natürlich wollen Sie mehr sehen als nur die Läden. Aber die Probleme Kaschmirs gibt es seit Langem, und sie sind nicht leicht zu verstehen. Ich weiß ja selbst nicht so recht, was ich glaube. Außer natürlich an Gott und seinen Propheten, Gott segne ihn und schenke ihm Heil. Selbstverständlich ist es nicht richtig, Steine oder noch Schlimmeres auf Polizisten und Soldaten zu werfen, doch junge Männer sind zornig, und wenn man in seinem eigenen Land nichts zu sagen hat, wird man noch zorniger. Im Großen und Ganzen ist das, was Sie gerade machen, klug – ich meine, sich auf die eigene Geschichte zu konzentrieren. Und auf Schals.«

Mair blickte auf ihren Teller. Es gab ein heißes duftendes *naan,* glänzend vor geschmolzener Butter und frischen gehackten Kräutern, eine Reiskuppel und daneben eine Pfanne mit Gemüsecurry. Mehraan faltete mit der Rechten ein Stück Brot zusammen und löffelte damit flink die dicke Sauce auf. Sie wusste, genau wie Farooq legte er ihr, um ihrer selbst willen, Vorsicht nahe.

»Reden wir also über Geschichte«, griff sie seinen Vorschlag auf. »Und Ihren Großvater. Erzählen Sie mir von ihm.«

Mehraan düsteres Gesicht hellte sich auf. Seine Zähne wirkten ungeheuer weiß inmitten des dichten schwarzen Barts. »Früher, vor der Teilung, war Kaschmir ein völlig anderes Land. In Srinagar, aber auch draußen auf den Dörfern, überall lebten Muslime, Sikhs, Hindus, Buddhisten, und zwar alle zusammen. Natürlich gab es zuweilen Ärger, Streitigkeiten zwischen Nachbarn, aber nie so, dass sie das Land zerrissen hätten. Mein Großvater lebte in einem Dorf namens Kanihama, auf dem Weg nach Sonamarg. *Hama* heißt soviel wie Siedlungsort, und *kani,* müssen Sie wissen, bedeutet Schalherstellung. Es gab dort klares, frisches Wasser, Gärten für den Gemüseanbau und Weiden für die Tiere. Wie ich war er ein *karkhanadar,* und in seiner Werkstatt wurden die feinsten und schönsten Schals produziert; einen wie den Ihren herzustellen, konnte – in unserer Tradition – ein Jahr und länger dauern.«

Mair lauschte verzückt.

Mehraan malte ein Bild vom einfachen Lebens in diesem idyllischen Tal, von Familien, die genossenschaftlich zusammenarbeiteten, wie sie es jahrhundertelang getan hatten. Man stellte beste Ware her in der Hoffnung, der fertige Schal werde einen reichen Käufer finden, um dann vielleicht bei einer Hochzeit getragen oder als Teil der Mitgift einer Braut sorgfältig aufbewahrt zu werden. In kaschmirischen Familien, erzählte er, stellten Schals aller Qualitätsklassen für die Frau eine Sicherheit dar. Sie konnten zerschnitten und in Einzelstücken verkauft werden, um damit Lebensmittel oder Schulden zu begleichen, dann wieder zurückgekauft und erneut zusammengenäht, mit Bitterkräutern gegen die Motten in Leinen eingeschlagen und eingelagert werden, um allein zu großen Familienfeiern wieder hervorgeholt zu werden. Schals wurden verschenkt, als Schätze gehortet, von der Mutter an die Tochter weitergegeben. Dies sei noch immer so, meinte Mehraan, die schönsten Exemplare jedoch, die *Kani*-Schals, wie der von Mairs Großmutter, würden heute kaum mehr hergestellt und die Techniken seien fast verloren gegangen. Sie waren zu aufwendig, die Weber konnten es sich nicht mehr leisten, monatelang über einen Webstuhl gebeugt zu arbeiten in der Hoffnung, dass ihr Schal, wenn er erst einmal fertig war, einen guten Preis erzielte. Natürlich gab es maschinengewebte Kopien, aber das war kein Vergleich.

»Haben Sie schon mal zugesehen bei dieser Arbeit?«, fragte Mehraan. Ihre Teller waren leer, obwohl die Geschichte Mair derart in ihren Bann gezogen hatte, dass sie kaum aufs Essen geachtet hatte.

Sie schüttelte den Kopf.

»Falls es Sie interessiert, es gibt einen Laden nicht weit von hier – der *karkhanadar* ist mein Freund. Er hat einen Aufkäufer für *kani* in Delhi, aber der Mann ist ein unerbittlicher Feilscher. Da lässt sich nicht viel Profit machen.«

»Ich würde wahnsinnig gerne mal zusehen.«

»Ich erkundige mich. Kommen Sie morgen wieder.«

»Das werd ich«, versprach sie. »Haben Sie eine Ahnung, Mehraan, wie meine walisische Großmutter an ein so teures Stück gekommen sein könnte?«

Sie traten hinaus in die Sonne. Nach der dampfigen *dhaba* war der Nachmittag draußen frisch und kühl.

»Sie war Eurpoäerin und daher wohl reich genug, um meinen Großvater dafür zu bezahlen. Vielleicht ein Geschenk ihres Mannes.«

Welche andere Erklärung hätte es dafür auch geben können? Doch Mair war sich sicher, dass der Reverend Evan und Mrs Watkins nicht reich gewesen waren, ja nicht einmal in bescheidenem Wohlstand gelebt hatten, und sie konnte sich immer noch nicht vorstellen, dass Nerys, die Frau des Pastors, sich den leuchtenden Schal um die sittsamen Schultern drapierte.

»Morgen um die gleiche Zeit.« Sie lächelte.

Als sie Mehraan am nächsten Nachmittag traf, war er jedoch in Eile.

»Ich kann heute nicht essen. Ich muss einen Käufer besuchen. Wenn Sie sich beeilen, können wir jetzt gleich die Werkstatt besichtigen.«

Die Köpfe eingezogen, durchquerten sie einige enge Gassen bis zu einem weiteren Eingang in einer alten Holz-Ziegel-Fassade. Hohe Fenster dienten dazu, für die darin tätigen Arbeiter ein Maximum an Tageslicht einzulassen. Fast der gesamte Raum in der kleinen stillen Kammer wurde von drei Holzwebstühlen eingenommen, primitiv aussehenden Dingern aus Balken und geknoteten Fäden. Drei junge Männer saßen, in ihre Arbeit vertieft, auf den davorstehenden Bänken, doch als Mehraan den nächsten ansprach, lehnte der sich zurück und ließ sie seine Arbeit betrachten, indem er das schwarze Tuch zurückschlug, das die gewebte Bahn schützte. Ordentlich und präzise reihten sich über deren gesamte Breite Hunderte von *Kani*-Garnspulen, von denen jede mit einem anderen Ton des haarfeinen Schuss-Garns umwickelt war. Für jede Reihe des Musters, eines komplizierten Blumendesigns auf schwarzem Grund, musste – so verstand es Mair – jede der Spulen nacheinander in die Hand genommen und zwischen den Kettfäden hindurchgeführt werden. Jedesmal musste man die genaue Anzahl der Fäden abzählen, ehe eine Farbe von der nächsten abgelöst wurde. Die Anweisungen der Mustermacher waren auf einem groben Raster notiert, das vor jedem Weber an den Stuhl gepinnt war, ein Wirrwarr gekritzelter Ziffern, die den mathematischen Berechnungen früher Astronomen ähnelten. Daneben hing eine Skizze der fertigen Musters.

Mair hatte die Luft angehalten und atmete nun aus.

Es nahm wohl fünfzehn Minuten an Konzentration in Anspruch, überschlug sie, um auch nur eine einzige Reihe dieses Schals zu weben.

Mehraan stellte eine weitere Frage, und der Weber nickte in Richtung des bereits fertig gestellten Musters. Es war nicht mehr als ein halber Meter.

»Drei Monate«, übersetzte Mehraan.

Um den Endpreis möglichst niedrig zu halten, bestanden diese Entwürfe aus jeweils zwei breiten *Kani*-Bändern auf einfarbigem Hintergrund. Wie viele Stunden Arbeit für ein komplett gemustertes Design wie das ihre nötig waren, konnte Mair sich kaum vorstellen. Sie merkte, dass ihr die Augen brannten, teils aus Mitgefühl mit den jungen Männern, die sich den ganzen Tag über mit dieser anspruchsvollen Arbeit abmühten und teils aus Ehrfurcht vor der Hinterlassenschaft, die ihr irgendwie zugefallen war. Mehr denn je war sie entschlossen, die Geschichte des Schals weiterzuverfolgen.

»Danke«, sagte sie.

Der Weber, der sie nicht ein einziges Mal direkt angesehen hatte, widmete sich wieder dem Zählen.

Kein Wunder, dass es hier drinnen keine Musik, keine Gespräche und auch sonst nichts Ablenkendes gab. Ein einziger falscher Faden würde das ganze Muster verpatzen.

Draußen auf der Straße sagte Mehraan: »Verstehen Sie jetzt?«

»O ja.« Sie wusste nicht, was sie sonst hätte sagen können. Hastig bat sie ihn: »Ich möchte Kanihama besuchen. Würden Sie eventuell mitkommen?«

Sie dachte, er könne ihr vielleicht die einstige Werkstatt zeigen und die Häuser, in denen damals, als Britisch-Indien noch existierte, die Schalweber gearbeitet und gelebt hatten.

Mehraan presste die Lippen zusammen.

»Nein, das geht nicht.«

Offensichtlich hatte sie einen unziemlichen Vorschlag gemacht, sie, eine ledige Frau, gegenüber einem unverheirateten jungen Mann. »Verstehe. Es tut mir leid.« Es gab Touristenführer in Srinagar. So würde sie eben eine Toyota-Tour nach Kanihama buchen müssen.

Nun wirkte Mehraan verlegen. »Vielleicht … vielleicht hätten Sie ja Lust, morgen mit meiner Mutter und meinen Schwestern Tee zu trinken? Sie sprechen zwar kein Englisch, aber ich kann hin- und herübersetzen.«

»Ja, gerne. Das würde mich sehr freuen.«

Es handelte sich um ein winziges Haus in einem Stadtviertel, das zu besuchen keiner der sonstigen Kaschmirtouristen – so wenige es waren – Anlass gehabt hätte. Ein Labyrinth sich windender staubiger Gassen lief unter dem gefleckten Schatten von Walnuss- und Aprikosenbäumen zusammen und verzweigte sich wieder. Aus offenen Rinnsteinen sickerte schwarzes Wasser. Zwischen den eingeschossigen Häusern befanden sich wacklige Zäune und verkümmerte Gartenflächen, Scheunen und Teppichwerkstätten sowie ölige Höfe, wo Mechaniker zerbeulte Lastwagen reparierten. Auf den Gassen herrschte reges Hin und Her, während alte Männer aus offenen Läden heraus alldem zusahen und kleine Jungs Cricketstäbe auf Betonwände malten.

Schattenhafte Köter strichen um Abfallhaufen herum. Mair wandte den Kopf ab, wann immer sie einen erblickte.

Hinter einer blau gestrichenen Haustür, nur durch einen winzigen Gemüsegartenstreifen von der Straße getrennt, erwarteten Mehraans Mutter und Schwestern ihre Besucherin. Sie überreichten ihr einen Strauß Ringelblumen und Kosmeen, die mit einer Schleife zu einem Bouquet zusammengebunden waren, und Mair übergab ihnen die Törtchen und Pralinen, die sie in einem der Läden am Bund gekauft hatte.

Das Teetrinken war eine Zeremonie. Sie nahm auf einem Polsterkissen Platz, sodass Mehraans Mutter ihr jenseits eines Teppichquadrats gegenübersaß, und die Schwestern trugen einen großen Samowar und ein Tablett mit Porzellantassen herein. Sie deckten frisch gebackenes Nachmittagsbrot und Wabenhonig auf, ebenso wie die Törtchen, die sie – das war offensichtlich – auf ihrem besten Teller arrangiert hatten. Mair stellte höfliche Fragen, und Mehraan übersetzte brav. Die Schwestern waren vierzehn und sechzehn Jahre alt, und bald, meinte ihre Mutter, sei es an der Zeit, geeignete Ehemänner für sie zu finden. Sie zuckte vielsagend die Schultern. Die Verheiratung der Töchter war mit Sicherheit eine wichtige Sache, doch die Mädchen kicherten nur.

Mehraan war erst zwanzig. Dass er so viel jünger war, als er auf sie gewirkt hatte, überraschte Mair. Sein gutes Englisch hatte er in der Schule gelernt; er war der beste Schüler in diesem Fach gewesen. Mit letzterer Information rückte er nur zögernd heraus, und nur auf heftiges Drängen seiner Mutter. Im Anschluss hatte er, dank der Großzügigkeit des Bruders seiner Mutter, der ein Teppichgroßhandelsunternehmen besaß, an einem College in der Stadt Handel studiert. In der Schal-Weberei war Mehraan nun dafür verantwortlich, die fertigen Stücke zu einem Preis an die Einzelhändler zu verkaufen, der sowohl seine Arbeiter ernährte als auch für ihn und seine Familie eine Gewinnmarge ließ, von der sie leben konnten.

Schon sein Vater hatte in diesem Beruf gearbeitet. Er war zwölf Jahre zuvor ums Leben gekommen, als er bei einer Auseinandersetzung zwischen Aufständischen und Militär in ein Kreuzfeuer geriet.

Mehraan erzählte all dies – begleitet von den Zwischenrufen seiner Mutter und erstickten Lachsalven seiner Schwestern – völlig nüchtern und sachlich. Die Falten im Gesicht der älteren Frau zeugten von einem schweren Leben. Ihre bloßen Füße waren voller Schwielen, die Zehennägel dick und spröde. Die zwei Mädchen waren hübsch, trugen – im Hausinnern barhäuptig – das glatte Haar in der Mitte gescheitelt und zu einem einzigen dicken Zopf geflochten, der ihnen bis zu den schlanken Taillen hinunterhing.

Bemüht, auch das Ungesagte zu hören, vermutete Mair, die Ausbildung des Jungen könne für den Onkel eine Möglichkeit gewesen sein, für die vaterlose Familie zu sorgen. Mehraans Verantwortung hieß für Mehraan selbst, dass er nicht würde heiraten können, ehe nicht seine Schwestern in den Familien ihrer Gatten untergebracht waren. Erst dann würde auch er eine passende Frau heimführen können, die ebenso sehr die Wahl seiner Familie wie seine eigene war und letztlich hier in diesem Haus für die Schwiegermutter sorgen würde.

Im Gegenzug beantwortete Mair die Fragen der Frauen über England.

Es regnete viel, ja. Reis bauten sie keinen an. Ausbildung und ärztliche Versorgung waren kostenlos, wenn auch die Steuern sehr hoch waren. Die Familien lebten nicht alle zusammen unter einem Dach, sondern waren oft auf viele verschiedene Orte verstreut.

Mutig riskierte eine der Schwestern nach vielem Gekicher selbst eine Frage. Und Mair erwiderte ihr, nein, sie sei nicht verheiratet. Ihr fortgeschrittenes Alter wurde taktvollerweise nicht kommentiert; ganz offensichtlich war sie jenseits von Gut und Böse und konnte sich keinen Ehemann mehr erhoffen, nicht mal ein ganz jämmerliches Exemplar.

Der Tee wurde getrunken, Brot und Kuchen verzehrt.

Mair erklärte, weshalb sie nach Kaschmir gekommen war. Als sie den Schal auspackte und zu Füßen der Mutter ausbreitete, ertönte ein erstaunter Entzückensschrei, der erste spontane Gefühlsausdruck an diesem Nachmittag. Er wurde hochgehoben, ans Licht gehalten, das Zeichen des Herstellers wurde untersucht und führte zu weiteren Ausrufen.

»Sie sagt, ›Die Werkstatt des Vaters meines Mannes‹«, übersetzte Mehraan. »Sie würde sie immer erkennen.«

In der Zimmerecke stand ein Spinnrad, und nun hoben die Schwestern es an seinen Platz, und die Mutter holte ihren Korb wolkiger Rohwolle herbei. Ihr nackter Fuß betätigte das Pedal, das Rad schwirrte, und sie begann spinnwebfeines Garn zu spinnen. Mehraan erklärte, dass sie es kiloweise an Färber und Weber verkaufe, die dann wiederum seinen Laden mit unifarbenen Pashmina-Bahnen belieferten.

»Allmählich dachte ich schon, dass nur Männer im Schal-Gewerbe tätig sind.«

»Das Spinnen ist meist Frauenarbeit. Möchten Sie ihnen vielleicht erzählen, wie Sie zu diesem Schal gekommen sind?«

Die Mutter fuhr fort mit ihrer Arbeit, und die beiden Mädchen wickelten das fertige Garn zu Strängen auf. Alle drei lauschten, während Mehraan geduldig übersetzte. Am Ende griff Mair in ihre Tasche. Sie zog den Umschlag heraus, schüttelte die Locke auf ihre Handfläche, und die drei Frauen beugten sich darüber, um sie genau in Augenschein zu nehmen. Die kupfernen Lichter, die in der Strähne schimmerten, unterschieden sich beträchtlich von den pechschwarzen kaschmirischen Haarschöpfen.

Sie zeigte ihnen auch das Foto, und sie begutachteten es ebenfalls.

Mit dem Fingernagel deutete die Mutter auf das Wasser. »Srinagar«, sagte sie entschieden. Nach einem letzten Blick auf das Herstellerzeichen legte sie den Schal in Mairs Hände zurück und nahm ihre Spinnarbeit wieder auf.

Sie konnten ihr nichts erzählen. Zwar hatte Mair dies auch kaum erwartet, aber dennoch war da ein Stich von Enttäuschung. Das stetige Rotieren des Spinnrads war das einzige Geräusch im Raum. Sie packte Haarsträhne und Foto wieder ein. Und dann kam ihr, weil sie die Beckers immer im Hinterkopf hatte, plötzlich etwas in den Sinn. Bruno hatte von einer Freundin seiner Familie gesprochen, die er in Delhi aufsuchen wollte, einer christliche Konvertitin, deren Familie ursprünglich aus Srinagar stammte.

Vielleicht gab es ja immer noch Leute in dieser Stadt, die sich an die Kriegsjahre erinnerten und womöglich an die Missionare jener Zeit.

»Könnten Sie Ihre Mutter vielleicht noch etwas fragen? Kennt Sie womöglich irgendwelche alten Leute, die sich vielleicht noch an den Krieg erinnern? Und vielleicht auch die christlichen Missionare, die damals hier waren.«

Mehraan fragte, doch die einzige Reaktion seiner Mutter war ein langsames Kopfschütteln. »Nein, sie kennt niemanden. Eine solche Person müsste inzwischen ja wohl an die neunzig Jahre alt sein.«

»Ja, in etwa.«

»Sehr alt«, meinte Mehran respektvoll.

Es wurde Zeit zu gehen. Mair dankte der Familie für ihre Gastfreundschaft, die Mädchen ergriffen schüchtern ihre Hand und lächelten sie unter gesenkten Wimpern hervor an. Die Mutter zog sich den Schal über Haar und Mund und kam mit ans Tor, um sie zu verabschieden. So zurückhaltend sie während des gesamten Besuchs gewesen war, drückte sie Mair nun beide Hände und verbeugte sich, doch Mair begriff, dass sie die plötzliche Freundschaft der Herkunft des Schals zu verdanken hatte.

Mair und Mehraan standen schon jenseits des Holztors, als er nochmals zurückgewunken wurde und seine Mutter ihm etwas zuflüsterte. Beim Weitergehen erklärte ihr Mehraan, seine Mutter habe eine gute Freundin, die Krankenschwester sei und sich im europäischen Krankenhaus um alte Leute kümmere. Durchaus möglich, dass diese Krankenschwester einen solchen alten Menschen kannte.

»Bitte fragen Sie doch Ihre Mutter, ob sie das in Erfahrung bringen kann«, sagte Mair, ohne sich große Hoffnung zu machen.

Sie gingen weiter in Richtung einer verkehrsreichen Straße, wo Mehraan ihr ein Taxi rief.

Als die Mail schließlich eintraf, war sie sehr kurz.

Mair las sie einmal, dann ein zweites Mal und starrte, da sie das entsetzliche Gewicht der Worte nicht wahrhaben wollte, auf den Bildschirm, bis sie verschwammen.

Unsere geliebte Tochter Lotus ist gestern gestorben.
Bruno Becker

Sie schrieb eine Antwort, die schwierigsten Sätze, die sie jemals verfasst hatte, und begab sich dann zurück zur *Solomon and Sheba.*

Farooq fing sie ab. »Sie krank, Madam?«

»Nein, Farooq. Nicht krank. Ich habe schlechte Nachrichten bekommen.«

Sie ging in ihr Zimmer und legte sich hin. Überall um sie herum war plätscherndes Wasser und Vogelgezwitscher, doch sie sah nur Lamayuru, den weißen Schnee, den Schatten des Hundes, und Lotus in den Armen ihres Vaters.

»Ich habe Neuigkeiten für Sie«, sagte Mehraan.

Mair hatte ihn erneut in der *dhaba* getroffen, und diesmal stellte er ihr zwei seiner Freunde vor. Sie unterhielten sich auf Englisch über Unabhängigkeit und politischen Protest, auf eine leidenschaftliche aber auch abstrakte Art, und warfen hin und wieder einen Blick auf Mair, um ihre Reaktion zu testen. Dann verabschiedeten sich die Freunde, und Mehraan leerte sein Teeglas.

»Was sind das denn für Neuigkeiten?«, fragte sie. Fünf weitere Tage waren verronnen, und allmählich hatte sie das Gefühl, es werde Zeit, Srinagar zu verlassen. Sie würde nichts mehr in Erfahrung bringen, und der Schatten von Lotus' Tod verdunkelte den Blick auf Berge und See.

»Die Freundin meiner Mutter, Sie erinnern sich? Die Krankenschwester? Sie hat uns erzählt, dass Sie eine Engländerin kennt. Diese Frau sieht sehr schlecht. Sie ist in ihrem Haus gestürzt und musste verbunden werden. Sie befindet sich in besagtem Alter, und sie war schon vor vielen Jahren, vor der Zeit der Teilung, hier in Srinagar.«

Wieder handelte es sich um ein eingeschossiges Haus am Stadtrand, diesmal zur Hälfte von einem verwilderten Garten zugewuchert. Mair senkte den Kopf, um das niedrige Pförtchen aufzustoßen und unter dem Gewirr von Zweigen hindurchzutreten. Auf ihr Klopfen hin erschien eine ältere Inderin, deren verwaschenes minzgrünes *kameez* sich eng um die füllige Mitte spannte. Eine schwere Brille wurde über die Stirn nach oben geschoben.

»Kommen sie von Dr. Ram?«, wollte die Frau wissen.

»Nein, ich fürchte nicht.«

»Woher denn dann?«

Mair hatte sich eine Antwort zurechtgelegt. »Ich bin gekommen, um einen Besuch abzustatten. Ich möchte die Freundin einer alten Freundin der Familie besuchen. Ich komme aus England.«

Die Frau wirkte überrascht. »Ach ja? Zehn Minuten dürfen Sie hereinkommen. Sie ist sehr müde heute.«

Der Raum im hinteren Teil des Hauses war angenehm sonnig.

Es gab einen Teppich auf dem Boden, eine große altmodische Musiktruhe auf einem Tisch an der Wand sowie einen offenen Kamin, auf dessen Rost ein Krug voller Sonnenblumen stand. In einem Sessel, den man in die Sonne gerückt hatte, saß weißhaarig und kerzengerade eine alte Frau. Ihr stark bandagiertes Bein ruhte auf einem Schemel, und an der Seite ihres Sessels lehnte ein Spazierstock. Die Frau blickte Mair entgegen. »Aruna? Bist du das? Wer ist denn das?«

»Ich weiß es nicht. Sie behauptet, sie kommt aus England.«

Mair trat ein wenig näher. »Es tut mir leid, wenn ich Sie störe«, begann sie.

Die alte Frau legte den Kopf schief, was ihr das Aussehen eines neugierigen Vogels verlieh. Ihre Haut war bleich, tief gefurcht, der Blick unstet. »Sie sind ja tatsächlich Engländerin. Wie nett, eine englische Stimme zu hören. Kommen Sie her zu mir, meine Augen sind nicht mehr so scharf. So ist es besser. Kennen wir uns denn? Aruna, können wir Tee haben? Oder möchten Sie vielleicht lieber einen Gin?«

»Ähm, wir kennen uns noch nicht. Ich heiße Mair Ellis.«

»Nun, wie geht es Ihnen?« Sie streckte Mair ihre winzige knotige Hand entgegen. »Ich bin Caroline Bowen. Was bringt Sie nach Srinagar?«

9

Es ist nicht zu kalt«, insistierte Rainer.

Rainer schien es zwar nicht zu spüren, doch während der letzten paar Tage war das Wetter im Tal so rau und feucht geworden, dass Nerys sogar im Haus ihren neuen Tweed-*Pheran* mit mehreren Strickwesten darunter trug. Myrtle hatte sie gewarnt, bald werde sie, um sich warmzuhalten, einen irdenen Feuertopf mit sich herumtragen müssen wie die Kaschmiris. Während sich die letzten der Sommerbewohner langsam nach Süden in die Ebene zurückzogen, fühlten sich die beiden Frauen in letzter Zeit zunehmend wie die vergessene Nachhut einer Armee. Die Berge waren in Nebel gehüllt, der Srinagar Club verwaist, wenn man von den zwei gedämpften Bridge-Tischen einmal absah, und in der Lake Bar, deren Klubsessel und Sonnenschirme verschwunden waren, herrschte Stille.

Rainer Stamm gehörte zu den wenigen Bekannten, die geblieben waren. Myrtle und Nerys waren seiner Einladung gefolgt, und statt den üblichen Gesichtern zu begegnen, hatte man sie einem indischen Universitätsprofessor vorgestellt, dessen Tochter, die Musikerin war, einem buddhistischen Dichter sowie zwei rustikal anmutenden jungen Amerikanern, deren Rolle nie vollständig erklärt wurde und die, beharrte Myrtle später, Geheimagenten gewesen seien. Bei dieser ungewöhnlichen Zusammenkunft hatten sie sich bestens amüsiert, und danach hatte Rainer es sich zur Gewohnheit gemacht, des öfteren auf einen Kaffee oder Aperitif auf der *Garden of Eden* vorbeizuschauen. Im Gegenzug lud er sie zu den Zaubervorführungen ein, die er vor Schülergruppen gab.

An diesem Tag erklärte er Nerys gerade, wie man ihm eine Genehmigung, auf die er gewartet hatte, zuletzt doch noch verweigerte. »Als Grund nennen mir die Briten den Krieg. Sagen Sie mir mal, welche Bedeutung es für den Krieg haben sollte, wenn ein Schweizer Staatsangehöriger den Nanga Parbat besteigt? Für mich dagegen und die Familie von Matthew Forbes hat es eine sehr große Bedeutung.«

»Falls Sie wen besteigen?«, fragte ihn Nerys. »Und für wessen Familie ist das so wichtig?«

Sie befanden sich an diesem Morgen in Rainers Haus in der Altstadt, saßen an einem Fenster, das über einen Abschnitt des Jhelum-Flusses hinausragte. Man hatte hier einen großartigen Blick auf eine der Brücken wie auch den stattlichen Hindutempel am gegenüberliegenden Ufer, der Raum selbst jedoch war schlecht geheizt und staubig. Rainers Mobiliar war ein Sammelsurium zerschrammter Ausschussware, die er aufs Geratewohl auf einem einstmals schönen, doch jetzt schmutzigen und zerschlissenen Teppich gruppiert hatte, und sein Besitz schien aus nichts als Büchern, Seilrollen, glitzernden Bühnenrequisiten und aufklappbaren Kisten zu bestehen, die mit okkulten Symbolen beschriftet waren und mit seinen Zaubertricks zu tun hatten. Nerys war fasziniert von den wenigen Einblicken, die Rainer ihr in sein Leben gewährt hatte, wirkliche Informationen jedoch hatte er ihr bis zu diesem Tag nur wenige gegeben.

Nun antwortete er: »Das wissen Sie nicht? Der Nanga Parbat ist ein Berg. Ein prachtvoller Gipfel, der neunthöchste der Welt. Er liegt nur achtzig Meilen nördlich von hier. Und ich werde der Erste sein, der ihn bezwingt. Das habe ich mir schon vor Jahren vorgenommen. Die Deutschen bilden sich zwar ein, sie hätten ein Vorrecht darauf, aber sie täuschen sich.«

Mit der Zeit lernte Nerys, Rainers herausfordernde Prahlerei richtig einzuschätzen. Er stellte seine Behauptungen mit solcher Unbedingtheit und gleichzeitig derartigem Augenzwinkern auf, dass es fast unmöglich war, sich von seiner Begeisterung nicht anstecken zu lassen. »Verstehe.«

Sein Blick hielt den ihren fest. Nur selten wirkte er so ernst, wie in diesem Moment.

»Vielleicht verstehen Sie es. Ich werde ihn bezwingen – durch einen schnellen Aufstieg mit leichtem Gepäck. So war es mit Matthew geplant.«

»Rainer, ich verstehe kein Wort«, protestierte sie. »Wollen Sie mir jetzt von der Sache erzählen oder nicht?«

Rainer war ein guter Geschichtenerzähler. Genau wie bei seinen Zaubertricks liebte er es, sein Publikum in Bann zu schlagen. Jetzt machte er mit beiden Händen eine *Abrakadabra*-Geste. »Ich werde es Ihnen unterwegs erzählen. Sind Sie fertig, können wir gehen?«

Er hatte vorgeschlagen, eines der Dörfer zu besuchen und ein Picknick zu machen. Allein der Gedanke, sich hinaus in den Nebel zu wagen, ließ sie erschaudern, doch dann wiederum würde Rainers Gesellschaft sie sicher für die Kälte entschädigen. Myrtle bekämpfte ihre Langeweile, indem sie sich für sämtliche sich anbietenden Kriegsaktivitäten zur Verfügung stellte, und an diesem Tag befand sie sich in einem Ausschuss, der sich mit dem Verpacken indischer Süßigkeiten beschäftigte, die man an britische Kinder in England schicken wollte. Nerys gehörte nicht zu den Ehefrauengruppen, und war darüber ziemlich erleichtert, doch Einsamkeit und Untätigkeit waren ihr vor allem an diesem Tag eine eher unliebsame Aussicht.

Sie gab sich geschlagen. »Gut«, sagte sie. »Ich bin soweit.«

Rainer packte einen Armvoll Leinentaschen und komplimentierte sie unter Verbeugungen auf die Straße hinaus. Auf einem von einem Kinderschwarm bewachten, verlassenen Grundstück stand ein rotlackierter Ford. Er besaß ein kleines geschlossenes

Führerhaus und eine offene Ladefläche, auf die Rainer seine Taschen schwang. Zwei Jungen hüpften auf dem Dach des Führerhauses herum, andere hingen an den Trittbrettern. Sie buhten Rainer aus und machten Gesten, bis er ein paar Münzen in die Hände des größten von ihnen warf, worauf sie wie ein Haufen zerlumpter Lakaien darum kämpften, wer ihm die Tür öffnen durfte. Rainer betätigte die Startkurbel, und der Motor hustete. Nerys kletterte auf den Beifahrersitz, und sie schlingerten über die Wagenspuren, wobei die verwegensten der Kinder sich bis zum letzten Moment ans Wagengestell klammerten.

»Ich wusste gar nicht, dass Sie einen Wagen haben«, bemerkte sie, als sie davonbrausten.

»Selbstverständlich habe ich einen Wagen. Und Ihretwegen habe ich sogar um ein Tässchen Benzin gebettelt. Genug, um uns an unser Ziel zu bringen – und wer weiß? Vielleicht auch wieder nach Hause.«

Treibstoff war für militärische Zwecke reserviert und für Zivilisten immer schwieriger zu bekommen. Nerys lachte. »Ich bin beeindruckt. Sagen Sie mir vielleicht noch etwas genauer, von wo wir womöglich nicht mehr zurückkehren?«

Rainer kloppfte sich an den Nasenflügel. »Alles zu seiner Zeit. Erst die Geschichte.«

Sie fuhren zur Stadt hinaus, durch stille Straßen, wo in verschiedenen Gärten die Häuser von Beamten und Lehrern standen. Nerys machte es sich so bequem, wie es auf dem starren Sitz des Transporters möglich war.

»Haben Sie je den europäischen Friedhof in Leh besucht?«, begann Rainer.

»Natürlich. Immer wenn ich Heimweh hatte, bin ich dort gewesen. Es gibt eine Handvoll Grabsteine mit walisischen Namen, von Missionarsfamilien aus früheren Zeiten. Es ist ein trauriger Ort, wegen all der Säuglingsgräber, aber man hat eine herrliche Aussicht.«

»Dann erinnern Sie sich sicher auch an die Gedenktafel für Matthew Forbes.«

Nerys entsann sich tatsächlich. Auf einmal sah sie sie vor ihrem inneren Auge, eine schlichte Tafel, die in die Umfassungsmauer eingelassen war.

In Memoriam
Matthew Alexander Forbes, St John's College, Cambridge
Vermisst auf dem Nanga Parbat, August 1938, 22 Jahre alt

»Ja«, sagte sie.

Rainer starrte über das Lenkrad des Trucks nach vorn. Sie erreichten den Stadtrand von Srinagar, wo Häuser und Straßenmärkte Reisfeldern und Obstgärten wichen.

»Ich habe sie dort anbringen lassen, gemäß dem Wunsch seiner Familie. Ich war am letzten Morgen von Matthews Lebens bei ihm. Seine letzten Worte waren: ›Bis in zwei Stunden. Ich mach eine Dose Suppe auf.‹«

»Erzählen Sie weiter.«

»Schnell und leicht, so war es geplant. Wir waren bestens in Form für den Aufstieg. Unsere kleine Mannschaft bestand aus Sherpas, Matthew, zwei sehr kräftigen Offizieren der indischen Armee und mir. Matthew und ich hatten auf sechstausend Meter kampiert und wollten am nächsten Tag weitergehen, um weiter oben ein Lager aufzuschlagen. Matthew ruhte sich aus, ich war allein zu einem Punkt des Grats aufgestiegen, um von dort aus unsere Aufwärtsroute zu erkunden. Ich schaute gerade durch mein Fernglas in Richtung Gipfel, als plötzlich der gesamte Hang oberhalb unseres Lagers nachgab. Matthew, das Zelt, alles – alles, was an der Stelle gewesen war – wurde weggefegt und unter Tausenden Tonnen Eis und Schnee begraben.«

Rainers Stimme blieb fest, doch in seine Wangen hatten sich Furchen gegraben. Plötzlich wirkte er um zehn Jahre gealtert. »Ich stand in den Ausläufern der Lawine, und um mich herum war nur Wind. Mir blieb nichts weiter übrig, als ins tiefer gelegene Camp hinabzusteigen, wo die anderen Männer unsere Rückkehr erwarteten. Wir schickten die Nachricht via Gilgit und Simla nach Hause zu Matthews Familie.

Sein Vater war ebenfalls Alpinist, er verstand den Drang des Bergsteigers zum Gipfel, aber ich glaube nicht, dass seine Mutter sich jemals davon erholen wird. Er war ihr einziger Sohn, ein brillanter Mathematiker. Ich hatte ihn und seine Familie schon zehn Jahre lang gekannt, da sie im Winter zum Skifahren und im Sommer zum Bergsteigen in die Schweiz kamen. Sobald Matthew von meinem Expeditionsplan gehört hatte, bat er mich immer und immer wieder, ihn mitzunehmen. Ich wusste, dass er absolut dazu in der Lage war, sonst hätte ich natürlich abgelehnt. Wir fuhren von Delhi über Manali hinauf nach Leh, um zu trainieren und uns zu akklimatisieren, und Matthew liebte die Stadt. Deswegen habe ich die Gedenktafel dort auf dem Friedhof anbringen lassen. Es wäre ein großer Triumph für ihn gewesen, den Gipfel zu bezwingen, verstehen Sie? Ich konnte es ihm nicht abschlagen, wo er doch so erpicht darauf war. Aber die Berge nehmen genauso bereitwillig, wie sie geben.«

Nerys stellte sich einen eifrigen jungen Engländer vor, der die gewundenen Gassen des verschlafenen Leh erkundete oder zum alten Palast hinaufstieg, der auf seinem Hügel die Stadt überragte und über das golden-smaragdene Industal hinausblickte.

Weil sie spürte, dass er ihr einen tiefen persönlichen Schmerz offenbarte, streckte sie die Hand aus und legte sie auf seine. Ihre Finger ruhten auf seiner Faust, bis sie sich wieder besann und sie zurückzog.

»Tja, vielleicht verstehen Sie jetzt, warum ich zurück muss. Wenn ich einmal auf dem Gipfel stehe, als Erster, der je dort hinauf gelangt ist, wird Matthew bei mir sein. Ich habe ein Buch von ihm, dass er damals im unteren Lager zurückgelassen hat und das auf dem Vorsatzblatt seine Unterschrift trägt. Diese Seite werde ich mitnehmen, und sie dort oben für ihn begraben.«

Rainers Stimme zitterte nun kaum hörbar. Und Nerys spürte, wie ihr Tränen in die Augen zu steigen begannen. »Ich verstehe«, sagte sie.

»Ja. Die britischen Behörden sehen das allerdings anders. Ich erhalte keine Erlaubnis zu einem nochmaligen Aufstieg. Obwohl ich mir eine Einladung besorgt, mich in meinem Abendanzug, wie immer der auch aussehen mag, auf den Residentenball bequemt habe, um persönlich mit Mr Fanshawe zu sprechen und mit seiner Gattin zu tanzen (die leider wie ein Pferd aussieht), lautet die Antwort Nein. Aber…« Er betrachtete Nerys, und die Linien in seinem Gesicht wurden weicher und verschwanden. »Ich habe mit Ihnen getanzt, und dafür hat sich auch der Besuch der langweiligsten britschen Party gelohnt – auch wenn man mir dort nur gesagt hat, dass ich einen hohen Berg in Indien *nicht besteigen darf.*«

»Von Bergen oder solchen Genehmigungen, Rainer, verstehe ich nichts, aber ich habe das Tanzen mit Ihnen ebenfalls sehr genossen«, sagte sie.

Sie erinnerte sich an einige der Worte, die sie Myrtles Bekannte im Zusammenhang mit Rainer Stamm hatte flüstern hören. *Dubios, Abenteurer* und *Scharlatan* waren darunter gewesen, doch das war Nerys gleichgültig. Er faszinierte sie, und trotz seines schlechten Rufs hielt sie ihn für nicht unaufrichtiger als irgendeinen anderen, der je ihren Weg gekreuzt hatte.

Rainer deutete nach vorn. Schon eine ganze Weile stieg die Straße nach Norden hin an, und der das Tal einhüllende Nebel löste sich jäh in Streifen silbrig grauen Dampfes auf. Die Gebirgsausläufer erschienen mit ihrer gerippten Hülle aus dunklen Tannen, und hinter den Tannen stiegen die weißen Gipfel in den Himmel. Jeden Morgen sank die Schneegrenze um einige hundert Meter – sie wusste es, weil sie es schon seit vielen Tagen beobachtete.

»Es ist wunderschön«, sagte sie – möglichst leichthin.

»Ich würde Sie gern mit da hoch nehmen, die ganze Strecke über die Pässe, hinauf zu einem Ort namens Astor, von dem aus sie meinen ›nackten Berg‹ sehen können. Denn so wird der Nanga Parbat genannt, weil er ganz für sich allein steht.« Er beugte sich nach vorn und klopfte auf eins der Zifferblätter auf dem staubigen Armaturenbrett. »Aber wir haben gerade noch genug Benzin, um es bis nach Kanihama und vielleicht wieder nach Hause zu schaffen.«

»Kanihama?«

»Warten Sie's ab.«

Nach einer einstündigen Fahrt über eine Schotterpiste, die sich zwischen hohen Pappeln und leeren Reisfeldern dahinwand, erreichten sie ein Dorf aus Lehmziegelhäusern, die inmitten von Apfelgärten standen. Oberhalb der zerwühlten Nebeldecke, die über dem Tal lag, schien die Sonne, und eine Brise bewegte die Bäume. Rainer hielt vor einem kleinen von Häusern gesäumten Platz, und Nerys kurbelte ihr Fenster herunter. Süße Luft flutete in ihre Lungen und trug das laute Zirpen von Grillen, den Schrei eines Hahns, das Plätschern fließenden Wasser und die Stimmen der nebenan spielenden Kinder heran.

»Oh«, meinte sie überrascht.

Zwar unterschied sich dieser Ort auf vielerlei Weise von den Dörfern daheim, die ebenfalls in Hügelsenken versteckt lagen und vom Duft von Holzrauch und Tierdung durchzogen wurden, doch er erinnerte sie auch stark an diese. Sie öffnete die Wagentür, zog sich ihren *pheran* über die Schultern und stieg aus.

Kanihama war ein herrliches Fleckchen Erde.

Großäugige Kinder schlichen um Hausecken, in einigem Abstand gefolgt von Frauen in Schals und Männer in dicken Mänteln und Lammfellmützen. Rainer schwang sich von seinem Sitz herunter und richtete ein paar Worte an einen halbmondgesichtigen Mann mit dichtem schwarzen Bart.

Rainer wandte sich wieder an Nerys. »Ihre Schalspinnerin …«

Er hatte herausgefunden, wo die Frau lebte, nämlich nicht weit von seinem eigenen Haus in den engen Gassen der Srinagarer Altstadt, und einige Tage zuvor hatten Nerys und er sie gemeinsam besucht. Wie schon bei Nerys erstem Besuch fanden sie sie mit ihrem Spinnrad und den Kindern in ihrem kahlen Zimmer. Nerys brachte der Familie Essen und etwas Geld und hatte versucht ihnen zu erklären, sie werde zurückkommen und ihnen helfen, soweit es in ihren Möglichkeiten stehe. Die Frau hatte nur mit vor Verzweiflung und Hunger stumpfer Miene zu ihr aufgeblickt, während die zwei älteren Kinder an Nerys Kleidern zerrten und die kleinen schmutzigen Hände in ihre Taschen schoben. Das Baby klammerte sich ans Haar seiner Schwester und konnte vor lauter Apathie nicht einmal blinzeln. Die Älteste hatte erneut den Familienschatz zusammengerafft, und hielt Nerys den Schal unter die Nase. »Sie kaufen. Sie *kaufen*«, hatte sie sie beschworen.

Nerys hatte das Stück behutsam beiseite gelegt und Rainer gebeten, der Mutter doch zu erklären, sie wolle ihr helfen, ohne sie um ihren einzig wertvollen Besitz zu bringen.

»Kanihama ist der Heimatort dieser Frau«, fuhr Rainer fort. »Ich hatte das schon gehört, und ich fragte nach weiteren Informationen. So erfuhr ich dann, dass dieser Mann hier ihr Vater ist.«

Der Mann nickte Nerys abrupt zu. Sie besann sich auf die paar Worte einer kaschmirischen Grußformel, die sie bisher gelernt hatte, und er neigte erneut den Kopf. Eine Frau trat zu ihm, Haar und untere Gesichtshälfte von den Falten eines schlichten Pashminaschals verhüllt.

»Sie fragen, ob wir ihre Arbeit sehen wollen«, sagte Rainer.

Eines der Häuser war etwas größer als die anderen, und längs seiner Außenwände standen Holzbänke, um Sonne zu tanken. Man führte sie ins Hausinnere, einen einzigen Raum, dessen Dachbalken auf groben hölzernen Säulen ruhten. Ein Ofen bullerte auf einer Seite, und duftender Rauch kräuselte sich in einem eisernen Schornsteinrohr nach oben.

Drei Webstühle gab es hier, die Nerys als beängstigend kompliziertes Geflecht aus Streben und Schnüren erschienen. Die einzigen Geräusche waren das ständige Gesäusel der Spulen, wie sie zwischen den Fäden hindurchglitten, und hin und wieder der leise Klopflaut der Helfen.

Als die Weber aufsahen und die Besucher erblickten, verwandelte sich die Atmosphäre stiller Geschäftigkeit in lauten Begrüßungslärm. Der am nächsten sitzende Weber, glitt blitzschnell von seiner Bank und winkte Nerys zu sich. Unter den Blicken des halbmondgesichtigen Mannes, zwei, drei der Frauen und einer Reihe von im Eingang herumhüpfenden neugierigen Kindern löste er das schützende Baumwolltuch, das seine Arbeit bedeckte.

Nerys blickte auf den darunter zum Vorschein kommenden, halbfertigen *Kani*-Schal.

Der Entwurf bestand aus einem komplizierten Pfauenfedermuster umrahmt von floralen und Paisley-Bordüren, doch vor allem die Farben verschlugen ihr den Atem. Sämtliche Nuancen eines kaschmirischen Sommernachmittags waren darin eingefangen, von Aquamarin bis Silber, vom Blau des Himmels bis zu den tiefgrünen Tönen des Seewassers.

»Gefällt Ihnen?«, fragte der Vorarbeiter.

Sie konnte nur nicken.

Mit einem Hauch von Theatralik sprang der Weber zurück auf seine Bank und ließ seine Finger, geübt wie die eines Konzertpianisten, über die Dutzenden der vor ihm liegenden Spulen wandern. Er wählte eine Note, eine mit perlweißem Garn umwickelte Spule, und ließ sie unter einen einzigen Kettfaden gleiten, um, wie Nerys sah, im Herzen einer stilisierten Lotusblüte einen winzigen Lichtpunkt zu schaffen. Dann nahm er eine andere, diesmal mit blassestem Silber umwickelt, und zählte die nächsten fünf

Fäden, ehe er die Spule darunter hindurchführte. Er war schon wieder völlig in seine Arbeit versunken, und instinktiv trat sie zurück, um ihn nicht abzulenken.

Unwillkürlich hatte sie den Atem angehalten.

Dann wurden Rainer und Nerys wieder ins Freie geführt und zu einer sonnenbeschienenen Bank geleitet. Tee wurde gebracht und von einem der dunkeläugigen Mädchen des Dorfs serviert. Sie lächelte Nerys an, war jedoch zu schüchtern, um länger zu verweilen. Rainer und der Vorarbeiter waren in ein Gespräch vertieft, das mehr aus Gesten als aus Worten bestand, sodass Nerys den Kopf an die Wand lehnte und sich die Aussicht zu Gemüte führte. Das Dorf schien ihr sehr weit entfernt von Srinagar. Wahrscheinlich hatte sich hier seit Jahrhunderten kaum etwas verändert. Auf den Feldern und in den Gärten wurde Nahrung angebaut; es wurde Reis gepflanzt, geerntet und verkauft, die trockenen Stängel zu ordentlichen Garben zusammengebunden, die sie als Winterfutter für die Tiere in der Scheune neben sich aufgehäuft sehen konnte. Zwei Jungen trieben eine kleine Schaf- und Ziegenherde über das andere Ende des Platzes, ließen dabei ihre Stöcke an den Hauswänden entlangschrammen und riefen den Tieren leise, aufmunternde Worte zu. Kleine Mädchen hockten in einer Gruppe beisammen und spielten ein Spiel, bei dem man fünf weiße Kiesel hochwerfen und wieder auffangen musste.

Nerys war so vertieft in die Szene und ihre Gedanken, dass sie unwillkürlich zusammenzuckte, als Rainer ihren Namen rief. Er unterhielt sich inzwischen mit zwei der Frauen, die ihm Emailkrüge und Körbe zur Begutachtung entgegenstreckten.

»Vielleicht können wir die Peinlichkeit, dass wir für den Kauf des Schals zu arm sind, wiedergutmachen, indem wir ein paar von ihren Früchten und ihren Joghurt für unser Picknick kaufen, finden Sie nicht?«

»Doch, doch.«

Für ein paar Rupien entschieden sie sich für einen irdenen Topf kühlen weißen Joghurts, kleine gelbe Äpfel und ein Stück Sackleinwand, in das man eine großzügige Schaufel Walnüsse einband. Die Dorfbewohner waren enttäuscht, aber offensichtlich nicht besonders überrascht, dass die Besucher keinen bedeutenderen Kauf getätigt hatten.

»Bei dem Preis, den sie dafür verlangen, werden sie wohl warten müssen, dass Vivien Leigh sie besucht und den Schal haben will.« Rainer grinste. »Ich hätte ihn Ihnen gekauft, wenn ich das Geld dafür hätte.«

»Mich überrascht der stolze Preis nicht. Es ist ein exquisites Stück.«

Die Kinder hatten sich zusammengeschart, um die Transaktion zu verfolgen. Sogar die beiden Schäfer hatten ihre Tiere in den Pferch getrieben und sich den anderen angeschlossen. Rainer winkte ihnen mit den Armen zu und versammelte sie um sich herum. »Kommt, kommt und schaut her«, rief er.

»Unterhalten Sie sie einen Moment lang«, instruierte er Nerys lässig und schlenderte selbst in Richtung des roten Ford. Blinzelnd blickte Nerys in zwei Dutzend erwartungsfrohe Gesichter, und auf Männer und Frauen, die ihre Arbeit verließen, um zu sehen, was wohl als Nächstes geschah. Peinlicherweise fiel ihr nun gar nichts mehr ein … bis sie sich an ihr kleines Schulzimmer in der Mission in Leh erinnerte.

Aufs Beste hoffend, begann sie »The Grand Old Duke of York« anzustimmen. Und mit ihrem starken, kirchenchorerprobten Kontra-Alt bot sie das Kinderlied mit voller Lautstärke und Nachdruck und inklusive der pantomimischen Handlungen dar. Als sie an der Stelle »nicht oben waren sie noch unten« ankam, waren verwirrte Blicke perlendem Gelächter gewichen und Rainer war wieder zurückgekehrt.

»Nicht schlecht. Vielleicht biete ich Ihnen ja eine Assistentinnenstelle bei mir an«, meinte er.

Aus den Tiefen einer seiner Leinentaschen zog er nun vier silberfarbene Ringe, die als Kettenglieder miteinander verbunden waren. Mit einer Verbeugung bot er die Kette dem bärtigen Vorarbeiter an und bedeutete ihm, kräftig daran zu ziehen und sie wenn möglich zu zerreißen. Der Mann tat dies, wobei er beträchtliche Stärke demonstrierte, doch es gelang ihm nicht. Rainer nahm die Kette wieder zurück, ließ sie einmal zwischen Daumen und Zeigefinger hindurchgleiten und hielt vier einzelne Ringe in der Hand. Ein wildes, verblüfftes Geschrei erhob sich, das er jedoch kühl ignorierte, um stattdessen die Ringe in die Luft zu werfen und mit ihnen zu jonglieren. Als er sie wieder aufgefangen hatte, hielt er sie in die Höhe, sodass jeder sie sehen konnte, und wieder bildeten sie eine Kette. Diesmal überreichte er diese der Frau des Vorarbeiters, die hinter ihrem Schal zu kichern begann, als es ihr nicht gelingen wollte, die Glieder voneinander zu trennen.

Nerys klatschte nun laut, und auch die Dorfbewohner applaudierten. Sie und Rainer waren nun ringsum belagert, da jeder versuchte, näher heranzukommen, um besser sehen zu können. Ihr fiel auf, wie er durch die Aufmerksamkeit der Menge größer und löwenhafter zu werden schien.

Er ließ die Kettenglieder in seine Tasche fallen und holte ebenso beiläufig eine flache Scheibe aus durchsichtigem Glas heraus. Er hielt sie hoch, in die Sonne, und das Licht schien gerade hindurch. Er drehte die Scheibe langsam, dann klopfte er darauf, sodass ein heller Ton erklang. Achselzuckend reichte er sie dem nächsten Zuschauer zum Halten und begann gleichzeitig die Taschen seiner Kleidung zu durchwühlen. Als er offenbar nicht fand, was er suchte, deutete er auf das kleine Mädchen, das vorn an seiner Schürze eine Tasche hatte. Aber auch die war leer, sodass Rainer mit demonstrativer Anstrengung zu grübeln begann. Dann machte er über dem Kopf eines anderen Kindes eine kurze Bewegung und zog ein schwarzes Samtband aus dessen linkem Ohr. Das Kind hielt sich rasch die Hand übers Ohr und hoppelte eilig wie ein Krebs zur Seite. Alle anderen johlten vor Vergnügen. Rainer band den Samtstreifen zur Schleife und zog diese fest. Dann holte er mit höflicher Verbeugung seine Glasscheibe zurück und fädelte das Band mitten durch diese hindurch.

Es wurde hörbar geschnauft, dann flüsterten alle. Das Band baumelte von der Rückseite der Scheibe herunter, und Rainer reichte sie der Frau des Vorarbeiters. Sie blies darauf und wischte den feuchten Beschlag mit dem Ärmel ab. Sonnenlicht funkelte auf der glatten Oberfläche, während sie sie betrachtete. Rainer rollte sein Band auf und schenkte es ihr, während er das Glas zurücknahm und in seiner Tasche verstaute.

Diesmal waren die Zuschauer zu erstaunt, um zu applaudieren. Die Kinder waren wie vor den Kopf geschlagen, ja sogar ein wenig verängstigt.

»Ich danke Ihnen, Ladies und Gentlemen.« Rainer verbeugte sich lächelnd. Und inmitten des verblüfften Schweigens nahm er Nerys am Arm, und sie kehrten zum Ford zurück. Sie verließen den kleinen Platz, fuhren den Hügel hinab und aus dem Dorf hinaus. Während sie über die Spurrillen holperten, warf er ihr einen raschen Seitenblick zu. »War das vielleicht zu viel?«

»Ich war beeindruckt.«

Er seufzte. »Jedes Mal nehme ich mir vor, ein bisschen weniger Show und dafür mehr Substanz zu bieten. Leider jedoch bleibe ich oft hinter meinen guten Vorsätzen zurück, denn die Illusion ist leicht, und die Wahrheit immer so ungeheuer schwer. Sollen wir jetzt vielleicht picknicken?«

»O ja, bitte. Ist die Wahrheit denn wirklich so ungeheuer schwer, Rainer?«

»Ich weiß, Sie finden das nicht. Und deswegen, Nerys, sind sie ja auch nicht nur schön, sondern auch gut.«

Gut aber war sie, fand Nerys, weil sich ihr bisher kaum andere Möglichkeiten eröffnet hatten. Kein Mann aber hatte ihr jemals gesagt, dass sie schön sei. Röte stieg ihr in die Wangen, während sie durch die Windschutzscheibe auf das verschneite Bollwerk des Himalaja starrte.

Dort wo zwei riesige Felsblöcke am Rande einer von Bäumen gesäumten Schlucht zusammenstießen, fanden Sie eine geschützte Vertiefung. Derart dem Wind entzogen und umgeben von der Wärme der schwachen Sonnenstrahlen, die vom Stein gespeichert wurde, war es fast behaglich. Rainer hob eine rostige, grob durchlöcherte Tonne von der Ladefläche des Wagens und schickte sich an, Arme voller Reisig zu sammeln. Binnen Minuten glühte das Feuer im Kohlenbecken, und ein alter Zinnkessel wurde am Fluss gefüllt, der rauschend durch die Schlucht brach. Das Wasser kochte, der Kessel begann zu pfeifen, und die zur Wildheit der sie umgebenden Natur nicht passen wollende Häuslichkeit des Geräuschs brachte Nerys zum Lächeln. Sie kochte Tee, während Rainer eine Zwiebel hackte und ein großes dunkelrotes Stück Fleisch auspackte. Mit einem Taschenmesser schnitt er es in Würfel und briet es mit der Zwiebel und einer Handvoll Gewürze an. Als der Duft von Kreuzkümmel und Fenchel aufstieg, spürte Nerys, dass sie einen Bärenhunger hatte.

»Gibt's denn auch was, das Sie nicht können?«, fragte sie ihn.

»Ich kann nicht an einem Ort bleiben«, erwiderte er, ohne aufzublicken. Sie wusste, dass es die Wahrheit war, und wenn sie wollte, konnte sie es auch als Warnung verstehen.

Sie lehnten sich an den Felsen zurück, um das Lamm-Curry mit dem Fladenbrot zu verzehren und beendeten ihre Mahlzeit mit fettem, dicken Joghurt, Äpfeln und Walnüssen. Rainer knackte ihr die Nüsse und legte die Kerne auf sein ausgebreitetes sauberes Taschentuch.

Nerys kochte noch einmal Tee und goss ihn in ihre beiden Zinnbecher. »Ich würde jetzt gern etwas über unsere Spinnerin erfahren. Warum lebt sie denn ganz alleine in Srinagar, wenn sie doch von hier oben stammt?«

Rainer nahm einen Schluck Tee. Das Mädchen, erzählte er ihr, sei inmitten der großen Spinner-, Färber-, Weber- und Stickerclans Kanihamas aufgewachsen. Dann aber hatte die junge Frau sich in einen Mann verliebt – einen der fahrenden Händler, die über die Dörfer reisten und Öl, Aluminiumtöpfe und billigen Schmuck verkauften – und ihn gegen den Wunsch ihres Vaters geheiratet. Der Mann stammte aus Srinagar, und sie war mit ihm in die Stadt gegangen, um dort mit ihm im Haus seiner Mutter zu leben, wie es alle jungen Frauen hier taten, denn nach der Heirat gehörten sie nicht mehr zu ihrer eigenen, sondern zur Familie des Mannes.

Der Händler hatte sich als Nichtsnutz entpuppt, was dem Vater schon immer bekannt gewesen war – obwohl sie bereits drei Kinder von ihm hatte, ehe der Mann sie schließlich verließ. Die Schwiegermutter setzte sie daraufhin vor die Tür mit der Behauptung, sie sei eine Ehebrecherin – das wisse sie von ihrem Sohn – und die drei Kinder müssten wohl von einem anderen Vater stammen. Als Verlassene jedoch konnte sie nicht mehr zu ihrer eigenen Familie ins Dorf zurück, weil man sie ja bei der Heirat verstoßen hatte, sodass ihr nichts anderes übrig blieb, als ihre Kinder, wenn möglich, allein durchzubringen. Oder aber mit ihnen Hungers zu sterben.

Nerys hatte mit eigenen Augen gesehen, was für einen Kampf dies bedeutete.

Gespannt hatte sie seiner Erzählung gelauscht, als handle es sich um eine Geschichte. Doch nun nahm sie sich zusammen, rief sich in Erinnerung, dass das Ganze Wirklichkeit und wahrlich kein Märchen war. »Das ist nicht nur brutal, sondern auch ungeheuer traurig.«

»Ja, das ist es in der Tat.«

»Was können wir denn da tun?«

Rainer schüttelte den Kopf. »Außer ihr ein bisschen Geld anzubieten und hie und da etwas zu essen? *Nichts.* So ist das hier nun mal.«

Aber *nichts,* das war wirklich unbefriedigend, dachte Nerys. Sogar das Wenige, was sie für die Kinder in Leh hatte tun können, war weit besser gewesen als dies. Auch Evan hätte ein solches *Nichts* nicht akzeptiert. In seinem reinen Glauben hätte er eine helfende Hand ausgestreckt, um einer Sünderin – wie er es sah – zu helfen.

Nerys schloss einen Moment lang die Augen. Schon seit dem Morgen, als der Postbote mit dem Brief zu den Stufen der *Garden of Eden* gepaddelt kam, hatte sie immer wieder an Evan denken müssen.

»Es gibt eine Menge an Betrüblichem hier in Kaschmir«, sagte Rainer leise, »aber ich sehe nicht gern, wenn es sich in Ihrem Gesicht widerspiegelt.«

Er betrachtete sie so eindringlich, dass sie seinem Blick begegnen musste. Verwirrt dachte sie, wie gut sie ihn inzwischen schon kannte. Sie kannte ihn, und er kannte sie.

»Wollen Sie mir nicht sagen, was los ist?«, flüsterte er.

Nerys straffte die Schultern. »Ich hab heute morgen einen Brief von meinem Mann bekommen. Ich hatte eigentlich mit seinem baldigen Eintreffen gerechnet. Aber er hat beschlossen, den Winter in Kargil zu verbringen, weil ihn seine Aufgabe dort stark in Anspruch nimmt und er für die Mission wertvolle Arbeit leisten kann. Er hält es für besser und sicherer, wenn ich die Wintersaison hier im Tal bei Myrtle verbringe, und will erst nach der Schneeschmelze herreisen, um mich zu treffen. Und dann unsere Arbeit wieder aufzunehmen.«

Letzteres sagte sie mehr zu sich selbst, doch sie war sich nicht sicher. Auch würde dieses Jahr nicht mehr allzu viel Post aus Kargil eintreffen. Die Pässe waren inzwischen kaum mehr befahrbar, und noch eine Woche, dann würde Ladakh zwischen den es umgebenden Bergketten eingeschlossen sein. Die Wahrheit war – wenn Nerys dies auch verschwieg –, dass Evan das Predigen und seine Arbeit leichter fand, wenn sie nicht um ihn war und ihm wegen ihrer diversen Bedürfnisse Vorhaltungen machte. Denn so konnte er Gottes Geschöpfe in allgemeinerer Weise lieben, ohne an der täglichen und spezifischen Erinnerung zu leiden, dass er und seine Frau in keinster Weise in Liebe verbunden waren.

»Auch wenn ich Ihren Mann nicht kenne«, erwiderte Rainer, »aber für mich klingt das, als sei er ein Narr.«

Er nahm ihre Hand und küsste behutsam ihre Fingerknöchel. Sie entriss sie ihm nicht.

Seit ihrer Begegnung mit Myrtle McMinn hatte Nerys eine ziemliche Menge über Männer und Frauen gelernt. Sie hatte gesehen, wie Myrtle sich geschmeidig durch Gesellschaften, Tennisspiele und Cocktailstunden in Srinagar bewegte, wie sie flirtete, lachte und auf Schritt und Tritt Bewunderer anzog, und sie hatte sie auch zu Hause mit Archie gesehen – und gehört –, ehe Archie fortgegangen war. Nerys hatte nicht den geringsten Zweifel daran, dass Myrtle ihren Mann liebte, doch im Hinblick auf die Liebe war die Welt nicht einfach in Schwarz und Weiß einzuteilen. Es gab unendlich viele Farbabstufungen und Hunderttausend Nuancen des Gefühls zwischen Lieben und Nicht-Lieben. Dies zu leugnen, dachte sie allmählich, bedeutete nicht nur, dass man die offensichtliche Wahrheit leugnete, sondern auch die eigene Menschlichkeit.

Nerys wollte, dass Rainer sie berührte. Die Heftigkeit ihres Wunschs machte sie geradezu benommen. Langsam begriff sie, wovon Myrtle gesprochen hatte, als sie ihr riet, sich zu amüsieren.

Meine Liebe?

Doch Rainer hatte nur die gerettete Brosche an ihrem Blusenausschnitt berührt. Aus einer Baumreihe heraus raschelte es plötzlich, und Zweige knackten; sie blickten auf und entdeckten eine zu ihnen herüberstarrende Ziege. Wenn es hier eine Ziege gab, dann war auch der Hirte nicht fern.

»Ich denke, wir sollten jetzt zurückfahren.« Rainer lächelte.

***

Im Salon klingelte das Telefon. Ein dichtes Gewirr von Drähten, die man von hölzernen Masten am Ufer herübergezogen hatte, versorgten das Hausboot sowohl mit einem Telefonanschluss als auch elektrischem Strom, doch das misstönende Geklingel schreckte Nerys immer wieder auf. Sie hatte gelesen und gleichzeitig die Eisvögel draußen auf dem See beobachtet, und Myrtle schrieb Briefe. Myrtle legte ihren Füllhalter beiseite und griff nach dem Telefonhörer.

»Hier *Garden of Eden*«, meldete sie sich.

Nerys konnte nur hören, dass die Person am anderen Ende der Leitung eine Frau sein musste. Die Stimme klang hoch und hysterisch.

»Überhaupt nicht. Machen Sie sich keine Sorgen«, murmelte Myrtle und zog, Nerys ansehend, die Braue hoch.

Die Stimme sprach weiter. Es dauerte wohl eine halbe Minute, ehe Myrtle einschieben konnte: »Ich denke, Sie sollten einfach in eine *shikara* steigen und sofort herkommen ... Ja, kommen Sie jetzt ... Natürlich ... Natürlich ... Bis gleich.« Sie legte auf. »Das war Caroline Bowen. Klingt mir nach weiterem Ärger.«

»O je. Soll ich lieber verschwinden?«

»Nein, bleib hier. Vielleicht kannst du nochmal nach Kaffee läuten.«

Myrtle trat hinüber zum Verandafenster. Sie zündete sich eine Zigarette an, lehnte sich an die Scheibe und hielt Ausschau nach dem Boot, das bald übers Wasser herangleiten würde.

Als Caroline eintraf, war sie in ihren *pheran* gehüllt und hatte sich die Kapuze tief ins Gesicht gezogen. Sie wartete, bis Majid den Kaffee serviert und sich wieder zurückgezogen hatte, und sobald sie ablegte, sahen sie, dass ihre Augen stark gerötet und vom vielen Weinen fast zugeschwollen waren. Myrtle empfing sie mit mitleidigem »Na, na«, bat sie, auf dem Sofa Platz zu nehmen, und reichte ihr eine Tasse Kaffee.

»Caroline, Liebste, Sie müssen uns jetzt auf der Stelle erzählen, was wirklich mit Ihnen los ist. Sonst können wir Ihnen nicht helfen. Oder, Nerys?«

Nerys besaß nicht ganz so viel Zutrauen in ihre vereinten Kräfte wie Myrtle. Caroline versuchte, etwas zu sagen, fand jedoch zunächst keine Worte und wollte auch keiner von ihnen ins Gesicht sehen. Schließlich stieß sie mit leiser, heiserer Stimme hervor: »Ich krieg ein Kind.«

Myrtle nickte, kaum überrascht. »Ach ja? Und weshalb macht Sie das so unglücklich?«

Caroline hob nun den Blick. »Es ist nicht das Kind meines Mannes.«

»Ist es von Ravi Singh?«

Carolines klägliches Schweigen war Antwort genug.

»Weiß Ravi Bescheid? Weiß Ralph davon?«

Sie schüttelte den Kopf. »Niemand weiß etwas, nur Sie beide. O Gott, wie froh ich bin, dass ich's Ihnen gesagt habe. Es ist eine solche Erleichterung, Sie würden's nicht glauben. Ich bin fast verrückt geworden. Ich hab absolut alles probiert, hab Gin getrunken, bis ich mich erbrechen musste, heiße Bäder genommen, bin ausgeritten und habe das Pferd im Galopp über Zäune gejagt, aber nichts hat geklappt. Mir war so furchtbar übel, ich war so müde, und dann ging auch das irgendwie vorbei, und jetzt ....« sie hielt die Hand über ihre Leibesmitte »...werde ich nur noch dicker.«

»Im wievielten Monat sind Sie denn, was meinen Sie?«, fragte Nerys behutsam.

Caroline biss sich auf die Lippe. »Im fünften, nehm ich an.«

Myrtle rechnete. »Was haben Sie denn von Ralph gehört?«

»Nur das Übliche. Er ... ist kein besonders guter Briefeschreiber. Alle dachten, Sie würden in Nordafrika eingesetzt, aber jetzt sind sie in Malaya.«

»Besteht denn irgendeine Wahrscheinlichkeit, dass sein Regiment Heimaturlaub bekommt?«

»Nein. Ich glaube nicht.« Sie zog ihr Taschentuch hervor und schneuzte sich. »Jedenfalls hab ich nichts gehört. Ralph hat nichts davon erwähnt.«

»Gut.« Es trat eine Pause ein, dann fuhr Myrtle fort: »Das ist jetzt eine ziemlich persönliche Frage, ich weiß, aber wir haben nun keine Geheimnisse mehr voreinander. Woher wissen Sie denn, dass es nicht Ralphs Baby ist? Er war den ganzen Sommer hier in Srinagar. Das Timing würde doch stimmen. Und wenn es seins wäre, dann würde er sich doch sicher sehr freuen, oder? Vor allem, wenn's ein Junge wird, würde ich meinen. Und auch wenn es nicht seines wäre, hellhäutig wie Ravi Singh ist … Es wär ja nicht das erste Mal in der Geschichte, dass so was passiert, nicht wahr?«

Nerys hatte nichts gesagt, doch sie versuchte, Myrtle eine Warnung zuzufunken. Pass auf! Setz nicht mehr voraus, als du weißt!

Es war zu spät. Carolines Gesicht fiel zusammen, und die leere Kaffeetasse kippte ihr aus der Hand und rollte auf den Teppich. Sie presste die Finger auf den Mund und zitterte am ganzen Leib.

»Was ist denn los?«, schrie Myrtle. »Was hab ich denn gesagt?«

»Es kann nicht Ralphs Baby sein, verstehen Sie. Das ist es ja.«

»Kann nicht?«, wiederholte Myrtle.

Nerys erhob sich nun, klaubte die Tasse auf, stellte sie zurück auf das Messingtablett und setzte sich dann neben Caroline. Sie ergriff die Hände des Mädchens und blickte in das verwüstete Gesicht. »Ich glaube, ich verstehe Sie«, sagte sie leise. »Sie müssen jetzt nicht mehr sagen, wenn Sie nicht wollen.«

Dies schien Caroline zu beruhigen. Sie nahm sich zusammen und schüttelte entschieden den Kopf. »Nein, ich will – ich muss darüber reden. Ich bin zu Mrs McMinn, ich meine Myrtle, und Ihnen herübergekommen, weil ich wusste, dass es sein muss. Ich hatte bisher niemanden, dem ich das alles anvertrauen konnte, und das hat es so furchtbar gemacht. Ich meine, meine Stiefmutter war immer sehr vernünftig, aber sie ist daheim und ich bin hier, und wir hatten noch nie diese Art von mütterlichem Gespräch. Das heißt, ehe Ralph und ich heirateten, wusste ich, dass *ich* mich um diese Dinge kümmern muss, weswegen ich in Delhi, als ich mein Brautkleid kaufte, einen Arzt aufgesucht habe – Mrs Fanshawe gab mir eine Adresse –, und der hat mir das grässliche Gummidings besorgt, dass man sich reinstecken soll.«

Ihr Blick hielt dem von Nerys stand.

Hinterlader, erinnerte sich Nerys. So hatte Archie McMinn Captain Bowen genannt.

»Ich hatte es in unserer Hochzeitsnacht in der Schachtel bereitgelegt, um es einzusetzen, wie der Arzt es mir erklärt hatte. Doch Ralph hatte zu viel getrunken und verlor mehr oder weniger das Bewusstsein. Ich war nicht allzu überrascht, ich hatte ihn ja schon vorher trinken sehen, sodass ich es am folgenden Tag wegzulachen versuchte, wissen Sie, und irgendwie murmelte, man könne das Versäumte ja nachholen. Ralph fand das gar nicht lustig. Er entschuldigte sich an diesem Abend, ihm sei übel, und schlief auf seinem Feldbett. Nach ein paar weiteren Tagen fand ich es auch nicht mehr lustig. Ich hatte das Gummidings mit Puder bestäubt, hatte hübsche Nachthemden angezogen, und mein Mann tat einfach nicht, was er hätte tun sollen.«

»Nie?«, flüsterte Myrtle. Nerys sah, wie schwierig es für ihre Freundin war, sich etwas Derartiges vorzustellen. Für sie selbst war es kein so großer Sprung.

Caroline warf den Kopf zurück. »Nie.«

»Arme Kleine.« Myrtle seufzte.

»Ich dachte, es läge an mir. Nicht, dass ich mich für so furchtbar missgestaltet hielt – ich war im Internat und hatte dort all die anderen gesehen, wusste also, dass ich ganz ansehnlich war, falls das nicht zu eingebildet klingt. Ich meine: halt einfach nicht *verführerisch* genug. Doch nach einer Weile dachte ich dann: Verdammt noch mal, wenn ich es will und er nicht, dann kann das doch nicht nur an mir liegen, oder? Manchmal waren wir nahe dran, aber ich hatte immer das Gefühl, dass er die Augen schloss, um irgendwie abtauchen zu können, dass es ihm aber nie gelang, sich ausreichend zu distanzieren, um es tatsächlich tun zu können. Ergibt das irgendeinen Sinn?«

»Ja, das tut es«, versicherte ihr Nerys.

»Naja, nach den Flitterwochen war er sowieso meistens bei seinem Regiment. Ralph ist Soldat, wie es schon sein Vater und dessen Vater war, bis zurück in die Zeit der Schlacht von Waterloo oder so, und der Soldatenberuf steht bei ihm an erster Stelle, vor allem andern. Er hat mich sogar vor unserer Verlobung diesbezüglich gewarnt, aber ich war so erpicht aufs Heiraten, dass ich mir einredete, ich könnte ihn verändern oder mich damit arrangieren. Ich meine, sind wir mal realistisch, wie viele weitere Heiratsanträge hatte ich denn noch zu erwarten? Ich war so weit gereist und konnte ja auch nicht ewig in der Residenz wohnen bleiben. Ralph war recht attraktiv, und offenbar wollte er mich.«

Sogar Nerys begriff, dass ein ehrgeiziger Soldat eine Frau brauchte. Der Oberst und die Gattin des Obersten. Caroline war da eine sehr angemessene Wahl gewesen.

Caroline blickte auf ihre Ringe, den Verlobungs- und den Ehering. »Es war ein Happy End, nicht wahr? Ich würde Ralphs Frau, die Mutter seiner Söhne werden. Oh, *Gott.*«

Wieder füllten sich ihre Augen mit Tränen, die ihr über die glatten rosa Wangen liefen. Myrtle reichte ihr ein Taschentuch und fragte: »Und die Sache mit Ravi Singh?«

»Das können Sie sich sicherlich zusammenreimen. Ich hätte seine Zärtlichkeiten nicht zulassen dürfen, aber ich hab es einfach nicht geschafft. Ich hab mich gefühlt wie im Himmel. Schon mal all der Glamour. Das hat so viel Spaß gemacht und war so mühelos, nicht wie bei mir daheim, wo sogar der verdammte Küchenjunge meine Anweisungen ignoriert und der Staub zentimeterhoch liegt. Ravi hat Legionen sich ständig verbeugender Diener, eine ganze Reihe süßer Ponys und einen Chauffeur, der ihn in seinem großen Wagen überall hinbringt. Das Essen ist immer göttlich, und sie sollten mal die Seidenstoffe und das Silber sehen, und er kann alberner und lustiger sein als jeder Engländer, den Sie kennen.«

»Er hat ja auch die Zeit, sich all dem zu widmen«, erwiderte Myrtle trocken.

»Ich weiß, ich weiß. Und er hat sich eine ganze Ewigkeit Zeit gelassen, um mich zu verführen, ja, wirklich! Da war nichts Grobes oder allzu Drängendes dabei, überhaupt nicht. Er hat mich nur innen aufs Handgelenk geküsst – hier – und dann schnell genau diese paar Quadratzentimeter mit meiner Manschette bedeckt, ganz demütig, als hätte ich ihm einen Blick auf den kostbarsten Schatz der Welt gestattet. Und so ging es wochenlang weiter, jedes mal ein kleines Stück mehr, und dabei hat er mich immer zum Lachen gebracht, mir himmlische Geschenke gemacht und erzählt … mir all die Dinge erzählt, von denen ich mir eingebildet hatte, dass Ralph sie mir sagen würde.«

Nerys dachte an Rainer und das Picknick von Kanihama. Der einzige Unterschied bestand wohl darin, dass sie Männer und Sex schon damals eine Nuance skeptischer gesehen hatte, als Caroline Bowen es tat. Sie spürte, wie sie errötete, und hoffte, Myrtle werde es nicht bemerken und nachdenklich werden.

Caroline hob den Kopf. »Als es dann passiert ist, war es wunderbar«, beteuerte sie. »Ich bedaure es nicht, obwohl ich jetzt in einem fürchterlichen Schlamassel stecke. Ich will, dass Sie das wissen.«

Nerys lauschte ihr gespannt.

»Es war im Sommerhaus seiner Familie, auf dem Land. Als Ravi mich auszog, war die Luft wie Seide auf meinen Armen und Beinen. Nichts durfte diesen Augenblick verderben – nichts. Ich fühlte mich schön wie ein Gemälde und mächtig wie eine Königin. Er hat mir Ehre erwiesen, o ja.«

Myrtle und Nerys sprachen kein Wort. Die Liebe hatte ein hübsches, rundgesichtiges, unglückseliges englisches Mädchen in etwas verwandelt, das einer tragischen Heldin nahekam.

Myrtle fand als Erste die Sprache wieder. »Und natürlich hatten Sie Ihr Pessar nicht dabei? Das grässliche Gummidings in der Schachtel?«

»Nein.«

»Und natürlich hat sich auch Ravi für derartige Vorkehrungen nicht verantwortlich gefühlt?«

»Nein.«

Myrtle seufzte.

»Danach habe ich es aber meistens verwendet«, fügte Caroline rasch hinzu. »Naja, manchmal. Das Problem dabei ist, dass es einfach nicht so besonders romantisch ist, nicht wahr? Wenn man es bei seinem Ehemann verwendet, wäre das sicher in Ordnung. Er wär es gewohnt, dass man vorher ins Bad geht und rumfingert.«

Nerys konnte sich ein Lächeln nicht verkneifen.

»Und dann ist mir langsam aufgefallen, dass Ravi jedes Mal, wenn ich bei ihm war, weniger Umstände machte. Ich begehrte ihn immer stärker, so sehr, dass ich mich regelrecht nach ihm verzehrte. Ich stammelte dann immer dümmlich davon, dass ich ihn liebe, ich konnte mich nicht bremsen, und er entfernte sich immer weiter von mir. Eines Tages, als wir allein zusammen waren, und ich schon zu vermuten begann, dass ich schwanger sein könnte, sah er auf seine Uhr, statt mich auszuziehen, und meinte, er müsse zum Reiten.

»Auf dem Fest in der Residenz hab ich mir mit einigen Cocktails Mut angetrunken, und als er mich zum Tanzen aufforderte, hab ich versucht, vernünftig mit ihm zu reden. Aber ach, diese Eisigkeit. Nie hätte ich gedacht, dass er so kalt sein kann – während ich vor Wut und Sorge gekocht habe. Und da haben Sie beide mich dann gerettet. Seitdem hocke ich in unserem trostlosen, leeren Bungalow und bete um ein Wunder. Aber es geschieht keines. Und so stecke ich ziemlich in der Klemme, nicht wahr?«

»Lieben Sie Ravi denn tatsächlich?«, fragte Nerys. Sie hatte das kalte Adlergesicht des Mannes und sein Gebaren beobachtet.

»Natürlich. Sehr sogar«, gab Caroline zurück, doch Nerys vermutete, dass sie eher an der Liebe als an Ravi hing. Was ja schon einmal gut war.

»In Ordnung. Überlegen wir mal, was wir da tun können«, meinte Myrtle. Caroline warf ihr einen dankbaren Blick zu. »Es ist wohl zu spät, jemand zu finden, der da noch helfen kann, oder?«

»Ich fürchte ja« erwiderte Nerys. Sie sagte es bestimmt, denn es war höchst unwahrscheinlich, dass irgendein anständiger Arzt bereits sein würde, bei einer gesunden Frau eine so späte Abtreibung vorzunehmen, und der Gedanke an die ungeschickten inoffiziellen Alternativen war unerträglich. Die anderen beiden sahen sie an.

»Als Evan und ich in Shillong waren, habe ich im Missionskrankenhaus gearbeitet, auf der Entbindungsstation. Ich hab die Ergebnisse einiger verpfuschter Abtreibungsversuche gesehen. So was will ich nie wieder sehen.«

»Du bist Hebamme?«, staunte Myrtle. »Ich muss schon sagen, das ist ja überaus praktisch.«

»Nein, das bin ich nicht. Ich hab nur ausgeholfen, mehr nicht.«

»Trotzdem. Ich war noch nie bei einer Geburt dabei.«

»Ich auch nicht«, sagte Caroline. Beim Gedanken an das, was ihr bevorstand, wurde sie ganz blass, doch Myrtle war plötzlich die Munterkeit in Person.

»Nehmen Sie das wollene Ding ab, Caroline, und stehen Sie auf. Drehen Sie sich zur Seite, und lassen Sie uns einen Blick auf Sie werfen.

Sie tat, wie man ihr sagte, und strich verlegen den Rock über der kleinen Schwellung glatt. Ja, dachte Nerys. Sechzehnte oder siebzehnte Woche einer wahrscheinlich gesunden Schwangerschaft. Caroline war zwar schlank, wirkte jedoch stark und belastbar. Dennoch, sie würde eine ordentliche ärztliche Betreuung benötigen.

Myrtle nickte. Offensichtlich dachte sie angestrengt nach.

»Möchten Sie das Baby denn behalten? Ich meine, nachdem es geboren ist.«

»Ich hab mir ja genug Mühe gegeben, das zu verhindern, nicht wahr? Wochenlang habe ich an nichts anderes gedacht, als es los zu werden. Aber jetzt …«, sie legte eine Hand auf den Bauch, »bin ich verwirrt. Es wächst. Ich spüre es. Aber Ralphs Kind kann es nicht sein, und ich weiß, dass er das, was ich getan habe, nie, niemals akzeptieren wird, sodass ich es, wenn ich mein Leben weiterführen will wie bisher, vor ihm verbergen muss. Ravi hätte das Kind wohl als seines anerkannt, zumindest in gewisser Weise, aber nur als Bastard, nie als Teil der Familie. Er würde mich niemals heiraten, auch wenn ich eine Scheidung erwirken könnte. Ich hab aufgehört, auch nur davon zu träumen«, endete sie.

»Ich glaube nicht, dass Sie Ravi Singh etwas davon sagen sollten«, warnte Myrtle sie. »Das wäre nicht hilfreich.«

»Was, glauben Sie denn, wäre der beste Ausgang für Sie selbst, Caroline?«, fragte Nerys.

Sie stieß eine leises unfrohes Lachen aus. »Wenn ich das Kind nicht auf diskrete Weise verlieren kann, meinen Sie? Ich schätze, dass ich es zur Welt brächte, möglichst im Geheimen, und eine gute Adoptivfamilie für es fände, bei der ich es vielleicht hin und wieder besuchen kann. Ansonsten, ich weiß nicht. Ich nehme an, Ralph wird nach dem Krieg wieder zurückkommen, wir werden uns noch etwas ausdauernder darum bemühen, ein Eheleben zu führen, wie wir es uns beide, nehme ich an, von Anfang an erhofft haben.« Ihre Unterlippe stand vor und ließ sie aussehen wie ein verletzliches Kind. »Aber wahrscheinlich erwarte ich mir damit ein bisschen zu viel, nicht wahr?«

Nerys zerriss es schier das Herz vor Mitleid. Caroline Bowen war ein schlichtes Mädchen, das sich letztendlich ganz einfache Dinge wünschte. Einen Mann, Liebe, eine Familie. War sie selbst denn anders?

Myrtle lächelte, und ihre Augen hatten zu funkeln begonnen.

Sie trug nicht mehr die gelangweilte Miene zur Schau, mit der sie seit Archies Abreise des öfteren herumlief. Sie fasste die beiden anderen an der Hand und zog sie zu sich heran. »Den Rest des Winters werden wir hier alleine sein. Ralph ist in Malaya, Archie irgendwo im Osten, und Evan kommt vor der Schneeschmelze im Frühjahr nicht aus Kargil herunter. Deswegen sage ich: Vereint stehen wir, und folgendes werden wir tun. Wir werden *alle drei* schwanger sein.«

»Ich weiß nicht so recht«, wandte Nerys mit trockenem Räuspern ein, »wie wir das bewerkstelligen sollten.«

»Natürlich werden wir zwei es nicht sein, leider, aber wir werden so aussehen. Den ganzen Winter über in *pherans* gepackt, mit einem Feuertopf am Leib oder in den Armen, wer soll da etwas erkennen? Ich hab es mir oft gedacht, wenn ich mir die kaschmirischen Ladys so ansah. Sie, Caroline, bleiben so lange im Quartier für die Eheleute, wie Sie Ihre Schwangerschaft verheimlichen können, und überzeugen all die Klatschtanten dort, dass alles wie immer ist. Und dann, wenn es zu schwierig wird, behaupten Sie einfach, Sie fühlten sich ohne Ralph einsam, und ziehen hier bei mir ein.« Sie machte eine schwungvolle Geste. »Zwar ist auf der guten alten *Garden* kaum genug Platz für uns drei, aber wir werden uns schon irgendwie arrangieren – wenn's sein muss. Gleichzeitig werden Nerys und ich ebenfalls so tun, als würden wir dicker und träger, packen uns so dick ein, dass – sollte es später mal Gerede oder Fragen geben, woher das geheimnisvolle Baby denn gekommen ist – kein Mensch etwas beweisen und alle lediglich misstrauisch auf irgendwen deuten können.«

Sie platzte fast vor Stolz auf ihren Plan. »Bin ich nicht ein Genie? Los, sagt es mir.«

Caroline riss die Augen auf und dachte ernsthaft darüber nach.

»Sie und ich, Caroline«, fuhr Myrtle fort, »können ein paar Mal runter nach Delhi zum Einkaufen oder Sightseeing fahren. In meinem Haus wird uns niemand stören, und Sie können, während wir dort sind, einen Arzt aufsuchen. Vielleicht müssen wir sie im letzten Monat an einen anderen Ort bringen, fort von den neugierigen Blicken. Und dann, kurz vorm Geburtstermin, wieder zurück nach Delhi. Und danach können wir – um die Adoption vorzubereiten – nach Pflegeeltern suchen. Wir sind im Krieg. Da werden Kinder zu Waisen, nicht wahr?« Inzwischen glänzte ihr Gesicht fast fiebrig.

Ah, dachte Nerys. »Myrtle?«, sagte sie behutsam.

Myrtle und sie hatten nie darüber gesprochen, weshalb die McMinns keine Kinder hatten, nicht einmal, als Myrtle sich nach ihrer eigenen Fehlgeburt um sie gekümmert hatte. Sie hatte vermutet, dass es auch bei den McMinns, aus welchem Grund auch immer, nicht geklappt hatte, und weil ihr eigener Verlust sie so häufig beschäftigte, hatte sie die Frage gemieden.

Myrtle hob nur die Hand. Ihre Blick ruhte auf Carolines Gesicht. Caroline biss sich auf der Lippe herum. Ihre Situation war verzweifelt genug, um nach jedem Strohhalm zu greifen.

»Es könnte funktionieren«, meinte sie schließlich.

»Nerys? Bist du dabei?«, drängte Myrtle.

Sie tauschten Blicke, mit denen sie ihre jeweils separat angestellten Überlegungen wechselseitig anerkannten ebenso wie die Verantwortung für Caroline Bowen und ihr Baby, die sie von jetzt an übernahmen. »Gut«, stimmte sie zu, »du kannst auf mich zählen.«

Carolines Gesicht hellte sich auf. »Sie sind ja so gütig, alle beide. Noch nie im Leben hatte ich solche Freundinnen.« Sie drückte ihnen so heftig die Finger, dass Nerys für ihre Durchblutung fürchtete. »Freundinnen für immer«, erklärte sie.

»Ich bin ganz schön gerissen, was?«, lachte Myrtle.

An diesem Abend saßen Nerys und Myrtle allein beim Essen.

»Was genau hast du nun vor?«, fragte Nerys über das gestärkte Tischtuch hinweg. »Wenn wir Verschwörerinnen sein wollen, solltest du mich besser in alles einweihen.«

Myrtle drehte ihr Glas in der Hand und betrachtete die in seiner Tiefe sich spiegelnden Lichter. »Ich will Caroline natürlich helfen. Ihre Situation ist scheußlich.« Und dann meinte sie mit leiserer Stimme: »Archie und ich konnten bisher kein Kind bekommen. Du hast es sicher schon erraten. Archie hat mir immer gesagt, dass er eine Adoption nicht gutheißen könne. Du weiß schon, das Kind eines anderen …« Sie verstummte und seufzte in einer Weise, die ihr gar nicht ähnlich sah. Doch dann reckte sie das Kinn und blickte Nerys direkt in die Augen. »Aber wenn da ein Baby wäre, ein wirkliches, das ein liebevolles Heim braucht, dann sieht er das vielleicht anders. Zumindest besteht die Chance, nicht wahr?«

»Ich weiß nicht. Vielleicht.«

Da sie Archie kannte, der nach außen hin zwar der sanfteste, innerlich aber auch ein sehr willensstarker Mann war, hegte Nerys ihre Zweifel. Doch angesichts der strahlenden Augen Myrtles brachte sie es nicht fertig, ihr das zu sagen. Und ihre eigenen Gedanken überschlugen sich.

Ein Baby, ein Neugeborenes, das ein Heim brauchte. Am Ende konnte Myrtle ja womöglich doch nicht einspringen, und dann konnte sie selbst sich anbieten. Ein Waisenkind, ein indisches Baby, wie konnte Evan da seine Hilfe versagen?

»Was immer auch geschieht, wir werden uns um die arme Caroline kümmern«, erklärte Myrtle.

»Kannst du mir etwas verraten? Was meint Archie eigentlich mit Hinterlader?«

Myrtle hob eine ihrer dunklen Augenbrauen. »Hinterlader heißt soviel wie schwul«, erwiderte sie.

»Hab ich mir fast schon gedacht.«

»Zahras Schal«

Mair nippte an einem Glas warmem Gin, der mit abgestandenem Tonic Water verdünnt war. Caroline Bowen hatte ganz offenbar Schwierigkeiten mit den Augen, denn sie musste den Kopf auf ihrem beneidenswert geraden Rücken weit nach vorn beugen, um ihre Besucherin wenigstens teilweise im Blick zu haben. Mair hatte begonnen, ihre Reise nach Ladakh und Kashmir zu erklären, holte jedoch zu weit aus und merkte, dass ihr die alte Frau nicht folgen konnte.

»Was meinten Sie? Tut mir leid, ich habe nicht oft Besuch« unterbrach sie Mair, ehe die ihre Erklärung auch nur halbwegs beendet hatte.

Die stämmige Bedienstete hatte sich entfernt, nachdem sie ihr den Gin eingeschenkt hatte, jetzt aber kam sie zurückgeschlurft. Sie warf Mair einen entmutigenden Blick zu. »Ich hab Ihnen ja gesagt. Mrs Bowen heute müde.«

Mair zog ihren Stuhl näher heran, vorsichtig, um nicht gegen den Hocker zu stoßen, auf dem das bandagierte Bein ruhte. »Ich sollte mich wohl eher entschuldigen, nachdem ich so unangekündigt zu Ihnen hereingeplatzt bin.«

Caroline Bowens Lächeln durchdrang die verwirrte Miene. Es hatte etwas von einer Spiegelung auf einer gekräuselten Wasserfläche, und Mair erhaschte einen Blick auf die junge Frau, die sie einst gewesen war. Etwas wie momentanes Wiedererkennen durchzuckte Caroline Bowen, war jedoch verschwunden, sobald sie danach griff.

»Oh, ich freue mich sehr über ein wenig Gesellschaft. Aruna und ich langweilen uns alleine ganz schön, müssen Sie wissen. Könnten Sie mir noch mal Ihren Namen nennen? Mein Gedächtnis ist absolut erschreckend, fürchte ich.«

»Ich heiße Mair.«

»Wie war das?«

»Das ist walisisch.«

Der weiße Kopf neigte sich wieder zur Seite, während Caroline Bowen durch unsichtbare Nebel starrte. »Walisisch, soso!«

»Mrs Bowen, erinnern Sie sich noch an die 1940er Jahre? Meine Großeltern mütterlicherseits waren damals mit der walisisch-presbyterianischen Mission in Srinagar und ich versuche, etwas über sie in Erfahrung zu bringen. Ich weiß, das ist ziemlich aussichtslos, aber ich dachte, womöglich erinnern Sie sich ja an etwas …«

Es war, als ob der Nebel sich lichte und Mrs Bowen einen flüchtigen Blick auf eine vertraute Ansicht gestatte.

»Wer sind Sie nochmal? Und wer soll das gewesen sein, wie sagten Sie? Ich war nämlich hier, müssen Sie wissen – 1941, 1942. Zeiten waren das! Mein Mann war Angehöriger der Indischen Armee. Er war bei der Verteidigung Singapurs gegen die Japaner dabei. So viele tapfere Männer sind damals gefallen.«

»Ist ihr Mann auch umgekommen?«

Auf der anderen Zimmerseite machte sich Aruna vernehmbar.

Der weiße Kopf wandte sich um, die Augen wirkten nun wieder matt und beinahe blind. »Ralph? Nein. Er war sehr tapfer – man hat ihm das *Military Cross* verliehen. Tut mir leid, meine Liebe, ich kenne niemanden … Wie war wieder Ihr Name? Hat unsere Freundin auch genug zu trinken, Aruna? Wo bist du?«

»Oh, ja, das ist wirklich reichlich«, meinte Mair rasch. Sie versuchte, sich zu sammeln, ehe sie sich verabschiedete, und Caroline hob besorgt den Blick.

»Sie wollen doch noch nicht gehen. Ich finde es herrlich, so zu plaudern.«

Mair fühlte sich unbehaglich. Irgendwas an Caroline Bowen war nicht ganz koscher. Vielleicht war es ja nur ihr hohes Alter und ihre offensichtliche Isolation in diesem sonnendurchfluteten, aber sonst ganz gewöhnlichen Zimmer. »Ich möchte Sie nicht ermüden.«

»Aber das macht doch nichts. Ich habe so viel Zeit zum Ausruhen, wissen Sie. Worüber hatten wir gesprochen?«

»Sie hatten Ihren Gatten erwähnt und den Krieg. Leben Sie schon seit damals in Srinagar?«

Wieder machte Aruna eine Bewegung, diesmal eindeutiger als Intervention zu verstehen. Caroline hob die Hand.

»Nein. Ich bin fünfundvierzig heimgekehrt. Myrtle und ihr Mann sind weiter geblieben, aber die meisten von uns sind nach England zurückgekehrt. Nach der Teilung war natürlich alles ganz anders. Das alte Indien war untergegangen. Und Kaschmir, ach, das ist eine traurige Geschichte. *Du* wirst dich nicht mehr daran erinnern, Aruna. Welchen Spaß wir hatten. Was für herrliche Zeiten.« Sie gab ihr Bemühen auf, die Gegenwart wahrzunehmen, und ließ den Kopf in die Kissen zurücksinken.

Mair konnte sich vorstellen, dass die Bilder vor ihrem inneren Auge sehr viel lebhafter waren.

»Ich war ja etliche Jahre krank. Was natürlich misslich war. Ich war in England in einem Pflegeheim; da verliert man schon den Anschluss. Als es mir dann wieder besser ging, oder als sie endlich zu diesem Schluss gelangten, war ich Witwe, und das ist ja immer schwierig, nicht wahr?«

Sie gelangten zu diesem Schluss? Mair wunderte sich. Wer waren denn *sie?* »Das war es sicher.«

»Sind Sie verheiratet, Liebes?«

Mair lächelte sie an. »Nein. Dazu ist es nie gekommen. Oder genauer gesagt, ich gelangte nie an den Punkt, wo es mir wichtig erschien, eine solche Bindung einzugehen. Ich hatte zwar Freunde, aber mehr ist daraus nie geworden.«

Caroline war entzückt. »Wie modern! Wie unabhängig Sie sein müssen! Ich beneide Sie schrecklich. Keine Witwenschaft für Sie, was?«

»Nicht ohne vorherige Heirat, nehme ich an.«

»Das ist großartig. Ich kann Ihnen nur raten, bleiben Sie so, wie Sie sind.«

Sie lachten beide. Wieder schimmerte die jüngere Caroline kurz durch die gealterten Züge hindurch. Diesmal konnte Mair fast den Finger darauf legen – auf diese flüchtige Ähnlichkeit mit jemandem, doch wieder entzog sie sich. »Und was ist dann passiert?«, fragte sie.

»Wann?«

»Nachdem Sie Witwe geworden waren?«

»Ach, das wollen Sie sicher nicht alles hören. England hatte sich sehr verändert, war ganz anders als das Land, in dem ich aufgewachsen war. Als ich endlich die Chance hatte, mich dort umzusehen, erkannte ich, dass Indien mir viel eher Heimat war, als England es je sein würde. Und so bin ich hierher zurückgekehrt und geblieben. Ich komme zurecht, obwohl alles sehr teuer geworden ist.«

»Es wird Zeit für Ihre Medizin«, sagte Aruna. Sie griff nach einem Tablett, und die fast leere Ginflasche stieß klirrend an die leere Tonic-Water-Flasche. Falls Mrs Bowen über ein kleines fixes Einkommen verfügte, dann würde ihr Geld hier in Kaschmir sicher weiter reichen als daheim in England. Beide Frauen sahen zu, wie Aruna das Zimmer durchquerte und offensichtlich die angekündigte Medizin holen wollte. Mair griff nach ihrem Rucksack und ihrem braunen Pashmina.

»Dann geh ich wohl besser.« Und während sie dies sagte, hatte sie plötzlich ganz deutlich ein Gesicht vor sich.

Völlig verblüfft holte sie tief Luft.

Sie blickte auf Mrs Bowen und war sich sofort sicher. Sie wühlte in ihrer Tasche und holte das vertraute Bündel heraus. »Aber könnte ich Ihnen, ehe ich gehe, noch etwas zeigen?«

Sie schüttelte den Schal aus, sodass er sich in der Luft blähte und dann auf Caroline Bowens Schoß herunterschwebte.

Das Schweigen in dem stillen Zimmer vertiefte sich. Langsam umfasste Caroline eine Handvoll des weichen Stoffs mit den Fingern und hob ihn an ihr Gesicht. Sie schien den an ihm haftenden Duft einzuatmen, und dann richtete sie den Blick mit großer Anstrengung auf die Farben eines kaschmirischen Sommers.

Es schien eine lange Zeit zu verstreichen.

»Woher haben Sie das?«

»Er befand sich unter den Sachen meiner verstorbenen Großmutter.«

Eine Pause trat ein, dann flüsterte Caroline: »Ich wünschte, ich könnte Sie richtig sehen.«

Mair kniete sich neben den Sessel. Caroline streckte ihre geäderte Klaue aus und betastete vorsichtig die Konturen von Mairs Wange und Unterkiefer.

»Walisisch, haben Sie gesagt, nicht?«, fragte sie leise.

»Ja. Meine Großmutter hieß Nerys Watkins. Ich habe ein Foto von ihr, mit Ihnen, hier in Srinagar.«

»Nerys war meine Freundin. Und das hier«, sie hielt eine Handvoll der weichen Wolle in die Höhe, »das war Zahras Schal. Ihre Mitgift.«

Carolines Pflegerin kehrte mit der Medizin zurück und fand sie mit dem Schal, der wie eine Erzählung zwischen ihnen ausgebreitet lag.

10

Es wurde Winter. Anfang Dezember 1941 marschierten die japanischen Truppen in Malaya ein. Die Einheiten der indischen Armee, die die malayische Küste verteidigten, mussten sich ergeben, zahlenmäßig waren sie ohnehin weit unterlegen, und die Japaner setzten ihren Vormarsch halbinselabwärts in Richtung der Alliiertenhochburg Singapur fort. Gleichzeitig, fast auf den Tag genau, fielen japanische Bomben auf die US-Pazifikflotte in Pearl Harbor.

Der europäische Krieg hatte nach Asien übergegriffen, und als Reaktion darauf starteten die Amerikaner die größte Mobilisierung aller Zeiten.

Fern von Srinagar wurden Captain Ralph Bowen und seine Kompanie von der indischen 11. Infanterie zurückgezogen, um den Flottenstützpunkt Sembawang im Nordosten der Insel Singapur zu verteidigen. Gleichzeitig war es Archie McMinn, dem indischen Eisenbahningenieur, zuletzt doch noch gelungen, seine Zivilkleidung mit der Uniform zu vertauschen. Und fast sofort musste er dann Eisenbahnfahrzeuge und -personal zur Unterstützung der Truppen in Malaya koordinieren und die Evakuierung von Tausenden verwundeter Männer in die Gegenrichtung vorbereiten.

Jenseits des Himalaja in Kargil predigte Kriegsdienstverweigerer Parchedig Evan Watkins vor einem fast leeren presbyterianischen Missionssaal und verbrachte seine einsamen Abende in den winzigen, trostlosen Wohnräumen der Mission, während im Radio im Auslandssender der BBC Kriegsnachrichten liefen. Während die Kälte noch beißender und die Sinnlosigkeit seiner Bemühungen immer unbestreitbarer wurde, war es ihm der größte Trost zu wissen, dass Nerys sich im relativen Komfort und Luxus des Kaschmirtals befand. Er vermisste das Heim, das sie ihnen beiden in Leh geschaffen hatte, den Lärm der Kinder, die in ihrem Schulzimmer klatschten und sangen, und sogar Diskits Küche. Demütig betete er um Kraft, schleppte sich eisige Tage lang meilenweit zu winzigen Siedlungen – deren Bewohner ihn mit aufrichtiger Verwunderung empfingen – und merkte, wie ungemein er sich auf den Frühling und das Wiedersehen mit seiner Frau freute.

Für Nerys besaß der Srinagarer Winter einen Reiz, den die Sommerfrischler der feinen Gesellschaft sich kaum hätten vorstellen können.

Rauch unzähliger Holz- und Holzkohlefeuer kringelte sich in den weißen Himmel; grüblerische Vögel hockten auf kahlen Bäumen; und das Hufeklappern der *Tonga*-Pferde wurde von der gefrorenen Stille noch verstärkt. Als sie eines Morgens erwachte, war das Seewasser wie von einem Film überzogen. Am nächsten Tag hatte sich eine Haut aus dünnen, schimmernden Platten gebildet, die der Körperzeichnung eines riesigen Reptils glich, und am darauffolgenden Morgen war der See vollkommen zugefroren. Sumpfhühner und Bachstelzen hinterließen Halsketten von spitzen Abdrücken im pudrigen Raureif, und Eiszapfengirlanden schmückten die geschnitzten Traufen des Hausboots.

Entzückt von all der Schönheit fragte sie Myrtle: »Ist das denn jedes Jahr so?«

»Nur etwa jeden vierten Winter. Vor dem Krieg hat man in Jahren, in denen der See zufror, noch Schlittschuhpartys und Schlittenfahrten veranstaltet. Einmal hat der Resident – nicht unser heutiger, sondern sein Vorgänger – sogar ein jakobäisches Eisfest ausgerichtet. Es war vor meiner Hochzeit, und es war einfach nur himmlisch. Alle waren maskiert, ein Orchester spielte für die Schlittschuhläufer und Tänzer, die Köche der Residenz brieten an riesigen Spießen am Ufer Zicklein und ein Lamm, und draußen auf dem Eis gab es Kastanien in Kupferpfannen. Es war das schönste Fest des ganzen Jahres – bis aus Delhi und Jammu kamen die Leute.«

Sie seufzte in Erinnerung an den Glanz vergangener Tage. »Diesmal wird es nichts dergleichen geben. Ist ja keine Menschenseele mehr da, und alles und jedes ist knapp oder rationiert oder nicht erhältlich.«

»Ich bin da, und Caroline auch. Wir werden uns einfach ein eigenes Eisfest ausdenken müssen.« Sie goss sich noch ein wenig Gin ein und fügte einen kleinen Schuss Limettensaft hinzu.

Rainer war inzwischen Stammgast auf dem Hausboot und erschien beinahe so regelmäßig an den Verandastufen wie Caroline. Myrtle war fasziniert, weil er sie mit Leuten aus Srinagar bekannt machte, die sie nie zuvor zu Gesicht bekommen hatte und die auch niemals die Schwelle des Clubs überqueren oder auf Residenzfesten auftauchen würden.

Am Tag nach Pearl Harbor nahm Rainer die beiden Frauen mit zu einem Besuch bei seinem Freund, dem Professor. Nerys und Myrtle tranken mit dessen Frau, der Tochter, die Musikerin war, und anderen weiblichen Verwandten Tee, während die Männer in einem anderen Raum saßen, sich eine *Shisha* teilten und über Politik und Krieg debattierten. Myrtle erhob keinen Widerspruch angesichts der automatischen Geschlechtertrennung, obgleich Nerys es eigentlich von ihr erwartet hatte. Die weibliche Verwandtschaft des Professors erwies sich als scharfsinnig, überraschend gesprächig und mit verschlagenem Humor gesegnet, und als sie an diesem Abend zur *Garden of Eden* zurückkehrten, erklärte Myrtle, dies sei für sie das Interessanteste gewesen, was sie seit einer Ewigkeit erlebt habe.

Sie hatte verfügt, dass auch Caroline so viel wie möglich aus-

und unter Leute gehen sollte, bevor sich ihr Bauch zu sehr rundete. Im Laufe des Dezember tranken sie fast jeden zweiten Tag ihren Kaffee oder Tee in den hallenden Räumen des Clubs und entwickelten sich in ihrer gewohnten Ecke zu einem derart vertrauten Anblick, dass die wenigen Stammgäste nur noch grüßend die Hand hoben, wenn sie auf dem Weg zur Bar oder zum Bridge-Tisch an ihnen vorbeischlurften. Wann immer die Frauen das Hausboot verließen, verwandelten sie sich in schwerfällige, formlose Pakete aus Wolle, Schaffell, Pashmina und dickem Tweed. Und bald merkte Nerys, dass Myrtles absurder Plan im Grunde ziemlich gerissen war.

Rainer allerdings hatte die Frauen nur zweimal zusammen sehen müssen, um Nerys bei nächster Gelegenheit unter vier Augen zu fragen, ob sie ihm bitte verraten könne, was das mit Mrs Bowen und den *pherans* eigentlich solle.

»Pherans?«, fragte sie mit – wie sie hoffte – unschuldig aufgerissenen Augen.

»Ganz recht. Gestern Nachmittag im Club habt ihr drei ausgesehen wie eine Reihe von Galeonen unter voller Takelage, und ich bin mir sicher, dass es da Gerede geben wird wegen der Heizung, wenn weibliche Mitglieder ja nun offenbar gezwungen sind, ihre Überbekleidung auch im Salon zu tragen. Nicht wahr?«

»Ich bin sehr kälteempfindlich«, erwiderte Nerys.

Sie hatte sich ein *kangri* besorgt und war wirklich froh darüber. Dieser Feuertopf bestand aus einem bauchigen Tonbehälter von der Größe etwa – nun, sie gestand es sich mit kurzem Auflachen ein – einer ausgetragenen Schwangerschaft und war von einem Weidengeflecht umhüllt. Jeden Morgen füllte Majid ihn im Küchenboot mit einer Schaufel glühender Kohle und brachte ihn ihr aufs Zimmer. Sie legte ihn sich auf den Bauch, während sie all ihre Entschlossenheit zusammennahm, um unter den Decken hervorzukriechen und in ihre Kleider zu schlüpfen; und sobald sie dann angezogen war, verstaute sie ihn zwischen ihren diversen

Kleiderschichten, ehe sie über die eisigen Dielen hinabeilte in den Salon, wo schon der Ofen glühte, und Myrtle neben der Kaffeekanne saß. Myrtle trug eine Lammfellmütze mit Klappen, die die Ohren bedeckten, und pelzgefütterte Handschuhe mit abgeschnittenen Fingerspitzen, sodass man sie nie ausziehen musste. Innerhalb eines Radius von etwa einem Meter rund um den Ofen war es warm genug zum Sitzen und Reden, außerhalb davon jedoch erstreckte sich das Reich des Eises.

Rainer konnte nur den Kopf schütteln. Er bog den langen Arm zurück und fuhr sich durchs Haar, sodass es ihm abstand wie eine Löwenmähne. »Habe ich dir jemals die vier Prinzipien der Bühnenzauberei genannt? Bitte sag mir, falls ja.«

»Nein, ich glaube nicht.« Nerys lachte bereits. Immer führten sie solche Gespräche, die scheinbar ernst und förmlich waren, unterschwellig jedoch voller Witz und Koketterie.

»Die vier Prinzipien«, er zählte sie an den Fingern ab, »das sind Irreführung, Ablenkung, Verschleierung und Vorspiegelung. Sagt man beispielsweise einem Publikum, dass ein Krug, der scheinbar mit einer weißen Flüssigkeit gefüllt ist, tatsächlich Milch enthält, so wird es das automatisch glauben, weil der Allgemeinverstand nicht weiterfragt. Und ich glaube, dass ihr drei Hübschen sehr geschickt sämtliche vier Prinzipien für eure eigenen Zwecke einspannt. Als Profi bewundere ich zwar die Technik, als Freund aber kann ich nicht verhehlen, dass ich mich dabei ein wenig ausgeschlossen fühle.«

Der wehleidige Ton, den er dabei anschlug, reizte Nerys noch mehr zum Lachen. »Ich habe kein Geheimnis, mir steht es nicht zu, etwas mitzuteilen«, widersprach sie.

»Ach ja, na gut. Aber wenn ich Ihnen als Illusionskünstler und Kollege einen Rat geben darf, so lautet der, äh, dass zuviel der Ablenkung nur Aufmerksamkeit erregt.«

»Verstehe. Vielen Dank«, erwiderte sie.

Am Abend warnte sie Myrtle und Caroline, dass Rainer Fragen

gestellt habe. Sie halte es für besser, ihn einzuweihen, denn er könne ihnen vielleicht in Zukunft noch nützlich sein.

Caroline war sich unsicher. »Ist er denn auch diskret?«, fragte sie.

Nerys meinte, da sei sie sich absolut sicher, und Myrtle hatte noch etwas anderes hinzuzufügen. »Rainer Stamm ist doch selbst ein einziges großes Rätsel. Erinnerst du dich noch an die zwei Amerikaner, die wir bei ihm getroffen haben, Nerys?«

Nerys erinnerte sich, und Myrtle lächelte. »Einer von denen hat zwei Scotch getrunken und ziemlichen Gefallen an mir gefunden.«

Auch daran erinnerte sich Nerys.

»Na ja. Ich konnte ihn mir durchaus als Spion vorstellen, er aber war überzeugt, dass Rainer tatsächlich einer ist.«

Nerys fand das hoch amüsant. »Auf unserer Seite oder ihrer, was meint ihr?«

Caroline blickte von einer zu anderen. »Sicher auf unserer. Er wird doch wohl kein Nazi sein, oder? Auch wenn er Schweizer ist?«

Myrtle tätschelte ihr die Hand. »Ich würde doch annehmen, dass die besten Spione auch immer diese ›Kann doch gar nicht sein‹-Qualität besitzen. Aber mach dir keine Sorgen. Ich würde Mr Stamm eher vertrauen, und Nerys hat recht – er könnte uns noch von Nutzen sein.« Man einigte sich darauf, dass Nerys ihn ins Vertrauen ziehen sollte.

Am Abend darauf war sie in Rainers Haus, während Myrtle und Caroline sich auf einem Handarbeiten- und Geschenkebasar sehen ließen, um Geld zu sammeln, für das man den Männern in Malaya Süßigkeiten und Zigaretten schicken wollte. Myrtle hatte gesagt, sie jedenfalls müsse nie wieder etwas aus einheimischem Pappmaschee zu Gesicht bekommen und habe ganz sicher nicht vor, irgendeine Person, die sie kannte, mit einem Füllhaltertablett oder einem Halter für Visitenkarten zu beglücken. Sollte sie jedoch selbst ein derartiges Weihnachtsgeschenk verehrt bekommen, dann – und das sollten sie sich bitte hinter die Ohren schreiben – würde sie warten, bis der See auftaute, um es darin zu versenken.

Caroline nickte. »Das werd ich mir merken«, sagte sie.

Myrtle und Nerys waren sich manchmal unsicher, ob sie nun scherzte oder es tatsächlich ernst meinte.

Es war sehr kalt in Rainers Zimmer. Der Himmel hinter dem vorhanglosen Fenster war ein Sternenzelt von frostiger Leere. Sie saßen davor und blickten hinaus auf das schwarze Flusswasser und die gelben Lichtpunkte, die von den Häusern am anderen Ufer herüberleuchteten. Das weiße Taubenpaar, das Rainer bei einigen seiner Kunststücke einsetzte, schlief in seinem Drahtkäfig, hatte die Köpfe unter die Flügel gesteckt.

»Wer *ist* denn der Vater?«, fragte Rainer, sobald Nerys ihm die Fakten erläutert hatte.

»Ich weiß nicht, ob ich dir das sagen sollte.«

»Wahrscheinlich kann ich es erraten.«

»Tja. Dir entgeht ja nicht vieles.«

Es trat eine kurze Pause ein. Rainers Stimmung konnte jäh in Melancholie umschlagen. »Ich lasse mir so manches entgehen. Mir entgeht einiges. Mir geht auch einiges ab«, sagte er mit leiser Stimme.

»Diese Art von ›Entgehen‹ oder ›Abgehen‹ hab ich aber nicht gemeint …«

»Ich weiß, was du gemeint hast.« Er beugte sich nach vorn. Nerys war nicht nur in Decken gehüllt, sondern trug auch all ihre Kleider, und er tastete unter den äußeren Schichten, um ihre Hand zu suchen und zu ergreifen. »Du bist warm.«

»Ja. Mein *pheran* ist ein besonders dicker. Hier im Haus brauche ich nicht mal mein *kangri.*

»Der Plan stammt von Myrtle, nehm ich an?«

»Ja. Aber wir waren uns alle einig. Jede von uns könnte schwanger sein oder alle drei oder auch keine.«

»Machst du dir keine Sorgen um deinen Ruf, Nerys?«

»Nein«, erwiderte sie nach kurzem Nachdenken. Was Srinagar dachte, war ihr gleichgültig.

Er rückte ein wenig näher, und sein Kopf verdeckte das Fenster und die Sterne. »Mrs Watkins«, flüsterte er. Und flüchtig hob er ihre Hand an seine Lippen.

»Ja«, sagte sie.

Rainer betrachtete sie mit einer Aufmerksamkeit, der nichts entging. Sie glaubte nicht, dass sie vorher schon einmal jemand mit derart prüfendem Blick, präzise und stetig, angeschaut hatte. »Nerys, dir ist doch klar, was mit uns beiden geschieht, oder?«

»Natürlich. Ich bin schließlich nicht Caroline Bowen«, meinte sie in einer hitzigen Anwandlung. Er konnte ja wohl nicht annehmen, dass sie so naiv oder so begriffsstutzig war, dass ihr das nicht klar war.

Doch er lächelte, fühlte sich nicht im Mindesten zurückgewiesen. »Du bist tausendmal begehrenswerter als Mrs Bowen, so hübsch und britisch und hinreißend nachgiebig sie auch sein mag.«

Still verharrten sie einen Augenblick lang. Nerys' Puls beruhigte sich wieder, bis sie dann das Knarren alten Holzes und das leise Zischen des Feuers hörte und nicht nur das Klopfen ihres Herzens.

Zu begreifen, was geschah, hieß auch, das moralische Dilemma anzuerkennen, vor dem sie stand, doch es hatte auch mit Vorwegnahme zu tun, der Feinsteuerung einer ernsten Entscheidung, die sorgfältig abzuwägen war. Rainers Geliebte zu werden – oder nicht – war ebenso sehr ihre Entscheidung wie die seine, das deutete er damit an, und sie war berauscht vom Sauerstoff der Unabhängigkeit, der ihr dadurch zuströmte. Sie spürte die schwachen Ichs, die schüchternen und leicht verwirrten Versionen ihrer selbst, die nun zu diesem Punkt gelangt waren. Als ob sie eine Raupe, dann eine erstarrte Puppe gewesen sei und nun kurz davor stand, sich in einen erstaunlichen Schmetterling zu verwandeln.

Sie setzte sich auf. »Ich denke, es ist uns beiden vollkommen klar«, sagte sie. Sie streckte das kleine dicke grüne Glas aus, das ihr Rainer gegeben hatte, um ihm zu verstehen zu geben, dass sie nichts gegen einen weiteren Zentimeter seines französischen Cognacs einzuwenden hätte. Etwas Anständiges zu trinken war in Srinagar immer schwerer zu finden. Dann richtete sie sich in ihrem Deckenkokon ein, den Rücken bequem an die wurmstichige alte Täfelung gelehnt. Der Weinbrand stieg ihr, während sie ihn langsam schlürfte, angenehm in den Kopf. »Weißt du eigentlich«, meinte sie amüsiert, »dass verschiedene Leute dich für einen Spion halten?«

»Ach ja?«

»Und – bist du einer?«

Er genoss es, dass man ihn für so etwas hielt. Fast hätte er seine Löwenmähne geschüttelt.

»Nein, mein Schatz. Ich bin Bergsteiger, und Zauberer.«

»In dieser Reihenfolge?«

»Immer in dieser Reihenfolge. Ich verdiene meinen Lebensunterhalt als Bühnenillusionist und bin schon überall in Europa aufgetreten. Ich könnte gekrönte Häupter nennen, wenn ich dich beeindrucken wollte. In meinem Herzen aber stehen die Berge immer an erster Stelle. Ich werde den Nanga Parbat besteigen, egal was die Briten sagen, und ich werde den Gipfel für meinen Freund Matthew Forbes beanspruchen.«

Bilder von grausamen weißen Gipfeln, gezackt wie die Zähne von Haien, schossen Nerys durch den Kopf, und Angst regte sich in ihr. Sie mochte sich nicht einmal vorstellen, dass Rainer dasselbe Schicksal ereilen könnte wie Matthew. »Wann denn?«

Den roten Mund weit geöffnet, lachte er sie aus, freute sich über ihre Besorgnis. »Sobald ich kann. Jetzt aber, da der Krieg bevorsteht«, meinte er achselzuckend, »habe ich andere Sorgen.

Ich will den Alliierten helfen, natürlich will ich das. Eine Alternative dazu ist gar nicht vorstellbar. Ich bin Experte in Camouflage und anderen Formen der Täuschung, die unter Umständen einen militärischen Wert haben könnten, und ich habe den Briten meine Dienste angeboten. Doch, wie du siehst, haben sie mich bisher nicht ganz ernst genommen.« Er machte eine Geste in Richtung des Zimmers und das seltsame Durcheinander bemalter Requisiten.

»Das sollten sie aber«, meinte Nerys. Sie war sich nicht ganz sicher, ob sie Rainers treuherziger Selbstdarstellung Glauben schenken sollte.

Er senkte die Stimme. »Danke. Wir werden sehen. Inzwischen aber … muss ich feststellen, dass Srinagar mich anzieht und mein Herz auf eine Weise festhält, wie ich es nie erwartet hätte.«

Ein kurzes Schweigen trat ein, während dessen sie ihre Köpfe im selben Bogen drehten, um den Blick über die Lichter der Altstadt schweifen zu lassen.

»Ich brauche deine Hilfe«, meinte Rainer nach einer Weile.

»Selbstverständlich werd ich dir helfen. Sag mir nur wie.«

»Warte, bis du mich angehört hast. Vielleicht überlegst du's dir ja noch anders. Wegen meiner diversen Projekte ist es mir wichtig, freundliche Beziehungen zum Residenten, deinem Freund Mr Fanshawe, zu pflegen.«

»Der ist ja wohl schwerlich mein Freund. Ich gehöre ja nicht einmal zur guten Gesellschaft«, widersprach Nerys.

»Mr Fanshawe hat mich gebeten, zur Hebung der Moral am Weihnachtsabend in der Residenz eine Zaubervorführung zu geben. Gedacht zur Unterhaltung der Angestellten und ihrer Familien, dem, was vom Regimentskommando und einer gewissen Srinagarer Gesellschaft eben noch übrig ist. Du kannst es dir sicher vorstellen.«

Das konnte Nerys.

»Um allerdings eine solche Vorstellung richtig durchführen zu können, brauche ich jemanden, der mir assistiert. In der Regel handelt es sich dabei um eine Assistentin, und am besten von exotischer Herkunft. Die geheimnisvolle Madame Motte, Miss Soo Ling, direkt aus Schanghai, sowas in der Richtung.«

»Verstehe. Ich habe noch nie in meinem Leben auf einer Bühne gestanden, Rainer. Und walisisch ist nicht gerade exotisch.«

»Du hörst mir nicht zu. Die vier Prinzipien, schon vergessen? Verschleierung. Du wirst, fürchte ich, deinen *pheran* ablegen müssen, aber wir können ihn durch fließende Gewänder ersetzen. Chinesische, denke ich, ja, unbedingt. Ein kleiner runder schwarzer Hut, eine Maske. Hinreißend.«

»Werde ich zersägt?«

Ihre Blicke begegneten sich.

»Über das Programm habe ich noch nicht entschieden. Vielleicht ist das nur der Anfang. Und ich bin kein Amateur, Mrs Watkins. Wir werden üben, üben und nochmal üben. Bist du bereit?«

»Bereit und mehr als willens«, flüsterte sie.

Und später, als sie meinte, dass sich Myrtle wehmütig an die glamourösen Eisfeste der Vorkriegsjahre erinnere, meinte Rainer, als Dank für Nerys' Einsatz als Bühnenassistentin werde er sich etwas für die Weihnachtsfeier einfallen lassen.

Nerys gab dies alles an Myrtle und Caroline weiter, ehe die beiden nach Delhi aufbachen, angeblich um sich von der strapaziösen Kälte zu erholen und Weihnachtseinkäufe zu besorgen, tatsächlich aber, um diskret einen Arzt zu Carolines Schwangerschaftsverlauf zu konsultieren.

»Du wirkst sehr glücklich«, sagte Myrtle und blickte sie an.

»Ja«, erwiderte Nerys lediglich.

»Bist du verliebt?«

Nerys blickte sich um, um sicherzugehen, dass Caroline außer Hörweite war. »Ich glaube nicht, dass das von allen begrüßt würde.«

»Das beantwortet meine Frage nicht. Amüsier dich, denk dran.

Caroline und ich werden am dreiundzwanzigsten wieder zurück sein.«

Der Ausflug nach Delhi war kein Vergnügen. Die Reise, zuerst im Wagen, dann im Zug, zog sich entsetzlich hin und war unbequem, und Caroline war ängstlich und weinerlich. Der indische Arzt, den sie gefunden hatten, untersuchte Caroline und ließ sie in schroffem Ton wissen, dass sie völlig gesund sei und damit rechnen könne, in etwa vierzehn Wochen zu entbinden. Es interessierte ihn, wo sie ihre Niederkunft plante, und er wollte wissen, warum sie sich, wenn ihr Mann Armeeangehöriger war, nicht in einem Militärkrankenhaus behandeln ließ.

Sie eilten davon, und Caroline erklärte, dass sie – egal was geschah – sich nie mehr auch nur in die Nähe dieses Doktors begeben würde. Was aber noch schlimmer war: auf dem Rückweg von seiner Praxis zu Myrtles Bungalow blieb Caroline am Connaught Place plötzlich stehen, um sich an eine Säule zu lehnen und zu verschnaufen. Da es im Vergleich zu Srinagar in Delhi ziemlich warm war, hatten sie ihre *pherans* abgelegt und sich stattdessen in weite seidene Staubmäntel und wehende Schals gehüllt. Genau in diesem Moment aber ertönte ein Schrei des Wiedererkennens. Eine Frau an der Bordsteinkante, die gerade aus ihrem Wagen stieg, entpuppte sich als die Schwester der Frau des Majors, Carolines direktem Nachbar.

»Wie schön, sie beide zu sehen. Gehen Sie etwa Tee trinken? Soll mein Fahrer sie mitnehmen?«

Caroline erzählte Nerys, dass sie fast in die Luft gesprungen sei, weil sie sich absolut sicher war, dass sie in dem Moment die Hand auf dem Bauch gehabt hatte. Die Frau starrte auf die unkonventionelle Gewandung der beiden. Nur durch Myrtles Vortäuschung von Übelkeit und ihrer Behauptung, sie werde sich gleich erbrechen oder in Ohnmacht fallen, schafften sie es, in die Menge zu entkommen.

»Unser Fahrer wartet. Grüßen Sie doch Mrs Dunkeley ganz herzlich von mir«, rief Caroline noch über die Schulter zurück – und fügte, nur für Myrtle hörbar, hinzu, »diese giftige Hexe.«

»Delhi ist zu gefährlich«, erzählte Myrtle Nerys. Es gibt da zuviele Leute, die nichts zu tun haben, außer zu tratschen. Wenn Caroline nicht die nächsten drei Monate in völliger Isolation auf der *Garden of Eden* verbringen will, wird früher oder später jemand sie sehen, und binnen Minuten weiß das ganze Empire Bescheid.«

Nerys stimmte ihr zu. »Wir überlegen uns etwas«, sagte sie.

Punkt elf versammelten sich am Heiligabend in knisternder Kälte unter farblosem Himmel zwei Mannschaften auf der sauber gefegten Eisfläche direkt vor der *Garden of Eden.* Denn dies war Rainers Idee: ein Cricketmatch.

Die Angestellten der Residenz hatten den Plan begeistert aufgegriffen und am Ende von ihm übernommen.

»Schließlich bin ich nur Schweizer. Was verstehe ich schon von Mannschaftsportarten?«, murmelte Rainer.

Das britische Team bestand aus einer Handvoll junger Männer, der diplomatischen Notbesetzung Srinagars in Kriegszeiten, einigen Dienern aus der Residenz sowie den paar wenigen Armeeoffizieren, die es geschafft hatten, über Weihnachten ein paar Stunden Urlaub zu ergattern. Mr Fanshawe war der Mannschaftskapitän. Die Srinagarer Seite wurde von Rainers Pandit-Freund angeführt, dem Universitätsprofessor, der passionierter Cricketspieler war. Er hatte ein beeindruckendes Team aus Kollegen und Studenten, Muslimen wie Hindus, um sich versammelt. Der Wicket-Keeper aber war eine majestätischer Sikh.

Stäbe und Bälle stammten aus den Ausrüstungsvorräten der Residenz, und mit Spurts über das Feld wärmten die Spieler sich auf. Die meisten trugen weiße Cricketkleidung über unzähligen wollenen Isolierschichten, und das Ganze machte den Eindruck, als hätten sich zweiundzwanzig sehr dicke Männer in die Trikots kleiner Jungs gezwängt. Es war teilweise schwierig gewesen, die Stäbe im Eis zu verankern, doch Rainer präsentierte ein Werkzeug, mit dem man Seile an Gletschern befestigen konnte und bohrte sechs saubere Löcher von genau der Tiefe und dem Durchmesser, die erforderlich waren. Die Wartezeit überbrückte er, indem er mit dem Ball und einigen Äpfeln jonglierte, die er sich bei einem der sich begierig um die Spielfeldbegrenzung drängenden Verkäufer besorgt hatte. Die Srinagarer Seite gewann den Münzwurf und beschloss zu bowlen, und Mrs Fanshawe rief ihm zum: »Nun denn, Mr Stamm, treiben Sie mir bloß keine Zauberkunststückchen mit diesem Ball!«

»Auf die werden Sie bis morgen warten müssen, Sir.«

Die Veranda der *Garden of Eden* diente als Festzelt und war brechend voll mit Schlagmännern und Zuschauern. Im Innern des überfüllten Hausboots servierten Majid und seine Helfer heiße *toddys,* frittierte *pakoras* und Teller voller *mince pies.* Unter Majids skeptischem Blick hatte Nerys es fertig gebracht, die *pies* – zwischen den langen Probestunden, auf denen Rainer bestand – im Ofen des Küchenboots zu backen.

»Wie läuft es denn so mit dem Zaubern?«, erkundigte sich Myrtle.

»Ehrlich gesagt, es ist die Hölle. Wirklich harte Arbeit, physisch wie mental, und man kann sich nicht den winzigsten Fehler erlauben.«

»Da dürfen wir uns ja einiges erwarten.«

Nerys zog eine besorgte Grimasse.

Rainer zog einen weißen Mantel über, der seltsam mit seinen Steigeisen kontrastierte, und marschierte knirschend hinaus auf die zwischen zwei Törchen gelegene Position des Schiedsrichters. Er zauberte eine Blechpfeife aus der Luft und blies hinein, um den Beginn des Spiels zu signalisieren.

Das Cricketspiel hatte eine ziemliche Menge angezogen. Der

Spielfeldrand war von Imbiss- und *Chai*-Verkäufern gesäumt, deren glühende Kohlenpfannen auf Ziegelsteinen ruhten. Es duftete nach gewürztem Hammelfleisch und köstlichem Brot. Männer drängelten und stießen einander an, um eine bessere Sicht zu haben, und auch einige verschleierte Frauen schlenderten in neugierigen Grüppchen vom Ufer aus über das Eis. Kinder schrien und rannten hintereinander her, bis der erste Ball für sechs Läufe über ihre Köpfe flog und alle aueinanderstoben. Die größten Jungs jagten den Feldspieler, während dieser hinter dem fliegenden Ball herschlitterte.

Einige von Mrs Fanshawes Freundinnen und die Ehefrauen aus dem Club hatten *Tonga*-Fahrer überredet, ihre Fahrzeuge bis aufs Eis zu fahren, und nun saßen sie unter den *Tonga*-Verdecken und ihren Pelzdecken und applaudierten den Schlagmännern, während die zwischen den Törchen hin- und herglitten. Mrs Fanshawe selbst saß in einem großen thronähnlichen Korbsessel.

Im Hintergrund schnaubten die Pferde in ihre Futtersäcke, und Atemwolken stiegen auf, während die Geschirre klirrten. Die Fahrer stimmten laut in den Jubel aller anderen ein, als der dritte Sekretär der Residenz, der Star-Schlagmann, einwandfrei gebowlt wurde.

Wegen der Kälte waren alle Anwesenden so dick vermummt und mit Schals umwickelt, dass sie wie Knödel auf Beinen aussahen, die vorsichtige Schritte über eine rutschige Oberfläche machten. Carolines Wangen glühten. Ihre Nasenspitze und ihre Ohrläppchen waren leuchtend rosa. »Was für ein Spaß«, rief sie Nerys zu.

Ein Aufheulen ging durch die Menge, als Mr Fanshawes Ball seitlich hinter dem Tor gefangen wurde. Der Feldspieler schlitterte bäuchlings über das Eis, den Ball triumphierend in die Höhe gestreckt. Das Team der Residenz zerbröselte unter dem heftigen Druck, den die Elf des Professors auf es ausübte. Man hatte sich geeinigt, dass das Match aus lediglich zwölf Overs auf beiden Seiten bestehen sollte, und angesichts der Notwendigkeit, schnell

Tore zu erzielen, riskierten die Schlagmänner alles. In rascher Folge zogen sie sich ihre Handschuhe über, stiegen die Stufen des Hausboots hinab und schritten, den Schläger mannhaft unter den Arm geklemmt, hinaus zum Tor. Drei Minuten später befanden sie sich wieder auf dem Rückweg und zogen vor der Frau des Residenten die Mütze. Myrtle, Caroline und all die anderen Ehefrauen, die mit den Regeln des Dorf-Cricket besser vertraut waren als Nerys, lachten und beklatschten diese absurde Version des Spiels. Und dann gab es noch mehr Grog, und die Sherry-Karaffe wurde großzügig herumgereicht.

Jedes Mal, wenn ein weiterer Mann aus dem Spiel war, hüpften und schrien die Spieler und Zuschauer auf dem Eis, boxten in die Luft und umarmten einander begeistert.

»Absolut unsportlich«, spöttelte Mrs Fanshawe.

Kleine Jungs rutschten über den Wicket, und Rainer scheuchte sie fort. Am Ende des zwölften Over schrieb der Scorer mit Kreide an die gegen die Hausbootstufen gelehnte Tafel: *Elf des britischen Residenten, 32 für 8.*

Bis zur Pause, in der Majid und seine Helfer Weihnachtskuchen servierten, wahlweise mit Tee oder weiterem Alkohol, ging es dann schon sehr hoch her.

»Was für eine großartige Idee. Sie sind ein Genie«, sagte Myrtle zu Rainer, und Nerys glühte im Glanz, der von Rainer auf sie abfiel. Rainer akzeptierte das Lob als wohlverdient und stapfte knirschend wieder hinaus, um sich erneut seinen Schiedsrichterpflichten zu widmen. Der erste Schlagmann der Srinagarer war bereits beim ersten Ball ausgeschieden. Die Zuschauer schrien bestürzt durcheinander. Der im inneren Feld stehende Mr Fanshawe gestattete sich ein winziges Lächeln. Der neue Schlagmann, mit seinen enormen blendend weißen Schienbeinpolstern prachtvoll anzusehen, war der Professor. Langsam begab er sich zum Wicket, nahm seine Stellung ein und schlug eine sechs. Und drei Bälle später wiederholte er das Ganze.

Sogar Nerys ertappte sich dabei, wie sie sich nach vorn drängelte. Die Sonne war als flache Silberscheibe herausgekommen und schlug an den Spitzen der Eiszapfen regenbogenbunte Funken. Myrtle und Caroline stupsten sie aufgeregt an, und Schulter an Schulter bildeten die drei einen isolierten Wall aus Schals und *pherans*.

Das Spiel dauerte nun nicht mehr sehr lange. Der Professor schlug seine sechste Sechs, und ein Wald von Armen schoss mit derartigem Jubelgeschrei und Fußgetrappel in die Luft, dass es gereicht hätte, um damit die Unabhängigkeit Kaschmirs zu begrüßen. Wieder strömten die Spieler übers Eis zurück, und die frostgeröteten Gesichter der Feldspieler strahlten vor Freude. Die Verkäufer schlossen umgehend ihre winzigen Stände und schoben die Kohlenbecken ans Ufer.

»Pech gehabt«, rief der Professor aus der Menge seiner Anhänger heraus.

»Bravo, alle Achtung«, erwiderte Mr Fanshawe, als der Scorer *Professor Prans Elf, 36 für 1* an die Tafel schrieb. »Wir müssen das zu einer festen Einrichtung machen – wann immer der See zufriert. Gute Arbeit, Mr Stamm.«

Rainer verbeugte sich, und Nerys fragte sich, wie lange es wohl noch dauern mochte, bis er seine Erlaubnis für den Nanga Parbat erhielt.

Majid drehte eine weitere Runde mit seinen Getränken, doch die meisten Spieler und Gäste verabschiedeten sich allmählich. Und alle wünschten sich ein fröhliches Weihnachtsfest.

»Wie schön, mal zu erleben, wie sich die Männer – Hindus und Muslime, Christen und Sikhs, alle zusammen – bei einem Spiel amüsieren, finden Sie nicht?«, meinte Mrs Fanshawe, als sie in den beflaggten Wagen des Residenten stieg.

»Wenn religiöse Verständigung und gegenseitige Toleranz nur so einfach wären, wie *sie* es ist«, flüsterte Rainer in Nerys' Ohr.

Während der letzten paar Minuten hatte er sich angeregt mit

dem Wicket-Keeper, einem Sikh, unterhalten. Seine Augen blitzten. »Komm mit«, sagte er. Er nahm ihren Arm und steuerte sie Richtung Ufer.

Zwei der wartenden *Tonga*-Fahrer hatten wieder angeschirrt und ihre Fahrzeuge hinter eine ins Eis gemeißelte Linie gezogen. Der Wicket-Keeper sprang in eines der Gefährte, während Rainer Nerys ins zweite half. Die Kutscher schwenkten ihre Peitschen, und der Atem der Pferde erhob sich in Wolken. Die *tongas* knarrten und ächzten, und ungeduldige Hufe klapperten über das Eis. Ein mürrisch blickender Mann mit flacher Paschtunenmütze stellte sich mit jeweils einem Fuß zu beiden Seiten der Linie und hob den Arm.

»Was ist denn los?«, fragte Nerys. Ihre Stimme war schrill vor Angst.

Rainer lehnte sich auf dem knittrigen Ledersitz zurück. »Eine kleine Wette. Schau dir mal unser Pferd an – ein wunderbares Tier.«

»Was?«

Der Arm des Mannes fiel herab. Die Kutscher ließen die Peitschen heruntersausen, und die Pferde legten in derartigem Tempo los, dass Nerys nach hinten geschleudert wurde. Rainer umfing sie mit einem Arm.

»Du hast einen Ringplatz ergattert. Das ist ein Rennen hinüber ans andere Ufer und wieder zurück.«

Die beiden Pferde fielen in Galopp, ihre genagelten Hufeisen ließen ganze Schauer von Eisspänen nach den Seiten fliegen. Es war unglaublich, dass keines von ihnen ausglitt. Die alten *tongas* wankten und ächzten ihren Protest gegen die rasende Geschwindigkeit. Nerys schlug sich die Hände vor den Mund, während der Wind ihre Wangen peitschte. Sie wusste nicht, ob sie vor Entsetzen schreien oder weinen sollte. Rainer aber rutschte nur auf die Sitzkante nach vorn und drängte den Kutscher, noch einen Zahn zuzulegen. Als sie das gegenüberliegende Ufer erreichten, zügelte der Mann seine Tiere, und sobald das Tempo nachließ, sprang Rainer hinaus. Sobald seine Füße aufs Eis trafen, rannte er schon. Er erreichte das Ufer, ergriff einen Zweig des alten Maulbeerbaums, der dort stand, und raste wieder zurück. Seinen eigenen Zweig schwenkend befand sich ihr Gegner nur drei Sekunden hinter ihnen, als sie zum anderen Ufer zurückrollten.

Erneut hielten sie auf die Hausboote zu und folgten dem Pfeil ihrer Hinroute. Das Rennfieber hatte sie gepackt, doch im selben Moment hörte Nerys ein Krachen wie aus einer Pistole. Sie spürte, wie das Pferd ins Stocken geriet und beinahe stolperte. Obwohl ihre Augen brannten vor Kälte, sah sie das riesige Netz von Rissen, die vor ihnen ausstrahlten, während das Eis unter den *Tonga*-Rädern nachzugeben begann.

»Schneller«, brüllte Rainer. Er sprang nach vorn, um dem Kutscher zwischen die Schulterblätter zu hauen. »Schneller, Mann. Das ist unsere einzige Chance.«

Die Peitsche drosch herunter. Und irgendwie fing das Pferd sich wieder und galoppierte weiter. Hinter ihnen quoll eisiges Wasser auf, legte sich wie Quecksilberlachen über die Risse. Schräg hinter ihnen hatte der andere Kutscher ihr Problem bemerkt und war seitlich abgedreht auf sichereres, dickeres Eis. Rainer wusste, wenn sie schneller waren als das aufbrechende Eis, würden sie das Rennen gewinnen, und instinktiv spürte das Pferd es ebenfalls. Es war müde, seine Kopf fiel von einer Seite auf die andere, doch es lief weiter, während die Peitsche des Kutscher auf seinen schaumbedeckten Flanken brannte. Lange Sekunden später stolperten sie auf den Rand sichereren Eises, und die Wasserspiegel lagen hinter ihnen.

Die kleine Menge der verbliebenen Gäste hatte starr vor Schreck zugesehen. Rainers Sieger-*Tonga* näherte sich und das Pferd kam zitternd, mit gespreizten Hufen und erbärmlich hängendem Kopf zum Stehen. Triumphierend schwenkte Rainer den Maulbeerzweig des Siegers, doch alle waren sie zu schockiert, um zu applaudieren. Myrtle trat nach vorn und nahm Nerys bei den Armen, da der auf dem Trittbrett der *tonga* fast die Beine nachgaben. »Alles in Ordnung bei dir? Einen Moment lang hatte ich Angst, das würde nicht gut gehen«, sagte sie leise.

»Ich auch«, keuchte Nerys.

»Wer nicht wagt … Aber wir haben gewonnen, nicht wahr?«, versetzte Rainer. Er zog ein Bündel Geldscheine aus der Tasche und begann, sie in die ausgestreckte Hand des Kutschers zu zählen. Nerys tätschelte die schweißgeschwärzte Seite des Pferdes und schwankte unsicher zur *Garden of Eden* zurück.

Das andere Pferd kam herangetrabt, und Rainer schüttelte seinem besiegten Gegner die Hand.

Myrtle war noch immer im Freien und verabschiedete die schockierten Nachzügler, als Rainer sich in den Salon drängte und dabei zu groß und beschwingt für den begrenzten Raum wirkte.

Nerys, deren Wangen vor Zorn glühten, attackierte ihn. »Was hast du dir dabei eigentlich gedacht? Wir hätten alle ersaufen können.«

»Ich weiß«, flüsterte er ihr zu und näherte sich ihr so weit, dass sie seinen heißen Atem im Gesicht spürte. »Aber wir sind nicht ertrunken, und du warst begeistert, nicht wahr? Tu nicht, als fühltest du dich jetzt nicht hundertmal lebendiger als noch vor einer Stunde.«

Es stimmte. Sie war sich jedes Quadratzentimeters ihrer eigenen Haut bewusst, und jeder Einzelheit ihrer Umgebung. Ganz präzise nahm sie die lebhaften Farben von Myrtles Seidenkissen wahr, den Atem, der in ihre Lungen strömte, den Angstschweiß, der ihren Nacken kühlte.

Das Leben war kostbar, jedes Schimmern der Holzvertäfelung, jede winzige Unebenheit im Kissenstoff, war ausnehmend schön, und als sie zu Rainer aufsah, umfasste er ihre Schultern und zog sie noch näher an sich heran. »Verstehst du? Du fühlst es auch. Du bist nicht in Ohnmacht gefallen oder hast geschrien oder sonstwie hysterisch reagiert. Du brauchst keine weichen Kissen oder Rücksichten oder einen Mann, der dich beschützt und dich klein hält. Ich wusste es. Wir sind aus demselben Stoff gemacht, das habe ich dir gleich bei unserer ersten Begegnung angesehen.«

Ihre Lippen berührten sich einen Moment lang. Die Sehnsucht nach ihm raste Nerys durch die Adern, überschwemmte sie nach dieser heftigen Angst und dem herrlichen Rausch, am Leben zu sein.

Nur die die Treppe heraufkommende Myrtle und das Geräusch ihrer Schritte, mit denen sie das Eis von der Veranda kickte, scheuchte sie auseinander. Nerys rang nach Luft, als Rainer zurücktrat.

»Ich finde, dass das Spiel doch sehr unterhaltsam war, nicht wahr?«, meinte er übergangslos zu Myrtle.

»Aber wäre meine beste Freundin vor meinen Augen ertrunken, wäre es schon etwas weniger unterhaltsam gewesen«, blaffte sie zurück.

»Aber ich bin nicht ertrunken. Ich hab mir nicht mal nasse Füße geholt«, erwiderte Nerys.

Rainer verbeugte sich vor Myrtle. »Ich lasse Sie beide jetzt allein. Ich muss los und für morgen Abend proben. Ich wünsche ein frohes Weihnachtsfest allerseits.«

Nerys folgte ihm hinaus in die kristallene Weiße.

»Vergiss nicht, das Ganze nochmal im Kopf durchzugehen«, befahl er ihr. »Ich will nicht, dass auch nur bei einem Kunststück was schiefgeht.«

»Gar nichts wird schiefgehen«, erwiderte sie.

Seine Augen bewegten sich unzweideutig wie eine Berührung über ihr Gesicht. »Morgen«, sagte er. Und er meinte damit nicht die Zaubervorführung in der Residenz.

Sie hob die Hand, um die Augen vor dem blendenden Licht zu schützen, und sah ihm nach.

Morgen, morgen, wiederholte sie. Das Wort und die Vorfreude wuchsen, und all ihre Gedanken waren von einem goldenen Glanz überstrahlt.

Myrtle hatte ihren *pheran* abgeworfen, und lehnte sich in ihren Sessel neben dem Ofen zurück.

»Sei nicht so, so missbilligend«, bat Nerys.

Myrtle winkte mit ihrer Zigarette ab. »Missbilligung war noch nie mein Ding. Eher plagt mich die Eifersucht, meine Liebe.«

»Du hast doch gesagt, dass du nicht sehen wolltest, wie deine beste Freundin ertrinkt?«

»Ja.«

»Bin ich wirklich deine beste Freundin?«

Myrtle blies einen genau abgezirkelten Rauchring in die Luft. »Ja, Nerys.«

Nie zuvor hatte Nerys eine beste Freundin gehabt. Zwar hatte es damals die Mädels von der Lehrerbildungsanstalt und von ihrem Gymnasium gegeben, doch keine von ihnen war mit Myrtle McMinn vergleichbar. Auch wenn das schillernde *Morgen* Nerys ein wenig verwirrte, dachte sie, dass diese schlichte Erklärung wohl das schönste Weihnachtsgeschenk war, das sie je bekommen würde.

Am nächsten Morgen schloss Caroline sich ihnen an, und zu Fuß legten sie den kurzen Weg durchs zart wirbelnde Schneetreiben zur englischen Kirche zurück. Die hölzernen Kirchenbänke waren gefüllt mit den winterfesten Relikten der Srinagarer Club-Gesellschaft. Mr Fanshawe trug die Lesung vor, und die Gemeide sang die vertrauten Weihnachtslieder. In den Öfen zu beiden Seiten des Kirchenschiffs hatte man zwar rechtzeitig Feuer gemacht, dennoch konnte man Atemwolken aufsteigen sehen, während die Gemeinde der Weihnachtspredigt lauschte. Aufgefallen wären die drei Frauen an diesem Tag wohl nur dann, wenn sie *nicht* von Kopf bis Fuß in ihren dicksten Kleidungsstücken gesteckt hätten.

Als sie wieder auf der *Garden of Eden* waren, pappmascheefreie

Geschenke austauschten und über Majids loyale, aber auch nur ungefähre Interpretation eines traditionellen Weihnachtsessens lachten, warnte Myrtle, man müsse dringend einen neuen und ambitiöseren Plan für die nächsten drei Monate schmieden.

»Das Allermindeste ist, dass du im neuen Jahr bei Myrtle einziehst.«

»Und wohin gehst du?«

»Mach dir darum mal keine Gedanken. Ich muss mir sowieso eine andere Bleibe suchen. Sobald die Pässe geöffnet sind, wird Evan hier sein.« Sie sagte dies mit geflissentlichem Nachdruck.

Denn aus *morgen* war inzwischen heute geworden.

»Irgendwann«, sagte Caroline, »schmilzt der Schnee ja immer. Allerdings frage ich mich, ob auch der Krieg irgendwann ein Ende hat?«

»Auch der wird zu Ende gehen«, sagte Nerys.

Sie sahen einander an, und ein kurzes Schweigen trat ein. Die Welt jenseits der zerbrechlichen, von Lampenlicht erhellten Kapsel des Hausboots wurde von bekannten und unbekannten Gefahren erschüttert, und allein die Vorstellung, was alles noch geschehen mochte, ließ die drei Frauen enger zusammenrücken. Caroline legte die Hand auf den Bauch, wo das Baby schon zu treten begonnen hatte. Die Zukunft schien ihr genauso unsicher, wie das, was ihrem ungeborenen Kind bevorstand.

Myrtle durchbrach das Schweigen, indem sie eine Flasche Champagner hervorholte, der in einem Kübel See-Eis gestanden hatte. »Das, meine Lieben, ist eine der letzten Flaschen anständigen Schaumweins, die im gesamten Einundzwanzig-Kanonen-Staat Kaschmir noch verblieben ist.« Sie füllte die Gläser. »Frohe Weihnachten auf uns und alle, die wir lieben.«

Nerys und Caroline wiederholten Myrtles Worte, doch es war ein trauriger Trinkspruch.

»Heute Abend ist Nerys' großes Bühnendebüt, auf das wir uns freuen«, rief Myrtle ihnen in Erinnerung, sobald sie ihr Glas geleert hatte. Nerys bedeckte das Gesicht mit den Händen, denn daran musste man sie nicht erinnern, und dann waren sie wieder fröhlich.

Der Ballsaal der Residenz war mit einem riesigen Weihnachtsbaum geschmückt. Regimentsfrauen mit ihren Kindern, die zu klein waren, um nach England zur Schule geschickt zu werden, deren Ayas, Residenzpersonal sowie der größte Teil der Gemeinde vom Morgen saßen auf Reihen kleiner vergoldeter Stühle. Es herrschte eine Atmosphäre festlicher Vorfreude.

Nerys spähte durch einen Spalt im improvisierten Vorhang auf der Rückseite von Rainers Sockelbühne, die man aus seinem Haus hierher überführt hatte und die von einem Trupp von Dienern aufgebaut worden war. Sie hatte fürchterliches Bauchkribbeln. Im Meer der Gesichter entdeckte sie Caroline, die ein schwarzes, von Myrtle geborgtes Samtabendcape mit hermelinbesetzter Kapuze trug, und Myrtle in einem voluminösen mitternachtsblauen Satinwirbel in Empire-Linie.

Mr Fanshawe hielt eine Begrüßungsrede, und Nerys nahm ihren Platz in den Kulissen ein. Sie blickte hinüber zu Rainer, der sich genau an der Stelle bereit hielt, wo der Vorhang sich vor ihm teilen würde. Anders als seine normale Abendkleidung war sein Bühnenkostüm adrett, die Krawatte gestärkt und blütenweiß. Sie hatte ihm, um ihm Glück zu wünschen, eventuell eine Kusshand zuwerfen wollen, mit der sie sich sowohl zu ihrer Vertrautheit als auch ihrem Lampenfieber bekannte, doch dann sah sie, dass er die Augen geschlossen hatte und völlig auf sich konzentriert war.

In erster Linie Bergsteiger, dann Zauberer, erinnerte sie sich. Und danach, ein Mann.

Der Resident dröhnte, als sei er Conférencier eines Varietétheaters: »Ladies und Gentlemen, Mr Rainer Stamms mysteriöses Medley der Magie!«

Zwei unsichtbar in den Kulissen stehende Diener zogen an

den Seilen, der Vorhang schwang beiseite, und die Vorstellung begann.

Im ersten Teil deklinierte Rainer mit verbundenen Ringen, Spielkarten, Billardbällen und Tüchern eine Reihe von Zauberkunststückchen durch. Das Publikum war erfreut und applaudierte heftig. Dann aber kam der bewusste Augenblick. Er kündigte an, dass er nun Miss Soo Ling begrüßen dürfe, die soeben aus dem fernen Schanghai hier in Srinagar eingetroffen sei.

Ängstlich, vor lauter Nervosität womöglich noch in Ohnmacht zu fallen, zog Nerys sich die schwarze Faschingsmaske übers Gesicht, drückte den schwarzen, ihr Haar verbergenden Strohhut zurecht und fegte auf die Bühne. Die Hände in den Ärmeln ihres fließenden chinesischen Gewands faltend, machte sie eine tiefe Verbeugung, um den stürmischen Applaus entgegenzunehmen.

Und währenddessen geschah etwas Seltsames. Ihre Angst löste sich in Nichts auf. Sie fühlte sich ruhig, völlig klar im Kopf und ungeheuer beschwingt.

Zunächst einmal war die Rolle, die sie in der Vorführung zu spielen hatte, nur eine Nebenrolle. Da war etwa der Wassertrick, bei dem sie Rainer die Kristallkrüge reichte, der Trick mit den Tauben, die er aus der Luft zauberte und wo sie dafür sorgen musste, dass ihr Korb an genau der richtigen Stelle stand, an der er von keiner Seite des Zuschauerraums eingesehen werden konnte, und dann der Mangobaum, wo sie einen Samen pflanzte, aus dem – mit Hilfe von Spiegeln – auf magische Weise ein Mangobaum wuchs und Früchte trug. Miss Soo Ling pflückte die reife Frucht und überreichte sie feierlich Mrs Fanshawe, die in der Mitte der ersten Reihe saß. Bei alledem spielte Nerys jene stumme Rolle, die sie und Rainer sich gemeinsam ausgedacht hatten. Sie war keck, weigerte sich zuweilen, Rainers Anweisungen zu folgen. Und die Kinder liebten diesen gespielten Ungehorsam.

Als dann der letzte Trick bevorstand, das Finale der ganzen Schau, wusste Nerys, dass nun nichts mehr schiefgehen konnte.

Es war der Trick mit der zersägten Jungfrau. Die Verantwortung lag hier im Grunde bei ihr, nicht bei Rainer, doch sie hatten den Trick so sorgfältig geübt, dass sie sich freute, ihn in Vollendung darbieten zu können. Gelächter und Applaus klangen ihr in den Ohren, und sie saugte alles in sich auf; es war, als habe ein weiteres von Rainers Kunststücken darin bestanden, zuletzt aus der Puppe einer stillen Grundschullehrerin und presbyterianischen Pastorsgattin noch diese glamouröse Bühnenkünstlerin schlüpfen zu lassen.

Der Kasten, ein rot lackiertes, aus drei Abschnitten bestehendes Gebilde mit mehreren mit Blenden versehenen Luken, die mit silbernen Monden und Sternen bemalt waren, wurde von zwei Dienern hereingetragen und auf den Sockel gestellt. Sobald sie den Kasten erblickte, sollte Nerys all ihre Dreistigkeit ablegen und versuchen, von der Bühne zu flüchten. Rainer tat, als versperre er ihr den Weg und eskortierte sie zum Kasten. Und das Publikum ergriff Partei, mal für ihn, mal für Soo Ling.

Die Kiste war gerade groß genug, damit sie aufrecht darin stehen konnte. Er öffnete die Tür, um dem Publikum zu zeigen, dass sie leer war, schob Nerys hinein und drehte den Schlüssel um.

Kaum war sie darin eingesperrt, zwinkerte Rainer dem Publikum zu. Er zündete sich eine Zigarette an, schlenderte zum auf einem Beistelltisch bereitstehenden Grammophon hinüber und griff nach einer Schallplatte. Als Musik hatte er Ravels »Bolero« ausgewählt. Die präzise Aufeinanderfolge jeder Phase des Zaubertricks zum rascher werdenden Takt der Musik hatten sie immer wieder geprobt.

Rainer warf seine Zigarette beiseite. Aus den Kulissen holte er nun ein riesiges silbriges Schwert und polierte die Klinge mit einem Seidentuch. Mit einem waagrechten Schwertstreich säbelte er dann sauber zwischen dem oberen und mittleren Teil des Kastens hindurch. Das Publikum atmete vernehmbar. Das Gleiche wiederholte er beim zweiten und dritten Abschnitt. Dann hob er den oberen Teil herunter und stellte ihn auf den Sockel. Die zweite Kiste folgte der ersten.

Auf dem Rücken liegend glitt Nerys im beengten Raum des Bühnensockels auf einen fahrbaren Untersatz und hörte dabei die helle Stimme eines Kindes rufen: »… chinesische Frau in Stücke geschnitten, Mammi.«

Eine gedämpfte Lachsalve ertönte, und der Bolero wurde immer lauter und hektischer.

Nun musste sie lediglich sehr schnell zwischen den drei Falltüren im Boden des Sockels hin- und hergleiten, sich zusammenkauern und den Kopf rasch in einen Kasten stecken, damit Rainer die Luke öffnen konnte, dann wieder zurückgleiten, während er mit den Kisten jonglierte, ihre Arme an Ort und Stelle bringen, um durch die Luken in der zweiten Kiste zu winken und, während das Ganze immer mehr Fahrt gewann, unter der dritten kopfstehen, sodass ihre schwarzbestrumpften Beine und Füße in den chinesischen Pantoffeln herausragten.

Sie rutschte in dem stickigen engen Raum umher, als sie plötzlich einen Stoß abbekam und zur Seite schwenkte. Statt ungehindert zu rollen, blockierte der Wagen und verkantete. Zuerst begriff sie nicht, was schiefgelaufen war, quetschte sich aber, als Rainer die nächste Luke aufschnappen ließ, gerade noch rechtzeitig an die richtige Stelle und zeigte ihr gelassenes Maskengesicht. Sie hörte das Gelächter und Klatschen und das unerbittliche Crescendo des Bolero. Im Sockel wurde nun der Wagen zum Hindernis für ihre nächsten verzweifelten Bewegungen. Sie krabbelte von Kasten zu Kasten und brachte in ihrer Panik die Abfolge durcheinander. Und dann kam zwangsläufig der Moment, wo sie dem Kasten-Wechsel-dich nicht mehr folgen konnte, und eine Luke aufging, um nichts als Luft zu enthüllen.

»Mein Gott«, schrie Rainer, und eine Lachsalve explodierte. Er schlug die Tür wieder zu.

Nerys fing sich wieder und schaffte es, ihre zerschrammten Glieder entsprechend zusammenzufalten. Er schlug die Tür zu, klopfte zweimal auf die Kiste, und als er sie das zweite Mal öffnete, war sie wieder da.

Sie nahm die nächste Stellung ein, erstickte fast am Staub und strampelte unter Gelächterstürmen wild mit ihren Pantoffeln, doch als sie sich an die letzte Stelle kämpfte, riss ihr ein Nagel in den Bodendielen den ganzen Ärmel auf und das weiche Fleisch des Armes darunter. Sie verbiss sich den Schmerzensschrei, kletterte über den kaputten Karren und zwängte sich in den drei Kisten, die Rainer nun wieder in ihre Ausgangsposition gebracht hatte, nach oben. Während die letzten Takte der Musik erklangen, hörte sie das Klopfen mit dem Schlüssel, das ihr anzeigte, dass er nun die Tür öffnen werde. Sie setzte ein Lächeln auf.

Und genau auf den letzten Taktschlag schwang die Tür auf.

»Sie ist wieder ganz!«, rief dasselbe Kind.

Rainer ergriff ihre Hand und führte sie heraus, um sich zu verbeugen. Sie lächelte noch breiter unter ihrer Maske und umklammerte seine Finger, wobei sie ihren Arm an die Seite presste, weil sie spürte, dass der Ärmel völlig blutdurchtränkt war.

Unter einem Sturm von Applaus und Getrampel fiel der Vorhang.

Wutentbrannt fuhr er zu ihr herum. »Was zum Teufel hast du getan? Du hast unseren Auftritt fast ruiniert.«

»Fast ruiniert? Wie kannst du es wagen? Von diesem bescheuerten Wagen muss sich ein Rad gelöst haben. Ich hab mich fast umgebracht wegen deinem verdammten blöden Trick.«

Überwältigt von Schmerz und Zorn holte Nerys mit dem gesunden Arm nach ihm aus, doch ehe sie ihn ohrfeigen konnte, packte er sie beim Handgelenk. »Du bist ja eine richtige Wildkatze. Ich hab dich noch nie fluchen hören.« Er grinste und freute sich über diese unerwartete Seite an ihr.

»Ich konnte den Wagen nicht mehr bewegen. Er hat mir den

Weg versperrt. Ich musste auf dem Bauch hin- und herrobben und hab mir den Arm aufgerissen und …«

Sein Lächeln verschwand. »Lass sehen.«

Auf der Bühne sah man Blutstropfen, und auch ihre Hand war blutverschmiert. Rainer krempelte den durchtränkten Ärmel hoch und erblickte die Wunde. Ihm stockte der Atem. »Es tut mir so leid. Verzeih mir. Hier …« Aus seiner makellosen Weste zog er eine Serie verknoteter Taschentücher und verband ihr damit fürs Erste den Arm. Über die Schulter gewandt teilte er dem nächsten Residenz-Bediensteten mit, dass er Mrs Watkins dringend wegbringen müsse, um eine Schnittwunde verbinden zu lassen. Dann hob er sie hoch und rannte mit ihr in die provisorische Garderobe, packte sie in ihren *pheran,* der dort an einem Haken hing, und lief an erschrockenen Gesichtern vorbei zum Hinterausgang des großen Hauses.

»Ich kann gehen«, protestierte Nerys, als sie in die dunkelblaue Nacht hinausstürzten. Unter ihrem Gewicht taumelte Rainer ein wenig, und seine schweren Fußstapfen wankten im silbrigen Teppich des Frosts.

»Willst du nicht entführt werden?« Er ächzte.

»Du kannst mich nicht entführen. Ich bin ein Freigeist, eine Frau, die keine Kissen braucht, weißt du noch?« Sie wand sich aus seinen Armen, ergriff seine Hand mit ihrer gesunden, während sie vorbei an Mr Fanshawes gaffenden Stallburschen und Wachen über den Hof liefen und durch ein Tor auf die Gasse hinaus. Sie hatten Glück und stießen gleich auf eine *tonga,* die, sich zum Ende der Feier noch einen Fahrgast erhoffend, auf dem Weg zur vorderen Auffahrt war. Einen Augenblick später saßen sie zum zweiten Mal innerhalb von zwei Tagen unter einem schwankenden Verdeck, während der Kutscher sein Tier mit Peitschenhieben zu fliegendem Galopp antrieb.

***

Es war wie immer kalt unter dem balkenüberspannten Zimmer über dem Jhelum.

»Zieh das aus«, befahl er. Sie knöpfte das chinesische Kleid auf und ließ es auf ihre Füße gleiten. Rainer küsste ihre nackten Schultern, ehe er sie in einen Pashminaschal hüllte. Dann hob er ihr Kinn, küsste sie auf den Mund und hielt sie dabei an sich gedrückt, als ob sie federleicht sei.

»Du bist magisch«, murmelte er nach einer langen Weile. Es fiel ihm schwer, sich von ihr zu lösen. »Warte. Setz dich da hin. Lass mich den Arm verbinden.«

Er holte eine Schüssel mit Wasser und wusch die zerfetzte Schnittwunde aus, wobei er erklärte, dass es nur eine Fleischwunde sei und sie sehr gesund sein müsse, da sie so stark blute. Dann spülte er die Wunde mit Jod aus, und sie schrie und fluchte erneut.

Als er mit dem Verbinden fertig war, reichte er ihr ein Glas seines guten Cognacs.

»Ich sollte dir dafür danken, dass du ›die zersägte Jungfrau‹ vor der Katastrophe gerettet hast«, meinte er mit ernster Stimme.

»Hab ich tatsächlich, nicht wahr?«

»Der Wagen muss beschädigt worden sein, als die Diener ihn rüber getragen haben.«

»Und du hast dich selbst aus der Patsche gezogen, als meine Arme nicht aus dieser Kiste rauskamen. Sie fanden das toll, ich hab's gehört.«

Rainer stieß sein Glas an das ihre. Sie sah seine Falten, sein wettergegerbtes Löwengesicht. »Wir sind ein gutes Team«, sagte er. Sein Lob bedeutete ihr viel.

Dann nahm er sehr behutsam ihre Hände und half ihr beim Aufstehen. Sie sahen sich an.

Rainer sagte: »Ich glaube, jetzt ist die richtige Zeit. Wenn du einverstanden bist.«

Nerys neigte den Kopf. Sie fühlte sich jetzt als seine Freundin, seine Zeitgenossin, und dieses Innige ihrer Beziehung entzündete ihr Begehren aufs Neue. Trotz aller moralischen Bedenken und Schuldgefühle, die sie im Vorhinein geplagt hatten, und obwohl sie sich als Frau gezeigt hatte, die ihre eigenen Entscheidungen treffen konnte, schien es, nun da der Moment da war, gar keine Frage zu sein, ja nicht einmal eine Entscheidung. Es war einfach und zwangsläufig.

Er hob sie hoch und trug sie zu seinem Bett. Dann löste er die Vorhänge, sodass sie herabfielen und das schimmernde Zimmer aussperrten.

»Heut nacht«, sagte er zu ihr, »ist das hier die ganze Welt.«

Er kniete über ihr und entkleidete sie Stück für Stück. Sie ließ alles geschehen und war überrascht, wie viel Vergnügen ihr seine Bewunderung bereitete.

Schließlich meinte er leise mit altmodischer Förmlichkeit, die sie zutiefst berührte: »Wenn du gestattest?«

Sie tat es. Sie gestattete ihm alles, und nahm sich auch jede Freiheit, die er ihr im Gegenzug gewährte.

Alles das hätte sie womöglich nie erfahren, dachte sie.

Sie hätte diese Sprache, die ihr am Ende ganz leicht fiel, vielleicht nie gelernt, und für immer wäre ihr die Wonne verschlossen geblieben – wie ein wunderbarer, nie aufgeführter Trick, der in einer der Kisten des Zauberkünstlers verborgen blieb.

Sehr viel später aber, bevor sie langsam einschlief, wollte ihr Evan nicht aus dem Sinn gehen. Sie sah ihn mit der unheimlichen Klarheit des Traums, diesen Mann mit seiner hilflosen Naivität – und mit seiner Angst, die ihn ständig beschlich. Jäh empfand sie Zärtlichkeit für ihn und eine brennende Scham für das, was sie gerade getan hatte. Dennoch aber konnte sie es nicht bedauern. Und wahrscheinlich würde sie es niemals tun.

Rainer hatte die Arme um sie geschlungen und schlief bereits. Sie lauschte seinem Atem, und schließlich gab sie die schläfrige Selbstbefragung auf und schlief ebenfalls.

Ein fernes Pochen war zu hören und eine Stimme, die etwas rief. Als Nerys aus dem Schlaf tauchte, hatte sie das Gefühl, als ginge das schon ziemlich lange so. Rainers Arm lag schwer über ihrer Brust, und sie versuchte, sich zu befreien.

Irgendjemand hämmerte an die Haustür. Die Stimme klang nach der eines Kindes. Nerys Kleidung war übers ganze Bett verteilt, unter den Laken und Decken, und sie erinnerte sich, dass das blutbefleckte chinesische Gewand irgendwo im Zimmer liegen musste.

»Rainer, wach auf.« Sie schüttelte seine muskulöse Schulter, und er öffnete die Augen. »Hör doch mal.«

Er löste sich aus seiner Schlafhaltung und griff schon nach seinen Kleidern, um rasch hineinzuschlüpfen.

»Warte hier«, befahl er, doch sie ignorierte ihn. In eine Decke gehüllt stand sie, als er die Tür erreichte, hinter ihm. Ihr Arm fühlte sich steif und entzündet an, doch das war im Nu vergessen.

Auf der Eingangsstufe stand das kleine Mädchen, die Tochter der Spinnerin. Das schmutzige Gesicht war von Rinnsalen frischer Tränen durchzogen. Mit den Fäusten zerrte sie an Rainers Beinen, während sie auf ihn einredete.

»Was sagt sie denn?«

»Die Mutter ist krank. Sie braucht Hilfe, zu essen.«

Nerys beugte sich hinunter und hob das Kind in die Höhe. Worauf die Kleine sich wand, drehte, spuckte, mit den Händen auf Nerys' Schultern einschlug und ihr ins Gesicht heulte.

»Sag ihr, wir kommen«, sagte sie Rainer. »Wir müssen uns erst anziehen.«

Während sie sich hastig ankleideten, schoss das Mädchen quer durch den Raum, riss Obst von einem Teller und band es in das Tuch, das sie auf dem Kopf getragen hatte. Die Verzweiflung dieser wilden Stöberei erfüllte Nerys mit Grauen, aber auch Mitleid. Hinter dem ihnen vorauseilenden Kind rannten sie durch den eisigen Schlamm und vorbei an Abfallhaufen, bis sie zu dem

Eingang mit seinem fadenscheinigen Windschutz aus Sacktuch kamen.

Der kleine Junge hockte mit dem stillen Baby auf dem Schoß in der Zimmerecke. Im dämmrigen Licht sah man nur das Weiß ihrer Augen. Die Mutter lag ausgestreckt neben ihrem Spinnrad.

Man sah sofort, dass sie tot war.

Das Mädchen kauerte sich neben sie und zupfte an ihrem Arm. Dann wimmerte es auf, es klang wie das leise Heulen eines Tiers, und warf sich über den Leib der Mutter.

»Bring die Kinder hier raus«, murmelte Rainer.

Nerys blickte sich um. In dem kargen Raum gab es nichts außer dem Spinnrad und dem aus Lumpen bestehenden Bett. Sogar der Schal mit seiner Stoffhülle war verschwunden. Mit trockenen Augen und steifgefrorenen Händen nahm sie das Baby aus den Armen seines Bruders und hüllte es in ihren *pheran.* Sie ergriff die kalte Hand des kleineren Kindes und löste mit Rainers Hilfe das nun verstummte Mädchen vom allmählich abkühlenden Leib der Mutter. Es gab keine Tränen mehr, und nach jenem entsetzlichen Wimmerlaut nicht einen weiteren Ton.

»Bring sie zu mir. Ich werde den Vorsteher des Viertels suchen und ihm den Todesfall melden. Dann komme ich nach Hause«, meinte er. Sein Gesicht wirkte wie versteinert.

Nerys führte die Kinder auf demselben Weg zurück, auf dem sie gekommen waren. Sie war sich hinsichtlich der Route durchs Labyrinth der Gassen nicht ganz sicher, aber andererseits zu zornig, um einen der schweigsamen Männer zu fragen, die im Dunkel standen und sie beobachteten. Das Mädchen wollte sich nicht an der Hand nehmen lassen. Stumm und steif wie ein kleiner Roboter marschierte sie dahin.

Schließlich erreichten sie den Fluss und das hohe alte Haus. Nerys setzte den Jungen auf Rainers Bett und zog ihm die Decken über die schmalen Schultern. Das Baby erwachte und wimmerte, und sie wiegte es, während sie im Zimmer umherging. Das Mädchen trat ans Fenster, drehte ihnen den Rücken zu und starrte hinaus auf den Schnee, der inzwischen zu fallen begonnen hatte.

In Rainers Küche fand Nerys *Roghani*-Brot, und eine Schüssel mit Apfelbrei. Anders als alle anderen in Srinagar beschäftigte Rainer keine Bediensteten. Auf dem Gaskocher erhitzte sie eine Tasse Milch und stellte sie zum Abkühlen aufs Fensterbrett, während sie dem Jungen mit einem Löffel Brot und Apfelbrei einflößte. Nachdem er etwas gegesssen hatte, brachte sie das Mädchen dazu, seinen Wachposten aufzugeben. Die Kleine riss sich ein Stück Brot herunter, hielt es mit beiden Händen fest und bezog kauend wieder ihren Posten.

Nerys hielt das verstummte Baby in den Armen und fütterte ihm, als Rainer zurückkehrte, mit einem Teelöffel die warme Milch. Rainer brachte frisches, noch warmes Brot und einen Linseneintopf mit. Er stellte das Essen auf den Tisch, und das Mädchen nahm sich einen Teller und trug ihn ans Fenster zurück.

»Sie hatte Fieber«, sagte er. »Sie war schon seit einigen Tagen krank.«

»Und warum hat ihr keiner geholfen?«

»Sie war eine Ausgestoßene. So ist das halt bei ihnen. Vielleicht stimmt es ja auch – vielleicht war sie mit einem anderen Mann zusammen – ich weiß es nicht. Nun wird es niemand mehr erfahren.«

Nerys blickte von einem Kind zum anderen. Eigentlich wirkten sie gar nicht wie Kinder, eher wie kleine geschnitzte Statuen.

Ihr wurde bewusst, wie viel während der zurückliegenden vierundzwanzig Stunden geschehen war, und es sollte noch sehr viel mehr passieren. Die eigenen Sorgen, die ihr vor einer Stunde noch so bedeutsam erschienen waren, waren völlig unerheblich geworden. »Wie können wir ihnen helfen?«, flüsterte sie.

Düster sann er über die Frage nach. »Wir bringen sie zurück in ihr Dorf. Zu ihrer Familie, nach Kanihama.«

11

Zwei Tage nach Weihnachten brachten Nerys und Rainer das kleines Trio durch Schnee und Eis nach Kanihama. Der Junge und das Mädchen kauerten hinter den Sitzen des Transporters, das Baby wimmerte in Nerys' Armen.

Großvater und Urgroßvater der Kinder traten aus dem Haus, um sie zu begrüßen.

»Wir haben doch nur so wenig«, jammerte der Mann mit dem Halbmondgesicht. »Schon jetzt schaffen wir es kaum, alle Münder zu füttern.«

»Das sind die Kinder Ihrer Tochter. Sie ist tot, und wenn Sie und Ihre Familie nicht für sie sorgen, sind sie es auch bald«, erwiderte Rainer.

»Möge sie in Frieden ruhen«, murmelte der ältere Mann frömmlerisch. Der Mund seines Sohnes verzog sich zu einem harten Strich.

Die Zähne der Kinder klapperten vor Kälte. Schließlich trat eine Frau aus einem der Häuser und nahm sie mit. Den glühenden, anklagenden Blick aber, den ihr das Mädchen Farida über die Schulter zuwarf, sollte Nerys nie vergessen. Seit dem Tod der Mutter hatte sie kein Wort mehr gesprochen, und dies war ihre erste Gefühlsreaktion.

Sie grapschte nach allem Essbaren, das sie in die Finger bekam, vergewisserte sich nicht einmal, ob ihre Brüder etwas davon abbekamen, und ansonsten stand oder saß sie nur mit abgewandtem Gesicht herum.

»Seine eigene Tochter, ihr eigenes Fleisch und Blut«, flüsterte Nerys entrüstet.

»Sie leben nicht nach denselben Regeln wie du«, versetzte Rainer. »Sie wurden entehrt. Sie haben die Tochter verstoßen.«

»Wir können die Kinder nicht hierlassen. Lass sie mich nach Srinagar zurückbringen. Irgendwie werd ich mich schon um sie kümmern.«

»Sie gehören hierher, Nerys. Das hier ist ihre Familie, und nicht du und Myrtle und die Srinagarer Clubdamen mit ihren Vorstellungen von Wohltätigkeit. Lass dir nicht von momentanen Gefühlen das Urteil trüben.«

»Du bist so hart. Du überraschst mich.« Sie war wütend auf ihn, weil sie durcheinander war.

Am Ende wechselte Geld den Besitzer, und Rainer gab den Dorfbewohnern strikte Anweisungen, wie sie sich um die Kinder zu kümmern hatten.

Nerys weinte, als sie davonfuhren.

Und drei Tage später bestand sie darauf, dass Rainer sie ins Dorf zurückbrachte, damit sie nachsehen konnte, wie sie zurechtkamen. Was sie erlebten, war nicht ermutigend. Das Baby war still und schlapp, obwohl es von einer Tante oder vielleicht auch Cousine gestillt wurde, die selbst vor Kurzem ein Kind geboren hatte. Der Junge, Faisal, schrie oder wiegte sich in einer Ecke hin und her und Farida stand nur bitter und stumm herum.

Sie hatten wieder Essen mitgebracht, ebenso wie zusätzliche Kleidung, warme Decken und eine Wiege für das Kind. Während Rainer die Vorräte auspackte, sahen die Dorfbewohner ihm zu, und zwar ebenso fasziniert wie bei seinen Zaubertricks. Wahrscheinlich, dachte Nerys, machte es für sie keinen Unterschied, ob er zauberte oder diese erwünschten Nahrungsmittel auftauchen ließ. Die Waren aber waren im Nu verschwunden.

»Sie werden das alles für sich nehmen«, flüsterte sie und blickte in die Runde dunkler Gesichter, die kein Lächeln erhellte. Jetzt, im festen Griff des Winters, war Kanihama sehr viel rauer, als es an jenem sonnigen Herbstnachmittag auf sie gewirkt hatte.

»Selbstverständlich. Würdest du an ihrer Stelle es anders machen? Der Gedanke dabei ist, ihnen klarzumachen, dass es ihnen Vorteile bringt, wenn sie die Kinder im Dorf behalten – die sie anderweitig nicht haben würden. Wer immer dieses Essen auch verzehrt oder in diesen Decken schläft, den Kindern wird es dadurch letztlich besser gehen.«

Nerys war zwar nicht überzeugt, doch im Moment fiel ihr auch nichts anderes ein.

Rainer entfernte sich, um mit den Männern eine Pfeife zu rauchen, und sie blieb bei den Frauen zurück. Wenn man von den ständig über ihre Webstühle gebeugten *Kani*-Webern absah, schienen die Frauen den größten Teil der Arbeit zu verrichten. Nerys nickte und lächelte ihnen zu, wenn sie an ihr vorübergingen und versuchte ansonsten, nicht allzuviel Aufmerksamkeit auf sich zu ziehen. Offenbar aus Erschöpfung hatte Faisal zu weinen aufgehört, und sie nutzte die Gelegenheit, ihn in die Arme zu nehmen. Schon nach kürzester Zeit schlief er ein, und während sie ihn wiegte, betrachtete sie die feuchten schwarzen Wimpern, die sich auf seiner braunen Wange nach oben bogen. Zu ihrer Überraschung brachte eine der Frauen einen Holzschemel und schob ihn vor sie ihn. Nerys dankte ihr auf Kaschmirisch und nahm darauf Platz.

Farida drehte nicht einmal den Kopf in ihre Richtung

Von ihrem Sitzplatz aus sah Nerys auf den Platz hinaus. Drei oder vier der kleinen Lehmziegelbauten standen leer, fiel ihr auf, weil die Schalweber begonnen hatten, in die Stadt zu ziehen, um dort Arbeit zu suchen. Die alten Bräuche und Traditionen des Dorflebens zerbrachen allmählich, der Schalhandel befand sich im Niedergang, doch immer noch mussten die Familien der Handwerker ernährt werden. Rainer hatte ihr erzählt, einige dieser Facharbeiter hätten in der Stadt in kleinen Fabriken angeheuert, die kaschmirische Mittelsleute gegründet hatten, um in Massenproduktion Billigversionen der kostbaren handgearbeiteten Stücke zu produzieren, deren Herstellung zahllose Stunden in Anspruch nahm und ihren Produzenten viel zuwenig Lohn für ihre Arbeit einbrachte.

Faisal jammerte und trat im Schlaf. Wie schlimm seine Träume wohl sein mochten? Sie wollte ihn nicht noch einmal hierlassen, während sie selbst in Srinagar dem Wohlleben frönte. Nachdenklich starrte sie auf die leeren Häuser hinaus, und als Rainer zurückkam, stand ihr Entschluss fest. Er griff nach einem anderen Schemel, setzte sich neben sie, und die Frauen blickten verstohlen zu ihnen herüber, während sie ihrer Arbeit nachgingen.

»Falls die Kinder hier leben sollen«, sagte sie, »dann bleibe ich bei ihnen. Dann sind sie unter ihren eigenen Leuten, aber ich kann gleichzeitig dafür sorgen, dass es ihnen gut geht und sie bekommen, was sie brauchen. Vielleicht kann ich ihnen ja auch ein paar Spiele und englische Worte beibringen, so wie ich es in Leh getan habe.«

Er sah sie an, nahm ihren Gedanken auch auf, zweifelte jedoch an seiner Umsetzbarkeit. »Das ist ein hartes Leben. Glaubst du, dass du ganz auf dich gestellt hier oben überleben kannst?«

Sie reckte das Kinn, dachte zurück an ihr Leben in Ladakh, an die körperliche Anstrengungen des Aufstiegs von Manali nach Leh und die relative Bequemlichkeit ihrer späteren Himalajareise mit Myrtle und Archie.

»Ja, das kann ich. Die *Garden of Eden* und Cricketspiele sind nicht unbedingt meine Welt. Es war zwar schön, aber ich will nicht den ganzen Winter so leben. Außerdem muss ich sowieso bald dort ausziehen, weil Caroline einen abgeschiedeneren Ort benötigt als das Quartier für die Ehepaare. Ich wollte mir ein Zimmer in der Altstadt suchen, vielleicht in deiner Nähe, aber hier raufzukommen und etwas Ähnliches zu tun wie in Leh, wäre vielleicht sinnvoller. Und ich werde auch nicht allein sein. Sieh dich mal um. Kanihama ist voller Menschen.«

»Du sprichst ihre Sprache nicht.« Dass keine Europäer hier waren, und britische Damen, ja nicht einmal Missionarsfrauen allein in indischen Bergdörfern lebten, musste er nicht hinzufügen, denn das verstand sich von selbst.

»Ich kann sie lernen, Rainer.« Ihre Stimme besaß plötzlich eine tadelnde Schärfe.

Er betrachtete sie lange und berührte dann ihre Wange. »Du bist schon beeindruckend. Gut, Nerys. Ich sehe mal, was ich für dich tun kann.«

»Fangen wir doch damit an und fragen den Dorfvorsteher, was ich als Miete für eins dieser Häuser zahlen soll, und an wen.«

Die Verhandlungen erwiesen sich als komplex und zogen sich in die Länge, aber am Ende einigte man sich auf ein Haus (eigentlich eher Hütte, doch Nerys war zuversichtlich, dass sie und Rainer es bewohnbar machen konnten) und einen gepfefferten Preis. Sie überreichte dem Dorfältesten auf die Vereinbarung hin, dass Rainer und sie bald zurückkommen würden und Nerys dann bleiben werde, ein Bündel Rupien.

»Nur ein Tag oder zwei, ich verspreche es«, flüsterte sie dem verständnislosen Faisal zu. Der kleine Junge klammerte sich an ihr Bein, um sich dann abzuwenden. Farida starrte in die Ferne und nahm ihre Abreise nicht zur Kenntnis.

Ein Grüppchen von Dorfbewohnern stand beisammen, um die Abfahrt zu verfolgen. Es war eines, dachte Nerys, Kanihama an einem Herbstnachmittag zu besuchen und als reicher Tourist willkommen geheißen zu werden, der vielleicht genug Geld hatte, um ein oder zwei Schals zu kaufen, aber etwas ganz anderes, unter den Schalmachern leben zu wollen. Abgesehen von dem, was sie von ihr zu profitieren hofften, war ihr Eindringen absolut unwillkommen.

Als der Ford über die ausgefahrenen Spurrillen an der Schlucht vorbeiholperte, wo sie mit Rainer gepicknickt hatte, ließ ihre Entschlossenheit vorübergehend nach. Wie viel leichter es doch wäre, behaglich in Srinagar abzuwarten, bis Evan zurückkam. Sie erinnerte sich, dass sie in Shillong die gleiche Sorge geplagt hatte, und mehr noch in Leh, wo sie lediglich Anhängsel ihres Mannes gewesen war, und dennoch hatte sie es geschafft, sich an beiden Orten nützlich zu machen. Und Evan würde begreifen, warum sie in Kanihama sein wollte. Dieser Gedanke rückte ihn ihr seltsam nah, genau in dem Moment, wo sie einander ferner schienen denn je.

»Du bist so schweigsam«, sagte Rainer mit leicht erhobener Stimme, um das klappernde Getöse des Wagens zu übertönen.

»Ich schmiede Pläne«, erwiderte Nerys.

Sie kehrten zurück zum Haus am Fluss und zum Himmelbett.

Mit Rainer erwies sich, dass die körperlichen Feinheiten und Details weitgehend ihren Fantasien entsprachen, die sie sich in den langen, wachen Nächten neben Evan ausgemalt hatte, überraschend jedoch für sie war, dass zwei Körper ganz normal miteinander umgehen konnten, ja sogar komisch sein konnten und ohne große Umstände füreinander verfügbar.

Es gab kein unsicheres *»meine Liebe?«* bei Rainer, keine Spur von Verlegenheit. Er konnte in einem Moment leidenschaftlich sein, und im nächsten womöglich abbrechen, um über die Bedeutung von Amerikas Kriegseintritt zu sprechen oder sich beiläufig zu erkundigen, ob Nerys hungrig sei. Er konnte vom Bett aufstehen und nackt davonschlendern, um sich einen Teller mit etwas zu essen zu holen. Aß sie jedoch oder hatte sich gerade angezogen, so schob er drängend die Hand unter ihre Kleidung oder küsste ihr den Nacken. Sex, merkte sie, rangierte für Rainer auf dem selben Spektrum wie Essen oder Streiten, und nach Evans Schuldgefühlen und Hemmungen war diese Freiheit eine Offenbarung. Und überaus einnehmend. Dennoch aber schien all die körperliche Intimität ihr Rainer nicht näher zu bringen.

Er war ungeheuer präsent, massive Muskeln unter warmer Haut, doch aus ihren langen Küssen oder der Art, wie sich ihre Glieder – beim Versuch, sich einander zu nähern – miteinander verschlangen, ergab sich keine tiefere Vertrautheit mit seiner Person. Es war ein wenig wie umgekehrte Flitterwochen, dachte Nerys belustigt. Während er um sie geworben hatte, hatte sie sich eine völlige, geistig-körperliche Verschmelzung versprochen. Dies war ihr romantischer Traum gewesen. Nun, da sie einander gierig erforschten, war es, als ob das Schwinden des Geheimnisses ihn immer weiter von ihr entfernte.

Sie erinnerte sich an seine Worte: »Ich kann nicht an einem Ort bleiben«, und verstand diese Warnung nun besser. Ihr war, als müsse sie jede Minute damit rechnen, dass Rainer in einen seiner bemalten Kästen stieg und verschwand.

Nerys versuchte Myrtle und Caroline zu erklären, was mit ihr geschah.

Myrtle nahm Nerys' Gesicht in die Hände und sah sie prüfend an.

»Läufst du etwa vor ihm davon? Geht es dir bei dieser wahnsinnigen Kanihama-Sache eigentlich darum?«

»Nein, ich laufe nicht weg. Das hat mit Rainer überhaupt nichts zu tun. Ich will mich nützlich machen, das weißt du, und hier kann ich es nicht; ich kann nicht mit den Ehefrauen Wohltätigkeitsbasare, Erste-Hilfe-Vorführungen und Ausschüsse besuchen.

So wie sie es sagte, klang es, als wolle sie damit auch Myrtle und nicht nur deren Freundinnen kritisieren, und Nerys bedauerte ihre Worte sofort. »Tut mir leid.«

»Das muss es nicht. Du bist die Frau eines Missionars.«

Und jetzt die Geliebte eines Zauberers, was jedoch keine von ihnen aussprach.

»Ja«, erwiderte Nerys.

Es war eine Zeit allgemeiner Unruhe, sodass zusätzliche Verwirrung auf anderem Gebiet nicht weiter bemerkenswert erschien.

Myrtle hatte keine Nachrichten von Archie, die neueren Datums waren. »Er wird schon schreiben, wenn er Zeit hat«, sagte sie nur und wechselte anschließend stets das Thema.

»Wie tapfer du bist«, meinte Caroline, als sie hörte, dass Nerys nach Kanihama wollte. Ihr rundes Gesicht war inzwischen noch runder geworden und – da die schwangerschaftsbedingten Hitzewallungen heftiger wurden – ständig gerötet. Sie fürchtete, dass ihr Hausboy sie bespitzelte und der *dhobi-wallah* oder auch die Frau, die für sie nähte, ihr Geheimnis entdeckt hatten. »Was soll ich denn machen?«, schrie sie.

Myrtle half Nerys beim Packen, während Caroline in einem Sessel daneben saß. In ihren Augen glänzten Tränen, und ihre Stimme zitterte vor Besorgnis.

»Du ziehst einfach ganz unauffällig hier bei mir ein«, befahl Myrtle ihr ungerührt. »Majid ist diskret, Rainer und ich kümmern uns um dich, und Nerys ist ja auch nicht aus der Welt.«

Auch von Ralph Bowen gab es keine eindeutigen Nachrichten. Mit dem Rest seines indischen Armeeregiments befand er sich wohl irgendwo im Getümmel der Schlacht um Singapur.

Nerys schämte sich, als sie sich beim Gedanken ertappte, ob es nicht das Beste wäre, wenn er fiel; doch dann bekannte sich auch Myrtle zu dieser düstren Vorstellung.

»Gott helfe uns allen.« Sie seufzte. »Aber du wirst doch nicht den gleichen Fehler machen wie Caroline, oder?«

»Bestimmt nicht«, versicherte ihr Nerys. Sie hatte ihre eigene gepuderte Verhütungsvorrichtung und benutzte sie auch.

»Gut. Gehen wir und kaufen alles Nötige zur Einrichtung deines neuen Heims in den Hügeln«, meinte Myrtle. Die Aussicht auf Shopping heiterte sie auf.

Am 1. Januar 1942, einem Tag strengen Frosts, zog Nerys in ihr Dorfhaus ein. Es war im Grunde ein Einraumhaus mit einer Tür, die sich direkt auf den Platz öffnete, einem einzigen Fenster sowie einem zweiten Zimmerchen, das kaum mehr als ein Alkoven war, und das man vom ersten aus betrat. Das vertraute Dörflerpublikum hatte sich versammelt, um zuzusehen, wie Rainer und sie mit einem *charpoy*, Laken und Decken, Essen und Kleidung, Töpfen und Fußbodenbelägen vom Transporter herüberschwankten, ebenso wie einigen Armvoll grobgewebter Zeltleinwand, die sie gegen den pfeifenden Wind an die bröselnden Wände hängen wollten.

Rainer hämmerte die Zeltbahnen an die alten Holzbalken, breitete die Läufer aus und brachte den gedrungenenen Eisenofen zum Bullern. Es war der gleiche, wie ihn auch Diskit in der Küche in Leh benutzt hatte und den einst die Herrnhuter Missionare hier eingeführt hatten. Rainer holte das Wasser vom Brunnen, während Nerys das Bett machte und den *kangri* unter die Decke schob. Inzwischen war sie so daran gewöhnt, ihn mit sich herumzutragen, dass sie sich ohne die an ihrem Bauch schwingende Wölbung leicht und mädchenhaft fühlte. Sie zündete die Petroleumlampe und eine Reihe von Kerzen an, und mit einem Mal wirkte das rustikale kleine Häuschen heimelig. Rainers Wasserkessel begann auf dem Ofen zu pfeifen, und wieder musste sie über das vertraute Geräusch lachen. Es gab nur einen Stuhl, sodass Rainer sich auf den Boden setzte und sich, während sie Tee tranken, an ihre Knie lehnte. Sie vergrub die Finger in seinem lohfarbenen Haar.

Gemeinsam ein Heim einzurichten, das sie nicht teilen würden, schien ihr völlig im Einklang mit den Flitterwochen zu stehen, die ihr nichts über den Mann verraten hatten. Sie betrachtete die flackernden Kerzen und fragte sich, ob das – falls sie denn tatsächlich mit ihm verheiratet gewesen wäre – auch für die ganze Ehe gegolten hätte. Und kam zu dem Schluss, dass es wohl so war, wobei der Gedanke ihre Gefühle für ihn in keinster Weise beeinträchtigte.

Rainer griff nach oben und nahm ihre Hand. »Soll ich bleiben?«, murmelte er. Der *charpoy* wirkte einladend, denn es war noch nicht recht warm im Zimmer. Doch hier waren sie nicht im geschäftigen Srinagar. Nichts, was sie in Kanihama taten, würde unbemerkt bleiben.

Sie erinnerte sich, wie man mit der Spinnerin verfahren war. »Lieber nicht.« Sie lächelte – bedauernd.

»Und? Kommst du nach Srinagar?«

»Wann immer ich kann.« Sogar im tiefsten Winter legten landwirtschaftliche Fahrzeuge und Händler die Strecke hinauf in die Hügel und hinunter ins Tal zurück, und die Fahrt, dachte sie, würde sie sich wohl noch leisten können.

»Ich bringe dir Essen und Vorräte, so oft ich kann.«

»Wirst du denn genug Benzin auftreiben können?«

»Ich habe ganz nützliche Kontakte«, erwiderte er und tippte sich mit vielsagender Miene an die Nase.

Nerys dachte, er meine damit seine gefährlich wirkenden amerikanischen Freunde. Seit Weihnachten hatte er sie mehrmals getroffen, doch sie hatte keine Fragen gestellt.

»Bist du sicher, dass ich dich hier lassen kann, meine Süße?«

Seine Worte und seine Besorgnis rührten sie. Sie küsste ihn auf den Scheitel, und er fuhr herum, um sie in die Arme zu schließen.

Als er fort war, blies sie alle Kerzen aus bis auf eine. Sie legte sich ins Bett und starrte auf die Schatten. Außer dem durch die Zweige der Bäume fahrenden Wind war kein Laut zu hören, und sie spürte, dass sie glücklich war. Auch wenn sie gekonnt hätte, wäre sie nicht auf das Hausboot am See zurückgekehrt.

Langsam vergingen die Tage – und dann die Wochen.

Während jenes kalten Januars wäre sie oft gerne davongelaufen; doch sie blieb, wo sie war. Zunächst einmal war es allein ein Kampf, sich etwas zu essen zu machen, warm zu halten, Schlaf zu bekommen und Faisal und Farida zu besuchen. Das Baby schaffte es über den Berg, gedieh allmählich und gehörte schon bald zu der kleinen Schar von Kindern, die man herumtrug, irgendwo absetzte oder schlafen ließ, während die Dorfarbeit um sie herum weiterlief. Nach und nach legte auch Faisal seine Traurigkeit ein wenig ab. Er lernte, dass es hinter Nerys' Tür Essen, Wärme und unbekannte Spiele gab, ja sogar Musik und Gesang, und kam schließlich so regelmäßig, dass er fast bei ihr wohnte. Zögernd zunächst, dann zuversichtlicher folgten ihm ein paar andere Kinder. In einer Reihe hockten sie auf dem Fußboden, und sie erzählte ihnen Geschichten, brachte ihnen ein Lied bei, zu dem geklatscht wurde, oder malte Bilder mit ihnen. Von Srinagar brachte Rainer Buntstifte und Papier mit, zuweilen auch ein, zwei Tüten Süßigkeiten und einmal sogar ein Dutzend bunter Luftballons. Das war dann ein unvergesslicher Tag.

Eines Nachmittags blickte Nerys auf und sah, wie eine der Mütter zu ihr hereinspähte. Sie hatten ihr Milch, Gemüse und Joghurt verkauft und erlaubten ihr, Holz zum Feuermachen zu sammeln, doch dies war das erste Mal, dass jemand sie besuchen kam. Die Frau zog sich den Schal übers Gesicht und wich zurück, sobald Nerys sie entdeckte, doch Nerys bestand darauf, dass sie hereinkam und Tee mit ihr trank. Sie brachten eine etwas gekünstelte Unterhaltung zustande, die mehr aus Gesten und Lächeln als aus Worten bestand. Danach kamen auch einige andere mit ihren Kindern. Anfang Februar ließ Nerys in einem Raum in einem der größeren Häuser das erste Klassenzimmer einrichten. Sie hatte praktisch nichts, weit weniger als in ihrem primitiven Schulzimmer in der Mission von Leh, doch jeden Tag gab sie zwei Stunden lang ihr Bestes, um ein Dutzend Kinder zu unterhalten. Mit runden Augen saßen sie da und starrten oder lachten sie an, doch am nächsten Tag erinnerten sie sich durchaus an das, was Nerys getan hatte, und wenn sie eine Melodie oder eine pantomimische Geste änderte, führte das zu einem Aufschrei.

Auch etwas weiter unten im Tal gab es eine Dorfschule, doch im Schnee des Winters war es ein langer Weg, und die meisten Eltern behielten ihre Kinder lieber in der Nähe, damit sie die Tiere hüteten oder auf die noch kleineren Kinder aufpassten. Einige der größeren Jungs besuchten die etwas weiter weg gelegene *madrasah,* aber nicht alle Familie konnten sich das Schulgeld dafür leisten.

Nerys' Entwurf einer Schule wurde zunächst misstrauisch beäugt und dann – fast über Nacht, wie es schien – akzeptiert, und Nerys wurde zu einem Teil des Dorfes.

»Englisch«, sagte Faisals Großvater Zafir. »Bitte, bring ihnen Englisch bei.«

Die Briten waren zwar nicht mehr besonders willkommen in Kaschmir, und man ging davon aus, dass sie das Tal und ganz Indien bald verlassen würden, doch alle waren sie noch immer ganz versessen auf die Eintrittskarte zu Wohlstand und Reichtum, die die englische Sprache darstellte. Sie tat, was sie konnte, und kehrte dazu zurück, die Kinder im Chor *Mütze, Schuh, Finger, Nase* sprechen zu lassen – was sie an Leh und daher auch ständig an Evan erinnerte.

Rainer brachte Nachrichten vom japanischen Bombardement Singapurs und Kämpfen in der libyschen Wüste mit, Botschaften von Myrtle und Caroline, ebenso wie die Warnung, dass auch er Srinagar womöglich bald verlassen müsse.

»Wohin willst du denn?«, fragte Nerys.

»Ich besitze einige Fähigkeiten, die beim Militär gebraucht werden. Und genau wie du will ich mich nützlich machen.« Mehr wollte er ihr nicht verraten.

Wenn sie nicht mit den Kindern zusammen war, sah sie gern den Schalmachern bei der Arbeit zu. Sie entdeckte die Färberwerkstatt am Rande des Dorfes, wo zwischen klaffendem Eis und Fels ein Flüsschen rauschte. Sie sah, wie das gesponnene Garn in Kupferkessel getaucht und dann auf Holzfeuern erhitzt wurde, wobei riesige Dampf- und Rauchwolken in die farblose Luft aufstiegen. Mit großen Stangen stießen die Färber in ihren Kesseln herum, fischten Garnstränge heraus, um die Intensität der Farbe zu prüfen. Das reine Wasser und Naturfarben verliehen den rosigen Pink-, den Blau- und Ockertönen ihre Klarheit, die sie schon in der Dorfweberei bewundert hatte. Die Färber waren geselliger als die *Kani*-Weber, die sich zu sehr auf ihre Spulen konzentrieren mussten, um ihr Kommen und Gehen groß zu beachten, und bald war sie in der dampferfüllten Hütte ein willkommener Gast.

Es dauerte zwar etwas länger, bis die Frauen versuchten, ihr das Spinnen beizubringen, doch dann herrschte, weil sie sich so ungeschickt dabei anstellte, gewaltige Heiterkeit.

In all dieser Zeit wuchs der Pfauenfederschal um etwa einen Handbreit.

Der Weber war ein schmaler junger Mann, der stets eine rote Scheitelkappe trug. Er rieb sich die Augen und schaute zu den weißen Bergen auf, um sie eine kostbare Minute lang ausruhen zu lassen.

Eines Morgens Mitte Februar erwachte Nerys bei hellem Tageslicht statt in grauer Dämmerung.

Es war noch nicht spät. Der Junge, der allmorgendlich die Ziegen aus ihrem Schuppen auf die Weide trieb, war gerade vorbeigekommen – sie hörte die Glocken und seine leisen Pfiffe, während die Herde hügelauf strömte. Auf die Uhr musste sie hier nie sehen, weil die Tageszeit eigentlich aus dem hervorging, was in den Nachbarhäusern oder draußen auf den Feldern geschah. Die Tage wurden länger, und obwohl die Kälte nach wie vor unerbittlich schien, änderte sich das Licht, und man wusste, dass eines Tages der Winter dem Frühling weichen musste. Der Gedanke daran erfüllte sie – während sie sich ankleidete – mit dem ruhigen Pulsschlag des Glücks. Durch ihr Fenster sah sie den ausladenden Chinar-Baum, der im Zentrum des Platzes stand, und jetzt fiel es ihr schon leichter, sich seines angenehmen Sommerschattens zu erinnern.

Sie schürte das Feuer im Ofen, tauchte einen Krug in den Wassereimer, füllte einen Zinnkessel und stellte ihn auf die Ofenplatte. Als das Wasser schließlich siedete, brühte sie Tee auf, hüllte sich in ihren *pheran* und wärmte sich die Hände an der Tasse.

Jeden Augenblick musste Faisal da sein.

Und kaum hatte sie an ihn gedacht, hörte sie auch schon das Schlurfen von Füßchen und ein drängendes Rappeln an der Tür. Der kleine Junge sprang herein, um sich neben sie und den Ofen zu kauern. Feierlich wünschte sie ihm einen guten Morgen.

»Guten *Morgen*«, wiederholte er stolz in singendem Tonfall. Sein englischer Wortschatz vergrößerte sich rasch.

Und in nur zwei Monaten war auch es selbst größer und aufrechter geworden. Er wiegte sich nicht mehr hin und her, drückte sich nicht mehr in dunkle Winkel oder in die Zimmerecke. An diesem Morgen rollte er vergnügt einen Ball durchs Zimmer, summte vor sich hin und achtete nur aus dem Augenwinkel auf Nerys, die Haferbrei und Eier vorbereitete.

»Hungrig?«, fragte sie und fasste sich zur Verdeutlichung ihrer Frage an den Mund.

»Ja, bitte«, erwiderte er, wie sie es ihm beigebracht hatte, doch in Gedanken noch immer bei seinem Spiel.

Faisal war angenehme Gesellschaft. Er war hellwach, spielte und imitierte gern und lernte alles, was sie ihn lehrte, mit unglaublicher Geschwindigkeit. Myrtle und Caroline fehlten ihr zwar, und Rainers Besuche waren von den jeweils erhältlichen Benzinmengen abhängig, doch Faisals rasche Fortschritte bestätigten sie in ihrer Überzeugung, mit ihrem Umzug nach Kanihama das Richtige getan zu haben.

Der Reisbrei dampfte im zitronengelben Sonnenlicht. Sie reichte Faisal seinen Löffel, und sie setzten sich an ihren Holztisch.

»Gut?«

»Gut.« Er strahlte.

Sie aß einen Löffel Brei, doch trotz zweier wasserschleppender Frauen, die sich laut unterhielten, und einem krähenden Hahn hörte sie das sich nähernde Fahrzeug. Und ehe es auf den Platz einbog und ratternd zum Stehen kam, wusste sie bereits, dass es der Ford war.

»Auto«, sagte Faisal.

Nerys erhob sich und eilte hinaus. Myrtle und Caroline saßen neben Rainer im Führerhaus des Wagens. Sie rannte zu ihnen hinüber. Myrtle schoss ihr einen warnenden Blick zu, und sie merkte, dass Caroline kreidebleich war. Und nicht einmal Rainer lächelte zur Begrüßung.

»Kommt rein«, murmelte Nerys und war sich all der Augen bewusst, die jedes Vorkommnis im Dorf verfolgten. Sie bildeten, während sie die paar Schritte zur Haustür zurücklegten, eine Art Schutzschirm um Caroline. Nerys befahl Faisal, hinauszugehen und mit den anderen Jungen zu spielen.

»Ravi Singh«, brachte Caroline nur heraus. Und Myrtle musste den Faden aufgreifen und berichten.

Am Vorabend hatten sie in der *Garden of Eden* neben dem Ofen gesessen. Myrtle hatte gelesen, Caroline an einem Babyjäckchen gestrickt. Weil sie sich sicher war, dass das Baby ein Junge sein würde, hatte sie in einem Laden am Bund blassblaue Wolle gekauft.

Majid kam vom Küchenboot herüber. Majid war nie in Eile, sodass Myrtle schon an der Art, wie er hereinplatzte, merkte, dass etwas nicht stimmte.

»Was ist denn, Majid?«

Er deutete aufs Wasser. »Es kommt ein Boot.«

Das Eis war inzwischen getaut, und nun erstreckte sich mattgraues Wasser von Ufer zu Ufer. Ein privates Motorboot mit uniformiertem Schiffer am Steuer hielt direkt auf sie zu. Die Vorhänge der kleinen Kabine waren zwar zugezogen, doch die beiden Frauen erkannten die Livree des Bediensteten.

Caroline schlug sich die Hand vor den Mund. »O Gott. Was will er nur?«

Wegen Majid trug sie einen losen, bestickten Wollmantel, und Myrtle war ähnlich gekleidet, obwohl der Hausboy sicher schon lange begriffen hatte, was los war. Sie hatte keine Zeit mehr, um davonzulaufen oder etwas zu verschleiern. Das einzige, woran Caroline noch dachte, war, ihr Strickzeug in ihrem Arbeitsbeutel zu verstecken.

»Vielleicht, Memsahib …« Majid deutete aufs andere Ende des Boots, wo sich Carolines Schlafzimmer befand.

»Ja, geh«, befahl Myrtle. »Bleib dort und mach keinen Mucks.

Der Motor des Boots erstarb, und der Bootsführer brachte es mit einer glatten, gleitenden Bewegung vor den Stufen zum Stehen. Sobald er festgemacht hatte, öffnete sich die Kabinentür, und Ravi Singhs schlanke Figur trat ins Freie. Er trug einen Reitanzug im britischen Stil und von tadellosem Sitz – mit dem Effekt, dass er darin noch arroganter und kaschmirischer wirkte.

Myrtle begrüße ihn an der Verandatür.

»Guten Tag, Mrs McMinn«, meinte er knapp.

»Ich heiße Myrtle, Ravi, das wissen Sie ganz genau. Aber wie schön, dass Sie mich besuchen. Was für eine herrliche Überraschung an diesem grauen Nachmittag. Was darf es denn sein? Eine Tasse Tee oder ein Cocktail? Ich glaube, eher ein Cocktail, nicht wahr? Majid, bitte.« Sie klatschte in die Hände, und der Hausboy verbeugte sich und zog sich zurück. »Bitte, setzen Sie sich doch, Ravi. Sie überragen einen ja wirklich beträchtlich.«

»Ich bin gekommen, um Mrs Bowen zu besuchen.«

Myrtle riss die Augen auf. »Dann sollten Sie aber zu ihrem Bungalow fahren. Es sei denn, sie ist heute nachmittag im Club! Wir treffen uns dort zuweilen zum Tee, aber ich fühlte mich heute etwas müde.«

Ravi schlug seine hellen Glacéhandschuhe gegen den Handteller der anderen Hand. »Sie ist nicht in ihrem Haus. Und ich glaube, dass sie hier ist«, meinte er rundheraus. Er blickte auf Myrtles wenig kompakte Silhouette. »Ich habe nämlich etwas gehört.«

Myrtles Stimme klang süß und einschmeichelnd. »Und was haben Sie gehört?«

»Das tut nichts zur Sache.«

»Verstehe«, hauchte sie. »Es tut mir so leid, Sie zu enttäuschen, Ravi, aber Caroline ist nicht da. Vielleicht ist sie ja verreist. Ich habe sie selbst erzählen hören, dass sie vielleicht nach Delhi fahren will, jetzt, nachdem das Eis geschmolzen ist. Sie wissen schon, Einkäufe machen, Leute besuchen. Sie ist einsam, ohne ihren Mann, wie wir alle, und über Srinagar liegt wegen des Winters und des Kriegs eine so deprimierende Stille. Finden Sie nicht?«

Majid kehrte mit klirrendem Tablett und Eiskübel zurück.

»Gin Fizz?«, fragte Myrtle lächelnd. Sie hielt ihr Feuerzeug an eine ihrer Goldfilterzigaretten.

»Nein, danke. Bitte richten Sie Mrs Bowen aus, dass Sie sich nicht vor mir verstecken kann, und dass es Torheit ist, sich einzubilden, eine vornehme kaschmirische Familie lasse sich derart verächtlich behandeln.«

»Falls ich sie sehe, Ravi, werde ich ihr Ihre Botschaft ausrichten. Ich fürchte jedoch, dass sie ihr ebenso rätselhaft erscheinen wird wie mir. Es sei denn, dies ist ein Spiel. Handelt es sich etwa um einen Kode?«

»Nein, Mrs McMinn.« Sein Verhalten war frostig genug, um den See gleich noch einmal zufrieren zu lassen. »Guten Tag.«

Majid verbeugte sich und öffnete ihm die Verandatür, doch Ravi schwenkte noch einmal zurück. Er hatte Carolines Arbeitsbeutel bemerkt, aus dem eine blassblaue Wollschlinge hing, und sein Blick schoss wieder zu Myrtle zurück. »Darf ich Ihnen übrigens zu dem bevorstehenden glücklichen Ereignis gratulieren?«

Auch Myrtle verstand sich darauf, eine herrische Miene aufzusetzen. Ihre Augenbrauen hoben sich um eine winzige Idee, ansonsten aber ließ sie sich durch nichts anmerken, dass sie seine Frage gehört hatte.

»Guten Tag«, erwiderte Ravi schließlich. Einen Augenblick später trug ihn seine Barkasse über den See zurück.

***

Caroline wurde noch ein wenig kleiner auf Nerys' Stuhl und verschränkte die Arme vor dem Bauch. »Der *dhobi-wallah,* irgendwer, vielleicht der Hofboy, hat einem anderen Diener was erzählt, und die Neuigkeit ist schließlich bis zu Ravi Singh hinauf durchgedrungen. Nun sucht er mich und das Bastardbaby, das Schande über den Namen seiner Familie bringen könnte.«

Myrtle blickte über Carolines Kopf hinweg zu Nerys. »Habt keine Angst vor Ravi Singh«, befahl sie ihnen. »Er kann nichts Genaues wissen, und das Gerede der Srinagarer Bediensteten hat nichts zu besagen. Wir jedenfalls haben Rainer verständigt, und er ist sofort gekommen.«

»Heute Morgen bei Sonnenaufgang sind wir losgefahren«, warf Rainer ein.

»Kann ich bei dir bleiben?«, flehte Caroline. »Keiner kommt auf die Idee, dass ich hierher gekommen bin, nicht mal Ravi.«

»Natürlich kannst du hierbleiben«, meinte Nerys tröstend.

Rainer kniete sich vor den Ofen und blies in die Glut, bis sie aufloderte.

»Rainer hat eine andere Idee«, sagte Myrtle

Nach Nerys' Einschätzung war es kaum mehr ein Monat bis zu Carolines Entbindungsstermin. Was für eine Idee Rainer auch hatte, sie musste schon ziemlich gut sein.

Rainer ließ sich Zeit. Als er mit dem Feuer zufrieden war, setzte er sich auf die Hacken zurück und warf Nerys das warme, etwas schläfrige Lächeln zu, das sie unter allen Kleiderschichten sofort ihre Haut spüren ließ. »Südwestlich von hier, auf der Straße talauswärts Richtung Rawalpindi liegt ein katholisches Kloster. Mit Hilfe eines französischen Arztes und seiner Frau führen die Schwestern auch ein Krankenhaus. Wenn du einverstanden bist, Nerys, bleibt Caroline hier bei dir und außerhalb von Ravi Singhs Reichweite – er nimmt natürlich an, dass sie – wenn sie nicht in Srinagar ist – in Delhi sein muss.«

Nerys nannte eine seiner vier Regeln: »Irreführung.«

»Ganz genau. Was sollte sie in den Hügeln wollen, wenn sie sich in dem von ihm vermuteten Zustand befindet? Ich muss kurz weg, um einen kleinen Auftrag zu erledigen, aber wenn ich wieder zurück bin, komme ich nach Kanihama herauf, und wir bringen Caroline zum Arzt und zu den Nonnen nach Baramulla. Dort kann sie sicher entbinden.«

Caroline hatte den Kopf gesenkt und nestelte ständig am Saum ihres *pherans* herum.

»Das ist eine gute Idee. Aber könnten wir sie nicht jetzt hinbringen?«, fragte Nerys.

»Baramulla liegt direkt an der Straße. Es gibt Routen nach Norden und Westen, und folglich kommen dort alle möglichen Leute durch. Wer weiß, wo Ravi Singh überall seine Spione hat? Es wäre sicherer für sie, wenn sie möglichst lange unsichtbar bleibt.«

Nun blickte Caroline auf. In ihren blauen Augen stand Furcht. »Ich will nicht, dass Ravi mich findet. Ich hab Angst vor ihm«, flüsterte sie.

Vor dem Fenster gab es nur eine Handvoll Häuser, winzige Äcker und dahinter die Berge. Außer den Hausierern, die den Dorfbewohnern das Allernötigste brachten, kam fast niemand nach Kanihama, und nur wenige – wenn man von Zafir und den anderen Vorarbeitern absah, die die Dorfproduktion weiter unten an der Talstraße auf dem Markt oder in die Stadt absetzten – verließen es je.

»Wir bleiben hier«, pflichtete Nerys ihr bei.

Rainer nickte. »Gut. Ich fahre noch heute Morgen, schaue unterwegs beim Kloster Baramulla vorbei und sag ihnen, dass sie uns erwarten können.«

»Musst du denn so schnell wieder los?«, fragte Nerys atemlos.

Myrtle war verstummt, nachdem sie Ravi Singhs Besuch geschildert hatte, doch nun sprang sie auf und meinte, sie werde Carolines Sachen aus dem Wagen holen. Rainer nahm Nerys' Arm und führte sie hinaus unter den Chinar-Baum.

Mit leiser Stimme sagte er – wobei er sich zunächst umsah, als ob in den Zweigen über ihnen feindliche Agenten hocken könnten: »Es handelt sich um etwas, das ich tun muss. Es gibt da eine Landepiste, die strategisch bedeutsam ist. Und die Briten und Amerikaner wollen, dass ich sie verlege.«

»*Verlegen?* Eine Landepiste? Im Alleingang?«, fragte Nerys.

»Nicht ganz. Ich habe ein kleines Team, Zimmerleute, Maler und so weiter. Es wird sich natürlich um einen Zaubertrick handeln, eine Illusion, die mit Tarnanstrichen, Attrappen und Licht erzeugt wird – und was weiß ich noch. Aber das weiß ich erst, wenn ich den Ort aus der Luft gesehen habe. Aufgrund meiner Fähigkeiten werden die Japaner dann ein Stück Dschungel bombardieren statt einer Landebahn mit dreißig Kampfflugzeugen. Es gibt niemanden in Indien oder auch ganz Asien, der diese Sache erfolgreich durchziehen kann außer mir. *Ich* bin der Zauberer.«

Sie lächelte, obwohl die Angst ihr innerlich zusetzte. Rainer würde es nie an Zuversicht mangeln, egal was von ihm erwartet wurde. »Viel Glück«, sagte sie nur.

Er nahm ihre Hand und küsste sie. »In zwei Wochen bin ich wieder da.«

Sie sagte nicht »Versprich's mir«, obwohl sie es gerne getan hätte.

Sie blieb unter dem Baum stehen und schaute zu, bis der Ford davongeruckelt und nicht mehr zu sehen war.

Im Haus hatten Myrtle und Caroline einen zweiten *charpoy* ausgepackt und in dem engen Raum aufgestellt. Caroline stand, die Hände in den Rücken gestützt, um den Schmerz zu lindern. Nun konnten auch die Falten ihres *pherans* ihren Umfang kaum mehr verbergen.

»Es ist nicht leicht, ich weiß«, meinte Myrtle leise zu Nerys, »aber Rainer wird es schon schaffen.«

Nerys hob das Kinn. »Klar. Und nun lasst mich mal sehen, was ich uns zum Frühstück mache. Ihr könnt ja vor der Abfahrt kaum

Zeit zum Frühstücken gehabt haben. Ich hab Reisbrei und Eier, und ich denke doch, dass meine Nachbarin inzwischen unser Brot gebacken haben sollte. Ich werde Faisal mal rüberschicken. Es ist so köstlich.« Gerade in diesem Moment sah sie den Kopf des Kleinen vor dem Fenster auf- und abhüpfen.

»Ich hab mein Bettzeug mitgebracht«, sagte Myrtle. »Kann ich auch zwei Nächte bleiben? Danach sollte ich besser wieder zurückfahren und mich beim *Womens's-Aid*-Treffen oder im Club zeigen. Die offizielle Version lautet übrigens, dass Caroline nach einem Fieberschub nach Süden gereist ist, um sich gemeinsam mit einer Cousine von mir, die Krankenschwester ist, zu erholen.«

»Klar kannst du bleiben. Was für ein Spaß«, lächelte Nerys.

Myrtle und Caroline zur Gesellschaft zu haben, ließ Kanihama geradezu als sonnigen, freundlichen Ort erscheinen, und ihr staubiges Lehmziegelhaus fast so luxuriös wie die *Garden of Eden.*

Knie an Knie auf ihren Schemeln hockend, war an dem Holztisch gerade genug Platz für sie drei. Faisal spielte, nachdem er seine Besorgung gemacht hatte, zu ihren Füßen mit seinem Ball.

Myrtle nahm eine Brotkruste und etwas gewürztes Apfelmus, doch sie aß nicht. »Habt ihr schon die grausigsten Kriegsnachrichten gehört?«, fragte sie.

Nerys machte eine kurze Geste in Richtung des kahlen Raums. Hier gab es keine Neuigkeiten außer denen, die man ihr mitbrachte.

»Gestern hat Singapur kapituliert. Die Stadt ist jetzt von den Japanern besetzt.«

Caroline pickte mit kleinen, präzisen Bewegungen in ihrem Essen.

»Und es scheint«, fügte Myrtle hinzu, »dass viele unserer Männer, die die Schlacht und das Bombardement überlebt haben, von den Japsen gefangen genommen worden sind. Die Berichte sind sehr konfus.«

»Ralph ist am Leben. Das weiß ich«, sagte Caroline. Sie schien jetzt unnatürlich ruhig, fast entrückt, als geschehe zuviel um sie herum, als dass sie das alles noch bewältigen könne.

»Hast du von Archie gehört?«, fragte Nerys Myrtle leise.

»Einen einzigen Brief. Ich weiß es nicht mit Sicherheit, aber er und seine Männer sind wahrscheinlich an der Evakuierung von Verwundeten aus Malaya beteiligt. Es ist … Nun ja, wir können es uns ja vorstellen.«

Caroline legte die Hand auf den Bauch. Verträumt meinte sie: »Dieses Kind strampelt die ganze Zeit. Wie ein kleiner Elefantenbulle.«

Dünnes Sonnenlicht sickerte ins Zimmer. Die drei saßen da und dachten an das Kind, das bald auf die Welt kommen würde, und die Ungewissheit, die seiner harrte.

Zwei Tage lang saßen sie am Ofen und in der Wärme. Caroline strickte blaue Babykleidung; sie spielten mit Faisal und seinem Bruder, dem Baby der Spinnerin, das inzwischen geradezu drall geworden war. Farida beobachtete das alles nur vom Rande her, wenn eine von ihnen ihr zuwinkte, drehte sie sich um und rannte davon. Myrtle und Nerys besuchten zwei oder drei der anderen Häuser, um mit den Frauen Tee zu trinken, und während sie in ihren von den *kangris* ausgebeulten *pherans* hinausgingen, sagten sie sich gegenseitig, dass sie wie zwei runde Teekannen auf Beinen aussehen mussten.

Im Haus des Webers beugte Myrtle sich weit vor, um den Pfauenfederschal zu bewundern, den der schmale Weber hoffnungsvoll aufgedeckt hatte, um ihn ihr zu zeigen. In der düsteren Kälte des ausgehenden Winters bildeten die blauen Seewassertöne und die schimmernden Silbernuancen eine irisierende Lache. »Er ist wirklich exquisit«, räumte Myrtle ein, schüttelte jedoch den Kopf angesichts der flehenden Geste des Mannes. »Ich habe nicht genug Geld dafür. Wenn ich es hätte, würde ich ihn kaufen, wirklich.«

Am dritten Morgen meinte Myrtle, sie müsse nun nach Srinagar zurück, um sich über die neuesten Gerüchte zu informieren. Ein alter Mann, der Baumstämme zu einer Holzschnitzerei bringen wollte, meinte, er könne sie auf seinem Ochsenkarren mitnehmen bis zu einem Ort, an dem sie den öffentlichen Bus nach Srinagar erreichen könne.

Myrtle kletterte auf den Sitz des Wagens und verteilte den Tweedstoff so um sich herum, dass er ihre Knie bedeckte und ihren *kangri* umschloss. »Ich werde herzlich froh sein, wenn diese Schwangerschaft endlich ihren natürlichen Abschluss findet«, meinte sie leise zu Nerys.

»Genieß die Fahrt«, riet ihr Nerys.

»Momentan ist das Leben schon ein merkwürdiges Abenteuer, nicht wahr? Ehe Rainer uns so eilig hier raufkutschierte, hab ich Archies Geweihe angestarrt – du weißt schon, von den Hirschen und Bergschafen, die er in Ladakh geschossen hat. Damals dachte ich, ein Jagdausflug mit meinem Mann sei etwas ungeheuer Verwegenes. Das war, bevor ich dich traf, Nerys Watkins.«

Sie lachten beide, obwohl es doch wenig genug an wirklich Erheiterndem zu geben schien.

»Ich komme mit Rainer zurück«, versprach Myrtle. »Und dann fahren wir nach Baramulla und bringen unser Baby zur Welt, was?«

»Zwei Wochen«, meinte Nerys und trat zurück, damit der Karren losfahren konnte.

Die Tage krochen dahin. Die Dorfbewohner waren zwar neugierig auf den Neuankömmling, aber nicht aufdringlich. Mit der gewohnten Mischung aus Zeichensprache und einfachen kaschmirischen Vokabeln, die sie aufgeschnappt hatte, bedeutete Nerys den freundlicheren Frauen, dass Carolines Mann sich im Krieg befinde und sie bald ins Krankenhaus gehen werde, um dort ihr Baby zu bekommen. Sie akzeptierten dies achselzuckend. In Kanihama kamen Babys in irgendwelchen Lehmziegelräumen hinter einem Vorhang zur Welt.

Caroline beobachtete die Kinder, wenn sie zum Spielen zu Nerys kamen. Sie sang mit ihnen oder zeichnete Bilder für Faisal – *Baum, Schaf, Blume* –, noch häufiger aber saß sie nur da, hatte die Hand auf den Bauch gelegt, wo die Ausbuchtung durch eine winzige Ferse häufig durch den gedehnten Muskelwall erkennbar war. Ihre Zerstreutheit verstärkte sich, und Nerys schob es auf die innere Vereinnahmung durch die letzte Schwangerschaftsphase, da sie sich erinnerte, wie sich die Mütter in Shillong auf ähnliche Weise in sich zurückgezogen hatten.

Nachts lagen sie nebeneinander auf ihren *charpoys.* Caroline schlief schlecht, seufzte und wälzte sich unter dem Gewicht ihres Bauchs hin und her, und Nerys lauschte ängstlich auf jede ihrer Bewegungen. In einer Nische ließ sie eine Kerze brennen, und der Luftzug ließ Schatten über die Dachbalken flackern.

Die Erinnerung an ihr eigenes verlorenes Baby bedrückte sie nun nicht mehr so stark. Sie hatte zwar Frostbeulen und Husten, doch abgesehen von solch kleinen Unpässlichkeiten fühlte sie sich durch das konzentrierte Leben in Kanihama straff und überraschend kräftig und fand darin, sich Rainer zum Vorbild nehmend, eine neue, unbefangenere Befriedigung. Die eigenen Sorgen beiseite lassend, konnte sie sich auf das konzentrieren, was Caroline höchstwahrscheinlich brauchte.

Die beiden Wochen verstrichen, doch Rainer tauchte nicht wieder auf.

Welcher Dschungel hatte ihn wohl verschluckt? Wo war er – der ja nicht mal Soldat war – geblieben? Es schien, als habe er sein Verschwinden, das sie sich oft ausgemalt hatte, wie eine seiner Nummern inszeniert. Nerys unterdrückte ihre Angst, stauchte sie zusammen, bis sie ihr schwer wie Blei unter dem Zwerchfell hing.

»Wann kommen sie denn endlich wieder?«, fragte Caroline sie ständig.

»Mach dir keine Gedanken«, meinte Nerys dann besänftigend.

Nur einmal die Woche wurde in Kanihama Post ausgeliefert.

Der Postbote brachte einen Brief von Myrtle und wartete auf Nerys' Türschwelle, um ihr beim Öffnen zuzusehen, genauso erpicht darauf, den Inhalt zu erfahren, wie es die beiden Frauen waren. Sie gab ihm Geld, und er zog sich zurück.

Myrtle hatte hingekritzelt: »Keiner weiß, wo Rainer ist. Kein Wort, nicht mal ein Hauch von einem Gerücht. Ist einfach verschwunden. Soll ich ohne ihn nach Kanihama kommen? Wie kann ich euch helfen?«

Nerys schickte ihr eine Botschaft zurück: »Er kommt bestimmt. Bleib, wo du bist, halt Augen und Ohren für uns offen. Caroline und ich kommen schon klar.«

In dieser Nacht überdachte sie unter flackernden Schatten noch einmal ihre Möglichkeiten. Sie waren begrenzt. Möglicherweise konnte man sich ja in Srinagar einen Wagen mieten samt einem Fahrer, der Ravi Singh und/oder die europäischen Gattinnen nicht kannte, damit er sie und Caroline zum Klosterkrankenhaus in Baramulla brachte. Doch eine Fahrt mit einer Schwangeren, die in Rainers Ford machbar erschienen war, wurde mit einem Fremden zu einer beängstigenden Angelegenheit. Alternativ konnte sie Caroline auch nach Srinagar zurückbringen und beim Militärkrankenhaus vorstellig werden, was jedoch all ihre Vertuschungs- und Verschleierungsaktionen der vergangenen Monate zunichte gemacht hätte.

Oder aber sie blieben, wo sie waren.

Nach schlaflosen Stunden ging sie am nächsten Morgen als Erstes aus und stellte den Frauen Kanihamas eine Reihe von Fragen. Schließlich brachte man sie zu einem alten Weib mit zerfurchtem Gesicht, das neben einem rauchenden Feuer hockte und eine Pfeife paffte. Dies, erfuhr sie, sei die Hebamme des Dorfes. Die alte Frau lauschte, nickte und streckte dann die Hand nach Nerys' Geld aus. Als Reaktion darauf wiegte Nerys die leeren Arme und ahmte dann eine Geldübergabe nach. Erst das Baby, dann das Geld. Die alte Frau lachte, entblößte eine Reihe schwarzer Zahnstummel und steckte mit ihrem Gelächter auch die anderen Frauen an. Nerys kam zu dem Schluss, dass ihr die Hebamme gefiel, und sie schüttelten sich die Hände.

Zu ihrem Häuschen zurückgekehrt, überredete sie Caroline, sich auszukleiden, damit sie sie untersuchen könne. Als Nerys Carolines Bauch abtastete, riss die ihre Augen so weit auf, dass man rings um die blauen Regenbogenhäute das Weiße sehen konnte. »Wie viele Babys hast du denn schon entbunden?«, fragte sie mit gepresster Stimme.

»Mehrere«, erwiderte Nerys. Der Kopf des Babys schien richtig zu liegen. Wenn Wehen und Geburt unkompliziert verliefen, war alles gut. Wenn nicht … Bitte, Rainer, flehte sie bei sich. Sei um Himmels willen da, bevor es zu spät ist.

Es war ein sonniger Tag, und es lag sogar ein Hauch von Wärme in der Luft. Nerys klaubte Laken, Tücher und Handtücher zusammen und brachte das Bündel hinunter zum Färberschuppen am Flussufer. Dort überredete sie die Männer, ihr einen ihrer Bottiche mit klarem Wasser zu füllen und dieses zum Sieden zu bringen. Sie wusch das gesamte Bettzeug und alle anderen Stücke und hängte sie über die Leinen, die kreuz und quer am Ufer aufgespannt waren. Die Laken trockneten in Sonne und Wind und blähten sich zwischen den prachtvollen Farben der Pashminastränge.

Caroline klagte über Rückenschmerzen. Nerys füllte ihren *kangri* mit Glutstückchen und reichte ihn ihr, damit sie sich dagegen lehnte. Allmählich wurde es Abend, und wieder entzündete sie die Kerzen.

Wo bist du nur, Rainer?

Bilder, in denen er gefangengenommen wurde, verwundet im Dickicht des Dschungels lag oder noch Schlimmeres, ließ sie erst gar nicht zu.

Um Mitternacht erhob sich Caroline auf einmal von ihrem *charpoy.* Sie trat ans Fenster, lehnte den Kopf in die Hand und stieß einen leisen stöhnenden Schmerzensschrei aus.

»Was spürst du denn?«, fragte Nerys.

»Es hat begonnen.«

»In Ordnung. Das wird schon.« Sie zündete die Lampe an und schürte den Ofen.

Caroline lag auf der Matratze und hatte die Knie angezogen. Sie wirkte verängstigt, Schweißperlen standen ihr auf der Stirn. »Lass mich nicht allein«, schrie sie fast, als Nerys sich den *pheran* überwarf.

»Nur fünf Minuten. Ich hole die Hebamme. Versuch, dich auszuruhen.«

Die alte Frau schlief tief und fest in ihrem einsturzgefährdeten Häuschen. Nerys rüttelte sie möglichst sanft wach. »Kommen Sie«, bat sie sie.

Leise murmelnd erhob sich die Alte und wickelte sich langsam in ihren zerschlissenen *pheran.* Sie nahm einen zerbeulten Eimer von einem Brett, der zur Hälfte mit einem dunklen Gebräu gefüllt war, das auch in einem Topf auf dem Ofen stand, und folgte Nerys in die Nacht hinaus.

Caroline keuchte vor Angst und Schmerz, als die Hebamme sie untersuchte. Man meinte ein wegwerfendes Schulterzucken wahrzunehmen, als die Frau sich wieder aufrichtete. Sie bettete die Wange auf die gefalteten Hände und deutete auf das mitgebrachte Getränk. Dann marschierte sie wieder hinaus. Die Botschaft war klar. Caroline sollte von ihrem Kräutersud trinken, und es war noch reichlich Zeit, sodass sie sich alle noch mal aufs Ohr legen konnten.

Als es hell wurde, wand sich Caroline in einem Wust frisch gewaschener Laken. Mit jeder Wehe stieß sie ein schmerzliches Knurren aus, das zu einem Schrei anschwoll. In jeder der kurzen Pausen tupfte ihr Nerys mit kühlem Wasser das Gesicht ab und ließ sie einen Schluck vom Gebräu der Hebamme trinken. »Es läuft alles prima«, flüsterte sie ihr zu. Und so weit sie das beurteilen konnte, lief es auch gut. »Versuch dir deine Kraft einzuteilen. Atme.«

Etwa um zehn Uhr vormittags kam die Hebamme wieder herbeigeschlendert, kaute auf einer Handvoll eingelegter Walnüsse herum und spuckte sich die derben Häute in die Hand. Nerys verlangte, dass sie sich die Hände wusch, ehe sie Caroline untersuchte.

»Es soll aufhören«, brüllte Caroline, »Bitte, lieber Gott, hilf mir.«

Die Frau richtete sich auf und zupfte sich das Kopftuch zurecht.

»Good«, meinte sie zu Nerys' Überraschung auf Englisch, und ihr Gesicht verzog sich zu einem seltenen Lächeln. Dann nahm sie einen Leinenstreifen aus Nerys' Korb und faltete ihn zusammen. Sie schob ihn Caroline rasch zwischen die Zähne, ehe sich das tränenüberströmte Gesicht des Mädchens vor der nächsten Wehe aufs Neue verzerrte. Caroline biss auf das Tuch, während die Hebamme ihr Ohr auf den Bauch legte. Ein weiterer Schrei ertönte und wurde vom Leintuch erstickt. In jähem Schwall ergoss sich das Fruchtwasser.

Als Nerys zwischen Carolines Beine spähte, konnte sie das feuchte schwarze Oval des Kinderkopfes erkennen. »Kannst du pressen?«, fragte sie.

Die elementaren Laute und Gerüche der bevorstehenden Geburt bewirkten, dass ihr die Abläufe aus dem Kreißsaal von Shillong plötzlich wieder vor Augen standen. Sie wurde ruhig. Sie erklärte Caroline, wie sie zwischen den Wehen hecheln musste und wie sie tief in den Bauch hinein statt in die Kehle atmen sollte. Die Hebamme hockte auf einem Schemel zwischen Carolines Knien, und als der Kopf des Babys erschien, umfasste sie ihn mit einer braunen Hand, während sie mit der anderen fachmännisch die winzigen, glitschigen Schultern führte.

»Noch ein kräftiger Stoß, und du siehst ihn«, versprach Nerys. Carolines rotes Gesicht war tränenüberströmt, sie riss sich den durchweichten Lappen aus dem Mund und brüllte, und das Kind war geboren.

Es hatte lange dünne Arme und Beine, einen schwarzen Haarschopf, und es war ein gesundes Mädchen.

Gemeinsam reinigten Nerys und die Hebamme die Atemwege des Babys und lächelten einander an, als der erste Schrei aus seinem Mund brach, wickelten es dann in einen Pashminaschal und legten es Caroline auf die Brust. Caroline lehnte in Kissen und Decken. Sie hatte die Augen geschlossen und zitterte vor Erschöpfung. »Es ist aber kein Mädchen«, flüsterte sie.

»Doch, es ist eins, und sie ist wunderschön.«

Es ist das gleiche alte Wunder, dachte Nerys, immer das gleiche und doch jedesmal anders. Sie schob ein Schalende über ein winziges rotes Füßchen und schickte ein konfuses, wortloses Dankgebet gen Himmel. Wäre Evan da gewesen, hätte er sich hingekniet, um das neue Leben zu segnen, so jedoch musste sich das kleine Mädchen mit einem annäherungsweisen Segen zufrieden geben – mehr hatte Nerys nicht zu bieten – sowie den gemurmelten Verwünschungen der muslimischen Hebamme, während sie die Nabelschnur abband und dann mit aufblitzender blanker Klinge durchtrennte.

»Gib sie mir mal«, sagte Nerys.

Caroline überließ ihr das Baby widerspruchslos, während die alte Frau sich auf die Nachgeburt konzentrierte. Nerys erinnerte sich, wie sorgfältig die Krankenschwestern in Shillong überprüft hatten, dass auch ja nichts davon im Leib der Mutter zurückblieb, und war erleichtert zu sehen, dass diese Hebamme genauso achtsam war. Das Baby an ihrer Schulter haltend, strich sie Caroline das schweißnasse Haar aus der Stirn. »Du machst das so gut. Du warst sehr tapfer«, sagte sie zu ihr.

»Aber nein«, schluchzte Caroline.

Es scharrte an der Tür, dann öffnete sie sich knarrend. Faridas kleine Gestalt stand als Umriss im grellen Licht.

»Hallo«, begrüßte Nerys sie überrascht.

Das kleine Mädchen schob sich in den Raum, schlich näher

heran und zupfte an dem Schal, in den das Baby gewickelt war. Nerys warf einen Blick auf Caroline, doch die hatte den Kopf zur Seite sinken lassen und die Augen erschöpft geschlossen. Sie ging ein wenig in die Hocke, damit Farida das Neugeborene sehen konnte, doch die Kleine ging noch weiter. Geschickt nahm sie das Baby in die eigenen Arme, setzte sich mit gekreuzten Beinen neben den Ofen und wiegte es im Schoß. Sie begann ein Liedchen zu gurren. Und die Hebamme nickte beiläufig und zustimmend. Als Farida mit dem Finger über die Wange des Babys strich, wurde Nerys bewusst, dass dies das erste Mal war, dass sie sie hatte lächeln sehen.

Sie war an den Rand dieses uralten Tableaus verbannt, und so beschäftigte sie sich anderweitig, setzte den Wasserkessel auf und räumte die blutbefleckten Tücher in einen Korb.

Die Hebamme beendete ihre Arbeit und badete dann das Baby gemeinsam mit Farida in einer Zinkwanne. Die kleine Portion Mensch strampelte und schrie, doch Caroline lag noch immer mit geschlossenen Augen in ihren Kissen. Sie zogen der Kleinen einige der blauen Kleidungsstücke an, und Farida ergriff aufs Neue von ihr Besitz.

Schließlich streckte die Hebamme die Hand aus, um entlohnt zu werden. Und Nerys zählte ihr das Geld, Schein für Schein, in die Hand, erst danach akzeptierte die Frau etwas Tee mit Brot und Honig. Sogar Farida trank eine Tasse Tee. Carolines Lippen waren geschwollen und rissig, sodass Nerys sie mit Vaseline betupfte, danach ließ sie auch sie ein wenig trinken und essen.

»Willst du versuchen, sie zu stillen?«, fragte sie, doch Caroline schüttelte nur den Kopf.

»Zahra«, verkündete Farida plötzlich.

Sie und die Hebamme verhandelten etwas, dann wiederholte Farida das Wort »Zahra«, und zupfte das Mützchen des Babys zurecht.

»Hast du dir schon einen Namen überlegt?«, fragte Nerys.

Caroline hatte erwähnt, dass ihr Vater Charles geheißen habe und gescherzt, dass sie es zu Ehren des Vizekönigs womöglich Linlithgow nennen sollte oder gar George nach dem König. Das schien lange zurückzuliegen, und Mädchennamen hatten dabei nie auch nur Erwähnung gefunden.

»Zahra klingt hübsch«, fügte Nerys hinzu.

»In Ordnung«, erwiderte Caroline. Um dann noch hinzuzufügen: »Tut mir leid, Nerys. Ich bin so müde.«

»Aber ja, natürlich. Ruh dich jetzt aus.«

Irgendwie, dachte Nerys, musste sie dafür sorgen, dass Myrtle benachrichtigt wurde.

Als aus dem Nachmittag langsam Abend wurde und Zahra in einem kleinen Kasten eingeschlafen war, während Farida wie ein Schatten neben ihr kauerte, erschien eine Abordnung von Frauen an Nerys' Haustür. Faridas Großmutter befand sich darunter und hatte eine Steingutschüssel dabei, die in ein Tuch eingeschlagen war. Es roch köstlich.

Mit würdevoller Förmlichkeit tischten die Frauen Schüsseln auf, legten geschnitzte Holzlöffel zurecht und schöpften Portionen von dampfenden *Tahar*-Reis aus, mit Kurkuma gekocht, ein Gericht, das überall in Kaschmir von Hindus wie Muslimen zubereitet wurde, um Gott für ein knappes Entkommen, die wohlbehaltene Errettung aus einer Gefahr zu danken.

Nerys und Caroline teilten sich die duftende Speise.

»Danke«, meinte Caroline demütig. »Danke, ich hatte wirklich Glück, ich weiß. Ich hatte Angst, zu sterben.«

Irgendjemand wusste von einem Jungen, der nach Srinagar hinabfuhr, um bei seinem Onkel in der Schalfabrik zu arbeiten. Nerys schrieb ihre Nachricht an Myrtle und vertraute sie ihm an.

Als alle, auch Farida, fort waren, probierte sie es erneut; »Willst du sie mal halten?«, fragte sie leise. »Sie hat so schwarze Haare und große dunkle Augen.«

»Dann sieht sie ihrem Vater ähnlich. Ich kann sie nicht behalten, ich kann nicht ihre Mutter sein, also sollte ich sie vielleicht gar nicht erst als mein Baby betrachten.«

Nerys streichelte ihr die Hand. Sie an Carolines Stelle hätte sich nicht zurückhalten können und Zahra ans Herz gedrückt. Niemand hätte sie ihr entreißen dürfen – nicht, ohne Nerys vorher zu töten.

Aber angesichts der Umstände war Carolines Instinkt ja vielleicht vernünftiger als ihrer.

Im Dorf gab es eine Amme, dieselbe Frau, die sich auch um das Baby der Spinnerin gekümmert hatte. Vorerst, bis Myrtle kam und sie alles Weitere besprechen konnten, konnte Zahra bei ihr bleiben.

Am folgenden Nachmittag kam ein Wagen auf den Platz gefahren. Es handelte sich um den Jeep eines Händlers aus Srinagar samt mürrischem Fahrer, der sofort heraussprang, die Motorhaube aufriss und die Maschine begutachtete, als ob die Fahrt ihr den Rest gegeben hätte. Myrtle stieg auf der Beifahrerseite aus. Sie trug den *pheran* lose über der Schulter, die Stofffülle etwas zurückgeschoben, damit man ihre schmale Taille sah.

»Ich habe mich noch nie so gefreut, dich zu sehen«, sagte Nerys.

Myrtle hatte Milchpulver und Nuckelflaschen aus Glas mitgebracht, Blumen und Pralinen und die Srinagarer Zeitung – aber keinerlei Nachrichten von einem der Männer. »Es wird nur noch über die die japanischen Gräuel in Singapur geredet, über Kriegsgefangene, ein Krankenhausmassaker. Die verdammten Japsen haben die Patienten und sämtliche Ärzte erschossen. Niemand hat auch nur das leiseste Interesse an unseren Skandälchen, meine Süße. Ich bin dieser Nachbarin von Caroline begegnet und hab ihr erzählt, dass es Caroline da unten in der Sonne, zusammen mit meiner lieben Cousine sehr viel besser geht, aber sie hörte mir kaum zu. Aber wie geht es ihr?

»Körperlich ist sie zwar recht erschöpft, aber sie erholt sich gut. Was das Emotionale angeht, bin ich mir nicht so sicher.«

»Und das Baby?«

»Ist ganz süß.«

Myrtle trug einen ganzen Arm voller Geschenke ins Haus.

»Donnerwetter. Seht euch das alles mal an. Ich fühl mich ja wie in einem schicken Pflegeheim«, rief Caroline von ihrem Bett aus, und eine Andeutung ihres früheren Lächelns begleitete die Worte.

Später gingen Myrtle und Nerys Zahra besuchen, der es bei Farida und der Amme recht gut zu gehen schien. Faisal war begeistert, Myrtle wiederzusehen, und tanzte an ihrer Hand neben ihnen her.

Myrtle warf einen Blick in den Kasten und hob einige hellblaue Wollschichten. »Meine Güte«, hauchte sie in Nerys' Ohr. »Das ist ja wirklich Ravi Singh.« Beide konnten sich kaum losreißen von dem winzigen Baby und starrten es an, als sei es ein kleines Wunder.

Nachdem Caroline sich eine Woche lang ausgeruht hatte, kehrte sie mit Myrtle zur *Garden of Eden* zurück, wo sie sich – so weit es Srinagar anging oder sich überhaupt darum scherte – immer noch von ihrem Fieberschub erholte. Ihr Töchterchen ließ sie in Nerys Obhut zurück, und ihre Freundinnen sahen beide, dass die Trennung eher erschöpfte Erleichterung hinterließ als Schmerz. Mit Ausnahme plötzlicher Weinkrämpfe, die sie offenbar nicht beherrschen konnte, war sie auffällig still, doch in Srinagar konnte ihr Elend auf die Angst um Ralph Bowen geschoben werden, dessen Name unter Hunderten von anderen auf den Kriegsgefangenenlisten stand.

Nerys nahm ihre Gewohnheit, mit den Dorfkindern zu singen und kleine Wortspiele zu machen, wieder auf, die an den Nachmittagen vom Spiel mit Zahra und deren getreuer Begleiterin Farida unterbrochen wurde. Es war schon eine glückliche Fügung, dachte sie, dass die Ankunft des Babys das Mädchen aus seinem Schneckenhaus herausgelockt hatte. Sogar mit den anderen Kindern begann Farida nun zu spielen, obwohl sie alle zwei, drei Minuten davonschoss, um sich zu vergewissern, dass das Baby auch schlief oder zufrieden die Muster betrachtete, die die Zweige des Chinar-Baum über seinem Kopf malten. Jeden Morgen erschien sie nun ebenso zuverlässig wie Faisal, um mit Nerys zu frühstücken.

Allmählich sah Nerys, wie sich Zahra womöglich sogar in dieses Dorf integrieren ließe. Babys und Kinder schienen hier nicht die individuelle Zuwendung ihrer Mütter zu benötigen – sie wurden zwischen Großmüttern, Tanten und Geschwistern, wer immer gerade zur Verfügung stand, hin- und hergereicht. Wenn Myrtle, Caroline und sie das Geld aufbrachten, dachte sie, vielleicht konnte Zahra dann ja in Kanihama bleiben. Wenigstens während ihrer ersten Lebensjahre. Und danach, wenn der Krieg vorbei war, dann gäbe es sowieso Waisen, vertriebene Familien und Kinder, die auf unterschiedlichste Weise Schutz und Hilfe benötigten. Wer konnte da schon voraussagen, was aus diesem speziellen Waisenkind werden würde?

So räsonierte Nerys und jetzt, da Zahra geboren war, mit um so größerer heimlicher Hoffnung und Sehnsucht.

Anfang April, als die Knospen an den Dornbüschen und Chinar-Zweigen zu schwellen begannen, und Äcker und Gemüsebeete neu austrieben und ergrünten, hörte Nerys erneut das Geräusch eines näherkommenden Wagens. In ihrer Sorge um Rainer hatte sie sich dieses Geräusch schon hundertmal eingebildet, nur um jedesmal enttäuscht zu werden, doch jetzt, wo sie richtig hinhörte, war es unverkennbar. Sie ließ den Topf sinken, den sie in der Hand hielt, und rannte hinaus.

Es war der Ford, und Rainer saß am Steuer. Die Tür schwang auf, doch er schien nicht aussteigen zu können.

»Was ist los?«, schrie sie. »Bist du verletzt? Warte, ich helfe dir.«

Sein Gesicht verzerrte sich. »Nicht von der Seite. Komm hier her. Wenn ich mich auf dich stützen kann …«

Er stützte sich auf ihre Schulter, und gemeinsam schleppten sie sich zum Haus, und sie half ihm in den Sessel neben dem Ofen. Sein Gesicht war ausgezehrt, und sein Rumpf wirkte verdreht, wie ein Baum, in den der Blitz eingeschlagen hatte.

»Wo ist denn Caroline?«

Wo immer Rainer also herkommen mochte, aus der Stadt kam er jedenfalls nicht.

»In Srinagar«, antwortete sie rasch, »bei Myrtle. Sie erholt sich, und das Baby ist hier bei uns. Es ist ein Mädchen.«

Rainer fuhr sich mit der Zunge über die ausgedörrten Lippen. »Es tut mir so leid«, murmelte er, »dass ich dich im Stich gelassen habe.«

Sie drückte ihre Wange an die seine. »Das hast du nicht. Trink doch etwas.«

Sie hatte eine Tasse vom neuesten Sud der Hebamme erhitzt. Noch immer wusste sie nicht, was er enthielt, war aber beeindruckt von seiner Aufbauwirkung. Rainer probierte den Trank und spuckte aus. »Meine Güte. Was ist denn das für ein Giftzeug?«

Sie entspannte sich ein wenig. »Rainer, was ist denn geschehen?«

Er nahm ihre Hand und presste sie an sich. Nach einer Weile meinte er: »Ich hatte Glück. Ich hab's nicht ganz unbeschadet überstanden, aber ich hab überlebt. Einige andere haben das nicht.«

Nerys hockte sich neben ihn auf den Schemel, auf dem gewöhnlich Faisal oder Farida saßen. Seine Hand war übel verschorft, und an den Rändern kräuselte sich die erneuerte Haut, als ob sie verbrannt gewesen sei. Jetzt mit Fragen bombardiert zu werden, das brauchte er wohl wirklich nicht, dachte sie. Er würde es ihr erzählen, sobald er bereit dazu war.

Und das war er nicht, bevor er nicht zwei Stunden geschlafen hatte. Ehe er sich hinlegte, half Nerys ihm beim Auskleiden. Unter der Uniformjacke, die er über der weiten Hose trug, waren Arm und Schulter und der obere Teil der Brust mit fleckigen, gelbdurchweichten Brandwundverbänden bedeckt.

»Soll ich sie dir wechseln?«, fragte sie sachlich.

»Später«, erwiderte er. Und sobald er die Augen schloss, war er auch schon eingeschlafen.

Nerys ließ ihn in ihrem Bett liegen und ging hinaus, um mit den Kinder Fangen und Verstecken zu spielen. Die eisige Bergluft roch nach Holzrauch und Tierdung, genau wie an jenem Nachmittag, als Rainer sie zum ersten Mal hierher gebracht hatte, und an windgeschützteren Stellen spürte sie nun schon die Sonne warm auf den Schultern.

Später ging sie auf Zehenspitzen hinein und begann zu kochen, doch als sie sich nach ihm umdrehte, sah sie, dass er die Augen geöffnet hatte und sie ansah.

»Sag mir, dass ich nicht träume«, meinte er.

»Du träumst nicht, es sei denn, wir träumen dasselbe.«

Er streckte seinen gesunden Arm nach ihr aus.

»Komm her.«

Vorsichtig, um ihn nicht anzustoßen, schmiegte sie sich an ihn. Er drückte ihr die Lippen auf die Stirn. »Schon besser.«

Ihr Herz pochte so heftig, dass sie sich fragte, ob er es wohl an seinen vernarbten Rippen hämmern fühlte.

Schließlich begann er: »Ich hab mich aus einem Feldlazarett davongeschleppt. Ich bin ja bloß Zivilist und noch dazu einer mit zweifelhafter Nationalität, sodass sie nicht allzu erpicht darauf waren, mich zu behalten. Es gelang mir, einen Flug nach Delhi zu ergattern; ich hatte den Wagen dort bei einem Freund von mir untergestellt, sodass ich ihn wieder abholen und sofort hierher kommen konnte.«

Sie sah, welche Anstrengung ihn das gekostet hatte.

»Die ganze Zeit, die ich dort gelegen habe, musste ich dran denken, dass ich dir und Caroline versprochen hatte, euch nach

Baramulla zu bringen. Hätte ich dir eine Nachricht schicken können, ich hätte es getan.«

Sie lächelte ihn an. »Ich weiß. Ich gebe zu, ich hab mir Sorgen gemacht, als du nicht gekommen bist, aber die Befürchtungen waren viel schlimmer als die Realität. In Kanihama kommen ständig Babys auf die Welt, nicht wahr.«

»Ich bin mir sicher, dass du großartig warst. Wie immer.«

»Ganz und gar nicht.« Nerys lachte. »Die Dorfhebamme war die Heldin des Stücks. Und das, was du eben getrunken hast, ist ihr spezieller Heiltrank.«

»Hoffen wir, dass er wirkt«, meinte er mit einem Anflug von Grimm.

Sie wartete.

»Tja, ich hab meinen Zaubertrick durchgezogen. Mehr war es ja nicht, nur eine Illusion im großen Stil. Die Briten wollten mir zunächst nicht geben, was ich brauchte, weil es eine streng geheime Mission war und ich keine Sicherheitsüberprüfung durchlaufen hatte. Was die obersten Militärs angeht, klinge ich deutsch genug, um ein feindlicher Agent zu sein. Am Ende aber mussten sie mich doch machen lassen, weil es sonst keinen gab, der das, was sie brauchten, umsetzen konnte.«

Es war gut, dachte Nerys, den alten Rainer wieder zu hören.

»Du weißt ja, ich musste die Landepiste verlegen, damit die Japaner den falschen Ort bombardierten. Vor dichtem Dschungelhintergrund ist es schwierig vom Himmel aus die Dimensionen richtig einzuschätzen, vor allem nachts. Also rodeten wir an einer ähnlichen Stelle zwei Meilen küstenaufwärts ein Gebiet, das etwa ein Drittel der Größe der tatsächlichen Landebahn besaß und errichteten darauf eine verkleinerte Ausgabe der Rollbahn. Man gab mir eine Team britischer Pioniere. Wir bauten und bemalten Balsaholz-Flugzeuge, -Hütten, -Lagerschuppen, Kerosintankattrappen. Ich bin in einem Aufklärungsflugzeuge in nur einigen hundert Metern Höhe darüber weggeflogen, und es war fantastisch. Die wirkliche Rollbahn war unter Tarnnetzen verborgen, und die andere sah absolut identisch aus. Natürlich war es Teil unserer Mission, die Japsen davon zu überzeugen, dass sie die Treibstofflager ebenso ausgeschaltet hatten wie die Flugzeuge. Treibstoff ist in jeder Schlacht ein entscheidender Faktor. Und wenn der Feind glaubt, man hätte keinen, obwohl man über jede Menge verfügt, so ist das ein taktischer Vorteil.«

Es trat ein kurzes Schweigen ein, während Nerys über die letzte Bemerkung nachdachte.

»Wir hatten Sprengstoffvorräte, genug, um einen Riesenknall zu erzeugen. Wir bauten einen Scheiterhaufen, der gut brennen würde, und übergossen ihn mit Treibstoff. Es gab eine System von Sprengzündern, die ich kontrollierte, sodass ich, sobald das Lager direkt getroffen wurde, die ganze Sache in Flammen aufgehen lassen konnte – wie ein geheimes Kerosinlager, das in die Luft fliegt.«

Rainer hielt inne und suchte nach Worten.

»Das machte eine gewisse Anzahl von Tests nötig. Was nicht leicht ist, ohne Rauchschwaden zu erzeugen, die den feindlichen Aufklärungsflugzeugen deine Position verraten. So bauten wir eine Art Tunnel im Tunnel, in dem wir das Zündersystem testeten. Ich hatte zwei der Pioniere im Tunnel, die die Leitung verlegten.«

Er presste die Hand auf die Augen. Dann sagte er fast tonlos: »Irgendwas ist verkehrt gelaufen. Ob es ein fallen gelassenes Streichholz war, ein verirrter Funke. Ich weiß es nicht. Die Tunnels gerieten in Brand. Innerhalb von Sekunden standen sie in Flammen. Ich stürzte hinein, aber ich konnte die Männer nicht erreichen.«

Nerys stellte sich die dichte, erstickende Feuchtigkeit des fernen Dschungels vor, den schwarzen Rauch in einem geschlossenen Raum, den Gestank verbrannten Fleisches.

»Es war am Tag vor unserer Operation. Ich war da zwar nicht mehr dabei, aber als es so weit war, ging die falsche Landepiste anstelle der echten in Flammen auf und natürlich ließen sich die

Japaner täuschen. Wie ich gehört habe, zeitigten die Explosion und der Brand der falschen Kerosinlager ein großartige Wirkung.«

Er hielt inne und veränderte die Sitzhaltung, um die von den Brandwunden herrührenden Schmerzen zu lindern. »Und um der beiden Männer willen freue ich mich darüber.«

»Ja.« Mehr konnte sie dazu nicht sagen.

Rainer wischte sich mit dem Rücken seiner gesunden Hand über den Mund. »Du warst so freundlich, mir einen Verbandswechsel anzubieten? Im Wagen steht ein Kasten.«

Sie trat wieder hinaus in den Sonnenschein und entdeckte Farida, die mit der in einen Schal geknoteten Zahra auf dem Rücken geduldig vor ihrer Tür stand. Nerys streckte ihr die Hand entgegen und führte sie ins Haus hinein.

»Sieh mal, da ist Farida«, sagte sie zu Rainer. »Und das hier ist Zahra.«

Er stützte sich auf den Ellbogen. Nerys und Farida schlugen den Schal zurück, damit er die großen dunklen Augen, die olivfarbene Haut und den rabenschwarzen Schopf des Babys sehen konnte. Zögernd legte er seinen vernarbten Finger an die winzige Wange. »Hallo«, sagte er. Dann sah er auf und begegnete Nerys' Blick. »Gut zu sehen, dass es auch Anfänge gibt und nicht nur Enden«, meinte er.

Während sie zum Ford ging, blickte Nerys zu den Berggipfeln hinauf. Der Schnee taute nun rasch und füllte den Fluss, der in eisigem Strom an den Hütten der Färber vorbeistürzte. Sehr bald würden die hohen Passstraßen wieder geöffnet werden, und die Straße nach Kargil wieder befahrbar sein.

12

Ein überraschendes Krachen im Unterholz und dann ein langer Hagel von Steinen, die den Berg hinabrollten, ließen Mair zusammenzucken. Sie schwenkte herum und erhaschte noch einen Blick auf das dürre Hinterteil einer davonstiebenden Ziege. Eine Sekunde später hüllte ihr Gestank sie ein, und im Nu fühlt sie sich nach Changthang versetzt, wo all diese wochenlangen Entdeckungsfahrten begonnen hatten. Und hier, im verlassenen Dorf, würde die Enträtselung der Geschichte des Schals schließlich ihr Ende finden.

Die Familien von Mehraans Vater und Großvater und all die anderen *Kani*-Weber hatten in diesem Durcheinander von Hütten gelebt und gearbeitet, von denen kaum mehr als eingestürzte und von Unkraut und Dorngesträuch überwucherte Mauern geblieben waren. In der Mitte des groben Quadrats stand ein hagerer Baumstamm, dessen versengtes und zersplittertes Holz vermuten ließ, das er vom Blitz getroffen worden war. Vorsichtig ging sie daran vorbei und stand im Eingang des größten Hauses. Durch die kahlen Dachbalken nach oben blickend sah sie einen Lämmergeier im Aufwind gleiten.

Einige Möbelstücke lagen auf dem gestampften Boden, ein alter Aluminiumtopf inmitten von Lehmziegelschutt, das Ofenrohr eines Kochherds hing schräg in einer Ecke verkantet. Es war wie in der alten Mission in Leh. Die Menschen, die hier gelebt hatten, waren fort und würde nie mehr wiederkehren. Alle Verbindungen waren abgerissen.

Ein wenig zitternd trat Mair wieder ins Freie und wanderte fort zum Rand des Dorfs, wo der Fluss durch eine felsige Schlucht talwärts rauschte. Auch hier standen verfallene Gebäude, verrostete Wellblechdächer hingen in gefährlichen Winkeln davon herunter, die Ecke eines Blechstücks knarrte im Wind und bildete einen Kontrapunkt zum Plätschern des Wassers. Weiter unten, jenseits einer Flusskehre, konnte Mair einen roten Punkt erkennen. Es war die Coca-Cola-Baseballmütze des Fahrers des Srinagarer Reisebüros, der sie zu einem Halbtagesausflug in seinem unvermeidlichen weißen Toyota heraufchauffiert hatte.

Sie setzte sich auf einen flachen Felsen und blickte auf die Überreste Kanihamas.

Mehraans Großvater, der Weber, der seine Arbeit mit einem doppelten B signiert hatte, war tot, ebenso wie sein Sohn, die Dorfbewohner waren an andere Orte gezogen. Feine Schals wurden in Kaschmir zwar immer noch hergestellt, für Hochzeiten gekauft und als geschätztes Zahlungsmittel aufbewahrt oder sie gingen nach Delhi und von dort aus weiter in die teuren Läden Europas, aber in diesem Dorf wurden keine mehr gewoben. Dieser Ort gehörte nun den Schäfern und ihren Tieren.

Abrupt sprang Mair wieder auf. Der Duft des Windes, der Geruch nach Tierdung, sogar das winterharte Gras zwischen den grauen Felsen erinnerte sie an ihre Heimat und das alte Haus in Wales. Während sie die Sehnsucht nach ihrem Tal überkam, hörte sie die Stimme ihres Vaters. »Hast du etwa genug von deinen Reisen? Dann komm, komm zu uns zurück.«

Sie blinzelte. Er war fort, doch was er gesagt hatte, stimmte. Es wurde Zeit, dass sie nach Hause fuhr. Sie wollte Hattie und ihre anderen Freunde, ihren Bruder und ihre Schwester wiedersehen.

Einen Besuch aber musste sie in Srinagar noch erledigen, dann war sie bereit zur Abreise. Mair begann bergab zu hüpfen.

***

»Sie sind wieder da. Wie schön«, rief Caroline aus, als Aruna sie ins Zimmer führte.

Es lief leise Sitar-Musik, doch Aruna schaltete sie aus und räumte demonstrativ die paar CD-Hüllen zusammen. Carolines bandagiertes Bein war immer noch hochgelagert, und es roch nach Desinfektionsmitteln. Sie begann zu sprechen, als sei seit Mairs erstem Besuch keine Zeit vergangen.

»Ich freue mich ja so, dass Sie vorbeischauen. Der Schal hat mich wieder an alles erinnert, wissen Sie, all die herrlichen Erinnerungen. Sie waren mir liebe, treue Freundinnen, ja, das waren sie, Myrtle und Nerys. Jetzt erinnere ich mich wieder ganz genau. *Garden of Eden.* Wie wir darüber gelacht haben.«

»War Srinagar damals denn ein Garten Eden?«

Caroline lachte lang und schallend. »Nein, ich meinte das Hausboot. Myrtles Boot *Garden of Eden* – auf dem See.«

»Oh, ich verstehe. Diese Namen. Das Boot, auf dem ich wohne, heißt *Solomon and Sheba.*«

»Wie herrlich! Es ist ja so nett von Ihnen, sich die Zeit zu nehmen und eine alte Schachtel wie mich zu besuchen. Es gibt sicher eine Unmenge von Dingen, die Sie in Ihrem Urlaub lieber tun.«

»Nein«, sagte Mair. »Nein, nein, bestimmt nicht.«

»Trinken Sie doch einen Gin. Ich soll zwar nicht trinken, verlangt der Arzt seit Neuestem von mir. Aber Ihnen kann ich was anbieten – kann ja nicht schaden, was? Aruna, wo bist du?«

Da sie sich ans letzte Mal erinnerte, erklärte Mair mit Nachdruck, dass sie eigentlich lieber Tee hätte. Aruna wurde geschickt, um ihn aufzubrühen. »Ich hab ein Foto mitgebracht, das ich Ihnen zeigen wollte«, sagte sie, sobald sie allein waren.

Caroline wandte den weißen Kopf. »Ach ja, meine Liebe?«

Mair kniete sich neben den Sessel und hielt das Bild in die Höhe. »Wenn ich die Lampe einschalte, und es zusätzlich zum Fenster hin halte, glauben Sie, dass Sie's dann sehen können?«

Langsam und steif nahm Caroline das Foto in die Hand und

hielt es sich so nahe vors Gesicht, dass sie mit der Nase daran stieß. Dann kniff sie die Augen so stark zusammen, dass sie fast von den schlaffen, kreuz und quer schraffierten Hautsäcken verschluckt wurden. Mit der anderen Hand tastete sie in den Falten ihres Kleides umher und brachte eine an einer Kordel befestigte Brille zum Vorschein. Nachdem sie sie aufgesetzt und den Hals nach der Seite verrenkt hatte, schien sie etwas darauf erkennen zu können.

Lange betrachtete sie das Bild.

»Ja, das war die *Garden of Eden.*« Mit knubbligem Finger deutete sie darauf. »Das ist Myrtle McMinn, und Ihre Großmutter, Nerys, das liebe Ding. Schauen Sie uns mal an. Mädchen waren wir, nicht wahr? Kaum mehr als Kinder.«

Sie ließ das Bild auf die Brust sinken. Ohne Vorwarnung rannen ihr Tränen über die Wangen. Sie zog ein Taschentuch aus ihrem Ärmel und trocknete sich die Augen.

»Es tut mir leid«, flüsterte Mair. »Ich wollte Sie nicht aufregen.«

»Ach gar nicht. Ich bin nur ein bisschen sentimental. So lange her, wissen Sie. So lange, dass ich kaum glauben kann, dass ich mal dieses Mädchen war.«

»Können Sie sich erinnern, wer das Bild geknipst hat? War es vielleicht Ihr Mann? Oder Mr McMinn? Oder vielleicht mein Großvater?«

»Evan Watkins? Das war ja so ein ernster, lieber Mann. Nein, der war es nicht.«

»Aber wer dann?«

Caroline schüttelte den Kopf. Trotz ihrer Tränen lächelte sie das verschlagene, geheimnistuerische Lächeln eines sehr alten Menschen. »Es war der Zauberer. Meine Güte, ein Bild von einem Mann. Wie hieß er nur wieder? Kann ich doch nicht vergessen haben.« Ihr Gesicht verdüsterte sich und hellte sich wieder auf. »Ich weiß. Rainer hieß er«, sagte sie.

Und Mair hörte tatsächlich ein Klicken, wie von einem Schlüssel, der in ein Schloss passte.

In Lamayuru hatte ihr Bruno Becker am Abend vor dem entsetzlichen Tag erzählt, dass sein Großvater, der Bergführer war, für den Alpinisten Rainer Stamm gearbeitet habe. Die beiden seien beim Versuch, die Eiger-Nordwand zu bezwingen, fast umgekommen. Sie erinnerte sich noch genau an Brunos Tonfall, konnte den Cognac auf ihrer Zunge fast noch schmecken. »Rainer Stamm?«

Caroline nickte überrascht. »Aber ja. Stimmt. Kennen Sie ihn denn?«

»Nein. Als ich zwischen Leh und Srinagar unterwegs war, hat jemand seinen Namen erwähnt.«

»Wer mag das denn gewesen sein?«

»Bruno Becker. Ein Schweizer, der mit einer Amerikanerin, Karen, verheiratet ist.« Vielleicht, dachte sie, konnte Mrs Bowen damit ja etwas anfangen. Sie fügte hinzu, »Sie hatten ein wunderhübsche kleine Tochter namens Lotus.«

»Hatten?«

Die geradezu kriminalistische Strenge der Frage verblüffte Mair. Ihren Mangel an Voraussicht bedauernd meinte sie rasch: »Es war eine sehr traurige Geschichte. Tut mir leid, ich wollte ihnen keine schlechten Nachrichten überbringen.«

Aruna trat mit dem Teetablett ein. Es gab einen anheimelnden Patchwork-Teewärmer, Porzellantassen und eine zerbeulte Silberschale, die Zuckerwürfel und eine Zuckerzange enthielt. Das alles wirkte viel ansprechender als warmer Gin.

»Ich kenne diese Leute nicht«, sagte Caroline. »Nehmen Sie Milch und Zucker? Bitte bedienen Sie sich doch.«

Mair zögerte. »Ich bin den Beckers durch Zufall in Leh begegnet, und wir sind dann von dort aus zusammen aufgebrochen. Auf dem Weg wurden wir von einem schweren Schneesturm an der Weiterfahrt gehindert, und an dem Ort, wo wir übernachteten, ist das kleine Mädchen von einem tollwütigen Hund gebissen worden. Vor einigen Tagen habe ich von ihrem Vater gehört. Leider hat sie es nicht überlebt.«

Caroline setzte das Milchkännchen ab. Ihre Hand zitterte, und das Porzellan klirrte auf dem Tablett. »Das tut mir aber leid. Wie schmerzlich für die Familie. Der Tod eines Kindes ist eine furchtbare Tragödie.«

Aruna nahm ihr die gefüllte Tasse aus der Hand und reichte sie Mair. »Bloß nicht müde werden«, ermahnte sie die alte Frau. Über Carolines Kopf hinweg, funkelte sie Mair böse an.

»Ich bin so froh, dass Sie mir das Foto gebracht haben«, murmelte Caroline und lächelte freundlich. Sie driftet wieder ab, dachte Mair. Die alte Dame hatte wirklich nicht die geringste Ahnung, wer ihre Besucherin war. Dieses Foto verkörperte einen winzigen Stein im Mosaik ihrer Erinnerungen, dessen Muster an manchen Stellen noch bunt und deutlich, an anderen jedoch zu nichtssagendem Schwarz-Weiß verblasst war.

Caroline schien jetzt mehr mit sich selbst als mit Mair zu sprechen. Sie nickte. »Ja, es muss Nerys viel bedeutet haben. Das Bild, und auch der Schal.«

Mair zog ihn ein letztes Mal aus ihrer Tasche und schüttelte ihn aus, sodass er zwischen ihnen in der Luft schwebte. »Als ich ihn Ihnen vorgestern gezeigt habe, sagten Sie so etwas wie, ›Das war Zahras Schal.‹«

»Ach ja?«

»Deswegen … hab ich mich gefragt, ob Sie ihn vielleicht gerne hätten? Um ihn Zahra eventuell zurückzugeben?«

Es war ein Schuss ins Blaue, nicht mehr. Doch die Reaktion war verblüffend. »Oh, nein, nein, danke. Arme kleine Zahra. Es war eine Art, für sie zu sorgen, nicht wahr? Ja, das war es. Oh je. Nun weine ich auch noch.«

Entsetzt sah Mair, wie es Mrs Bowen zerknitterte wie ein Blatt im Winter. Nun war sie völlig durcheinander.

Aruna schritt ein, schob die Hand unter Mairs Arm und zwang sie aufzustehen. »Mrs Bowen darf sich nicht aufregen. Lassen Sie sie in Ruhe, bitte, und kommen Sie nicht mit alte Geschichten.«

»Es t-tut mir leid, so leid«, stotterte Mair.

Fast im Polizeigriff führte Aruna sie zur Tür. Caroline hatte das Gesicht in den Händen vergraben.

»Bitte verzeihen Sie mir«, rief Mair über die Schulter zurück.

Als sie draußen waren, fuhr Aruna sie an. »Warum kommen Sie, um über diese Wunden zu sprechen? Sie hat eigene kleine Tochter verloren. Sie wissen so viel, aber das wissen Sie nicht? Vor lange Zeit, und sie hat viele, viele Jahre in England in Irrenhaus verbracht. Sie ist zurückgekommen nach Srinagar und führt hier ruhiges Leben. Bitte respektieren Sie das.«

»Natürlich. Selbstverständlich tue ich das. Das wusste ich nicht.«

Caroline rief laut aus dem Zimmer: »Die Briefe, Aruna. Von Nerys. Sie sind in einer Schachtel. Ich will, dass die junge Frau die Briefe bekommt. Sie ist nämlich die Enkelin meiner Freundin Nerys Watkins, verstehst du …« Carolines brüchige alte Stimme zitterte, so dringlich war es ihr, aber Aruna warf Mair fast auf die Straße hinaus. Hinter ihr fiel die Tür ins Schloss. Mair wartete ein, zwei Minuten und klopfte erneut, aber sie wusste, dass man ihr nicht öffnen würde.

Die blauen Berge wurden vom flachen Seewasser verdoppelt, und eine Zwillingsspiegelung verwandelte jede vorbeigleitende *shikara* in ein merkwürdiges, in glasiger Luft stehendes Insekt. Im seichten Gewässer neben der *Garden of Eden* hielten Lotosblumen ihre cremeweißen Blütenblätter in die Sonne. Mit einem Seufzer der Zufriedenheit angesichts der Aussicht und der frühlingshaften Vollkommenheit dieses Tages leerte Myrtle ihr Glas und hielt es in die Höhe, damit Majid wusste, sie wollte nachgeschenkt haben.

Sie hatte sich die Haare eingelegt, ihren dunkelroten Lieblingslippenstift aufgetragen, und gab sich entschlossen und heiter. Nerys fiel zwar auf, wie viel Myrtle schon getrunken hatte, doch sie wusste ja auch, dass dies Myrtles Art war, mit Niedergeschlagenheit umzugehen. Die letzte Nachricht von Archie hatte gelautet, dass man ihn näher zur Front verlegte, doch Angst würde Myrtle niemals zeigen, nicht einmal vor Nerys oder Caroline. Sie sprühte an diesem Tag wie immer, obwohl ihr Glanz ein gewisses metallisches Glitzern besaß.

»Ist euch klar, was wir hier haben?«, rief sie. »Drei Mütter und eine Tochter. Wie findet ihr das? Ist das nicht allerliebst?«

Nerys hatte Zahra aus Kanihama mitgebracht. Und im Schatten eines Sonnensegels lag das Baby in seinem rotgrünen Weidenkorb. Es war ein stilles kleines Geschöpf, das seine Flasche von jedem nahm, der gerade verfügbar war, und sich die Welt mit ernsten Äuglein von Nerys' Armen oder Faridas Rücken herab betrachtete. Manchmal ließ sich Caroline ermuntern, die Kleine zu halten, doch die angespannte Linie ihrer Schultern und das gedämpfte Lächeln verrieten ihre Unsicherheit. Die beiden anderen bemühten sich, sie nicht allzu sehr zu bedrängen. Seit der Niederkunft befand sich Caroline in einem anfälligen Gemütszustand. An manchen Tagen, berichtete Myrtle Nerys, schaffte sie es nicht einmal, ihr Bett auf dem Hausboot zu verlassen. Myrtle glaubte nicht, dass Caroline imstande war, in ihren Bungalow in der Wohnanlage zurückzukehren, doch die hatte starr und stur darauf beharrt, dass sie genau dies tun müsse.

»Was sollen denn die Leute denken?«, sagte sie. »Ich habe mich doch völlig von meinem sogenannten Fieber erholt. Das hab ich Mrs Dunkeley erzählt. Ihr beiden wart so gut zu mir. Wenn ich nur wüsste, was aus Zahra werden soll …«

Und von Neuem füllten sich ihre Augen mit Tränen. Caroline weinte zu oft in diesen Tagen, über einen toten Vogel, den sie am Straßenrand entdeckte, ein verkrüppeltes Kind, das im Basar bettelte. Nerys und Myrtle eilten herbei, um sie zu beruhigen. »Zahra ist glücklich und wohlauf. Für ihre Umgebung ist sie eine Missionswaise, genau wie Farida und ihre Brüder. Es gibt nichts, das sie mit dir oder Ravi Singh verbindet«, wiederholte Nerys zum hundertsten Mal.

Myrtle vergötterte die Kleine. Sie riss sie in die Höhe, rieb ihre feste Nase an Zahras zartem Stupsnäschen und bedeckte die olivbraune Haut mit Lippenstiftküssen.

»Göttlich, wie göttlich«, gurrte sie. »Ich könnte dich auffressen mit Haut und Haaren. Oh, Gott, Nerys, meinst du, Archie lässt sie mich adoptieren, wenn dieser beschissene Krieg vorbei ist?«

Nerys zögerte. Vorsichtig meinte sie: »In Srinagar wird man munkeln, dass sie dein Kind ist, aber nicht das von Archie. Wir haben ihnen schließlich auch jeden denkbaren Anlass verschafft, um auf diese Idee zu verfallen.«

Myrtle kicherte. »Wer gibt schon was auf Gemunkel? Ich nicht. Wenn Archie heimkommt und sie sieht, wird er sich sicher auf der Stelle in sie verlieben. Glaubst du nicht? Dann riss sie sich los vom Anblick der Kleinen und betrachtete Nerys. »Oder wollt Evan und du sie mir vielleicht streitig machen?«

Es war zwar nur ein Scherz, in dem sich jedoch eine Spur schmerzlicher Wahrheit verbarg.

Auch Nerys liebte Zahra. Ja, manchmal war es beängstigend, wie sehr sie die dunklen Augen und winzigen geballten Fingerchen liebte. Doch jetzt konnte sie nur den Kopf schütteln. Seit letzten Herbst hatte sie Evan nicht mehr gesehen, und langsam wurde er für sie zu einem Fremden. Wer wollte denn vorhersehen, was ihr Mann ihr vielleicht gestattete oder was er womöglich nicht mal in Erwägung zog?

Zahras Zukunft war nur eine der vielen Unsicherheiten, mit denen sie jetzt alle lebten.

Majid brachte Myrtle ein neues Glas. Er hob den Korb hoch und verkündete: »Zeit zur Fütterung.«

Auch er war Zahra verfallen, und wann immer er konnte, nahm er sie mit in die schummrigen Tiefen des Küchenboots, wo sie dann vom Koch, den Boys und ihrem Gefolge aus Tanten und

Schwestern umhätschelt wurde. Während er sie auf den Arm nahm, meine er: »Kommt Besuch, Ma'am.«

Sie blickten auf und sahen eine golden bemalte *shikara* übers Wasser gleiten. In farbenprächtige Kissen zurückgelehnt saß Rainer und rauchte seine Pfeife. »Der Sommer ist da«, rief er winkend.

Der Mai war in Kaschmir der schönste Monat. Mandel-, Apfel- und Kirschbäume standen in Blüte, und fallende Blütenblätter schwebten in der Brise wie die Antithese von Schnee.

Der Bootsführer machte fest, und Rainer sprang die Stufen herauf in den Schatten der Veranda. Er war kräftig, seine Brandwunden waren rasch verheilt, doch über seinen Ausflug nach Malaya sprach er nie wieder.

Er küsste Caroline und Myrtle zweimal auf jede Wange, dann ergriff er Nerys' Hand und führte sie an die Lippen. Sie errötete angesichts dieser plötzlichen Zartheit. »Ich bin gekommen, um Nerys abzuholen«, verkündete er. »Das ist ein Tag wie geschaffen für ein Picknick im Shalimar-Park.«

»Dann nichts wie fort mit euch«, meinte Myrtle mit wegwerfender Geste. »Caroline und ich trinken Tee im Club und vielleicht auch noch ein, zwei Cocktails.«

»Lasst ihr mich vorher noch mein neues Spielzeug ausprobieren?« Rainer hatte eine komplizierte neue Leica-Kamera samt Stativ und mehreren Objektiven mitgebracht. Er hob das Kameragehäuse aus dem braunen Lederetui und spielte mit den Einstellungen. Dann deutet er auf die von einem geschnitzten Holzbaldachin umrahmte Verandaecke. »Setzt euch vielleicht da rüber, mit dem See als Hintergrund.«

»Wie immer Sie wünschen, Mr Stamm.«

Myrtle nahm ihren natürlichen Platz in der Mitte ein, reckte das Kinn und blickte direkt in die Kamera. Caroline schob sich neben sie, lächelte und blickte auf die anderen beiden, als warte sie auf ihr Stichwort, während sie und Nerys ihre Arme um Myrtles Taille schlangen.

»Sehr, sehr hübsch«, sagte er. Ich werde dieses Porträt ›Sommer im Garten Eden‹ nennen.«

Nie vergaß Nerys Myrtles Duft und den Hauch von Zigarettenrauch, das Licht, das sich in Carolines Verlobungsring brach, und Rainer, wie er hinter dem Objektiv der Kamera herumkapriolte. Er zog ein schwarzes Tuch über den Kopf, murmelte etwas und rief dann *»Hey presto!«*. Während sie noch über ihn lachten, klickte der Auslöser.

»Du bist aber nicht in einer Rauchwolke verschwunden«, hielt Myrtle ihm entgegen. »Und wir auch nicht.«

»Ich bin wohl etwas außer Übung«, meinte er.

Eine Wolke zog vor die Sonne, und eine Sekunde lang verlor der Tag seinen Glanz. Nerys zog sich ihre Strickweste über die Schultern und vergewisserte sich, dass Myrtles Ringbrosche sicher befestigt war.

»Hast du Zeit, was mit uns zu trinken?«, fragte Myrtle. »Nur ein Gläschen, ja? Caroline und ich dürften dem Trübsinn verfallen, sobald man uns hier allein lässt.«

»Bitte sieh's mir nach heute. Ich will mit Nerys reden«, sagte Rainer.

Der *Shikara*-Schiffer erwartete sie an den Stufen, tauchte müßig sein Paddel ein und beobachtete die übers Wasser streichenden Insekten. Kleine Wellen zerbrachen vorübergehend das Spiegelbild der Berge. Myrtle klatschte in die Hände und lächelte noch breiter.

»Selbstverständlich. Amüsiert euch!«, rief sie ihnen nach.

Einen Augenblick später glitten Nerys und Rainer auf die Bäume am anderen Seeende zu. Nerys sagte nichts, weil ihr die Schönheit des Nachmittags durch seine Zerbrechlichkeit noch intensiver erschien. Rainers Arm ruhte auf ihren Schultern, bei sich aber dachte sie, wie undurchsichtig er ihr inzwischen vorkam. Oder vielleicht immer gewesen war. Sie hatte seine Gestalt und sein Gewicht kennengelernt, seinen Geruch und Geschmack und die verschiedenen Timbres seiner Stimme, aber wie wenig er doch von sich preisgegeben hatte!

Im großen Mogul-Park plätscherten zwischen Päonienbeeten die Brunnen. Sie spazierten im gesprenkelten Schatten der sich entfaltenden Chinar-Blätter dahin, und Rainer erzählte von einem neuen Trick, den er gerade entwickelte, und einer Einladung, die er erhalten hatte, um britische und amerikanische Truppen zu unterhalten.

»Aber wo willst du hin?«, fragte Nerys, seine Abreise und sein Bleiben gleichermaßen fürchtend. »Und wann?« Auch sie hatte ihren eigenen dringenden Grund, warum sie heute mit ihm sprechen wollte.

Sie erreichten den obersten Treppenabsatz der vielen Stufen des Parks und wandten sich um, um die Aussicht zu genießen.

»Machen wir unser Picknick«, sagte er.

Wie immer genoss Rainer die Präzision praktischer Vorkehrungen. Aus einem Leinenrucksack holte er ein weißes Tuch und breitete es im Schatten eines riesigen alten Baumes aus. Er hatte eine Flasche mit frischer süßer Buttermilch dabei, die mit Minze versetzt war, und Nachmittagsbrot, kaum eine Stunde alt, duftend und mit Sesamkruste.

Unter ihnen erstreckten sich Blumenbeete und geometrische Wasserläufe, in denen Fontänen glitzerten, und noch weiter unten der See mit seinen blauen Inseln, die unter Rauchschleiern liegende Altstadt und die zwei von einem Fort und einem Tempel überragten Hügel von Srinagar. Vielleicht hatte er sie ja hierhergebracht, um ihr das alles – wie ein Mogulkaiser seiner neuesten Konkubine – zu Füßen zu legen. Abrupt wandte sie sich zu ihm um, er aber legte ihr den Finger auf den Mund.

»Ich muss fort, Nerys. Und ich wäre es schon, wenn nicht jede Stunde mit dir mich wünschen ließe, zwei weitere mit dir zu verbringen.«

Wie leicht es doch gewesen wäre, ihm zu glauben.

»Komm mit«, flüsterte er dann. »Bleib bei mir.«

Für eine kurze Weile zog sich die Welt zusammen, bis da nur noch zwei Zwillingspunkte aus Licht waren, die sich in seinen malzbonbonfarbenen Augen brachen. Sein Finger glitt in ihre Halsgrube, und benommen stellte sich Nerys die Städte vor, die sie niemals sehen würde, es sei denn, sie folgte ihm, die Reisen, die sie gemeinsam unternehmen würden, die Berge, die zu zeigen er ihr versprochen hatte.

Wenn sie jedoch versuchte, sich eine Heimkehr auszumalen, wollte sich einfach kein Bild einstellen. Es gab keinen solchen Ort. Nicht einmal Rainers ganz persönlicher Zauber konnte ein Heim für sie beide schaffen.

Es kostete sie die größte Anstrengung, die sie je unternommen hatte, seine warme Hand zu ergreifen und sie von sich zu stoßen, doch es gelang ihr. Seine Reaktion darauf war, dass er noch näher an sie heranrückte, bis ihre Münder sich fast berührten. »Nerys, willst du mich heiraten? Ich will, dass du meine Frau wirst.«

Sie ließ sich seine Worte hinuntergehen wie kaschmirischen Honig. Aber dann drückte sie das Kreuz durch und sah ihn an. »Ich bin schon verheiratet. Wir haben lediglich versucht, so zu tun, als sei ich es nicht.«

Rainer schmetterte den Einwand ab. »Lass dich scheiden. Oder komm und leb mit mir zusammen, wenn du mich nicht heiraten kannst. Du bist keine Frau, die sich Konventionen beugt. Dazu kenne ich dich zu gut.«

Und gerade das bewies, dass er sie nicht kannte.

In ihrer Tasche steckte der Brief, der an diesem Morgen von Evan eingetroffen war, der nur so strotzte vor all den kleinlichen Einzelheiten seiner Arbeit, die er aufgeben musste, um nach Srinagar zu reisen, Einzelheiten, die sie im Hinblick auf die mögliche Gründung einer weiteren Misson in Kaschmir in Erfahrung bringen sollte, und all den stummen, verdrießlichen Einbildungen, die aus den Ängsten und Sorgen ihres Gatten erwuchsen.

Sie war eine Frau, die sich Konventionen beugte, weil sie gelobt hatte, diese Konventionen zu achten. Erst jetzt, da sich ihr tatsächlich die Möglichkeit bot, sich darüber hinwegzusetzen, begriff sie, wie entschieden sie dazu stand.

Ihr drehte sich der Magen um, wenn sie daran dachte, was jetzt auf sie zukam. Nur einen einzigen Lichtschimmer gab es bei dieser Aussicht, und das war der Stolz, nun endlich die schwerste Entscheidung ihres Lebens zu treffen.

»Nein«, sagte sie. »Evan wird noch in dieser Woche in Srinagar eintreffen. Er verlegt seine Missionsaktivitäten nach Kaschmir, und ich werde ihn dabei unterstützen.«

Ungläubig starrte Rainer sie an.

Sie sah die Falten in seinem Gesicht, den humorvollen Schwung seines Munds und merkte, dass sie sich nach all den Malen, die sie ihn in den Monaten seit Weihnachten begehrt hatte, gerade jetzt am heftigsten nach ihm sehnte.

»Verrat nicht unser Glück wegen eines anderen«, sagte er. »Verzichte nicht auf dein Leben.«

Und trotz ihres aufgewühlten Zustands war sie plötzlich zornig auf ihn. Die Ungewissheit, die sie während der vergangenen Wochen bedrückt hatte, fiel von ihr ab. Was immer auch auf sie zukam, sie würde ihr Leben nach eigenen Grundsätzen gestalten und nicht nach denen von Rainer Stamm.

»Auf mein Leben verzichten? Was für eine arrogante Unterstellung. Nichts läge mir ferner.«

Eine Motorbarkasse tuckerte langsam über den See und spann einen Silberfaden hinter sich aus. Vielleicht Ravi Singhs Barkasse, dachte sie.

»Ich liebe dich«, sagte Rainer ruhig.

Nie zuvor hatte er ihr das gesagt. Im Kopf probierte sie eine Erwiderung. *Ich liebe dich auch. Ich werde dich immer lieben.* Aber sie sprach es nicht aus. Der Nachmittag war erfüllt von lärmendem Vogelzwitscher und dem Zirpen der Grillen, zwischen ihnen aber breitete sich Schweigen aus, zerbrach ihre Verbindung, besiegelte ihre Trennung.

»Morgen fahre ich«, sagte er warnend.

Sie hob den Kopf. »Hast du geglaubt, ich würde dir folgen?«

Er begegnete ihrem Blick. »Zumindest gehofft.«

»Es tut mir so leid.«

Während sie sein Gesicht betrachtete, veränderte sich dessen Ausdruck. Von einem Moment auf den nächsten wurde er zu einer anderen Person. Mit dem Lächeln eines Bühnendarstellers, wie er es auch bei einem Kunststück der Verstellung und Irreführung vor einem Publikum hätte aufblitzen lassen können, sah er sie an: »Wie schade! Aber warum denn so ernst? Das Leben ist da, um genossen zu werden, und das sollten wir tun. Wenn es uns aber nicht gelingt, pffff.« Er zuckte die Achseln und stieß den Atem aus, und er war ihr fremder als je zuvor.

Ein wenig mühsam erhob er sich und streckte ihr die Hand entgegen. »Komm. Lass uns unseren Spaziergang fortsetzen! Es ist ein wunderschöner Abend.«

Sie stiegen die vielen Stufen hinab und überquerten die Terrassen zwischen Fontänen und Wasserkanälen. Im tiefstgelegenen Teil des Gartens gab es große Beete scharlachfarbener Tulpen. Für Nerys brennende Augen sahen sie aus wie Blutlachen.

Jenseits der Parkmauern kämpften sie sich durch die aufdringlichen Mengen von Bettlern, Schmuck- und *Chai*-Verkäufern, die die jähe Aussicht auf Sommer auf die Straße gelockt hatte, und sie fühlte sich schon allein durch die schiere und fortwährende Anstrengung, die die bloße Existenz in Indien einem abverlangte, erschöpft.

Ich will nach Hause, dachte sie, wohl zum ersten Mal, seitdem sie nach Srinagar gekommen war. Die Sehnsucht nach Wales, einem eigenen Ort, den eigenen Leuten und jenem anderen von Flüssen durchströmten grünen Tal überwältigte sie fast.

Am Steg erwartete sie die golden lackierte *shikara*. Der Bootsführer half ihr an Bord und sorgte dafür, dass sie es auf den Sitzpolstern bequem hatte. Statt neben ihr Platz zu nehmen, setzte Rainer sich ihr vis-à-vis, mit dem Rücken zum Bug des Schiffs.

»Damit ich dich sehen kann«, sagte er. Die Sonne glitt über den Himmel, und das Licht war nicht mehr blau, sondern golden. Als sie die Mitte des Sees erreichten, wo langsam Nebelschleier vom Wasser aufstiegen, griff Rainer nach dem Ersatzpaddel des Schiffers, das zu seinem Füßen verstaut war. Er betrachtete das vertraute blattförmige Ruderblatt und drehte es um. An seine Brust gepresst, sah es aus wie ein Herz.

Sie erreichten die *Garden of Eden*. Es war noch niemand zu Hause, doch auf dem Küchenboot hörten sie Stimmen. Rainer erhob sich, glich balancierend das sanfte Schaukeln der *shikara* aus und half Nerys die Stufen hinauf. Dann ließ er ihre Hand los. »Gute Nacht«, sagte er.

»Gute Nacht, Rainer. Ich wünsche dir eine gute Reise.«

Wohin du auch gehst.

Sie stand auf der Veranda unter dem geschnitzten Baldachin und sah zu, wie die *shikara* davonglitt. Rainer stand immer noch da, das umgedrehte Paddel an seine Seite gepresst. Dies war das Bild von ihm, das sie mit sich nehmen würde: sein über dem stillen Wasser liegender Schatten, umschlossen von den Spiegelungen des hohen Hecks und Bugs und das Blattherz über seinen eigenen, ein Schild ebenso sehr wie eine Erklärung.

»Guten Abend, Ma'am.«

Nerys wirbelte herum. Es war Majid in seinem weißen Kittel, der die Hände zusammenpresste.

»Majid, wo ist Mrs McMinn?«

»Ich denke in Club, Ma'am.«

»Und das Baby?«

»Hier, Ma'am.«

Nachdem Zahra aufgewacht war, gab ihr Nerys die Flasche, badete sie und wechselte ihr die Windeln. Die dünnen Ärmchen waren inzwischen draller geworden und hatten Grübchen. Und als dann jäh die Dunkelheit hereinbrach, stand sie auf der Veranda, wiegte das Baby in ihren Armen und presste die Lippen auf das schwarze Haar.

Als Myrtle aus der *shikara* kletterte, die sie vom Club nach Hause gebracht hatte, stolperte sie auf den Stufen und wäre fast ins Wasser gefallen. »Verflixt, verdammt noch mal. Jetzt ist auch noch mein letztes anständiges Paar Strümpfe beim Teufel«, schrie sie.

Nerys nahm sie am Arm und versuchte, sie zu einem Stuhl zu steuern. Myrtle weigerte sich und ließ sich stattdessen aufs Sofa fallen. Sie hielt sich den Kopf und massierte sich die Stirn. »Mein armer, wirrer Kopf.«

»Ich hol dir Wasser.«

»Hast du die Nachricht gehört?«

Nerys wartete und hielt den Atem an.

»Ein armer Junge wurde erstochen. Seine Leiche haben sie in einer dieser Ziegelgassen im Basar gefunden.«

Sie musste die Frage nicht einmal stellen, denn Myrtle beantwortete sie bereit. »Ein muslimischer Junge.«

Hindu-Jugendliche waren auf ihn losgegangen, die sich damit für eine frühere Attacke seitens der Muslime rächten – die jüngste Episode des Religionshasses, der unter der glatten Haut Kaschmirs gärte.

»Es herrscht Aufruhr«, sagte Myrtle. »Im Club eben haben sie allen geraten, heimzugehen und bis zum Morgen in den Häusern zu bleiben. Sonst wäre ich immer noch dort.«

Nerys horchte, und in der Stille glaubte sie in der Ferne Schreie und Steinwürfe zu hören.

»Ich verstehe Indien nicht mehr. Ich kenne ja nichts anderes, aber ich kann das Land, in dem ich aufgewachsen bin, kaum wiedererkennen – noch begreifen, was mit dem schönen Kaschmir geschieht. Sie wollen, dass wir gehen, und das werden wir auch, aber was wird danach geschehen? Es wird nichts übrig bleiben, nichts als Blut und Zerstörung.«

Myrtle tatstete in ihrer Handtasche herum und fand ihr Zigarettenetui. Sie zündete sich eine ihrer Goldfilterzigaretten an und stieß eine blaue Wolke aus. Während Nerys sie beobachtete, verlor sie die Fassung und ihr gepudertes Gesicht fiel zusammen. »Alles geht zu Ende. Was soll nur aus uns allen werden?«

Nerys hatte Myrtle noch nie weinen sehen. Sie hielt sie in den Armen und trocknete ihr die Tränen, die schwärzliche Streifen auf ihrem Gesicht hinterließen.

»Meine Güte, bin ich *besoffen.* Hackedicht. Archie lässt sowas nicht zu, weißt du. Aber er ist nicht da, und alles ist so grässlich, und ohne ihn bin ich eine Katastrophe.«

Nerys widersprach: »Nein, bist du nicht. Du bist eine tapfere, starke, bewundernswerte Frau und die beste Freundin, die ich je hatte. Ich habe so viel von dir gelernt, und das ist die Wahrheit.«

Sie fassten sich bei den Händen. Der Lärm in der Ferne schien nachzulassen, sodass nur noch die nächtlichen Geräusche des plätschernden Wassers und der heulenden Eulen zu hören waren.

Myrtle schniefte und schneuzte sich die Nase. »Verdammt. Tut mir so leid. Blöd von mir. Das war der Alkohol und die Nachricht von diesem sinnlosen Mord. Wie war das Picknick im Park? Wo ist Rainer?«

»Er wollte mir sagen, dass er Srinagar morgen verlässt. Er hat sich heute verabschiedet.«

»Oh, Liebes. Und da komme ich mit *meiner* Leidensgeschichte. Zum Teufel mit allem. Komm, trinken wir noch einen Absacker. Findest du nicht? Hm?«

»Nein Myrtle. Keinen Alkohol mehr. Komm, ich bring dich zu Bett.«

»Du klingst schon wie Archie. Gefällt mir.« Myrtle erhob sich und trat ein wenig schwankend an Zahras Korb. Sie beugte sich darüber, zog die Decke ein Stückchen zurück. »Und du bist die

Zukunft, nicht wahr, meine Kleine? Gott sei Dank haben wir dich, um uns dran zu erinnern, dass diese böse Welt doch noch einen Sinn hat.«

Dann ließ sie sich von Nerys in ihr Zimmer bringen, wo sie es über sich ergehen ließ, dass die ihr auch noch die Schuhe auszog und das Kleid aufknöpfte. Mit einiger Mühe gelang es Nerys, sie zwischen gestärkten Kopfkissenbezügen, bestickten Vorhängen und Seidensteppdecken zur Ruhe zu betten. Auf der Glasplatte der Frisierkommode war Gesichtspuder verstreut, stand eine Batterie von Parfümflakons, und beiseite geworfene Kleider stapelten sich auf einem geschnitzten Holzstuhl.

»Bleib bei mir«, bettelte Myrtle. »Sag etwas. Erzähl mir, ich weiß nicht … Erzähl mir von dir und Rainer.«

Nerys dachte nach. »Ich werde ihn vermissen«, meinte sie schließlich. Sie liebe ihn, hätte sie hinzufügen können, doch es gab nichts, was auf ein solches Eingeständnis hätte folgen können. Der Bergsteiger-Zauberer und die Frau des Missionars? Sie lächelte. Das Ende ihrer Affäre hatte schon in ihrem Anfang beschlossen gelegen.

»Wann kommt denn Evan nach Srinagar?«

»In seinem Brief meinte er, dass er noch zwei, drei Tage in Kargil zu tun hat. Dann werde er sich auf den Weg machen. Also allenfalls in etwa einer Woche.«

»Und das weiß Rainer natürlich?«

»Natürlich.«

»Ha. Dann war es also ein taktischer Abgang.«

»Er hat mich gebeten, mit ihm fortzugehen. Er hat mir einen Heiratsantrag gemacht.«

Myrtle atmete hörbar, drehte den Kopf im Kissen herum. »Und?«

Es gibt kein *Und.*

»Ich habe ihn daran erinnert, dass ich schon verheiratet bin.«

»Und du wirst deine Pflicht erfüllen«, meinte Myrtle zustimmend. »Schön. Aber sag mir eins, und bitte sei ehrlich. Fühlst du dich schuldig wegen letztem Winter?«

Nerys sah sie an. Myrtles Augen wurden immer schwerer und schläfriger.

»Nein«, erwiderte sie.

»Das hört man gerne. Denn nichts ist so verheerend für eine Ehe wie Schuldgefühle, meine Süße.«

»Evan und ich werden uns irgendwie zusammenraufen müssen. Aber das wird keine Akt der Entschuldigung oder Buße sein, weil ich Ehebruch begangen habe.«

Myrtle stieß ein kurzes benommenes Lachen aus. »Großartig. Ich bin beeindruckt. Caroline sollte sich mal 'ne Scheibe von dir abschneiden.«

»Caroline wird ihre eigene Lösung finden. Aber glaubst du, dass wir wirklich *dazu* da sind, wir drei? Um unsere Pflicht zu erfüllen?«

»Selbstverständlich. Und genau das tun wir auch. Wir Ehefrauen des Raj.«

Noch einmal ertönte leise perlendes Gelächter, ehe Myrtle in den Schlaf glitt. Nerys wartete, bis sie gleichmäßig atmete, bei jedem Ausatmen einen Schnarchlaut von sich gab, und erhob sich dann von der Bettkante. Sie zog Myrtle die Bettdecke über die Schultern und zögerte bloß eine Sekunde, ehe sie sie auf die feuchte Stirn küsste. Sie roch den Gin, der ihr aus den Poren kam.

Von Kargil aus war Evan mit einem Führer und Pferden über den Zoji La bis zum Hinduschrein des Shiva in Amarnath gereist; und dort schloss er sich dann dem nach Srinagar zurückkehrenden Pilgerstrom an. Auf den letzten neun Meilen der Route war die Srinagarstraße auch für Kraftfahrzeuge befahrbar, sodass er sich mit all den anderen Reisenden in einen öffentlichen Bus drängen musste.

Nerys erwartete ihn in einem staubigen Stadtrandbezirk auf

dem Busbahnhof. Ein Bus war bereits eingetroffen, und hatte seine Passagiere ausgeladen. Es waren Farmer darunter, die auf den Markt wollten, Pilger, Arbeiter wie auch mehrere Großfamilien, die drei oder vier Generationen umfassten, doch Evan war nicht dabei gewesen. Sie kehrte zu ihrem Platz auf einem niedrigen Steinmäuerchen zurück und beobachtete das Menschengewimmel. Verkehrslärm und der penetrante Geruch von Auspuffgasen und Benzin erfüllte die Luft. Ein abgemagerter Hund mit offenen Wunden auf dem Rücken schnüffelte in den am Straßenrand verstreuten Abfällen. Ein zweiter Bus bog um die Ecke und hielt auf der anderen Straßenseite. Ein Pulk von Männern quoll heraus, die alle ihre Bündel mit sich aus dem Businnern zerrten. Die Kakophonie des Geschreis und Gejohles schwoll sogar noch an, und mitten unter ihnen erblickte sie auf einmal Evan. Langsam stieg er die Stufen des Busses herab und rettete zwei schäbige Handkoffer aus der Kaskade von Reisetaschen, die die Gepäckmänner vom Wagendach herunterwarfen. Dann stand er steif in der prallen Sonnenhitze, in jeder Hand einen Koffer – eine düstere Gestalt in seiner staubigen schwarzen Priesterkleidung.

Nerys sprang auf und schob sich durch die Menge. Sie berührte ihn, und er schwenkte herum. Seine Augen wurden groß, als er sie anstarrte. »Großartig siehst du aus, Nerys«, stotterte er.

Sie war verblüfft und erfreut. Evan hatte sich noch nie zu ihrem Aussehen geäußert. »Wirklich?«

»Ja. Du siehst aus wie … eine dieser Ladys aus den Kolonien.«

»Na ja, ich bin aber keine. Ich bin – noch immer – Mrs Watkins von der Walisisch-presbyterianischen Mission für Nordindien. Hallo, Evan.«

»Hallo, meine Liebe«, sagte er. Diese neue Ausgabe seiner Frau mit hübsch frisiertem Haar und Blumenkleid machte ihn scheu.

»Willkommen in Srinagar.« Sie stand auf Zehenspitzen und küsste ihn, wobei sie, weil er den Kopf weggedreht hatte, nur das Kinn erwischte.

»Wie hektisch es ist. So viele Leute. Ich bin solche Menschenmengen nicht gewöhnt«, sagte er.

»Ich weiß. Aber Srinagar ist eine wunderschöne Stadt, wenn du es erst einmal kennenlernst.« Sie nahm einen seiner Koffer und ergriff mit der anderen seine Hand.

»Wohin gehen wir?«, fragte Evan.

»Als Erstes mal zur *Garden of Eden*«, erwiderte sie. »Myrtle ist dort, und ich will, dass du Caroline kennenlernst. Anschließend können wir nach Hause fahren. Das heißt, nach Kanihama.«

Zahra war wieder bei den Großfamilien droben im Dorf. Nerys hatte beschlossen, dies sei das geeignetste Umfeld, um Evan ihr gemeinsames Waisenkind vorzustellen.

Zwei Tage lang blieben sie in der Stadt und waren Myrtles Gäste. Nerys war nicht überrascht, dass Evan Srinagar mit Misstrauen begegnete. Unbehaglich saß er zwischen den Kissen und gerahmten Fotografien im Hausboot, und vor einer *Shikara*-Fahrt hinüber zum Srinagar-Club wollte er ganz und gar nichts wissen. Der sommerliche Feste-Reigen und die Polo-Spiele hatten wieder begonnen, wenn auch etwas gedämpfter, da die meisten Männer bei ihren indischen oder britischen Armeeregimentern waren, doch auch damit wollte Evan nichts zu tun haben. Nur gezwungenermaßen akzeptierte er seine persönliche Einladung zum Cocktail-Empfang des Residenten, die in jener Woche statt fand, und reihte sich ein, um Mr Fanshawe die Hand zu reichen. Allerdings missverstand er das Empfangsprotokoll und setzte dabei zu einem ausführlichen Bericht über die presbyterianische Mission in Indien an.

»In Kargil wird gute Arbeit geleistet – wie ich zu meiner Freude berichten kann. Unsere dortige Gemeinde ist im Wachsen begriffen. Und erst kürzlich habe ich die Mission unter der überaus kompetenten Aufsicht einer meiner Kollegen zurücklassen können«, erklärte er. »Und jetzt bringen wir die Frohbotschaft auch nach Kaschmir.«

»Prima«, meinte Mr Fanshawe zuvorkommend, und einer seiner Adjutanten manövrierte Evan ein wenig zur Seite. In Kriegszeiten standen Missionare jeglichen Bekenntnisses und jeder Nationalität auf der Prioritätenliste der britischen Regierung sehr weit unten.

Caroline kam zum Tee aufs Hausboot und trug eine entenschalenblaue Crêpe-de-Chine-Bluse und ihre Perlenkette. Sie wirkte blass, riss sich jedoch zusammen. Mit leiser Stimme erklärte sie Evan, dass sie sich kränklich fühle und ihr Gatte als japanischer Kriegesgefangener in Malaya sei.

»Ich werde für Sie beide und für seine wohlbehaltene Rückkehr beten«, sagte Evan.

»Danke.« Caroline berührte seine Hand und schien wirklich getröstet.

In dieser Nacht lagen Nerys und Evan Seite an Seite unter der mit Zedernholz verkleideten Decke. Die Gegenwart ihres Mannes schien das Knarren des Hausboots und das Plätschern des Wassers noch zu verstärken; und weil sie sich bewusst waren, wie leicht der Schall sich hier übertrug, sprachen sie nur flüsternd miteinander.

»Deine Freundin, Mrs Bowen, ist sehr empfindlich.«

»Ja, das stimmt.«

»Sie tut mir leid«, meinte er.

Er erkannte in ihr wohl eine Leidende wieder, dachte Nerys. Sie spürte die Spannung, unter der Evan stand, und die so stark war, dass es ihr vorkam, als verliefen Leitungsdrähte unter den Nähten und Knöpfen seines Flanellpyjamas.

»Mrs McMinn war sehr freundlich – all diese Monate.«

»Ja«, pflichtete Nerys ihm bei.

»Ich hatte ein wenig Angst, dass man dir hier den Kopf verdreht, weißt du?«

Die Dunkelheit verbarg ihr Lächeln. »Durch Freundlichkeit?«

»Natürlich nicht. Aber durch dieses Leben. Die *Garden of*

Eden – ein Garten Eden, in der Tat. Wir könnten uns niemals Legionen von Dienern in weißer Livree leisten. Wir trinken weder Gin noch rauchen wir Zigaretten.«

»Ich bin deine Frau, Evan. Mir ist klar, was für ein Leben wir zu führen haben.«

Nerys dachte an Rainer und wie er seinen Körper als nützliches Instrument betrachtete, nicht als Gegner, den man entweder kasteien oder um dessentwillen man sich schuldig fühlen musste. Und dann schritt sie mit präziser Entschlossenheit von den Erinnerungen an Rainer und an ihre gemeinsamen Handlungen fort und konzentrierte sich auf das daraus gezogene Wissen. Sie schmiegte sich an Evans steife Hüfte und schob das Kinn in den Winkel seiner Schulter. Sie horchte, wie ihre Atemzüge sich ineinander verhakten und dann fast unmerklich synchronisierten. Behutsam schlang sie den Arm um seine Rippen, und Wärme breitete sich zwischen ihren Körpern aus.

Er räusperte sich und rollte zur Seite, sodass er von ihr abgewandt lag.

Früher, dachte Nerys, hätte sie dies als Zurückweisung begriffen und sich ebenfalls zurückgezogen, um unglücklich in die Dunkelheit zu starren.

Nun aber schmiegte sie sich noch enger an ihn, passte sich der Kurve seines Körpers an. Seine Wirbelsäule war eine Kette knochiger Höcker. Mit den Lippen berührte sie den am stärksten vorragenden Wirbel am Ende seines Halses. »Das wird schon«, flüsterte sie.

Sie musste daran glauben.

Immer noch in Löffelstellung schliefen sie ein.

Zwei Tage später erreichten sie Kanihama.

Evan schritt auf den schäbigen Platz und musterte die im Schatten des Chinar-Baumes sitzenden alten Männer, die herumwandernden Ziegen und die Lehmziegelhäuser. Eine von Faisal angeführte Meute von Kindern brach ihr Spiel ab, um zu Nerys' Füßen ein Riesengeschrei zu veranstalten. Farida tauchte neben einer Mauer auf, die schlafende Zahra in einem Tuch auf dem Rücken. Sie hob die Hand und ließ sie fallen, sobald Nerys sie wahrgenommen hatte. Dünne Rauchspiralen kräuselten sich in den blauen Himmel, und die Luft wirkte frisch nach der Hitze der Stadt.

Die Anspannung um Evans Schultern schien sich zu lösen. Er sah sich um, nicht mehr so selbstgewiss, doch mit erwachtem Interesse. Vielleicht, dachte Nerys, erinnerte ihn dieser Ort an ihr wirkliches Zuhause, so wie er auch sie daran erinnert hatte.

Sie führte ihn ins Haus. Er betrachtete die Ziegelwände mit den groben Behängen, das Schlafzimmer, das kaum mehr als ein verrauchter Alkoven war, und ihr *kangri,* das in der Nische neben dem Eisenofen stand. »Du hast *hier oben* den Winter verbracht?«, fragte er.

»Ab Januar, ja.«

Schweigen trat ein. Neugierige Kinder hatten sich im Eingang versammelt, und ein größerer Kreis von Dorfbewohnern hatte sich eingefunden, um das neueste Spektakel zu verfolgen.

Evan legte ihr die Hand auf die Schulter und verschob sie dann ein wenig, sodass seine Finger an ihrem Hals entlangfuhren. »Ich bewundere dich.«

»So schlimm war es gar nicht. Wenn der Ofen an ist, wird es ziemlich warm.«

»Ich hätte das nicht sagen sollen, von wegen Kopf verdrehen … Es tut mir leid.«

»Das muss es nicht.« Sie lächelte.

Faisal glitt in den Raum. »Hallo, Sir.« Mit spitzem schmutzigen Zeigefinger deutend rezitierte er: »Kopf, Arm, Knie, Fuß.«

»Sehr gut, ausgezeichnet.« Evan nickte. »Wer ist dieser Junge?«

»Faisal. Er ist sehr gescheit. Er war mein erster Schüler.«

»Und wie viele hast du inzwischen?«

»Ein Dutzend. Es ist eine Art Tauschsystem. Sie lernen ein paar Brocken Englisch, und ich werde dafür hin und wieder mit Eiern, Zwiebeln und Karotten entlohnt.« Sie lachte. »Das funktioniert ziemlich gut.«

»Und die Familien?«

»Sie sind Weber, Färber, Sticker. Es ist ein muslimisches Dorf. Zwar haben sie hier keine Moschee, aber es gibt einen Gebetsraum. Die Frauen arbeiten sehr hart, bauen Gemüse an, versorgen die Tiere und ziehen die Kinder groß. Und die Männer sind meist in der Schalherstellung tätig. Die von ihnen produzierten Stücke sind zwar exquisit, aber inzwischen zu teuer geworden, um sie mit Gewinn zu verkaufen.«

Evan ging nach draußen und zog gerade rechtzeitig den Kopf ein, um sich unter dem niedrigen Türsturz durchzuducken. Farida löste sich von der Wand und wich zurück.

»Das ist Farida, und das Baby ist Zahra«, murmelte Nerys mit klopfendem Herzen.

Er warf einen Blick auf die beiden und nickte. »Ich kann hier mit unserer Arbeit beginnen«, sagte er. Ich fange bei den Dorfbewohnern an und besuche dann die umliegenden Siedlungen. Auf dem Weg herauf ist mir schon aufgefallen, dass die Gegend angesichts der Höhe ziemlich stark besiedelt ist.«

Sie lächelte. »Es gibt hier hier jede Menge Wasser, fruchtbaren Boden und im Sommer vier Monate Sonne. Die Kaschmiris betrachten ihr Tal als kleines Paradies.«

Evan runzelte die Stirn. »Ach ja?«

Es war heiß in der Mittagssonne. Er legte seinen schwarzen Priesterrock ab und rollte die zerschlissenen Hemdärmel auf, als wolle er seine Bereitschaft zeigen, sofort mit der Arbeit zu beginnen. An der Spitze einer kleinen Gruppe von Männern sah Nerys Zafir näher kommen. Er verbeugte sich vor ihr, doch kein Lächeln erhellte sein dunkles halbmondförmiges Gesicht.

»Ihr Mann, Ma'am?«

Nerys stellte die beiden einander vor und betete, dass Evan nicht gleich den christlichen Missionar herauskehren würde. Zu ihrer Erleichterung nahm er die Skepsis der Männer ruhig auf, und schließlich nickte Zafir ihm zu, was wohl als Willkommen unter gewissen Bedingungen zu deuten war. Die einzige Chance für Europäer, in Kanihama akzeptiert zu werden, bestand darin, dass sie ihrerseits die Sitten Kanihamas akzeptierten; und sie nahm an, dass Evan in Kargil – wenn vielleicht auch etwas spät – zum selben Schluss gelangt war.

Sie begaben sich ins Haus zurück. Das Wasser im Kessel kochte, und Nerys braute den Tee auf kaschmirische Art zusammen mit Kräutern auf. Es war seltsam, Evan so zu sehen – wie er ihr ohne Priesterkragen und mit geöffnetem oberen Hemdknopf gegenüber saß, während die Uhrkette auf der gewölbten Vorderseite seiner Weste glänzte. Sie lächelte ihn an, und sein wachsames Gesicht verzog sich gleichfalls zu einem schwachen Lächeln.

»Ich glaube, ich werde ein Fahrrad kaufen«, verkündete er. »Es ist einfach praktisch – zum Herumkommen.«

Später ging sie mit ihren Schülern hinüber ins improvisierte Klassenzimmer. Er schaute vorbei, während sie sangen, und meinte, er wolle den Raum künftig für Bibellesungen und eine Diskussionsgruppe nützen.

»Hast du in Kargil auch so angefangen?«

»Ja. Aber es sind nicht viele gekommen. Ich denke, unsere Gebetstreffen und Gottesdienste in Leh waren nur wegen der ausgezeichneten *Thukpa*-Essen, die du und Diskit anschließend serviert habt, so gut besucht.«

»Arme Diskit.« Nerys lachte, um ihr heftiges Mitgefühl für Evan zu verbergen, für die unerschütterliche Tiefe seines Glaubens und seinen Willen, allen Widrigkeiten Indiens zum Trotz weiterzukämpfen. »Schauen wir mal, was ich ohne ihre unschätzbare Hilfe hier ausrichten kann.«

Die wenigen Kinder blickten einander an.

»Sollen wir unser Lied für Mr Watkins singen?«, schlug sie ihnen vor. Begleitet von Rasseln und Trommeln und geschnitzten Flöten stimmten sie ein in den Chor. Evan lauschte bis zum Ende und meinte dann, nun müsse er wirklich gehen und seinen Bericht für Shillong schreiben.

Wenn es schon seltsam gewesen war, wie er ihr in diesem kleinen Haus vis-à-vis gesessen hatte, so war es noch merkwürdiger, ihn in der Nacht neben sich liegen zu haben. Als sie die Kerze ausblies, erschien ihr die Dunkelheit so massiv, dass sie förmlich auf den Bettdecken lastete. Sie war dankbar, dass Rainer hier nie mit ihr geschlafen hatte. Mit der Zeit, sagte sie sich, wird es leichter werden, nicht an ihn zu denken.

»Du scheinst ja sehr an diesem Baby zu hängen«, bemerkte Evan. Nerys hatte den Kopf an seine Schulter gebettet und den Arm leicht über seine Brust gelegt. Ein wenig von der Spannung, dachte sie, war aus seinen Gliedern gewichen.

»Zahra? Ja, das stimmt. Und auch an Faisal und seiner Schwester und ihrem Brüderchen.«

Sie hatte Evan nichts von Zahras Geschichte erzählt, nur dass die Mutter sie im Dorf zurückgelassen habe, weil das Bekenntnis zum Kind Schande über ihre Familie gebracht hätte. Evan hatte zu viele Waisenkinder in Indien erlebt, um diesbezüglich lästige Neugier an den Tag zu legen.

»Ich hoffe«, sagte er bestimmt, »dass wir bald ein eigenes Kind haben werden.«

Er drehte sich zur Seite, diesmal jedoch, um sie anzusehen. »Es tut mir leid. Ich war ein schlechter Ehemann. Ich hab – allein in Kargil – viel darüber nachgedacht. In Zukunft will ich es besser machen.«

Als ihre Lippen sich trafen, schmeckte sie seine Aufrichtigkeit. Evan war völlig unfähig, sich zu verstellen.

Anders als ich, anders als ich.

»Ich war auch nicht die beste Ehefrau.«

Evan dachte darüber nach. »Einigen wir uns darauf, unsere unzulänglichen Anfänge hinter uns zu lassen?«

Das ist unsere einzige Hoffnung für die Zukunft.

»Ja, das wäre mir sehr recht.«

Seine Hand bewegte sich. Sie öffnete die Knie, dann die Schenkel, und zögernd erkundete er sie. Zumindest wusste sie jetzt, was der Forscher womöglich entdecken würde. Langsam, in winzigen Schritten führte sie ihn auf neues Territorium.

Und nun erübrigte sich auch die Frage, *Meine Liebe?*

Aus ihrem Leben in Kanihama wurde Alltag. Evan schaffte sich tatsächlich ein Fahrrad an, und nachdem seine auf steilen Bergpfaden heftig in die Pedale tretende, dunkle, spindeldürre Gestalt zunächst ein komischer Anblick für die Dorfbewohner gewesen war, wurde sie bald so vertraut, dass man ihn kaum mehr bemerkte. Er begann mit seinen Bibelkursen, die von keinem der Männer besucht wurde, außer ein paar neugierigen Jugendlichen und dem Dorftrottel, der versuchte, Evans Worte nachzuplappern. Selbstverständlich kam keine der Frauen. Dann begann Nerys, ein einfaches Essen aus Reis und einem Gemüseeintopf anzubieten, und ein paar der Ärmsten trauten sich nun doch herein. Evan meinte, er wolle diese vielversprechende Neuigkeit nach Shillong und Delhi melden.

Nerys unterrichtete weiter ihre kleinen Schüler, spielte nachmittags mit Faisal und den anderen oder ging mit Zahra auf dem Pfad oberhalb des Dorfs spazieren, wo der harzige Duft der Kiefern die Luft erfüllte. An den Abenden verzehrten sie ihre schlichte Mahlzeit und lasen gemeinsam beim Schein der Petroleumlampe. Nur durch tagealte Zeitungen, Briefe aus der Heimat und Myrtles und Carolines Berichte aus Srinagar drangen die Kriegsnachrichten aus Europa, Nordafrika und Burma zu ihnen durch.

***

Es war Ende Juni, als Nerys einen Brief von Myrtle erhielt.

Sie schnitt das Kuvert auf, und ein halber Briefbogen fiel heraus. Die paar Zeilen war so eilig hingekrakelt, dass sie sie kaum entziffern konne.

Archie ist schwer verwundet. Man hat ihn auf einem Truppentransporter zurückgebracht, und er ist momentan in einem Militärkrankenhaus in Chittagong. Ich reise sofort ab.

Weiß zwar noch nicht, wie ich da rüberkomme, aber irgendwie werde ich es schon schaffen. D. Fanshawe wird mir behilflich sein. Kümmere dich doch ein wenig um Caroline, falls du kannst.

Und bitte Evan, für A. zu beten.

In immerwährender Freundschaft, M.

Mit tauben Finger faltete Nerys das Briefchen wieder zusammen. Im Babykorb strampelte Zahra mit nackten Füßchen in einem Sonnenstrahl.

Mair befand sich in ihrem Zimmer auf der *Solomon and Sheba* und packte für den Heimflug. Sie rollte die letzten T-Shirts zusammen und stopfte sie in ihren Rucksack, als Farooq bei ihr anklopfte. Nachdem er dies bereits zweimal unter wechselnden Vorwänden getan hatte und sein hennagefärbter Bart vor Neugier geradezu zuckte, bat sie ihn seufzend, doch einzutreten.

»Eine Menge Gepäck«, kommentierte er, während er in ihre geöffneten Taschen spähte.

»Ach ja? Ich finde, ich reise mit leichtem Gepäck.«

»Sie haben Besuch. Junge Mann.«

Sie begab sich den knarrenden Gang hinunter, nickte der männlichen Hälfte des vor Kurzem eingetroffenen australischen Entwicklungshelferpaares zu und ging über den Landungssteg ans

Ufer. Mehraan saß rittlings auf einem winzigen Motorrad und hielt seinen Helm im Schoß.

»Gehört die Maschine Ihnen, Mehraan?«

»Gerade gekauft. Ist sehr praktisch.«

»Muss sie wohl sein. Schön, Sie zu sehen. Ich reise morgen ab und wollte später noch in die Werkstatt kommen, um mich zu verabschieden.«

»Dann hab ich Ihnen also diese Mühe erspart.« Er lächelte. »Ich habe auch paar Arbeiten für Ihre Freundin erledigt, englische Lady mit verletzte Bein.«

»Das ist aber sehr nett von Ihnen.«

»In Srinagar werden ja nicht nur Bomben und Steine geworfen. Das Haus der Lady ist alt, und manche Teile stürzen ein, wenn wir nicht helfen und abstützen. Gestern ich war dort, und ihre Pflegerin hat mir das Päckchen für Sie gegeben.«

»Was ist es denn?«

»Ich weiß es nicht«, sagte er.

Im Innern eines verschnürten Stücks gefalteten Sackleinens befand sich ein uralter Pappkarton mit nachgebenden Seitenwänden. Mair hob die Deckelklappe und erblickte ein Bündel alter Briefe. Auch eine Nachricht lag dabei, in fast unleserlicher verschlungener Schrift war auf liniertem Papier zu lesen:

Um die Briefe Ihrer Großmutter noch einmal zu lesen, ist mein Augenlicht inzwischen zu schwach. Vielleicht interessieren Sie sich ja dafür. Und bitte machen Sie sich nicht die Mühe, sie mir zurückzugeben.

Mit freundlichen Grüßen,
Caroline C. Bowen

»Oh«, sagte Mair laut.

»Gibt es ein Problem?«

»Nein, ganz und gar nicht.« Sie war erstaunt, dass sich Caroline an ihre Unterhaltung erinnert und dann die Briefe tatsächlich noch aufgestöbert hatte. Sie überlegte, ob sie gleich quer durch die Stadt fahren sollte, um ihr persönlich für diesen Schatz zu danken, aber der Pflegerin war es ja offenbar lieber, wenn man sie nicht aufregte. Die Art, wie man sie nach ihrem letzten Besuch zur Tür hinausgedrängt hatte, ließ sie zögern; sie wollte nicht noch einmal stören.

»Könnten Sie fünf Minuten warten, Mehraan?«

Sie rannte zurück in ihr Zimmer und fand dort die große Ansichtskarte vom Shalimar-Park. Auf der Rückseite bedankte sie sich für das Ausleihen der Briefe und versprach, dafür zu sorgen, dass sie wohlbehalten zurückgebracht würden, auch wenn sie sie womöglich nicht selbst überbringen werde. »Ich hoffe jedoch, Sie Ihnen eigenhändig überreichen zu können«, schrieb sie und setzte ihren Namen darunter.

Dann steckte sie die Karte in einen großen Umschlag, adressierte ihn und reichte ihn Mehraan. »Könnten Sie ihr das von mir geben, wenn Sie sie das nächste Mal besuchen?«

Schlimmstenfalls würde Aruna es ihr vorlesen.

»Mach ich«, erwiderte er. Er setzte sich den riesigen Helm auf und drückte auf den Anlasser.

Mair hätte ihn gerne umarmt oder ihm wenigstens die Hand gedrückt, doch sie beschränkte sich auf ein herzliches Lächeln und ein Nicken. »Ich hoffe, wir sehen uns wieder, Mehraan, wenn ich das nächste Mal nach Srinagar komme.«

»*Inshallah.*« Er kickte den Ständerfuß nach hinten und düste in Richtung Bund.

Am nächsten Morgen brachte Farooq sie bereits in aller Frühe zum Flughafen-Taxi.

»Bald wohlbehalten daheim bei Familie in England«, meinte er vergnügt, schloss rasch die Hand um ihr großzügiges Trinkgeld und schob es sich in die Brusttasche.

Als die Maschine nach Delhi endlich abhob, spähte Mair zum Fenster hinaus, um zuzusehen, wie das liebliche Tal allmählich unter ihr zurückwich und sich braune Ebene ausbreitete. Nun, da sie tatsächlich unterwegs war, war sie tieftraurig, Kaschmir und Indien zu verlassen. Sie erinnerte sich daran, dass sie nach Hause flog, und dass am Ende ihrer Reise Hattie am Flughafen warten und sie abholen würde. Sofort hob sich ihre Stimmung.

Sie würde nach Srinagar zurückkehren. Das hatte sie Caroline Bowen ja schon halb und halb versprochen.

In ihrem Schoß und immer noch in seinem brüchigen Kuvert lag der einzige Brief, den sie aus dem Karton genommen hatte, um ihn während des Flugs zu lesen.

13

Die Kapelle war klein, schmucklos und braun. Die Fenster bestanden aus durchsichtigem Glas, durch das man eine Aussicht auf Nieselregen und graue Hügellandschaft hatte. Als sie ihr schwarzes Gesangbuch aus dem Fach nahm, dachte Mair an die verlassene Kapelle in Leh. Sie berührte den Stoff des braunen Pashminaschals, der im Kragen ihres besten Mantels steckte.

Der Priester nahm seinen Platz ein, der Organist brachte ein mäandrierendes Voluntary zu Ende, und die Gemeinde erhob sich. Am Arm ihres Vaters schritt die Braut den Mittelgang herab, und Mairs alter Freund Tal drehte den Kopf, um auf seine Annie zu blicken. Sein rotes Gesicht zeigte eine besorgte Miene, wie immer seit er ein Junge war, und sein steifer Hemdkragen wirkte, als sei er einen guten Zentimeter zu eng.

Alle Hochzeiten sind ähnlich, dachte Mair, wie sehr sich das ganze Drumherum ansonsten auch unterscheiden mag. Aufregung und Ungeduld und überschäumendes Glück, das spritzte und zischte wie Champagner.

Der Priester begrüßte sie auf Walisisch, und Mairs Gedanken kehrten zu Nerys und Evan Watkins zurück. Anschließend in der Schlange beim Empfang im Hotel schüttelten sie Annies Eltern und dann denen von Tal die Hand, und Mair konterte all die wohlmeinenden Fragen mit einem »Oh, da muss ich aber vorher erst noch den Richtigen treffen.« Braut und Bräutigam lächelten und bestätigten sich und allen, dass sie die Richtigen gefunden hatten.

Dylan, Eirlys und Mair begaben sich unter die Gästeschar. Wettergegerbte Gesichter nickten über Sonntagsanzügen, und fleischige Farmerhände ergriffen dünnstielige Gläser. Huw Ellis hätte diese Versammlung von Nachbarn wohl als überaus angemessene Zusammenführung zweier örtlicher Familien gesehen. Immer hatte er leise bedauert, dass keines seiner drei Kinder daheim in Wales geblieben war, obwohl er sich niemals darüber beklagt hatte. Nicht einmal gegen Mair und den Zirkus hatte er wirklich etwas einzuwenden gehabt.

»Ich wünschte, der Alte könnte noch dabei sein«, meinte Dylan und sprach für sie alle.

Dem Empfang folgte ein frühes Essen und danach lange Reden, während derer ein Dutzend erschöpfter Kinder zwischen den Tischen umherjagten. Eirlys Ehemann Graeme erhob sich von seinem Platz neben Annies Tante, der Schuldirektorin aus Liverpool, und verkündete, dass er seine Jungs und Dylan und Jackies kleines Mädchen mitnehmen und die drei in den Ferienhäusern, wo sie übernachteten, zu Bett bringen werde.

»Nein, wirklich, das macht mir nichts aus«, beteuerte er.

Die Tische wurden beiseite geschoben, und in einer Ecke des Raums baute ein DJ unter einer Reihe bunter Scheinwerfer seine Anlage auf. Mair zog sich mit Dylan, Jackie und Eirlys in die Bar zurück.

Aus gefühlter Hüfthöhe zwitscherte plötzlich eine Stimme zu Mair hinauf. »Hallo, Schätzchen. Sie sind ja Ihrer Mutter wie aus dem Gesicht geschnitten, was?«

Sie sah hinunter. Am Ecktisch saß eine kleine alte Dame in blauem Brokat mit Anstecksträußchen aus weißen Nelken und Frauenhaarfarn. Und der flotte Kopfputz wirkte noch einen Tick flotter, weil sie ihn ein wenig nach vorn und schräg übers Auge geschoben hatte. Mair ließ sich auf den leeren Stuhl neben ihr gleiten.

»Ich bin Mair Ellis«, sagte sie, nicht ganz sicher, ob man sie nicht vielleicht mit einer anderen verwechselt hatte.

»Das weiß ich doch. Sie sehen genau wie Ihre Mutter aus. Und ich bin alt genug, um zu wissen, wann *die* geboren wurde. Waren ja noch nicht lange aus Indien zurück, nicht wahr, Ihre *nain* und *taid* Watkins? Gwen muss eine ziemliche Überraschung für die beiden gewesen sein.«

Nerys war bereits einundvierzig gewesen – Mair wusste es, weil sie die Daten überprüft hatte. Halb hatte sie schon gehofft, dass ihre Mutter und dadurch auch sie womöglich eine engere Verbindung zu Indien besäßen, doch als sie *Hope and the Glory of God* erneut konsultierte, war sie daran erinnert worden, dass der Pastor und seine Frau den Missionsdienst 1947 endgültig quittiert und Gwen erst im Jahr 1950 zur Welt gekommen war.

»Sie sind eine richtige Watkins«, meinte ihre neue Freundin. »Ihr Bruder, allerdings, der schlägt eher nach Ihrem Vater.«

»Und ich?«, wollte Eirlys wissen. Natürlich war ihr keine Silbe dieses Wortwechsels entgangen, obwohl sie gleichzeitig Getränke bestellt und sich mit Tals Bruder unterhalten hatte.

Die alte Dame schürzte die Lippen. »Nun. Ungeheuer stolz war sie auf Sie, die Gwen. Immer Klassenprimus, hat sie gesagt. Und jetzt Ärztin, nicht wahr?«

Dylan legte einen Arm um seine Schwester. »Fachärztin.«

Eirlys lächelte und errötete leicht. Wenn ihre Härte von einigen Gläsern Wein gemildert war wie jetzt, wirkte sie gleich jünger und – fast unbekümmert. »Waren Sie eine Freundin unserer Mutter?«

Die Erklärung, in der von mehreren Bauernhöfen, Heiraten zwischen bestimmten Familien, Vettern und Cousinen aus Tals Familie mütterlicherseits die Rede war, war viel zu kompliziert, als dass Mair und Eirlys hätten folgen können, obwohl sie höflich nickten. Mrs Parry erzählte ihnen, dass sie als Mädchen in die Kirche gegangen sei, um Parchedig Watkins predigen zu hören; das sei vor Gwens Geburt gewesen. Und dann habe sie während der Schulferien immer das neue Baby in seinem Kinderwagen herumgeschoben, während Nerys daheim ihre Hausarbeit erledigte. Als allerdings ihr eigener Mann gestorben sei, das war jetzt fünfundzwanzig Jahre her, sei sie zu ihrer Schwester runter in die Nähe von Caernarfon gezogen. »Aber das alte Dorf, das betrachte ich immer noch als meine Heimat.«

So war das, dachte Mair. Ferienhäuser verschandelten die Hügellandschaft, Campingplätze die ganze Küste, aber wenn man hierher gehörte, dann nahm man die noch weniger wahr als die Steinmäuerchen und Sträßchen, die sich zeitlebens kaum verändert hatten.

Als Ihr Blick dem Eirlys' begegnete, sah sie, dass die mit demselben Gedanken beschäftigt war.

Das Haus war verkauft, aber sie hatte ihre Heimat nicht verloren, weil sie diese Verwurzelung und Vertrautheit teilten. Mair war froh, dass sie alle diese Heimreise zu Tals Hochzeit gemacht hatten. Eirlys hatte völlig recht gehabt, darauf zu bestehen.

Durch die offene Tür konnte Mair ein Stück der Tanzfläche sehen. Tal führte seine Frau in die Mitte der leeren Fläche und zusammen eröffneten sie den Tanz.

»Erzählen Sie uns von Mum«, sagte Eirlys.

Dylan gesellte sich zu ihnen. Die Ellis-Kinder hatten etwas von Jungvögeln mit offenen Schnäbeln, stets begierig auf einen neuen Informationshappen über ihre Mutter.

Mrs Parry nickte mit ihrer weißen Dauerwelle, und ihre Hutfedern tanzten. Offenbar liebte sie Publikum. »Sie war ein Geschenk des Himmels, dieses Mädchen. Fast fünfzig war euer Großvater, als Gwen kam. Beide haben sie natürlich vergöttert. Ich erinnere mich, dass ich Mr Watkins in seinem schwarzen Mantel gesehen habe, wie er mit der kleinen wackelnden Gwen an der Hand die Straße lang kam. Sie war hübsch rausgeputzt mit einem Mantel und trug auch einen Hut, wie die kleinen Prinzessinnen. Und wie sie sich ständig miteinander unterhielten, die brauchten sonst niemanden. Man hat immer gespürt, dass sie eine glückliche Familie waren, die Watkins. Schöner Anblick war das.«

Eirlys fuhr sich mit der Hand über den Augenwinkel. Dann nahm sie die Schultern zurück. Aus dem Zimmer nebenan drang nun laute Musik, und das Tanzen kam langsam in Gang.

Mrs Parry nippte an ihrem Glas. »Natürlich hatten sie auch die Welt miteinander gesehen, nicht wahr? Für uns alle war das wirklich exotisch, kann ich Ihnen sagen, Mr und Mrs Watkins, die so lange in Indien gelebt hatten. Muss schön für sie gewesen sein, gemeinsam darauf zurückzublicken – so lange der Reverend noch am Leben war.«

Mair dachte an das Foto, das Lachen ihrer Großmutter und den Hintergrund aus Seewasser und Lotosblüten. Caroline hatte gemeint, Rainer Stamm, dieses Bild von einem Mann, habe das Foto geknipst. Und sie merkte, dass sie unbedingt Bruno Becker wiedersehen wollte.

Bruno kannte die schweizerische Seite der Geschichte. Doch sie wusste nicht recht, wie sie ihn danach fragen sollte. Tut mir leid, dass Ihre Tochter gestorben ist. Und nun erzählen Sie mir bitte über längst vergangene Zeiten. Aber nicht nur wegen der Informationen, die er ihr möglicherweise liefern konnte, wollte sie ihn sehen: Nein, auch um seiner selbst willen.

Mrs Parry beugte sich nach vorn und zupfte am geknoteten Saum von Mairs Schal. »Es war die beste Zeit ihres Lebens, hat Nerys immer gesagt. Kaschmir, nicht wahr?«

»Ach ja? Tatsächlich?«

»Mair war eben erst drei Monate dort. Und hat all die Orte besucht, wo sie damals gearbeitet haben«, warf Dylan ein.

Die alte Dame wirkte nicht beeindruckt. »Es wird sich wohl alles verändert haben, wie überall. Zumal die meisten von denen jetzt sowieso hier bei uns sind, nicht wahr?«

Mrs Parry war das genaue Gegenteil von Caroline Bowen, dachte Mair.

Tal betrat die Bar. Er hatte die Krawatte abgenommen und wirkte erhitzt und geradezu lächerlich glücklich. Zu Mair meinte er: »Und, krieg ich jetzt einen Tanz?«

Er nahm ihre Hand in seine Riesenfaust, und gemeinsam drängten sie zurück ins Getümmel der Tanzenden. Rote Gesichter und schwitzende Leiber hüpften um sie herum. Mair sah Annie in der Mitte des Haufens. Sie hatte Schleier und Diadem abgenommen, und ihre frisch gelegten Schillerlocken erschlafften allmählich.

Tal tanzte noch immer wie früher, mit wilden Armschwüngen und stampfenden Beinen. Er betrachtete Mair und lächelte wie ein schüchterner Junge, und sie fühlte sich im Handumdrehen auf die Party ihres sechzehnten Geburtstags zurückversetzt, als Tal das gewesen war, was man vielleicht am ehesten als »ihren Freund« bezeichnen konnte.

Durchaus möglich, dass sich auch damals schon »Love is all around« auf dem Plattenteller gedreht hatte.

Laut lief in ihrem Kopf wie in einer Endlosschliefe ihr Gespräch mit Bruno in Lamayuru, und – wie um es noch zu verstärken – summte, wertete und tratschte überall um sie herum ihre einstige Möglichkeit eines ganz anderen Lebens – und ließ sich gehen. »Dazu kann man keinen Jive tanzen, Tal«, schrie sie, und er brüllte, sich über die Stirn wischend und grinsend, zurück: »Warum denn nicht?« Seine Beine kickten irgendwie nach der Seite, was für die Kniegelenke tödlich sein musste.

Mair war sechzehn und dreißig, und ihre Fantasie war wie ein Kettfaden im Kaschmirschal, der sein Muster über sechzig Jahre und länger hielt.

Während des gesamten Nachmittags und Abends war sie Erinnerungen durchgegangen, hatte Szenen und Gespräche übereinandergelegt: ihre Kindheit und Jugend, die verfallene Mission in Leh, Dylan und Eirlys in all den Jahren, Srinagar, Hattie, Tal, ihr Vater und ihre Mutter, die Ebene von Chanthang, Nerys, die Kapelle, Berge, ihre Neffen und ihre Nichte. Lotus.

Benommen versuchte sie, ihre Gedanken wieder in eine Richtung zu lenken. Vielleicht bedeutete Älterwerden ja genau das: Sich immer bewusster zu werden, dass alles, was geschieht, andere Erinnerungen überlagert, vielfältigere Assoziationswellen auslöst, bis jedes Ereignis ebensosehr Nachklang von etwas anderem ist wie frische Realität. Sie nahm an, dass so vielleicht das Leben für Caroline Bowen in ihrem stillen Zimmer in Srinagar war oder für Mrs Parry, die in der Ecke der Bar nickend in Erinnerungen schwelgte.

Mairs Beine verhedderten sich mit denen Tals, und sie stürzte ihm in die Arme. Er fing sie an den Ellbogen auf und riss sie wieder hoch. »Danke, dass du gekommen bist«, brüllte er ihr ins Ohr.

»Das hätte ich nicht missen wollen. Ich hoffe, dass ihr zwei sehr glücklich miteinander werdet.«

»Da bin ich ganz zuversichtlich«, meinte er. »Schließlich wissen wir, was wir wollen, Annie und ich, nicht wahr?«

Viel später machten sich die Ellis, gesättigt von obskurem Dorftratsch, warmem Wein und Achtziger-Jahre-Diskomusik, auf den Rückweg zu ihren Ferien-Cottages.

Jackie verzog sich sofort ins Bett, und Eirlys, Dylan und Mair setzten sich nochmal mit der Whiskyflasche zusammen. Das Zusammensein an diesem Abend war ihnen auch deswegen so kostbar, weil sie wussten, dass das moderne Leben ihnen dies in Zukunft noch schwerer machen würde.

»War es nicht ein toller Abend? Ich hatte doch recht, euch dazu zu überreden, oder?« meinte Eirlys.

Dylan schnaubte über seinem Glas und wischte sich mit dem Ende seiner Krawatte das Kinn ab. »Du hast immer recht, Schneeglöckchen. Deswegen lieben wir dich.« Er erhob sein Glas und das, was sich noch darin befand. »Auf uns, meine Schwestern.«

Ein Jahr verging, und als Myrtle und Archie endlich zur *Garden of Eden* zurückkehrten, wurde es gerade wieder Frühling in Kaschmir. Die Ärzte des Militärhospitals hatten zwar Archies Körperteile alle wieder zusammengeflickt. »Aber bedauerlicherweise nicht ganz in der gleichen Reihenfolge«, witzelte er.

Um seine zerschmetterten Unterschenkel zu ersetzen, hätte man zwar irgendwann Prothesen anpassen können, doch die Rückenverletzungen, die davon herrührten, dass er während des Bombardements unter einem umgestürzten Eisenbahn-Güterwagen begraben wurde, waren zu schwer, um jemals wieder zu heilen.

Majid und ein halbes Dutzend anderer Helfer trugen seinen Rollstuhl auf das Hausboot. Der Gang im Innern war gerade breit genug, um ihn auf die Veranda hinauszuschieben, wo er mit einer Decke um die Schultern den ganzen Tag sitzen konnte, um das Wechselspiel des Lichts auf Wasser und Bergen zu betrachten.

Allein das Ziel, ihren Mann in die kräftigende Luft und die Schönheit Srinagars zurückzubringen, gestand Myrtle Nerys, habe sie all die Wochen und Monate im Krankenhaus durchhalten lassen. Zu Hunderten seien die verwundeten Männer eingetroffen und entweder gestorben oder entsprechend genesen und in Erholungsheime verlegt worden, nur um dann – in einer scheinbar endlosen Flut blutiger Körper – von neuen Verletzten ersetzt zu werden; nur Archie war geblieben. Seine Verletzungen waren so schwerwiegend, dass man wochenlang fürchtete, er werde nicht überleben, doch er hielt durch und schließlich begann sich sein Zustand fast unmerklich zu bessern.

Myrtle lebte an seinem Bett. Sie sprach mit ihm, las ihm aus seinen Lieblingsbüchern vor oder hielt ihm einfach nur die Hand. »Er hat nie aufgegeben. Er war tapferer, als man es je von einem Menschen verlangen sollte«, erzählte sie Nerys.

In einem der wenigen Momente, in denen Myrtle sich außer Hörweite befand, meinte Archie: »Ohne sie hätte ich die Augen zugemacht und aufgegeben. Es wäre viel leichter gewesen. Aber irgendwie hat sie mich überzeugt, dass wir eines Tages wieder hierher zurückkehren werden.«

Er hob eine Hand und deutete auf das schimmernde Wasser und die Spiegelungen der vorbeifahrenden Boote. Die *shikara* des Blumenverkäufers glitt auf sie zu, beladen mit Eimern voller Frühlingsblumen; Nerys beugte sich hinunter und kaufte einen Armvoll prachtvoller Pfingstrosen. Archie vergrub das hagere Gesicht in den feuchten gerollten Blüten. »Ohne Myrtle wäre ich nicht mehr nach Hause gekommen. Hätte dieses Spital nie mehr verlassen. Ich verdanke ihr diese Aussicht, diese Blumen, jeden Tag, den wir miteinander verbringen. Ich kann mir doch nicht selbst leid tun, oder? – wo so viele arme Kerle gestorben sind? Und so viele andere, wie etwa Ralph Bowen, in japanischen Lagern festgehalten werden?«

Sie lächelte ihn an. An der Wand hinter ihm hingen die imposanten Geweihe, die er von seinem Jagdausflug in Ladakh zurückgebracht hatte. Archie würde nie wieder gehen können, geschweige denn reiten, schießen, Cricket spielen oder irgendeine der anderen Sportarten ausüben, die er liebte. Während Nerys lächelte, biss sie sich gleichzeitig in die Innenseiten ihrer Wangen, um die Tränen zurückzuhalten.

Myrtle kam mit Majid und dem Samowar zurück. Sie reichte Archie eine Tasse Tee und breitete eine Serviette über seine Brust für den Fall, dass er etwas verschüttete.

Sie war dünn geworden, hatte knochige Kuhlen unter der Kehle und tiefe dunkle Augenringe. Sie trank keine Cocktails mehr. »Was, wenn er mich nachts bräuchte und ich wär hackedicht?« Sie hatte die Acheln gezuckt. Sie rauchte stattdessen, hielt ihr goldenes Feuerzeug an die neue Zigarette, sobald sie die alte ausgedrückt hatte. Nun, da sie ihr Ziel erreicht hatte, Archie nach Hause zu bringen, vervielfältigten sich ihre Probleme.

Er war fast komplett auf die *Garden of Eden* beschränkt, weil so viele Händepaare nötig waren, um ihn aufs Boot und wieder herunter zu hieven. Einmal hatten sie versucht, ihn in eine *shikara* zu heben, doch die hatte so heftig geschwankt, dass er dabei fast in den See gekippt wäre. Der Pfad längs des Ufers war schmal und holprig, und wenn es regnete, versank er im Morast. Im alten Leben der McMinns, als sie über den Pfad hin- und herhüpften, war der Schlamm lediglich eine kleine Unannehmlichkeit gewesen. Auch auf dem Hausboot waren die Böden uneben, und das getäfelte Bad ungeeignet für einen Mann, der nicht gehen konnte. Sobald der Sommer zu Ende ging, würde es außerdem viel zu kalt für ihn werden. Der englische Arzt besuchte Archie regelmäßig, hatte Myrtle jedoch erklärt, sollte ihr Mann irgendeine schwerere Lungen- oder Kreislaufkomplikation entwickeln, so sei das kleine Militärkrankenhaus in Srinagar nicht der beste Ort für seine Behandlung.

»Ich weiß nicht, was ich machen soll, was das Beste wäre«, gestand Myrtle schließlich Nerys. All ihre Energie, die beängstigende Kraft, die Nerys einst geradezu Sorgen gemacht hatte, weil sie keine Richtung besaß, wurde nun von der Pflege ihres Mannes beansprucht. Aber nicht einmal Myrtle hatte für alles eine Lösung.

»Vielleicht musst du ja doch umziehen«, meinte Nerys vorsichtig. »Vielleicht könntest du einen Bungalow in der Neustadt mieten. Da hast du einen Garten, kannst Blumen pflanzen, und sogar Gemüse.«

»Der Arzt meint, ich soll ihn nach Delhi bringen. Aber da ist dann die *Hitze.*«

»Könntest du nicht einfach nur für den Winter gehen?«

Das Feuerzeug klappte auf, und die kleine Flamme stand doppelt in Myrtles Pupillen. Sie stieß eine Rauchwolke aus. »Diesen Winter schon. Aber danach, wer weiß? Das Problem ist das Geld. Unser Haus in Delhi gehört der Gesellschaft, wir können es also nicht für immer behalten. Wir werden Archies Invalidenrente haben, aber die wird kaum ausreichen, um zwei Wohnungen zu unterhalten. Ich weiß nicht, was die alte *Garden* heutzutage noch bringen würde. Wer würde sie wohl kaufen?«

Sie sprachen zwar nicht darüber, weil das gar nicht nötig war, aber Srinagar veränderte sich. Anzeichen dafür waren überall zu entdecken, sichtbar an der Art, wie Hindus und Muslime in den engen Gassen des Basars grußlos aneinander vorübergingen, hörbar an den Gewaltausbrüchen im Schutze der Dunkelheit, verkörpert in einem mysteriösen Feuer, das einen alten Hindutempel am Ufer des Jhelum zerstörte. Streit flammte in den Gärten und unter den Chinar-Bäumen auf. Einige der Pandits, das heißt Hindus, die Lehrer und Regierungsbeamte gewesen waren, verließen Kaschmir ohne großes Aufsehen. Professor Pran, der Cricketspieler, durch dessen Schläge das Weihnachtsmatch auf dem Eis gewonnen worden war, erwähnte, dass er vielleicht in den Süden ziehen werde, weil es für seine Frau und seine Töchter besser sei, obwohl es ihnen alle das Herz brach, Kaschmir zu verlassen. Auch in den alten britischen Kreisen bröckelte es. Die Verlasst-Indien-Bewegung gewann auf allen Seiten an Kraft gegen das Raj, und als der Konflikt sich verschärfte, erinnerte sich Nerys, was Rainer immer gesagt hatte. »Hindu gegen Muslim. Teile und herrsche, das ist das Motto von euch Briten.«

So viel sie konnte, half Nerys Myrtle bei Archies Pflege. Es war Schwerstarbeit für Myrtle und ließ ihr nur wenig Zeit für anderes. Doch sie waren sich einig, dass die McMinns auf der *Garden of Eden* bleiben sollten, bis Myrtle eine Käufer für das alte Hausboot gefunden hatte. Archie verbrachte die Tage mit seiner Pfeife und seinen Zeitungen auf der Veranda. Und behauptete, der glücklichste Mann Srinagars zu sein.

»Was ist mit Zahra?«, fragte Myrtle Nerys besorgt.

»Glaubst du, dass du dich neben Archie auch noch um sie kümmern könntest?«, fragte sie.

Myrtle seufzte.

»Mach dir um Zahra keine Gedanken«, sagte Nerys bestimmt, »sie ist glücklich und wohlauf.«

***

Oben im Dorf waren Faisal und sein kleiner Bruder völlig in der Kinderschar aufgegangen, die unter dem großen Baum spielte oder mit den Schafen hinaus auf die Weiden ging. Sie waren drahtige, dreckige, ausgelassene Rangen, und folglich von den meisten anderen nicht zu unterscheiden, nur Farida hielt sich immer noch abseits. In jenem Frühjahr gelangte Evan zu dem Schluss, dass man nach Srinagar zurückziehen sollte. Ein neuer Hilfsmissionar war eingetroffen, und der junge Mann benötigte nicht nur ein Heim, sondern auch eine gewisse Einführung an einem Ort, der nicht ganz so abweisend und – wenn Evan es auch nie so ausgedrückt hätte – lohnender war als Kanihama. Nerys teilte sich ihre Zeit zwischen dem Dorf und Myrtle auf, die sie bei der Pflege Archies unterstützte. Wann immer sie Kanihama verließ, zahlte sie den Dorffrauen so viel sie sich leisten konnte, damit sie sich in ihrer Abwesenheit um Zahra kümmerten. Daran wäre ihr auch gelegen gewesen, hätte sie nicht gewusst, dass Farida die gewissenhafteste Hüterin und Beschützerin des Babys war.

Nur ein einziges Mal nach Archies Rückkehr und nachdem sich langsam herauskristallisiert hatte, dass seine Pflege Myrtle gänzlich in Anspruch nehmen würde, versuchte Nerys Evan darauf anzusprechen, ob sie nicht selbst ein Kind adoptieren könnten. Sie glaubte, es sei ihr gelungen, den sehnsuchtsvollen Ton aus ihrer Stimme herauszuhalten, doch ihr Mann sah sie nur neugierig an. »Welches Kind?«

»Zahra. Vielleicht.«

»Wer ist denn das? Es gibt so viele kleine Kinder, Nerys, und der Herr hat uns aufgerufen, für alle zu sorgen, und nicht irgendeines herauszugreifen. Und was ein eigenes Kind angeht, so müssen wir uns seinem Willen beugen.«

Er sprach wieder einmal in seinem unnahbarsten und unversöhnlichsten Ton, und Nerys wandte sich schweigend ab.

Noch immer trug Farida Zahra in ihrem Tuch auf dem Rücken überallhin, und nachts teilten sich die zwei Kinder diesselbe Matratze und Decke. Farida aß keinen Bissen, ehe nicht Zahras Hunger gestillt war, und saß lieber mit Zahra auf dem Schoß auf einem Schemel, als mit Kindern ihres Alters herumzulaufen. Das Kopftuch, das sie trug, bedeckte sowohl ihren Mund als auch die Haare, doch ihre schwarzen Augen blickten stets ernst und wachsam. Ein Lächeln blitzte nur dann in ihnen auf, wenn Zahra etwas Neues und Kluges getan hatte.

Farida war sehr reif für ihre Jahre, doch Nerys musste einsehen, dass sie daran nichts ändern konnte. Sie beobachtete die Kinder mit einer bittersüßen Mischung aus Freude und Bedauern.

In Srinagar hatte Nerys an einer Straße, die zu einem der schilfigen Kanäle hinunterführte, eine Art Schulzimmer akquiriert, da sie und Evan in den Räumen darüber wohnten. Evans vor Kurzem eingetroffener Missionarsassistent hieß Ianto Jones und war ein kurzsichtiger junger Mann mit einem Adamsapfel, der beim Sprechen auf und ab hüpfte. Gemeinsam fuhren sie mit ihren Fahrrädern in die Stadt oder mit dem Bus hinauf in die Dörfer an der Straße nach Kanihama.

Nachdem das Gerümpel beseitigt und Rattengift ausgelegt war, versammelte Nerys in ihrem Schulzimmer einige der Basarkinder. Genau wie in Leh und Kanihama spielte sie Spiele und sang Lieder mit ihnen und gab ihnen danach eine einfache Mahlzeit. Langsam wuchs ihre Zahl. Und sobald die oberen Zimmer bewohnbar waren, fragte sie Evan, ob es ihm etwas ausmachen würde, wenn sie die zwei Waisenmädchen aus Kanihama zu sich holen würde.

»Schon wieder diese Dorfwaisen? Warum denn nur?« Er runzelte die Stirn. »Hast du nicht genug zu tun?«

»Sie fehlen mir einfach«, sagte sie.

Sie lebten nun schon mehr als ein Jahr zusammen, doch Nerys war immer noch nicht schwanger. Evan nahm größere Rücksicht auf ihre Gefühle, als er es zu Beginn ihres gemeinsamen Lebens getan hatte, und drückte ihr nun mit einer Miene resignierter Nachsicht die Hand.

»In Ordnung, Liebes. Wenn du das wirklich willst, dann lass sie doch mal zu Besuch kommen.«

Farida genoss die Lasterfahrt und dann die Busreise in die Stadt. Aufrecht saß sie mit einer Handvoll verschleierter Frauen und ihren Babys im hinteren Teil des Busses, als sei sie genauso alt und erwachsen wie diese.

Zahra lief inzwischen, obwohl Farida sie immer noch lieber trug. Stellte man sie auf den Boden, wackelte sie, Seesternhändchen nach vorn ausgestreckt auf drallen nackten Beinchen, die glatt waren wie hellbraune Hühnereier, durch die fremden Räume. Ihre Augen hatten die Farbe dunkler Jade und das toffeebraune Haar goldene Strähnen.

»Sie sieht schon ungewöhnlich aus«, meinte Evan, ehe er einen Stoß von Merkblättern in seinen Rucksack stopfte und mit Ianto davonradelte.

Er war zu beschäftigt und zerstreut, um sich für irgendetwas jenseits dessen, was ihn direkt betraf, zu interessieren.

Archie war da anders. Er war viel großzügiger und toleranter, und als die drei Frauen das erste Mal mit den zwei kleinen Mädchen auf der *Garden of Eden* zusammenkamen, kannte er schon die ganze Geschichte. Beim Bericht über den *Kangri*-Winter hatte er sich vor Lachen die Seiten gehalten, und erstaunt horchte er auf, als Caroline schüchtern die Geburt im winterlichen Kanihama erwähnte.

»Braves Mädchen«, meinte er, »Wie unglaublich tapfer Sie waren!«

»Ich hatte ja auch die besten Freundinnen der Welt – man schafft vieles, wenn einem Freunde helfen. Nerys hat sich bei meiner Niederkunft wunderbar um mich gekümmert.«

»Und du hast auch ein, zwei Tassen Kräutersud genossen«, warf Nerys ein. »Wir haben übrigens nie in Erfahrung gebracht, was drinnen war.«

Archie gestikulierte mit seinem Pfeifenstiel. »Wir hatten wohl beide Glück. Und stell dir mal vor, ich habe gleich alle beide als Pflegerinnen.« Er fiel seiner Frau in den Arm, als sie an ihm vorbeiging, und sie drückte ihm einen Kuss auf den Scheitel, wo in seinem sandfarbenen Haar eine kleine kahle Stelle aufgetaucht war.

Von Farida beschattet, watschelte Zahra von der Veranda der *Garden of Eden* in den Salon und wieder zurück. Sie zog silbergerahmte Bilder von niedrigen Regalen, verschmierte Glastüren und polierte mit ihren winzigen Händchen Tische, und alle strahlten, während sie ihr dabei zuschauten.

»Aus Zahra wird bestimmt mal eine Schönheit«, meinte Archie. Niemand sprach zwar darüber, doch immer noch war ihre Ähnlichkeit mit Ravi Singh unverkennbar.

Carolines Blick folgte ihr auf Schritt und Tritt. Zögernd, als ob sie es sich kaum zutraue, hatte sie begonnen, ihre Tochter auf dem Schoß zu halten, sich ihre Haare um die Finger zu wickeln und mit der Fingerspitze über Zahras Wange zu streichen. Zahra strahlte sie unvoreingenommen an, zeigte ihre weiße Zähnchenreihe, während Farida ihnen zusah und darauf wartete, dass Zahra wieder ihr allein gehörte.

Nerys und Myrtle beobachteten die wachsende Zärtlichkeit.

»Vielleicht ergibt sich eines Tages ja doch noch eine Möglichkeit«, flüsterte Myrtle.

Keine von ihnen wollte weiter spekulieren. Auch Nerys behielt ihre Sehnsüchte für sich. Fürs erste gehörte das Baby ihnen allen, und es reichte, die Kleine wachsen und gedeihen zu sehen. Zahra verköperte Hoffnung in einer dunklen Zeit.

Evan kam regelmäßig vorbei, um mit Archie eine Pfeife zu rauchen und die Kriegsnachrichten zu diskutieren. Eines Sommernachmittags hatten die drei Frauen die beiden Männer unterm Sonnensegel der Veranda zurückgelassen und unternahmen eine *Shikara*-Fahrt hinüber zum Shalimar-Park. Farida hielt Zahra zwar fest, doch die wand sich und lachte und streckte die Hände nach den Vögeln in der Luft und den Wassertropfen aus, die vom Paddel des Schiffsführers spritzten.

Der Park war voller Menschen: Familien, die im Schatten der riesigen Bäume picknickten, umherschlendernde Soldaten auf Urlaub und fliegende Händler, die Obst und Getränke verkauften. Zahras Augen und Mund wurden groß, als sie die glitzernden Fontänen und leuchtenden Farben der Blumenbeete erblickte. Sie kämpfte darum, heruntergelassen zu werden, und sobald ihre Füße das Gras berührten, tapste sie davon, von der Sonne in den Schatten und wieder aus ihm heraus, und ihr Kopf rotierte nur so, während gelbe Schmetterlinge, ein watschelnder Schoßhund, ein von einer Aya geschobener Kinderwagen ihre Aufmerksamkeit erregten.

»Sie wirkt so glücklich, nicht wahr?«, sagte Caroline. Stolz mochte sie sich zwar kaum zugestehen, doch Erleichterung und Dankbarkeit für diesen Nachmittag waren in ihrem Blick zu lesen.

Nerys holte beim Verkäufer auf der ersten Terrasse ein Eis und reichte es Farida. In ihrer Eile, daran zu lecken, ließ die Kleine einen Zipfel ihres Kopftuchs herunterhängen, zögerte dann jedoch und blickte auf Zahra, als ob die als Erste kosten müsse. »Nein, das ist nur für dich«, versicherte ihr Nerys. »Zahra ist dafür noch zu klein.«

Farida schloss die Augen, um sich ganz diesem Genuss hinzugeben. Sie erstiegen eine breite Treppenflucht in Zahras gemählichem Tempo, wobei diese sich lediglich herabließ, sich zwecks besserer Balance an Carolines Finger festzuhalten. Auf dem Treppenabsatz wandten sich dann alle um, um auf den Spiegel des Sees zurückzublicken, der inmitten seines Rings von Bergen vor Hitze flirrte.

Srinagar schien an diesem Tag schöner als je.

»Das ist ja fast wie früher«, sagte Myrtle. Nerys schlang den Arm um die schmale Gestalt ihrer Freundin, als sie sich wieder umdrehten, um noch höher hinaufzusteigen, wobei ihnen Caroline immer einige Schritte voraus war. Zur ihrer Linken fand unter dem stattlichsten der Chinar-Bäume ein Picknick statt. Es gab Damen in Klappstühlen, von denen einige Sonnenschirme hielten, und mehrere Männer saßen im Gras, während Diener in diskreter Distanz verharrten.

Zahra jagte einem Schmetterling hinterher. Da sie sich zu rasch bewegte, verlor sie das Gleichgewicht, purzelte ins Gras und verlor dabei ihren Sonnenhut. Farida war mit ihrem Eis beschäftigt, sodass Caroline hinter ihr herschoss, um sie aufzuheben. In den zwei Sekunden der Stille, in denen Zahra den Atem anhielt, um gleich darauf einen erschrockenen und entrüsteten Schrei auszustoßen, riss Caroline sie in die Arme und küsste sie auf die Stirn.

Ein Mann erhob sich aus der Picknickgruppe und schlenderte zu ihr hinüber. In einer weißen *kurta* unter dem ärmellosen Rock aus hellem cremefarbenen Leinen wirkte er makellos.

»Dem Kind ist doch hoffentlich nichts passiert?«, meinte Ravi Singh.

Zahra plärrte los, und Farida warf ihr Eis beiseite.

Carolines Blick begegnete Ravis. »Es war nur ein kleiner Sturz.«

Sie ließ sich von Farida die Kleine abnehmen. Farida flüsterte beruhigend auf Zahra ein, und sofort hörte sie auf zu schreien. Ravi ließ Caroline nicht aus den Augen.

Sie wirkte nun viel älter als das Mädchen, das Ralph Bowen geheiratet hatte. Die zwei Jahre, die sie seither durchlebt hatte, hatten die zarte englische Rose verblassen lassen, aber die ausgeprägteren Wangenknochen und die verschatteten Augen verliehen ihr eine düstere Schönheit.

»Wer sind diese Kinder?«, fragte Ravi Singh. Seine Stimme klang wie das Knistern von Seide.

»Sie erinnern sich an meine Freundinnen, Mrs McMinn und Mrs Watkins?«

Ravis Umgangsformen waren perfekt wie stets. Er verbeugte

sich vor beiden. »Selbstverständlich. Guten Tag. Ein herrlicher Tag für den Shalimar-Park.«

»Hallo, Ravi.« Myrtle nickte. Sie schob sich eine Zigarette zwischen die purpurnen Lippen.

Nerys erwiderte: »Ich unterrichte Kinder in einem Altstadtbezirk. Die zwei wohnen bei meinem Mann und mir in der Mission. Leider sind beide Waisen. Wir tun unser Bestes, um ihnen zu helfen.«

Ravi verlagerte nun sein Augenmerk. Zahras lange schwarze Wimpern wölbten sich feucht auf der honiggoldenen Wange. Ein dralles Füßchen baumelte in einem winzigen Ziegenlederschuh. Farida starrte ihn böse an. »Verstehe«, erwiderte er.

»Bitte, lassen Sie sich doch von uns nicht von ihren Freunden fern halten«, meinte Myrtle ein wenig gedehnt.

»Ich danke Ihnen für die Erinnerung, Mrs McMinn.« Er verbeugte sich noch tiefer, das attraktive Gesicht aufs Äußerste angespannt. »Guten Tag.«

Er drehte sich um, gleichzeitig aber packte er Carolines Ellbogen und zog sie beiseite. Sie konnte nichts anderes tun, als ihm zu folgen. Sofort verzog sich sein Mund zu einem Lächeln, und er senkte den Kopf, um ihr ins Ohr zu flüstern: »Ich habe dich vermisst, liebe Caroline.«

»Ach, haben Sie das? Warum denn wohl?« Eine rosige Röte färbte ihr die Kehle und stieg ihr in die Wangen.

»Ich würde dich gerne wiedersehen. Da kannst du mir dann erzählen, was seit unserer letzten Begegnung alles passiert ist. Was es auch war …«, er hielt inne und betrachtete sie erneut, »… es hat dich von einem Mädchen in eine schöne Frau verwandelt.«

Caroline straffte die Schultern. Sie befreite ihren Arm aus seinem Griff und wich einen Schritt zurück. Ihre Gesichtsfarbe war nun dunkel vor Entrüstung.

»Das ist gänzlich unmöglich. Mein Gatte befindet sich immer noch in japanischer Kriegsgefangenschaft in Burma. Und wie so viele andere Armee-Ehefrauen warte ich und bete um seine Heimkehr.«

»Die Abwesenheit deines Mannes war in der Vergangenheit doch noch nie ein Hinderungsgrund.« Er lächelte.

»Das war mein Fehler.«

Ravi war verärgert. Sein Mund war nun ein verkniffener Strich, und er hob eine schwarze Braue.

»Dann tut es mir leid, dich daran erinnert zu haben. Ich hoffe, die Erinnerungen an jenes andere Mal quälen dich nicht allzu sehr.« Ein kalter Blick streifte Zahra, die nun beglückt auf die Blumen zustolperte.

»Leben Sie wohl«, sagte Caroline. Doch Ravi schritt schon wieder mit großen Schritten zu seinen Freunden zurück.

Myrtle und Nerys packten die Mädchen, und die drei Frauen eilten wieder treppab und zum Seeufer.

»Er – er hat gefragt, ob er mich treffen kann«, brachte Caroline, sobald sie außer Sicht waren, stotternd über die Lippen.

»Der Mann hat in der Tat Selbstvertrauen«, sagte Myrtle.

»Ich habe Angst vor ihm.« Das Herz hämmerte Caroline in der Brust, und mit Entsetzen erkannte sie, dass die Hälfte ihres Unbehagens vom körperlichen Verlangen herrührte, das sie nach Ravi verspürte. Vom Wunsch, durch die marmornen Korridore in seine Privatgemächer zu gleiten, wo die hellen Seidenvorhänge in der Brise flatterten und Rosenblütenblätter in silbernen Wasserbecken schwammen.

»Hab keine Angst.« Nerys befand sich an ihrer Seite, ebenso wie Farida, an deren schmaler Schulter Zahras müdes Köpfchen lehnte. »Bei uns bist du sicher.«

»Und wenn er es erraten hat?«, flüsterte Caroline.

»Das hat er nicht. Und wird es auch nicht«, beteuerte Myrtle.

Nerys war sich da nicht so sicher, doch sie schwieg. Sie dachte an Rainer, und wie all ihre Instinkte sie zu ihm drängten, wann immer es eine Bedrohung gab. Doch Rainer war aus Srinagar verschwunden und hatte nichts mehr von sich hören lassen. Sie hatte gerüchteweise gehört, dass er endgültig in die Schweiz zurückgekehrt sei, aber auch, dass er sich an einer Geheimmission irgendwo im Südpazifik beteilige, beziehungsweise, dass er mit einer Zauber-Show durch die Nachhutposten der alliierten Truppen tourte. Doch sie hatte keine Möglichkeit, herauszufinden, ob irgendeine dieser Geschichten auch nur ein Körnchen Wahrheit enthielt.

Myrtle ging ihnen voraus. »Lasst uns heimfahren, zur *Garden*.« Ihre *shikara* erwartete sie am Landungssteg.

14

August 1944

Weißt du es auch bestimmt?«, fragte Myrtle. Eine Wolke aus Zigarettenrauch schwebte über ihrem Kopf und bot ihr ein wenig Schutz vor den Fliegen, die Nerys und Caroline plagten. Jenseits der Gartenmauer erhob sich ein Misthaufen. Der Nachmittag war drückend, und ein dichter Dunstschleier verbarg den Himmel.

Caroline hatte die Augen so weit aufgerissen, dass rund um die blauen Regenbogenhäute das Weiße sichtbar wurde. Sie hatte die Finger im Schoß verknotet, während sie an ihrem Ehe- und Verlobungsring drehte. »Oh, ja, ich glaube schon. Ich meine, es ist noch nicht offiziell. Mrs Dunkeley meint, sobald Namen und Ränge offiziell bestätigt sind, wird das Divisionshauptquartier die Ehefrauen und Familien offiziell benachrichtigen. Aber ich denke, dass es schon stimmen wird.«

Nerys lehnte sich auf einer wackligen Küchenbank zurück und ihr Knöchel streifte ein Korianderbeet, das die Luft mit seinem Duft erfüllte. Sie hatte Caroline mit zunehmender Sorge beobachtet.

Archie nahm seine Pfeife aus dem Mund. »Haben sich wacker geschlagen. Brave Kerle«, meinte er. Man hatte ihm seinen Rollstuhl an seinen gewohnten Ort im Schatten eines Mandelbaums geschoben.

***

Der Bungalow in einem Außenbezirk der Neustadt von Srinagar besaß einen kleinen umzäunten Garten. Mit Hilfe eines gebeugten alten Mannes, der mit zerbeultem Strohhut über der roten Scheitelkappe in der Sonne schuftete, hatte Myrtle Kürbis, Spinat sowie ein Beet faustgroßer Kohlrabis angebaut. »Sieh dir mal den hier an, damit würde ich auf jedem Dorfwettbewerb in England den ersten Preis gewinnen«, hatte sie geprahlt, während sie das erdverkrustete Ding schwang. »Die Frage ist nur, warum irgendjemand so etwas essen sollte?«

Die MacMinns hatten sich im vorausgehenden Winter nach Delhi zurückgezogen, die *Garden of Eden* abgesperrt und leer zurückgelassen, weil Myrtle keinen Kaufinteressenten gefunden hatte. Doch gerade als die Sommerhitze wieder drückender zu werden begann, hatte ein amerikanisches Paar, Privatleute, es für eine Saison genommen, mit der vagen Aussicht, dass man, wenn alles gut gehe, vielleicht einen Kauf in Erwägung ziehe. Bob Flanner war im Import-Export-Geschäft, berichtete Myrtle, und schien nur so mit Dollars um sich zu schmeißen. Mrs Flanner hatte Majid und den Rest des Personals übernommen, was – meinte Myrtle – eine große Erleichterung für sie sei, denn obwohl sie ihnen nur einen stark verminderten Bedienstetenlohn zahlte, war dies mehr, als sie und Archie sich künftig leisten konnten. Und so hatten die McMinns die schwierige Reise von Delhi herauf gemacht und fürs erste ihre Möbel in die kleine Mietwohnung bringen lassen. Sie war weit entfernt vom See, man sah weder Wasser noch Berge noch sonst viel außer einer Ziegelmauer und den Baumwipfeln der Nachbargärten, doch Archie hatte beteuert, sie sei ideal. »So ruhig. Unsere Nachbarn sind alles bezaubernde Leute. Und ich sitze so gerne in der kühlen Brise im Garten.«

»Nach diesem Sommer ... weiß ich wirklich nicht weiter«, gestand Myrtle Nerys.

Es gab keine Empfehlung, die Nerys ihr hätte geben, keine Vorhersage, die sie hätte wagen, und die mehr Bedeutung hätte haben können als hundert andere, ganz zu schweigen davon, dass sie Myrtle keinen Grund zum Optimismus bot. Unsicherheit war noch immer ihr Alltag, und nicht nur in persönlicher Hinsicht, sondern auch in Bezug auf den Krieg und das, was sein Ende wohl mit sich brachte.

Ende März waren die Japaner aus dem besetzten Burma über die fernen Naga-Hügel in Indien einmarschiert. Die Absicht ihres kommandierenden Generals war es, die Straßenverbindung zwischen Imphal, der Hauptstadt des indischen Bundesstaats Manipur, die nur siebzig Meilen von der burmesischen Grenze entfernt lag, und der verschlafenen Garnisonsstadt Kohima zu kappen. Zwar konnten sie Imphal nicht einnehmen, doch Kohima wurde belagert. Die Kämpfe in und um die Stadt setzen sich bis in den April hinein fort, als eine zusammengewürfelte Streitkraft aus britischen und indischen Regimentern um ihre Verteidigung rang.

Die alliierten Streitkräfte kämpften erbittert weiter, während die Opferzahlen stiegen. Verstärkung kam nur ganz peu à peu vom Versorgungslager in Dimapur herauf, und schließlich wurde die Belagerung durchbrochen. Am 22. Juni trafen britische Truppen aus Kohima zwanzig Meilen außerhalb von Imphal auf Männer der 5. Indischen Division, die ihnen entgegengerückt waren. Der japanische Vorstoß nach Indien war gestoppt. Ihren Truppen fehlte es zunehmend an Munition, Luftsicherung und Lebensmittelvorräten, und die alliierten Truppen begannen sie nach und nach aus dem Hügelland zu verjagen und sie auf demselben Weg, auf dem sie gekommen waren, nach Burma zurückzutreiben.

Während all dieser Zeit hatten lediglich Evan und Ianto Jones wie gewohnt weitergemacht. Entgegen allen Erwartungen war aus Wales eine große Schiffsladung von Bibeln eingetroffen, und die beiden Männer radelten jeden Tag durch die Gegend, um sie an ihre winzige Gemeinde und jeden anderen zu verteilen, der geneigt schien, das Wort Gottes anzunehmen. Nerys aber schien es, als hielten sie alle seit Wochen den Atem an und könnten nun erleichtert ein wenig aufatmen. Eines Abends kam sie unerwartet in den kleinen weißgekalkten Raum, der ihnen als Kapelle diente, und fand Evan betend auf den Knien. Sie flüsterte eine Entschuldigung, weil sie ihn gestört hatte, und wollte gerade auf Zehenspitzen hinausschleichen, als Evan sie an der Hand packte. »Bleib bei mir, Nerys.«

Unbeholfen ließ sie sich neben ihn auf die Knie sinken.

»Ich bete für unsere Männer auf den Schlachtfeldern, was sonst, in Burma oder wo immer sie auch sind«, sagte er, »aber ich bete auch für dich und für mich und unsere künftige Familie, mein Liebes. Falls der Allmächtige so gütig ist und dies nicht als selbstsüchtige Bitte auffasst.«

Vor Mitleid zerriss es ihr fast das Herz. Evan sehnte sich genauso nach einem Kind wie sie. Im Schutz der Dunkelheit streckte er regelmäßig die Hand nach ihr aus und umarmte sie wortlos – als ob Sprechen die Schleusentore der Verwirrung öffnen könnte –, doch trotz seiner Sprachlosigkeit verstanden sie sich, glaubte sie, inzwischen ein wenig besser. Sie versuchte, ihn zu beruhigen. »Das tut er bestimmt nicht.«

Im darauffolgenden Schweigen versuchte sogar sie sich an einem stockenden, ungeübten Gebet. Kinderstimmen erhoben sich aus dem Hof unter dem Fenster, wo die Missionsschüler spielten und hintereinander herjagten. Demütig betete sie darum, das Evan nachgeben und einer Adoption Zahras zustimmen möge. Sobald sie dies getan hatte, wagte sie es auch auszusprechen, »Wir können immer noch eine Familie haben. Es gibt nicht nur einen Weg …«

Er zögerte keine Sekunde lang. »Ich glaube nicht, das ich das könnte«, sagte er. »Das Kind eines anderen annehmen und als eigenes aufziehen.« Etwas geradezu Trostloses lag in seiner Stimme.

Nerys blieb noch einem Moment lang knien und erhob sich

dann steif. Sie tätschelte Evans Schulter, und er beugte wortlos den Kopf. Sein Haar war inzwischen fast völlig ergraut.

Unten im Schulzimmer kam Zahra, zwei Jahre und drei Monate alt, herbeigerannt, um Nerys zu begrüßen. Kein einziges der Kinder dort war mollig, doch Zahra hatte immer noch weiche Grübchen in den hellbraunen Knien und Ellbogen. Sie hatte zwei perfekte weiße Zahnreihen, und ihr braungoldenes Haar war inzwischen lang geworden. »Ness, Ness«, rief sie vergnügt.

Ende Juli quälten sich die 15 000 japanischen Soldaten, die nach Indien einmarschiert waren, in Richtung Rangun zurück. Die Hälfte von ihnen sollte unterwegs umkommen, an Hunger, Erschöpfung oder der Ruhr.

Und dann, Anfang August, sickerten merkwürdige Nachrichten nach Srinagar durch.

In den abgeschiedenen Hügeln im Innern Burmas hatte man eine Abordnung britischer Kriegsgefangener entdeckt. Nach dem Fall Singapurs waren die Männer ursprünglich im Gefängnis Changi festgehalten worden, doch dann hatte man sie nach Norden verlegt, um an den Straßen zu schuften, die man hastig baute, um den Vormarsch der japanischen Infanterie über die Grenze nach Indien mit Nachschub zu versorgen. Diese Männer, die das Glück hatten, nicht von ihren auf dem Rückzug befindlichen japanischen Wärtern niedergemetzelt zu werden, waren von einer vorrückenden Einheit der indischen Infanterie entdeckt worden. Als die Soldaten auf sie stießen, versteckten sie sich – halb verhungert und unsicher, wie weit der alliierte Vormarsch gekommen war – in einem improvisierten Lager an den Rändern eines Hügeldorfs. Captain Ralph Bowen war einer dieser Männer.

Dies war die Nachricht, die Caroline Myrtle und Archie an diesem heißen Nachmittag überbrachte.

»Weißt du das auch bestimmt?«, wiederholte Myrtle.

»Nein, aber wenn es stimmt, wenn er es wirklich ist, dann könnte er in einigen Wochen hier sein. Und ich kann mich um ihn kümmern, nicht wahr? Dann bin ich wieder Ehefrau, so wie du es für Archie bist.«

Archie sprach nur selten über seine Kriegserlebnisse, und setzte sich mit keinem davon direkt auseinander. Aber unter dem Baumschatten hervor meinte er nun: »Die Rückkehr nach Srinagar wird nicht leicht für ihn sein, weißt du. Sein altes Leben wird ihm vorkommen, als sei es das eines völlig anderen Mannes. Keiner von uns kann wohl ermessen, was er erlebt und erlitten hat.«

Er sah weg, auf den Zaun und die Baumwipfel und fing sich dann wieder. »Trotzdem hat er verdammtes Glück gehabt. Wir alle. Bald haben wir diesen Krieg gewonnen, und dann wird es wieder ein Leben geben. Eine neue Welt.«

Mit geballter Faust hämmerte er auf den geöffneten Handteller der anderen Hand, und vor lauter Vorfreude hellte sein hageres Gesicht sich auf. Nerys wunderte sich über Archies Beherztheit, sich tatsächlich zu den Glücklichen zu zählen und auf eine neue Welt zu freuen, in der das britische Indien, das die McMinns ihr Leben lang gekannt hatte, mit größter Sicherheit nicht mehr existieren würde.

»Ja.« Caroline nickte. Ihre Hände flatterten.

Myrtle stellte die Frage zwar, doch den anderen beiden lag sie nicht weniger am Herzen. »Und was wird aus Zahra?«

Caroline schien vor Furcht zu zittern.

Seit Archie und Myrtles Rückkehr ruhte die Frage, weil die jeweiligen Umstände ihren eigenen Rhythmus entwickelten und es scheinbar keinen Grund zum Eingreifen gab. Alle zusammen waren sie zur Großfamilie des kleinen Mädchens geworden. Caroline spielte mit ihr oder ging mit ihr spazieren, immer begleitet von Farida, doch trotz zunächst vielversprechender Anzeichen schien es, als habe sie nie recht gelernt, ihre Tochter zu lieben. Ihre Miene überschattete sich, wenn sie sie betrachtete, ihre Arme wurden steif, wenn sie sie hielt. Die McMinns und Nerys dagegen überschütteten Zahra rückhaltlos mit ihrer Zuneigung und wiesen einander mit unverhohlenem Stolz auf ihre jüngsten Fortschritte hin. Archie liebte es, sie herumlaufen und spielen zu sehen, konnte stundenlang mit ihr plaudern oder ihr Geschichten erzählen. Myrtle allerdings hatte Nerys zuletzt gestanden, sie bezweifle, sich außer um ihren verkrüppelten Mann noch um einen weiteren Menschen kümmern zu können.

»Ich fürchte, dass ich nicht einmal das richtig schaffe«, sagte sie. »Wie sollte ich da noch Mutter sein, wo sich jetzt schon alles in meinem Leben um Archie dreht?«

»Ich weiß, ich verstehe das völlig. Vielleicht sollten letztlich doch Evan und ich ...« Es gibt immer noch Hoffnung, dachte Nerys.

Nerys bestand darauf, dass die zwei Mädchen einen beträchtlichen Teil ihrer Zeit oben in Kanihama bei den Weberfamilien verbrachten. Es war wichtig, sie nicht von ihrer Herkunft und wahrscheinlich auch Zukunft abzuschneiden, fand sie. Doch die zwei konnten problemlos und oft nach Srinagar kommen, vor allem während des goldenen kaschmirischen Sommers.

»Caroline hat Angst davor, sie zu lieben«, hatte Myrtle einmal gemeint, als sie und Nerys allein waren.

»Nach der Geburt hat sie einen Zusammenbruch erlitten. Das ist der Grund«, hatte Nerys ihr geantwortet. »Sie assoziiert Zahra damit, und Angst hat sie vor allem vor einer Rückkehr der Krankheit.«

Ein jäher Windstoß ließ die tönernen Glocken erklingen, billigen Tempelschmuck, den Myrtle am Verandabalken befestigt hatte. Der Gärtner tauchte zwischen seinen Gemüsebeeten auf, und der Strohhut nickte, während er die Gießkanne hob und senkte, im Takt seiner Bewegungen.

Archie gestikulierte mit seinem Pfeifenstiel in Richtung des Hauses. »Soll ich mal reinrollen und euch Mädels ein bisschen reden lassen?«

Caroline schüttelte den Kopf. »Aber nein. Du weißt doch sowieso über alles Bescheid. Sag mir nur, was ich machen soll. Ich kann Ralph nicht sagen, was ich mit … was ich getan habe, vor allem jetzt, wo er so viel durchgemacht hat und nach Hause kommt, um sich pflegen zu lassen. Das kann ich doch nicht, oder?« In ihrer Panik stieg ihre Stimme an.

»Dann sag nichts und tu auch nichts«, meinte Myrtle.

Nerys versuchte, sie zu beruhigen. »Wir können uns ja alle weiter um Zahra kümmern, so wie wir es momentan tun und immer getan haben – so diskret, wie es eben nötig ist. Kanihama ist weit genug weg, und in der Stadt haben wir den Schutz der Mission. Sie ist eine Waise, ein Kind unter vielen anderen. Schließlich hat keiner Fragen gestellt, oder?«

Caroline schüttelte benommen den Kopf. Seit dem Nachmittag im Shalimar-Park war mehr als ein Jahr vergangen.

»Das wird ja wohl nicht so schwierig sein«, sagte Nerys. Sie überlegte. Zahra und Farida mussten mehr Zeit in der Abgeschiedenheit Kanihamas verbringen, doch das würde, sobald es wieder Herbst und Winter wurde, sowieso ganz natürlich geschehen. Vielleicht konnte sie ja auch selbst wieder ins Dorf ziehen. Aber wie sollte sie das Evan erklären?

»Du hast recht, ich sollte gar nichts unternehmen. Ich möchte, das Ralph wohlbehalten heimkommt, ich will sehen, ob … ob wir – nicht irgendwie – zusammenleben können, nicht wahr. Und warum auch nicht?«, Caroline stockte.

Wenn es dir nur gelänge, dachte Nerys. Sie versuchte, das Ganze positiv zu sehen. Vielleicht war Ralph in den drei Jahren, die er fort war, ja weicher geworden. Vielleicht gab die Sorge um einen erschöpften und verhungerten Überlebenden Caroline das nötige Vertrauen und Selbstvertrauen. Vielleicht würde sich für das Zahra-Problem letztlich doch noch eine Lösung finden. Womöglich änderte Evan ja noch seine Meinung. »Es gibt keinen Grund, warum es nicht klappen sollte«, sagte sie.

Caroline biss sich auf den Mundwinkel. »Ich muss eine Möglichkeit finden … für sie zu sorgen, nicht wahr? Ich meine, finanziell. Um sicherzustellen, dass sie, auch wenn sie keine Mutter hat … das heißt, keine richtige … dass sie eines Tages wenigstens eine Mitgift hat. Dann kann sie heiraten und selbst eine Tochter bekommen.« Carolines Gesicht fiel zusammen, und sie begann zu schluchzen.

Archie kratzte sich mit dem Stiel seiner erkalteten Pfeife am Kinn, immer noch britischer Offizier genug, um beim Anblick weiblicher Tränen Unbehagen zu verspüren. Caroline fasste sich wieder. Mit dünnem Lächeln wegen ihres ganzen Jammers murmelte sie: »Tut mir leid. Ich bin dumm. Zahra ist ja zunächst schon mal besser dran als Farida und die anderen, nicht wahr? Und es besteht immer Hoffnung auf einen unverhofften Glücksfall. Oder eine Erbschaft. Von meiner Patin, womöglich.«

»Ganz genau«, pflichtete Myrtle ihr bei.

Geld war inzwischen für sie alle zum Problem geworden. Nerys hatte fast ihre gesamte Erbschaft von den Großeltern aufgebraucht, über die Missionsarbeit und Schulfinanzen musste minutiös Rechenschaft abgelegt werden, und auch die McMinns waren nicht mehr wohlhabend.

»Der Herr wird für uns sorgen«, sagte Nerys. Das glaubten jedenfalls Evan und Ianto.

»Inzwischen werde ich uns einen Tee kochen.« Myrtle entfernte sich und ging ins Haus, klatschte in die Hände und rief nach dem schwerfälligen Mädchen, das ihr in der Küche zur Hand ging. Myrtle und Nerys lachten heutzutage häufig über deren Ähnlichkeit mit Diskit, damals in Leh.

Der Samowar und das Tablett aus schwerem Benares-Messing waren noch von der *Garden of Eden* her vertraut, ebenso wie die zarten Porzellantassen und Untertassen mit ihrem blassblauen Glockenblumenmuster.

»Danke, mein Mädchen«, sagte Archie und tätschelte ihr die

Hand, als sie ihm sein Tasse reichte. »Ich liebe den Fünfuhrtee ungemein.«

»Könnte das möglicherweise mit seiner Nähe zur *Chota*-Stunde zu tun haben?«

Cocktails gab es zwar keine mehr, doch Archies Whiskyflasche hatte noch immer ihren regelmäßigen allabendlichen Auftritt.

»Nein, ich glaube nicht. Tee besitzt seinen ganz eigenen, abgeklärten Charme.«

Die McMinns neckten sich und scherzten noch immer, und Nerys war die einzige, die wusste, wie schwer Myrtle die Pflege fiel und wie sehr sie den kräftigen Mann vermisste, den sie einst geheiratet hatte. Inzwischen betrachtete sie beide mit größter Zuneigung.

Nach dem Tee meinte Caroline, sie müsse nun zurück in den Bungalow, falls es irgendwelche neuen Nachrichten geben sollte. Nerys meinte, sie werde sie bis zum *Tonga*-Stand begleiten. Sie ließen Myrtle an Archies Seite zurück, die Arme auf seine Schultern gestützt. Die untergehende Sonne warf einen langen, siamesischen Schatten auf den Boden, als seien die beiden nur eine einzige Person.

Caroline und Nerys traten aus der Hinterpforte auf die Gasse. Es hatte aufgeklart, ein schwarzer Fliegenschwarm erhob sich aus dem Misthaufen des Nachbarn, und ein Bettler, der neben dem Zaun gekauert hatte, nahm seinen zerrissenen *dhoti* zusammen und rannte auf dünnen Storchenbeinen vor ihnen davon.

»Glaubst du, du kommst zurecht?«, fragte Nerys. Ein knochiger alter Klepper hob den Kopf, und der Kutscher kletterte eilig vom Rücksitz der *tonga*, wo er gedöst hatte.

»Natürlich. Ich sollte mich freuen. Mein Mann kommt nach Hause. Viele andere Frauen haben nicht dieses Glück.«

Nerys trat zurück, und knarrend setzte sich das uralte Gefährt in Bewegung.

Nur ungern erinnerte sie sich, dass sie halb gehofft hatte, Ralph

Bowen möge nicht zurückkehren – als ob der Tod eines Mannes mehr Probleme lösen könne, als er neue stellte.

Armer Ralph, dachte sie. Er war genauso arm dran wie die arme Caroline – mindestens.

Sie machte sich auf den Rückweg zur Mission. Es war ein langer Weg, doch sie liebte es, durch die Straße zu streichen und am Schilf entlang, das die Kanäle säumte. Srinagars Gerüche nach Dung, würzigen Speisen und Rauch umgaben sie; Schreie, ein Fetzen Musik und der Klang von Hämmern auf Metall wich hupendem Verkehrslärm, als sie über eine belebte Straße eilte und in ein Labyrinth winziger Gassen tauchte, die ihr fast so vertraut geworden waren wie die Dorfstraßen von Wales. In unmittelbarer Nähe ihres Hauses kam sie unter einer Brücke heraus und sah lange Wäscheleinen voller Stoffe, die vor einer Färberei zum Trocknen aufgehängt waren. Streifen aus Rot und Pink und Violett flatterten und spiegelten sich zwischen grünen Tempelkuppeln im silbernen Wasser des Flusses. Die Stadt war schön und unergründlich, und ihre Konflikte ließen Nerys ihre kleinen Sorgen noch kleiner erscheinen. Als sie wieder daheim war, war sie ruhig und ebenso bereit wie Evan, zu akzeptieren, was immer ihnen beschieden war.

Caroline bezahlte den *Tonga*-Kutscher und stieß das Gartentor auf. Wie immer drehte es sich knarrend und schwerfällig in den Angeln, und sie gab auf, es öffnen zu wollen, und zwängte sich stattdessen – wie immer – durch den schmalen Spalt. Julia Dunkeley von nebenan arbeitete im Garten – Caroline hörte das Zuschnappen der Gartenschere, während die Frau sich an ihren mickrigen Rosen abmühte. Caroline duckte sich und eilte an einem Beet durstiger Ringelblumen vorbei den Pfad entlang, hoffend, die Nachbarin werde nur ein einziges Mal nicht den Kopf über den Zaun strecken.

Es war heiß in dem kleinen Schuhkarton von einem Haus. Der neue Hausboy hatte vergessen, die Fensterläden zu schließen, sodass die Sonne den ganzen Nachmittag ungehindert hereingeströmt war. Das frühabendliche Licht war immer noch hell genug, um den Staub erkennen zu können, der den Sekretär bedeckte und das Glas des gerahmten Hochzeitsfotos trübte. Rasch ging Caroline weiter ins Schlafzimmer. Sie knöpfte ihr Sonnenkleid auf und ließ es zu Boden gleiten. Sie streckte den Hals, um den dumpf hämmernden Schmerz in ihrem Kopf zu mildern, verdrehte dann das Haar im Nacken, wo die Haut feucht und verschwitzt war, und steckte es hoch.

Das Bett lag glatt und flach unter einer gestreiften Baumwolldecke. Die Nackenrolle befand sich an Ort und Stelle, zwei Kopfkissen Seite an Seite darauf, wie stets. Caroline schloss die Augen. In einigen Wochen, vielleicht nur zwei oder drei, würde Ralphs Kopf auf dem linken Kissen ruhen. Und eines seiner Bücher über Militärhistorie aus der kleinen Reihe im Bücherschrank im Wohnzimmer würde ihn auf seinem Bambusnachttisch erwarten.

Sie zitterte von Kopf bis Fuß. Ein Schweißtropfen rann ihr zwischen den nackten Schulterblättern den Rücken hinunter.

Sie wandte sich ab und rannte aus dem Zimmer.

In Unterwäsche setzte sie sich an den Sekretär und klappte die Schreibplatte herunter. Aus einer muffigen Schublade nahm sie einen Bogen Schreibpapier und tastete in einer der hölzernen Ecken nach einem Fläschchen Quink-Tinte und einem Füller. *Lieber Ravi,* begann sie.

Dann hielt sie inne und kaute auf dem Füller herum, um dann hastig weiter zu schreiben.

Es tut mir leid, dass es so lange gedauert hat, und ich erst jetzt auf deine Nachricht antworte. Vielleicht hat sich seither ja alles für dich verändert. Falls ja, so ignoriere dieses Schreiben. Ansonsten würde ich dich gerne besuchen, wie du es vorgeschlagen hast.

Mit freundlichem Gruß, Caroline

Sie musste den Brief, den er ihr schon vor mehr als einem Jahr geschrieben hatte, nicht auseinanderfalten, denn sie kannte ihn auswendig; dennoch holte sie den dicken Bogen aus schwerem cremefarbenen Papier aus seinem Versteck. Nachdenklich fuhr sie mit der Spitze des Zeigefingers über die Prägung. Ravis Handschrift war schwarz, flüssig und durch starke Unterlängen charakterisiert.

Er hatte ihr geschrieben, sie gebeten, ihn heimlich zu treffen, weil er sie vermisse, und auch weil er glaube, sie hätten gewisse Dinge zu besprechen. Die letzte Zeile seiner kurzen Mitteilung aber schien ihr rascher und mit weniger Berechnung hingeworfen worden zu sein:

Bitte komme, liebstes Mädchen. Immer dein, Ravi

Welche Angelegenheiten wollte er wohl mit ihr besprechen?

In all den langen Monaten, die inzwischen verstrichen waren, hatte Caroline manchmal fast selbst glauben wollen, dass er sie tatsächlich liebte, und dass das einzige Hindernis, das sie voneinander trenne, ihre eigene Entschlossenheit sei. Die meiste Zeit jedoch war sie überzeugt gewesen, dass Ravi Singh sich lediglich für sein eigenes Vergnügen interessierte, und ein Mann war, den es zu fürchten galt.

Die Drohung in diesem Brief war so zart angedeutet, dass sie kaum zu erkennen war. Nun jedoch, da Ralph zurückkehrte, musste sie in Erfahrung bringen, was Ravi tatsächlich vorhatte, oder aber in ständiger Ungewissheit leben.

Und es gab einen weiteren Grund, warum sie ihn sehen wollte. Und dabei ging es um Zahra. Irgendwie wollte sie die Tatsache, dass Ravi Singh so achtlos, so rücksichtslos reich war, ausnutzen – falls sie denn eine Möglichkeit dazu sah.

Caroline fand ein Kuvert für ihre Mitteilung, versiegelte und adressierte sie. Dann holte sie sich im Schlafzimmer die Streichholzschachtel, die neben der Kerze auf ihrem Nachttisch lag. Sie riss eines der Zündhölzer an und setzte Ravis Brief von einer Ecke her in Brand. Sie hielt das sich aufrollende Papier, bis sie sich fast die Finger daran verbrannte, und ließ das letzte cremefarbene Fitzelchen davon in den metallenen Papierkorb fallen.

Der Schweiß auf ihrer Haut war getrocknet, und sie fröstelte nun.

***

Sitar-Musik spielte, als Caroline dem lautlos sich bewegenden Diener über einen gepflasterten Innenhof folgte. In der Mitte des umschlossenen Raumes befand sich ein Becken, das mit türkisen und goldenen Kacheln gefliest war und in dem dicke Fische sich von Sonnenstrahlen bescheinen ließen. Ständig rinnendes Wasser verlieh dem Ganzen in der Nachmittagshitze eine kühle Note.

Ravi lag in einem vom Hof abgehenden, überkuppelten Raum in einem Liegestuhl. Der Musiker hockte mit gekreuzten Beinen auf einigen Polstern in der Ecke und hatte den Kopf über sein Instrument gebeugt. Ravi erhob sich, sobald der Diener sie hereinführte. »Wie schön du heute bist.« Er küsste ihr die Hand.

Caroline fuhr sich mit der anderen über den weiten Rock ihres Sommerkleids. Ravi war dicker geworden, dachte sie, und hatte nun ein weiches Fettpölsterchen unter der Kinnpartie, das seinem jüngenhaften Profil einen Hauch von Korruption verlieh.

Ravi nickte dem Sitarspieler zu und gab dem Diener einen knappen Befehl. Beide zogen sich zurück, und Caroline blickte sich mit geflissentlicher Nonchalance um. Schon öfter war sie in anderen Räumen des Haus mit Ravi allein gewesen, dieser jedoch war neu für sie. Es gab hier einen geschnitzten Schreibtisch mit einem hochlehnigen Stuhl, der in seiner Pracht fast etwas Thronartiges besaß. Auf dem mit grünem Leder bespannten Schreibtisch stapelten sich Papiere, verschlossene Kästen, weiche Filzbeutel, gedruckte Dokumente. Gegenüber davon befand sich eine

Nische, in der ein Diwan stand, auf dem sich bestickte Seidenkissen stapelten. Ansonsten war da nur noch der Liegestuhl und ein niedriger Tisch mit einem ordentlichen Stoß ledergebundener Bücher. Die Fenster waren hoch, schmale Schlitze, die die goldenen Strahlen der Sonne gitterstangenförmig auf die Kaschmirteppiche fallen ließen. Es schien, als sei Ravi inzwischen nicht mehr der träge Playboy von einst. Dies war das Zimmer eines vielbeschäftigen Mannes, der wichtige Dinge zu entscheiden hatte, oder zumindest den Anschein erwecken wollte.

Die Atmosphäre asketischer Opulenz verwirrte Caroline. Und schon gewann Ravi wieder die Oberhand. Einen Moment lang wandte sie sich von ihm ab und tat, als blicke sie durch einen der Fensterschlitze auf den Garten hinaus.

»Wo soll ich mich hinsetzen?«, fragte sie über die Schulter gewandt.

»Komm.«

Er legte ihr den Arm um die Taille und führte sie zum Diwan.

Dieser war groß genug, um – wenn sie sich in den Kissen zurücklehnten – einen halben Meter Platz zwischen ihnen zu lassen. Caroline zog ihre Füße hoch und betrachtete Ravis Gesicht. Das Doppelkinn ließ ihn zwar älter erscheinen, aber er war immer noch ungemein attraktiv. Sie unterdrückte den ungelegenen Wunsch, er möge sie küssen und noch mehr.

»Was würdest du denn gerne trinken? Tee? Einen Cocktail? Geeiste Limonade?«

»Limonade vielleicht, danke.«

Er klatschte in die Hände, und der Diener kehrte zurück. Immer waren sie da, unsichtbar aber in Hörweite, daran erinnerte sie sich. Sekunden später wurde ein Tablett mit geeisten Gläsern hereingebracht, zusammen mit einem Krug in einem Halter aus silberner Filigranarbeit, einer Schale mit Zitronen- und Limettenspalten, gestärkten weißen Servietten und einem Wasserbecken, in dem Rosenblätter schwammen. Ravi tauchte die Finger ein und trocknete sie ab, und Caroline folgte seinem Beispiel. Die Limonade wurde eingeschenkt.

»Lass uns jetzt allein«, sagte er, und der Diener verließ unter Verbeugungen den Raum. Ravi löste einen Seidenvorhang von einem Haken und ließ ihn über den Eingang fallen. Sie waren allein – soweit das hier möglich war.

»Weißt du, dass es mehr als ein Jahr her ist, seit wir uns das letzte Mal gesehen haben?«

»Ja, das stimmt.«

»Im Shalimar-Park. Du warst mit Mrs McMinn und der Frau des Missionars dort. Und den Waisenkindern, natürlich.«

»Ja, richtig. Du hast ein gutes Gedächtnis.«

Die Limonade war eiskalt und erfrischend. Ravis dunkle Augen fixierten sie unverwandt. Er weiß Bescheid, dachte Caroline. Natürlich weiß er Bescheid. Sie lächelte ihn an.

»Die Missionare leisten sehr gute Arbeit«, sagte er.

Ravi umspannte ihr Handgelenk mit Daumen und Zeigefinger und zog ihre Hand näher zu sich heran. Er betrachtete das feine blaue Aderngeflecht unter ihrer Haut, ehe er ihr den heiß schlagenden Puls fühlte. »Du bist nervös.«

»Nein.«

Er lächelte, zog die Augenbrauen hoch, mokierte sich über sie. »Was hast du denn das ganze Jahr lang gemacht, kleine Caroline?«

»Ich glaube nicht, dass ein diesbezüglicher Bericht dich interessieren würde. Ich führe ein zurückgezogenes Leben. Wir haben Krieg, mein Mann war in all dieser Zeit japanischer Kriegsgefangener. Aber vor Kurzem habe ich erfahren, dass man ihn in Burma lebend aufgefunden hat und er nach Srinagar zurückkehren wird, sobald er sich dazu in der Lage befindet.«

»Das freut mich zu hören. Bist du glücklich, Caroline?«

»Danke der Nachfrage. Ja, das bin ich.«

Er spielt mit mir, dachte sie. Wie die Katze mit der Maus.

Ravi nickte. »Auch ich habe Neuigkeiten«, sagte er dann. »Nächsten Monat werde ich heiraten.«

Sie hielt inne. »Wie wunderbar. Herzlichen Glückwunsch. Kenne ich sie?« Angestrengt überlegte sie, was dies womöglich für Folgen haben mochte. Gewiss durfte sie sich sicherer fühlen, sobald Ravi ein verheirateter Mann war, der auf seinen Ruf zu achten hatte und von seinen neuen privaten Belangen und Sorgen abgelenkt war.

»Ich glaube kaum. Sie stammt aus Jammu. Es handelt sich um eine für beide Familien sehr erfreuliche Partie, doch die endgültige Festlegung der Einzelheiten hat einige Zeit in Anspruch genommen.«

Er gestikulierte in Richtung der Dokumente auf seinem Schreibtisch. Caroline begriff, dass es sich hier nicht nur um eine Heirat zwischen zwei Einzelpersonen handelte. Wie absurd von ihr, jemals von einem anderen Ausgang geträumt zu haben.

»Vielleicht kannst du mir helfen. Ich habe nämlich eine schwere Entscheidung zu treffen«, sagte er. Er ging hinüber zum Schreibtisch, griff nach den Beuteln und warf sie dann vor Caroline auf den Diwan. Sie waren mit Schnüren aus geflochtener Seide zusammengebunden. Sie löste eine davon, kippte sich den Inhalt in den Schoß und schluckte. Es waren Rubine, geschliffene und ungeschliffene, großartig und blutrot.

»Ein Brautgeschenk, eine Halskette. Was hältst du davon? Oder vielleicht eher diese Saphire?«

Eine weitere Kaskade von Edelsteinen, von der Bläue des Sees bis zum dunkelsten Ultramarin, ergoss sich in ihre gewölbte Hand. Ravi griff einen Stein von der Größe eines Daumennagels heraus, hielt ihn schräg in einen Sonnenstrahl und warf ihn dann zurück auf das Häufchen. Einige der Juwelen glitten Caroline durch die Finger, und sie schob sie zusammen, als seien es Kieselsteine.

»Azmeena hat einen hellen Teint. Ich glaube, die Saphire könnten ihr schmeicheln. Meinst du nicht auch?«

»Ich kenne deine Verlobte nicht, Ravi. Und hinsichtlich des Schmucks, den du für sie auswählen solltest, kann ich dir schlecht einen Rat geben.«

Er lächelte erneut, trug die Steine zurück zu seinem Schreibtisch und ließ sie auf die Schreibunterlage fallen, wo sie ein kleines Häufchen bildeten. Die leeren Säckchen warf er hinterher und nahm erneut neben ihr Platz, sehr viel näher diesmal. »Ihre Haut ist nicht so blass wie deine. Deine ist die weißeste, die ich jemals gesehen habe. Hier.« Er beugte sich noch weiter über sie und berührte ihre Brust. »Und hier.« Seine Finger strichen über die Falten ihres Rocks, wo dieser sich an die Innenseite ihrer Schenkel schmiegte.

Caroline spürte, wie ihr das Blut im Kopf kreiste, und ihre Lippen waren trocken wie Sandpapier. Mit Mühe öffnete sie den Mund. »Bitte. Tu das nicht.«

Er hob die Augenbraue, als wolle er fragen *»Warum bist du denn gekommen, wenn nicht deshalb?«*. Er legte den Kopf zur Seite und musterte sie unumwunden. »Für uns beide ändern sich jetzt die Lebensumstände«, sagte er.

»Stimmt.«

»Wir haben einander gut gekannt, liebste Caroline …« Er hob eine Strähne ihres Haars, wickelte sie sich um den Finger, und hielt dabei erst inne, kurz bevor es wehtun konnte. Nun war er ihr so nah, dass sie seinen Atem auf der Wange spürte.

»… und was unsere gemeinsame Geschichte angeht, müssen wir besonders vorsichtig sein. Um sowohl uns selbst als auch einander zu schützen, findest du nicht?«

Die Worte an sich waren neutral, doch in seinem Ton lag eine so zarte Andeutung, so unausgesprochene Drohung, dass sie von ihm abrückte.

»Ich werde nie auch nur eine Silbe darüber verlauten lassen, wie du mich verführt hast, Ravi, falls du das fürchtest. Ich bin weder ein leichtes Mädchen, noch eine Aufrührerin noch ein Klatschweib. Du hast mich ausgenützt, als ich noch weit unschuldiger war, als ich es heute bin, aber du kannst dich darauf verlassen, dass ich diskret sein werde.«

Carolines Mund war so ausgedörrt, dass ihr die Mundschleimhaut an den Zähnen klebte. Sie bewegte Lippen und Zunge, um den Speichelfluss anzuregen, und er starrte sie an, wobei seine Züge sich angeekelt kräuselten. »Verführung? Hast du das so in Erinnerung? Soweit ich mich entsinne, war da nur wenig Überredung nötig.«

In ihrem Kopf hämmerte es dumpf, während einige der Szenen lebhaft wie auf einer Kinoleinwand an ihr vorbeiflackerten. Rosenblütenblätter, Ausritte im frühen Morgengrauen, Gras und Parfüm, Ravis Lippen und Hände. Sie antwortete ihm nicht.

»Ich nehme an«, sagte Ravi, »wir sollten auch festhalten, dass du zur betreffenden Zeit mit einem aktiven britischen Offizier verheiratet warst und ich lediglich Junggeselle, der niemandem versprochen war.«

Sie hob das Kinn. »Ich hab dir bereits gesagt, dass du hinsichtlich meiner Diskretion nichts zu befürchten hast, und du hast recht, ich habe mehr zu verlieren als du. So ist es diesbezüglich ja meistens zwischen Männern und Frauen, nicht wahr?«

»Männer der einen Sorte und Frauen einer anderen, ja.«

Darauf würde sie sich gar nicht erst einlassen. Sie konzentrierte sich aufs Schlucken, und ihre Kehle leistete Schwerstarbeit. Er musterte sie von oben herab, als ob er sie für ein wenig verrückt hielte. In der Stille hörte sie nun nur noch das angenehme Tröpfeln des Wassers im Innenhof.

»Gibt es noch etwas, das du gerne sagen würdest, liebstes Kind, wo wir uns gerade so zärtlich unterhalten?«

Sie zögerte keine Sekunde. »Nein, nichts. Überhaupt nichts.«

Er wartete, und sie ließ ihn warten. Die Sekunden tickten dahin. Schließlich seufzte er und strich ihr behutsam über den Unterarm.

»So haben wir also einen Pakt geschlossen, Caroline, nicht wahr? Vertrauen gegen Vertrauen.«

»Wenn du so möchtest.«

»Ja, das möchte ich in der Tat«, flüsterte er. »Doch falls ich feststellen sollte, dass mein Vertrauen missbraucht wurde ...«

»Das wird nicht geschehen. Sag, Ravi, schließt du mit jeder deiner Geliebten einen solchen Pakt ab? Das müsste ja ganz schön zeitraubend für dich werden.«

Lachend warf er den Kopf in den Nacken, offensichtlich hingerissen von ihrer Idee. »Nein, meine Liebe, so viel Mühe mache ich mir in der Regel nicht. Aber du und ich, wir haben ja eine ganz besondere Verbindung, nicht wahr?«

Er weiß es, dachte sie wieder. Er weiß alles. »Dass du dies annimmst, schmeichelt mir.«

Wieder betrachtete er sie, immer noch mit unverhohlener Belustigung. »Schön. Lassen wir's dabei. Und nun, da wir unseren Pakt geschlossen haben, sollten wir ihn auch besiegeln, findest du nicht?«

Plötzlich spannte sich seine Hand fester um ihren Arm. Er drückte sie in die Kissen zurück und verlagerte sein Gewicht, sodass er auf sie rollte. Er war schwer geworden, und sehr kräftig. Sein lächelnder Mund senkte sich auf ihren herab, und während Caroline den Kopf zur Seite drehte, schlug ihre Lippe gegen seine Zähne. Noch vor einer Stunde hatte sie sich eine naive Jungmädchenversion dieses Geschehens ausgemalt. War sie vielleicht wirklich wahnsinnig oder nur dumm? Sie wand sich unter ihm, schob sich unter seiner Schulter hervor und biss so heftig sie konnte in die gestärkte Baumwolle seines *Kurta*-Ärmels.

»Kleines Luder«, knurrte Ravi, doch ihr Widerstand erregte ihn nur noch mehr. Er versuchte, ihr die Hand auf den Mund zu legen, doch sie kämpfte sich frei. Sie erinnerte sich an die Schar schweigender Diener, die zwar unsichtbar, aber niemals außer Hörweite waren. »Hilfe! *Zu Hilfe!*«, brüllte sie.

Ravi ließ ihren Arm los. Leise murmelnd erhob er sich und ordnete seine Kleider. Er trat zum nächsten Fensterschlitz, sodass er mit dem Rücken zu ihr stand, und versuchte, seine Fassung wiederzugewinnen. Caroline sprang rasch vom Diwan auf und wich so weit sie konnte zurück, wobei sie hart gegen den Schreibtisch stieß. Er befand sich zwischen ihr und der Tür – andernfalls wäre sie davongerannt. Schneller als sie denken konnte, war ihre Hand herausgeschossen, hatte einen Stein von dem Häufchen gepackt und rasch wieder zurückgezogen. Sie betete, dass es nicht der größte war, und ließ ihn in die Tasche in ihrer Rocknaht gleiten. Der Schneider, den Myrtle ihr empfohlen hatte, hatte auf dieser Tasche bestanden. »Memsahib immer braucht Tasche. Taschentuch, Brief, kleine Sache.«

Als Ravi sich langsam umdrehte, stand sie etwa einen Meter vom Schreibtisch entfernt und starrte zur Tür.

»Du bist ja geradezu eine Löwin«, meinte er fast zärtlich. »Und deine Lippe blutet. Lass mich …«

Sein Taschentuch war gestärkt und parfümiert. Er tauchte eine Ecke davon in die Wasserschüssel, hielt ihr Kinn hoch und tupfte ihr behutsam die Lippe ab. Caroline schloss die Augen, überließ sich seiner Fürsorge. Sie war außer Atem, ihre Herz galoppierte.

»So. So ist es schon viel besser«, sagte er.

»Ich will nach Hause.«

»Natürlich gehst du nach Hause. Bist du bereit?«

Er öffnete die Tür. Jenseits des Hofs konnte Caroline gerade noch die Bewegung erkennen, als einer der Diener sich davonstahl. Niemals würde Sie wissen, ob auf einen weiteren Schrei eine Reaktion erfolgt wäre.

Großspurig hatte sie ihrem *Tonga*-Mann befohlen, auf sie zu warten. Sie hatte nicht riskieren wollen, hier draußen am ländlichen Ende des Sees festzusitzen, und war weidlich froh über diese Entscheidung.

»Aber ich hätte dich doch mit dem Wagen nach Hause bringen lassen«, protestierte Ravi.

»Das ist nicht nötig.«

Noch ehe der kriecherische Kutscher herbeieilen konnte, klappte er eigenhändig die wacklige Stufe herunter und half Caroline hinauf auf ihren Sitz.

»Lebwohl«, sagte sie.

Ravi wies den Kutscher an, sie nach Hause zu bringen, und reichte ihm einen Geldschein, woraufhin der Mann nur noch vielsagend die Augen rollte. »Ich hoffe, nicht für immer.« Er lächelte. »Bitte richten Sie doch meine Grüße auch an Ihre Freundinnen aus, Mrs McMinn und das Frauchen des Missionars!«

Der *Tonga*-Kutscher drosch auf sein Pferd ein, und Caroline sank unters Verdeck zurück. Die Hand hatte sie in ihrer Rocktasche vergraben. Zitternd saß sie im Wagen, bis Ravis Haus eine gute Meile hinter ihnen lag, dann beugte sie sich nach vorn und befahl dem Kutscher, sie zu einer anderen Adresse zu fahren.

Der Laden des Händlers befand sich in der Altstadt, ein, zwei Gassen von der Werkstatt des Schneiders entfernt, weswegen sie ihn ja überhaupt erst bemerkt hatte. An einer Kreuzung stieg sie aus und wartete dort, bis die *tonga* bimmelnd davongefahren war, dann eilte sie an einer Reihe alter Ziegelhäuser entlang. Der Stein glitt ihr durch die schweißigen Fingern, und die Realisierung dessen, was sie da gerade tat, ließ eine Ader in ihrem Kopf ängstlich pochen. Als sie den Eingang des Ladens erreichte, zitterte sie, und ihr Pulsschlag hämmerte ihr in den Ohren. Das Fenster war staubig, ein fuchsroter Hund lag über die hohle Holzstufe ausgestreckt. Auf dem kleinen Ladenschild stand *Edelsteinhändler*.

Der Händler saß Zeitung lesend im Innern. Er faltete sie zusammen und erhob sich langsam. Auf seiner Theke standen eine polierte Ladenkasse aus Messing und eine Vitrine, die ein paar minderwertige überladene Halsketten und Ringe enthielt; eine Juwelierlupe lag daneben.

»Guten Tag, Memsahib.«

Mit ihrer geschärften Wahrnehmung empfand Caroline ihn nicht nur als argwöhnisch, sondern auch als schmeichlerisch. Sie platzierte die geballte Faust auf den Ladentisch und öffnete sie. Nun sah sie, dass ihr Stein ein geschliffener Rubin war, von anständiger Größe, aber nicht so riesig, als dass er Erstaunen hervorgerufen hätte. Sie hatte Glück. Bis jetzt. »Ich möchte den Stein verkaufen.«

Der Mann neigte den Kopf und nahm dann den Stein. Er klemmte ihn zwischen die Zinken einer Metallpinzette und klappte das Vergrößerungsglas auf, um ihn zu begutachten. Was, dachte Caroline, würde wohl geschehen, wenn der Mann Ravis Händler war und den Stein wiedererkannte?

Nein, der Laden war viel zu schäbig. Deswegen war sie ja überhaupt auf ihn verfallen.

Der Mann atmete nun etwas schwerer und drehte den Rubin, um ihn aus einem anderen Winkel zu betrachten. Carolines Beine zitterten so heftig, dass sie fürchtete, sie könnten nachgeben. Haltsuchend umklammerte sie die Tischkante und sagte sich, dass sie das alles für Zahra tat. Die erdrückenden Gefühle von Sehnsucht, Furcht und Ungenügen, die sie in Bezug auf ihre Tochter empfand, hatten sie im Nu überwältigt.

Der Mann setzte seine Lupe ab. »Kein gute Stein?«

»Wie viel?«

Wegwerfend zog er die Mundwinkel nach unten. »Zweihundert Rupien.«

Zu schnell, viel zu wenig. Carolines geschärfte Sinne sagten ihr, dass er viel mehr wert sein musste. Sie streckte die Hand nach dem Stein aus.

»Dreihundert«, blaffte er.

Sie starrte ihn an. »Dreitausend.«

»Fünfhundert. Letzte Wort.«

Danach war es nur noch eine Sache des Feilschens. Schließlich nickte der Mann mürrisch. Er verschwand im hinteren Teil des Ladens, und Caroline vermutete, dass er einen Safe öffnete. Einen Augenblick später breitete er zwei Tausendrupienscheine vor ihr aus, rosa und frisch – statt der zerfetzten, dreckigen Noten von geringem Nennwert, die allgemein im Umlauf waren. Zwei kleine ovale Profile des Königs. Caroline verstaute sie in ihrer Rocktasche, während der Händler den Rubin in ein winziges Beutelchen fallen ließ.

Vor dem Laden atmete sie tief durch. Der Himmel hatte die Farbe von Blei angenommen, und eine bedrohliche Brise blies einen Sturm ankündigend die Gasse herauf. Zehn Meter weiter hockte mit hängendem Kopf ein dünnbeiniger Bettler auf einer Stufe. Caroline schob sich an ihm vorbei und folgte ihrer vertrauten Route vorbei an der Schneiderwerkstatt.

Als sie ihr Haus erreicht hatte, schloss sie die Bungalowtüren. Sie versteckte die Rupien in der nach Kampfer duftenden Schublade, in der sie zusammengefaltete Teile ihrer Aussteuer aufbewahrte, einschließlich des Nachthemds, das sie in ihrer Hochzeitsnacht getragen hatte. Allein ein flüchtiger Blick darauf genügte, damit sie die Lade wieder zuknallte. Sie kroch unter die Bettdecke und horchte zitternd auf das Rollen des Donners. Der Gedanke an das, was sie da eben vollbracht hatte, ließ sie in krampfhaftes, wildes Gelächter ausbrechen, doch sobald sich ihr Gelächter verlor, begann sie zu weinen.

Nerys war überrascht und erfreut, als Caroline sie fragte, ob sie sie nicht zu einem Besuch bei den Mädchen in Kanihama begleiten wolle. Sie nahmen den Bus bis zu seiner Endstation, die noch im Tal lag, und dort sammelte dann einer von Nerys Freunden von einer abgelegenen Farm sie in seinem alten Lieferwagen auf. Auf der Ladefläche stapelten sich Reissäcke, darüber war ein Hühnerstall festgezurrt. Die beiden Frauen quetschten sich auf den Beifahrersitz und umklammerten, um das Gleichgewicht zu halten, die klebrigen Armlehnen, während das Gefährt durch vom letzten Regen verursachte Schlamm- und Felsrutsche schlitterte. Nerys plauderte mit dem Fahrer, lachte und griff, wann immer es ihr am entsprechenden Wortschatz mangelte, auf Zeichensprache zurück. Caroline saß dabei und schien zuzuhören, war aber vor allem angespannt.

Der Platz in Kanihama war von gefallenem Laub bedeckt, und Wolken verbargen die braunen Falten der Berge. Das Haus, in dem Nerys gelebt hatte und in dem Zahra zur Welt gekommen war, wurde nun von einigen der Färber bewohnt. Neben dem Haus weidete ein an einem Pfosten angebundener Geißbock den kahlen Bodens ab.

»Ness!«

Farida und Zahra kamen auf sie zugestürmt, gefolgt von Faisal und den anderen. Caroline stand ein wenig abseits und lächelte starr, während die Kinder an Nerys' Händen zerrten und ihre Taschen nach Süßigkeiten durchsuchten. Nerys umarmte Farida und riss dann Zahra in die Höhe. Sie küsste den süß duftenden Nacken des Kindes und versuchte, sie an Caroline weiterzureichen, doch Zahra zuckte vor ihr zurück und verbarg das Gesicht an Nerys' Schulter.

»Schon gut. Ich will sie gar nicht halten«, beteuerte Caroline.

Die meisten Frauen befanden sich draußen auf den Feldern, doch eine kleine Abordnung von Männern, angeführt von Faridas Großvater Zafir, kam gerade aus dem Gebetsraum, um die Besucherinnen zu empfangen. Sie wurden in eines der Häuser geführt und durften, während man den Tee zubereitete, auf dem schönsten Teppich Platz nehmen. Nerys und Zafir tauschten höfliche Bemerkungen über den herannahenden Winter aus.

»Erinnern sie sich noch an mich?«, flüsterte Caroline Nerys zu, als ihnen Tee eingeschenkt wurde.

»Ja. Aber deine Beziehung zu Zahra ist kein Gesprächsthema hier, auch wenn vielleicht daran erinnert wird. Weil es sie einfach nicht so sehr interessiert. Es sind einfache Leute, und ihre unmittelbaren Familienformen sind viel lockerer als unsere. Das Wetter und die Ernten, die Versorgung der Tiere, genug Geld zum Leben, das beschäftigt sie.«

Beim Wort Geld hielt Zafir seinen schwarzen Bart in ihre Richtung.

»Der Schal«, sagte Caroline vernehmlich. »Der wunderbare Schal, erinnerst du dich? Ich habe gesehen, wie er gewebt wurde. Inzwischen müsste er fertig sein.«

Das Wort Schal rief sofort eine Reaktion hervor. Zafir erteilte einen Befehl, und ein Mann verließ das Zimmer. Im darauf eintretenden Schweigen nippte Nerys an ihrem Tee.

Drei Minuten später kehrte der Mann zurück, begleitet von dem bleichen Weber und zwei weiteren jungen Männern. Sie hatten ein zusammengefaltetes Leinentuch dabei, das der Weber auf ausgestreckten Armen trug, als handle es sich um eine fromme Reliquie. Als er sich zu den Füßen der Frauen herunterbeugte und das Tuch aufzufalten begann, warf Nerys Caroline einen warnenden Blick zu.

Das letzte Leinenstück wurde zurückgeschlagen.

Auch im Halbdunkel des Zimmer schimmerte der Schal wie Licht auf dem Wasser. Der Weber schüttelte ihn aus, sodass seine Farben in der Luft zu tanzen schienen. Die zwei anderen jungen Männer ergriffen seine Ecken und brachten das Stück näher heran, um das Muster zur Geltung zu bringen. Sie waren die Sticker, die, jeder an einem Ende, ein ganzes Jahr gesessen hatten, um die gewebten Blüten mit ihren komplizierten Stichen herauszuarbeiten. Allerdings war der Schal nicht allein ihr Werk. Er gehörte auch den Spinnern und Färbern und dem *Talim*-Mann, der das komplizierte Muster entworfen hatte, dem der Weber dann folgte. Der Schal war der wertvollste Besitz des Dorfes, kollektive Investition der Dörfler in die *Kani*-Tradition, die stetig und unweigerlich verschwand. Nerys sah die jämmerlich schmalen Schultern des Webers, seine erwartungsvollen Augen und musste die Tränen aus ihren fortblinzeln.

Der Vorarbeiter warf eine Ecke des Schals zu ihnen hinüber und deutete mit dem geschwärzten Fingernagel auf ein dort eingesticktes Zeichen, das einem doppelten BB ähnelte, wobei eines der Bs seitenverkehrt war.

»Diese Mann. Finger wie Schmetterlingsflügel. So leicht«, sagte Zafir.

»Ich will ihn kaufen.«

»Caroline, das kannst du nicht, er muss ein Vermögen wert sein«, flüsterte Nerys. »Da stecken Jahre ihrer Arbeit drin.«

»Wie viel?«

Der Weber und die beiden Sticker steckten hinter Zafir die Köpfe zusammen. Heftiges Gemurmel entbrannte. Mit sehr ernster Miene wandte Zafir sich wieder an die beiden Frauen. »Tausendfünfhundert Rupien.«

Nerys rechnete es im Kopf um. »Das sind fast hundertzwanzig Pfund. Wir werden sie nie so weit runterhandeln können, dass …«

»Hier«, sagte Caroline. Aus der Tasche ihres blauen Tweedmantels zog sie einen Umschlag, öffnete ihn und präsentierte die beiden frischen Scheine. Die Männer starrten sie an, doch Zafir hatte schon die Hand danach ausgestreckt. Nerys war sich sicher, dass sie in ihrem ganzen Leben noch nicht so viel Geld gesehen hatten.

»Sag ihnen, sie sollen den Rest behalten. Sag ihnen, es ist dafür, dass sie sich um Zahra kümmern. Ich will, dass sie hier bei ihnen bleibt, wo sie in Sicherheit ist.«

Caroline rappelte sich auf. Ohne sich weiter um den Schal, das Geld oder Nerys zu kümmern, eilte sie zur Tür.

Als Nerys schließlich aus dem Haus trat, hatte sie den Schal dabei, den sie wieder in sein schützendes Tuch geschlagen hatte. Caroline blickte aufs Wasser, wie es durch die felsige Klamm stürzte. Unter dem Chinar-Baum spielten die Kinder ein Spiel mit Stöcken und Steinen.

»Wann kommt der Schnee?«

Es war Oktober. »In einem Monat oder so.« Danach würde das Befahren der Straßen bis zur Schneeschmelze im Frühjahr schwierig, wenn nicht unmöglich werden.

Caroline nickte, als sei sie in Gedanken weit fort. »Es ist schön hier, nicht wahr? Fand ich eigentlich immer.«

Ihr Fahrer hatte seine Hennen abgeliefert und eine ganze Reihe von Körben voll roter Äpfel eingesammelt. Sie steckte die Hände in die leeren Taschen ihres Tweedmantels und begann durch das verwehte Laub auf ihn zuzugehen. Als sie an den Kindern vorbeikam, blieb sie einen Augenblick stehen, doch Zahra gluckste vor Vergnügen, während Farida Kieselsteine zu ihr hinrollte. Sie grabschte nach dem rundesten, weißesten und schleuderte ihn gegen einen Baum, ohne Caroline auch nur einen Blick zu gönnen.

Nerys wurde ganz anders von ihnen behandelt. Sobald sie sahen, dass sie gleich fahren würde, rasten sie zu ihr hin, und sie hatte ein Wort und eine Süßigkeit für alle. Die Kinder wussten, dass Nerys immer wiederkam, sodass es bei ihrer Abreise keinen heftigen Aufschrei gab.

Der Wagen schaukelte die Piste entlang. Nerys versuchte, Caroline den eingewickelten Schal in die Hand zu drücken, doch die schüttelte den Kopf.

»Das ist Zahras Mitgift. Ich will, dass du ihn für sie aufbewahrst.«

»Selbstverständlich. Aber das Geld, Caroline …«

»Sagen wir einfach, es war eine Erbschaft. Genau. Eine Erbschaft. Von einer guten Fee.«

Der ungestüme Klang von Carolines Lachen gefiel Nerys nicht.

***

Anfang November waren die Berge aufs Neue in Schnee gehüllt, und die alte braune Stadt klirrte vor Kälte. Es gab bereits Vorhersagen, denen zufolge dieses Jahr zum ersten Mal seit dem weihnachtlichen Cricketspiel der See wieder zufrieren sollte.

Eines Nachmittags traf Caroline nach einem Besuch bei Myrtle und Archie in ihrem Bungalow im Quartier für Ehepaare ein und entdeckte den Hausboy, der auf einem gefalteten Reissack neben dem nun schwarzen Beet mit Ringelblumenstrünken kniete. Er polierte ein Paar Armeestiefel, als wolle er dem Leder den Garaus machen. Zitternd drückte sie die Haustüre auf. »Ralph? *Ralph?*«

Auf dem wackligen Hutständer hing eine Offiziersmütze.

Der Mann, der aus dem Sessel zu ihr hochblickte, war kaum wiederzuerkennen.

Sein Gesicht ähnelte einem Totenkopf mit Augen, die aus den violetten Höhlen zu quellen schienen. Sein Kopf war, mit Ausnahme einiger farbloser Strähnen, fast kahl, und die entblößte Kopfhaut wurde von dunklen Narben entstellt. Caroline rannte zu ihm hin, doch das Gespenst hob die gekreuzten Arme. Sie war sich nicht sicher, ob er sie damit abzuwehren versuchte oder ob es eine automatische Reaktion war, um seinen gebrechlichen Körper vor potenziellen Angriffen zu schützen.

Sie hielt inne und sank auf dem Kaminvorleger auf die Knie. Sie streckte eine Hand aus, um sein Knie zu berühren, und spürte durch den Khakistoff nur Knochen.

Mit einer Stimme, die kaum mehr als ein Flüstern war, sagte er: »Es tut mir leid, dass ich dich nicht vorgewarnt habe. Es gab plötzlich ein Flugzeug mit einem letzten freien Platz, und da haben sie mich reingesetzt.«

»Sie haben mir gesagt, du seist noch zu schwach, um zu reisen. Ich kann gar nicht fassen, dass du hier bist. Gott sei Dank lebst du noch.«

Sein Mund öffnete sich zu einer Art Lächeln, und man sah, dass er mehrere Zähne verloren hatte. »So gerade. Du siehst gut aus,

Caroline. Du siehst … hübsch aus.« Ralph hob eine Strähne ihres Haars, als könne er kaum glauben, wie strahlend blond es war. Er wickelte sich das Haar um den Zeigefinger, bis es fast ziepte, und sie erinnerte sich, dass Ravi genau das Gleiche getan hatte.

Sofort war sie von brennender Röte übergossen. Sie zuckte zurück – und keuchte, als ihr das Haar aus der Kopfhaut riss. Sie sank auf ihre Fersen zurück, und Ralph starrte sie an.

»Lass mich – lass mich dir was zu essen holen«, stotterte sie. »Wir haben … Schokolade. Oder Honig, kaschmirischen Honig, den mochtest du doch immer so gerne.«

Sie sah, dass sie ihm bereits jetzt auf die Nerven ging.

»Ich kann nicht viel essen«, blaffte er.

Caroline biss sich auf die Lippe. »Sag mir, was ich für dich tun kann. Bitte, Ralph.«

Er ließ den Kopf zurücksinken und schloss die Augen. Allein diese erschöpfte Bewegung verriet ihr, was er durchgemacht haben musste; diese Finsternis, die sie nur erahnen konnte, hatte eine Kluft zwischen ihnen aufgerissen. Plötzlich wusste sie mit absoluter Sicherheit: Egal was sie auch tat und wie sehr sie sich abstrampelte, sie würde ihn nie zufrieden stellen.

Gut, dachte sie. Ich versuche es trotzdem. Das soll meine Buße sein.

»Nichts. Gar nichts«, erwiderte er.

15

März 1945

Er war attraktiv wie immer, und genauso geheimnisvoll. Sie konnte kaum fassen, dass er sich tatsächlich hier in Srinagar befand. Leibhaftig war er wieder aufgetaucht, wie Miss Soo Ling in ihrer Kiste oder die Tauben in einem seiner Bühnentricks.

Nerys ließ sich von Rainer durch die Straßen in der Nähe von Lal Chowk führen, bis sie eine gewöhnliche kleine *dhaba* erreichten, einen Ort, wo Handwerker aus den benachbarten Werkstätten einkehrten, um einen Teller billigen Essens hinunterzuschlingen. Er rückte ihr einen Metallstuhl zurecht.

»Was hättest du denn gerne?«, fragte er. »Champagner? *Pâté de foie gras?*«

Sie lachte. »Ja, bitte. Und danach Erdbeeren mit Schlagsahne. Rainer, ich kann es nicht glauben. Bist du wirklich da?«

Er streckte die Hand aus, sodass sie seine verlässliche Wärme spüren konnte. Sie hielt sie, nur einen Moment lang, zwischen beiden Händen, mehr gestattete sie sich nicht.

Er wirkte gesund, wettergegerbt und gespannt wie eine Feder. »Danke, dass du so schnell gekommen bist«, sagte er.

Sie hatte eine gekritzelte Notiz erhalten, die ihr von einer der Gören vom Basar überbracht wurde. Ohne auch nur einen Blick in den Spiegel zu werfen, war sie nach Lal Chowk aufgebrochen. Er erwartete sie mitten auf dem wimmelnden Platz im Stadtzentrum, als ob er auch physisch unterstreichen wollte, was sie bereits wusste – dass ihre gemeinsamen Wochen das Herzstück ihrer Zeit in Kaschmir gewesen waren.

»Meinst du, ich hätte es mir auch anders überlegen können?«

Er blickte ihr in die Augen. »Es hätte schwierig für dich sein können. Ist dein Mann in Srinagar?«

»Ja. Aber er ist sehr beschäftigt.«

Sie hatte Evan nicht anlügen müssen, da er sie nicht gefragt hatte, wohin sie ging. Sie zögerte und sagte dann: »Es hat sich nichts verändert … Rainer. Ich tue genau das, was ich immer tun wollte. Ich bin die Frau des Missionars und seine Gehilfin. Jetzt und für immer.«

»Ich weiß. Ich weiß, ich weiß, ich weiß. Aber ich kann dich trotzdem lieben, oder? Ich bin fortgegangen, weil es mir unmöglich gewesen wäre, zu bleiben und dich mit Evans zusammen zu sehen, und hab dabei nur gelernt, dass ich, egal wo ich bin, immer dasselbe empfinde. Ich bemühe mich wirklich, meine Liebe zu dir als Segen zu betrachten, weißt du. *Wahrscheinlich* macht sie mich zu einem besseren Menschen.«

Sie lachten über das *wahrscheinlich.*

Rainer war nicht unglücklich, das sah sie. Unglücklichsein war einfach nicht seine Art.

Die schiere Freude, ihn zu sehen und mit ihm zusammenzusein, erfüllte sie, und sie fühlte sich leicht und schwerelos wie seit Monaten nicht mehr.

Ein Gericht aus Zwiebeln und Limetten wurde vor sie hingestellt, gefolgt von einer Schüssel *dhal makhani* und einem Korb heißen *Naan*-Brots. Rainer verschlang das Essen, ohne ihm einen Blick zu schenken, so als wäre Essen eine Aufgabe, die es zu erledigen galt. Nerys nippte an ihrem Kardamomtee.

»Erzähl mir alles«, verlangte er. »Wie geht es dir? Und ich will die Wahrheit hören.«

Nerys' Lächeln ließ ein wenig nach. Es war ein harter Winter gewesen.

»Nein, warte. Ich hab was für dich«, sagte er. Er öffnete die Innentasche seines Mantels und schob einen kleinen braunen Umschlag über den Tisch.

Die drei Frauen auf der Hausbootveranda lachten über einen vergessenen Scherz, und hinter ihnen breiteten sich Seerosenblätter und Seewasser aus. Es war ein bezauberndes Foto, das den seligen Glanz der alten Tage auf der *Garden of Eden* einfing. Nerys blickte über den Tisch. »Ist das für mich? Darf ich es behalten?« fragte sie.

»Selbstverständlich. Es tut mir nur leid, dass ich so lange gebraucht habe, um herzukommen und es dir persönlich zu überreichen.«

»Danke.« Sie verstaute das Foto in ihrer Handtasche. »Es geht mir gut«, erzählte sie ihm. Aber du fehlst mir. Jeden Tag.

Er hörte die unausgeprochenen Worte. »Und Myrtle und Caroline?«

Myrtle und Archie waren in Delhi, Mr und Mrs Flanner hatten das alte Hausboot schließlich doch noch gekauft. Nerys war Laura Flanner auf einer Bingo-Party zum Spendensammeln für Kriegsopfer über den Weg gelaufen, bei der die neue Eigentümerin sich beklagte, dass die McMinns ihr nicht die Hälfte von dem, was es auf dem Boot alles zu reparieren gäbe, mitgeteilt hatten. Nerys widersprach, dass das Boot für sie stets der Inbegriff von Komfort und Luxus gewesen sei.

Laura Flanner hatte ihre Bostoner Braue hochgezogen. »Ach ja?«

»Aber ich komme auch aus Wales.«

Myrtle hatte ihr in einem Brief mitgeteilt, dass es zwar schrecklich traurig und langweilig sei, sie aber nicht glaube, dass sie in diesem Sommer nach Srinagar kommen würden. Nach dem Krieg – plötzlich hatten alle begonnen, *nach dem Krieg* als etwas Reales zu betrachten und nicht nur als ein auf die ferne Zukunft gerichtetes Stoßgebet – hoffte Archie nun, wieder einen zivilen Posten bei der Eisenbahn zu finden. Eine Bürostelle natürlich. Seine Aussichten seien besser, wenn er in Delhi wohne, schrieb Myrtle, und in seinem Rollstuhl alle möglichen Leute besuchen könne. »Du kennst Archie ja«, hatte sie geschrieben. »Er verliert nie den Mut, gibt niemals auf.«

Ohne die McMinns empfand Nerys Srinagar als einen sehr viel tristeren Ort.

Caroline und Ralph Bowen erschienen gemeinsam auf den Cocktailpartys der Residenz, die die Fanshawes gelegentlich immer noch gaben, und Nerys entdeckte sie auch zuweilen auf einem der Regimentskonzerte oder unter den Zuschauern bei einem Tennismatch. Wie ermutigend es doch sei, dass der arme Captain Bowen sich so gut erhole, meinten alle, und welch ein Glück, dass er eine Frau habe, die sich um ihn kümmere. Und Nerys fragte sich, ob sie wohl die einzige war, der auffiel, dass – während Ralph körperlich zulegte – Caroline immer bleicher und stummer zu werden schien. Manchmal kam sie allein in die Mission, um mit Nerys Tee zu trinken. Sie hatte sich den nervösen Tick zugelegt, ständig an ihren Ringen zu drehen, die ihr nun locker am dritten Finger saßen.

»Mir geht's prima«, behauptete sie. »Nur schlafe ich momentan nicht so gut, das ist alles. Ralph hat entsetzliche Alpträume. Er will mir nie sagen, wovon er träumt, aber ich glaube, es hilft ihm, wenn er aufwacht und sieht, dass ich da bin. Wenigstens etwas, nicht wahr?«

Das alles schilderte Nerys Rainer wenigstens in den Grundzügen.

»Und Zahra?«, fragte er.

Die beiden Mädchen waren den ganzen Winter über in Kanihama geblieben, und Nerys hatte sie besucht, so oft die Straße befahrbar war. Zahra wurde gut versorgt, und der kostbare Schal befand sich, sicher verwahrt, zusammen mit Nerys' besten Kleidern in einer Kommode in der Mission.

»In Srinagar gibt es kaum Neuigkeiten.« Sie lächelte Rainer an. »Erzähl mir von dir. Wo warst du denn all die Monate? Wahrscheinlich sollte ich das nicht fragen, ich weiß. Aber ich habe oft an dich gedacht.«

Wie merkwürdig das ist, dachte sie, dass zwei Menschen sich mit Worten austauschen können, während sie gleichzeitig in ihren Herzen noch ein anderes Gespräch führen.

»Wirklich? Das freut mich. Ich habe mir einen neuen Trick ausgedacht. Einen guten, er wird dir gefallen. Ich hab ein paar kleine Zaubervorführungen für die Truppe veranstaltet – als Tarnung für Beratertätigkeiten in Sachen Camouflage, etc. Um Truppenbewegungen geheimzuhalten, Nachschublager. – Ganz und gar nichts Heroisches«, fügte er hinzu. »Ich bin nur ein Schweizer Zivilist. Ich gelte nicht als Freund, weil deine Leute sich einfach nie ganz sicher sind, ob ich nicht doch ein Feind bin. Aber das alles spielt nun keine Rolle mehr. In wenigen Wochen wird der Krieg zu Ende sein.«

Evan erzählte das Gleiche und hatte begonnen, über seine eventuelle Zurückbeorderung nach Shillong oder gar über ihre schließliche Rückkehr nach Wales zu sprechen. Nerys wiederum hatte mehr als nur einmal versucht, das Thema Adoption aufs Tapet zu bringen, aber er war eisern dabei geblieben, dass es Gottes Wille sei, ihnen entweder eigene Kinder zu schenken oder sie ihnen zu versagen. Sie versuchte, Pläne für Zahra zu schmieden, doch sie wusste, dass sie, wenn sie realistisch blieb, nur warten und hoffen konnte.

»Was also nun?«, fragte sie Rainer.

Er lockerte eine Schulter. »Ich habe etwas Wichtiges zu erledigen.«

Es hatte keinen Sinn, ihn zu fragen, was das denn war.

Inzwischen hatte er das gesamte Essen verputzt. Er schob die Teller weg und meinte abrupt: »Ich hab dich gebeten, mich hier zu treffen, weil ich dich jemandem vorstellen will. Kommst du mit?«

Nerys sah ihn überrascht an. »Klar.«

Sie verließen die *dhaba* und wanderten durch die Menge. Es waren nun mehr Menschen unterwegs, die dünne Märzsonne hatte sie aus ihren Häusern gelockt, doch der Wind war immer noch kalt, und Nerys hüllte sich fester in ihren verlässlichen *pheran.*

Das Haus war ein Fachwerkbau aus weichem roten Ziegelstein und dicken Holzbalken, ein altes Srinagarer Haus in einer stillen Straße. Eine ältere Frau im Sari öffnete die Tür. Rainer war offenbar regelmäßig hier zu Gast. Er unterhielt sich leise mit ihr, und die Tür ging noch ein Stück weiter auf. Sie schlüpften hinein und wurden die niedrigen Holzstufen hinaufgeführt.

Im oberen Raum saß eine andere, viel jüngere Frau am Fenster und starrte durch hölzerne Läden auf die Straße hinunter. Sobald sie Rainer erblickte, sprang sie auf und eilte auf ihn zu. Nerys sah weg, als die zwei sich begrüßten, und bemerkte das Kruzifix an der Wand. Auf einem Brett darunter stand das gerahmte Foto eines Kindes mit einer brennenden Kerze davor. Ein Rosenkranz war über den Bilderrahmen drapiert.

»Nerys, das ist meine Freundin Prita.«

Nerys ergriff die Hand der Frau. Pritas Gesicht wirkte verhärmt, ihre Augen waren tief verschattet. Sie war vollkommen in Weiß gekleidet, die Farbe der Trauer.

»Ich freue mich, Sie kennenzulernen«, sagte die Frau mit leiser Stimme. »Rainer hat mir von Ihnen erzählt – dass Sie ein guter Mensch und eine gute Freundin von ihm sind.«

Nerys wusste, dass die Verbindung zwischen den beiden mehr als nur Freundschaft war. Die Luft im Raum schien zu vibrieren.

»Er ist in meinen traurigen Zeiten sehr freundlich zu mir gewesen«, fuhr Prita fort. »Schauen Sie, da drüben? Das ist ein Bild meines Sohnes. Gott schenke seiner unschuldigen Seele Frieden.«

Der Junge, ein ernst blickendes Kind in weißem Hemd, zählte vielleicht drei Jahre.

»1942 wurde Arjuns Vater getötet. Mein Mann hat für ein Freies Kaschmir gekämpft, davon träumten er und seine Genossen, und seine Ideen waren weder den Briten noch dem Maharadscha genehm, viele Männer starben beim damaligen Aufstand, doch er wurde nicht zu Ende geführt, und das Töten ist längst nicht zu Ende. Ja, leider glaube ich sogar, dass die Zeit des Mordens in Kaschmir gerade erst anfängt.«

Nerys hielt noch immer die Hand der Frau. Sie war leicht und trocken, und unter der feinen Haut spürte man die Sehnen.

»Nach alledem bin ich wegen unserm Sohn hiergeblieben, obwohl die Feinde meines Mannes auch meine sind. Unser Kind war zunächst mal – und vor aller Religion – Kaschmiri, und wäre er nicht in Srinagar aufgewachsen, was hätte er für ein Leben gehabt? Aber jetzt …«

Rainer trat an Pritas Seite. Er nahm sie in die Arme und küsste sie auf den Scheitel, dorthin, wo sich das glatte schwarze Haar teilte. Seine Massivität und Größe ließ Prita winzig erscheinen. Einen Moment lang wurden die drei durch ihren Kummer so fest zusammengeschweißt wie durch eine gemeinsame Geschichte.

»Arjun ist es ziemlich gut gegangen, er war ein ganz normales Baby. Aber dann wurde er krank, erst einen Monat, dann zwei, es ging ihm schlechter, und dann starb er. Rainer hat mir erzählt, Sie sind Krankenschwester. Sie werden verstehen, was ich nicht begreifen kann.«

»Keine richtige Krankenschwester. Nur die Frau eines Missionars«, flüsterte Nerys. Sie dachte: rheumatisches Fieber, Diphtherie, Tetanus, Masern, Durchfall – es gab so viele Krankheiten, die die Kinder dahinrafften.

Vor Sehnsucht, Zahra zu halten, taten ihr die Arme weh.

»Es ist erst zwei Wochen her, seit Arjun gestorben ist«, sagte Rainer.

»Es tut mir so leid.« Etwas anderes konnte Nerys nicht sagen.

Prita wandte ihr das verwüstete Gesicht zu. »Ich benehme mich nicht gut gegenüber meinem Gast, Rainers guter Freundin«, brachte sie flüsternd über die Lippen. »Vielleicht möchten Sie einen Tee trinken.«

Nerys umarmte sie und trat einen Schritt zurück. »Danke, nicht jetzt. Aber ich werde Sie wieder besuchen«, versprach sie ihr.

»Danke«, sagte Prita, und Rainers Blick signalisierte ihr seine Dankbarkeit.

»Ich werde dich nach Hause begleiten, Nerys.«

Er werde bald wieder zurück sein, versprach er Prita.

Nerys und Rainer wanderten in Richtung Mission. Nach den Schatten im Haus der Witwe schien der Tag strahlend und laut.

»Ich wollte sie dir unbedingt vorstellen«, sagte er. »Denn ich werde sie heiraten, weißt du.«

Der Straßenlärm dröhnte ihr in den Ohren.

Du hast mich gefragt, ob ich dich heirate. Und meine Antwort war, dass ich es bereits bin.

Eine Gruppe amerikanischer Soldaten auf Urlaub quoll aus einer Bar heraus und versperrte ihnen den Weg. Nerys schlängelte sich zwischen den Männern hindurch. Einer von ihnen sah sie und entschuldigte sich. »Verzeihen Sie, Ma'am.«

Sie fand ihre Stimme wieder. »Und … liebst du sie?«

Rainer blieb stehen. Er fasste sie nicht an, doch es war, als tue er es. »Ich denke, du kennst die Antwort.«

»Aber dann …«

»Ich nehme sie mit nach Europa. Ihr Mann war einer der Führer der kaschmirischen Unabhängigkeitsbewegung, und schon vor 1942 hatte er sich viele Feinde gemacht. Er hat dafür bezahlt, aber sein Tod hat auch seine Familie in eine unmögliche Lage gebracht. Prita hat einige Freunde, doch die werden genauso gefährdet sein, sobald der Krieg erst einmal vorbei ist und ihr Briten Indien verlasst. Dieser Staat wird grausam geteilt werden, und wenn sie hier bleibt, ist sie als Witwe, die keinen Beschützer hat, in Gefahr. Pritas Mann war Sikh, sie selbst ist zum Christentum konvertiert. Sie ist Katholikin wie ich.«

Sie befanden sich nun in der Nähe des Jhelum, und Nerys starrte auf die mit einheimischen Waren beladenen *shikaras,* die flussab fuhren, um in Baramulla oder auch bis hinunter nach Rawalpindi gelöscht zu werden. Sie dachte an die schwimmenden Gemüsegärten auf den Seen, die Apfelhaine und Reisfelder, die Läden am Bund und die Schalmacher oben in Kanihama. In der zitronengelben Frühlingssonne wirkten Srinagar und ganz Kaschmir äußerlich ruhig, doch sie wusste, wie tief die unter der Oberfläche liegenden Risse reichten. Noch immer gingen Evan und Ianto Tag für Tag hinaus, versuchten Muslime und Hindus aus niedrigeren Kasten zu bekehren und berichteten, dass die beiden Gruppen einander noch mehr hassten, als sie die Briten verabscheuten. Ein Sikh-Führer, hörte Nerys, habe gedroht: »Wenn die muslimische Liga einen Staat Pakistan gründen will, werden sie durch ein Meer von Sikh-Blut waten müssen.«

Inzwischen nahte der wechselhafte, herrliche kaschmirische Sommer, und sie zitterte bei der Aussicht auf all das Düstre, das womöglich vor ihr lag.

Natürlich würde Rainer sein Möglichstes tun, um einer Frau zu helfen, die nicht nur ihr Kind sondern auch ihren Mann verloren hatte. Sie stellte sich vor, wie er seine Frau in die Schweiz zurückbrachte, wo sie vielleicht umringt von weißen Berggipfeln in einem anderen grünen Tal leben würden. »Verstehe«, sagte sie. »Es ist gut, was du tust.«

Außerdem lebte sie schon lange genug in Indien, um zu wissen, dass viele Ehen zwischen fast Fremden arrangiert wurden und sich zu starken, erfolgreichen und zärtlichen Verbindungen entwickelten. »Ich hoffe, dass du glücklich wirst«, fügte sie hinzu, und das war nicht nur halbherzig gemeint.

Sie erreichten das Flussufer und blickten auf die Stufen, auf vertraute Szenen von Menschen, die ihre Kleider wuschen, kochten, Töpfe ausspülten und Kinder einseiften.

»Kommst du zu meiner Hochzeit?«, fragte Rainer.

»Aber natürlich.«

»Danke.« Er berührte ihre Hand.

Einst hatte sie ihn für undurchschaubar gehalten, doch nun sah sie ihn plötzlich in all seiner Stärke. Und wusste auch, dass sie ihn liebte. »Du gehst in die Schweiz zurück?«

Es entstand eine Pause. »Irgendwann schon. Mein Vater ist dort, und ich habe Freunde in den Bergen. Aber Kaschmir wird mir trotzdem fehlen.«

Er fügte kein *und du auch* hinzu, und irgendwie war sie erleichtert. Sie hatten sich genug gesagt.

Sie erreichten die Tür der Mission. Zwei Basarkinder hockten auf der Stufe, obwohl Nerys Schulzimmer bereits seit Stunden geschlossen war. Eines davon klopfte sich auf den Mund und streckte die Hand aus. Rainer nahm eine Münze aus seiner Tasche, das andere Kind griff danach, und sie rannten davon.

»Ich sage dir rechtzeitig über Tag und Uhrzeit der Hochzeit Bescheid«, sagte er zu Nerys. »Sie wird sehr bald stattfinden.«

»Ich werde da sein«, versprach sie. Sie stand, die Hand auf dem Eisenriegel der Tür, und sah ihm nach, wie er durch die achtlose Menge zu Prita zurückkehrte.

Sie war schon wach und wusste, dass er wieder einmal von diesem Traum heimgesucht wurde. Ralph wand sich, hielt die Arme vor den Kopf, strampelte mit den Beinen und versuchte abzuwehren, was immer ihn auch verfolgte und bedrängte. Sein Pyjama und die Laken waren schweißnass. Caroline versuchte, ihn zu halten, doch er riss sich von ihr los. Er murmelte und schlug um sich und brüllte dann, nur einmal, jedoch laut genug, um sich vorstellen zu können, wie Julia Dunkeley nebenan erwachte.

»Ralph, bitte, nicht so laut. Ist ja gut. Ich bin hier, du bist in Sicherheit. Es war ein Alptraum, nur wieder so ein grässlicher Traum.«

Blind und sich windend rappelte er sich hoch, während er dem

Horror in seinem Kopf zu entkommen versuchte. Sie hielt ihn am Arm, versuchte ihn zu beruhigen. Doch die Panik verlieh ihm ungeahnte Kräfte. Er schüttelte sie ab und stürzte sich auf sie. Seine Hände schlossen sich um ihren Hals und drückten zu, Daumen wie aus Stahl pressten sich auf ihre Luftröhre, schwere Glieder hielten sie nieder. Caroline röchelte und erlitt einen Atemstillstand. Sie wusste nicht, wie nah sie einer Bewusstlosigkeit gewesen war, nur dass der Druck seiner Finger auf einmal nachließ und Luft in ihre Lungen schoss. Sie keuchte, schauderte, war zu schockiert, um sich regen zu können. Im Dunkeln spürte sie, dass Ralph – die Hände in die Höhe gerissen – vor ihr zurückwich, und Verwirrung ihn erfasste, als er jäh wieder zur Besinnung kam.

»Caroline?«

Sie brachte einen Laut zustande, der kaum mehr als ein heiseres Röcheln war.

Ralph ließ sich in sein Kissen zurücksinken. Er ächzte und keuchte, während sie sich langsam aufrichtete und Richtung Bettkante schob. Sie tastete nach der Schachtel, riss ein Streichholz an und entzündete die Kerze. Zwar hatten sie momentan Strom, sie hörte das ferne Brummen des Kasernengenerators, doch aus Erfahrung wusste sie, dass grelles Licht ihn erschrecken konnte, wenn er noch nicht ganz wach war. Die Kerzenflamme flackerte und beruhigte sich dann hinter ihrer schützenden Hand. »Caroline?«

Sie konnte sprechen, obwohl ihr Hals und Kehle schmerzhaft pochten. »Ja. Du hast schlecht geträumt.«

Sein Gesicht und seine Kopfhaut glänzten vor Schweiß. Er nickte, und seine Augen erforschten, während die Schrecken der Nacht allmählich wichen, die langen Schatten im Raum.

»Soll ich dir Tee machen?«, fragte sie.

»Nein. Keinen Tee.«

Er setzte sich auf – der Pyjama klebte ihm am Leib – und schwang die Beine aus dem Bett. Er zog sich den Morgenmantel über und schlurfte zur Tür.

»Ralph, bitte, willst du mir nicht von deinem Traum erzählen? Vielleicht würde es ja helfen – vielleicht würde es dann aufhören.«

Er schüttelte den Kopf. Er hatte die Finger um den Türknauf gekrümmt, und sie wusste, dass er nach der Whiskyflasche lechzte.

»Gut, vielleicht willst du es nicht mir sagen, aber vielleicht einem der anderen Männer? Männern, die … zum Teil dasselbe erlebt haben?«

»Nein. Es war nur ein Scheißtraum, weiter nichts.«

Sie folgte ihm ins Wohnzimmer. Er nahm die Flasche billigen indischen Whiskys vom gravierten Silbertablett, das ihnen die Fanshawes zur Hochzeit geschenkt hatten, und goss sich eine Handbreit davon ein. Seine Hände zitterten, und der Rand des Whiskyglases stieß, während er trank, klirrend an seine Zähne. Nicht mal zum Einschenken stellte er sein Glas ab, aber seine Hände waren inzwischen schon ruhiger geworden.

»Ralph, trink nicht so viel. Es bringt nichts.«

»Doch, tut es schon«, meinte er kategorisch. »Glaub mir.«

Nach den Alpträumen trank er, bis er sich nicht mehr spürte, und sank dann schnarchend ins Vergessen. Wenn er am nächsten Tag erwachte, war er totenbleich, wütend wie ein gefangener Bär, und sie musste sich behutsam wie auf einem Minenfeld um ihn herumbewegen.

Caroline fürchtete ihren Mann und seine fast unkontrollierbare Gewalttätigkeit, und so leid er ihr auch tat, gegenüber dem, was er erlebt und erlitten hatte, schien sie ohnmächtig. Ralph konnte in den Club gehen oder mit anderen Offizieren, die er zu seinen Freunden zählte, ins Regimentskasino und nach außen hin fast wieder der Alte sein. Sie allein wusste, wie sehr ihn die Vergangenheit heimsuchte und wie zerbrechlich die dünne Hülle war, die sein Ich umschloss.

Unwillkürlich fasste sie sich an den Hals, um ihre wehe Kehle zu betasten. Sie sah, dass er sie merkwürdig ansah, und ließ die Hand rasch wieder sinken.

»Hab ich versucht, dich zu erdrosseln?«

»Ja.«

»Herrgott nochmal. In meinem Traum hab ich nicht dich gesehen, hörst du. Da war ein Japaner, einer von den Wärtern. Sadistischer Dreckskerl. Er …« Ralph schloss die Augen und riss sie dann wieder auf, als könne er nicht ertragen zu sehen, was hinter seinen Lidern lag.

Caroline wartete und hielt den Atem an. Sie stellte sich vor, wie ein anderer (vielleicht ein Mann derselben Veranlagung) womöglich die Schwäche seines Gefangenen entdeckt hatte – Ralphs spezielle Schwachstelle, die er um jeden Preis verheimlichen wollte, sogar vor seiner Frau – und auf vielleicht grausamere Art damit spielte, als sie sich das überhaupt vorstellen konnte.

»Erzähl weiter«, sagte sie leise, um ihm Mut zu machen.

Doch sie hätte besser schweigen sollen. Ralph stürzte den zweiten Whisky hinunter, das Glas schepperte auf dem Tablett. »Verflucht noch mal, nein. Ich wollte dir nichts tun. Ich hab geträumt.« Er kam auf sie zu, und sie musste sich wehren gegen den Impuls, schützend die Hände zu heben. Aber er berührte sie nur an der Schulter und zog die Hand wieder zurück. »Das ist ein furchtbares Leben für dich, oder?«, brummte er.

Eine leichte Röte stieg ihr ins Gesicht, und schmerzhaft pochte ihr das Blut in den Blutergüssen. Ralph starrte auf sie herunter, bis sich sein Mund verzog, wie jedesmal, wenn er sich zu mehr als einem Routineaustausch mit ihr gezwungen sah. Abrupt wandte er sich ab und murmelte: »Herrgott, was ist denn nur mit dir los?«

Weder rechnete er mit einer Antwort, noch wartete er darauf. Er griff nach der Flasche und meinte barsch, »Geh zu Bett. Ich bleib hier sitzen und lese noch.«

Am nächsten Morgen fand sie ihn dann ausgestreckt und bewusstlos in seinem Sessel.

***

Die katholische Kirche war ein kleiner roter Ziegelbau mit Minikirchturm und grün gestrichenem Wellblechdach. Nerys und Caroline saßen neben Professor Prans Tochter in der vordersten Kirchenbank. Sie waren die einzigen Gäste. Prita kam am Arm des Professors den Mittelgang herabgeschritten, trug ihren weißen Sari und auf dem Kopf eine weiße *dupatta* mit eingewebtem Goldfaden. Rainer erwartete sie mit ausgebürstetem Anzug und dunkelroter Rose im Knopfloch an der Altarschranke.

Die Messe zelebrierte Father Kennedy, ein Priester der katholischen Mission. Nerys kannte ihn flüchtig, Evan hatte ihr einmal erzählt, dass er ein großartiger Missionar sei. Während Rainer und Prita ihre Gelöbnisse sprachen, blickte sie hinauf zu den schlichten Scheiben in den winzigen Dreipassfenstern der Kirche und dachte an die diversen Verträge, die eine Ehe in sich barg. Es war komplizierter, weit komplizierter, als Worte wie »ehren« und »gehorchen« nahelegten.

Und was die Liebe anging – wie viele Varianten davon gab es eigentlich?

Neben ihr saß mit gesenktem Kopf Caroline und drehte die Ringe an ihrem Ringfinger. Die wund gescheuerte Haut darunter war roh und schuppig. Um den Hals trug sie einen dünnen Schal, um die blauvioletten Würgemale zu verbergen.

Nachdem sich Braut und Bräutigam mit dem Professor und Nerys als Zeugen in der kleinen Sakristei ins Kirchenregister eingetragen hatten, lud Rainer sie alle in seine Lieblings-*Dhaba* zum Hochzeitsfrühstück. Auch Father Kennedy kam mit und erzählte ein paar gute Geschichten über die Anfänge der Mission in Kaschmir. Es war eine fröhliche Feier. Prita sprach nur wenig, lächelte aber hin und wieder und legte die Hand mit dem neuen Goldring auf den Arm ihres Mannes.

Am nächsten Tag fuhr Nerys nach Kanihama hinauf, um Zahra und ihre getreue Farida zu besuchen. Sie blieb ein paar Tage im

Dorf, sang und spielte mit Faisal, dessen kleinem Bruder und den anderen Kindern aus ihrem einstigen Schulzimmer. Sie hatte einige einfache Arzneimittel und Verbände dabei und behandelte, so gut sie konnte, die zahlreichen Winterleiden der Dorfbewohner. Sie versicherte Zafir, dass Zahras kostbarer Schal sicher verwahrt war, und sorgte gleichzeitig und diskret dafür, dass auch die andere Seite des Handels erfüllt wurde. Eigentlich zweifelte sie gar nicht daran, dass Zahra gut versorgt wurde, besonders von Farida; denn so hart das Leben im Dorf auch war, sie sah ja, dass Zahra gesund war und ständig lachte.

Bei ihrer Rückkehr nach Srinagar nahm sie die Mädchen mit zu einem Frühjahrsbesuch in die Stadt, dem ersten im neuen Jahr. Nach der Ankunft hüpften die zwei ihr voraus die Gasse hinunter bis zum Eingang der Mission und vorbei an einem Bettler, der zuweilen in einer Wandnische kauerte. Im Haus strich Evan den Mädchen zerstreut über die Köpfe, Ianto strahlte sie durch seine Brille an. Und die regelmäßig hier zur Schule kommenden Kinder nahmen sie wieder in ihre Spiele auf.

Als Nerys Caroline von der Ankunft der Mädchen erzählte, war sie betroffen von deren Reaktion. Caroline presste die Hand vor den Mund, und alle Farbe wich aus ihrem Gesicht. »Ich kann sie nicht sehen. Es geht nicht, wirklich nicht, nicht jetzt, wo Ralph hier ist.«

Nerys sank der Mut. »Aber für Ralph ist sie eine Missionswaise, genau wie für alle anderen.«

»Ich *kann* nicht. Das verstehst du nicht.«

Ralph sah alles, davon war Caroline überzeugt. Schuldbewusst errötete sie unter seinem prüfenden Blick, und in ihrem Kopf tönte ständig die Frage: *Was ist los mit dir?*

»Gut«, seufzte Nerys. »Wenn du das wirklich meinst. Aber es ist trotzdem schade.«

***

Es wurde April. Rainer packte seine Kisten und machte sich bereit, die Wohnung über dem Jhelum-Fluss aufzugeben. Seilrollen, Bergsteigerausrüstung und Zauberrequisiten wurden zusammengesucht, schwere Fässer versiegelt und mit den Anschriften verschiedener Frachtvermittler versehen.

In Europa bombardierten abwechselnd die amerikanische und die britische Lufwaffe Berlin, während die Rote Armee die Stadt am Boden einkesselte.

»Es ist fast zu Ende«, sagte Ralph, der Nachrichten hörte. Caroline wandte sich ab.

Nach dem Krieg. Nach dem Krieg. Was *bedeutete* das wohl? Immer stärker hatte sie das Gefühl, als sitze sie in einer von Rainer Stamms Zauberkisten, deren Decke und Wände immer näher heranrückten. Sie saß in der Falle. Aus dem Augenwinkel sah sie das blitzende Metall, spürte schon den Kuss des Stahls auf ihrer Haut, während sich die Klinge durch die Wand säbelte. Sie zuckte zusammen und merkte, dass Ralph sie böse anstarrte.

Evan öffnete einen Brief der walisischen presbyterianischen Mission, der in Shillong abgestempelt war. Er legte ihn beiseite, bis Nerys dafür gesorgt hatte, dass Zahra und Farida in ihrem gemeinsamen Bett lagen, und Ianto, der mit ihnen zu Abend gegessen hatte, in sein gemietetes Zimmer auf der anderen Seite des Basars zurückgekehrt war. Dann begann er: »Ich muss dir etwas sagen, meine Liebe. Man ruft uns nach Shillong zurück.«

»Wie? Wann?«

»In etwa einem Monat, offenbar. Natürlich hängt das auch von den Kriegsnachrichten ab. Aber ich würde sagen, etwa in diesem Zeitrahmen dürfte es sich bewegen. Es freut dich sicher zu hören, dass Ianto hierbleibt, um unsere Arbeit fortzuführen. Ich hoffe sehr, dass wir über Kargil und Leh zurückreisen können, damit ich meine früheren Konvertiten besuchen kann. Ich werde schreiben und darum bitten, ob es nicht möglich ist.«

»Das ist aber sehr bald«, brachte Nerys über die Lippen.

Evan hatte schon einen Bogen zur Hand genommen, um mit seinem Brief zu beginnen. »Wir sind jetzt ja schon eine beachtliche Weile im Einsatz«, sagte er.

Ich muss Zahra mitnehmen, entschied Nerys. Irgendwie muss ich es schaffen. Vielleicht gehört Farida ja zu Faisal und den anderen nach Kanihama, aber Zahra kann ich nicht hierlassen.

Ralph ging zu einem Abendessen ins Kasino. Die wenigen seiner Mitoffiziere, die sich noch im Srinagarer Hauptquartier befanden, waren stets höflich zu ihm, ja sogar ehrerbietig, doch die Herzlichkeit, mit der sie ihm begegneten, hatte auch nicht zugenommen seit seiner Rückkehr. Hätte man seine Rolle hier überhaupt definieren wollen, so wäre es wohl eher die eines Außenseiters gewesen. Sie wussten, was er durchgemacht hatte, aber wie sich das auswirkte, darüber sprach man nicht. Sie waren nicht besonders redegewandt oder artikuliert.

An diesem Abend jedoch herrschte eine andere Atmosphäre.

Sie hatten die letzten Nachrichtenmeldungen gehört. Am Vortag hatten die Russen Wien erreicht. Major Dunkeley haute mit der Faust auf den Tisch. Nun seien die Scheißdeutschen endlich erledigt, erklärte er. Bald würden Berlin und Hitler selbst in die Hände der Alliierten fallen. Was für eine verdammte Schande, dass die Roten und nicht die Briten diese Ehre für sich beanspruchen konnten, aber sei's drum – für eine kleine Feier unter Freunden war es doch nicht etwa zu früh, oder?

Es ertönten vereinzelte Beifallrufe, und man verlangte nach der Portweinkaraffe.

Während sie herumgereicht und der Zigarrenrauch immer dichter wurde, war Ralph für kurze Zeit einfach nur ein x-beliebiger Offizier unter Soldaten, die endlich den Sieg vor Augen hatten. Er trank und scherzte, sang die Regimentsweisen, und sein Glas wurde gefüllt und wieder gefüllt.

Seit Changi und Burma hatte Ralphs Leber nicht mehr richtig funktioniert. Doch auch mehrere andere Körperteile waren in Mitleidenschaft gezogen, sodass er nicht groß darauf achtete, als der Sanitätsoffizier ihm befahl, es etwas langsamer anzugehen. Schließlich trank er, um betrunken zu sein, und diesen Punkt erreichte er inzwischen immer schneller.

Allzubald rutschte er an diesem Abend über die selbst auferlegten Grenzen. Angesichts der von allen Seiten spürbaren Wärme und Brüderschaft ließ er den Arm von der Stuhllehne gleiten, wo er auf den breiten Schultern Lieutenant Ormsbys geruht hatte. Unter den rotierenden Deckenventilatoren verschwamm der Raum vor ihm, doch dies war ein sicherer, ja sogar ein ihm teurer Ort.

Ormsby schüttelte ihn ab und sprang auf. »Verflucht noch mal, Bowen.«

Ein Portweinglas rutschte vom polierten Tisch und krachte zu Boden.

»Das reicht«, knurrte Dunkeley. »Captain Bowen, kehren Sie bitte in Ihr Quartier zurück.«

Wie in einer Kapsel des Schweigens taumelte Ralph aus dem Raum.

Eine Stimme rief ihm noch nach. »Fort mit dir zu deinem hübschen Frauchen«, und jemand anders kicherte.

Die kühle Luft draußen verschlug ihm den Atem. Er lehnte sich gegen den Türrahmen, und ein vorbeikommender Diener fragte respektvoll: »Kann ich Ihnen behilflich sein, Sir?«

»Nein. Lass mich in Ruhe«, brummte er.

Er versuchte, noch einen Schritt zu machen, doch die Beine gaben unter ihm nach. Er stürzte in die farbenprächtigen Büsche, die unter den Kasinofenstern blühten. Und sofort sank er in tiefen Schlummer, bildete sich allerdings ein, höchstens ein, zwei Minuten geschlafen zu haben. Als er wieder erwachte, hörte er die Stimmen und Geräusche zweier Männer, die sich nur wenige Meter von ihm entfernt auf den Rasen erleichterten.

»Julias Schwester ist ihr vor etwa zwei Jahren in Delhi begegnet. Da kam sie gerade mit McMinns Frau aus einer Arztpraxis.«

»Ich wünschte, *ich* wäre mit Myrtle McMinn in Delhi gewesen.« Der andere lachte.

»Beiden war die Begegnung sichtlich unangenehm. Alice meinte, sie sei sich sicher gewesen, dass sie schwanger war.«

»Wer – Caroline Bowen?«

»Dieselbe.«

Ralph spürte den Schotter und die Erde unter seiner Wange. Er lag so reglos, wie er nur konnte.

Ein lautes Gewieher ertönte. »Nicht von ihrem Mann?«

»Das ist ja das Interessante dran. Bowen war damals in Burma, nicht wahr? Nein – offenbar war es dieser unsägliche Ravi Singh. Heißt es. Natürlich könnte es auch bloß Srinagarer Klatsch und Tratsch sein, aber die zwei waren ja mal ziemlich vertraut miteinander.«

Jemand rülpste und entschuldigte sich, dann entfernten sich die Schritte raschelnd übers Gras in Richtung der Bungalows. Und die Dunkelheit verschluckte die Stimmen.

Als er sich sicher sein konnte, dass er wieder allein war, richtete Ralph sich mühsam zum Sitzen auf. Er barg den Kopf in den Händen und versuchte nachzudenken.

Caroline? Seine Frau – die mehr Ähnlichkeit mit einer weißen Maus als einer Frau zu haben schien – seine Frau und Ravi Singh?

Es schien ihm völlig unwahrscheinlich, und während er versuchte, den Gedanken zu verfolgen, merkte er, dass es sowieso ziemlich egal war. Eine Frau, die mit dem falschen Mann im Bett gewesen war? Ein elender kleiner Bastard, der von einem Arzt in Delhi weggemacht oder gar entbunden und dann beiseite geschafft worden war? Was machte das schon?

Schlimmeres war geschehen – weit, weit Schlimmeres.

Ralph hievte sich auf Hände und Knie und an die Büsche geklammert schaffte er es irgendwie, auf die Beine zu kommen. Er runzelte heftig die Stirn, wiederholte die Worte *ein, zwei, eins, zwei,* und merkte, dass er noch ganz annehmbar marschieren konnte. Er schwenkte flott die Arme, und obwohl der Boden kippte und nachgab, schaffte er es bis zur Gasse, die zu den Bungalows der Ehepaare führte. Da war das Tor. Nein, nicht das da. Noch ein Stück weiter. Ging ja nicht, dass er ins falsche Haus latschte.

Das übernächste. Fast daheim. Schlafen – musste er jetzt.

Ein dunkler Schattenfleck lag im langen Gras neben dem Zaun. Seine trüben Auben blieben daran hängen, und im gleichen Moment bewegte sich der Schatten. Und verwandelte sich in einen am Boden kauernden Mann, der auf ihn lauerte.

Ralph taumelte, doch die Bedrohung durch den Feind ernüchterte ihn geradezu. Bajonett oder Pistole, Pistole oder Bajonett? Er würde nicht inne halten, um sich zu vergewissern. Sondern sofort töten.

Er trat heftig, nach den Beinen des Mannes. Die Gestalt wich zurück und rappelte sich hoch. Ralph packte den Kerl am Arm und boxte ihn auf den Kopf. Der Schmerz in den Fingerknöcheln schoss ihm den Arm hinauf, und er fluchte und hätte fast das Gleichgewicht verloren. Es war gar kein japanischer Soldat, sondern nur ein Bettler. Und er hatte den Wicht schon einmal gesehen. Er versetzte ihm einen weiteren, befriedigenderen Tritt. »Verschwinde, verdammter Hund. Und lass dich nie wieder hier blicken.«

Der Bettler riss sich los. Doch zu Ralphs Verblüffung packte er dessen Arm und drehte ihn ihm auf den Rücken. Den Mund eng an Ralphs Ohr heranbringend, zischte er zwei, drei Worte, die Ralph nicht verstand. Dann schleuderte er ihn zur Seite und sprang barfuß und leise wie eine Katze die Gasse hinunter.

Wieder kreiste nun, da Ralph so am Zaun lehnte, der Alkohol in seinem Kopf.

War da wirklich ein Mann gewesen, oder träumte er nur?

Jedenfalls war der Mann jetzt fort.

Er öffnete die Tür des Bungalows, und der vertraute Geruch nach Messingpolitur, Insektenpulver und Currygewürz schlug ihm entgegen. Er brauchte einen Absacker, doch was er da auf dem Rasen des Kasinos gehört hatte, nagte an ihm. Caroline, sein hübsches Frauchen, nach der Wahrheit fragen, dass war jetzt angesagt …

Im Schlafzimmer war es stockfinster, doch er spürte, dass sie noch wach lag.

»Ich hab heute abend im Kasino eine seltsame Geschichte gehört«, brüllte er.

Mit einem Klick ging die Lampe an. Caroline setzte sich auf und starrte ihn aus weit aufgerissenen Augen an. »War es schön, das Abendessen?«

»Ich hab eine seltsame Geschichte gehört«, wiederholte er. »Ich hab gehört, du hast ein Kind bekommen. Meine brave Gattin. Wie findest du das?«

Ihre Hand fuhr zum Mund. »Was soll denn das heißen? Wer hat das gesagt …?«

Also stimmte es.

Sie wirkte schockiert und unendlich erschrocken, aber nicht *überrascht.*

Ralph atmete schwer. Zunächst war es ihm nicht besonders wichtig erschienen, was immer Caroline da getan haben mochte, während er in Changi und Burma um sein Leben kämpfte. Ihre Ehe bestand sowieso nur dem Schein nach, was machte es also schon aus? Doch nun kam alles zusammen, die Erniedrigung am Abend im Kasino, die Behandlung, die er soeben von dem verdammten Bettler auf der Straße erfahren hatte, die Benebelung durch den Alkohol und der nicht aufhören wollende Schmerz in seinem Körper. Er wollte aufjaulen wie ein Hund. Er wollte sich hinlegen, wollte, dass der Schmerz aufhörte. Er wollte, dass seine Frau aufhörte, zu flüstern und Angst zu haben, sobald er sie nur ansah, und dass sie endlich mal ihren Mann stand.

»Ra-vi Singh«, sagte er, jede Silbe in die Länge ziehend.

Furcht schoss ihr in die Augen.

Nur vier- oder fünfmal hatte Ralph ihn gesehen, vor Jahren, doch plötzlich stand das dunkle, spöttische, abweisende Gesicht vor ihm. Ravi Singh war ein Einheimischer, Eingeborener, auch wenn er ein Verwandter des Maharadschas war. Der Zorn blähte ihn auf. Mit geballten Fäusten schwankte er auf das Bett zu. Caroline wimmerte und warf die Arme in die Höhe, um ihn abzuwehren – und gleichzeitig begriff er, dass er diesen völligen Mangel an Beherztheit am meisten an ihr hasste.

Schlagen würde er sie nicht. Niemals würde er eine Frau schlagen.

»Sei nicht so verdammt schwach. Du kannst deinem Liebhaber ausrichten, dass ich ihn umbringen werde.«

»Ralph, er ist nicht … er ist nicht mein Liebhaber. Ich war dumm und einsam. Er ist ein verkommener Mensch. Begib dich nicht in seine Nähe. Bitte, ich bitte dich darum.«

»Ich bring ihn um«, wiederholte Ralph. Bei diesem Gedanken ging es ihm gleich viel besser. Er dachte daran, wie gut sich der Griff seines Dienstrevolvers in seiner Hand anfühlte.

Und jetzt, einen Absacker. Das brauchte er jetzt – nun, da die Entscheidung gefallen war.

Er schwenkte vom Bett weg, begab sich in einer unsteten Diagonale zur Tür. Im Wohnzimmer stand die Flasche auf dem Tablett bereit. Er hob sie in einer Faust und ließ sich in den Sessel plumpsen. Kein Bett. Schlaf hier.

Caroline lag starr unter ihrem Laken.

Sie hatte sich zum Schweigen verpflichtet und gehofft und geglaubt, sich daran gehalten zu haben. Und nun sah es aus, als sei ihre Untreue Kasinoklatsch, und, was noch viel schlimmer war, schien alle Welt über ihr Kind Bescheid zu wissen.

Nach einer Weile beruhigte sich ihr pochendes Herz ein wenig.

Unzusammenhängende Gedanken schossen ihr durch den Kopf. Der Versuch, die Schwangerschaft zu verbergen, war völlig daneben gewesen. Myrtle hätte so etwas gemacht, wäre sie je so dumm gewesen, überhaupt erst einen solchen Fehler zu begehen, doch Myrtle hätte das Ganze mit Schwung durchgezogen.

Ihre Freundschaft mit Nerys und Myrtle, die Tage auf der *Garden of Eden,* das Cricketspiel auf dem gefrorenen See, sogar Kanihama – alles schien einer anderen Epoche anzugehören. Caroline fühlte sich wie erstarrt, nur das Schwert des Selbsthasses drang durch das Eis.

Nun konnte sie eigentlich nur noch zu Ravi gehen, ihm die ganze Wahrheit gestehen und um sein Verständnis bitten.

Und tötete er sie, so wäre es auch egal. Ja, sie wäre sogar froh darum. Ralph aber durfte sie nicht in Ravis Nähe lassen, denn verletzt oder hingemetzelt würde dabei allein Ralph.

Davor wenigstens wollte sie ihn bewahren.

Und dann gab es noch Zahra.

Sie drehte sich zur Seite und zog die Knie an. Kalt. Gut, sie musste kalt bleiben, das schützte sie.

Sie musste Nerys bitten, sich um Zahra zu kümmern. Nerys würde das sehr viel besser können, als es ihr selbst je gelingen würde.

Morgen also: Ravi, und dann Nerys.

Sie lag da und wartete, dass die Stunden verstrichen.

16

Die Barkasse kam näher, der Wind straffte die Dreiecksflagge am Bug, und hinter ihr strudelte eine frische grüne Heckwelle.

Caroline stand am Ende des Anlegestegs nicht weit vom Shalimar-Park. Der starke Motor wurde gedrosselt, und das Boot beschrieb einen Halbkreis und wühlte, während es zum Vertäupfahl glitt, das stinkende Seewasser auf. Zwei livrierte Diener traten ans Ufer und machten fest, und sie sah Ravi, der sie unter dem weißen Baldachin erwartete. Vom näher stehenden Diener ließ sie sich an Bord helfen und betrat das geschrubbte Teak-Deck. Sofort begann der Motor zu röhren, und die Barkasse kurvte wieder hinaus auf den See.

Ravi verbeugte sich zuvorkommend. Das alles war besser, als sie es sich erwartet hatte. Hier draußen, wo er für alle vorbeifahrenden *shikaras* zu sehen und zwei seiner Diener in unmittelbarer Nähe waren, konnte er ihr kaum etwas antun.

Sie saßen in Segeltuchstühlen an einem mit Messing beschlagenen Tisch. Einer der Diener stand hinter dem Steuer; der andere zog sich in die kleine Kajüte unter Deck zurück. Das Brummen des Motors und das Brausen des Wasser würde ihre Worte für alle außer Ravi unhörbar machen.

»Das ist ja ein unerwartetes Vergnügen«, meinte er, einen Blick auf seine juwelengeschmückte Uhr werfend. »Leider muss ich um Punkt elf Uhr jemanden treffen.«

Nachdem die lange, schreckliche Nacht schließlich zu Ende gegangen war, hatte sie eine Nachricht gekritzelt und mit Boten zu ihm geschickt. Kaum hatte sie sich angekleidet, war Ralph an ihr vorbeigetorkelt und ins Bett gesunken, das sie eben erst geräumt hatte. Gelb und schnarchend ließ sie ihn dort liegen, nachdem sie den Hausboy noch angewiesen hatte, dem Sahib sofort nach dem Aufwachen seinen Kaffee zu bringen. Ravis Antwort hatte sie noch binnen derselben Stunde erreicht, und sie war aus dem Haus geeilt, um die Barkasse an der von ihm genannten Stelle zu erwarten.

»Ich habe dir etwas mitzuteilen«, sagte sie.

»Bitte schieß los.«

Sie holte tief Luft. Ihr Mund fühlte sich unbeweglich und trocken an, dennoch brachte sie die schlichten, einstudierten Worte über die Lippen. »Nach unserer Zeit miteinander habe ich ein Kind bekommen. Es war dein Kind, Ravi. Weil ich nicht wollte, dass mein Mann dahinter kommt, hab ich das Ganze verheimlicht.«

»Meines?« Seine Stimme klang scharf und schneidend.

»Ja.« Sie hob den Blick von der Tischplatte und sah ihn an. »Du bist der einzige Mann, mit dem ich je eine solche Beziehung eingegangen bin. Ich war Jungfrau, weißt du noch?«

»Ja. Ist es das, was du mir sagen wolltest?«

»Nicht nur. Mein Mann hat gestern abend im Kasino durch einen Offizier von dem Kind erfahren. Ich dachte, ich hätte alles geheimhalten können, sogar vor dir, was ich ursprünglich für das Beste hielt, doch jetzt sieht es aus, als sei es mir misslungen. Und deswegen bin ich sofort zu dir gekommen, um dir alles zu beichten und dich um Verständnis zu bitten.«

Ravi überlegte, seine Mundwinkel zeigten nach unten. Schließlich sagte er. »Verstehe. Sag mal, Caroline, hast du dir wirklich eingebildet, ich wüsste das alles nicht?«

Caroline wich zurück. »Ich hoffte nicht.«

»Ich hab dich beobachten lassen, meine Liebe. Dich – und deine Freundinnen, wie ihr mit euren *kangris* rumgelaufen seid.«

»Du hast die ganze Zeit über Zahra Bescheid gewusst?«

Er machte eine ungeduldige Geste.

»Dein Weberdorf befindet sich ja nicht gerade außerhalb meiner Reichweite.«

Folglich musste also mindestens einer da oben in Ravis Sold stehen. Caroline schauderte beim Gedanken, dass Zahra unschuldig unter dem Baum spielte, während ständig Blicke auf ihr ruhten und man bereit war, jede ihrer Bewegungen nach Srinagar zu melden. Dennoch hatte es Ravi irgendwie in den Kram gepasst, sie in Ruhe zu lassen. Vielleicht wollte er ja nicht mehr, als sie in sicherer Distanz zu seiner Familie zu wissen.

Sie hob den Kopf. »Ich bin hier, um dich zu warnen, Ravi. Mein Mann ist sehr wütend. Er war gestern Nacht betrunken …«

Wieder die ungeduldige Geste. »Auch das weiß ich.«

Woher er es wusste, spielte keine Rolle. Mit dem Ausmaß, in dem sie und alle, die sie kannte, ausspioniert worden waren, musste sie später zu Rande kommen. »Er hat mir gesagt, dass er dich umbringen will.«

Ravi warf den Kopf zurück und lachte, als wäre das das Komischste, das er jemals gehört habe. »Ist das alles?«

Sie erwiderte: »Ich will nicht, dass Ralph zu Schaden kommt. Ich weiß, dass er den Kürzeren zieht, sollte er tatsächlich versuchen, dir weh zu tun.«

Ravis Belustigung verflüchtigte sich. Mit einer Stimme, die so leise war, dass sie kaum an ihr Ohr drang, murmelte er: »Und ich dachte schon, du willst mir vielleicht erklären, warum du mir meinen Rubin gestohlen hast.«

Die Barkasse glitt zwischen den Holzpfählen hindurch, die den Beginn des Flussbetts markierten. Zu ihrer Rechten sah Caroline eine Reihe von Hausbooten, an deren Ende die *Garden of Eden* lag. Der Blumenverkäufer hielt mit seiner *shikara* auf seine Kunden zu, und die eng gepackten Blüten bildeten einen leuchtenden Farbspritzer im gekräuselten Wasser.

Fast hätte ihr die Stimme versagt, doch sie hatte keine andere Wahl, sie musste das durchzustehen. »Da du ja auch alles andere zu wissen scheinst, ist dir wahrscheinlich auch bekannt, dass ich den Stein an einen Händler verkauft habe. Ich brauchte Geld, um das Kind zu versorgen.«

Ravi nickte, als ob ihn dies zufriedenstelle. Sie glitten an der Lake Bar des Srinagar Clubs vorbei, wo man für den bevorstehenden Sommer bereits Tische und Sonnenschirme ins Freie gestellt hatte. Ein Kellner in weißer Jacke stand bereit, um Cocktailbestellungen entgegenzunehmen, und nebenan tänzelten einige *shikaras* zum Mieten.

»Ich werde dich hier absetzen müssen.« Er deutete auf die zum Bund hinaufführenden Stufen. Sonnenlicht schimmerte auf einem Wagen, der gerade über die erste Jhelum-Brücke fuhr. »Übrigens, meine Frau erwartet, noch in diesem Sommer entbunden zu werden. Ich werde einen Sohn bekommen.«

»Wie schön für dich«, erwiderte Caroline. »Ich hoffe, dass es tatsächlich ein Sohn wird. Und dass alles gut geht.«

Feist und stattlich unter seinem Baldachin lachte Ravi erneut. Ihre Hoffnungen waren völlig belanglos für ihn, und ihre guten Wünsche bedeuteten ihm nichts. Über die Schulter erteilte er dem Bootsführer einen knappen Befehl, und der Bug schwang auf die Stufen zu. Kurz wurde das Boot gesichert, und Ravi erhob sich, um ihr ans Ufer zu helfen. Durch das Treffen hatte Caroline rein gar nichts erreicht.

Sie stieg hinaus ans rettende Ufer.

Doch sie konnte es sich nicht verkneifen und fragte noch, »Was wirst du nun tun?«

»In welcher Hinsicht?«

»Im Hinblick auf mein Kind.«

»Die Interessen meiner Familie wahren, natürlich.«

Ein weiterer Befehl an den Schiffer, die Taue wurden gelöst, und die Barkasse sauste davon.

***

Entsetzt hörte Nerys zu, während das Ganze aus Caroline herausbrach.

Draußen auf dem Hof der Mission spielte ein halbes Dutzend Kinder mit einem Ball und mehreren Holzkisten. Das Geschrei drang durch die geöffneten Fenster herein, und auch Zahras glückliche Stimme war aus all den anderen herauszuhören.

»Was, glaubst du denn, meint er damit, dass er die Interessen seiner Familie wahren will?«

Hilflos schüttelte Caroline den Kopf. »Er ist skrupellos. Er macht, was er will, und kriegt, was er will. Was können wir nur machen?«

Nerys war ratlos, und eine ungute Vorahnung ergriff sie. »Ich weiß nicht. Aber irgendwie müssen wir Zahra verstecken, damit Ravi Singh sie nicht finden kann.«

Evan war ausgegangen, Ianto Jones aber befand sich im Kapellenraum und legte Blätter für eine Andacht zurecht. Nerys traf eine schnelle Entscheidung. »Ianto? Bitte bleib hier und pass bis drei auf die Kinder auf. Und dann, wenn alle gegangen sind, verschließt du das Hoftor.«

Er blinzelte hinter der dicken Brille, und sein Adamsapfel hüpfte auf und ab. »Aber ...«

»Bitte.«

Mit Caroline im Schlepptau sauste Nerys die Stufen hinab und riss Zahra aus der kleinen Kindergruppe heraus. Farida warf ihren Ball beiseite und heftete sich an Nerys' Fersen. Am Tor blieben sie stehen und ließen ihre Blick die Gasse hinunterwandern. Der Bettler war verschwunden. Nerys fragte Farida, ob sie den Mann mit der ausgestreckten Hand an diesem Tag schon gesehen habe, und das Kind nickte. Er war dagewesen, doch sie hatte ihn später wieder fortgehen sehen.

Sie liefen das Kanalufer entlang zum Fluss, vorbei an rauchenden Imbissständen, *Chai*-Verkäufern und schwatzenden Schiffern. Nerys schloss Zahra in ihre Arme, und die Kleine lachte und wand sich vor Freude über dieses neue Spiel. Als sie endlich Rainers Tür erreicht hatten, keuchten sie.

Nerys trommelte dagegen und musste sogar in der Aufregung dieses Moments an die Nacht denken, als Farida zu ihnen gekommen war, um sie aus Rainers Bett zu holen, nur um die Mutter dann tot aufzufinden.

Rainer öffnete ihnen. »Steht etwa die ganze Stadt in Flammen?«

Nerys und Caroline duckten sich unter dem Türbalken durch. Farida ließ sich auf die Stufe plumpsen und weigerte sich, mit hineinzukommen. Sie schürzte den Rock, zog sich ihren Schal über den Kopf und wollte offenbar Posten beziehen, um die Straße im Blick zu behalten.

Im oberen Zimmer, das von der vom Wasser hereinkommenden Brise gekühlt wurde, saß Prita inmitten der letzten von Rainers unzähligen Kisten und nähte. Sie legte ihre Arbeit beiseite, erhob sich und begrüßte sie wortlos mit einer Verneigung und gefalteten Händen.

Zahra war schwer. Dankbar setzte Nerys sie ab. Das bunte Seidengarn in Pritas Arbeitskorb erregte die Aufmerksamkeit der Kleinen, und sie rannte direkt darauf zu. Dann entdeckte sie eine kleine spitze Schere und grapschte auch danach. Prita fiel ihr in den Arm und meinte auf Kaschmirisch: »Nein, die ist scharf. Damit schneidest du dir in die Finger.« Sie legte die Schere außer Reichweite auf eine der Kisten.

»Was ist passiert?«, fragte Rainer.

Caroline erzählte stockend noch einmal ihre Geschichte. Entzückt von der Aufmerksamkeit einer Fremden, und einer zumal, die ihren Dorfdialekt so gut beherrschte, begann Zahra mit Prita zu plaudern. Nerys beobachtete Caroline, schaute, wie Rainer reagierte, aus dem Augenwinkel aber registrierte sie auch, wie Prita die Hand ausstreckte und Zahra unbeholfen und sehnsüchtig übers Haar strich.

Ohne recht zu wissen, warum sie es tat, ergriff Nerys die Schere und beugte sich hinunter, um eine einzelne dicke Locke aus dem braungoldenen Haar zu lösen und abzuschneiden.

Rainer runzelte die Stirn. »Ja. Wir müssen sie fortbringen von hier.«

Zahra löste sich von Prita und Nerys und steuerte auf den weißen Weidenkorb zu, in dem sich Rainers Bühnentauben eine Stange teilten.

»Vögel«, schrie das Kind begeistert. »Zahra Vögel.«

Rainer öffnete eine lackierte Kiste und zog seinen Frack heraus. Er schlüpfte hinein, warf das rote Seidentaschentuch aus seiner Brusttasche über den Käfig, und forderte Zahra auf, seine anderen Taschen zu durchsuchen. Sobald sie sich vergewissert hatte, dass eine leer war, zog er vier miteinander verbundene Metallringe aus dieser und legte ihr die Kette wie ein riesiges Kollier um den Hals. Verwirrt aber lächelnd zog sie daran, bis er sie fortwitschte und vier separate Ringe in die Luft schleuderte. Während sie noch ganz im Bann seiner Jonglierkünste stand, hob er eine Ecke des roten Taschentuchs, um ihr zu zeigen, dass der Käfig leer war.

Zahras Augen wurden kreisrund. »Fort«, hauchte sie und starrte auf die leere Stange.

Die drei Frauen sahen ihnen zu. Prita lächelte zärtlich, und sogar Carolines bleiches, angespanntes Gesicht war weicher geworden und zeigte einen rosigen Hauch.

Rainer winkte Zahra zu, und sofort ging sie zu ihm. Er legte sich den Finger auf die Lippen, ehe er ihr mit seinem roten Tuch die Augen verband.

Nerys erinnerte sich später, wie Zahra gelacht und keine Angst gezeigt hatte, wie sie die Hände ausstreckte, um Rainer zu fangen, als dieser sie behutsam dreimal im Kreis herum drehte.

Dann wurde die Binde wieder abgenommen. Der Käfig war immer noch leer. Rainer spielte den Verwirrten, dann aber schoss seine Hand in dieselbe Fracktasche, und mit schwungvoller Geste warf er zuerst die eine, dann die andere weiße Taube in die Luft.

Die Vögel flogen auf, über Zahras Kopf hinweg und ließen sich auf dem offenen Fensterladen nieder.

Nerys klatschte, und auch Caroline und Prita applaudierten.

Zahra war zu hingerissen, um auch nur einen Mucks zu machen. Ehrfürchtig starrte sie Rainer an. Er streckte den Arm aus, und bereitwillig kehrten die Vögel zu ihm zurück.

»Mehr«, flüsterte Zahra.

»Rainer …«, begann Nerys, um ihm in Erinnerung zu rufen, dass es wichtige Dinge zu erörtern gebe. Er tastete in seiner Kiste herum. Und heraus kam sein Zaubermantel, der mit okkulten Symbolen bestickt war. *»Rainer …«*

Alle hörten sie nun das Patschen nackter Füße auf der Treppe. Farida kam ins Zimmer gestürzt. »Mann mit ausgestreckte Hand«. Sie hielt vier Finger in die Höhe. Vier Männer.

Nerys rannte ans Fenster, das nicht auf den Fluss hinausging. Durch eine Ritze im Fensterladen sah sie die vier und erkannte eines der Gesichter. Es war das des Bettlers, der die Gasse hinter der Mission frequentierte; nur sah er jetzt nicht mehr wie ein Bettler aus. Und am Ende der engen Straße konnte sie gerade noch so den polierten silbernen Kühlergrill und die glänzende schwarze Motorhaube eines feudalen Automobils erkennen.

»Ravi Singh ist da.«

Mit donnerndem Getöse wurde angeklopft. Caroline hielt die Hände auf den Mund gepresst und wich an die Wand zurück. »Oh, Gott. Lasst sie nicht rein.«

Rainer zögerte nicht. Lächelnd hielt er die rote Augenbinde hoch. Und bereit für ein weiteres Zauberkunststück sprang ihm Zahra in die Arme. Er bedeutete ihr, still zu sein, und verband ihr aufs neue die Augen. Das Klopfen wurde drängender. Rainer hüllte sich und Zahra in den wirbelnden Umhang. Prita stand neben ihm und umklammerte seinen Arm. Er murmelte ihr etwas zu, und sie glitt hinter seinen Rücken.

Unten hörte man ein Krachen, als die Türe nach innen aufgesprengt wurde. Mit Prita wie ein Schatten hinter sich griff Rainer mit der freien Hand nach der Zauberkiste und trat gelassen hinaus auf den Treppenabsatz. Ravi Singhs Leute kamen zu ihm heraufgepoltert, und er wies sie in den Raum, der auf den Fluss hinausging. Caroline stand da wie angewurzelt, doch Nerys war zu Pritas Stuhl hinübergetreten und hatte deren beiseite gelegtes Nähzeug zur Hand genommen. Als die vier Männer in den Raum geplatzt kamen, vollführte sie einen sorgfältigen Stich und blickte überrascht zu ihnen auf.

»Guten Tag«, sagte sie auf Kaschmirisch. Und auf Englisch: »Sie wissen doch sicher, dass dies ein Privathaus ist. Wie können wir Ihnen helfen?«

Ravi Singh stand von Sonnenlicht gerahmt in der Eingangstür des Hauses und warf einen dunklen Schatten auf die alten Holzdielen. Er war in einen strahlendweißen *kurta pyjama* und eine Stehkragenjacke aus hellbeigem Leinen gekleidet – jeder Zoll der hochmütige kaschmirische Aristokrat.

»Hallo, hallo«, rief Rainer gut gelaunt zu ihm hinunter. »Was soll denn das alles?« Und ohne auf Ravis Antwort zu warten, sprang er die Treppe hinunter und ihm entgegen.

Als sein Fuß die letzte Stufe berührte, schien er zu stolpern und beinahe das Gleichgewicht zu verlieren. Der Zauberkasten sprang auf, und ein Hagel von glitzernden Ringen, Metallbechern, Tüchern, bunten Bällen und Firlefanz kullerte Ravi vor die Füße. Der extravagante Umhang, Gegenteil eines gedeckten *pherans* umwehte Rainer, während Ravi mit einem erschrockenen und erzürnten Ausruf zurückwich.

Finster, angewidert, starrte er auf diese Zurschaustellung heidnischer Arkana.

»Wie ungeschickt von mir.« Rainer seufzte. Er beugte sich nach einer Seite, um einen bunten Ball aufzuheben, gleichzeitig jedoch flogen zwei Tauben unter seinem Umgang hervor. Laut rauschte ihr Flügelschlag in dem beengten Raum. Ravi sprang noch ein

Stück weiter zurück und krachte mit den Armen fuchtelnd – und die Vögel abwehrend – gegen die Türkante. Pritas weißer Pashminaschal flatterte, während sie sich darin einhüllte und ein Stück davon über den gesenkten Kopf zog. An Ravi Singh vorbei glitt sie auf die Straße hinaus.

»Es tut mir so leid.« Rainer lachte. Ich bin gerade dabei, diese Vögel abzurichten. Wie Sie sehen, haben wir noch ein gutes Stück Arbeit vor uns.«

Lässig hakte er seinen Umhang auf und ließ ihn von den Schultern gleiten. Er faltete ihn ordentlich zusammen, verstaute ihn in seinem Kasten und stapelte dann die herausgefallenen Gegenstände darauf. Schließlich zog er noch den Frack aus und klappte über allem den Deckel zu. Er streckte die Arme in den Hemdärmeln aus, und die Tauben kamen zu ihm zurückgeflogen.

»Ist das ein privater Besuch?«, fragte er den finster blickenden Ravi.

»Keinesfalls. Ich bin wegen des Kindes da.«

»Und deswegen brechen fünf Männer in mein Haus ein? Kind? Was für ein Kind?«

Mit ungeduldigem Knurren stieß Ravi ihn beiseite und nahm jeweils zwei Stufen auf einmal. Noch immer saß Nerys mit dem Nähzeug im Schoß auf ihrem Stuhl; doch als Ravi erschien, erhob sie sich und trat gleichmütig auf ihn zu. Caroline stand wie ein Gespenst vor der Wand, während die vier Männer den Raum absuchten.

»Was tun Sie denn da?«, verlangte Nerys zu wissen.

Ravi schritt auf Caroline zu. »Wo ist das Kind?«, brüllte er.

Rainer kehrte wieder zurück und setzte die Tauben in ihren Käfig. »Wünschen unsere Gäste vielleicht eine Erfrischung?«, fragte er.

Nerys glitt an seine Seite. Rainer warf einen Blick auf Ravis halb abgewandten Rücken und nahm Nerys Gesicht in die Hände. Er flüsterte ihr zu: »Wir bringen sie in Sicherheit. Mach dir keine

Sorgen, wenn du eine Weile nichts von mir hörst. Ich komme zurück, das verspreche ich dir.«

Seine Lippen streiften ihre Stirn. Und ehe Ravi, von der zitternden Caroline ablassend, wütend herumschwang, war Rainer bereits verschwunden.

Verschwunden, als hätte er sich in Luft aufgelöst. Nerys lächelte innerlich.

»Durchsucht das Haus«, befahl Ravi. »Wo ist der Schweizer geblieben? Bringt ihn zurück.«

Seine zornige Miene ließ vermuten, dass er bereits wusste, dass man ihm ein Schnippchen geschlagen hatte. Die Männer rannten, um seinen Anweisungen Folge zu leisten; Ravi stellte erneut die beiden Frauen zur Rede.

»Vor einer Stunde war die Kleine noch da«, sagte er. »Wo ist sie jetzt?«

»Sie?«, fragte Nerys unschuldig. Es fiel ihr schwer, sich das Lächeln zu verkneifen, und sie merkte, dass sie sich wirklich amüsierte. Sie nahm Carolines kalte Hand und klemmte sie sich unter den Arm, sodass sie Ravi geschlossen gegenübertraten. »Wir haben einige Missionskinder zu Besuch. Und die lieben die Zauberei, wissen Sie. Aber inzwischen sind sie alle wieder zu Hause. Meinten Sie eines von ihnen?«

Ravi trat einen Schritt näher, doch Nerys hob lediglich das Kinn und hielt sich an Caroline fest. Ihr Blick allerdings teilte ihm mit: Ich mag vielleicht nur eine Frau sein, doch ich bin Britin und Gattin eines Missionars. Und Sie mögen zwar ein mächtiger Mann sein, aber was glauben Sie wohl, was passiert, wenn Sie auch nur einer von uns ein Härchen krümmen?

Er hielt inne – die Fäuste geballt an den Seiten herabbaumelnd.

»Wer war denn diese Inderin?«

»Sie werden wohl Mrs Stamm meinen. Tut mir leid, dass Sie mir keine Möglichkeit ließen, sie Ihnen vorzustellen. Vielleicht bietet sich ja nochmal eine Gelegenheit.«

Ravis hübsches Gesicht war von Wut entstellt, doch es gelang ihm, einigermaßen gelassen zu sprechen. »Wie Sie wohl wissen, Mrs Watkins, ist das Kind, das ich suche, meine eigene Tochter. Und ich bin zu dem Schluss gelangt, dass weder Mrs Bowen noch ihr Gatte noch Ihre kleine christliche Mission geeignet ist, für sie zu sorgen. Ich werde sie in meinen eigenen Haushalt aufnehmen.«

Vielleicht als Sklavin für eine deiner Schwestern – oder höchstwahrscheinlich noch viel Schlimmeres, ergänzte Nerys seinen Satz im Geiste. »Tut mir leid, Sie sind zu spät dran. Das Kind befindet sich nicht mehr in Srinagar und wird Indien in Kürze verlassen.«

»Sie können eine gebürtige Inderin nicht aus ihrem eigenen Land und der eigenen Familie herausholen.«

Ihr ungerührter Blick entgegnete ihm: Wir haben nach wie vor Krieg. Indien hat Tausende von Waisenkindern, die hungern oder von ihren Eltern verlassen wurden. Glaubst du, dass man ein Kind unter so vielen vermissen wird?

Doch sie machte gar nicht erst den Versuch, ihm zu widersprechen.

Zwei der Männer kehrten zurück. Das Haus war leer, ihre Suche hatte nicht lange gedauert. Vermutlich durchkämmten die beiden anderen die Straßen nach Rainer und Prita. Nerys machte sich deswegen keine Sorgen.

Ravi warf einen letzten Blick auf Caroline. »Glaubst du immer noch, du kannst mich überlisten?«

Nur Nerys spürte, wie heftig Caroline zitterte.

Mit seinen Männern im Schlepptau verließ Ravi sie.

Sobald sie sicher waren, dass er gegangen war, nahm Nerys die aufgelöste Caroline in die Arme. »Mach dir keine Gedanken. Zahra wird bald in Sicherheit sein. Rainer wird dafür sorgen.«

Aber sie hatte den Eindruck, dass sich Carolines Gemütszustand jenseits der Ängste um Zahra oder ihre eigene Person verschlimmert hatte. Sie bebte und biss sich so heftig auf die Lippen, dass sich Zahnabdrücke auf der dünnen Haut abzeichneten. Sie schien sich zu verzehren vor düsteren Befürchtungen, die keine rationalen Ursachen in ihren tatsächlichen Schwierigkeiten hatten, und einem tiefen Gram, der ihr ganzes Wesen verfinsterte. Nerys konnte sie nur fest umarmen, ihr unzusammenhängende Trostworte zuflüstern, die sie nicht beruhigten, und hoffen, dass die Verzweiflung allmählich abebbte.

»Setz dich«, sagte sie leise. »Ich mach dir einen Tee und bring dich dann nach Hause.« Sie führte Caroline zu Pritas Stuhl.

Farida tauchte im Türrahmen auf. Mit brennenden Augen kam sie direkt auf Nerys zumarschiert. Nerys legte ihr die Hand auf die Schultern. »Das hast du sehr gut gemacht, Farida. Jetzt ist Zahra sicher vor bösen Männern.«

Doch Farida schwang nur ihre Fäuste in Nerys' Richtung. Sie boxte sie in den Bauch. »Zahra. Ich will Zahra.« Zwar gestattete sie sich keine Tränen, doch die Tiefe ihrer Verzweiflung war offensichtlich.

Nerys konnte sie nur an den Handgelenken packen, um ihr Einhalt zu gebieten, und sagen: »Ich weiß, ich weiß, aber sie musste doch fort. Ich hoffe, sie kommt wieder, Farida, aber ich weiß nicht, wann.«

Das Mädchen riss sich los und rannte zur Tür. Schweren Herzens ließ Nerys sie ziehen. Für sie alle würde es schwer werden, bis sie wussten, wie es mit Zahra weiter ging, am schwersten aber für die arme, getreue Farida.

Draußen wanderte am hellichten strahlenden Nachmittag eine Frau in schlichtem weißen Sari mit einem Kind auf der Hüfte rasch durch die Straßen. Das Kind weinte, doch niemand schenkte einem so alltäglichen Anblick die geringste Aufmerksamkeit. In hinlänglichem Abstand folgte ein hart wirkender Europäer der gleichen Route. Mehrere Schlenker durch überdachte Passagen und über unkrautüberwucherte herrenlose Grundstücke brachte sie wie ihn vor das Tor Professor Prans, des Pandit-Professors, der seine geliebte Heimatstadt bald für immer verlassen sollte.

Als Caroline und Nerys beim Bungalow der Bowens eintrafen, erwartete der besorgte Hausboy sie bereits im Eingang. »Schnell, Madam. Tut mir sehr leid, Sahib krank. Krankenhaus.«

Julia Dunkeleys Kopf tauchte hinter der Hecke auf. Ihr Mann hatte, während Caroline außer Haus war, nach dem Arzt geschickt. Sie wolle, meinte sie, mit Caroline in die Klinik fahren, doch Nerys erklärte ihr sehr entschieden, dies sei nicht nötig, da sie selbst Caroline begleiten werde.

Das Militärkrankenhaus bestand aus einer Reihe einstöckiger Gebäude, die in einem ungepflegten Park lagen und wo Ralph in den zurückliegenden Wochen viel Zeit verbracht hatte. Jetzt führte eine Schwester die beiden Frauen zu einer durch einen Vorhang abgeteilten Ecke eines langen Krankensaals, in dem verwundete Männer in ihren Betten lagen, und Genesende an einem in der Mitte stehenden Tisch lasen oder Karten spielten.

Ralph schlief. Seine Haut zeigte einen kräftigen Gelbton; er atmete schwer und keuchend durch den offenem Mund. Auf dem Spind stand eine metallene Nierenschale. Caroline sank auf den Stuhl neben dem Bett, und Nerys meinte, sie werde draußen warten. Die Station öffnete sich auf eine Loggia, und sie trat ins Freie, wo die Luft nicht so stark nach verkrusteten Verbänden und Krankheit roch. In Grüppchen saßen Männer rauchend auf Bambussesseln. Sie fand einen leeren Sessel, ließ sich hineinfallen und schloss dankbar die Augen.

Sie brauchte Zeit, um die Ereignisse des Tages zu verdauen.

Später kam Caroline zu ihr heraus. Obwohl ihre Augen unnatürlich weit aufgerissen waren, machte sie den Eindruck einer Schlafwandlerin. »Der Arzt meint, es handelt sich um Leberversagen. Er ist sehr krank.«

Der schroffe Sanitätsoffizier hatte die Fingerspitzen zu einem

Dreieck zusammengepresst und Captain Bowens Frau nicht direkt in die Augen sehen wollen. Er hatte über den schweren Schaden gesprochen, den der Organismus ihres Mannes während der japanischen Gefangenschaft davongetragen habe, und dass sein Leben auf dem Spiel stehe.

»Wir können nur aufs Inständigste hoffen, dass er sich von dieser Krise erholt«, meinte er, wobei er hinzufügte, dass man für die nächsten Tage keinerlei Voraussagen machen könne. Doch falls und wenn Ralph sich schließlich außer Gefahr befände, müsse sein Leben von da an sehr maßvoll und geregelt verlaufen.

»Sie verstehen gewiss, was ich meine«, sagte der Arzt. »Er braucht Ruhe, muss auf seine Ernährung achten, darf absolut keinen Alkohol trinken. Natürlich muss er als Invalide seinen Abschied nehmen. Er hat Glück, eine so junge Frau zu haben, die sich um ihn kümmern kann.« Dann hatte er Caroline leicht an der Schulter berührt. »Das ist nun schon der zweite Schock für Sie, meine Liebe. Aber falls wir es schaffen, ihn durchzukriegen, werden Sie beide ein gemeinsames Leben haben. Wir tun unser Bestes für ihn, das verspreche ich Ihnen.«

Nerys führte sie hinaus zu den Blumenbeeten. Caroline ließ den Kopf hängen, während sie sich auf die Mühe des Gehens konzentrierte. Als sie die Krankenhauspforte fast erreicht hatten, richtete sie sich ruckartig auf und begann zu lachen. »Nun kann er Ravi Singh nicht mehr erschießen, was? Aber um wirklich sicherzugehen, werde ich seine Waffen in den See schmeißen.«

»Schon gut, Caroline. Wegen der Waffen werde ich mich mal mit Major Dunkeley unterhalten«, meinte Nerys tröstend.

Wie sehr sie sich an diesem Tag wünschte, Myrtle und Archie wären da.

Am Grund einer von Felsen und verdrillten Baumwurzeln verstopften, engen Schlucht lag das Wrack eines roten Fords. Zerbrochenes Glas bedeckte die Steine, Scherben glitzerten in der Sonne.

Ein Truppentransporter der indischen Armee hatte dreißig Meter hangaufwärts am Straßenrand angehalten, und drei Soldaten kraxelten durch die Schleifrinnen aus aufgerissener Erde und entwurzelten Bäumchen, die den Absturz des Wagens markierte, bergab. Als sie den zerstörten Wagen erreichten, war das Gesumm der Fliegen das einzige zu hörende Geräusch. Einer der Männer bückte sich und spähte in das auf dem Dach liegende Führerhaus. Im Filzbezug der Decke hatte sich eine Blutlache gebildet, die von den Fliegen umschwärmt wurde. Noch viel mehr Blut aber befand sich auf dem grauen, metallenen Armaturenbrett, und am verdrehten Außenspiegel hingen die Fetzen eines weißen *Dupatta*-Schals.

Die Männer suchten Führerhaus und Karosserie ab, durchstöberten geöffnete Schachteln, aus denen Kleider und einige Metallbecher quollen ebenso wie ein bunter Ball, der durch die Wucht zerdrückt und eingedellt war. Aus den Zweigen eines Dornbuschs barg einer der Männer eine Kindersandale aus geflochtenem Leder.

Leichen und Wertgegenstände fand man nicht, nur das durchwühlte Gepäck. Die Soldaten berieten sich leise und machten sich dann wieder an den steilen Aufstieg hinauf zur Straße, wo ihre Kameraden sie rauchend erwarteten. Es war eine schwach besiedelte Gegend, zu felsig und trocken, um etwas anzubauen, ja sogar, um Vieh zu weiden. Am oberen Ende einiger der Schluchten gab es Höhlen, die von Azad-Kashmir-Rebellen oder anderen Extremisten als Versteck genutzt wurden, das felsige Gelände war aber auch Heimat von Meuten wilder Hunde. Einer der Männer meinte, dass es hier herum sogar Wölfe gebe. Weiter unten am Hang, wo Schäfer die Sommermonate verbrachten, gab es mit Steinen ausgekleidete Gruben, die man als Wolfsfallen ausgehoben hatte. Die anderen zuckten die Achseln. Ob dies ein Unfall gewesen war, dem eine Plünderung folgte, ein Straßenraub oder der Schauplatz eines Mordes, das war nicht ihr Problem, und sie hatten schon

Vieles und weit Beunruhigenderes gesehen. Der Funker meldete den Vorfall an ihren Stützpunkt weiter und nannte die geografischen Koordinaten. Dann setzte der Truppentransporter seine Fahrt fort.

Sechs Kojen gab es in der Kabine und ein kleines Bullauge. Der Frau und dem Kind hatte man eine mittlere und untere auf der linken Seite zugeteilt, von denen jede einen Cretonne-Vorhang besaß, den man vorziehen konnte, um etwas ungestörter zu sein. Der Träger setzte ihr Handgepäck ab, und der Mann gab ihm Trinkgeld. Sobald sie allein waren, inspizierten die drei den kleinen Raum und spähten in das winzige Bad.

»Mit wem ihr es wohl teilen werdet?«, sagte der Mann.

Natürlich würden es Frauen sein, wer immer sie auch sein mochten, und höchstwahrscheinlich ebenfalls Inderinnen. Vielleicht Nonnen oder Stipendiatinnen, die zum Studium nach England reisten.

Das Kind klammerte sich an die Hand der Frau. Sein Haar war kurz geschnitten, und es trug einen *kurta pyjama* für jeden Tag.

»Warum kannst du nicht jetzt gleich mitkommen?«, wollte die Frau wissen.

»Ich kann es nicht, weil ich ein Versprechen erfüllen muss. Du willst doch nicht, das ich ein Versprechen breche, oder?«

Es war eine Diskussion, die sie schon häufig geführt hatten.

»Wer wird uns in England abholen? Woher weiß ich, wer er ist?«

»Mein Freund wird im Hafen sein, auch das ist ein Versprechen. Du hast doch sein Foto bei dir, sodass du ihn erkennen kannst?«

Sie hielt es hoch. Es zeigte einen lächelnden älteren Mann in Lederstiefeln und Kniehose, der sich den Hut aus der Stirn geschoben und eine Pfeife im Mund hatte.

Edward wird sich um euch kümmern. Und sehr bald, es kann

sich nur um Wochen handeln, komme ich nach, und wir reisen in meine Heimat, in die Schweiz. Dort wird es euch gefallen, das weiß ich. Das ist das dritte Versprechen, nicht wahr?«

Endlich lächelte sie. »Du bist ein sehr guter Mensch.«

Er nahm ihr Gesicht in seine Hände und küsste sie auf die Stirn. »Denk dran, sobald das Schiff den Hafen verlässt, seid ihr in Sicherheit. Du kannst ihr wieder die eigenen Kleider anziehen, und sie wird nicht mehr Arjun sein, sondern eine Waise, die du zu den Vettern ihres Vaters nach London bringst.«

Die Frau nickte gehorsam.

»Mach dir nicht so viele Gedanken.« Er küsste sie erneut, hob dann das Kind in die Höhe und schwang es auf die oberste Koje. »Da oben bist du der König auf seiner Burg, nicht wahr?«

Später, als die Hupe ertönte, die alle Nichtmitreisenden mahnte, das Schiff umgehend zu verlassen, erreichten sie das obere Ende der Landungsbrücke. Überall umarmten sich Freunde und Verwandte und weinten, da der Augenblick der Trennung bevorstand.

»Bis bald«, flüsterte der Mann. Er küsste die zwei noch einmal und rannte die Schräge der Gangway hinunter. Er stand am Kai, während die riesigen Hanftaue gelöst wurden und die Schiffssirene drei lange Töne ausstieß. Wenn er den Kopf reckte, konnte er die Frau an der Reling, die das Kind in den Armen hielt, gerade so erkennen. Er winkte, bis ihm die Arme schmerzten, und sah zu, wie die weiße *dupatta* flatternd darauf reagierte. Als er sie nicht mehr erkennen konnte, wandte er sich um und schlängelte sich durch eine Kakophonie von Trägern und Gepäckkarren. Vor ihm ragte über dem Bombayer Hafen jener riesige Bogen auf, der als Gateway to India bekannt war. Der Mann begann, seine Schritte zu beschleunigen. Er musste die Frontier Mail, das heißt, den Zug nach Rawalpindi, erreichen, wo ihn seine amerikanischen Begleiter und ihre in Darjeeling angeheuerten Sherpas erwarteten. Und dann würden sie ihren langen Weg nach Norden und zum Berg antreten. Es war bereits viel später in der Saison, als er geplant hatte.

Ralph befand sich noch immer im Krankenhaus, doch der leitende Sanitätsoffizier meinte, er sei überm Berg. Sie könne stolz auf ihren Mann sein, erzählte er Caroline, denn dieser besitze einen unstillbaren Lebenswillen. Sie senkte den Blick auf die Hände und zupfte an den Hautfetzen, bis ihre wunden Finger bluteten. Eine Stimme in ihrem Kopf hämmerte ihr ein, lauter und drängender als je zuvor, dass sie nichts wert sei, ganz und gar nichts, nichts wert sein könne, weil sie keinerlei Willen besaß, nicht einmal dazu, ihrem Leben ein Ende zu setzen.

Wenn du auch nur ein Fünkchen Mut hättest, würdest du es tun, wenn du nur ein Fünkchen Mut hättest, dann …

Wenn sie nicht im Krankenhaus war, verbrachte sie den größten Teil ihrer Zeit allein in dem beengten Bungalow. Nerys versuchte sie zu überreden, zu ihr in die Mission zu ziehen, doch Caroline fand es immer unerträglicher, mit anderen Menschen zusammenzusein – auch mit Nerys.

»Ich bin einfach nur müde«, flüsterte sie. »Müde und besorgt. Wann werden wir wohl endlich von Rainer hören?«

»Ich weiß es nicht. Wir müssen einfach Vertrauen haben, dass er schon das Richtige tun wird«, lautete Nerys' dürre Antwort.

Am 9. Mai wurde die Nachricht der bedingungslosen deutschen Kapitulation verkündet und der Sieg der Alliierten in Europa erklärt. Überall in Srinagar wurde gefeiert, obwohl man in Indien noch immer nach Osten auf den pazifischen Krieg blickte. Bunte Laternen sprenkelten den schwarzen See, und noch in den frühen Morgenstunden driftete Tanzmusik aus dem Club übers Wasser.

Mr Fanshawe ließ die militärische wie zivile, inzwischen geschrumpfte britische Bevölkerungsgruppe wissen, dass man am Abend des 10. Mai in den Gärten der Residenz eine spontane Siegesfeier Europas veranstalten werde.

»Bitte komm – begleite uns, Evan, Ianto und mich. Nur für ein Stündchen«, bat Nerys Caroline.

»In Ordnung«, stimmte die schließlich zu.

Sie nahm sich zusammen, ließ den *dhobi-wallah* ihr Seidenkleid lüften und plätten, drehte ihr Haar auf Lockenwickler und suchte im Metallschrank im Bad sogar nach dem Lippenstift, von dem Myrtle einst gemeint hatte, er besitze genau den richtigen Farbton für ihre Haut. Eine Stunde, bevor die Feier beginnen sollte, setzte sie sich auf den Verandastuhl, um all ihre Kräfte zu sammeln. Die Luft war so heiß und schwül, dass sie fast erstickte. Sie lehnte den Kopf an ein Polster, und fächelte sich mit einer alten Zeitschrift Luft zu.

Das Klicken des Gartentors weckte sie aus ihrem Nickerchen. Ein Mann stand knapp hinter der Einfriedung und streckte ihr ein Kuvert entgegen. »Für Sie, Madam«, sagte er leise.

Auf Beinen wie aus Pudding schwankte Caroline die Stufe zum Pfad hinunter und streckte die Hand aus, um den Brief entgegenzunehmen. Besorgt, dass sie keine passende Münze bei sich hatte, bat sie ihn zu warten, doch der Mann hatte bereits das Tor hinter sich geschlossen.

Sein Schatten glitt hinter den Büschen vorbei, und Caroline warf einen Blick auf das Kuvert und die Handschrift darauf. Eine kalte Hand umklammerte ihre Eingeweide.

Noch auf der Veranda stehend, riss sie den Umschlag auf.

Ravi schrieb, das Kind sei tot.

Das total zerstörte Fahrzeug des Schweizers habe man in einer Schlucht gefunden. Leichen seien bisher zwar nicht geborgen worden, doch gebe es genug Beweise, die belegten, dass sie umgekommen seien.

Eine Tragödie selbstverständlich. Ravi war überzeugt, dass sie gewiss darüber Bescheid wissen wolle, ehe die Nachricht allgemein bekannt wurde. Er übermittelte ihr sein Mitgefühl und die besten Wünsche.

Caroline ließ den Brief sinken. Geräuschlos glitt sie durch die beengten Räume des Bungalows, ihr Blick wanderte über die vertraute Einrichtung, die verblichenen Polster, Ralphs Bücher zur Militärhistorie und ihr gerahmtes Hochzeitsfoto.

Im Bad suchte sie, bis sie Ralphs altes Rasiermesser gefunden hatte. Vorsichtig klappte sie die Klinge auf und starrte auf den stumpfen blauen Stahl. In der Nähe des Griffs befand sich ein wenig getrocknete Seife, und als sie diese näher in Augenschein nahm, erblickte sie darauf Pünktchen dunkler Bartstoppeln. Übelkeit stieg in ihr auf, doch sie bezwang sie und wiederholte das Wort *Mut.* Mut, Mut. Dann zog sie die Klinge, erst über das eine Handgelenk, dann übers andere.

Stunden später glommen im Garten der britischen Residenz in hohen Bäumen die Laternen, während der Orchesterleiter seinen Stock hob und sich vor den – den Rasen bevölkernden – Feiernden verbeugte. Eine erwartungsvolle Stille trat ein, und dann ertönte ein gewaltiges *Wuuuuusch,* als die ersten Feuerwehrraketen in die bestirnte Schwärze hinaufschossen. Scharlachrote Funken stürzten herab, während die Siegrufe empor dröhnten.

Nerys löste sich aus der Menge und flüsterte Evan zu: »Sie hat mir versprochen, auf jeden Fall zu kommen. Ich geh jetzt zum Bungalow und sehe nach ihr.«

Evan machte sich nichts aus Feiern und war daher froh, diese verlassen zu können. »Ich komme mit«, sagte er.

Die Nachbar-Bungalows lagen im Dunkeln. Alle waren aus- und zu den Siegesfeiern gegangen, und alle Hausboys hatten die Chance genutzt, um sich zum Rauchen und Schwatzen in der Hütte neben dem Eingang der Anlage zu treffen. Nerys und Evan gingen die Gasse entlang, der Duft der Levkojen aus dem Garten einer Lady hing schwer in der Nachtluft. Sie waren nur noch wenige Meter vom Tor der Bowens entfernt, als sie das Geräusch hörten.

Die Eingangstür war verschlossen, doch Evan warf sich mit seinem gesamten Gewicht dagegen, sodass das Schloss aus dem Rahmen brach.

Das Badezimmer klebte vor Blut, der Boden, die weiß gekalkten Wände, die emaillierten Schüsseln und dünnen Handtücher; und Carolines Arme, in denen sie ihren Kopf barg, wirkten rostig und verkrustet. Ihr blondes Haar war verfilzt, angetrocknetes Blut klebte in den deutlich heraustretenden Wirbeln ihres Rückgrats, denn dies war alles, was sie von ihr sehen konnten, während sie zusammengerollt in der Ecke lag und brüllte und schrie.

Evans Gesicht war kreidebleich geworden.

»Geh zum Tor. Hol Hilfe«, befahl ihm Nerys. Dann kniete sie sich ins Blut auf den Boden und versuchte Carolines Arme vom Kopf wegzuziehen. Das Rasiermesser, dass diese umklammert hielt, fiel scheppernd zu Boden.

»Wirklich nett von Ihnen, dass Sie die lange Fahrt auf sich genommen haben. Danke«, meinte Ralph Bowen steif.

Im Gefolge der Bowens schoben sich Myrtle und Nerys am Kai entlang, während die die Rückreise antretenden Passsagiere für die *SS Euphemia* inmitten eines Flusses von Koffern und Kisten – auf den Rücken Hunderter von Kulis – aufs Schiff strömten. Eine Abordnung in Khaki gekleideter Soldaten wanderte zu den Klängen einer auf dem Achterdeck spielenden Militärband im Gänsemarsch die Gangway hinauf. Damen in Nachmittagskleidern und schattenspendenden Hüten entstiegen Automobilen, und das Hupen, die Schreie, die Polizeipfeifen und die ganze Kakophonie der Einschiffung wurde durch den Hammerschlag der Hochsommerhitze noch quälender. Caroline mochte kaum den Kopf heben.

Die Kabine der Bowens befand sich auf einem der oberen Decks und besaß ein winziges Bullauge mit Aussicht auf die Davits eines Rettungsboots, die sich nur etwa einen halben Meter davor befanden. Der beengte Raum war zu klein für den überdimensionierter Blumenstrauß, den die McMinns schon im Voraus hatten schicken lassen.

»Danke auch dafür«, meinte Ralph, nachdem er die Karte gelesen hatte, und befingerte kurz einen der dunkelroten kaschmirischen Hahnenkämme. Er war gespenstisch dünn, und seine verbliebenen Haare klebten an seinem fleckigen Schädel, doch seine Gesichtsfarbe war fast wieder normal. Wie versprochen, hatte man ihn vorzeitig und mit einem Orden, um seine besondere Tapferkeit zu würdigen, aus dem Militär entlassen, und nun befanden sich die Bowens auf dem Heimweg nach England.

»Warum setzt du dich nicht?«, sagte er zu seiner Frau.

Ohne den Kopf zu heben, ließ sie sich von ihm zu zwei Minisesseln steuern, zwischen denen ein runder Tisch vom Umfang einer bescheidenen Hutschachtel stand. Die einzige weitere Sitzgelegenheit war eine der beiden Kojen. Carolines Handgelenke waren bandagiert, doch sie verbarg die Verbände, indem sie die Manschetten ihrer Strickweste mit den Fingern umklammert hielt. Das ungelockte Haar fiel ihr in einer wirren Matte über die Augen.

Nerys und Myrtle standen verlegen daneben.

»Vielleicht könnten wir ja noch irgendwo Tee trinken? Wir haben doch noch Zeit vor dem Auslaufen, nicht wahr«, schlug Ralph vor.

Myrtle lehnte dies höflich ab, und seine Erleichterung war offensichtlich.

»Caroline?«, sagte Nerys.

Caroline hob zwar den Kopf, doch ihre blauen Augen wirkten verhangen. Die Beruhigungsmittel, die sie erhielt, machten sie konfus und lethargisch. Aber es hätte ja auch noch schlimmer kommen können, dachte Nerys mit ätzender Schärfe. Ralph und die Ärzte hätten sie auch in eine Zwangsjacke stecken können. Doch dann hätten die zuständigen Verantwortlichen sie womöglich gar nicht an Bord akzeptiert.

Es schien kein heilsames oder tröstendes Wort zu geben, dass einer von ihnen hätte sagen können.

»Nun bist du bald wieder zu Hause. Ruh dich einfach aus und

genieß die Seeluft«, sagte Nery. »Und versprich, dass du uns schreibst, ja?«

»Natürlich schreibe ich euch«, erwiderte Caroline mit der Stimme eines folgsamen Kindes.

»Lebwohl, Liebes. *Bon voyage*«, sagte Myrtle. Und ihr Duft musste wohl, als sie Caroline umarmte, bei dieser glücklichere Erinnerungen wach gerufen haben. Caroline lächelte unsicher, und ihr Blick hellte sich auf. Nerys hatte Rainers Foto in ihrer Handtasche, und in jenem kurzen Moment hätte Caroline fast wieder das Mädchen auf dem Bild sein können.

In ihrem kleinen Sessel sitzend und auf die kaschmirischen Blumen starrend, ließen sie sie zurück.

Ralph folgte ihnen aus der Kabine und verschloss sorgfältig die Tür hinter sich. Den gesamten Gang entlang erhaschten sie immer wieder kurze Blicke auf festliche Szenen in anderen Kabinen; es herrschte ein geschäftiges Durcheinander aus Trägern und Gepäck. Die drei gelangten zu einem Vestibül am Ende des Gangs, wo eine aufs Deck hinausgehende Tür ein wenig feuchte Luft einließ.

»Sie waren sehr freundlich zu Caroline seit ... äh, seit ihrer Erkrankung, alle beide«, meinte er abrupt.

»Das hat doch alles Nerys gemacht. Ich war ja die ganze Zeit über in Delhi«, wandte Myrtle ein.

»Natürlich ist es sehr traurig, dass das arme Kind ums Leben kam und alles das ausgelöst hat«, fügte er hinzu. »Ich hoffe, Caroline wird sich irgendwann davon erholen. Vielleicht ist es ja – angesichts der Umstände – sogar gut so. Sie ist ja so zerbrechlich, die kleinste Sache ...«

Nerys wollte etwas entgegnen, doch Myrtle legte ihr leicht die Finger auf den Arm.

»Kümmern Sie sich um sie«, meinte sie dann nur.

Ralph nickte. »Ihre Stiefmutter und ich sind diesbezüglich völlig einer Meinung. Sobald wir wieder in England sind, begibt sie sich in ein Pflegeheim, damit sie sich vollständig erholen kann.«

»Vielleicht wird das nach der Seeluft der Reise ja gar nicht mehr nötig sein. Und es wird ihr ja so gut tun, England im Sommer zu erleben«, wagte Nerys einzuwerfen.

Die Wochenschaubilder von zerbombten Städten und erschöpften Menschen, die um Nahrungsmittel anstanden, wirkten zwar ganz und gar nicht sonnig, doch in Indien klammerten sich alle an die Vorkriegsbilder der Heimat.

Stumm presste Ralph die Hände zusammen.

Myrtle versicherte ihm, es sei wirklich nicht nötig, dass er mit ihnen zur Landungsbrücke komme, und ihr beipflichtend meinte Ralph, dass er Caroline nicht zu lange allein lassen wolle. Er schüttelte den beiden Frauen die Hand und dankte ihnen erneut.

Dann entfernte er sich in Richtung der verschlossenen Kabinentür.

Nerys und Myrtle unterhielten sich erst wieder, als sie sich in dem staubigen Taxi befanden, das sie in ihr Hotel zurückbrachte. Im wild hupenden Verkehr umkreisten sie das India Gate.

»Zahra ist nicht tot, das weiß doch jeder«, stieß Nerys hervor.

Myrtle starrte weiter hinaus auf den massiven Strom von Rikschas und Ochsenkarren, während ihr Fahrer sich eine Route erzwang.

Nerys beteuerte, wie sie es schon ein Dutzend Mal getan hatte: »Das ist einer seiner Tricks. Er hat das alles inszeniert, den Unfall mit dem Ford – um Ravi Singh von einer Verfolgung abzuhalten. Ich *weiß*, dass es so war. Rainer hat mir versprochen, dass er sie in Sicherheit bringt, und was seine Versprechen betrifft, vertraue ich ihm absolut.«

Seit einem Moment, seit die Entdeckung des verunfallten Ford bekannt gegeben geworden war, hatte sie sich selbst gesagt, dass der Unfall nichts anderes als die klassische Irreführung, Verschleierung oder Ablenkung war. Doch Tag um Tag war vergangen, und sie hatte nichts von Rainer gehört.

»Ich weiß nicht«, meinte Myrtle leise. »Vielleicht sollten wir uns einfach allmählich mit dem Gedanken vertraut machen, dass es stimmen könnte.«

»Nein«, sagte Nerys – einsilbig, versteinert.

Es waren keine Leichen gefunden worden, doch die Polizei – so der Klatsch, obwohl keiner es sicher wusste, nicht einmal Mr Fanshawe, da kein britischer Untertan betroffen war – hielt es für möglich, dass ihnen in einer so wilden und gesetzlosen Gegend alles Mögliche zugestoßen sein konnte. Angesichts all der Blutspuren, des geplünderten Gepäcks und des Fehlens anderer Beweise aber waren die Behörden bereit, den bequemen Schluss zu ziehen, dass es drei Todesfälle gegeben haben musste.

»Nein«, wiederholte Nerys.

Irgendwo waren Zahra, Prita und Rainer und befanden sich am Leben und in Sicherheit. Sie war Rainers längere Abwesenheiten gewohnt. Er kam und ging nach eigenem Gutdünken. Das machte er so, seit sie ihn kannte, und darin würde er sich wohl nie ändern. Sie hatte ihn allerdings auch nie ändern wollen, und ihn zu heiraten oder auch nur mit ihm zusammenzuleben – wenn sie denn überhaupt frei gewesen wäre – hätte genau dies bedeutet. In ihrem Anfang lag schon das Ende beschlossen – das hatte sie verstanden, obwohl sie ihn in jedem wachen Moment vermisste.

Der Grund für das Ausbleiben einer Nachricht würde sich schon noch erweisen. Er würde kommen. Schließlich hatte er sich sogar mit ernsthaften Brandverletzungen nach Kanihama durchgeschlagen, sobald er reisetüchtig war – weil er es versprochen hatte.

Als sie Rainer das letzte Mal gesehen hatte, hatte er ihr die Lippen auf die Stirn gedrückt. *Mach dir keine Sorgen, wenn du nichts von mir hörst. Ich bringe sie in Sicherheit, das verspreche ich dir. Und ich komme zurück.*

Sie erreichten das kleine Hotel, und statt auf ihr Zimmer zurückzukehren, wo ein langsamer Ventilator lediglich ein wenig die Hitze aufrührte, begaben sie sich in eine vom Foyer abzweigende höhlenartige Bar. Palmen hingen in Messingkübeln, und ein grauer Mief nach abgestandenem Rauch hing in der Luft. Sobald der einsame junge Kellner sie erblickte, sprang er auf und knipste ein breites Willkommenslächeln an.

Nerys hätte sich liebend gern einen steifen Gin gegönnt, doch Myrtle trank inzwischen nur noch Limonade, sodass sie für sich das Gleiche bestellte.

Die Aufmerksamkeit des Kellners erinnerte sie ein wenig an Farida, die jeden Tag unverändert auf ihrer gewohnten Stufe vor einem der Dorfhäuser in Kanihama saß. Von dort aus behielt sie den spärlichen, die Bergstraße hinauf- und hinabkommenden Verkehr im Auge und raste – nur für den Fall, dass Zahra womöglich zurückkam – jedem Neuankömmling entgegen.

Der Gedanke machte Nerys so traurig, dass sie sich ihrer eigenen egoistischen stummen Sehnsucht nach dem verschwundenen Kind schämte.

Myrtle zündete sich eine Zigarette an und stieß mit ihrem hohen Glas an das von Nerys, als schlürften sie Cocktails in der Lake Bar des Srinagar Clubs. Sie blies eine Rauchwolke aus und lehnte sich mit einem Seufzer zurück. »Ein ganz schön trostloser Abschied war das«, meinte sie. »Aber wir mussten schließlich kommen, oder?«

Nerys konnte ihr da nur beipflichten. »Ja. Ich werde sie besuchen, sobald Evan und ich zu Hause sind. Dann wird es ihr sicher schon besser gehen. Und natürlich werde ich ihr bis dahin auch Neuigkeiten von Zahra zu berichten haben.«

Myrtle betrachtete ihre Freundin mit ihrem grübelnden Blick. Inzwischen war sie viel dünner geworden und ihre Wangen war fast hohl, aber dennoch lachte sie die ganze Zeit. Und noch immer sahen sich die Männer nach ihr um, wenn sie an ihnen vorbeiging.

»Vielleicht. Was hast aus Shillong gehört?«

Nerys erzählte ihr, dass sie und Evan Srinagar nächsten Monat in Richtung Shillong verlassen würden. Mit Zustimmung der Zentralmission würden sie, wie Evan es gewünscht hatte, über die Berge nach Kargil und Leh reisen, um dort seine Konvertiten zu besuchen, und dann über die Bergpässe, die sie damals überquert hatten, nach Manali zurückzukehren. Die Entbehrungen der Reise, die ihr damals so beträchtlich erschienen waren, würden sie nun wohl viel weniger beeindrucken, dachte Nerys. Mangelnden Komfort waren sie inzwischen alle gewohnt.

»Erinnerst du dich an unsere große Reise nach Srinagar?«, fragte Myrtle lächelnd.

»Daran werd ich mich immer erinnern. Ich glaube, ich wusste nicht, wer ich bin, bis ich dich traf«, sagte Nerys. Sie wusste, wie viel sie den McMinns verdankte.

Archie hatte nun einen Teilzeitposten in der Verwaltung der Indischen Eisenbahn, und er hatte seine Fähigkeiten als Ingenieur genutzt, um ein Automobil so umzubauen, dass er es selbst steuern konnte. Das mache viel aus, berichtete er fröhlich. Seine Trophäen, die herrlichen Geweihe, die er einst auf seiner Jagdexkursion nach Ladakh erbeutete, hatten an der Wand ihres Hauses in Delhi ihren festen Platz gefunden. Weder Jagdausflüge noch Sommeraufenthalte am Srinagarer See kamen nun noch in Frage.

»Alles verändert sich«, sagte Myrtle und wandte den Blick ab. »Ich wünschte, du würdest Indien nicht verlassen.«

»Werdet ihr zwei, du und Archie, bleiben?«

»Wir kennen ja nichts anderes, keinen anderen Ort«, sagte sie.

Von ihrem Stuhl aus überblickte Nerys das ganze Foyer bis hin zum Eingang, sah den dort stehenden Wächter in dunkelrotem Turban und langem Mantel, sowie einen Streifen der Straße jenseits der Tür. Staubgeschwängerte Luft flimmerte in der Hitze, und Mengen von Indern drängen sich auf der Straße, Inder aller Klassen und Religionen, durchmischt mit Soldaten von vielleicht einem Dutzend Nationalitäten, die seit Beginn der Demobilisierung hereingeströmt waren – wobei sich die Fußgänger zwischen brechend vollen Bussen, glänzenden Karossen und von Kulis gezogenen Karren hindurchhechten mussten. All diese geschäftigen Menschen strömten zu jeder Stunde des Tages am *chai-wallah* vorüber, der mit seinem Spiritusbrenner und Aluminiumbechern am Bordstein saß und mit unergründlichem Lächeln ins Unendliche starrte.

Nur einige hundert Meter von hier entfernt befand sich Bombays Victoria Station, die sich mit ihren hochragenden Bogengewölben mit jeder Kathedrale messen konnte. Am folgenden Tag würde Nerys einen Zug nach Norden nehmen und Myrtle nach Delhi zurückkehren.

Nerys wusste nun, dass sie Indien liebte und dass sie jedes grausame und wunderbare Fitzelchen davon vermissen würde.

Sie schüttelte sich und tastete in ihrer Tasche nach dem in Leinen eingeschlagenen Päckchen. Sie schlug eine Ecke des Stoffes zurück, um Myrtle den Schal zu zeigen. »Ich wollte ihn ihr vor der Abreise zurückgeben. Aber es schien einfach nie der richtige Augenblick zu sein.«

»Ja«, stimmte Myrtle ihr zu.

Caroline glaubte an den Tod ihrer Tochter, und der Kaschmirschal war für sie ein Gewebe aus Schuld und Verlust.

»Dann werde eben ich ihn für Zahra aufheben«, befand Nerys.

»Gut.«

Myrtle hatte ihre Freundin behutsam davon zu überzeugen versucht, dass alle drei tot waren – warum sonst hatten sie kein Wort von Rainer gehört? – doch sie hatte keinen Erfolg damit gehabt und war letztlich zu dem Schluss gelangt, dass es das Barmherzigste war, Nerys in ihrem eigenen Tempo mit dieser Realität zurande kommen zu lassen. »Sollten wir«, meinte sie, »uns jetzt vielleicht mal richtig was gönnen und uns noch eine Limonade bestellen?«

Nerys lächelte. »Lass uns das machen.«

In ihrer Tasche befand sich in einem braunen Umschlag auch die von Goldfäden durchzogene Locke von Zahras Haar. Nicht einmal Myrtle erzählte sie davon. Es war ihr Talisman, ihre bleibende Verbindung zu dem lachenden kleinen Mädchen, das auf sie zugerannt war und »Ness, Ness« gerufen hatte.

Glatt wie ein Spiegel lag der See vor ihnen. Evan und Nerys hatten eine *Shikara*-Fahrt zum Shalimar-Park unternommen, denn dies war ihr letzter Abend im Kaschmirtal.

In der Mission standen Evans Bücher und ihre wenigen wichtigen Möbelstücke und Küchenutensilien zusammengepackt bereit, um letztendlich heim nach Wales verfrachtet zu werden. Auch ihre Reisetaschen und Vorratskörbe waren gepackt für den Bus, der sie bis ans Ende der Srinagar-Straße brachte, wo sie dann auf die Ponyführer und ihre Tiere wechseln und den langen Anstieg hinaus aus dem Tal beginnen würden, hinauf auf die Höhen des Zoji La und dann hinüber nach Ladakh.

Schon Anfang August bekamen die Chinar-Blätter ockergelbe Ränder, und über der alten Stadt lagen die vertrauten herbstlichen Schleier lavendelfarbigen Rauchs. Als sie die oberste Parkterrasse erreicht hatten, wandten sie sich um und betrachteten die vor ihnen liegende Aussicht. Kreuz und quer wurde das Wasser von winzigen Booten schraffiert, die aus dieser Entfernung nicht größer als Wasserinsekten wirkten, in den schwimmenden Gärten reiften Gemüse und Früchte, und über allem erhoben sich die Berge in ihrem purpurfarbenen und grauen Faltenwurf.

Evan hustete, abwesend beinahe, wie ein müdes Schaf in einem Pferch. In diesem Jahr war er von einer ganzen Serie von Brustkorbinfektionen heimgesucht worden, und Nerys machte sich Sorgen, er könne der vor ihnen liegenden langen Reise gesundheitlich und kräftemäßig womöglich nicht gewachsen sein.

»Mach nicht so ein Gewese, Nerys, bitte«, meinte er nur, wenn sie versuchte, mit ihm darüber zu sprechen. Sie blickte nun zur Seite auf sein Profil – vertraut wie stets in seiner entrückten Versenkung in Arbeit, Mission und die Wege des Allmächtigen. Er war hager, sonnengebräunt von seinen Radfahrten in und um Srinagar, schüchtern und verlegen wie eh und je, und ihr lieb und teuer.

Er spürte ihren Blick und wandte sich jäh ab. Er werde bald wieder zurückkommen müssen, meinte er, da er noch zwei, drei abschließende Dinge mit Ianto Jones zu bereden habe.

Nerys nickte zustimmend, und sie fielen in Gleichschritt, während sie wieder hinabstiegen. Sie nahm seinen Arm und schob ihre Hand darunter, und er hielt sie dort, drückte sie sanft an seine Seite.

Um Geld zu sparen, hatten sie ihren ersten *Shikara*-Mann sofort bezahlt, nun aber wartete gleich eine kleine Flottille von *shikaras* neben dem Steg, und eine kam in der Hoffnung auf einen Fahrgast bereits auf sie zugeschwommen. Im winzigen Allerheiligsten aus Blümchenvorhängen, die von Raffiabastschleifen zurückgehalten wurden, lehnten sie sich in die Polster, während ihnen der Geruch des Sees in die Kehlen stieg. Der Bootsführer stieß sich vom Liegeplatz ab, und als Nerys zu ihm zurückblickte, sah sie, das er sein Paddel eng an der Brust hielt. Das umgekehrte Blatt zeigte die Form eines Herzens, und die Erinnerung durchbohrte sie wie eine Klinge.

Fast drei Monate.

Rainer, mit Prita und Zahra.

Verschwunden, als habe er sich in Luft aufgelöst.

Ihr Kummer war wie ein Stein, doch sie behielt ihn für sich. Nur an diesem Abend, ihrem letzten an diesem wunderbaren Ort, erschien er ihr beinahe unerträglich.

Sie wandte sich ab, damit Evan ihr Gesicht nicht sehen konnte, und heftete den Blick entschlossen auf die Hausboote, die sich wie ein Saum ans Seeufer schmiegten.

17

Das winzige blaue Flammenkrönchen schien zu schwach, um an diesem Ort heulenden Windes zu überdauern. Einer der Männer beugte sich grimmig darüber und stabilisierte den Topf auf dem Brenner, als die groben Schneebrocken nicht schmelzen wollten. Sein Gefährte lag zusammengekauert und mit geschlossenen Augen in seinem Schlafsack, während der Sturm auf die Zeltwände eintobte und -hämmerte. Das Zelt schwoll an wie zwei Lungenflügel, die sich mühen, einen Atemzug dünner Luft einzusaugen, und fiel dann mit einem Puff und einem schrillen Laut wieder in sich zusammen. Das Getöse zu überschreien kostete mehr Energie, als auch nur einer der beiden erübrigen konnte.

Nach einer Stunde war gerade so viel Schnee geschmolzen, damit sich jeder aus Pulver eine Suppe anrühren konnte. Einer der Männer hielt die kostbaren warmen Getränke, weil der andere darauf bestand, mühsam den Reißverschluss des Zelts zu öffnen, ehe er trank. Schneeflocken trieben zu ihnen hinein, und die Zeltpflöcke schafften es gerade so, die dünne Kapsel in ihrer Verankerung zu halten. Es war absurd sich einzubilden, erkannte der Hinausblickende mit Verspätung, man könnte irgendjemanden kommen sehen – oder dass sich überhaupt irgendein lebendes Wesen inmitten dieses Sturm voranbewegen konnte. Höhe und Erschöpfung begannen sein Urteil zu untergraben. Er hatte größte Mühe, die Klappe wieder zu schließen.

Sie beugten sich über ihre Suppe.

»Wie spät ist es denn?«

»Viertel nach sechs.«

Zweiunddreißig Stunden war es her, seit der Mann, den sie Martin Brunner nannten, mit seinem Gefährten von ihrem winzigen Lager aus aufgebrochen war. Auf einer Höhe von gut sechstausend Metern, befanden sie sich hier mehr als tausenfünfhundert Meter über ihrem Basislager, das sie unter dem Rakhiot-Eisfall aufgeschlagen hatten. Seitdem sie ihr Ausgangslager verlassen hatten, hatten die drei Bergsteiger und Pasang Pemba, der stärkste und erfahrenste ihrer Sherpas, Lasten getragen und sich langsam und unter Qualen bis zu diesem Punkt den Berg hinaufgekämpft. Es war Mitte Juli, und das Wetter war miserabel. Jeden Tag war Schnee gefallen und hatte ihre mühsam geschlagenen Stufen gefüllt und an manchen Stellen auch ihre dort befestigten Seile fortgerissen.

Am Morgen des vorangegangenen Tages hatten Martin und Pasang das Lager verlassen, um die Felsformation zu erkunden, die den Namen Moor's Head trug. Diese hässliche und bedrohliche Felswand versperrte ihnen den Zugang zum hohen Sattel des Berges und dem dahinter liegenden Gipfel, obwohl der Gipfel selbst fast ständig von Wolken verhüllt war.

Gestern bei Tagesanbruch jedoch waren sie bei klarem Himmel erwacht, mit freiem Blick auf den Berg, der kalt und kristallin in seiner vollen Höhe vor ihnen aufragte.

»Gehen wir«, hatte Martin zu Pasang gemeint. Sie waren das stärkere Kletterpaar. Mit mimimalen Essvorräten und Schutzausrüstung ausgestattet, hatten sie die Felsspitze besteigen wollen, um abzuschätzen, ein wie ernstes Hindernis sie tatsächlich darstellte, um dann zurückzukehren, auszuruhen und eine Traglast für den Gipfelsturm vorzubereiten. Das nächste Lager würde man oberhalb von Moor's Head errichten müssen.

Am Abend seien sie wieder zurück, versicherte Martin ihren amerikanischen Gefährten.

Die beiden Männer brachen auf, den Hang hinauf, hackten

sich ihren Weg in die Höhe, bis sie nur noch zwei schwarze Punkte waren, die sich inmitten von Fels und Schnee bewegten. Schließlich wurden sie von der gewaltigen Entfernung verschlungen.

Am selben Tag gegen drei Uhr Nachmittag umgab ein ominöser Nimbus die Sonne. Der Wind begann zu wehen, und Wolken rasten über die oberen Höhen des Himmels. Die beiden zurückgebliebenen Männer schauten und warteten, doch als die Dunkelheit hereinbrach, trieben Schnee und aufkommender Wind sie in die unzulängliche Zuflucht ihres Zelts zurück. Sie warteten die ganze Nacht und den ganzen folgenden Tag, doch der Sturm wurde nur noch heftiger. Sie konnten weder ab- noch aufsteigen, und der jüngere litt inzwischen unter Brustschmerzen und beunruhigenden Anfällen von Schwindel und Verwirrung.

Der Ältere lag so ruhig er konnte und schätzte ihre Lage ein.

Brunner und der Sherpa hatten nur eine Grundausrüstung dabei. Sie mussten nachts im Freien biwakieren, und nun stand ihnen die zweite Nacht bevor. Es war undenkbar, dass sie unter solchen Umständen zwei aufeinanderfolgende Nächte im Freien überleben konnten.

Sobald der Sturm sich gelegt hatte, würde er seinem Gefährten hinunterhelfen müssen, wo ihr Hilfsteam sie oberhalb des Eisfalls beim Lager 1 erwarten würde, und sie konnten von Glück sagen, dachte er, wenn sie es schafften. Einen Rettungsversuch zu starten, kam nicht in Frage.

Martin Brunner und Pasang Pemba waren mit Sicherheit die jüngsten Opfer des Nanga Parbat.

Er erinnerte sich an den Rat des amerikanischen Konsuls in Kalkutta, der ihn gewarnt hatte vor Risiken, die katastrophale Folgen haben konnten. Natürlich dachte der Konsul dabei in politischen und menschlichen Kategorien, weil die Gewährung von Genehmigungen für künftige amerikanische Expeditionen bis zu einem gewissen Grad vom Fehlen eines tragischen Ergebnisses wie diesem abhing. Und als – zumindest nomineller – Expeditionsleiter glaubte er nicht, dass sie leichtsinnig gewesen waren, sie hatten lediglich Pech gehabt.

Martin Brunner für sich betrachtet dagegen, der war ein völlig anderes Kaliber. Er kletterte mit unerbittlicher Kraft und Entschlossenheit, fast wie eine Maschine, und diese brutale Konzentration bedeutete auch, dass er weder aufs Wetter noch auf sich selbst große Rücksicht nahm.

»Falls ich einen Alleingang machen muss, dann werde ich es tun«, hatte er einmal gesagt. »Aber ich werde den Gipfel erreichen.«

Der Expeditionsleiter verstand diese Entschlossenheit. Er wusste, das Martin schon einmal auf dem Berg gewesen und sein Begleiter bei der damaligen Expedition durch eine Lawine zu Tode gekommen war.

Martin war wohl ebensosehr wegen dieses Jungen, namens Matthew Forbes, und dessen Familie an den Nanga Parbat zurückgekehrt wie um seiner selbst willen – daraus hatte er nie einen Hehl gemacht. Und in ihrer Gruppe wussten alle, dass dies mit allergrößter Wahrscheinlichkeit seine letzte Chance sein würde, den Gipfel zu erreichen. Während des Krieges hatten ihm die britischen Behörden mehrere Male eine Klettererlaubnis im eigenen Namen verweigert, allerdings war der Name, den er während jener früheren Verhandlungen angegeben hatte, ein anderer gewesen.

Auf der neuen Genehmigung, der ersten, die nach dem Kriegsende in Europa erteilt wurde, hieß er Martin Brunner und wurde auch von den anderen Bergsteigern so genannt. Er hatte ihnen für die Gefälligkeit gedankt und dabei gelacht. Die Möglichkeit zu derartigen Kniffen würde es wohl nicht mehr lange geben. Während die Welt allmählich wieder zur Normalität zurückkehrte, würde man Menschen, ihre Namen und Aufenthaltsorte wieder sorgfältiger überwachen.

»Die Zeit der Abenteuer«, meinte er, »wird vorbei sein, keine Zeiten mehr, wo man sagt: Jetzt siehst du mich, und jetzt nicht mehr. Also lasst uns unsere Zauberkunststückchen genießen, so lange es geht.«

Zitternd legte sich der Expeditionsleiter in seinem Schlafsack zurück und zog den gefrorenen Stoff enger um sich.

Er musste eingedöst sein.

Von einem gegen das Zelt stürzenden, schweren Gewicht und einer Stimme, die etwas schrie, wurde er aus dem Schlaf gerissen. Der Wind hatte sich gelegt, die Leinwand wurde behutsam angesaugt und wölbte sich im verbliebenen Luftzug. Er rappelte sich aus seinem Schlafsack hoch und zog den Reißverschluss des Zelts herunter. Ein Männerstiefel blockierte die Öffnung, eine zusammengekauerte Gestalt lag im Schnee. Über ihnen zogen Wolkenfetzen über einen sternübersäten Himmel.

»Martin? Pasang, bist du das?«

Der Körper bewegte sich und gab einen stöhnenden Laut von sich. Der Expeditionsleiter sah, dass es Pasang Pemba war.

Gemeinsam zogen ihn die beiden Amerikaner in ihr Zelt. Der Mann war zwar mehr tot als lebendig, doch sie flößten ihm gezuckerte Getränke ein und nahmen ihn in ihre Mitte, bis wieder ein wenig Wärme in seinen Leib zurückkehrte. Als sie ihm die Kleider abstreiften, stellten sie fest, dass seine Daumen und Fingerspitzen gefroren waren. Er würde sie verlieren, aber er würde überleben

»Martin?«, fragte der Leiter behutsam.

Der Sherpa schüttelte den Kopf. Die erfrorenen Finger zogen eine flache Linie in die Luft.

Mehr als sechshundert Meter oberhalb von ihnen bewegte sich in der winzigen Kugel am Fuße einer Felswand kaum merklich ein Eishügel und wurde wieder zu einem Menschen.

Er hatte nun keine Schmerzen mehr, obwohl sein Bein bei dem Sturz zerschmettert worden war.

Er war von Wärme durchdrungen, und seine Träume waren

lebhaft und plastisch gewesen. Er hatte Srinagar wiedergesehen, im vollen Glanz seines Sommers, und das herrliche Bild von Stadt und Bergen spiegelte sich auf der schimmernden Wasserfläche. Ein kleines Mädchen war auf eine Frau zugelaufen und hatte ihr eine kindliche Variante ihres Namens zugerufen.

Rainer trieb näher an die Oberfläche. Es war wieder Nacht, aber wenigstens ging kein Wind, und über ihm waren Sterne.

Mit äußerster Anstrengung drehte er den Kopf und merkte, dass er allein war.

Pasang war fort. Das war gut. Wenn der Sherpa Glück hatte, würde er das Lager erreichen. Er war ein starker Mann; er hatte nur einen Fehler gemacht.

Sein Kopf fiel wieder nach vorn und wurde von der gefrorenen Kapuze seines Parkas umhüllt.

Das Gefühl eines nicht erfüllten Auftrags, von Dingen, die er hätte erledigen sollen, klopfte wie ein leiser Tinnitus in seinem Schädel. Doch er war schon zu weit fortgeschritten, um sich noch mit seinem Gewissen zu befassen. Die wohligen Träume erhoben sich wieder um ihn, und er überließ sich ihnen.

Seine Lippen bewegten sich, um ein Wort zu formen.

»Nerys«, sagte er.

18

Jenes Weihnachtsfest verbrachte Mair – nach dem vorfeiertäglichen Hochbetrieb an der Kasse einer Buchhandlung, in der sie inzwischen arbeitete – mit Dylan, Jackie und deren jüngerer Tochter. Rechtzeitig zu Neujahr war sie schon wieder da, denn danach fuhren Hattie und ihr neuester Freund für zwei Wochen in die Karibik. Als sie sonnengebräunt und lächelnd zurückkehrten, wusste Mair, dass Hattie endlich den Mann gefunden hatte, den sie immer gesucht hatte. Die beiden beendeten nicht nur ihre Sätze füreinander, sondern hatten sich auch eine ganze Reihe neuer Kosenamen füreinander einfallen lassen.

Als Mair sich pantomimisch angedeutet zwei Finger in den Hals steckte, grinste Hattie nur. »Ich weiß, ich weiß. Aber ich glaub eben dran. An die Paarbeziehung, meine ich. Hätte es zwar nie gedacht, aber …« Sie zuckte die Achseln und wirkte überglücklich.

»Gehört es zum Dasein als Paar denn zwingend, dass du ihn Edbo nennst statt einfach Ed – und andere schauerliche Dinge?«

Ihre Freundin hob eine Augenbraue. »Ich glaube, du bist eifersüchtig.«

»Natürlich bin ich eifersüchtig, total.«

Hattie war genau wie immer, nur glücklicher. Und beschäftigter, das musste man ebenfalls einräumen. Sie war einfach am liebsten mit Ed zusammen, und obwohl die beiden Mair regelmäßig in ihre Pläne einbezogen, blieb inzwischen schlichterdings weniger Zeit, die Mair und Hattie allein verbringen konnten.

Mair versuchte sich einzureden, dass Eds Monopol auf Hatties

Gesellschaft sie eifersüchtig machte und nicht etwa der treibsandartige Zustand der Verliebtheit.

Die beiden Frauen begannen herumzuwitzeln, wie Mair dies möglicherweise kompensieren könnte, etwa indem sie sich neue Hobbys zulegte, Dating-Seiten im Internet frequentierte oder gar alte Geschichten wiederaufwärmte, um zu sehen, ob nicht da und dort noch ein Fünkchen glomm.

»Kommt nicht in Frage.«

»Du bemühst dich ja gar nicht.«

»Dann mach ich eben Makramee, was hältst du davon?«

»Ganz heiß.«

Doch dann wurde Hattie ernst. »Willst du denn mit jemand zusammensein, Mair? Ich meine, es ist ja nicht die einzige Möglichkeit, nicht wahr?«

»Doch«, erwiderte Mair nach kurzem Nachdenken. »Aber andererseits auch wieder nicht.«

Deutlicher mochte sie nicht werden. Sowieso gab es nichts, hinsichtlich dessen sie deutlicher hätte werden können, nur eine vage Sehnsucht, die noch nicht einmal zu einem Wunsch geronnen war. Sie wusste nur, dass sie rastlos war und ihre Aufmerksamkeit auf nichts konzentrieren konnte, weil die unterschwellig und beunruhigend schon immer auf etwas anderes gerichtet war.

Im Februar hörte Mair, dass Tal und Annie ein Baby erwarteten und schickte ihnen eine Glückwunsch-Mail. Schließlich kam eine lakonische Antwort von Tal, in der er meinte, es wäre gut, wenn man nächstes Jahr beim Lammen noch ein Paar Hände mehr dabei hätte. Das erinnerte sie an den letzten Abend im alten Haus, an dem sie den Schal zum ersten Mal gesehen hatte, und die Schafe der Williams draußen auf dem Hügel nach ihren verschwundenen Lämmern geschrien hatten.

Das Wetter war rau, fast einen Monat lang blieb der Schnee liegen, was hieß, dass der Kundenverkehr im Laden auf fast Null zurückging. Sie fragte ihre Freundin, die Buchhändlerin, ohne

Umschweife, ob sie es sich denn wirklich leisten könne, sie weiter zu behalten.

Ihr Freundin meinte: »Vielleicht kommt ja mal der Moment, aber lass uns vorerst weitermachen und sehen, was passiert, wenn der Frühling kommt. Falls er je kommt.«

Die fehlende berufliche Sicherheit bekümmerte Mair genauso wenig, wie sie sie in der Vergangenheit gestört hatte, neu allerdings war ein Gefühl von Unbeständigkeit und eine wachsende innere Distanz. Es war, als nehme sie irgendwie nicht vollständig am Leben teil, sei aber andererseits auch zu träge, um etwas daran zu ändern. Auf Trab hielt sie sich mit der täglichen Ladenroutine ebenso wie mit ihrem größeren Freundeskreis, und sie begann wieder in die Turnhalle zu gehen und einige der alten Nummern zu üben, die sie und Hattie in ihren Zirkustagen entwickelt hatten. Geschmeidiger und fitter zu werden war gewissermaßen das Antidot gegen ihren seltsamen und hartnäckigen Gemütszustand.

Während der ganzen Zeit las sie wieder und wieder die Briefe ihrer Großmutter.

Insgesamt waren es drei Dutzend, die sie in den fünfzehn Jahren zwischen 1945 und 1960 geschrieben hatte. Vorsichtig faltete Mair die Seiten auf, um sie nicht entlang der Faltknicke zu zerreißen, strich sie dann glatt, um danach über Daten und Ereignisfolgen zu rätseln, ehe sie sie erneut in chronologischer Reihenfolge anordnete. Sie gelangte zum Schluss, dass doch einige der Briefe fehlen mussten, weil mehrere der von Nerys beiläufig erwähnten Ereignisse nie in Gänze erzählt wurden.

In ihrer Vorstellung wurde die junge Nerys Watkins nun zu ihrer täglichen Begleiterin. Und gleichzeitig verschmolz die bekannte Caroline, die uralte Frau, die mit hochgelagertem Bein in dem stillen Zimmer in einem stillen Vorort von Srinagars Neustadt saß, mit der traurigen unbekannten, die – begriff Mair endlich – sich damals als Dauerpatientin in einem Hospital irgendwo in Sichtweite der Malvern Hills aufgehalten hatte.

Schon der erste Brief, den sie auf dem Flug von Srinagar nach Delhi gelesen hatte, war ein Versuch ihrer Großmutter, die Freundin in ihrer Krankheit zu trösten. Von einer Anschrift in Shillong, Assam, aus schrieb Nerys im September 1945, dass es Caroline doch gut tun müsse, von ihrem Fenster aus auf eine so schöne, typisch englische Aussicht blicken zu können. Und dann streifte sie mit der traurigen, aber ergebenen Stimme einer Missionarsfrau, die ihre Heimat schon sechs Jahre lang nicht mehr gesehen hatte, die Hitze der indischen Sommer, die jüngste Epidemie, die das Missionskrankenhaus überwältigt hatte, und ihren Wunsch, ihre walisischen Täler in nicht allzu ferner Zukunft wiederzusehen. Es gab noch mehr Nachrichten aus Indien, die mit resoluter Aufgeräumtheit berichtet wurden, teils von Myrtle, der dunkellippigen Schönheit vom Foto, das Mair nun schon so lange mit sich herumtrug. Nerys schrieb, dass Myrtle und »Archie«, wahrscheinlich der Ehemann, in den Bergen gewesen seien, um sich ein wenig von der Hitze zu erholen, doch dass Archie jetzt wieder zu seiner Arbeit nach Delhi zurückgekehrt sei. »Myrtle leidet, lässt es sich aber nicht anmerken. Beide leiden.«

Egal wie oft sie die nächsten Zeilen auch las, der absolute Glaube ihrer Großmutter an diesen mysteriösen Mann beziehungsweise dieses »Bild von einem Mann« (O-Ton Caroline) verblüffte sie immer wieder. Immer wieder sprang der Name »Rainer« Mair aus dem Text heraus förmlich an. Nerys schrieb, dass sie immer noch keine Botschaft oder Nachrichten von ihm habe, noch nicht. Doch er habe seine Versprechen stets gehalten, Caroline wisse das doch, nicht wahr? Zahra befinde sich in Rainers Obhut in Sicherheit; Caroline solle doch versuchen, sich keine Sorgen zu machen; wie durch Zauberhand würden sie wieder auftauchen, wenn Rainer so weit sei und keine Gefahr mehr drohe, und gemeinsam würden sie dafür sorgen, dass Zahra nach England kam. Dann würde es auch Caroline wieder besser gehen, und Nerys werde Zahra zu Besuch zu ihr bringen: »Wir werden picknicken, im kühlen

Gras am Flussufer sitzen, du und ich und die Kleine. Bewahr deinen Glauben daran, wenn du kannst, meine Liebe. Und natürlich braucht Ralph nie ein Wort darüber zu erfahren – falls dich das denn bekümmern sollte.«

Doch die Passage über Rainer und die kleine Zahra – wer immer sie auch sein mochte – enthielt eine unterschwellige Note von Verzweiflung und Dringlichkeit, sogar in der Handschrift ihrer Großmutter, die Mair seit der ersten Lektüre des Briefs beunruhigt hatte, schwang etwas davon mit. Es klang, als wolle Nerys nicht nur Caroline, sondern auch sich selbst beruhigen und überzeugen, das alles ein glückliches Ende finden werde. »Ruh dich aus, liebe Caroline, lass die Ärzte ihre Arbeit tun. Bald wird es dir wieder besser gehen und du kannst wieder dein eigenes Leben leben. Schreib mir, wenn du dich dazu in der Lage fühlst. In Liebe immer die Deine, Nerys.«

Als Erstes hatte sich Mair immer die Adressen auf den Umschlägen angeschaut: Mrs Ralph Bowen, Carteret Ward, Calderton Hall, Calderton, Nr Malvern.

Der erste Eintrag, den sie unter Calderton Hall fand, war der Prospekt eines Bauträgers. Er zeigte ein ödes graues steinernes Herrenhaus mit beeindruckenden Außenanlagen, das gegenwärtig in Luxuswohnungen mit erschreckenden Qudadratmeterpreisen aufgeteilt wurde. Die Geschichte des Herrenhauses – nachdem die Calderton-Erben es Mitte des neunzehnten Jahrhundert verkauft hatten – wurde mit keinem Wort erwähnt, und es bedurfte weiterer Nachforschungen, ehe Mair dahinter kam, dass es mehr als hundert Jahre lang als geschlossene Anstalt für Geisteskranke gedient hatte.

Weitere Recherchen lockten sie in eine unerwartete Unterwelt von Irrenhäusern, jener öden Anstalten, in denen Familie ihre verwirrten, beschädigten oder zuweilen auch nur abscheulichen Verwandten zu entsorgen pflegten, um sie dann größtenteils und bequemerweise zu vergessen. Ihr Laptop und seine geduldigen, unvoreingenommenen Anschlussmöglichkeiten führten sie tiefer und tiefer in die Historie solcher Institutionen und die traurigen Individualgeschichten der Geisteskrankheit hinein. Sie begann alles mögliche darüber zu lesen, bestellte sich Bücher und Broschüren, während ihr Interesse wuchs. Inzwischen war Calderton Hall Hospital schon mehr als zehn Jahre geschlossen – nach öffentlichen Enthüllungen über die unmenschliche Behandlung von Langzeitpatienten. Mehrere davon hatte man über fünfzig Jahre dort eingesperrt, und einige davon waren ursprünglich nicht verrückter gewesen, als es eben eine oder einer war, die/der ein bisschen komisch war oder ohne Freunde oder aber Mutter eines unehelichen Kindes.

Mairs Mitgefühl für die unbekannte jüngere Caroline wuchs bis zu dem Punkt, wo ihr war, als kenne sie sie, obwohl die tatsächliche Folge der Ereignisse, die diese nach Calderton gebracht hatten und schließlich wieder aus Calderton heraus und zurück nach Srinagar, nicht mehr als ein Gewebe von Mutmaßungen war, das sie sich aus ihren Recherchen und Hinweisen aus Nerys' munteren Briefen zusammengeschustert hatte.

Mair gelangte zu dem Schluss, dass Caroline in Indien einen Zusammenbruch erlitten haben musste, und bei ihrer Rückkehr nach England von ihrem Gatten sofort als Dauerpatientin in die geschlossene Abteilung von Carteret in Calderton eingeliefert worden war.

Dies ergab sich aus der geringen Menge an Informationen, die Caroline selbst Mair gegeben hatte ebenso wie aus Arunas seltsamem Gebaren, das Verhaltensweisen einer Dienerin mit der einer Pflegerin auch ein wenig denen einer Wärterin verband. Und dort in der Carteret Ward war Caroline vermutlich bis mindestens 1960 geblieben, denn dies war das Datum von Nerys' letztem Brief beziehungsweise des letzten Briefes, den Caroline von ihr aufgehoben hatte.

Dieser Brief war kurz und trug dieselbe Absenderadresse in

Nordwales wie alle anderen, wenn man von den paar ersten absah:

> *Ich habe sehr traurige Nachrichten. Evan ist vor fünf Tagen gestorben, ist am Ende einer Lungenentzündung erlegen. Wir haben ihn gestern begraben. Wie du weißt, war er seit unserer Zeit in Asien nie mehr besonders kräftig. Sein Ende war sehr friedlich, ich war die ganze Zeit bei ihm, und Gwen konnte sich von ihm verabschieden, als er noch bei Bewusstsein wahr. Wir werden ihn beide so sehr vermissen.*

Hätte ich nur mit Mum geredet, dachte Mair. Hätte nur einer von uns dreien je daran gedacht, sie nach Grandmas Zeit in Indien zu fragen.

Der Schal lag an seinem gewohnten Platz, hing zusammengefaltet über der Stuhllehne, wo sie ihn sehen konnte, wann immer sie von ihrem Laptop aufblickte. Die Farben kräuselten sich in dem vom grauen Schnee reflektierten kärglichen Tageslicht. Der Schal, die Haarlocke und die Brief waren Mairs einzige physische Verbindung zu der Geschichte, die voller unnachgiebiger Knoten blieb.

In einem ihrer Briefe hatte Nerys ihren freudigen inneren Aufruhr bei der Rückkehr nach Wales geschildert. 1950 schrieb sie fast schüchtern über die Geburt ihrer Tochter. Danach wurden die Briefe zu häuslichen Aufzählungen, mitfühlenden aber allgemeinen Versuchen, Caroline in Kontakt mit einer Welt zu halten, die ihrerseits Caroline vergaß und hinter sich ließ. Rainer und Zahra wurden nach und nach immer seltener erwähnt, und die Gewissheit, dass sie doch noch einmal auftauchen würden, schien nachzulassen, dann der Verwirrung und schließlich traurigem resigniertem Schweigen zu weichen.

Mair hatte die Seiten so oft überflogen, dass sie manche davon auswendig kannte, und es gab keine augenfälligen Hinweise mehr, denen sie hätte nachgehen können.

Sie hatte allerdings jede Menge freie Abende und verbrachte viele davon im Internet. In den Staatlichen Archiven fand sie schließlich die Regimentsakten von Captain Ralph Bowen. Man hatte ihn für seine Tapferkeit in Burma ausgezeichnet und 1945 ehrenhaft aus dem Dienst entlassen. 1978 war er, ohne Nachkommen zu hinterlassen, gestorben. Von einer ihn überlebenden Gattin war nicht die Rede. Die arme Caroline war also quasi ausgelöscht worden.

Bei der Online-Durchforstung der Scottish Familiy Records hatte sie nach vielen falschen Ansätzen schließlich Archibald Fraser McMinn von der Indischen Eisenbahn aufgetan. Seine Frau Myrtle, *née* Brightman, war bereits vor ihm verstorben, doch Archie selbst hatte bis in die 1970er Jahre gelebt und war in Edinburgh gestorben. Auch die McMinns hatten keine Kinder gehabt.

Als Mair sich dies an ihren stillen Abenden zusammenpusselte, kam sie zuletzt zu dem Ergebnis, dass Zahra höchstwahrscheilich Carolines Kind gewesen sein musste, aber die Umstände der Geburt wohl sogar vor ihrem Mann geheimgehalten worden waren. Irgendwie war Zahra dann Rainers Obhut anvertraut worden, und dann waren die beiden verschwunden.

Falls diese Theorie stimmte, so war Zahra mit ziemlicher Sicherheit tot. Und dass Aruna Mair dafür getadelt hatte, Mrs Bowen aufzuregen, weil diese selbst vor langer Zeit eine Tochter verloren habe, schien dies nur zu bestätigen.

Unter den korrekten Daten beziehungsweise dem richtigen Namen Rainers fand sie nichts außer kurzen und verwirrenden Verweisen in einigen Büchern über Zauberkunststücke (handelte es sich dabei womöglich um einen anderen Mann?) und eine Vorkriegssammlung von Bergsteigeranekdoten.

Sonst gab es nichts.

Während der langen Stunden im stillen Buchladen erzählte Mair ihrer Buchhändlerfreundin Mandy immer wieder neue Folgen der unvollständigen Geschichte des Schals.

»Das ist ja sehr interessant«, meinte Mandy über den Rand ihres Kaffeebechers hinweg, ehe Mair wieder in den Hinterraum ging, um eine neue Bücherlieferung auszupacken. »Du hast so viel Zeit in deine Nachforschungen gesteckt, bist nach Kaschmir gefahren und so weiter. Vielleicht solltest du ja darüber schreiben.«

Mair sah sich um. Bücher standen und lagen herum, die Einbände leuchtend und beschwörend wie ebenso viele bunte Blätter, buntes Laub. Es gab so viele davon, mehr als genug, und die Geschichte des Schals war Privatsache, war ihre ganz persönliche Geschichte. »Das glaube ich nicht«, sagte sie.

Der Frühling kam – spät aber überschwänglich. Das Geschäft im Laden lief ein wenig besser.

Mair nahm sich eine Woche Urlaub und ging in Spanien mit Freunden wandern. Einen Monat später war sie in Birmingham auf der Party zu Eirlys' neunundreißigstem Geburtstag. (»Über das nächstjährige Ereignis will ich gar nicht reden«, sagte Eirlys.) Sowohl sie als auch Dylan hatten Nerys' Briefe lesen wollen und betrachteten das Bild der drei Frauen auf dem Hausboot nun in diesem neuen Licht. Höflich lauschten sie Mairs Bericht von ihren späteren Entdeckungen.

»Irrenanstalten waren damals ganz schön barbarisch«, pflichtete Eirlys ihr bei. »Als Carolines Ehemann starb, und die psychiatrische Behandlung sich verbesserte, war man wahrscheinlich erleichtert, sie als geistig gesund entlassen zu können. Sobald die Schließung der Anstalt angekündigt wurde, war dies sowieso die kostengünstigste Option. Wie hat sie bei eurer Begegnung in Kaschmir gewirkt?«

»Gebrechlich«, sagte Mair und vergegenwärtige sich, während sie sprach, das stille Zimmer in Srinagar. »Vergesslich. Aber nicht verrückt.«

Eirlys nickte düster, angesichts des Einflusses medizinischer Erkenntnis.

Im Juni, während einer Hitzeperiode, rief Hattie Mair an, um ihr zu sagen, dass sie nach der Arbeit vorbeikommen wolle, um ein Glas Wein mit ihr zu trinken. Die Tür zur Feuerleiter stand offen, und sie nahmen zwei Küchenhocker mit hinaus auf die Metallplattform und quetschten sie nebeneinander. Eine schwache Brise strich durch die Bäume. Mair nahm einen Schluck Wein und wartete.

»Ed und ich werden heiraten«, sagte Hattie.

Mair schrie auf und umarmte ihre Freundin. Sie seien füreinander geschaffen, fügte sie hinzu, und wie glücklich sie sei, dass Hattie den Schritt wage, und Ed habe wirklich Glück gehabt, sie zu bekommen. All das stimmte, und Hatties glücklich strahlendes Gesicht war der schönste Anblick, den Mair seit Langem gesehen hatte.

»Soll ich etwa Brautjungfer sein?«, fragte sie.

»Versuch bloß nicht, dich zu drücken. Ich denke übrigens an ein rosa Thema.«

»Türkis wäre mir echt lieber.«

»Jetzt zick' nicht rum. Du musst tun, was ich will. Das ist *mein* Ego-Trip, vergiss das nicht.«

»Gut, du Brautmonster.«

Mair hatte eine Flasche Champagner im Kühlschrank stehen. Sie leerten sie, und am Ende musste Hattie ihren Wagen stehen lassen und sich ein Taxi rufen, das sie nach Hause brachte.

Nachdem sie gegangen war, setzte sich Mair an ihren gewohnten Platz an den Computer. Der Schal fiel ihr ins Auge. Sie war gerade betrunken genug, dass sich noch ein flüchtiger Gedanke in ihrem Kopf festsetzen und innerhalb von Sekunden zu einem richtiggehenden Vorhaben auswachsen konnte.

Sie ging auf ihre E-Mail-Liste und fand die einzige Botschaft, die sie acht Monate zuvor von Bruno Becker erhalten und aufgehoben hatte. Sie sah sich den Inhalt nicht an, weil es nicht nötig war.

In Lamayuru hatte er den Namen Rainer erwähnt.

Das *Klicken,* das sie zum ersten Mal vernommen hatte, als Caroline diesen Namen aussprach, wiederholte sich in ihrem Kopf – und zwar ebenso laut.

Hier lag die wirkliche Verbindung – plötzlich war sie davon überzeugt – und nicht in Archiven oder Karteien. Während der vergangenen Monate hatte sie mehrere Male daran gedacht, ihn zu kontaktieren, hatte den Gedanken aber immer wieder verworfen. Bruno und Karen betrauerten ihre Tochter, und sie hatte sich zu unsicher gefühlt, an sie heranzutreten, ob nun mit weiteren Beileidsbekundungen oder aber oberflächlichen Fragen zur Familiengeschichte. Auf ihre eigene Nachricht hatte sie keine Antwort erhalten noch eine erwartet. Was gab es auch schon zu sagen – in dürren Worten, angesichts eines derartigen Verlusts?

Doch nun, erwärmt von champagnerseliger Gewissheit, nun war die ideale Zeit zum Schreiben.

Sie begann rasch und nervös zu tippen, unsicher, inwieweit sie die Frage nach Rainer benutzte, um ihren wirklichen Wunsch, Nachricht von den Beckers zu erhalten, dahinter zu verbergen. Ungeschickt, wie sie sich anstellte, unterlief ihr eine Reihe von Tippfehlern, die sie rasch korrigierte, wobei sie ihre Formulierungen abänderte, bis sie mit dem Ergebnis zufrieden war. Die endgültige Botschaft war nur wenige Zeilen lang. Sie schrieb, dass sie oft an sie beide denke und sich frage, wie es ihnen inzwischen gehe. Falls sie sich dazu imstande sähen, würde sie sich sehr freuen, von ihnen zu hören. Dann fügte sie noch hinzu, dass Bruno einmal einen Bergsteiger namens Rainer erwähnt habe, von dem sie nach Entdeckungen in Srinagar und noch nicht lange zurückliegenden Recherchen glaube, dass er in einer merkwürdigen Verbindung zu ihrer eigenen Familie gestanden habe. Ob er ihr vielleicht mehr dazu sagen könne?

Sie zögerte und tippte dann lediglich noch *Mit herzlichem Gruß, Mair.*

Es bestand kein Zweifel, dass Bruno und Karen sich an sie erinnern würden. Sie nahm an, dass jene Tage des Wartens fast ständig in ihrem Unterbewusstsein lauerten.

Sie drückte auf Senden. Dann saß sie nur da und starrte minutenlang auf den Bildschirm, als ob sofort eine Antwort erfolgen könnte.

Zwei Wochen lang geschah nichts.

Hattie und Ed planten, kurz vor Weihnachten zu heiraten.

»Eine Winterhochzeit«, meinte Hattie verträumt. »Vielleicht ein Wölkchen von cremeweißer Pelzjacke mit Stehkragen. Efeu und Mistelzweige und glitzernder Frost.« Die durchschnittliche-bis-fortgeschrittene Zynikerin, die man kannte, verwandelte sich in eine rührselige Romantikerin. Mair ertrug es mit ebenso viel Liebe wie Belustigung.

Und dann, nach einer Autorenlesung im Buchladen, dem eine Signierstunde sowie ein Gratis-Cupcake für jeden Buchkauf gefolgt war, kam sie spät vom Laden nach Hause und fand eine Antwort von Bruno in ihrem Posteingang.

Er entschuldigte sich für die späte Reaktion, meinte dann, es sei gut, von ihr zu hören, und fügte noch hinzu, dass er in den Bergen gewesen sei. Er dankte ihr für ihre freundlichen Gedanken, er habe düstere Zeiten hinter sich, doch es gehe ihm so einigermaßen, mehr oder weniger jedenfalls, und Karen ebenfalls. Über Rainer Stamm wisse er nicht viel, nur dass er womöglich 1945 bei einem Autounfall in Kaschmir ums Leben gekommen sei. Doch eine Leiche oder Leichen seien nie gefunden worden.

Es gäbe noch einige andere Dinge, die er ihr sagen könne, aber vielleicht sei es einfacher, wenn sie ihn dazu anriefe. Er gab eine Schweizer Nummer an. *Herzliche Grüße, Bruno.*

Automatisch blickte Mair auf die Uhr. In der Schweiz war es

eine Stunde später, dessen war sie sich fast sicher. Zu spät, um noch anzurufen, und allzu übereifrig würde es auch wirken. Sie musste über sich selbst lächeln, weil sie so eine einsame altjüngferliche Buchverkäuferin geworden war. Wie auf Stichwort erschien der Kater der Leute aus dem Erdgeschoss in ihrem Eingang, um ihr seine Gesellschaft anzubieten.

Sie wartete bis zum folgenden Abend und wählte die Schweizer Nummer.

Bruno war am Telefon, sagte zwar nur ein Wort, doch sie erkannte seine Stimme sofort. Der Hörer wurde glitschig in ihrer Hand.

»Hier ist Mair.«

»Hallo«, sagte er.

Später erinnerte sie sich nicht mehr an die Reihenfolge ihrer Unterhaltung, nur, dass sie das Gespräch dort aufzunehmen schienen, wo sie es in Lamayuru unterbrochen hatten. Er sprach langsamer als früher, mit einer Spur von Unsicherheit, als ob all das, was einst Gewissheiten für ihn gewesen waren, nun nicht mehr als selbstverständlich genommen werden konnte. Als sie nach Karen fragte, wurde die Pause sogar noch länger.

»Sie lebt momentan in einem Bewusstwerdungskollektiv für Hinterbliebene in New Mexico.«

Mair tastete nach einer Antwort. »Einem buddhistischen?«

Zu ihrer Erleichterung lachte Bruno. »Da bin ich mir nicht ganz sicher. Könnte auch eine Einheitseinrichtung für alle Glaubensrichtungen sein. Karen und ich haben uns getrennt, Mair.«

»Das tut mir leid.«

»Danke. Es ist schon sehr bald nach Lotus' Tod passiert. Ihr Tod war wie – eine Explosion, nehm ich an. Erst Stille, dann Schockwellen, herunterstürzendes Mauerwerk, Glasscherben, die durchbohrten, was noch nicht zerschmettert war.« Sie hörte das Ansteigen und Abfallen seiner Atemzüge. »Fast gleich danach wurde klar, dass Karen und ich uns überhaupt nicht helfen konnten.

Das hat uns gezwungen, zu kapieren, dass wir uns trennen mussten. Es war traurig, aber es gab nicht allzu viel Feindseligkeit. Keiner von uns hatte zu diesem Zeitpunkt noch die Kraft, wütend zu sein. Karen wird wohl jetzt ihren Zorn durcharbeiten. Soll ja nicht ungewöhnlich sein, dass es Paare durch den Tod eines Kindes auseinanderreißt.«

»Und was haben Sie in letzter Zeit gemacht?«, fragte Mair behutsam.

»Ich habe meinen Job gekündigt. Ich konnte einfach nicht mehr … wie am Schnürchen funktionieren. Ich bin herauf in die Berge gekommen. Ich überlebe in einer Art Hütte. Ich wandere viel. Manchmal packe ich ein Zelt und ein paar Vorräte zusammen und steige noch höher hinauf, um dort zu zelten. Das habe ich während der letzten zwei Wochen gemacht. War wunderschön. Sie … sollten mal die Aussicht sehen, die ich jetzt vor mir habe. Die würde Sie an Ladakh erinnern.«

»Das klingt mir aber nach mehr als nur Überleben«, erwiderte Mair. Sie wusste nicht, was sie mehr beeindruckte, seine Ehrlichkeit oder die Überlebensmethode, für die er sich entschieden hatte.

»Ich weiß nicht. Manchmal fühlt es sich auch wie weniger an. Sie war so vollkommen. Und ist nun so endgültig und absolut fort.« Eine Pause trat ein. Dann sagte er: »Erzählen Sie, warum und was Sie über Rainer Stamm in Erfahrung bringen wollen.«

Mair konzentrierte sich – mit Mühe. Sie erklärte es ihm so lapidar wie möglich.

Bruno unterbrach sie, er erinnere sich noch an alles, was sie ihm über die Erforschung der Geschichte des Kaschmirschals ihrer Großmutter erzählt habe.

Und Mair fügte hinzu: »Es gibt da noch einige Briefe. So wie es aussieht, kannte Rainer in Srinagar sowohl meine Großmutter als auch zwei ihrer Freundinnen. Der Schal gehörte einer von ihnen – sie hieß Caroline. Ich hab sie kennengelernt, inzwischen lebt sie wieder in Srinagar. Gegen Kriegsende verschwand Rainer, und hat damals ein Kind mitgenommen. Ich denke, dieses Kind könnte das Kind Carolines gewesen sein.«

Es entstand eine Pause.

Dann sagte Bruno: »Prita ist vor fünfzehn Jahren gestorben, das wissen Sie.«

»Davon weiß ich nichts. Von einer Person namens Prita habe ich nie gehört.«

»Prita war Rainers indische Ehefrau. Sie hat Zahra als ihr eigenes Kind aufgezogen.«

Mair meinte, sich verhört zu haben. *»Zahra?«*

»Genau. Prita Stamm und die Kleine wurden, als sie nach Kriegsende in der Schweiz eintrafen, mehr oder weniger der Obhut meiner Eltern anvertraut. Ich habe sie meine gesamte Kindheit und Jugend hindurch gekannt.«

Mairs Gedanken überschlugen sich. Da war endlich die Verbindung. Da war der fortlaufende Faden … Ihre Augen wurden groß, als sie die Bedeutung des Ganzen erfasste. »Ist Zahra noch am Leben?«

»Oh, ja. Sie ist jetzt Ende sechzig. Nachdem sie ihr Studium beendet hatte, gingen Prita und sie nach Indien zurück. Wir haben immer noch Kontakt, schreiben uns allerdings nur hin und wieder eine Karte. Eigentlich wollten wir sie letztes Jahr auf unserem Heimweg besuchen.«

Mair lauschte dem Echo seiner Worte. Es war immer noch zu viel, das sie da verdauen musste, und zu viel, um es am Telefon zu sagen. Einer plötzlichen Regung folgend meinte sie: »Bruno, könnte ich vielleicht kommen und Sie besuchen?«

»Natürlich«, erwiderte er.

Die Zugreise vom Züricher Flughafen dauerte in vier verschiedenen Zügen fast vier Stunden lang, doch sämtliche Anschlüsse klappten auf die Minute. Die letzte Etappe legte sie in einer kleinen Zahnradbahn zurück, die sie durch Tannenwälder und an saftigen, mit braunen Kühen gesprenkelten Almwiesen vorbei den Berghang hinauftransportierte. Durchs offene Fenster flutete schwallweise wohlduftende Luft, die das Geklingel von Kuhglocken mit sich führte. Mair reckte den Hals, um zu den schneebedeckten Gipfeln hinaufzublicken, die sie an die Spiegelungen im See von Srinagar und den Gebirgskranz um Leh erinnerte. Ihr war, als reise sie ein Jahr in der Zeit zurück.

Schließlich erreichte der Zug die Endstation. Inmitten einer etwa schulterhohen Welle sonnenbebrillter japanischer Touristen sowie einem überraschenden Kontingent chassidischer Juden in langen Kaftanen und breitrandigen Hüten stieg sie aus.

Jenseits der kleinen Ansammlung von Bahnhofsgebäuden und Hotels schwang sich der Boden hinauf in die blauen Lüfte über und hinter ihr, zu ihrer Rechten und Linken aber war es, als ob die Hand eines Riesen nach der Erde gegriffen und sie zu einem gewaltigen Monument aus Fels und Eis verbogen habe. Ein Gletscher mit tiefen Spalten hing über einen schwindelerregenden Felsabsturz und eine Moräne herab.

Mair stand nur da und guckte.

»Hey«, sagte eine Stimme. Eine Hand berührte sie leicht an der Schulter.

Sie schwang herum und entdeckte Bruno. Sein wettergegerbtes Gesicht war merklich schmaler geworden seit ihrer letzten Begegnung, und dennoch war er ihr auf eine Weise vertraut, wie sie es nicht erwartet hatte.

»Sie wirken überrascht«, sagte er.

»Diese Landschaft? Ehrfürchtig trifft es wohl eher.«

Er nickte, die dunklen Augen auf ihr Gesicht geheftet. Plötzlich hörte sie das abgehackte Geräusch von Rotorblättern und sah ihn mit Lotus in den Armen auf den Helikopter zulaufen.

»Willkommen im Oberland«, sagte er. Er hob ihre Tasche an und schwang sie sich über die Schulter. »Können Sie da raufsteigen? Leider ist die Hütte anders nicht zu erreichen.«

Sie ließen die zwischen Café-Sonnenschirmen und Souvenirständen herumwimmelnden Japaner und Chassidim hinter sich und machten sich an den Aufstieg.

Ein schmaler Pfad führte im Zickzack den Berghang hinauf und auf eine Geröllpiste zu.

Mair senkte den Kopf und heftete sich an Brunos Fersen. Blätter und lange Gräser streiften ihre Knöchel – sie sah jetzt, dass der ganze Hang dicht mit Wildblumen bewachsen war: blauen Glockenblumen und sternförmigen Margeriten, gelbem Gämswurz, wuschelköpfigem Petersbart und den barocken Spitzen einer Riesendistel. Dunkelblauer Ehrenpreis säumte den Pfad. Falls dies tatsächlich der Weg zu Brunos Haus war, so war es wohl die schönste Pendelstrecke, die man sich nur vorstellen konnte.

Der Pfad verlief in schwindelerregendem Winkel über das Geröllfeld.

Sie war froh, als das Gelände nicht mehr so steil anstieg, und Bruno stehenblieb, um sich ihre Tasche über die andere Schulter zu werfen.

»Danke, dass Sie meine Sachen tragen.«

»Es ist steil. Und Sie sind ganz schön zäh.«

Sie freute sich darüber. Als Mair sich umdrehte und auf ihren bereits geschafften Weg zurückblickte, verschlug es ihr aufs Neue den Atem. Unter ihnen lag der Bahnhof, und wie eine Spielzeugeisenbahn schlängelte sich der kleine grüne Zug durchs Tal zurück. Die gigantischen Gipfel jenseits des Bergsattels aber wirkten nun so nah, als könne man sie, wenn man die Hand ausstreckte, mit den Fingern berühren.

Bruno deutete. »Jungfrau, Mönch und Eiger«, sagte er.

Die Wand, die ihnen der Berg mit dem Namen Eiger zukehrte, war eine schwarze Pyramide aus konkav gewölbtem Fels, die mehrere tausend Meter emporragte. Der Anblick ließ Mair erschaudern.

»Das ist die Nordwand«, sagte Bruno.

»In Lamayuru haben Sie davon erzählt, dass Rainer versucht hat, sie zu besteigen.«

»Ja. Und sein Bergführer war mein Großvater. Die beiden sind damals fast umgekommen, und ihr Überleben begründete ihre Freundschaft.«

Sie standen Schulter an Schulter und starrten auf die Felswand hinüber.

»Kommen Sie«, meinte Bruno endlich. »Es ist nicht weit von hier.«

Nun hinunter, schräg sich hinabschlängelnd in eine ferne Landschaft aus leerer Luft über hügeligem Gras mit einem Flor so samtig wie der feinste Kaschmirteppich. Weit unten im Tal konnte Mair Ansammlungen von Chalets und das Glitzern des Verkehrs auf fadendünnen Straßen erkennen.

Sie kraxelten über ein Joch, und direkt unter ihnen erschien ein winziger See von äußerster Bläue, der wie ein Saphir in seiner Fassung aus grünem Rasen lag. Am gegenüberliegenden Ufer erhob sich auf einem breiten Landkeil inmitten von Blumen eine kleine Hütte. Sie hatte vier Fenster, zwei und zwei, jedes mit einem Blumenkasten davor, aus dem scharlachrote Geranien quollen.

An der Tür verbeugte sich Bruno. Er schien ihr hier in seinem eigenen Umfeld irgendwie schweizerischer.

»Willkommen«, sagte er noch einmal.

Die Hütte bestand aus Holzstämmen und besaß ein nur leicht geneigtes Dach aus Holzschindeln. Sowohl an den Traufen- wie an Giebelseiten stand dieses weit über, und in seinem Schatten gab es vorn einen hölzernen Sockel mit zwei Bänken zu beiden Seiten der Tür. Auf der linken Seite der Hütte erhob sich eine Wand aus Holzstämmen, die mit derartiger Sorgfalt aufeinander geschichtet waren, dass es schwierig gewesen wäre, auch nur einen Finger zwischen die gesägten Enden zu zwängen.

Im Innern gab es breite Holzdielen und einen rechteckigen Eisenofen. An den Fenstern hingen rotweiße Ginganvorhänge und auf einem massiven Holztisch stand ein blauer Krug mit Blumen.

»Es ist ziemlich primitiv«, sagte Bruno. »Seewasser, Plumpsklo, Kerzen oder Petroleumlampen. Aber ich hab mir Solarzellen aufs Dach montiert. Sie heizen einen kleinen Warmwassertank zum Waschen. Natürlich könnte ich es mir komfortabler einrichten, aber ich mag es so.«

»Verändern Sie nicht zuviel. Es ist einer der schönsten Orte, die ich je gesehen habe«, erwiderte Mair.

Zu ihrer Überraschung lächelte er vor Freude. Es war das erste Mal, dass sie ihn an diesem Nachmittag lächeln sah.

»Finden Sie? Mein Vater hat mich jeden Sommer hierher gebracht. Eigentlich ist es nur eine Sennhütte.«

Er zeigte ihr die Leiter, auf der man durch eine Klapptür in der Ecke der Decke nach oben gelangte. Oben gab es zwei kleine Räume, die lediglich durch eine grobe Holzwand voneinander getrennt waren. Mairs Kammer war nur mit einer schlichten, mit einem weißen Laken überzogenen Matratze eingerichtet, auf der eine Patchworkdecke lag. Es gab einen verblichenen Flickenteppich, eine Reihe hölzerner Haken an der Wand und sonst nichts. Das Fenster befand sich auf Kniehöhe. Mit Rührung sah sie das hellblaue Handtuch, das sauber zusammengefaltet und mit zurückgeschlagener Ecke auf der Steppdecke lag. Bruno hatte sich auf seinen Gast vorbereitet.

Sein Kopf verschwand aus der Öffnung der Klapptür, und sie packte ihre paar Sachen aus und hängte sie an die Haken. Als sie anschließend wieder hinunterstieg, erhaschte sie einen Blick in sein Zimmer. Da waren Bücherstapel, eine zweite Matratze und kaum mehr Klamotten an den Haken, als sie selbst für ihren dreitägigen Aufenthalt mitgebracht hatte. Es war offensichtlich, dass er sehr einfach lebte.

Unten führte Bruno sie in die ordentliche Küche mit dem Steinwaschbecken und dem modernen Gaskocher. Auf einem Holzregal stand eine Reihe von Töpfen und Emailtellern sowie zwei Gläser. Außerhalb der Hütte in einem Anbau befand sich das Bad. Eine winzige in die Tür eingeschnittene Luke ermöglichte einen kreisrunden Blick auf eine geballte Faust aus Eis und Schnee hoch oben an der Nordwand.

Ein Kessel pfiff auf dem Gasherd, und Bruno machte Tee. Mair sah sich um und entdeckte ein Aufziehradio sowie einen Laptop. Auf einem Regal aus frisch wirkendem Holz stand ein Foto von Lotus im Plexiglasrahmen. Ihr Haar umstand das Gesicht wie eine Wolke aus weißer Zuckerwatte. Brunos Blick glitt über das Foto.

»An den meisten Tagen gehe ich auf demselben Weg runter zum Bahnhofsbuffet, den wir heraufgekommen sind«, sagte er. »Mein Freund Christoph ist der Besitzer. Ich trinke einen Espresso und lese die Zeitung, und sie lassen mich mein Handy und meinen Computer aufladen.«

Sie trugen ihre Tassen ins Freie und setzten sich jeder auf eine Bank.

Mair streckte die Beine aus und lehnte den Kopf ans warme, splittrige Holz zurück. Die Schnee- und Eiswände glitzerten in der kristallenen Luft. Mit so viel Raum um sich herum stellte sich auch bei ihr das schöne Gefühl ein, unendlich viel Zeit zu besitzen, um all die in ihrem Kopf herumschwirrenden Fragen zu stellen.

In seiner neuen, stockenden Art erzählte ihr Bruno von seinem Leben in der Hütte.

»Als ich das erste Mal hier herauf kam, lag noch Schnee. Wenn ich morgens aufwachte, fand ich Gemsen- und Hasenspuren vor meiner Haustür. Ich schnallte mir die Skier an und folgte ihnen, so weit ich konnte. Wenn ich es eilig habe, gehe ich zu Fuß zum Bahnhof und nehme den Zug runter ins Dorf, um Lebensmittel zu kaufen und E-Mails anzuschauen, aber sowas wie Eile gibt es hier eigentlich nicht. Ich hab eine Fahrrad am Bahnhof stehen, sodass ich meist Fahrrad fahre oder den Weg ins Dorf sogar zu

Fuß zurücklege. Es dauert nur zwei Stunden. Am … Anfang, als sie gestorben war, bin ich gelaufen und gelaufen, von Sonnenaufgang bis -untergang. So schnell und so weit ich konnte – bis ich nur noch auf mein Bett sinken wollte. Als ob ich vor dem, was passiert war, je hätte davonlaufen können. Am Ende hab ich dann begriffen, dass ich genau das versucht habe. Aber jetzt, wo ich es weiß, ist es besser geworden.«

Mair nickte voll Bedauern und Mitgefühl.

Am liebsten wäre sie aufgesprungen und hätte ihn in die Arme genommen, doch sie widerstand dem Impuls. Bruno war taff, auch wenn er mit derartiger Offenherzigkeit sprach. Er musste sich nicht von ihr bemuttern lassen.

Sie tranken ihren Tee und sahen zu, wie die Vögel über das Joch glitten.

Nach einer Weile meinte er: »Ich habe das bei meiner Schwester abgeholt, als ich wusste, dass Sie kommen. Sie lebt in Bern.« Er legte ein großes Fotoalbum mit großen schwarzen, an den Ecken leicht ausgefransten Kartonseiten vor sie hin. Er schlug mehrere Seiten um, bis er das Gesuchte gefunden hatte.

»Das hier ist Rainer Stamm zusammen mit meinem Großvater im Jahr 1937.«

Es war schwarz-weißes Büttenrandfoto zweier Männer in Kniehosen, Hosenträgern und Flanellhemden. Sie standen vor etwas, das nach einer Art Seilbahnstation in den Bergen aussah. Beide rauchten, lächelten und blinzelten in die Sonne.

Lange betrachtete Mair das Foto.

Ein Bild von einem Mann. Carolines Worte.

»Er sah wohl ziemlich gut aus, was?«, meinte sie.

»Prita war nur wenige Wochen mit ihm verheiratet, bevor er umkam, aber soweit ich weiß, hat sie sich weder in der Schweiz noch in Indien je wieder mit einem anderen eingelassen. Sie erzählte mir mal, dass die europäischen Damen in Srinagar alle für ihn schwärmten.«

Da Mair sich an das Bild von Nerys in einem Moment ausgelassener Fröhlichkeit erinnerte, dachte sie, *kann schon sein.*

Durchaus möglich, dass Grandma eine von diesen Damen gewesen war. Es war Krieg. Und Gelegenheiten hätten sich durchaus geboten. Aus *Hope and the Glory of God* wusste sie, dass die Missionare häufig auf irgendwelchen Einsätzen unterwegs waren. Sie ertappte sich bei der Hoffnung, Nerys möge sich doch tatsächlich ein paar romantische Momente mit diesem »Bild von einem Mann« gegönnt haben. Denn das hätte ihr ein paar tolle und glamouröse Erinnerungen verschafft, von denen sie während ihrer walisischen Jahre rund um Kapelle, Dorfpolitik und Pastorsgattinnendasein, die darauf gefolgt sein mussten, zehren konnte. Mair hatte ihre Großmutter oder Mutter nie um deren Lebensstil beneiden können.

»Möchten Sie noch Tee?«, Brunos Stimme ließ sie zusammenzucken.

»Ja, bitte.« Sie lächelte.

Später, als Bruno Kartoffeln und Schnitzel briet, blätterte sie die übrigen Bilder des Beckerschen Familienalbums durch. In zwei oder drei davon stand Prita als kleine aufrechte Gestalt am Ende der Reihe oder ein wenig abseits davon. Wie das wohl für sie gewesen sein mochte, dachte sie, eine indische Witwe, so weit fort von daheim? Doch Mrs Stamm wirkte unbeugsam. Sie war eine Überlebende.

Sie aßen einander gegenübersitzend am Holztisch, der vom gelben Licht der Öllampe erhellt wurde.

»Sie sind ein guter Koch«, meinte sie anerkennend.

»Karen hatte keine Lust zu kochen. Es ist seltsam, hier oben für jemand anderen als mich selbst zu kochen.« Mair lauschte in die Stille, die sich um sie herum breit machte. »Seltsam, aber gut«, fügte er hinzu. »Danke, dass Sie die weite Reise gemacht haben.«

Danach gingen sie mit Schnapsgläsern wieder zu ihren Bänken

hinaus. Der Himmel verblasste von Königsblau zu unendlicher Dunkelheit, wobei von den Bergen ein gespenstisches Licht ausging.

»In Lamayuru haben wir diesen ganzen Cognac getrunken«, meinte sie geflissentlich. Zwar wollte sie ihn nicht daran erinnern, doch sie wollte auch nicht, dass es Themen gab, denen sie ausweichen mussten. Er schien jedoch eher erleichtert. Er war in der letzten Zeit viel allein gewesen, und sie nahm an, dass ihm die Worte im Freien, wo er vor sich hin in die Dunkelheit starren konnte, leichter über die Lippen gingen, als ihr gegenüber im Lampenlicht.

»Ich erinnere mich an alles, worüber wir gesprochen haben«, sagte er. »Auch an das Essen, das sie uns servierten, und die Gesichter der Fahrer, die uns gegenübersaßen, und den Schnee, als wir in den Hof hinaustraten.«

Plötzlich griff aus der Stille heraus die Kälte nach ihnen und scheuchte sie in die Hütte zurück.

»Ich gehe sehr früh schlafen«, meinte er verlegen. Sie wusste, dass er die Einsamkeit brauchte.

Als Mair auf ihrer Matratze lag und die Hütte um sich herum knirschen hörte, dachte sie, dass dies, einschließlich des Sees in Srinagar, wohl einer der romantischsten Orte der Welt sein musste. Und das knirschende Holz erschien ihr sogar wie eine Art Echo auf das widerstrebende Knarren der *Solomon and Sheba,* wenn sie tiefer ins Wasser sank. Der saphirene See hier oben war eine Miniatur des anderen und spiegelte seine eigenen schimmernden Gipfel. Sogar die Wildblumen besaßen die gleichen Farben wie der Schal ihrer Großmutter.

Es war ein seltsames Gefühl, so als stülpe sich die Zeit in sich selbst zurück, falte sich zusammen und bringe sich mit größter Präzision mit sich selbst zur Deckung.

Auf der anderen Seite der Bretterwand herrschte absolute Stille. Bruno räusperte sich weder, noch wälzte er sich auf seiner Matratze. Auch er, dachte sie, musste wohl auf dem Rücken liegen und auf die alten Dachbalken hinaufstarren.

Bald war sie eingeschlafen.

Es roch köstlich – nach Kaffee und gebratenem Speck.

Gähnend stieg sie die Leiter hinunter.

»Eier zum Speck?«, fragte Bruno und hielt einen Holzspatel in die Höhe. Ihre Proteste wischte er beiseite mit dem Hinweis, dass sie wandern würden und dafür auftanken müssten.

»Das heißt natürlich, wenn Sie überhaupt noch weiter hinauf auf den Berg wollen?« fügte er hinzu. Sie merkte, dass er sich ihrer Reaktion nicht sicher war, aber er es ihr unbedingt recht machen wollte. Bei dieser Entdeckung kribbelte ihr die Haut, als sei sie elektrostatisch aufgeladen.

Sie gingen los, stiegen auf einem Hochgebirgspfad bergauf und kraxelten dann über einen Moränengrat. Bruno deutete auf eine Reihe von Gipfeln, nannte ihr sämtliche Namen. Außerdem begann er zu erzählen, was er sonst noch alles über Rainer Stamm wusste.

Das Rätsel seines Verschwindens oder Todes war nie gelöst worden, obgleich die offizielle Erklärung, dass er, nachdem sich Prita und das Kind bereits an Bord des Schiffs und auf dem Weg nach Europa befanden, auf einer kaschmirischen Bergstraße ins Schleudern geraten war, es seiner Witwe – letztlich – ermöglicht hatte, seinen Besitz zu erben. Alles, was er besaß, einschließlich eines Hauses in Interlaken, hatte er ihr hinterlassen.

»Aber es gibt auch noch eine andere Geschichte«, fuhr Bruno fort.

»Erzählen Sie weiter.« Mair rang nach Atem, und es fiel ihr sehr viel leichter zuzuhören, als selbst zu sprechen.

»1945 machte ein schweizerisch-amerikanisches Kletterteam den Versuch, den Nanga Parbat zu bezwingen.«

»Schon wieder der Nanga Parbat?«

Tinley und sein uralter Onkel, die auf dem Friedhof in Leh *bidis* rauchten und warteten, während sie die Inschriften las. Damals hatte sie die Gedenktafel für den Cambridge-Mathematiker Matthew Forbes entdeckt, der in einer Lawine an diesem Berg umgekommen war.

»Genau. Schon wieder.«

Mair blickte über die Schulter zurück, in Richtung der Eigerwand.

»Auf der Klettererlaubnis für besagte Expedition standen drei westliche Namen. Zwei amerikanische und ein schweizerischer, von einem gewissen Martin Brunner.«

»Aha?«

»Nun, Brunner kam um. Er war mit einem der Sherpas vorausgegangen, um für ein Camp weiter oben das Terrain zu erkunden, und es gab einen Sturm. Dem Sherpa gelang es schließlich, zu den Amerikanern zurückzukehren, aber Brunner hatte sich bei einem Sturz verletzt und konnte nicht mehr hinuntersteigen. Ich habe den Expeditionsbericht in den Annalen der American Mountain Association ausfindig gemacht, sodass ich die Einzelheiten kenne.«

Bruno marschierte in stetigem sicheren Schritt weiter, ob bergauf oder bergab, wie immer der Boden auch beschaffen sein mochte. Mair musste achtgeben, wo sie die Füße hinsetzte, und so verging ein Moment, ehe sie fragen konnte: »Warum haben Sie sich denn so für diesen Martin Brunner interessiert?«

Er warf ihr einen Blick zu und genoss es, sie in Spannung zu halten. Der unsichere Ton in seiner Stimme war im Laufe ihrer Unterhaltung verschwunden. Er war ein guter Erzähler.

»Weil es ihn nicht gegeben hat. Entsprechend der Unterlagen schweizerischer Behörden hat ein Kletterer dieses Namens nie existiert. Auch die anderen Angaben auf seiner Erlaubnis sind falsch. Sie beziehen sich auf niemanden.«

»Verstehe … Muss ich das verstehen?«

Bruno hob eine Augenbraue. »Nun kommen Sie. Sie können es sicher erraten.«

»Brunner war in Wirklichkeit Rainer Stamm?«

»Ich kann es zwar nicht beweisen, aber ich glaube es. Mein Großvater arbeitete wie Rainer als Bergführer für die Familie Forbes und hat erzählt, Rainer hätte Matthews Vater immer wieder versprochen, er werde zurückkehren und zu Ehren seines Jungen den Nanga Parbat erobern. Am Ende wurde er dann erst 1953 von Hermann Buhl bezwungen, und zwar nur wenige Wochen, nachdem ihr Briten euch den Everest unter den Nagel gerissen hattet.«

»Aber warum denn unter falschem Namen?«

»Ich weiß es nicht. Und ich glaube auch nicht, dass wir es je erfahren werden. Sollen wir hier eine Pause einlegen und etwas essen?«

Mair hatte langsam schon geglaubt, sie würden den ganzen Tag marschieren, doch zu ihrer Erleichterung führte er sie zu einem abgeflachten Felsen. Sie ließ sich darauf sinken und stützte das Kinn auf die Knie, um die Aussicht zu bestaunen. Bruno reichte ihr eine dicke Scheibe Brot, Bergkäse und einen Apfel. Die schlichte Mahlzeit schmeckte wunderbar.

»Rainer hatte sicher seine Gründe, warum er eine andere Identität annahm und den eigenen Tod inszenierte. Er war nicht nur Bergsteiger, sondern auch Zauberer. Illusionskünstler.«

»Ah, *das* weiß sogar ich.« Mair lachte. »Ich hab ihn nämlich auch nachgeschlagen. Es war verwirrend.«

Bruno starrte hinüber zur schwarzen Felswand, wo Victor Becker Rainer einst das Leben gerettet hatte.

Und Mair dachte: Und derselbe Mann war womöglich der Liebhaber meiner Großmutter, bestimmt aber ein enger Freund. Ihr Gefühl für die komplizierten historischen Verzahnungen wurde noch stärker. »Schon traurig, nicht wahr?«, sagte sie leise, »Rainer war frisch verheiratet, er vollführte eine Art Zauberkunststück, bei dem er sich selbst zum Verschwinden brachte, und dann verschwand er tatsächlich beim Versuch, den Nanga Parbat zu bezwingen – und zwar im Namen eines Jungen, der bereits vorher an diesem Berg ums Leben gekommen war. Meine Großmutter, das weiß ich, hat noch Jahre später auf Nachrichten von ihm gewartet und gehofft.«

»Ja«, sagte Bruno, »das ist traurig. Aber vielleicht hat sie ja auch gewusst, was für ein Mensch er war. Viele kamen am Nanga Parbat ums Leben, ehe Buhl ihn bezwang. Sechzehn Männer an einem einzigen Tag im Jahr 1937. Rainer hat das sicher gewusst, und trotzdem ist er gegangen. Vielleicht musste er so leben – mit diesem Risiko, weil das äußerste Risiko letztlich die einzige Wirklichkeit war, an die er glauben konnte. Vielleicht waren die Schwerkraft der Berge und die Schwerelosigkeit der magischen Illusion ja immer die Gegensätze, die in ihm im Widerstreit lagen. Wahrscheinlich verbarg er diesen Zwang sogar vor den Menschen, die er liebte. Er muss ein faszinierender Charakter gewesen sein. Glauben Sie, dass Ihre Großmutter ihn geliebt hat?«

»Ja, das glaube ich. Und ja, wahrscheinlich haben Sie recht.«

Der Schal, das Foto, die Haarlocke.

Die Launen der Geschichte, die sie mit Bruno Becker verbanden, die schwindelerregende Gebirgswand vor ihnen – all diese Dinge ergaben ein Muster, das ihr in diesem Moment als Teil eines größeren und nur teilweise verständlichen Plans erschien.

Diese Erkenntnis beglückte Mair zutiefst – auf eine Weise, die ihr völlig neu war.

»Und nun wird es Zeit, über Zahra sprechen«, sagte sie.

Bruno erhob sich und klopfte sich Brotkrümel von der Hose. Zwei Alpendohlen stießen gierig auf sie herab.

»Später«, meinte er, wieder ganz der meisterhafte Geschichtenerzähler. »Erinnern Sie sich an die Namen der Berge? Wie heißt denn der da?« Er deutete auf eine gewaltige Masse aus Fels und Schnee.

»Ähm, das ist das Wetterhorn?«

»Gut«, meinte er.

Sie aßen in der Hütte zu Abend, danach zündete Bruno die Öllampen an. Sie saßen drinnen bei geschlossener Tür, denn der Himmel hatte sich bewölkt, und ein eisiger Wind brauste vom Gletscher herab. Bruno nahm ein weiteres Buch vom Regal und schlug es auf. Mair beugte sich zu ihm hinüber und sah, dass es sich um ein moderneres Fotoalbum mit haftender Plastikfolie zwischen den Seiten handelte. Einige der Bilder waren sogar Farbfotos, allerdings schon leicht verblichen.

»Das ist Zahra.«

Ein ernstes kleines Mädchen mit dunkelbraunen Affenschaukeln, das mit anderen Mädchen in Schulkleidung in einer Reihe stand. Ihr Haut war zwar dunkler als die ihrer Kameradinnen, aber nicht so, dass es auffiel.

»Und das hier.« Bruno deutete auf ein Bild.

Auf diesem war sie ein Teenager mit kurzen Haaren, in Jeans und blaukarierter Bluse. Ihr Gesicht war darauf deutlicher zu erkennen, und Mair suchte nach Ähnlichkeiten mit Caroline Bowen. Sie konnte keine entdecken. Zahra hatte dinarische Züge und dunkle Augenbrauen, die sich über der Nasenwurzel fast trafen.

»Es gibt nur noch ein weiteres Foto. In meiner Familie hat man nicht jedes Ereignis fotografisch festgehalten.«

Zahra stand fast am oberen Ende einer Treppenflucht, und Prita noch eine Stufe über ihr. Ihre Köpfe waren auf gleicher Höhe. Pritas Haar war inzwischen ergraut, in der Mitte gescheitelt und locker nach hinten gekämmt. Zahra war vielleicht zwanzig und wirkte ernst und förmlich in ihrem dunklen Kostüm. Sogar in westlicher Kleidung, dachte Mair, war unverkennbar, dass sie Kaschmiris waren. Zwar sahen sie sich nicht unbedingt ähnlich, aber aufgrund der selbstsicheren Art, mit der sie hoch erhobenen

Haupts und unverwandtem Blicks in die Kamera blickten, hätte man sie dennoch für Mutter und Tochter halten können. Und wahrscheinlich hatten sich die zwei, da sie sich so stark von ihren Schweizer Freunden und Nachbarn unterschieden, näher gestanden als so manche natürliche Mutter und Tochter.

Bruno beantwortete ihr eine Frage, die sie gar nicht gestellt hatte. »Das ist wohl aufgenommen worden, als Zahra an der Uni war. Prita und sie waren sich immer einig, dass sie, wenn Zahra erst mal ihre Ausbildung beendet hatte, nach Kaschmir zurückkehren würden.«

Er holte seine beiden Gläser vom Regal, goss Schnaps ein, und schob eines zu Mair hinüber. »Mein Vater hat mir erzählt, dass sie häufig Witze darüber rissen. Ehe der Maharadscha sich Indien anschloss, hatte er immer behauptet, aus Kaschmir solle eine Art asiatischer Schweiz werden. Ein unabhängiges, neutrales Land, das zu all seinen Nachbarn freundschaftliche Beziehungen unterhielt. Prita und Zahra meinten dann immer, wenigstens habe der Maharadscha Hari Singh schon mal die richtige Idee gehabt. Soviel hatten sie aus ihrer Erfahrung in der wirklichen Schweiz gelernt.«

»Sie sind also zurückgegangen?«

»Ja, nicht lange, nachdem dieses Foto gemacht wurde. Das war Mitte der Siebziger, bevor es mit dem Aufstand richtig losging, aber du weißt ja mehr oder weniger, was sie dort vorfanden.«

Mair wusste es.

»Srinagar entwickelte sich zu einem gefährlichen Pflaster. Sie ließen sich schließlich in Delhi nieder. Zahra unterrichtete an einer der dortigen Universitäten europäische Sprachen.«

»Hat sie jemals geheiratet?«

Bruno warf ihr ein seltenes Lächeln zu und leerte sein Schnapsglas. »Ja. Und sie bekam drei Jungen. Einer ist, glaube ich, Pilot, einer Software-Designer und einer Architekt.«

Mair strahlte zufrieden. »Wie wunderbar!«

»Kann man wohl sagen. Ich hätte sie so gerne in Delhi besucht.«

Das gelbe Licht der Lampe malte dunklere und tiefere Schatten in Brunos Gesicht. In der eintretenden Stille lauschten sie dem anschwellenden Wind, in dem die alte Hütte knarrte wie ein Schiff auf hoher See. Brunos Blick ruhte auf dem Foto von Lotus mit ihrem hellen Haar, das wie eine Wolke ihren Kopf umwehte. »Noch ein paar Wochen, dann ist es ein Jahr, seit sie tot ist.«

So behutsam sie konnte, fragte sie ihn: »Werden Sie allein hier sein?«

»Ich glaube nicht, dass ich für irgendjemanden sonst eine geeignete Gesellschaft wäre.«

»Bruno ....«

»Ich weiß. Sie ist tot, und sie kommt nicht wieder, und wir, die wir noch da sind, müssen weitermachen und ohne sie weiterleben. Ich schaffe es schon, Mair. Aber es braucht eben seine Zeit und auch den Willen.« Plötzlich ließ er den Kopf in die Hände sinken und fuhr sich mit den Fingern durch die Haare. Das Gesicht in den Händen vergraben, sagte er mit erstickter und schmerzverzerrter Stimme: »Es ist so anstrengend. Aufwachen, wieder einen Tag rumbringen, schlafen – oder es wenigstens zu versuchen. Immer wieder, weiterleben, während Lotus die ganze Zeit *tot* ist.«

Sie stand auf und trat zu ihm. Diesmal konnte sie sich nicht zurückhalten. Sie legte die Hände auf seine gebeugten Schultern. »Ich wollte nie sagen, dass Sie etwas anders machen sollen. Ich hätte gar nicht die Stirn dazu, wo Sie schon tapferer sind, als ich es für möglich gehalten hätte. Ich wollte sagen, wenn Sie jemand bei sich haben wollen, oder in der Nähe, dann bin ich das gerne. Ich war in Lamayuru dabei. Ich habe gesehen, wie es passiert ist. Mir müssen Sie nichts erklären.«

Sie hatte es in *dem* Sinne gemeint, dass es bei ihr – anders als bei einem gänzlich Unbeteiligten – nicht nötig war, alles noch einmal zu schildern, doch er zuckte unter ihren Händen zusammen.

»Sie war so unschuldig und vertrauensselig, und trotzdem konnten wir sie nicht beschützen. Dafür werde ich nie eine Erklärung finden.«

»Es gibt keine Erklärung. Weder für das, was passiert ist, noch dafür, wie es geschah. Es war eine schrecklicher Unfall.«

Er schluchzte erstickt. Auch Mairs Gesicht war nass. Sie hielt seinen Kopf an ihre Rippen gepresst und wartete, bis er sich ausgeweint hatte.

Am Ende hob er den Kopf, und sie ließ ihn sofort los. Ihre Hände bewahrten die Erinnerung an seine Schädelform und die Dichte seines Haars.

Sie setzte sich wieder auf ihren Platz, und nach einem letzten Blick auf Prita und Zahra schloss sie das Fotoalbum.

»Ich habe Ihr Herz klopfen hören«, sagte Bruno. In seinem Gesicht lag ein merkwürdiges ungläubiges Schimmern, das sie als Hoffnung deutete. Und so leise, dass sie die Worte kaum verstand, fügte er hinzu: »Ein anderes menschliches Herz.«

Er griff nach der Flasche und schenkte ihnen noch einmal ein. »Lassen Sie uns reden, und lass uns *du* sagen«, meinte er. »Geht das? Es überrascht mich zwar, es festzustellen, aber ich habe den gestrigen Tag genossen. Ich hatte vergessen, wie es ist, zu reden und jemanden zu haben, der einem zuhört, das Gesagte aufnimmt, abwägt und einem mit einer Stimme antwortet, die sich von der eigenen unterscheidet, statt dieses ewigen Monologs, der sich fortwährend im eigenen Kopf weiterspult. Ich bin schon zu lang allein. Aber ich will nicht mehr mit dir über Lo reden. Irgendwann werde ich es, wenn du es hören willst, aber jetzt bin ich noch nicht bereit dazu. Ist das in Ordnung, Mair?«

Seine Worte überstürzten sich jetzt, alle Zögerlichkeit war verschwunden.

»Ja«, erwiderte sie. »Das ist völlig in Ordnung. Vielleicht könntest *du* mir ja mehr über Prita und Zahra erzählen. Standen sich die beiden sehr nahe?«

Er lauschte ein paar Sekunden auf den Wind. Dann lehnte er

sich wieder zurück und war bereit für die Geschichte. Mair spürte, dass sie nun leichter atmete.

»Ja, das kann man sagen. Es gab wohl einige Unstimmigkeiten, denn Zahra war, obwohl sie aus der Generation meines Vater stammte, ziemlich modern in ihren Ansichten, und Prita war sehr traditionsbewusst. Doch bis ich endlich alt genug war, um überhaupt etwas mitzukriegen, da waren sie sich dann schon sehr zugetan. Während meiner Jugendjahre kamen sie zwei-, dreimal zurück, um meinen Vater und andere Freunde hier zu besuchen. Prita schenkte mir immer indische Süßigkeiten in ganz erstaunlichen Farben, die ich sehr exotisch fand. Und Zahra brachte mir einige Wörter auf Urdu bei.«

»Wusste sie denn über ihre Herkunft Bescheid?«

»Oh, ja. Prita hat ihr nie was verheimlicht. Zahra wusste, dass sie adoptiert, dass sie eine Waise aus der Mission von Srinagar war.«

»Der Mission meines Großvaters«, warf Mair ein.

Sie betrachteten einander über den Tisch hinweg. Die beiden Hälften der Geschichte, die sie gemeinsam in Händen hielten, passten zusammen wie zwei Nussschalen, die einen einzigen Kern enthielten.

»Prita war Witwe, und ihr Sohn war, als er starb, etwa so alt gewesen wie Zahra bei ihrer Ankunft in Europa. Prita selbst war kirchlich und standesamtlich mit Rainer verheiratet, sodass sie als seine Frau und dann mutmaßliche Witwe in die Schweiz kommen und sein Erbe antreten konnte. Zahra kam auf die ein oder andere Weise mit ihr, wahrscheinlich als Resultat eines Schwunges von Rainers Zauberstab, mit dem er ihre illegitime Geburt zu verheimlichen wusste. Das heißt natürlich, falls all unsere Theorien zutreffen. Schließlich wurde auch Zahra Schweizerin. Für uns aber, uns alle, die wir sie kannten, waren sie immer Mutter und Tochter.«

Bruno hielt inne. Dann fügte er, mit etwas leiserer Stimme hinzu: »Und ich bin mir ziemlich sicher, dass sie das auch füreinander waren.«

Mair hatte gerade das gleiche gedacht. Und dennoch glaubte, nein, *wusste* sie, dass Zahras natürliche Mutter noch immer am Leben war und in einem stillen Haus in einem Vorort von Srinagar lebte.

Sollte sie sie – nach so langer Zeit – zusammenbringen? War es richtig, sich in das Leben anderer Menschen einzumischen und mit ihren Biografien zu spielen?

Die beiden Hälften lagen nun in ihren – und Brunos – Händen.

Sie hatte keinen Beweis: nur eine Theorie, ein Bündel von Briefen, eine Haarlocke und einen *Kani*-Schal. Und einen Mann, der ihr gegenübersaß und seine Tochter verloren hatte, genauso wie Caroline Bowen glaubte, die ihre verloren zu haben. Die Qual dieses Verlusts war deutlich zu sehen. Mehr als sechzig Jahre mochten sie für Caroline zwar verringert haben, doch es mochte durchaus sein, dass sie die Hälfte dieser Zeit in einem Irrenhaus zugebracht hatte.

Mair richtete sich auf. Es gab keinen Zweifel: Es stand ihr nicht zu, dieses Geheimnis für sich zu behalten – nun, da sie es entwirrt hatte. »Ich werde nochmal nach Indien reisen und die beiden besuchen«, sagte sie, »falls du mir Zahras Adresse gibst.«

Bruno starrte in die Flamme der Öllampe und schwieg.

Mair wartete.

Dann fügte sie leise hinzu: »Aber vielleicht könntest du auch mitkommen, und wir könnten Zahra gemeinsam besuchen. So hatten wir es doch mal geplant, nicht wahr?«

Er sah sie jetzt an und erinnerte sich.

Und sie sah noch etwas anderes in seinem Gesicht, ein Zusammenziehen der Augenmuskeln, einen angespannten Zug um den Mund, und wusste, dass es Furcht war.

Bruno hatte Angst, sein Schneckenhaus, die Sicherheit seiner Berghütte zu verlassen und sich wieder hinaus in die Welt zu wagen.

Er schüttelte den Kopf. »Ich würde dich nur bremsen«, meinte er zu ihrer Verblüffung.

»Nein«, widersprach sie ihm. »Das glaube ich nicht. Es ist ja nicht nur meine Geschichte, oder? Die Hälfte davon musst du erzählen.«

»Ich weiß nicht.«

Aber er wusste es: sie konnte es ihm vom Gesicht ablesen. Äußere Dinge drangen in die Abgeschiedenheit seines Kummers ein.

Stumm kämpfte er mit sich, während der Regen aufs Hüttendach trommelte. Mair spülte die Gläser ab, stellte die Flasche zurück aufs Regal und stieg die Leiter zu ihrer Schlafkammer hinauf, während er noch immer am Tisch saß. Sie war schon im Bett, lag im Dunkeln, als sein Kopf und seine Schultern im Türrahmen erschienen. »Gut. Ich komme mit nach Indien.«

Er zog ihre Tür zu, und das Schloss rastete ein.

19

Das Haus befand sich in einer schattigen Straße Süd-Delhis, abgeschieden hinter zart senfgelb gestrichenen Putzmauern. Sie warteten am schwarzen Eisentor, während Bruno in die Sprechanlage sprach.

Am Vorabend waren sie – Mair aus London, Bruno aus Zürich – getrennt angekommen, um sich in dem bereits gebuchten, anonymen Hotel in der Nähe des Flughafens zu treffen. Beim Abendessen im dämmrigen Coffee Shop des Hotels hatten sie sich nach der Ungezwungenheit in der Schweizer Hütte ein wenig befangen gefühlt. Nun, da sie sich endlich in Indien befanden, waren sie sich ihrer eigentlichen Mission nicht mehr so sicher, und es schien zu spät, sich jetzt noch darüber abzusprechen, was sie zu Zahra sagen oder wie sie es ihr sagen sollten. Sie plauderten ein wenig und begaben sich danach sofort auf ihre Zimmer.

Vom Jetlag gepeinigt und schlaflos hatte Mair die Balkontür aufgeschoben und war in die Nacht hinausgetreten. Kein Hauch bewegte die schwülheiße Luft, und der von unterhalb des Hotelgartens heraufdringende Verkehrslärm war um drei Uhr morgens so laut wie um die Mittagszeit. Die orangenen Bänder der Hochautobahnen schlängelten sich in alle Richtungen, glitzerten von Personenwagen und Lastern, und in ihrem Schatten lagen die Plastikplanen und der Müll der Armensiedlungen. Während der zehn Monate, die sie fort gewesen war, hatte sie das Getöse, die brodelnde Bewegung und die brutalen Gegensätze Indiens vergessen.

War die ganze Sache ein Fehler?, fragte sich Mair. Hätte sie die Geschichte auf sich beruhen lassen sollen?

Sie schüttelte sich.

Eine Stimme, die dem Sirren einer Heuschrecke glich, drang aus dem Gitter der Sprechanlage, und der linke Torflügel schwang auf. Zwischen Oleanderbüschen wanderten sie einen Pfad entlang, in der Nähe hörte man das Plätschern einer Sprinkleranlage. Am oberen Absatz einiger niedriger Stufen ging eine Tür auf, und eine kleine ältere Frau stand vor ihnen. Sie war hellhäutig und besaß kaschmirische Züge, doch es war nicht Zahra. »Mrs Dasgupta bittet sie hereinzukommen.«

Sie folgten ihr in eine weite Halle, deren polierter Fußboden mit kaschmirischen Teppichen ausgelegt war.

»Ich bin Farida«, meinte die Frau. »Kommen Sie bitte hier lang.«

Durch mehrere Türen gelangten sie in einen Raum voller dunkler geschnitzter Möbel, der durch die herabgelassenen Jalousien in kühlem Dämmer lag. Eine stattliche Gestalt kam, sie zu begrüßen, und streckte die Arme aus, um Bruno an sich zu drücken. Die eher grauen als dunklen Haare waren modisch frisiert, sie selbst war füllig, trug ein weites Seidenhemd und eine weite Hose, und eine Brille hing ihr an einer Kordel auf der Brust.

»Ihr seid da«, rief sie. »Kommt, lasst mich euch ansehen.«

Mair stand, während sie einander umarmten und schnell auf Schweizerdeutsch redeten, ein wenig beiseite. Bruno überreichte ihr die mitgebrachten Blumen und Geschenke, worauf Zahra immer wieder aufschrie und protestierte. Mair betrachtete die mit Süßigkeiten gefüllten, durchbrochenen Porzellankörbe, die bunten Ziergegenstände aus Glas, die Teekannen und zahlreichen gerahmten Fotos von Jungen und jungen Männern in diversen Uniformen, ob Sporttrikots oder Schuluniformen. Sie schmunzelte. Dies war ein Familienhaus. Das Haus von Zahras Familie.

»Ich bin Zahra Dasgupta.« Sie streckte die Hand aus, um die Mairs herzlich zu drücken.

Bruno stellte sie einander vor. »Das ist Mair Ellis, Zahra. Mair ist seit Lotus' Tod eine gute Freundin von mir geworden.«

Sobald er Lotus' Namen ausgesprochen hatte, schien er sich ein wenig zu entspannen.

»Es tut mir so leid um dein Kind«, sagte Zahra. »So überaus leid. Das ist eine schreckliche Tragödie. Wie geht es deiner Frau?«

»Sie ist in den Staaten. Wir haben uns inzwischen getrennt, Zahra.«

Die Augen der Frau wanderten taxierend von Brunos angespanntem Gesicht hinüber zu Mairs. Hinter der majestätischen Erscheinung verbarg sich ein scharfer Geist. Mair hätte am liebsten gesagt: Nein, es ist nicht das, was Sie denken. Es sind diese beiden Hälften eines Ganzen, die Bruno und ich in Händen halten und die wir mitgebracht haben …

»Auch das tut mir leid«, erwiderte Zahra. Sie nahm Bruno am Arm und führte ihn zu einem Stuhl.

Farida brachte das unvermeidliche Teetablett mit Porzellantassen und Messingsamowar. Sie verteilte Kuchenteller und bestickte Servietten, und Zahra rückte diese, sobald sie auf dem Tisch standen, erneut zurecht, wobei sich die beiden in die Quere gerieten und jede es besser zu wissen meinte. Es war offensichtlich, dass sie seit langem *eher* Gefährtinnen und Freundinnen waren als Arbeitgeberin und Bedienstete. Endlich waren beide zufrieden, alle saßen in schweren Plüschsesseln, und Tassen und Teller waren verteilt.

»Diesen Burschen hier«, sagte Zahra zu Mair, »kannte ich schon, als er noch ein Baby war. Ein überaus süßes, braves kleines Baby. Aber als er dann älter wurde, war er dann wie alle Jungs, laut und Unruhe verbreitend. Hat seiner Mutter häufig den letzten Nerv geraubt.«

»Aber Zahra, das will Mair doch nicht hören«, protestierte Bruno.

Er war verlegen, weil Zahra Mair behandelte, als sei sie seine

Freundin, und sobald Mair es begriffen hatte, spürte sie, wie ihr eine dunkle Röte ins Gesicht stieg und sich hartnäckig dort festsetzte.

Zahra und Farida sahen einander an.

»Dann machen Sie also hier in Delhi Urlaub?«, fragte Farida.

Zahra unterbrach sie: »Aber nein, nein, nein, du weißt doch, dass Bruno mir gesagt hat, er habe etwas Wichtiges mit mir zu besprechen.« Sie lehnte sich in ihrem Sessel zurück, die in Pantoffeln steckenden Füße nebeneinander gestellt, die Hände über dem Bauch verschränkt. »Und ich bin schon sehr, sehr gespannt darauf.« Ihr Blick glitt von Bruno zu Mair.

Eine Stille trat ein.

Mair war atemlos vor Aufregung, als sie in ihre Tasche griff. Sie holte den Schal aus seiner Hülle und breitete ihn über Zahras breite Knie.

Sofort stieß Farida ein heuschreckenartiges Zirpen aus und griff nach dem ihr nächsten Ende. Blinzelnd hielt sie das zarte Gewebe an ihre Wange. »Das ist *Kani*-Arbeit. Aus meiner Heimat in Kaschmir.«

Mair holte das Foto aus seinem Umschlag und legte es auf die Armlehne von Zahras Sessel. Auf die zweite Armlehne legte sie ein kleines Zellophankuvert, das die goldbraune Haarlocke enthielt. Farida hatte die verkehrte BB-Signatur des Schals entdeckt. »Ich kenne diese Arbeit«, flüsterte sie. »Aus meinem Heimatdorf.« Sie strahlte.

»Was sollen diese Dinge?«, wollte Zahra wissen. »Warum bringt ihr sie mir?«

»Das ist eine lange Geschichte. Zuerst wird Mair dir ihren Teil der Geschichte schildern«, sagte Bruno.

»Sehen Sie sich das Bild an«, bat Mair.

Zahra setzte sich ihre Brille auf die Nase und spähte auf das Foto. Sie atmete durch die Nase, ja, schnaufte geradezu. »Srinagar, glaube ich.«

Mair nahm ihren Zeigefinger zu Hilfe. »Das ist meine Großmutter, Nerys Watkins. Während des Krieges waren sie und ihr Mann als christliche Missionare in Kaschmir.«

Ruckartig hob Farida den Kopf. Sie griff nach dem Bild und starrte es an. »Ness. Das ist ja Ness«, schrie sie.

Alle starrten sie verwundert an.

»Sie haben meine Großmutter *gekannt?*«, staunte Mair.

»Sie war die beste Mutter, die ich als kleines Mädchen hatte. Sehr gut erinnere ich mich an sie. An die Lieder und Spiele. Sie war so gütig, ein Engel.«

Mair streckte die Hand aus, und Farida ergriff sie mit ihrem winzigen trockenen Händchen.

»Und jetzt kann ich es sehen«, meinte Farida, »in Ihrem Gesicht. Sie haben etwas von ihr – hier.« Sie zog einen Kreis um ihre eigene Mund- und Kinnpartie.

Mair dachte: Was immer auch als nächstes geschieht, ich bin ja so dankbar, das erleben zu dürfen.

Nerys hatte diese kleine helläugige Frau gekannt, als die noch ein kleines Mädchen war. Es war fast, als hielte sie so – über die Kluft von fast siebzig Jahren hinweg – Nerys' Hand.

Doch die Zeit gestaltete sich um und faltete sich in neue Muster.

Was Zahra oder Farida für ihre Großmutter bedeutet hatten und weshalb diese eine Haarlocke und einen Schal so lange verborgen gehalten hatte, als seien es ihre kostbarsten und heimlichsten Besitztümer, würde sie wohl nie mehr genau erfahren, doch nun gab es diesen Menschen, der sie direkt mit Nerys verband.

Bruno lächelte sie an.

Mair deutete erneut auf das Bild. »Das hier ist eine Freundin meiner Großmutter, Myrtle McMinn. Und das da ist eine weitere Freundin der beiden, Caroline Bowen.«

Zahra verlagerte das Gewicht. »Ich verstehe überhaupt nichts mehr.« Sie zog eine Schnute. »*Ich* hab Farida nämlich gefunden.

Nach unserer Hochzeit reisten mein Mann und ich nach Srinagar, und ich suchte die Schule auf, von der mir meine Mutter erzählt hatte, eine Missionsschule, nicht wahr, wo man sich um mich gekümmert hatte. Ich war nämlich Waise, genau wie Farida«, erklärte sie Mair. »Es gab damals viele Waisen in Kashmir. Meine Mutter Prita und Vater adoptierten mich und nahmen mich von dort mit in die Schweiz.«

Mair konnte nicht umhin, einen Blick auf Caroline Bowens süßes englisches Gesicht zu werfen.

»Als Dilip und ich die Schule besuchten, gab es die Missionare nicht mehr. So was kommt vor, vor allem in Srinagar, wo sich sehr vieles zum Schlechteren verändert hat. Die Schule allerdings war noch da, und Farida half den Lehrern aus. Wir sprachen miteinander, und sie erinnerte sich noch an mich, erinnerte sich an die Zeit, als ich zwei Jahre alt war. Können Sie sich das vorstellen?«

Farida tätschelte Zahras Schulter und lachte. »Ich habe sie nie vergessen. Ich hab sie so geliebt, ich hielt sie für mein eigenes Baby. Doch dann war sie fort, und ich habe sehr lange geweint. Ich war so glücklich, sie wiederzusehen, eine verheiratete Dame. Ich hatte keinen Mann, und meine beiden Brüder waren schon viele Jahre zuvor nach Pakistan gegangen.«

»Und so ist sie hierher gekommen, um mit mir zu leben. Ich habe darauf bestanden«, sagte Zahra triumphierend. »Als Tante für meine Jungs und als Schwester für mich.« Sie raschelte mit dem Zellophantütchen. »Was sollen uns also diese anderen Leute und diese Haarsträhne sagen?«

»Ich glaube«, meinte Mair langsam, »dass diese Locke von Ihnen selbst stammt. Sie lag in dem Schal; ich habe sie nach dem Tod meines Vaters bei den Sachen meiner Mutter gefunden.«

Farida öffnete das Tütchen und kippte den Inhalt auf ihre Hand. Zahra beugte sich darüber, klemmte das Haar zwischen Daumen und Zeigefinger und hielt es neben ihr eigenes Haar, damit Farida vergleichen konnte.

Es gab keine Ähnlichkeit.

»Nein«, meinte Zahra.

Beide lachten, aber eine Unsicherheit lauerte in ihrem Blick. Sie hatten Angst vor dem, was sie womöglich als nächstes erfuhren.

Mair war froh, dass sie das Erzählen nun Bruno überlassen konnte.

»Rainer«, begann er, »war nicht nur ein guter Freund meines Großvaters, sondern auch ein Freund dieser drei Frauen.«

»Es war Krieg«, bemerkte Zahra. »Viele Leute schlossen damals Freundschaft und verloren ihre Freunde.«

»Das stimmt. Im Jahr 1945 brachte Rainer, wie ihr wisst, seine Frau Prita und ein Kind an Bord eines Schiffes nach England. Im Liverpooler Hafen wurden sie von einem Engländer in Empfang genommen, einem Bergsteigerfreund Rainers, der ihnen bei ihrer Weiterreise in die Schweiz behilflich war. Als sie wiederum dort eintrafen, wurden sie von Victor Becker und seiner Familie aufgenommen.«

»Wegen meinem Vater haben sie das getan. Meine Mutter war immer stolz auf ihn. Er muss ein besonderer Mann gewesen sein, meinte sie immer, um einen Menschen wie deinen Großvater Victor zum Freund zu haben.«

Bruno lächelte erneut. Mair sah, dass die Ungezwungenheit aus der Hütte wieder da war, und noch mehr: auch ein lebhaftes Interesse an Zahras Geschichte.

Zahra beugte sich nach vorn. »Meine Mutter hat immer geglaubt, dass Rainer zu uns zurückkehren wollte. Er kam in dem Wagen um. Er hat uns nicht im Stich gelassen.«

Er nickte. »Zahra, sowohl Mair als auch ich sind der Überzeugung, dass Rainer und seine Frau einer Freundin helfen wollten, indem sie deren uneheliches Kind aus Indien wegbrachten. Indem Sie dich in die Schweiz in Sicherheit brachten.«

»Meine Mutter hat mir erzählt, dass sie und Rainer mich nahmen, mir die Haare schnitten und mich als ihren Jungen ausgaben und verkleideten, bis ich auf dem Schiff war. Es gab da irgendeine Gefahr, aber Prita war sich nicht sicher, aus welchem Grund. Natürlich hätte Rainer, wäre er nicht gestorben, das alles aufgeklärt.«

Mair beugte sich ebenfalls nach vorn und berührte mit der Fingerspitze die lächelnde Caroline auf dem Foto. »Dieses Bild, Mrs Dasgupta, hat Rainer Stamm gemacht. Und ich glaube, die dritte Frau darauf könnte ihre Mutter sein.«

Zahra runzelte die Stirn. »*Diese* Person, meinen Sie?« Sie wandte sich ab und deutete auf eine der gerahmten Fotografien, die auf einem niedrigen Tisch neben ihr stand. »Sehen Sie mal bitte her. Das da ist meine Mutter.«

Auf dem Bild stand Prita Stamm mit hoch erhobenem Kopf, an jeder Hand einen kleinen Enkel.

»Ich meine damit die Frau, die Sie geboren hat«, korrigierte sich Mair. »Sie ist noch am Leben, und sie lebt in Srinagar. Im letzten Jahr bin ich ihr begegnet, und ich habe ihr diese Dinge gezeigt.«

Zahra hob ihre Tasse, trank höchst bedächtig etwas Tee, stellte die Tasse wieder auf die Untertasse zurück. »Wenn Sie schon so viel wissen, wer war dann mein Vater?« Sie hatte die Unterlippe vorgeschoben, und ihre Stimme hatte sich um einige Grade abgekühlt.

Carolines Liebhaber musste Kaschmiri gewesen sein, und ihr Verhältnis konnte nur eine verbotene Liaison gewesen sein, eine Kriegsaffäre, doch Mair hatte keine Ahnung, was für ein Mann das gewesen sein mochte. Kein ehrenhafter jedenfalls, soviel schien sicher. Hatte Caroline ihn geliebt? Und warum war Ralph Bowen seiner Frau nicht beigestanden? Das Rätselgestrüpp schien sich zu verdichten, obwohl sie es für gelöst gehalten hatte.

Sie spürte, wie Bruno sie beobachtete, und wollte sich an ihn wenden, fuhr dann aber fort: »Das weiß ich nicht. Und ich glaube nicht, dass wir es jemals erfahren werden, es sei denn, Caroline Bowen erzählt es uns.«

»Haben Sie irgendeinen Beweis für diese Theorie?«

»Irgendwelche konkreten schriftlichen Belege? Nein. Ich habe lediglich die Briefe, die meine Großmutter an Caroline geschrieben hat, und die Geschichte, die Bruno und ich uns zusammengesetzt haben. Doch als ich Caroline diesen Schal zeigte, hat sie ihn sofort wiedererkannt. ›Der gehört Zahra. Das ist ihre Mitgift‹, meinte sie.«

Es herrschte Schweigen.

Dann bemerkte Zahra. »Mein Name ist allerdings nicht allzu ungewöhnlich.« Ihre Miene verriet Missbilligung. »Und meine Mutter Prita hat – auch mit einer angemessenen Mitgift – dafür gesorgt, dass meine Heirat eine gute und angemessene Verbindung war. Meine eigene Theorie lautet etwas anders. Ich glaube nämlich, dass Rainer mein wirklicher Vater war.«

Mair dachte: Ja, auch das wäre plausibel. Kriegszeiten, ein phantastisch aussehender Zauberer und Bergsteiger und ein Mädchen aus dem Kaschmirtal. Ein Mädchen, das Rainer nicht heiraten konnte – sei's wegen des väterlichen Zorns oder weil die Brüder ihre Ehre zu verteidigen schworen – doch wessen Kind versprach er dann, zu beschützen. Er fand eine Frau, eine Witwe, die ihren eigenen Sohn verloren hatte, heiratete sie, machte ein Testament und schickte die beiden in die Schweiz und in Sicherheit. Und erst dann, im letzten Augenblick, gingen seine Pläne schief.

Ein triumphierender Schimmer glänzte in Zahras Augen, als sie Mair das Foto zurückreichte. »Ockhams Skalpell«, erklärte sie. »Sind Sie mit dem Prinzip vertraut?«

Bruno lachte. Er stand auf und trat neben Zahra, legte den Arm um ihre molligen Schultern. »Die einfachste Erklärung ist gewöhnlich die richtige?«

»Bravo, mein Junge.«

Mair wollte protestieren, doch Bruno warf ihr einen warnenden Blick zu. Sie ärgerte sich über seine Einmischung. Er würde sie nicht davon abbringen, etwas auszusprechen, von dessen Wahrheit sie überzeugt war, nicht, nachdem sie so lange gebraucht hatte, um diese Wahrheit aufzudecken. Doch sein Blick blieb unbeirrt, und ein anderes, völlig entgegengesetztes Gefühl überkam sie.

Es war nicht schön oder honigsüß oder auch nur angenehm – es war durchdringend und absolut beunruhigend, denn sie wusste in diesem Augenblick ohne auch nur den geringsten Zweifel, dass sie sich in ihn verliebt hatte.

Und die Worte, wie immer sie auch gelautet haben mochten, verdorrten ihr auf der Zunge.

Brunos Gesicht verriet Belustigung. Signalisierte ihr, dass sie beide sich doch verstanden. Sie wollte nur noch weg und ihn küssen, doch sie zwang sich, still zu sitzen und sich zu konzentrieren.

Zahra verschränkte die Finger. »Ich habe doch recht, oder? Aber das sind alte, längst vergangene Dinge. Warum reden wir noch darüber? Sprechen wir über die Jugend. Die Zukunft. Bruno, bitte sag mir: Ist es zu schmerzlich für dich, wenn ich dir und deiner Freundin einige Bilder von meinen Enkeln zeige?«

»Nein, ich würde sie gern sehen«, sagte er. Sein Blick ruhte noch immer auf Mair, und sie fühlte sich heiß und beengt und konfus in dem zu vollen Raum. Dass Bruno womöglich vermutete, sie könnte hinter ihm her sein, durfte sie sich gar nicht erst vorstellen. Dachte er womöglich, sie habe diese ganze Reise nach Indien arrangiert, um sich an ihn ranzuschmeißen? Sicher nicht – wo sie sich doch eben erst selbst über ihre Gefühle klar geworden war.

Zahra und Farida stellten die Tassen wieder aufs Tablett und schufen zwischen den Kissen Platz, um die Fotoalben auszubreiten, wobei sie sich die ganze Zeit gegenseitig sagten, wo das jeweils Gesuchte zu finden war und wie man am besten Platz dafür schuf. Farida legte den Schal beiseite.

Mair steckte ihr Foto ins Kuvert zurück und verstaute es wortlos zusammen mit der Locke in ihrer Handtasche.

»Sieh mal, Bruno? Das das ist der kleine Sanjay – er ist fast sechs.

Ein sehr gescheiter Junge. Jetzt schon gut in Mathematik. Sein Vater behauptet, er sei Klassenprimus.«

Es folgte ein langes Intermezzo, in dem Bruno sich sämtliche Bilder ansah und sämtliche richtigen Fragen stellte, während Mair ihm über die Schulter spähte und beifällige Begleitgeräusche produzierte.

Und dann, als alle Familienneuigkeiten aus dem Hause Dasgupta mitgeteilt waren, wurde es Zeit für Gegenfragen nach den älteren Beckers und ihren Nachbarn sowie Mitgefühlsbekundungen, weil Brunos Vater keinerlei Anzeichen einer geistigen Besserung oder Genesung zeigte. Farida brachte nochmals Tee und diesmal herzhafte Snacks. Dann hörte man Schritte im Hof, und ein älterer, eiförmiger Mann im Geschäftsanzug erschien im Eingang.

»Endlich bist du da, Dilip«, rief Zahra. »Komm und begrüß unsere Gäste.«

Mr Dasgupta, ein kahlköpfiger, lächelnder Mann, war fast so hellhäutig wie seine Frau. Er verhielt sich zuvorkommend gegenüber Zahras Bekannten aus der Schweiz, doch es war auch klar, dass dieser Mann reif war für sein Abendessen. Mit höflich formulierten Bitten und Aufforderungen, doch noch zu bleiben, und bedauernd ablehnenden Entschuldigungen näherte sich der Besuch dann seinem Ende.

Mair war sich inzwischen über ihre künftige Vorgehensweise klar geworden. »Mrs Dasgupta«, begann sie. »Ich würde sie gern um einen Gefallen bitten.«

Mit einem Blick über ihre Brille meinte Zahra, »Aber selbstverständlich, meine Liebe.«

»Würden Sie bitte – um meiner Großmutter Nerys willen – den Schal behalten? Ich möchte, dass *Sie* ihn haben – Sie und Farida, natürlich – und ich glaube, Nerys hätte das ebenfalls gewollt. Monatelang habe ich seine Geschichte erforscht. Ich bin nach Ladakh und Srinagar gereist, habe sogar die Überbleibsel des Dorfs Kanihama aufgesucht, um zu sehen, wo er gewebt und bestickt wurde.

Und ich finde einfach, dass der Schal hier bei Ihnen letztendlich eher seinen Platz hat und näher bei seiner Geschichte ist als bei mir in England.«

Faridas Gesicht glühte vor Freude. Flehentlich wandte sie sich an Zahra: »Mein Dorf. Meine Familie hat diesen Schal hergestellt. Das war so viel Arbeit.« Sie drückte ihn an ihre magere Brust. »Und er kommt von unserer Mutter Ness, hörst du, aus ferner, ferner Vergangenheit.«

Mr Dasgupta setzte eine Hornbrille auf und betrachtete die von Faridas Arm herabhängende Ecke des Schals. »Das ist allerfeinste Qualität. Geeignet fürs Museum«, verkündete er.

Zahra schürzte die Lippen. »Dilip weiß, wovon er spricht. Er arbeitet im Textilgeschäft. Wenn Sie es wirklich wollen«, sagte sie, »obwohl es keine wirkliche Verbindung zwischen diesem Schal und mir gibt, dann weiß ich diese Geste sehr zu schätzen. Daher – vielen Dank.«

»Und jetzt nur noch eines«, sagte Mair. »Ich würde gern ein Foto von Ihnen machen.«

Rasch kramte sie ihre Digitalkamera hervor und reichte sie Bruno. Sie stellte sich neben Zahra, auf deren anderer Seite bereits Farida stand, und der Schal spannte sich wie ein großartiges Banner zwischen ihnen.

Bruno schoss das Foto.

Mr Dasgupta beharrte darauf, er müsse sie in ihr Hotel zurückbringen, doch Mair und Bruno wollten davon nichts hören. Schließlich einigten sie sich auf einen Kompromiss und akzeptierten, dass er sie zu einer verkehrsreicheren Straße brachte, wo sie problemlos ein Taxi oder eine Autorikscha finden konnten. Zahra und Farida kamen mit heraus und begleiteten sie zu dem großen schwarzen Wagen, dessen Sitze weiße Leinenschonbezüge trugen. Bruno wurde herzlich umarmt, Mair auf die Wange geküsst, und schließlich fuhr der Wagen ab.

Zahra winkte energisch, bis sie um die Ecke gebogen waren.

Farida stand im Schatten der Mauer und hielt immer noch den Schal in den Armen.

Nachdem Dilip sie mit einer Flut von Anweisungen, wie sie am besten in ihr Hotel zurückkämen, verlassen hatte, atmete Bruno tief aus. »Ich brauche ein *Bier.*« Er ächzte.

Die nächste Bar, die sie erblickten, erstrahlte in blauem und pinkfarbenem Neonlicht. Riesige Bollywood-Plakate bedeckten die Wände, und die Kundschaft trug enge Jeans und japanische T-Shirts mit orakelhaften Aufschriften.

»Das war ja ganz schön clever von dir«, meinte Bruno.

Ein Kellner brachte ihnen ihre Gläser, die herrlich beschlagen waren. Sie stießen an. Mair war es, als sei sie bereits halb betrunken. Verblüffung und Sorge durchzitterten sie abwechselnd und machten sie benommen. »Was meinst du?«

»Naja, hast den Schal an seine rechtmäßige Eigentümerin zurückgegeben, ohne dass die Eigentümerin den wahren Grund für ihr Besitzrecht akzeptiert. Macht es dich traurig, dich von ihm getrennt zu haben?«

Mair schüttelte den Kopf. »Schließlich war es immer Zahras Schal. Ich konnte ihn nicht behalten. Du glaubst doch auch eher an unsere Geschichte, oder, als an die von Zahra?«

»Ja. Aber wie auch immer, wissenschaftlich gesprochen jedenfalls ist die Behauptung, die einfachste Theorie sei höchstwahrscheinlich auch die korrekte, nicht das, worauf Ockhams Skalpell tatsächlich hinauswill …«

»Oh, bitte.« Sie lachte.

»Zahras Geschichte ist doch eine richtige *Success Story,* findest du nicht? Nachdem sie so vieles durchgemacht hat, ist es wohl ihr gutes Recht, an *die* Version ihrer Vergangenheit zu glauben, die ihr selbst die liebste ist.«

»Ja. Und danke für deine Warnung, als ich trotzdem nicht locker lassen wollte.«

»Du hast wirklich wütend ausgesehen.«

Sie biss sich auf die Lippe, um die Verlegenheit über die Offenbarung abzuschütteln, die ihrer Wut gefolgt war. »Nur momentan. War es denn ein Fehler von mir, sie überhaupt davon überzeugen zu wollen?«

»Nein. Ihr absichtlich die Wahrheit vorzuenthalten wäre falsch gewesen. Sollen wir uns dein Foto ansehen?«

Während sie sich über den kleinen Bildschirm beugten, war sich Mair akut seiner Hand und seines Arms und des Gewichts seiner Schulter gewahr, die gegen ihre drückten.

Das Bild war gestochen scharf; und irgendwie war es Bruno gelungen, ein Echo jenes anderen Fotos dreier Frauen einzufangen.

»Das ist gut«, sagte sie. »Danke.«

»Ich gehe ins Business Center im Hotel und ziehe ein Hochglanzfoto davon ab. Das können wir dann mitnehmen.«

»Mitnehmen?«

»Nach Srinagar.«

Sie starrte ihn an. »Wir fahren nach Srinagar?«

Nachdem Zahra die Neuigkeiten, die sie ihr überbracht hatten, so entschlossen abgeblockt hatte, hatte Mair angenommen, dass sie ihren ursprünglichen Plan der Weiterreise nach Kaschmir aufgeben mussten. Sie wusste nicht so recht, wie sie Caroline beibringen sollten, dass ihre Tochter, die sie seit Langem für tot hielt, zwar am Leben und wohlauf war, es jedoch vorzog, ihre verwandtschaftliche Beziehung zu bezweifeln.

»Selbstverständlich. Wir müssen diesen Kreis doch irgendwie schließen, findest du nicht?«

Und als wolle er dies demonstrieren, streckte Bruno den Arm aus und ergriff ihre Hand, wobei er leicht seine Finger mit ihren verschränkte.

Benommen fragte sich Mair, welchen Kreis er da eigentlich meinte. Dafür, dass er ihre Suche aufgriff und zu ihrer gemeinsamen Sache machte, liebte sie ihn. Dafür und für alles andere. Plötzlich kamen ihr Hattie und Ed in den Sinn.

»Möchtest du noch eins?«, fragte er und nickte nach ihren Gläsern.

»O ja«, sagte sie.

Srinagar hatte sich verändert.

Auf dem Weg vom Flughafen stadteinwärts waren die Straßen von zähfließendem Verkehr verstopft, der fast an jeder Kreuzung von Polizei oder Straßensperren der indischen Armee aufgehalten wurde. Herrische junge Paramilitärs mit automatischen Waffen patroullierten die Straßen und trieben die Passantenmassen, wie sie kamen, in erschöpftem Zug unter die Chinar-Bäume. Die blaue Luft war von den Abgasen der im Leerlauf herumstehenden Autos erfüllt und knisterte vor Spannung. Um Lal Chowk gab es zerbombte Gebäude, schäbige Basare und schöne alte Ziegelhäuser, die von Feuer geschwärzt oder mit Einschusslöchern übersät waren. Wohin sie auch blickten, entdeckten sie weitere Truppen und noch mehr Straßensperren. Mair wusste, dass separatistische Aufständische ihre Aktivitäten verstärkt hatten, während immer mehr der militanten jungen Steinewerfer als ausgebildete Schützen und Brandstifter aus den Lagern zurückkehrten. In jüngster Zeit hatte sich die Gewalt gegen die indische Besatzungsarmee fast bis zum offenen Krieg gesteigert, und dennoch hatte sie die gedrückte Atmosphäre und all die Zeichen des wirtschaftlichen Verfalls, der Srinagar plagte, nicht ganz voraussehen können.

Das Wort, das ihr in den Sinn kam, war *erloschen*. So erschienen ihr der Ort und seine lebhaften Bewohner an diesem Tag, und die Traurigkeit des Ganzen traf sie zutiefst.

Bruno starrte schweigend aus dem Taxifenster. Sie hatte sich gewünscht, dass auch er sich »auf den ersten Blick« in Kaschmir verliebte, so wie sie es getan hatte, und ertappte sich dabei, wie sie sich für den gegenwärtigen Zustand der Stadt zu entschuldigen versuchte. Sie deutete auf mehrstöckige Dächer in der Ferne. »Es war nicht immer so. Eigentlich ist es sehr schön. Sieh mal, das ist die Jama Masjid. Die Freitagsmoschee. Vierzehntes Jahrhundert.«

Ihr Fahrer saß zusammengekauert in seinem grauen Tunikahemd und wartete geduldig, dass ihn ein weiterer indischer Soldat anhielt, um minuziös seine Papiere zu kontrollieren.

Schließlich hatten sie das Hotel erreicht. Mair hatte sich für eines der von Chinesen betriebenen Häuser am Bund entschieden, nicht dasjenige, in das sie sich nach dem damaligen Granatenangriff geflüchtet hatte, doch ziemlich in der Nähe davon. Auf dem Weg dorthin waren sie an der *Solomon und Sheba* vorbeigekommen, dem alten Hausboot, das sich inzwischen sogar noch etwas verwegener zur Spiegelfläche des Sees hin neigte. Sie wies Bruno nicht einmal darauf hin. Sie hatte sich gegen ein Hausboot entschieden. Denn trotz ihrer diversen Zerfallsstadien waren es eher unkonventionelle, romantische Ziele, die gerne von Liebespaaren und Flitterwöchnern gebucht wurden.

Als sie eincheckten, erfuhren sie, dass zwischen Abenddämmerung und Tagesanbruch über die gesamte Stadt eine Ausgangssperre verhängt sei. Sie aßen eine weitere Coffee-Shop-Mahlzeit, diesmal sogar ohne Alkohol, weil das Hotel keinen servierte. Aus nicht allzu großer Entfernung hörten sie das kurze, schreckliche Geknatter von Schüssen.

»Schwierige Zeiten.« Der Kellner seufzte, als er die Schalen mit rötlicher Suppe vor sie hinstellte. »Ganz schwierig. Sind sie als Touristen hier?« Man hoffte immer auf *mehr* Touristen.

»Eigentlich nicht«, musste Mair einräumen.

»Sind sind von UN? NGO?«

»Nein, wir besuchen nur eine Freundin.« Wahrscheinlich wollte Bruno gar nicht kurz angebunden klingen, doch der Mann zog sich sofort zurück.

Sie sprachen nicht viel während des Essens. Mair wusste, dass Bruno an jenen anderen Besuch denken musste, den er damals mit Lotus und Karen geplant hatte.

In ihrem Zimmer schob sie, bevor sie zu Bett ging, die nach Zigarettenrauch stinkenden Gardinen beiseite und spähte hinaus in die Nacht. Ein Polizeiwagen kroch die verlassene Straße entlang. Nicht weit entfernt von ihnen brannte ein Gebäude. Sie sah die hässliche rote Glut, die an den Unterseiten dicker Rauchwolken leckte.

Am nächsten Morgen nahmen sie eine Autorikscha zu Carolines Haus.

In den alten Basargassen drängten sich die Menschen, und statt von einem Armeejeep wurden sie von einer Herde Schafe und Ziegen aufgehalten, die quer über die Straße floh. Bruno lächelte über den Anblick. »Tut mir leid, dass ich gestern abend so gedämpft war.«

»Schon in Ordnung.«

»Das ist eine unruhige Stadt.«

»Aber auch eine robuste. Und sie geht einem unter die Haut, das kann ich dir sagen.«

»Für Caroline war das wohl auch so. Denn mit ihrer Rückkehr aus England tat sie ja wohl genau das Gegenteil dessen, wofür sich die Mehrheit des *British Raj* entschied, oder?«

Ihr kleines Gefährt preschte voran, nachdem ihnen das letzte Schaf aus dem Weg gehüpft war.

Aruna öffnete die Tür des Hauses in dem verwilderten Garten und betrachtete Mair stirnrunzelnd, als sei sie erst zwei Tage zuvor das letzte Mal dagewesen. »Mrs Bowen sehr müde. Gar nicht wohl. Tut mir leid.«

Mair trat etwas näher an sie heran und hielt den Packen von Nerys' Briefen in die Höhe.

»Ich habe versprochen, die hier zurückzugeben. Wir werden nicht lange bleiben. Das hier ist Mr Becker, ein Freund eines alten Freundes von Mrs Bowen.«

Zwar nahm Aruna diese Mitteilung und das Bündel mit einem

weiteren Stirnrunzeln in Empfang, doch ihren Versuch, sie völlig abzuwimmeln, gab sie auf.

Im Zimmer im hinteren Teil des Hauses herrschte abgesehen von dem auf dem CD-Player spielenden Stück von Chopin Stille. Caroline saß in ihrem gewohnten Sessel. Die Füße hatte sie auf dem Hocker hochgelegt, und eine Gehhilfe stand in Reichweite. Da sie ihre Gegenwart spürte, wandte sie bei ihrem Eintreten den Kopf, aber Mair sah, dass ihr Augenlicht nun vollkommen erloschen war. Besorgt spähte sie in ihre Richtung, lauschte aufmerksam, was sich da neben der Klaviermusik näherte.

»Aruna? Bist du das?«

Rasch trat Mair neben sie. »Ich bin es wieder, Mair. Erinnern Sie sich noch an mich? Nerys Watkins' Enkelin?«

»Wer? Wer ist das? Nerys' Enkelin, haben Sie gesagt? Meine liebe Freundin Nerys? Das ist ja unglaublich.«

Momentan irritiert von der Gedächtnislücke, zögerte Mair. Bruno jedoch zeigte sich der Situation gewachsen. Er trat an die andere Seite des Sessels und meinte behutsam: »Hallo, Mrs Bowen. Ich bin Bruno, Mairs Freund. Mein Großvater war ein guter Freund von Rainer Stamm.«

»Rainer.« Caroline klatschte in die Hände. »Wie seltsam! Wo ist er? Ich würde ihn gerne sehen. Sagen Sie es ihm, ja?«

Bruno ergriff ihre Hand und hielt sie fest. In seiner großen Faust wirkte die ihre wie eine winzige Klaue.

Caroline lächelte, ein Strahlen erhellte ihre blinden Züge. »Hallo, mein Lieber«, sagte sie. »Danke, dass Sie gekommen sind.«

»Rainer ist tot, das wissen Sie doch. Er verunglückte bei einer Bergbesteigung.«

»Alle sind tot«, erwiderte sie immer noch lächelnd. »In meinem Alter ist man das gewöhnt. Ich bin nämlich neunzig, wissen Sie. Neunzig. Stimmt doch, Aruna, oder?« Sie legte den Kopf schief und lauschte auf Arunas Antwort.

»Ja, neunzig.« Aruna seufzte. Offensichtlich war dies eine Frage, die ihr regelmäßig gestellt wurde. Sie schraubte ein braunes Fläschchen auf und zählte grünweiße Kapseln heraus.

Immer noch Brunos Hand umklammernd, lehnte sich Caroline zurück. »Ist das nicht spaßig? Sie müssen mir alle Neuigkeiten erzählen. Wir sollten etwas trinken. Aruna, Liebe, was haben wir denn im Haus?«

»Danke, das wäre sehr angenehm«, sagte Bruno und warf Aruna einen Blick zu. Er wusste sie genau einzuschätzen.

»Ich sehe mal, was es gibt«, meinte sie und verließ den Raum.

Mair rückte etwas näher heran. »Mrs Bowen, erinnern Sie sich noch, als ich Sie letztes Jahr besucht und den Schal mitgebracht habe? Zahras Schal, haben Sie damals gesagt.«

»Hab ich das, Liebes?« Das Lächeln schwächte sich nur unmerklich ab. Die CD hörte auf zu spielen, und aus der Musiktruhe war ein leises elektronisches Summen zu vernehmen.

Mair senkte die Stimme. Für das, was sie jetzt sagen wollte, gab es kein Drehbuch.

»Ich habe den Schal bei Zahra gelassen. War das denn richtig? Habe ich damit das Richtige getan? Vor zwei Tagen habe ich sie in Delhi besucht. Zahra hat nämlich überlebt, müssen Sie wissen. Rainer hat sie vor all den Jahren nach Europa in Sicherheit geschickt. Und Bruno und ich haben Zahra und ihren Mann besucht.«

Eine kurze Pause trat ein.

»Ach ja? Wie nett, meine Liebe«, erwiderte Caroline.

Das elektrische Summen klangt wie das Sirren eines Moskitos. Bruno wollte aufstehen, um das Gerät auszuschalten, doch Caroline ergriff seine Hand. »Gehen Sie nicht.«

»Aber nein«, sagte er beruhigend. »Haben Sie verstanden, was Mair Ihnen gesagt hat?«

Die alte Frau drehte sich in ihrem Sessel, versuchte vergebens, ihre Gesichter zu erkennen. Unsicherheit trübte ihr zutrauliches Lächeln. »Wer? Wer ist das? Ist Nerys da?«

Mair fragte nun, drängender: »War es das Richtige, Zahra ihren Schal zurückzugeben?«

Mairs und Brunos Blick trafen sich über Carolines weißem Kopf.

Caroline murmelte: »Nun, ich nehme es an. Wenn es ihrer war. Wo ist Aruna?«

»Sie ist eben gegangen, um etwas zu trinken zu holen. Sie wird gleich wieder da sein«, beruhigte sie Bruno. Er drückte ihr die Hand, und Carolines Miene klarte wieder auf.

»O ja. Was zu trinken wär gut. Wie, haben Sie gesagt, war wieder Ihr Name?«

»Bruno.«

Aruna kehrte mit einem Tablett mit Gläsern und einem Krug zurück. Sie goss allen Limonade ein, und als man Caroline ihr Glas in die Hand drückte, trank sie hastig und durstig wie ein Kind. Danach stieß sie einen leisen Rülpser aus. Aruna kippte zwei Pillen auf ihre Handfläche, und Caroline spülte sie mit einem zweiten Glas Limonade hinunter.

Mair fragte sich, wie lange sie wohl schon in dem Zimmer mit der Aussicht zum Garten saßen, die Caroline nun nicht mehr sehen konnte. Es kam ihr sehr lange vor.

Der Faden, den sie so viele Monate lang verfolgt hatte, endete hier. Er hatte ein kompliziertes Muster gewebt, und obwohl sie die Enden nicht abschneiden und verknoten konnte wie die des Schals selbst, war sie froh, dass sie ihm bis zum Ende gefolgt war.

Caroline gähnte. Der Kopf sank ihr in die Sesselpolster zurück, und ihre Kinnbacken erschlafften. Bruno ließ ihre Hand los und legte sie ihr in den Schoß. Einen Augenblick später entwich ein Schnarchlaut ihrem geöffneten Mund.

Mair blickte sich im Zimmer um. Ostentativ breitete Aruna eine Decke über ihren Schützling und zog sie bis über die Schultern hoch. Sie nahm die Gläser und stellte sie, während Mair und Bruno sich erhoben, aufs Tablett zurück.

»Ich würde das hier gern für Mrs Bowen dalassen«, sagte Mair rasch. »Es sind … ein paar alte Freunde von ihr, die wir diese Woche in Delhi getroffen haben.«

Caroline Sessel stand neben den braungefliesten offenen Kamin. Oberhalb davon befand sich ein Sims mit einem goldgerahmten Gesimsspiegel, und Mair schob das Hochglanzfoto in eine Ecke des Rahmens. Zahra, Farida und sie selbst lächelten aus dem Bild heraus in das Zimmer hinein. Aruna eilte sofort herbei, um es anzustarren, und rückte sich die Brille zurecht, um es deutlicher sehen zu können.

Sie deutete darauf. »Das letzte Mal, als Sie hier waren, hatten Sie diesen Schal dabei.«

»Das stimmt.«

»Sie kann nicht sehen, wissen Sie. Was bedeutet das?«

»Nichts. Es ist bloß ein Kaschmirschal. Und es ist auch eher so, dass wir – das heißt, *ich* will, dass das Foto *sie* sieht. Geht das in Ordnung?« Sie ignorierte Arunas skeptischen Blick. »Bitte, darf ich, bevor wir gehen, noch das Bad benutzen?«

»Ich zeige Ihnen den Weg.«

Caroline schlief fest. Mair beugte sich, als sie an ihr vorbei kam, über sie und streifte mit den Lippen ihren Scheitel.

»Inzwischen schläft sie fast ganzen Tag«, sagte Aruna mit einer Spur von Zärtlichkeit. Sie deutete den kleinen Gang hinab zu der offenen Tür eines grün gestrichenen Badezimmers und trug das Tablett in die Küche. Bruno stand auf dem Gang und betrachtete eingehend ein Reihe gerahmter Fotos von Polo-Teams, die neben dem Eingang hingen.

Mair blickte kurz über die Schulter, eilte vors Bad und schloss laut die Tür, blieb jedoch auf dem Gang stehen. Carolines Zimmer musste das daneben liegende sein. Im Zimmer befand sich ein Bett mit einer weißen Zudecke unter einem Baldachin mit hochgerolltem Moskitonetz. Sie glitt hinein und sah sich um. Es hatte mehr Ähnlichkeit mit einem Krankenhausraum als einem

Schlafzimmer, und es hing auch ein ähnlich antiseptischer Mief in der Luft. Neben dem Bett stand ein Tischen mit einer einzigen Schublade.

Sie zog die Schublade auf, warf einen Blick auf deren aus Medikamenten bestehenden Inhalt. Dann steckte sie die in Zellophan verpackte Locke von Zahras Haar in die hinterste Ecke, wo niemand sie sehen konnte. Sie schloss die Schublade wieder und sauste zurück, um durch den Türspalt zu spitzen. Draußen wurde laut angeklopft. Aruna kam aus der Küche gehetzt, und während sie ihr noch den Rücken zukehrte, sprang Mair auf den Gang, so als käme sie eben aus dem Bad.

Bruno zog die Augenbraue hoch.

Auf der Türschwelle standen drei Frauen, deren Gesichter von schwarzen *hijabs* gerahmt wurden. Eine von ihnen hatte einen Weidenkorb mit dem gleichen rotgrünen Muster dabei, wie man es an den *Kangri*-Tragbehältnissen sehen konnte. Offenbar kannte Aruna ihre Besucherinnen recht gut. Sie führte sie zu den alten Sesseln im Schatten der Veranda. Aber ich kenne sie doch auch, dachte Mair. Woher kenne ich sie nur? Es waren zwei junge Mädchen mit glatten olivbraunen Wangen und eine ältere Frau mit faltigem Gesicht.

Aruna nahm den Weidenkorb in Empfang und öffnete den darin stehenden Topf. Ein himmlicher Duft entstieg ihm und hüllte sie ein.

»Das riecht aber gut«, sagte Bruno.

Aruna nickte. »Das ist *Tahar*-Reis, er wird auf eine besondere Art mit Kurkuma gegart. In Kaschmir kochen wir *tahar,* wenn jemand wohlbehalten ankommt oder einer Gefahr entronnen ist.«

Mair erinnerte sich. Aber natürlich. Es waren die Mutter und die zwei Schwestern von Mehraan, dem *karkhanadar*. Auch sie erkannten Mair nun wieder. Die Mädchen kicherten, und die Mutter neigte den Kopf.

»Ich hatte vor, Mehraan in seiner Werkstatt zu besuchen.«

Mair lächelte. »Wie geht es ihm denn? Und überhaupt, wie geht es Ihnen?«

Die Frauen tauschten sich kurz aus. Aruna sagte: »Wenn Sie sich zu uns setzen wollen, können wir teilen. Das ist wichtig. Ein … Symbol. Sie haben ihn für Madam gebracht, aber es ist genug da.«

»Danke«, sagte Mair nur. Sie ließen sich in einem Kreis nieder, die Mädchen setzten sich mit gekreuzten Beinen auf den Boden. Aruna brachte Teller, und Mehraans Mutter verteilte ehrfürchtig den Reis darauf, für jeden ein paar Löffel. Man verzehrte ihn leicht befeuchtet mit cremigem kaschmirischem Joghurt sowie mit Nüssen und frischem Koriander bestreut. Mair und Bruno taten es den Frauen nach, aßen schweigend und verwendeten die zusammengedrückten Finger der rechten Hand als Löffel und verfolgten jedes abirrende Reiskorn mit eifrigem Daumen.

Es war eines der schmackhafteststen Gerichte, die Mair je gekostet hatte.

Aruna legte den Deckel auf den Topf zurück. »Für Mrs Bowen, wenn sie aufwacht. Das wird ihr schmecken.«

Die Mädchen kicherten wieder und flüsterten miteinander.

Aruna sagte: »Sie würden gern wissen, ob dieser Mann ist Ihr Ehemann?«

Mair schaffte es zwar nicht, Bruno anzusehen, doch sie spürte, dass sein Blick auf ihr ruhte. Die ganze Zeit war sie sich seiner Nähe und der seltsamen Tatsache, dass sie sich tatsächlich gemeinsam in Srinagar befanden, bewusst. Nun, da sämtliche Hinterlassenschaften Nerys' den ihnen zustehenden Platz gefunden hatten, wurde es wohl langsam Zeit, wieder an die Heimat und getrennte Wege zu denken.

Bestürzt krampfte sich ihr Herz zusammen.

»Nein, er ist nicht mein Mann. Aber er ist ein guter Freund.«

Worauf noch mehr ersticktes Gelächter folgte sowie ein Wortwechsel, dem Mair und Bruno nicht folgen konnten.

Aruna sammelte sich und erzählte ihnen: »Mehraan ist ein guter Junge. Ist diese Jahr oft gekommen und hat mir geholfen. Im Winter hat er Holz gebracht, Schnee geräumt. Und sehen Sie. Er hat den Zaun repariert.«

Neue Latten aus hellem Holz waren hier und da zwischen den alten gesplitterten eingefügt worden.

»Das war aber sehr nett von ihm. Wo ist er denn jetzt? In seiner Werkstatt?«

Aruna zögerte. Dann sagte sie: »Mehraan ist nicht in Srinagar. Ist in ein Lager gegangen. Er hat die *Line* überschritten, seine Mutter hat heute erfahren, dass er in Sicherheit ist. Deswegen hat sie *tahar* gekocht.«

Mair und Bruno erstarrten.

Das Überqueren der *Line of Control* in den von Pakistan kontrollierten Teil Kaschmirs war eine gefährliche Reise, und dieses Lager, in dem er sich befand, konnte nur ein Ausbildungszentrum für militante Free-Kashmir-Rebellen sein. Mair rang damit, diese Neuigkeit mit ihrer Erinnerung an den traurigen jungen Mann zu versöhnen, dessen Verantwortlichkeiten ihn so viel älter als seine Jahre hatten erscheinen lassen.

»Ich hoffe … er ist in Sicherheit«, flüsterte sie und stellte sich vor, wie er zu seiner Mutter und seinen Schwestern zurückkehrte, nur um dann von der Armee oder Paramilitärs ermordet zu werden.

Aruna drohte ihnen mit dem Finger. »Es ist nicht das, was Sie vielleicht denken. Es ist kein Kriegslager. Er soll dort den Islam studieren, für den Frieden lernen.«

Die Mutter sprach nun schnell, und die beiden Töchter sahen sie an.

Aruna übersetzte, so gut sie konnte. »Für Mehraan und seine Freunde gibt es nur einen *jihad*. Und der findet im Herzen jedes Menschen statt, wo es keine andere Waffe gibt als die Wahrheit Gottes. Zu diesem Lager und den Lehrern dort hat Mehraan den

Weg gefunden. Er wird hier vermisst, aber es war richtig für ihn, zu gehen.«

Mehraans Mutter beugte den Kopf. Mair spürte, dass sie den Tränen nahe war. Es gab so viel Traurigkeit in Kaschmir und solche Kraft.

Es wurde Zeit zum Aufbruch.

Bruno und Mair dankten den Frauen, dass sie das Geschenk des *Tahar*-Reises mit ihnen geteilt hatten, und Mair fragte Aruna, ob sie vor ihrer Abreise aus Srinagar noch einmal vorbeikommen und Mrs Bowen besuchen dürfe. Aruna quittierte dies – wieder ganz die Alte – mit einem kaum wahrnehmbaren Nicken.

Mair umarmte Mehraans kleine Schwestern und verbeugte sich mit gefalteten Händen vor ihrer außergewöhnlichen Mutter.

Und im nächsten Augenblick wanderten sie und Bruno unter bereits leicht herbstlich verfärbten Apfel- und Walnussbäumen die Gasse hinunter. Sie waren so erfüllt von ihrem Besuch, dass sie gar nicht auf ihren Weg achteten, und zwei Minuten später hatten sie sich in einem von hohen Mauern gesäumten Gassenlabyrinth verirrt. Ein Hund hechelte unter einer Holzstufe.

Bruno blieb stehen. »Glaubst du, das ist die richtige Richtung?«

»Nein – wir sind von da drüben gekommen.«

Sie zögerten; er legte ihr die Hände auf die Schultern und sah ihr in die Augen. »Es spielt keine Rolle«, sagte er. »Wir finden schon unseren Weg. Was hast du eigentlich noch gemacht, da im Haus?«

»Ich habe Zahras Haarlocke in der Nähe von Carolines Bett deponiert. Ist zwar keine großartige Verbindung, nicht wahr? Aber besser als nichts.«

»Auf diese Idee wäre ich nie gekommen. Aber es ist noch das Beste, was du tun konntest. Das, und das Foto und der Schal.«

Er neigte den Kopf zu ihr herunter, als plötzlich ein Schrei ertönte, und dumpf aufschlagende Füße im Laufschritt näherkamen.

Auf der anderen Seite kam der Hund aus seinem Unterschlupf hervorgesprungen, ein zitternder lohfarbener Fellstreifen, der seine rote Schnauze zu einem wütenden Knurren verzerrt hatte.

Bruno packte Mair am Handgelenk, zog sie von dem Tier fort und rannte volle Pulle auf das zu, was auch immer aus der entgegengesetzten Richtung kam.

Das Bild einer Soldatentruppe mit angelegtem Gewehr schoss ihr in den Kopf. Aber mit Bruno an ihrer Seite rannte sie dennoch.

Hinter der nächsten Ecke hervor kam ihnen eine Herde von Kindern entgegengerast. Fast wären sie zusammengestoßen, doch Mair und Bruno sprangen zur Seite und ließen sie vorbeigaloppieren. Es waren Jungen im Alter von fünf bis etwa dreizehn, alle in ordentlichem dunkelblauen *kameez* und mit hüpfendem Schulranzen, die sich, während sie liefen, gegenseitig die Ellbogen in die Seiten rammten. Die Schule war aus – für diesen Tag. Der Hund zog den Schwanz ein und kroch wieder in seinen Unterstand, und Mair und Bruno standen noch immer eng an die Gassenwand gedrückt, während die Kinder davonstoben. Schreie und Gelächter hallten ihnen hinterdrein.

Er ließ den Kopf in den Nacken sinken und atmete erleichtert aus. »Tut mir leid. Tut mir wirklich leid. Ich habe Angst vor Hunden.«

»Schon gut.« Sie nahm seinen Arm. »Die müssen doch alle irgendwo hin wollen. Sollen wir ihnen folgen?«

Sie gingen den langsameren Kindern hinterher. Nach etwa hundert Metern erreichten sie das Ufer eines Wasserlaufs, eines der Nebenflüsse des Jhelum, an den eine kleine Wiese grenzte. Gesäumt wurde das Flüsschen von Pappeln und silbrigen Weiden und Gras, das an manchen Stellen zu nackten staubigen Flecken zusammengetreten war. Die Kinder rannten schon herum und kickten einen Ball zwischen zwei achtlos hingeworfene Schulranzen. Eine zweite Gruppe hatte Cricketstäbe aufgestellt, und eine noch verwegenere Fraktion schwang sich an einem verknoteten Seil über das Wasser. Das Seil schwang immer weiter und höher aus, und ein Kind klammerte sich wie das Gewicht eines Pendels an sein Ende.

Bruno und Mair setzten sich auf eine Rasenbank, um ihnen zuzusehen.

Das Nachmittagslicht wurde schwächer, und die Abendkälte kroch vom Wasser herauf, doch sie saßen immer noch da. All diese Spiele waren universal, und die Freude der Spielenden schien die Sorgen der Stadt hinter ihnen auszulöschen.

»Wie glücklich sie wirken«, sagte Mair.

Bruno nickte. »Und hoffnungsvoll. Und das an einem so gefährlichen Ort, wo die meisten in eine höchst unsichere Zukunft blicken. Die Hoffnung ist die mächtigste Kraft, die uns retten kann, nicht wahr? Und weißt du noch etwas? Während wir ihnen zugesehen haben, habe ich nicht mehr an Lotus gedacht. Das ist mir schon mehrere Male passiert, seit wir in Indien sind. Etwa als wir vorhin den Reis gegessen haben und ohne den Zwang zu reden, ohne uns durch Sprache oder Glauben einschränken zu lassen, auf dieser Veranda saßen. Auch wenn es nie lange dauert, jedes Mal, wenn ich an sie denke, spüre ich einen Schmerz in mir. Es ist, als würde ich sie durch das Erleben auch nur eines einzigen Glücksmoments verleugnen. So als müsste ich mein Gefühl des Verlusts hegen und pflegen, um sie richtig zu würdigen.« Er schüttelte den Kopf. »Ich weiß nicht, wo der tatsächliche Kummer aufhört und das Sich-Gehenlassen beginnt.

»Du lässt dich nicht gehen«, sagte Mair leise.

»Nein? Ich denke ständig an dieselben Dinge. Ich weiß nicht, ob ich noch irgendetwas sehe wie früher. Alle alten Werte haben sich verkehrt. Denn was spielen Ehrgeiz, Arbeit, Erfolg, sogar Liebe denn noch für eine Rolle – nach dem, was geschehen ist?«

»Ich weiß es nicht. Das sind große Fragen. Ich denke, auf das Jetzt kommt es an. Hier und wo auch immer.«

Sie gestikulierte in Richtung der kleinen Welt des Spielplatzes und dachte gleichzeitig an Wales, Tal und Annies Baby und den Frieden von Brunos Berghütte.

Und an Zahras Schal.

»Du bist einfach noch nicht fertig mit dem Trauern«, sagte sie.

Er hatte vor sich hingestarrt, doch jetzt drehte er sich um und sah sie an. »Bin ich nicht, nein. Und es könnte auch noch eine Weile dauern.«

Das war eine äußerst behutsame und gleichzeitig überaus umfassende Warnung. Sie wusste seine Aufrichtigkeit zu schätzen, ebenso wie die damit verbundene Sorge um sie. »Ich weiß, ich verstehe das schon.«

Während sie sprachen, hatte sie mit einem Auge das Seilspiel verfolgt.

Drei der größten Jungen schwangen hinaus übers Wasser, bis das Seil fast waagrecht in der Luft lag, um es dann auf dem höchsten Punkt loszulassen und ans andere Ufer zu springen.

Mairs eigene Muskeln strafften sich automatisch, während sie ein wenig neidisch den nötigen Kraftaufwand abschätzte.

Die großen Jungs kehrten dann einer nach dem anderen auf einem Baumstamm zurück, der über den flussab treibenden Krusten gelben Schaums schwebte. Nun ergriff ein viel kleinerer Junge das Seil und rannte ans Ufer hinauf, um mit dem Schaukeln zu beginnen. Der letzte aus dem zurückkehrenden Trio verlor das Gleichgewicht auf dem Stamm und keilte aus, während er ans trockene Ufer zu springen versuchte. Der Stamm rollte zur Seite und stürzte ins Wasser, doch der kleine Junge war viel zu konzentriert auf seine Schwünge, um noch darauf zu achten. Sein Gewicht reichte nicht aus, um einen so hohen Bogen wie die anderen zu schaffen, doch er zappelte am Ende des Seils, schwang zurück und dann wieder hinaus. Die größeren Jungen johlten ihm aufmunternd zu, hinter ihnen aber tröpfelten die anderen Kinder eins nach dem anderen allmählich davon, denn ihre Spielzeit endete, sobald der frühe Abend sich allmählich der Stunde der Ausgangssperre näherte.

Der Junge schwang zum dritten Mal hinaus, und das Seil erschlaffte, als seine Entschlossenheit ihn verließ. Dennoch wollte er nicht aufgeben und zulassen, dass ihn der Pendelschwung wieder zurück ans sichere Ufer brachte. Für den Bruchteil einer Sekunde hing er dort und sprang dann zu spät ins Leere. Mit rudernden Armen und Beinen klatschte er ins Wasser. Er sprang auf und taumelte ans Ufer, ehe er nach vorn in Schlamm und Sand stürzte. Als er aufstand, war er bis zu den Schenkeln durchnässt und die Vorderseite seines blauen *kameez* völlig verdreckt.

Sogar auf die Distanz konnte Mair erkennen, wie er zu lächeln versuchte, dann aber merkte er, dass die prekäre Baumstammbrücke zusammengekracht und er selbst gestrandet war.

Die großen Jungs riefen seinen Namen.

Mair rappelte sich auf. Sie rannte die fünfzig Meter zum Seil und klammerte sich mit den Füßen ans verknotete Ende. Während sie schwang, schätzte sie die Entfernungen mit dem Auge ab. Ein Baum mit einem niedrighängenden Zweig befand sich genau an der richtigen Stelle.

Eine Art Rausch ergriff sie.

Noch einen Pendelausschlag und sie hatte genügend Schwung und die richtige Flugbahn.

Am höchsten Punkt ließ sie das Seil los. Himmel, Gras und Wasser drehten sich um sie herum, doch sie spürte den Punkt der Stille, den Moment des Triumphs, in dem sie wusste, dass sie nicht fallen oder ihre Landung verfehlen konnte.

Sie packte den Ast und vollführte einen völlig unnötigen Salto. Derbe Rinde schürfte ihr die Handflächen auf, doch sie ließ nicht locker.

Trapezakte seien zwar nicht so gut wie Sex, meinte Hattie immer. Doch es waren ebenfalls Höhepunkte.

Grinsend ließ Mair sich zu Boden gleiten. Der Kleine kriegte den Mund nicht mehr zu. Er vergaß zu heulen oder auch nur zu schreien. Am anderen Ufer sprangen die Jungs in die Höhe und klatschten Beifall.

Sie beugte sich zu dem Kind hinunter. In seinen Augen schimmerte es feucht.

»Hallo«, sagte sie und streckte die schmerzende Hand aus. Er ergriff sie, und sie wandten sich wieder zum Ufer um. Bruno befand sich auf der gegenüberliegenden Seite. Er paddelte ins dreckige Wasser und packte das Ende des Baumstamms, während die anderen Jungen um ihn herumplumpsten und ganz erpicht darauf waren, bei dieser verblüffenden Rettungsaktion mitzuwirken. Sie hoben den Stamm in eine prekäre Brückenposition zurück, und Bruno balancierte darauf halb über den Fluss. Mair führte ihm das Kind entgegen und übergab es ihm dann. Sobald Bruno den Jungen sicher am Ufer abgesetzt hatte, kam er zurück, um sie abzuholen.

»Sei bitte *sehr* vorsichtig. Ich will nicht, dass du ausrutschst und dich verletzt«, meinte er und nahm ihre Hand.«

»Danke, dass du mich rettest. Aber du hast ja tatsächlich nasse Füße bekommen!«

Sie lachten übereinander, während die Jungen um Mair herum tollten – wobei der Kleine schon wieder in der Gruppe aufgegangen war. Einer, der womöglich sein Bruder oder Cousin war, versuchte, ihm den Schlamm abzuwaschen.

»Sehr gut, woher Sie kommen? England? Super«, schrien sie, wie immer. Der größte plärrte einen Warnruf, und sie jagten das Ufer hinauf und über die Wiese. Mair und Bruno waren plötzlich allein.

»Du bist ja wirklich für Überraschungen gut«, meinte er. »Eine absolut erstaunliche Frau.«

»Ich musste das einfach tun.«

Der Wind fuhr durch die trockenen Blätter, und Rauch wehte über die Dächer niedriger Ziegelhäuser. Bruno nahm ihr Gesicht in die Hände und strich ihr mit den Daumen über die Mundwinkel. Sie standen sich gegenüber und lauschten der Brise und dem Plätschern des Wassers.

Mair erinnerte sich an Leh vor fast einem Jahr und an den Tag, an dem ihr Karen und Lotus zum ersten Mal begegnet waren. Und dann war plötzlich auch die Erinnerung an den schrecklichen Morgen im Schnee in Lamayuru wieder da. Sie hatte einen Backflip gemacht, damit Lotus Ruhe gab, und der Hund kam plötzlich von irgendwoher aus dem Nichts geschossen.

Sie schloss die Augen – und schlug sie wieder auf.

Ein Jahr hatte alles verändert.

Ich werde das nicht mehr tun, dachte sie. Schluss mit der Akrobatik. Ende der Vorstellung.

Ganz unerwartet ergriff sie das Glück: und seine Wirklichkeit erschien so vollkommen und unzerstörbar und flüchtig wie der flüchtige Augenblick selbst.

»Bald ist es dunkel«, sagte Bruno leise.

Er hielt ihre Hand, während sie über die Wiese zurückgingen. Am Rande des Rasens eilte eine Gruppe von Frauen in flatternden schwarzen Burkas vorüber, während der Gebetsruf über die niedrigen Dächer erscholl. Dies war ein streng orthodoxes muslimisches Viertel, das mehr mit Saudi-Arabien als Srinagar zu tun hatte. Mair und Bruno lösten die Hände voneinander und folgten sittsam dem Pfad, der zum Jhelum-Fluss führte.

Als sie das Hotel mit seinen verschmierten Glasfassaden erreicht hatten, seufzte Bruno. »Müssen wir denn wirklich noch eine Nacht hier bleiben?«, fragte er.

»Nein. Wo sollen wir denn hin?«

Er drehte sich um hundertachtzig Grad, sodass er auf das schimmernde Wasser des Sees blickte. Eine Handvoll *shikaras* schaukelte an der Anlegestelle in der Hoffnung, vor der Sperrstunde noch einen Kunden aufzugabeln. Zwei Jeeps mit Soldaten krochen vorbei. Jenseits des Wassers zwinkerten in einer Hausbootreihe einige gelbe Lichter. Die Dämmerung verbarg die abblätternde Farbe der Boote und die durchhängenden Balken.

»Wie wäre es … denn damit?«

Eine halbe Stunde später hatten sie ohne alles Gepäck und nur mit der Kleidung, die sie am Leib trugen, von der *Rose of Kashmir* Besitz ergriffen. Stolz führte sie der Hausboy durch geschnitzte Räume, in denen Stickereien und Miniaturkronleuchter hingen. Die Dielen knarzten laut unter ihren Schritten, und die reich verzierten Spiegel waren mit Staubschleiern überzogen.

»Ich koche Abendessen«, erklärte er ihnen und sprang auf die zum Küchenboot führende Planke hinunter.

Mair und Bruno standen auf der mit Pfeilern geschmückten Veranda. Wie eine Silberscheibe schwebte der Mond über den hohen Bergen. Die letzte *shikara* glitt vorüber, das Kielwasser punktiert von Tropfen, die vom Paddel heruntersegelten.

Er seufzte. »Es ist alles unglaublich schön. Aber Kashmir wäre nur eine Ansichtspostkarte, wenn … wenn du nicht wärst. Darf ich das sagen, Mair? Ich habe dir gesagt, dass ich nicht weiß, ob ich überhaupt noch irgendwas verstehe. Sollte ich diesbezüglich falsch liegen …«

Morgen, dachte sie, würde es weitere Fragen geben und zweifellos einige Dinge, die sich eher falsch als richtig erwiesen, doch heute abend war nichts fehl am Platz, fehlte nichts, war nichts als Jetzt.

»Du liegst ganz und gar nicht falsch«, sagte sie.

Es war dunkel, aber noch immer konnten sie das Gesicht des anderen erkennen.

Aus den Bäumen auf Ufer schrie eine Eule.

Anmerkungen des Übersetzers

chotapeg (britisch-indisch) halber Whisky oder Whisky Soda (hind. *chota* = klein)
dhobi-wallah abgeleitet von den Hindi-Worten *dhona* (waschen) und *wallah* (Mann). Die *Dhobi* sind eine Kaste in Pakistan und Indien, die auf das Waschen von Kleidern spezialisiert sind.
dupatta (hindi) Schleier in der Art eines langen, breiten Schals, der von Frauen vor allem in Indien und Pakistan getragen wird. Traditionell wird der *dupatta* so über den Kopf getragen, dass er beide Schultern bedeckt.
gompa buddhistischer Tempel in Tibet, Ladakh, Nepal und Bhutan, üblicherweise Teil eines buddhistischen Klosters
Gott segne ihn und schenke ihm Heil! dies ist die heute im Deutschen gebräuchliche Übersetzungsformel für die *tasliya* (Segensspruch, der stets nach Erwähnung des Propheten ausgesprochen wird), arab. *Salla 'llahu 'alayhi wa-sallam.*
Karkhana Urdu-Wort für Werkstatt, in der Mogulperiode wurden so staatliche Werkstätten bezeichnet.
madrasah aus dem Arabischen – wörtliche Bedeutung »Ort des Lernens«; an eine Moschee angeschlossene Schule
Shisha (türk.-arab.) Wasserpfeife